AS OBSERVAÇÕES

Jane Harris

AS OBSERVAÇÕES

Tradução de Marcello Rollemberg

EDITORA RECORD
RIO DE JANEIRO • SÃO PAULO

2010

CIP-BRASIL. CATALOGAÇÃO-NA-FONTE
SINDICATO NACIONAL DOS EDITORES DE LIVROS, RJ

H26o

Harris, Jane, 1961-
As observações / Jane Harris; tradução Marcello Rollemberg. - Rio de Janeiro: Record, 2010.

Tradução de: The Observations
ISBN 978-85-01-07828-5

1. Escócia - Usos e costumes - Século XIX - Ficção. 2. Romance inglês. I. Rollemberg, Marcello, 1961-. II. Título.

10-0343 CDD: 823
CDU: 821.111-3

TÍTULO ORIGINAL EM INGLÊS:
The Observations

Editoração eletrônica: Raphael Pacanowski

Texto revisado segundo o novo Acordo Ortográfico da Língua Portuguesa.

Impresso no Brasil

EDITORA AFILIADA

ISBN 978-85-01-07828-5

Para Tom — sem suas opiniões, seu encorajamento e seu amor, este livro talvez nunca tivesse sido escrito.

Minha sinhazinha vivia me dizendo: "De agora em diante, Bessy, não me chame mais de sinhazinha." Ela dizia isso especialmente quando o reverendo era convidado para o chá. Minha sinhazinha queria que eu a chamasse de "madame". Na primeira vez eu esqueci por acaso e, a partir daí, esquecia de propósito, só para ver a cara dela.

Minha patroa sempre me pedia que escrevesse coisas em um pequeno livro. Ela me deu o livro, caneta e tinta no dia em que cheguei. "De agora em diante, Bessy", disse ela, "quero que você escreva neste livrinho as coisas que faz durante o dia, e eu vou dar uma olhada de tempos em tempos." Isso foi logo depois que ela descobriu que eu sabia ler e escrever. Quando ela descobriu isso, seu rosto se iluminou como se tivesse perdido 1 tostão e encontrado 10. "Oh!", disse ela, "e quem lhe ensinou?" E eu contei que havia sido minha pobre falecida mãe, o que era mentira, pois minha mãe estava bem viva e, muito provavelmente, bêbada como um gambá perambulando por Gallowgate como sempre, e mesmo que estivesse sóbria, ela teria dificuldade para assinar o próprio nome diante de um juiz. Porém, minha mãe nunca ficava sóbria quando estava acordada. E quando dormia ficava completamente inconsciente.

Mas espere um pouco. Estou me precipitando. Deixe-me começar mais do início.

PRIMEIRA PARTE

1

Encontro um novo lugar

Eu tinha minhas razões para deixar Glasgow — deve ter sido há uns três ou quatro anos —, e estava caminhando pela Great Road por umas cinco horas quando vi uma estradinha à esquerda com uma placa que dizia "Castelo Haivers". Aquilo era uma grande coincidência, pensei comigo mesma, já que lá estava eu, cruzando a Scratchland,* para dar uma olhada no castelo de Edimburgo e, quem sabe, me casar com um jovem nobre ou um príncipe. Eu tinha apenas 15 anos, uma cabeça oca e uma ligeira ideia de que queria trabalhar num grande negócio.

Além disso, havia aparecido um rapaz das Terras Altas mais ou menos da minha idade que, na última meia hora, decidira caminhar comigo e que tinha tido um dente arrancado. Ele ficava puxando o lábio tentando me mostrar o buraco. Já estava cansada daquele rapaz, de seu sorriso doentio e de suas perguntas: "Donde cê mora?", "Qualé seu nome?", "Cê qué dormir comigo?", isso tudo. Eu tinha dito a ele um monte de mentiras para ver se ele largava do meu pé, mas ele continuava me seguindo como um cavalo vadio. Se eu diminuía o passo, ele diminuía também; se eu acelerava, ele fazia o mesmo; se eu parava para ajeitar meu xale ou arrumar minha trouxa, ele ficava me olhando com as mãos nos bolsos. Vez ou outra ele remexia a parte de trás das calças de um jeito esquisito, e os pés dele estavam nojentos.

Devo admitir que havia um outro fator no meu desejo de abandonar a Great Road, que era uma dupla de policiais que vinha em nossa direção montada a cavalo. Fiquei bem assustada ao olhar para eles. Já os tinha visto pelo caminho uns cinco minutos antes, com

* Literalmente "terra da coceira", um trocadilho com Scotland, Escócia em inglês. (*N. do T.*)

seus chapéus altos e seus grandes botões, e desde então fiquei procurando uma maneira de cair fora da estrada, uma que não me obrigasse a correr pelo campo nem me sujasse com bosta de boi.

Então parei e me virei para o chato.

— É por aqui que eu vou — disse a ele, apontando para a placa do castelo.

— Acho que vô com ocê — ele falou. — Vai que ocê me arruma um jantar. Vai que fazemos um bebê, hein?

— Que grande ideia — eu disse. E quando ele parou bem na minha frente como se fosse me beijar, eu agarrei suas bolas e as torci. — Faça você mesmo seus bebês — eu disse. — Agora se manda e some daqui.

Assim que saí da estrada, ele veio atrás de mim e eu tive que lhe dar um empurrão e algumas sacudidas, além de pisar em seus pés descalços, e não o vi mais, pelo menos por um bom tempo.

A estrada até o castelo era uma picada aberta em meio a duas cercas de faia. Era setembro, mas fazia um calor incomum, o que era uma sorte para mim, já que eu não tinha um casaco sequer. Depois de eu ter andado por cerca de um minuto, ouvi o som surdo de patas de cavalo no chão poeirento e me virei para olhar a Great Road. Os dois fanfarrões passaram trotando em direção a Glasgow. Nem viraram a cabeça, de tão apressados. Hurra, disse para mim mesma, me sentindo finalmente livre. É o que eu sempre digo: se você pode evitar as malhas da lei, por que não?

Com eles fora do caminho, pensei que devia apressar o passo até o castelo para ver se achava algum lugar para dormir antes que escurecesse. Eu estava com pouquíssimo dinheiro e só Deus sabia onde eu poderia arranjar mais, então ia ser duro conseguir um quarto. Mas tinha esperança de achar um celeiro ou uma choupana onde pudesse descansar por algumas horas e seguir meu caminho até Edimburgo assim que clareasse.

Não tinha dado mais que dois passos e eis que vi uma camponesa ruiva, mais ou menos da minha idade, passando bem à minha frente. Ela usava uma espécie de túnica preta e um xale xadrez tipicamente escocês e arrastara uma caixa presa a uma correia de couro. Mesmo assim ela ia bem rápido, e ria de um jeito que mais parecia uma possessa. A coisa mais notável a respeito dela era sua pele, muito áspera e avermelhada, como se tivesse colocado a cara numa grelha. Segui atrás dela e lhe dei boa-tarde quando nos aproximamos. Mas ela apenas gargalhou na minha cara e continuou seu trajeto até a Great Road, puxando a caixa, o que não me surpreendeu muito, apesar de sempre se esperar um pouco mais de boas maneiras de uma pessoa do campo.

O caminho à minha frente logo virou uma depressão que atravessava o campo e depois subia de novo para, após dez minutos de caminhada, dar no portão de uma grande mansão cercada de árvores frondosas. Eu não conseguia ver o castelo, mas havia uma mulher correndo na entrada de relva e cascalho. Ela ia por aquele caminho e fazia umas coisas esquisitas, balançando as mãos no ar e, de vez em quando, batendo palmas. A princípio achei que ela fosse doidinha de pedra, mas logo percebi, olhando por trás do muro, que ela apenas tentava pegar um porco. Aquilo tudo parecia tremendamente engraçado.

— Espere aí, sinhá — eu disse. — Vou lhe dar uma ajuda.

Você alguma vez já tentou pegar um porco? Não é assim tão fácil quanto possa parecer. O bacuri fez a gente correr em círculos. Ele disparava de uma ponta a outra da casa com a gente atrás. Uma hora eu quase o agarrei, mas o bicho se desvencilhou de mim, escorregando das minhas mãos como se estivesse ensaboado. Eu podia ter pulado em cima dele, mas não queria estragar meu belo vestido. Sua dona ficou gritando instruções para mim, coisas como "Rápido!" e "Cuidado!". Ela era inglesa, eu logo notei. Eu já havia conhecido ingleses antes, mas nunca uma mulher inglesa. No final, nós duas conseguimos cercar o bicho. Nós o pegamos e fizemos com que ele voltasse até o chiqueiro, onde sua dona o trancou de volta.

Eu fiquei observando-a enquanto ela ficava ali parada. Ela devia ter uns 27 anos na época. Suas costas eram esbeltas, embora parecesse que ela não usava espartilho. E suas bochechas, depois de toda aquela correria, estavam bem coradas, mas dava para notar pela sua testa que a pele era branca como leite. Não havia nela uma pinta ou sarda. Ela era de alabastro. O vestido que usava era de seda, num tom pastel, mais azul do que verde, e fiquei chocada por ela estar correndo atrás de um porco assim tão bem-vestida.

Logo ela recuperou o fôlego.

— Bicha safada e traiçoeira — disse ela entre os dentes.

Por um minuto achei que estivesse falando do porco — ou porca —, até que ela acrescentou:

— Se eu a encontrar de novo, eu a pego, e aí...

Ela cerrou o punho, mas não concluiu a frase.

A moça ruiva arrastando a caixa veio à minha mente.

— Alguém fez algo de ruim com a sinhá? — perguntei.

A mulher me olhou surpresa. Acho que tinha esquecido que eu estava ali.

— Não — disse ela. — O portão do chiqueiro ficou aberto. Provavelmente foi apenas um acidente. — Então ela olhou bem para mim e disse: — O que você é, exatamente?

Aquilo me deixou bastante confusa.

— O que eu sou? — repliquei. — Bem, eu era... Creio que posso dizer que eu era criada de um...

— Não, não — ela disse. — O que quero saber é se você é das Terras Altas.

— Ah, não mesmo — disse eu, bem indignada. — Nunca sequer passei perto das Terras Altas. — Ela continuava olhando para mim, então eu disse: — Eu nasci na Irlanda. Mas sou mais escocesa agora.

Ela pareceu bem aliviada com aquilo.

— Irlandesa — ela disse. Enquanto estávamos perseguindo o porco, duas ou três presilhas de seu cabelo haviam caído e agora ela me fitava de uma forma bem pensativa, enquanto as colocava de volta. Você podia flutuar em seus olhos, aquela vastidão de verde claro como mar cobrindo a areia. Finalmente ela disse: — Uma criada?

— Sim, sinhá. Do Sr. Levy de Hyndland, perto de Glasgow.

— Não me lembro de já ter visto uma criada em roupas tão elegantes — disse ela.

Sua boca se crispou, como se ela quisesse rir. Talvez a visão de meu vestido a tenha animado. Era um vestido bem bonito, amarelo brilhante com pequenos botões azuis e um laço de cetim branco na frente, se bem que não tão limpo quanto estava quando o coloquei pela manhã. Havia uma mancha na bainha e o laço estava rasgado porque o rapaz das Terras Altas, a certa altura, havia me segurado no chão e eu quase tive de arrancar sua orelha fora para poder me soltar.

— Estou no meio do caminho para lugar nenhum — eu disse. Meu amo, o Sr. Levy, morreu, e estou indo para Edimburgo para ver se encontro outro trabalho.

— Entendo — disse a mulher. Ela cruzou os braços e deu uma volta ao meu redor, estudando-me dos mais diferentes ângulos. Quando voltou e me encarou, ela parecia em dúvida. — Por acaso você já fez algum trabalho externo?

— Bem, na verdade, já — disse eu. Isso sem um pingo de mentira, já que a maioria dos meus trabalhos haviam sido externos até começar a trabalhar com o Sr. Levy.

A mulher balançou a cabeça.

— O que você me diz sobre vacas? — ela perguntou.

— O que tem elas?

— Você sabe ordenhar uma vaca?

— Ah, com certeza — disse eu, sem hesitação. — Uma vaca, sim, eu sei ordenhar uma vaca, não há nenhum problema nisso, eu nasci ordenhando vacas.

— Bom. — Ela me apontou algumas construções distantes. — Nós temos uma fazenda naquela direção, no Mains. Coma e beba alguma coisa e então vamos ver se você sabe mesmo ordenhar uma vaca.

— Tudo bem — disse eu rapidamente. — Mas já tem um tempo desde que fiz isso pela última vez.

Mas não sei se ela me ouviu, já que não retrucou, apenas me conduziu até a bomba d'água e me deu uma xícara que estava pendurada num gancho.

— Sirva-se — ela disse.

Tomei duas xícaras cheias até a borda. Enquanto eu bebia, ela ficou me olhando com aqueles olhos.

— Talvez eu precise praticar um pouco com as vacas agora. Devo ter perdido o jeito com elas, não sei.

— Está com fome?

Eu estava salivando de tanta fome e disse isso a ela. Ela então apontou para uma porta na casa.

— Há pão sobre a mesa, lá dentro. Pegue uma fatia — disse ela.

— É muita gentileza sua, sinhá — eu disse, e fui fazer o que ela me havia pedido.

A cozinha era um lugar amplo, mas para muita gente pareceria mais um campo de batalha. Um balde de leite tinha entornado, havia bocados de aveia espalhados em linhas pelo chão e um bule de chá quebrado estava empilhado num canto do rodapé. Quando entrei, um gato preto lambia o leite derramado, mas assim que me viu saiu correndo em direção a uma outra porta, soltando um miado agudo. Observei atentamente tudo ao meu redor. O fogo estava apagado mas havia um terrível cheiro de queimado no ar. Num primeiro momento, achei que tinha sido o porco fujão que havia feito aquela confusão toda. Mas quando olhei mais atentamente notei que a aveia tinha sido espalhada deliberadamente. Na verdade, as linhas de aveia formavam quatro letras do alfabeto usadas para formar uma palavra que designa de uma forma vulgar as partes íntimas femininas. Não vou escrever essa palavra aqui, mas me convenci de que se um porco escreveu aquilo, havia de ser o porco mais esperto do mundo.

Não havia nem sinal de uma cozinheira ou de uma criada, então eu mesma cortei uma fatia do pão de aveia que estava sobre a mesa e a comi; depois cortei outra fatia e comecei a comê-la, enquanto cortava uma terceira fatia e a guardava dentro do meu vestido, entre meus seios. Faltava sal no pão, mas eu teria comido pedaços de vidro da janela de tanta fome que sentia. Enquanto me empanturrava de pão, fiquei matutando quão difícil era ordenhar uma vaca. Você agarra aquelas coisas dependuradas e puxa, e, santo Deus, eu devo ter visto aquilo ser feito 1 milhão de vezes enquanto vagava pelos mercados, mas não tinha a menor ideia de como fazê-lo. Eu era uma menina da cidade, o leite vinha para mim em um latão e ia parar numa xícara de chá. Eu nem sequer gostava de leite e agora, graças ao meu estúpido orgulho, ia ter de espirrá-lo para fora de uma vaca.

Cortei outra fatia de pão e o escondi dentro do vestido para qualquer eventualidade e voltei lá para fora, onde a mulher estava me esperando exatamente onde eu a havia deixado, do lado da bomba d'água.

— Aí está você — disse ela. — Achei que tinha se perdido.

— Oh, não, sinhá. É que aquele pão era tão maravilhoso que eu não queria comê-lo apressadamente.

Ela não falou nada a respeito, apenas fungou e girou sobre os calcanhares. Eu corri atrás dela.

— É um lugar incrível este que você tem aqui — disse a ela. — Por Deus, se não é.

Mas minhas palavras caíram em ouvidos moucos, já que ela nem sequer se virou. Eu não tinha outra opção a não ser segui-la.

Nós nos afastamos da mansão, subindo por uma passagem que levava até as construções da fazenda, e de lá cruzamos um terreno e chegamos a um grande curral. O lugar tinha sido erguido para abrigar vacas e havia umas vinte delas por lá, o que é um bocado de vacas, se você for parar para pensar — e se não pensar, também. O fedor daquele lugar teria feito você desmaiar. Havia duas ordenhadoras de pé, conversando num canto mais distante do barracão, que, pela aparência, deviam ser irmãs, ambas vestidas com uns andrajos típicos do campo, botas e aventais listrados. Eu quase soltei uma gargalhada. As duas me lembravam aqueles irlandeses toscos dos pântanos, ou pelo menos como eu achava que eles eram naquela época em que eu era mais moça e acreditava não haver nada mais desprezível na face da terra. A mulher chegou, falou com elas e então as duas serviçais se viraram e cravaram os olhos em mim através de toda a extensão do curral. Os gorros delas eram engraçados, mas não se podia dizer que a expressão das duas era amistosa. Eu dei um sorriso e acenei com a mão, mas nenhuma acenou de volta. O azedume pairava sobre elas, e era um milagre inexplicável o leite não ficar também azedo daquele jeito.

Enquanto isso, uma das vacas começou a empurrar seu enorme traseiro para cima de mim até estar prestes a me imprensar contra a parede. Tive de ser bem rápida para não ser esmagada. A mulher veio na minha direção carregando um balde.

— Quantas vacas a senhora tem, sinhá — eu disse. Ela não falou nada, só me entregou o balde. Olhei para ele. Depois olhei para as vacas. E então olhei para a mulher.

— Qual é o seu nome? — ela perguntou.

— Meu nome é Bessy — eu disse. — Bessy Buckley.

— Muito bem, Bessy, aí está — disse ela, me dando uma banqueta e apontando para uma das vacas, justamente aquela que quase tinha me esmagado. — Vá em frente.

Para meu grande alívio, ela não ficou para olhar, mas voltou para falar com as gêmeas, que haviam se sentado e começado também a trabalhar. Dava para ouvir o leite espirrando com força para dentro dos baldes. Eu observava, pensando comigo mesma que, bem, aquilo parecia razoavelmente fácil de se fazer, e logo estava sentada na minha própria banqueta.

Mas como eu ia fazer para aparecer uma gota de leite que fosse? Talvez com uma sacudidela. Sentei-me ali parecendo uma anciã com um balde numa das mãos e uma grande teta rosada na outra. Não era a minha teta, é claro, era a da vaca e estava tão cheia de leite que quase tocava o chão. Apertei com vontade até meus dedos quase caírem e a única coisa que veio da vaca foi um vapor emanado por seu buraco que teria estragado meu vestido se eu não tivesse saído da frente. E depois de vinte minutos o balde continuava vazio.

A mulher voltou nessa hora, com as gêmeas em seu rastro. Deu uma olhada para o balde e disse:

— Ué, Bessy, você não disse que sabia ordenhar uma vaca?

— Eu menti — disse eu, desejando nunca ter parado para ajudá-la com aquele porco. As gêmeas trocaram olhares, se sentindo muito superiores e sabidas, pensando oh, ela disse que sabia ordenhar uma vaca, mas ela não sabe, oh, ela é uma mentirosa, e esse tipo de coisa. Meu rosto ficou quente. Levantei-me da banqueta. Minha intenção era dizer

"É melhor eu ir embora", e depois sair de cabeça erguida, mas devo ter me levantado muito rápido e acabei dizendo: "Ai, que tontura", e desabei como se tivesse tido um troço. Eu teria caído aos pés da vaca se a sinhazinha não tivesse corrido na minha direção e me segurado.

Não faço ideia de quanto tempo fiquei desmaiada, mas quando acordei havia sido levada para fora do estábulo. Eu estava sentada num banco com a cabeça entre as pernas e a mulher estava com a mão nas minhas costas, afrouxando meu espartilho. Dei uma boa olhada no meu corpinho: estava cheia de farelo de pão entre os seios e tive de cruzar os braços para evitar que eles pulassem fora.

— Fique quieta agora — a senhora disse gentilmente. — Você desmaiou. E não faço ideia de como você conseguia ficar com isso tão apertado.

Pouco depois ela deixou que eu me erguesse e me trouxe uma xícara de leite que ela pegou do balde. Ficou parada com as mãos na cintura me olhando. Eu estava morta de vergonha. Tomei o leite só para lhe agradar e, assim que a minha cabeça clareou, pus-me de pé.

— É melhor eu ir embora — eu disse. — Desculpe, sinhazinha.

Ela apenas assentiu e balançou a mão. Eu estava demitida.

Deixei a área da fazenda e peguei o caminho de volta para a casa-grande. Minha trouxa tinha ficado exatamente onde eu a havia deixado, perto do galinheiro. Eu estava prestes a pegar minhas coisas quando vi a senhora voltando. Um pensamento me ocorreu e eu gritei para ela:

— Sinhazinha, onde fica o castelo?

— Castelo? — ela perguntou. — Que castelo?

— A placa lá na estrada dizia que havia um castelo por aqui, e eu queria dar uma olhada nele.

— Ah — ela disse. — Não há castelo nenhum. Castelo Haivers é o nome da propriedade.

— Ah, sim — eu disse, e me abaixei para pegar minha trouxa. — Sem problemas.

— ESPERE! — gritou a mulher subitamente.

Que droga, eu pensei, ela viu as migalhas de pão no meu peito e agora estou frita. Aprumei-me. Ela estava me olhando fixamente, a cabeça pendendo de lado.

— Você não me disse, afinal, se sabe ler — ela disse.

— Bem, a senhora não perguntou — eu disse.

— É, eu supus que não soubesse. Eu pensei porque...

Ela não disse o porquê, mas eu sabia, mesmo assim, que era pelo fato de eu ser uma menina irlandesa e de todo mundo pensar o mesmo delas. Seus olhos estavam brilhando agora.

-- Então, você sabe escrever?

— Sei sim — eu disse. — Escrevo muito bem.

— Em inglês?

Olhei para ela.

— Em que língua seria?

— Oh — disse ela. — E quem lhe ensinou?

Pensei por um segundo e então disse:

— Minha mãe, que Deus a tenha. — E me benzi.

A mulher deu um passo para trás, um tanto ofendida, e eu supus que tivesse sido por causa do sinal da cruz, já que os ingleses não gostam disso.

— Espere aqui — ela disse, e correu até a casa-grande.

Fiquei ali matutando. O que ela estaria querendo de mim? Talvez quisesse que eu lesse algo para ela ou escrevesse uma carta. Depois de um tempinho, ela voltou com um papel mata-borrão em uma das mãos e uma caneta na outra.

— Aí está — ela disse. — Agora me mostre sua caligrafia. — Ela não estava confiando na minha palavra, mas também, depois do incidente com a vaca, ninguém poderia culpá-la.

Peguei a caneta, que já havia sido mergulhada na tinta. Havia uma base de pedra perto da bomba d'água. Pousei o papel mata-borrão ali e rapidamente escrevi algumas palavras que acho que foram *obrigado pelo pão sinhazinha e desculpe pelo logro*, ou alguma coisa assim. Lembro-me de ter escrito *logro* porque foi uma palavra que aprendi com meu Sr. Levy. Eu podia não saber ordenhar uma vaca, mas sabia soletrar e me orgulhava disso.

A mulher me olhava por cima do meu ombro. Eu poderia ter escrito mais, porém a tinta acabou. Quando terminei, devolvi a ela o papel mata-borrão e a caneta.

— Muito bem! — ela disse, e riu de alegria. — E quantos anos você tem, Bessy?

— Dezoito, sinhazinha.

Isso não era exatamente uma mentira porque eu estava sempre mentindo quanto à minha idade. Em todo caso, havia certa dúvida quanto ao ano em que eu nascera, já que minha mãe não tinha lá uma boa memória para datas.

— Dezoito? — As sobrancelhas da mulher se arquearam. Então ela disse: — Bem, não importa. Posso lhe pagar 4 xelins por semana e você terá cama e toda a comida necessária. Quer trabalhar para mim?

— Oh, puxa — eu disse. — Oh, não. Estou indo procurar emprego em Edimburgo, sinhazinha.

Ela riu.

— Mas você não tem de ir para Edimburgo agora — ela disse. — Você pode ficar por aqui e eu tomarei conta de você, pagando 4,6 por semana.

— Mas... Eu não sei ordenhar vacas, sinhazinha.

— Você tem outras aptidões — ela disse. — Cinco xelins, então, e eu tomo conta de você e lhe dou um pedaço de terra para você plantar o que quiser.

Eu disse a ela que esquecesse a história do pedaço de terra, já que a única coisa que eu queria plantar era riqueza. É claro que as chances de isso acontecer eram mínimas. Cinco xelins eram uma esmola mesmo naqueles dias, mas eu sabia que as minhas perspectivas seriam as mesmas em qualquer lugar aonde eu fosse e, no fim das contas, ali eu estaria no fim do mundo, onde só havia vacas caipiras e algumas minas de carvão. E algo mais naquelas palavras me seduzia. *Eu tomo conta de você.*

Dei uma boa olhada na casa da fazenda.

— A senhora tem muitos livros lá, sinhazinha? Quero dizer, romances.

— Ah, sim, muitos.

— Gosto muito de ler — eu disse. — Se eu tiver permissão para ler os livros eventualmente...

— Humm. — Ela suspirou, caminhou um pouco e então me disse, parecendo que havia tomado uma decisão com *muita relutância:* — Muito bem. Acesso aos livros. E 5 xelins por semana.

— Negócio fechado — eu disse, e posso dizer que achei aquele realmente um ótimo acordo.

Ela me levou até a cozinha e, sem fazer nenhum comentário a respeito do cheiro de queimado ou da bagunça, chutou um pouco da aveia que estava espalhada, desfazendo a palavra que elas formavam. Então ela me fez sentar à mesa para me explicar a extensão das minhas atribuições. Bem, se eu fosse escrever tudo, a lista seria do meu tamanho, mas não havia nada de estranho ou de novo no que ela me disse. A maioria dos gêneros de primeira necessidade estava na fazenda sob a guarda dos empregados, mas a mulher disse que gostaria de manter algumas galinhas e um porco na casa principal, mais ou menos como bichos de estimação, e eu teria de alimentá-los. Eu tinha de manter a casa limpa e arrumada, lavar e cozinhar e varrer e limpar o pó e bater os tapetes e preparar o chá. Todos os dias acender o fogo, limpá-lo e mantê-lo aceso. Limpar as botas e esvaziar as bacias para ela e para o senhor. Além disso, se faltassem criados, eu deveria pegar a carroça de esterco e pegar pedras no campo, então eu deveria colocar essas mesmas pedras em buracos em um outro campo para que, ela disse, fosse feito um escoadouro. Eu deveria cuidar da plantação de vegetais e caso tivesse algum tempo sobrando eu poderia aproveitá-lo para cerzir e remendar. Ou seja, eu teria de fazer de tudo, algo que você poderia chamar de a menina de dentro e de fora, metade do tempo eu estaria dentro da casa e a outra metade, fora. Havia empregados da fazenda que viviam na fazenda e em cabanas do outro lado do bosque, mas eu era a única empregada doméstica. A única coisa sobre a qual ela não falou era ordenhar, e eu perguntei a ela a respeito disso.

— Ah — ela disse. — Não se preocupe com isso agora. Jessie e Muriel cuidarão das vacas. Você só precisará ajudá-las em caso de emergência.

Aquilo mexeu comigo. O que poderia ser uma emergência?, pensei com meus botões. Fiquei imaginando uma cena com todos correndo de um lado para outro em pânico para ordenhar as vacas. Lave as panelas, Bessy! Faça um escoadouro! Eu não posso, sinhazinha, tenho de ordenhar as vacas, é uma emergência!

A mulher estava olhando para mim.

— Não me diga que você é uma sonhadora — ela disse.

— Oh, não, sinhazinha.

— Mas talvez você seja preguiçosa? Ou mal-humorada?

Balancei a cabeça.

— Não mesmo.

Ela então disse:

— Você é, deixe-me ver... desonesta?

Ela ficara com essa impressão por causa das vacas. Mas eu não ia admitir aquilo.

— Não, sinhazinha, não sou — eu disse. — Não no fluxo natural das coisas.

A mulher não pareceu convencida.

— Agora, então, Bessy — ela disse —, conte a verdade, doa a quem doer.

Minha mãe vivia me dizendo que eu não reconheceria a verdade nem se ela levantasse minha saia e dissesse "Oi, tudo bem?".

Eu disse:

— Juro por Deus, sinhazinha, eu não sou mentirosa.

E teria cuspido para dar a minha palavra caso não estivesse dentro de casa, por isso fingi dar três cuspidelas por cima do ombro. A mulher olhou espantada. Eu não sabia por que ela estava aborrecida, já que o lugar mais parecia um campo de batalha.

— Bessy — ela disse. — Não sei o que você andou aprendendo, mas *nunca* mais faça isso nesta casa.

— Desculpe, sinhazinha. Mas, sinhazinha, eu só disse aquilo sobre as vacas porque queria que você pensasse bem de mim.

Ela suspirou e então disse com bastante paciência:

— Bessy, minha querida, como você chamava a senhora para quem trabalhava?

— Não chamava de nada, na verdade — eu disse.

Ela olhou para mim.

— Porque não havia nenhuma sinhazinha, apenas o Sr. Levy. Ele era um cavalheiro idoso e solteirão e só havia eu e um rapaz para cuidarmos dele, sinhazinha.

— Ah — ela disse, e franziu o cenho por um instante. — Mas estou certa de que você chamava Sr. Levy de patrão ou Senhor, não é?

— Bem, sim, creio que sim. — Falei isso porque era o que ela queria ouvir. — Patrão, era assim que ele gostava de ser chamado. Patrão isso, patrão aquilo.

— Bessy — ela disse, agora com bastante solenidade. — Eu gostaria que você me chamasse de *madame*.

— Certamente. Qualquer coisa que a agrade, madame. — Ela sorriu e aquiesceu.

— Está melhor assim — ela disse. Respirou fundo. — Agora, Bessy — ela disse —, há uma outra tarefa que eu quero que você faça para mim. — E o jeito como ela me olhou quando disse isso me fez saber que aquela era a coisa mais importante que eu deveria fazer.

Ela cruzou o cômodo na direção de um armário alto com gavetas e pegou um livro-caixa que estava lá dentro. Santo Deus, eu pensei, se ela quer que eu faça as contas da casa, escolheu a pessoa errada. Eu posso saber escrever, mas nunca me dei bem com números. Mas eu havia me enganado.

— Este livro é seu — ela disse, apertando-o contra minhas mãos. — Agora, Bessy, preste bastante atenção. Verei se você está aprendendo tudo o que é preciso aprender a respeito do trabalho na casa. Em troca, toda noite, quero que você tire um tempo para escrever aqui tudo o que andou fazendo, desde o momento em que acordou até a hora de ir para a cama, sem deixar nada de fora.

Eu só olhei para ela.

— Mas para quê, sinhazinha? — eu perguntei, um tanto confusa. — Digo, madame.

Ela nem sequer piscou.

— Porque é assim que desejo — ela disse. — E fique atenta, esta é a principal condição para você ser contratada. Não ache que eu a teria empregado caso você não soubesse escrever. Eu não iria perder meu tempo treinando você, sabendo que você não entende nada desse tipo de trabalho.

Desde que eu havia escrito aquelas poucas palavras no papel mata-borrão, ela parecia bem empolgada. Mesmo agora havia uma espécie de brilho em seus olhos e ela respirava com sofreguidão. Eu tinha calafrios, já que o sol tinha baixado e estava começando a esfriar.

Ela disse:

— Vou ver o que você anda escrevendo de tempos em tempos. E quando você preencher todo o livro, eu providencio outro. Está entendido?

— Sim, sinha... Digo, madame.

Olhei para o livro. Tinha uma capa marrom feita de papelão e estava cheio de páginas com linhas nas quais você poderia somar as suas contas. Não faço ideia de quantas páginas, talvez umas cem ao todo. Não poderia me imaginar escrevendo o bastante para encher aquele livro nem em 1 milhão de anos. Ela me entregou a caneta que eu havia usado lá fora e então disse:

— Você vai precisar de tinta, espere um pouco. — E correu para fora da sala, a barra de seu vestido levantando aveia por onde ela passava.

Enquanto ela estava longe, fiquei observando a grelha e matutei se alguma vez, em nome de Deus, ela havia acendido aquele fogo. Foi então que percebi a razão para aquele cheiro no ar. Não sei por que, mas aquilo me deu calafrios de novo. Descansando entre as cinzas estava um livro-caixa exatamente como aquele que ela havia me dado. A única diferença era que o livro na grelha estava tão queimado que sobraram apenas a lombada e algumas poucas partes da capa. Peguei uma vela e me agachei para dar uma olhada melhor. Ao chegar perto, pude ver que todas as páginas haviam sido rasgadas e agora eram apenas flocos de cinza na grelha. A capa estava úmida, como se alguém tivesse jogado água nele para tentar apagar o fogo. Dei uma sacudida para abri-lo. Dentro havia uma inscrição com letra infantil, as palavras estavam meio apagadas, mas ainda dava para ler "Pertence a Morag Sutherland" e uma data de julho, mas sem nenhum ano escrito. Quem era essa criança Morag, me perguntei, e por que seu livro havia sido queimado? Estava prestes a tirá-lo da grelha quando ouvi a mulher voltando pelo corredor, então me levantei.

— Aqui está — ela disse assim que voltou. — Agora, mãos à obra, Bessy — ela disse, e eu fiz o que me foi ordenado. Então ela me presenteou com um pote de tinta e uma caneta reserva, e, por Deus, ela fez aquilo tudo com tamanha cerimônia que parecia que eu estava ganhando um prêmio.

E então, para mostrar que era verdade o que ela havia dito a respeito de me dar algo para ler, ela me entregou A *casa abandonada*, e eu torci para não ser um mau presságio. Ela me mostrou uma etiqueta que havia colocado lá dentro, uma etiqueta preto-e-branca, que tinha a figura de duas mulheres sentadas debaixo de uma árvore olhando para um livro aberto. Ao redor da etiqueta estavam as palavras EX-BIBLIOTECA-CASTELO-HAIVERS. Todos os livros tinham a mesma etiqueta; aparentemente, ela acreditava que aquilo impediria que eles fossem roubados.

Depois disso, ela me mostrou onde eu dormiria. Entregou-me uma vela e pegou uma para ela e então me guiou para fora da cozinha até o salão. Era uma casa velha tradicional e a luz tremeluzente criava grandes sombras contra a parede e eu pude vislumbrar uma parte do salão e um carrilhão e, então, o corrimão que nos levaria à escada.

Ao chegarmos lá em cima, seguimos pelo corredor principal em que todas as portas estavam fechadas, o que me impediu de ver o que havia dentro dos quartos. Fiquei um pouco triste por causa disso, eu queria dar uma olhada na casa. Ao final de uma outra passagem bem estreita, subimos um pequeno lance de escadas até um pequeno sótão com o teto inclinado e uma claraboia. Havia espaço apenas para se colocar uma cama, uma cadeira e uma pequena cristaleira, não mais do que isso, e certamente ali não caberiam duas pessoas, e foi justamente por causa disso que a sinhazinha me esperou do lado de fora, sua vela fazendo um pouco mais de luz para que eu observasse bem meu novo território. Dava para absorver tudo que havia nele até com um olho fechado.

— É aqui que você vai dormir — ela disse.

— Muito bom — disse eu.

A cama não estava arrumada e não havia cortinas ou qualquer tipo de pano na janela. Tentei não pensar no adorável quarto que Sr. Levy havia me dado na Crown House, com a lareira de mármore branco, as cortinas de veludo e todo esse tipo de coisas. Mas aquilo era passado e eu nunca mais o veria de novo.

— Por enquanto, vou fazer minhas refeições com você na cozinha — a mulher falou, como se aquilo fosse um grande prazer para nós duas. — Ah, sim, claro — ela disse —, quando meu marido voltar para casa, ele e eu jantaremos juntos e você nos servirá.

— Mas é claro que sim — eu disse. — Quando ele voltará para casa, sinhazinha?

Mas ela não me respondeu, apenas sorriu e perguntou:

— A que horas você começava a trabalhar no seu último emprego?

Inventei qualquer coisa:

— Oito horas.

— Ah — ela disse. — Temo que você terá de acordar bem mais cedo aqui no campo. Amanhã você deverá estar com o fogo aceso e o café da manhã pronto às 6.

E então lá estava eu, com minhas duas canetas, meus dois peitos, Charles Dickens, duas fatias de pão e um livro em branco no fim do meu dia no meio de lugar nenhum. Exceto pelo fato de que, como ficou claro mais tarde, aquilo estava longe de ser o fim.

Antes de ir para a cama, tive de limpar a cozinha toda menos o forno, onde a mulher ordenou que eu não pusesse as mãos. Ela foi para o quarto e me deixou lá. A limpeza parecia que ia durar para sempre, já que eu não estava acostumada com aquele serviço, e não consegui subir as escadas antes das 23 horas. Eu estava cansada demais para arrumar minhas coisas, então apenas tirei minha camisola de dentro da trouxa e deixei o resto esperando até que eu pudesse fazer a arrumação. Enrolei as duas fatias de pão que eu tinha pego na cozinha num guardanapo limpo e as escondi na cristaleira, e comi seis biscoitos que estavam no meu bolso. Então fiz a cama e me meti nela. O colchão era duro mas não encaroçado, e os cobertores pareciam limpos o bastante. As nuvens deviam estar pesadas naquela noite, uma vez que não havia nenhuma estrela no céu. Fiquei deitada por horas sem conseguir dormir porque eu tinha de começar minhas obrigações às 5 da manhã e estava apavorada com a ideia de não levantar a tempo. No fim das contas, no entanto, acabei apagando. Devo ter dormido pelo que me pareceram apenas alguns minutos, até que alguma coisa me sacudiu e me acordou. Meus olhos se abriram num estalo. A mulher estava sobre mim com uma vela acesa, de camisola. Estava irada, o rosto tão cheio de fúria e tão crispado que parecia que ia explodir a qualquer momento.

— Levante-se — ela ordenou. — Levante-se agora mesmo. — Ela puxou os cobertores e socou o colchão algumas vezes com o punho. — Quero ver você lá embaixo — ela disse. — Dois minutos. Não se troque, apenas desça imediatamente.

E então ela se foi.

Jesus Cristinho, meu coração batia como os sinos do inferno. Quando peguei a vela pude vê-lo saltar por baixo do peitilho de minha camisola. Minha primeira reação foi pensar que havia dormido demais. Olhei pela janela e estava tudo escuro lá fora, sem um sinal sequer do amanhecer, mas bem poderiam ser umas 5h30 ou 6 horas, ou mesmo 8 da manhã, já que eu sabia muito bem que não era um pássaro madrugador. Minhas mãos tremiam quando coloquei meu xale, e eu não sabia se era de frio ou de medo. Desci descalça. O carrilhão bem dizia que eram 2h10, portanto eu não havia dormido demais. Então me dei conta da razão pela qual a mulher estava tão furiosa comigo. Ela devia ter examinado o pão de aveia e notado que eu havia pegado mais do que uma fatia. Fiquei pensando comigo mesma, bem, agora você está numa enrascada e assim que amanhecer estará na estrada de novo, sem trabalho e nem sequer uma carta de recomendação e duas orelhas de abano, porque você é uma mentirosa, uma ladra, e nunca ordenhou uma vaca na vida.

Foi com o coração pesado que abri a porta da cozinha e entrei. A mulher estava sentada à mesa, sob a luz de um lamparina e duas velas. Ela não parecia mais tão zangada, mas tinha um ar distante; nem sequer olhou para mim, apenas observava a parede.

— Entre, por favor — ela disse numa voz quase sem entonação.

Eu me esgueirei com alguns passos.

— Sinto muito, madame.

Ela virou a cabeça.

— Pelo quê?

— Pela... — Eu hesitei; talvez ela não tivesse notado o pão, apesar de tudo, e alguma outra coisa a estivesse aborrecendo. Então eu disse: — Por qualquer coisa que eu tenha feito que tenha irritado a senhora.

— Irritado? — ela disse. — Eu não estou irritada. — Ela me lançou um sorriso largo e então se voltou de novo para a parede e falou com aquela voz sem entonação: — Tem chocolate na prateleira. E leite na jarra. Quero que você prepare uma xícara de chocolate quente, por favor.

— Ch-chocolate, madame?

— Sim, por favor — ela disse. — Quero que você prepare uma xícara de chocolate quente.

Essa mudança de humor e essa coisa de por favor e a voz sem entonação eram por demais esquisitas. Fiquei me perguntando se todas as patroas eram assim, porque eu não tinha ninguém para comparar com ela, talvez apenas minha mãe. Tudo bem que o humor da minha mãe era inconstante e ela não veria problema nenhum em sacudir alguém no meio da noite e tirá-lo da cama, mas ela nunca faria isso com o propósito de fazer a pessoa preparar uma xícara de chocolate quente, ah, mas não mesmo, e vou escrever mais sobre isso mais tarde.

— Muito bem, madame — eu disse para a mulher e lhe fiz uma reverência, e não tenho a menor ideia de por que eu fiz aquilo, já que eu não costumava fazer reverências ou mesuras para ninguém, mas era o que eu achava que uma criada deveria fazer. Então eu peguei a jarra de cima da mesa e comecei a esquentar o leite. É claro que eu não fazia a menor ideia do que iria acontecer nas semanas que viriam e qualquer pensamento nesse sentido pareceria estranho, tão estranho quanto ela ficar ali me olhando enquanto eu fazia as coisas, sem me dirigir a palavra nem uma vez sequer. Nenhum comentário saiu de seus lábios, ela apenas observava cada mínimo movimento que eu fazia, seus olhos brilhando à luz das velas, como os de um gato. Não havia muito mais a fazer enquanto o leite esquentava, mas eu tive a impressão de que ela não gostaria que eu sentasse a seu lado, por isso peguei um pano e fingi que estava limpando as prateleiras.

Pouco depois, ela suspirou e disse:

— O que fez agora há pouco? Um instante atrás?

— O que a senhora quer dizer, sinh... madame?

Ela apontou para onde eu estava quando entrei na cozinha.

— Você fez alguma coisa, quando estava parada ali.

— Uma reverência — eu disse. — Sim, madame. — Caramba, fiquei pensando comigo mesma, talvez eu não devesse ter feito aquela reverência, por Deus, você não faz nada certo!

— Por que você fez aquilo?

— Não sei, madame. Apenas me ocorreu fazer.

— Sei — ela disse, e piscou algumas vezes. Juro por Deus que achei que ela fosse começar a chorar e então percebi que ela estava me olhando como se fosse explodir de alegria. — Continue, por favor — ela disse após um tempo, fazendo um gesto com a mão em direção à jarra de leite.

Então eu me virei e peguei uma xícara na prateleira e misturei o chocolate com um pouco de leite frio e então derramei o leite quente por cima e dei uma boa mexida. Quando estava pronto, levei até a mesa e coloquei diante dela com o açúcar. De repente ela se inclinou para a frente e segurou minhas mãos entre as dela, e, por Deus, ela abriu um sorriso tão grande que não sei como não quebrou o rosto.

— Obrigada, Bessy — ela disse. — Você é uma menina muito boa. Muito bem. Muito *bem*.

— Não há de quê — eu falei.

Sua pele gelou por entre meus dedos; tentei tirar minhas mãos dali, mas ela as segurou firme e lançou sobre mim e sobre a xícara um olhar profundo.

— Isso parece ótimo — ela disse. — Absolutamente *ótimo*. É perfeito em todos os sentidos, e você o fez tão rapidamente e com tanta eficiência. Estou orgulhosa de você, Bessy, muito orgulhosa. Que boa menina você é! Obrigada, obrigada, *obrigada*!

Jesus Cristinho, era só uma xícara de chocolate quente.

— Está bem, madame. — Eu não sabia onde me esconder. — Alguma coisa mais?

— Sim — ela disse, repentinamente solene. — Mais uma coisa.

E o que seria agora?, eu pensei, ela é doida de pedra. Então ela soltou minhas mãos, o que foi um alívio, e se pôs de pé.

— Sente-se no meu lugar, querida — ela falou, e eu fiz como pedido. Então ela empurrou a xícara de chocolate quente na minha direção.

— Você fez isso tão bem — ela disse. — Quero que você o tome.

Eu olhei para a xícara e então olhei para ela.

— Eu, madame?

— Sim — ela disse, e então, um tanto preocupada: — Você gosta de chocolate, não gosta?

— Bem — eu disse —, não sou muito afeita a leite, mas não tenho nada *contra* chocolate.

— Que bom — ela disse. — Então tome tudo, como uma boa menina, e vá para a cama; você tem de estar bem-disposta pela manhã.

Ela tentou tocar rapidamente meu rosto e eu recuei, mas ela apenas sorriu e deu um tapinha na minha bochecha com o dorso da mão. Então ela apagou a lamparina, pegou uma das velas e deixou a cozinha sem dizer uma palavra. Eu não estava com um pingo de sono. Se me lembro bem, demorei um pouco para me deitar. Acho que fiquei sentada ali sozinha por um bom tempo com o chocolate quente diante de mim, admirando a fumaça subindo da xícara e vendo-a ir em direção à chama da vela.

2

Novas roupas e novas pessoas

Na manhã seguinte, acordei e fiquei olhando estupidamente pela janela por um instante e só então pulei da cama com um grito curto, pois o sol estava alto no céu, o que não me deixava dúvida, até eu podia perceber que havia levantado depois das 5. Enfiei-me nas minhas roupas e escorreguei para o andar de baixo sem me lavar nem nada, ajeitando o cabelo como podia. O relógio na sala dizia que eram quase 9. Atrasada quase quatro horas, Deus do céu, aquilo devia ser alguma espécie de recorde. Eu poderia me dar um chute. Na noite anterior, quando estava sentada à mesa, eu tinha meio que decidido comigo mesma que iria sair dali e tentar a sorte em qualquer outro lugar, já que eu achava que não havia sido feita para aquele tipo de trabalho. Mas agora que eu estava prestes a ser demitida sem nem ter começado, eu estava repensando minha decisão. E isso não era algo que eu fizesse muito.

A sinhazinha estava na cozinha, colocando leite em um pires para o gato. Ela usava um vestido cinza e um avental. Quando entrei correndo, ela me deu uma olhada.

— Ah, Bessy — ela disse. — Imagino que tenha dormido bem.

Achei que ela estava sendo sarcástica, mas eu tinha minhas desculpas na ponta da língua.

— Sinhazinha — eu disse. — Desculpe, eu...

Ela levantou a mão para me interromper.

— Sim, sim — ela disse. — Você foi dormir tarde. A culpa é toda minha.

Era impossível afirmar se ela estava zombando de mim. Eu disse:

— Desculpe, madame, eu não dormia tanto assim desde...

— Calma, menina — ela disse. — Eu decidi deixar você dormir esta manhã.

— Ah.

— Afinal de contas, você andou viajando — ela disse. — Devia estar cansada. E também triste pelo seu ex-patrão... que morreu e tudo o mais.

Eu apenas concordei, perplexa.

— Bem, Bessy — ela disse. — Há algumas coisas que eu quero que você faça hoje, mas nada que vá sobrecarregá-la muito. Podemos começar propriamente amanhã, quando você estiver mais descansada. Isto é — e nesse ponto ela me deu uma boa olhada —, caso você pretenda ficar por aqui.

Ela deu um belo sorriso, como uma mãe em um livro de histórias, e seus olhos brilhavam, mas dava para ver um traço de ansiedade por trás deles. Hesitei por um segundo. Então eu disse:

— Sim, madame, certamente vou ficar.

— Bom — ela disse, claramente mais aliviada. — Agora você pode tomar seu café da manhã. Mas uma coisa de cada vez. Você está vestindo seu espartilho?

Eu pisquei.

— Não, sinh... madame — eu disse. — Não tive tempo de colocá-lo.

— Excelente — ela disse. — Então você não vai precisar tirá-lo. — E imediatamente ela fez surgir de dentro do bolso uma fita métrica e começou a tirar minhas medidas, tomando nota num pedaço de papel quando desejava. Achei a princípio que ela estava tirando minhas medidas para preparar um uniforme de empregada. Eu me lembro como se fosse ontem das medidas dos meus seios e de todo o resto, naquela ocasião, e a modéstia me impede de citá-las aqui; digamos que eu era *muito bem provida.* Do jeito que ela estava perto de mim, dava para sentir o perfume que emanava dela, um buquê de rosas, e sob aquele cheiro sua própria fragrância, mais telúrica e cálida. Depois que ela tivesse as medidas que se tiram *normalmente* do meu busto e também a circunferência do meu pescoço e do meu antebraço, eu não fazia ideia de como agir e fiquei pensando que talvez ela fosse uma pessoa muito interessada em golas e mangas. Em seguida, ela mediu a palma da minha mão e o comprimento dos meus dedos e polegares. Então ela colocou a fita ao redor da minha cabeça e escreveu: *crânio,*

53 cm, o que me fez achar que talvez eu fosse ganhar também um chapéu, e eu torci para que fosse um muito bonito e não simplesmente um gorro velho e encardido. Depois disso ela mediu a minha boca e a distância da minha testa até o meu queixo e depois a distância entre meus olhos, e então o tamanho do meu nariz. Finalmente, ela mediu a distância da minha narina esquerda até o meu ouvido esquerdo e da minha narina direita até o meu ouvido direito. Para falar a verdade, eu achei aquilo tudo tão perturbador quanto confuso mas eu era jovem e vaidosa e quando eu vi o papel dela fiquei bem aliviada em saber que ambos os lados do meu rosto eram perfeitamente equilibrados, porque se eles fossem assimétricos eu acharia de bom-tom me mandar dali e me apresentar num circo como uma aberração.

— Pronto — disse ela, fazendo uma última anotação no papel.

— Por favor, madame — eu disse. — O que...

Ela balançou a mão na direção de um pote de mingau de aveia.

— Não tem mais nada ali — ela disse. — E depois do café da manhã talvez você possa pegar alguns ovos de galinha. Há um cesto ali no canto. A propósito, onde mesmo você disse que seu ex-patrão morava?

— Hyndland, madame, Crown House — eu disse, e então eu devia ter segurado minha língua, porque na verdade eu não havia dito antes a ela onde ele vivia e só tinha feito isso agora porque estava muito perplexa com toda aquela coisa de medir meu rosto.

— Crown House — ela disse, tomando nota.

— Mas, é claro — eu disse rapidamente —, você não pode escrever a ele perguntando sobre meu caráter porque ele está morto e a casa está fechada. — E acrescentei: — Infelizmente.

Ela me lançou um olhar sério.

— É uma infelicidade ele estar morto ou eu não poder escrever perguntando a ele sobre o seu caráter?

— Bem... ambos, madame — eu disse. — Mas, por favor, madame. Por que razão a senhora tirou aquelas medidas todas?

Ela sorriu para mim.

— De que é feito o seu vestido? — ela perguntou.

— Seda, madame.

— Sim, e de que cor ele é?

Olhei para baixo para vê-lo melhor. Então eu disse:

— É vermelho, madame.

— E, me diga, você tem algum outro vestido além desse e daquela... coisa que você estava usando ontem?

Balancei a cabeça negativamente.

— Era o que eu pensava — ela disse. — Então você vai precisar de roupas, não vai? Nada do que você tem é conveniente.

— Sim, madame, é claro — eu disse. — Mas o que quero dizer é com relação... às outras medidas.

Ela olhou para mim sem entender nada.

— Que outras medidas? — ela perguntou. Então ela me deu as costas e saiu chispando do lugar com o papel.

Talvez ela quisesse desenhar um retrato meu e precisasse saber as proporções corretas ou alguma coisa assim. Enquanto eu estava ali pensando, a sinhazinha subiu as escadas até o seu quarto. Fiquei matutando o que ela faria lá, completamente só. Ouvi o som surdo de uma porta se fechando e ficou tudo silencioso, a não ser pelo distante e mortiço apito de um trem e, bem mais perto, pelo meu estômago se revirando de tanta fome.

Voltei para pegar o pote de aveia e fiquei bem feliz ao olhar para a grelha. Vi logo que o forno havia sido limpo e lavado e que aquela metade de livro queimado havia desaparecido junto.

Antes de pegar os ovos, dei uma rápida passeada pelo lugar. De um lado da casa estava a estrebaria, e do outro, a horta. Subindo a passagem havia a fazenda e o estábulo onde eu tinha estado ontem. O casarão mesmo devia estar por lá há em montão de anos, e as pedras do muro ficaram cinza com o tempo. A maior parte era dominada por dois grandes pavimentos. As chaminés eram altas e a partir da visão do telhado parecia que havia ali dois outros sótãos exatamente como o meu pequeno quarto. Aqui e ali, os frontões eram esculpidos para parecerem muralhas. Até me atrevo a dizer que algum dia ela deve ter parecido razoavelmente grandiosa, mas agora estava decadente. O vidro das janelas estava quebrado em várias partes, a pintura descascada e cheia de bolhas e todos os caminhos estavam tomados por ervas daninhas. Não que eu soubesse muita coisa sobre a casa, mas ou eles não tinham dinheiro para mantê-la ou estavam com empregados a menos.

Parte de mim estava feliz com o tempo extra na cama que me tinha sido permitido, mas o que era bem engraçado era o fato de eu ter aquela urgência de me colocar para fazer alguma coisa, e quanto mais suja e difícil fosse a tarefa que ela me desse, melhor. Então eu peguei a cesta e fui até o galinheiro. Meu Jesus Cristinho, eu não imaginava que apenas algumas galinhas podiam cheirar tão mal. A única maneira de fazer o que eu tinha de fazer era passar por ali prendendo a respiração. Alguns ovos tinham cocô de galinha sobre eles também, o que quase me fez vomitar. Mas eu consegui pegar nove sem quebrar nenhum, então saí correndo para o jardim desesperada por ar. Quando me virei, vi que havia alguém parado no jardim me olhando com um sorriso arreganhado em sua cara grande e feia e com as mãos nos bolsos — era o cara das Terras Altas do dia anterior. Meu coração quase saiu pela boca.

— Que raios você está fazendo aqui? — gritei para ele. — Está me seguindo, seu destrambelhado?

Devo explicar que minha linguagem só foi rude desse jeito porque ele quase me matou de susto aparecendo assim do nada e, além do mais, eu não estava nem um pouco feliz por vê-lo, ele era uma peste, não tinha nem 16 anos e já era o mais lascivo demônio que pôs os pés na terra.

— Arre! — disse ele, com aquilo significando estranhamento em sua linguagem peculiar. — Eu bem é que podia dizer o mesmo d'ocê.

— Caia fora e desapareça — eu disse. — Seu grande estúpido.

— Vou te dar uma dura, hein — disse ele com um esgar, e então ele pôs as mãos nos quadris, apontando com os dedos para o próprio pinto dentro da calça, que estava duro e raivoso. Então ele disse: — Por que ocê e eu não vamu lá naquele celeiro e nós se deita junto que nem marido e muié?

Ele deu um passo à frente então eu joguei um ovo nele, acertando sua mandíbula e espirrando gema por todo o seu cachecol e colete. Foi tão engraçado que eu não pude deixar de dar uma gargalhada. O rapaz passou a mão no queixo e limpou na perna da calça. Aí ele riu como um louco e veio na minha direção outra vez. Eu estava a ponto de jogar outro ovo quando avistei a sinhazinha correndo em nossa direção. Então, em vez de jogar o ovo, eu disse ao rapaz:

— Agora ocê vai se ferrar porque a muié vai ver que ocê invadiu as terra dela.

Ele olhou por cima dos ombros para ver quem estava chegando, então colocou as mãos nos bolsos e ficou parado, assobiando e olhando ao redor. Santo Deus, que cara mais dura.

— Sinhazinha — eu disse. — Quero dizer, madame. Esse rapaz está me aborrecendo. Ele me seguiu até aqui e ele é uma peste.

A sinhazinha olhou para o rapaz.

— Isso é verdade, Hector? — ela disse.

Hector?

Ele me deu uma piscadela de soslaio de tão satisfeito que estava consigo mesmo, o safado. Então se virou para a sinhazinha.

— Arre, não, Sra. Reid — ele disse. — Não mesmo. Eu tava preguntando pra essa criatura atrevida o que ela tava fazendo roubando os ovo da senhora, aí ela jogou um em mim!

Ele adotou uma expressão de tamanha inocência que você poderia jurar que ele era um santo. Puxa, eu estava prestes a ter um troço.

— Mentiroso! — eu disse, e teria partido para cima dele se a sinhazinha não tivesse impedido.

— Hector, esta é a Bessy — ela disse. — A nova criada.

— Eita, e mais essa, agora? — Seus olhos se arregalaram, mas ele não estava realmente surpreso, eu podia identificar um fingidor a quilômetros de distância. — Uma nova criada? — ele disse. — Ora, ora. — Ele me olhou de cima a baixo como se eu fosse uma vaca em um leilão.

— Este é Hector — disse a sinhazinha para mim. — Ele nos ajuda com a propriedade. Aparece por aqui o tempo todo, por uma razão ou outra.

Desnecessário dizer que eu não estava nem um pouco contente com essa novidade. Olhei para *ele* de cima a baixo como se ele fosse um bicho grande e gosmento.

— Como está seu dente, Hector? — a sinhazinha perguntou a ele.

— Espera até a senhora ver o buiaco — ele disse, enfiando um dedo grande e imundo dentro da boca para puxar o lábio, exatamente como havia feito várias vezes um dia antes. A sinhazinha tapou os olhos com as mãos e ninguém haveria de culpá-la por isso.

— Não faço questão de ver isso — ela disse. — A única coisa que quero saber é se a cirurgia correu bem.

O rapaz tirou o dedo da boca e o limpou na manga.

— Foi tudo bem, madame — ele disse. — O dente caiu fora com um baruião, parecia batata sendo arrancada.

— Oh, meu Deus — ela disse, fazendo careta. — Bem, você pode voltar ao trabalho.

O rapaz lhe fez um aceno com cabeça, e outro dirigido a mim, este de um jeito bem sarcástico, e, com outra piscadela, ele se foi pelo jardim. Não entendo nada de plantar batatas, mas elas certamente poderiam crescer entre os dedos dos pés dele.

A sinhazinha virou-se para mim.

— Ele *estava* te aborrecendo?

— Só um pouco, madame — eu disse. — Nada que eu não pudesse resolver sozinha.

— Bom para você — ela disse. — Mas tente fazer isso sem atirar ovos. — Ela sorriu para mim. — Era uma bela música a que você estava cantando mais cedo. Creio que nunca a ouvi antes.

— Não, madame — eu disse. — Eu mesma a inventei.

— Sério? — ela disse. — Que talentosa, você. — Então ela se aproximou rapidamente e bateu de leve na minha bochecha. — No que está pensando, Bessy?

— Sim, madame? Em nada, madame. Não estou pensando em nada.

Na verdade, eu estava pensando se eu tinha 50% de chances de partir ao meio a cabeça de Hector como uma casca de ervilha. Mas eu não quis dizer isso para que ela não pensasse mal de mim.

— Tenho certeza de que não é este o caso — disse a sinhazinha. — Estamos sempre pensando em alguma coisa, todos nós. Mas não importa. Quantos ovos você pegou?

— Nove... isto é, oito — eu disse.

— Boa menina. — Ela sorriu para mim de forma carinhosa, então se virou e voltou para dentro da casa. Eu fiquei olhando ela se afastar.

No que você está pensando? Que coisa para se dizer. Em toda a minha vida, ninguém nunca tinha me feito esse tipo de pergunta.

Ela passou o resto da manhã me mostrando as coisas que eu tinha de fazer por todo o lugar. Então, depois do almoço, ela me mandou até Snatter para comprar bolinhos. Snatter era o vilarejo mais próximo dali, e esse nome me fazia rir toda vez que eu ouvia alguém dizê-lo, pois parecia o som de alguma coisa saindo pelo nariz. Quando já estava na hora de ir, a sinhazinha me levou por um caminho atrás da horta e me indicou o trajeto mais rápido, passando por uma campina chamada Cowburnhill e dali direto pela estrada até a vila, no cruzamento com a Great Road.

— Não se demore — ela disse. — Preciso desses bolinhos para esta tarde. Apenas compre-os e volte imediatamente.

— Sim, sim — eu disse a ela. Pelo amor de Deus, mulher, não faça tanto estardalhaço por nada.

Não, de fato eu não disse isso. Apenas falei "Claro, madame" e peguei as moedas que ela me deu. Então fiz-lhe uma bela reverência e lá fui eu. Ela havia sido tão amável comigo por toda a manhã que eu tinha quase me esquecido da maneira estranha como ela agira na noite anterior.

Cowburnhill, eu não gostava nem um pouco de Cowburnhill, havia muita porcaria de vaca pelo caminho, mas felizmente, e para minha sorte, as vacas mesmo estavam todas em outro pasto. O céu estava da cor do mingau de aveia que eu havia comido no café da manhã, mas não estava ventando nem frio demais. Enquanto caminhava, eu ia cantarolando bem alto a música que estava inventando mas que não terminara ainda, eu só tinha dois versos e o refrão.

Depois de um tempinho, o caminho cortava um pequeno campo no meio do qual estava um homem curvado olhando para o chão. Parei de cantar tão logo o vi, pois não desejava chamar atenção para mim. Ele era baixo e magricela e cuspia o tempo todo. Eu já estava prestes a descobrir que aquele era Biscuit Meek, um dos criados da fazenda. Pela expressão indignada de seu rosto e a maneira como ele cerrou os punhos, parecia que eu era um janota qualquer flanando pelo campo. Acenei para ele e dei boa-tarde, já que ele seria meu novo vizinho. Em resposta, ele pigarreou forte e parecia que ia cuspir uma ostra no chão, mas na verdade era apenas mais uma de suas cusparadas dentre as milhares naquele dia, então seria injusto de minha parte dizer que ele teria feito aquilo para mim com algum tipo de hostilidade.

Continuei pelo caminho, fiz uma curva e subi o monte atrás de uma cerca. Foi um alívio sumir da vista do homem. Pouco depois, cheguei ao vilarejo. Naquela época, antes de as novas minas serem abertas, aquele era um lugar ainda menor do que hoje, habitado em sua maioria por mineiros e tecelãos, com suas casas ao longo do Cruzamento e espalhadas dos dois lados da Great Road. Fiquei procurando alguma cafeteria ou qualquer outro lugar para passar o tempo mas fiquei desapontada. Por sorte, havia uma taverna em um dos extremos do vilarejo chamado The Gushet e um pequeno hotel logo subindo a estrada vindo do Cruzamento — o Swann Inn. Afora isso, os únicos pontos de interesse eram uma velha ferraria e uma loja que fazia o papel de padaria, doceria e correio, tudo junto. Havia cerca de meia dúzia de crianças imundas brincando na rua, dois cachorros sarnentos e alguns cavalos e carroças e carrinhos de mão aqui e ali. Nem sequer um teatro ou um salão de dança para distrair; o único salão tinha uma grande placa informando que estava reservado para os maçons, os Franco-Jardineiros. Fiquei bem desanimada. Vi pela janela da loja que havia uma propaganda de matinês, mas com uma inspeção mais atenta descobria-se que já haviam acontecido um mês antes, num outro vilarejo, chamado Smoller. Mesmo podendo parar e entornar algumas garrafas, passei pela taverna e pelo hotel sem entrar. Meu primeiro dia de trabalho seria um desastre com tudo para piorar. Além do mais, eu não queria desapontar a sinhazinha, ela havia me dado um bom começo.

O interior da loja cheirava a doces, tabaco e leite queimado e estava vazio, exceto por um camarada careca atrás do balcão, que era A.P. Henderson, o vendeiro. Ele não deu a menor bola para mim quando lhe dei boa-tarde, apenas cruzou os braços sobre a corrente do relógio de bolso e deu um longo bocejo. Já tinha visto tipos assim antes e sabia que o melhor a fazer era ignorá-los e ir direto ao ponto.

— O senhor tem bolinhos? — perguntei para, em seguida, avistá-los num pote de vidro no balcão, mas antes que eu pudesse perguntar sobre eles Henderson balançou a cabeça.

— Não — disse ele. — Nada de bolinhos.

Olhei para ele confusa e apontei para o pote.

— E esses aqui?

— Esses estão reservados — ele disse.

— Reservados? — perguntei. — Reservados para quem?

— Para o povo de Snatter e desta região.

— Bem, nesse caso — eu disse —, você pode me dar seis, porque vim comprá-los para minha patroa do Castelo Haivers, que creio estar nesta região, pois fica a apenas 2 quilômetros daqui, subindo a estrada.

Aquilo o fez parar e pensar. Ele me examinou por sobre o longo nariz.

— E quem é você afinal? — ele finalmente falou.

— Sou a nova criada do Castelo Haivers — eu disse. — Comecei ontem.

Ao ouvir isso, ele soltou uma risadinha de escárnio.

— A nova criada — ele disse. — Ah, sei. E o que aconteceu com a antiga?

Eu não queria admitir que não sabia, então disse apenas:

— Ela foi embora.

— Ah, ela foi embora? — disse ele, e então acrescentou (o que me pareceu uma coisa muito estranha): — Ela foi de trem? — e começou a gargalhar. Uma algazarra, era isso o que ele estava fazendo. Só fiquei parada ali enquanto ele se acabava de rir. Aquilo nem era engraçado, por isso achei que ele devia ser demente. Depois de muitos minutos, ele se acalmou e esfregou os olhos. — Ah, meu Deus — ele disse. — Ela foi de trem, pois sim. — Aí ele se inclinou por sobre o balcão e disse num tom de confidência: — E como está a adorável Arabella?

— Quem? — eu disse, muito insolente.

— A Sra. Reid, sua patroa — ele disse. — Ou você não sabe nem o nome dela?

— Ah, sim — eu disse. — Arabella. Não tinha escutado direito. Ela vai muito bem, obrigada.

— E quanto a ele?

Achei que ele estivesse perguntando sobre o patrão, e então eu disse:

— Ele não está em casa no momento.

— Ora, ora — disse Henderson. — Angariando votos, com certeza.

— Com certeza — eu disse, sem ter ideia de sobre o que ele estava falando.

— É, é? — ele disse, e levantou uma sobrancelha. — Ela está lá completamente sozinha, é? Naquele casarão? Deve estar precisando de um pouco de companhia, não?

Ele cofiou o bigode e com certeza sabemos em quem ele estava pensando para fazer companhia à sinhazinha. A simples ideia de pensar nele indo a qualquer lugar *perto* dela me causava ânsias de vômito.

— Não mesmo — eu disse. — A casa está cheia de hóspedes.

— Ah sim?

— Sim, temos muita gente por lá. Parentes da sinhazinha, vindos da Inglaterra. Por isso estamos precisando de mais comida, eles comeram tudo o que tinha na casa. Agora, se não se importa, vou levar os seis bolinhos e seguir meu caminho. Estão esperando por mim.

Puxa, eu não poderia ter pedido a ele algo mais trabalhoso; a maneira como ele suspirou e se arrastou da banqueta, o tempo todo balançando a cabeça como se estivesse fora de seu alcance compreender por que alguém iria querer comprar bolinhos, foi uma cena exasperante. Sem muita vontade, ele colocou os bolinhos num saco e eu entreguei as moedas a ele. Depois de espalhar as moedas no balcão, ele as pegou com o avental e jogou-as numa gaveta. As moedas não encostaram nem nos punhos da blusa dele, mostrando que, sem sombra de dúvida, ele não queria pegar os germes de uma menina irlandesa.

Arabella.

Arabella, Arabella, um nome adorável. Por toda a estrada fui pensando num cartaz que eu havia visto certa vez no teatro Royal com a figura de uma bailarina, ela usava uma maravilhosa túnica rosada que esvoaçava quando ela andava e sua pele era branca como leite, e eu não sei por que, mas era nisso que o nome Arabella me fazia pensar, alguma coisa boa e delicada e bela.

Ao contrário de Biscuit Meek. Fiquei bem feliz em ver que ele não estava mais na campina, com certeza ele devia ter ido embora para cuspir na terra de outra pessoa.

Quando voltei ao Castelo Haivers, a sinhazinha estava na cozinha.

— Você voltou! — ela disse, encantada, talvez esperasse que eu fosse fugir com seu dinheiro. Dei-lhe os bolinhos e imediatamente ela me mostrou uma pilha de roupas que tinha colocado sobre a mesa para mim, havia aventais, anáguas, toucas e duas túnicas de algodão pintadas, uma listrada e outra cinza-escuro, ambas um tanto desbotadas. Eu soube logo que não eram novas porque ela não teria como comprar roupas novas tão rapidamente. E, sendo jovem e um tanto orgulhosa quanto à minha aparência, fiquei um pouco desapontada com a ideia de vestir roupas usadas. A sinhazinha deve ter notado a expressão em meu rosto.

— Acho que são do tamanho certo, não são? — ela disse, e continuou: — São apenas provisórias, até conseguirmos encomendar algumas.

Peguei a túnica listrada e a examinei. No fim das contas estava limpa e cheirava como se tivesse acabado de ser passada.

— Experimente — disse a sinhazinha.

— Posso me trocar aqui, madame?

— Por que não? — ela disse.

Tirei meu vestido e me enfiei no listrado. Ele fechava na frente, a partir do peito. Meus dedos estavam tremendo por alguma razão e então a sinhazinha veio na minha direção e o abotoou para mim, botão por botão. Ao ver que estava todo abotoado, ela tocou meu cabelos, sorriu e deu um passo para trás.

— Perfeito — ela disse.

— São seus esses vestidos, sinhazinha?

— Não, não — ela disse. Olhei-a e ela continuou: — Pertenciam a uma menina que esteve aqui algum tempo atrás. Ela... ela deixou algumas coisas quando se foi. Eu as coloquei no sótão, no caso... no caso de ela voltar.

Bem, havia alguma coisa esquisita naquilo tudo, a forma como ela hesitou e evitou meu olhar, e você poderia sentir a quilômetros de distância como seus olhos turvaram, suas narinas se fecharam e seus ouvidos ficaram moucos. Mas, antes que eu pudesse dizer mais alguma coisa, ela bateu palmas e riu bem contente.

— Bem, agora vamos começar — ela disse, como se estivesse me convidando a juntar-me a ela num velho jogo muito animado. — Ponha a touca e um dos aventais. O reverendo Pollock está vindo nos visitar e eu ficaria bem feliz se você ficasse conosco na sala de visitas.

— Muito bem, madame.

Eu nunca havia visto o reverendo Pollock, mas ele devia ter dinheiro, já que era da U.P., que quer dizer "União Presbiteriana". Devo admitir que estava um tanto animada com a ideia de estrear como criada para um Homem de Hábito, mesmo que fosse um membro daquilo que minha mãe chamava de "A Oposição". Não que ela fosse religiosa ou carolá, até porque a última vez que foi a uma missa, ela estava bêbada e ficou rindo o tempo todo e os fiéis não gostaram nem um pouco, mas eu já havia me deparado com um ou dois desses "caçadores de almas" e eles tinham, como eu já sabia, o que se podia chamar de um jeito esquisito.

***

Lá pelas 15 horas a transformação estava completa. Eu era uma criada boa e decorosa. Usava o vestido listrado, um avental branco e uma touca com babados, e meu cabelo estava penteado de modo que ficava bem esticado para trás junto às orelhas formando um coque bastante sóbrio, o que parecia muito bom. Tive tempo até para me lavar. Quem quer que fosse a menina fujona, ela não faria ideia de como meus peitos estavam apertados naquele vestido, mas, afora isso, não havia com o que me preocupar. A sinhazinha me inspecionou e disse que eu estava muito bem, e era o que bastava.

Ela me pediu que acendesse a lareira da sala de visitas e depois me mandou à cozinha para passar manteiga nos bolinhos enquanto ela ficava sentada costurando. Às 15h30 bateram à porta da frente. Corri pelo corredor e abri a porta, e lá estava o reverendo Pollock, um cinquentão forte com suíças e um rosto idoso bem bonito. Ele piscou de surpresa quando me viu e balançou a cabeça meio desnorteado. Acho que esperava outra pessoa.

— Bem, que beleza... ah! — disse o reverendo num tom que pretendia ser de contentamento mas que para meus ouvidos pareceu horrivelmente forçado. Fiz uma reverência e lhe dei um "Boa tarde, senhor", e então o conduzi para dentro da casa, tudo isso de forma graciosa.

— Sim, sim — ele disse. — Mas acho que nunca a vi antes. — Ele disse isso como se fingisse que estava ralhando comigo, e então fez aquele barulho, não exatamente uma risadinha, nem exatamente um suspiro, mas um som sentimental que ficava no meio do caminho entre as duas coisas. — Aahhh!

— Não, senhor — eu disse. — Sou nova aqui.

— Aahhh! — ele fez de novo, e então balançou a cabeça e começou a me examinar atentamente de alto a baixo enquanto eu pegava seu chapéu e seu casaco. O reverendo Pollock, como eu viria a perceber, gostava de pensar em si mesmo como uma raposa astuta e odiava que alguma coisa não chegasse ao seu conhecimento. Notei um estranho cheiro que emanava dele, de parafina ou alguma coisa assim, e suas botas rangiam como uma velha embarcação.

Pendurei seu casaco e me virei. Ele ainda estava meneando a cabeça com uma expressão de quem se acha esperto.

— Aahhh — fez ele de novo. — Uma nova menina, hein? — Ele ficou um tempão contemplando com carinho essa sua nova descoberta. Finalmente, disse: — Imagino que você tenha um belo nome.

— Meu nome é Bessy, senhor.

— Oh — ele disse. — Bem, não importa. Nomes não são importantes... o modo como a pessoa é guiada por Deus é que conta. E como ela respeita o sabá... isso não preciso nem falar.

— Sim, senhor.

— Bem, bem — ele disse. — Tenho certeza de que você será *muito* feliz aqui... Sim, você tem uma patroa *maravilhosa*... Isso mesmo... Ela e eu somos... muito bons amigos.

Ele estava com o ar de um homem que se preparasse para começar um longo discurso pontuado por grandes pausas, portanto eu me adiantei:

— Por aqui, senhor — eu disse, e corri para a sala de visitas. Mas, em vez de me seguir, ele ficou onde estava, sorrindo numa espécie de autossatisfação, com os braços pendendo do lado do corpo e os ombros empinados quase tocando as orelhas. Obviamente ele não havia acabado de falar comigo ainda e aposto todo o meu dinheiro que estaríamos lá até agora se eu não o tivesse ignorado, ido adiante e batido à porta da sala de visitas.

— Entre — disse a sinhazinha.

Assim que entrei, ela me olhou lá de onde estava sentada ao pé do fogo com seus bordados. Havia trocado de roupa outra vez e estava com um cabelo danado de bonito, por Deus, parecia até uma pintura. Eu podia imaginá-la pendurada em alguma galeria, e o nome do quadro seria "A bela dama da casa".

Eu estava prestes a anunciar o reverendo quando ele passou à minha frente com um sorriso afetado, e um brilho no olhar agora que sabia que eu não seria condescendente com ele.

— O reverendo Bollock, madame — eu disse.

A sinhazinha lançou-me um olhar penetrante enquanto se levantava para cumprimentá-lo, e acho que ela não teve certeza se tinha ouvido direito ou se aquele era o meu sotaque mesmo, mas a atenção dele estava toda voltada para ela enquanto cruzava a sala com a mão estendida.

— Reverendo Pollock — ela disse. — Que bom que veio me visitar.

— Ahhh! — ele fez.

Essa foi a minha deixa para colocar a chaleira para ferver.

Voltei um pouco depois com a bandeja e pude ouvir as vozes dos dois murmurando dentro da sala de visitas, mas quando bati na porta e entrei eles ficaram em silêncio, então tive a impressão de que discutiam algo que não queriam que eu ouvisse.

Estavam sentados um de cada lado da lareira, e o reverendo havia tomado posse da grande poltrona de couro, com os pés estirados na direção do fogo. Parecia estar se sentindo completamente em casa.

— Ah, muito bem — disse a sinhazinha para mim. Ela apontou para a mesa entre eles onde eu deveria deixar as coisas do chá. Comecei o processo bem lentamente, esperando que eles retomassem a conversa. Preparei um pires... e depois o outro. Então preparei uma xícara... e depois a outra. Uma colher... e o reverendo pigarreou.

— Não sei se lhe contei, Arabella — ele disse —, mas tenho algumas... bem, algumas notícias bem interessantes.

Tive um pouco de raiva, pois estava claro que aquilo era uma mudança de assunto.

— Ah, sim? — disse a sinhazinha. — E o que é?

— Bem — ele disse, muito feliz consigo mesmo —, fui convencido a fazer um discurso de Segunda à Noite em Glasgow.

— É mesmo? — disse a sinhazinha. — Que boas-novas.

— Sim, com certeza — ele disse. — Nas Galerias da Corporação ou talvez no Salão da Rainha... isso não foi definido ainda. De qualquer forma, será apenas no próximo ano. Afinal, essas coisas, sendo tão... importantes, demandam um bom tempo para se organizar a publicidade e tudo o que deve ser feito. Estou propenso a achar que esses encontros atraem muito público.

— Que maravilha! — disse a sinhazinha.

Por Deus, ela *parecia* bastante impressionada. Eu pude evitar me perguntar como ela podia se animar com aquele bode velho.

— Bem, espero que o comitê tenha acertado ao colocar fé em mim — ele disse. — Disseram que eu fui muito bem-recomendado. As pessoas comentam que eu sou o melhor palestrante que elas já ouviram, então não sou eu que vou discordar. E, é claro, agora preciso dedicar algum tempo a decidir o que vou usar como tema... talvez você possa me ajudar a pensar em algo, Arabella. É claro, você sabe qual é o meu favorito...

Aqui ele fez uma pausa e esperou que a sinhazinha pegasse a deixa.

— Guilherme de Orange — disse ela, assentindo.

— Isso — disse o reverendo. — O velho rei é a minha mais forte carta em mãos. Mas fico pensando se eu não deveria oferecer algo completamente novo.

Aquilo obviamente não estava caminhando para nenhum ponto interessante, então eu tirei logo o resto das coisas de chá da bandeja e me preparei para sair.

O reverendo se recostou e sorriu para mim com grande complacência.

— Aahhh! — fez ele. — Posso ver que você será muito importante nesta casa, Betty.

— É Bessy, senhor — eu disse.

— Ah — ele disse. — Você me disse que seu nome era Betty.

— Eu disse, senhor? Acho que não.

— Sim — disse. — Quando cheguei, lembro-me muito bem de você me dizendo que se chamava Betty. — Ele sorriu para a sinhazinha e balançou a cabeça, como que dizendo que eu estava doida.

— Bem, senhor — eu disse —, então devo ter me confundido com relação ao meu *próprio* nome.

— Obrigada, Bessy, pode ir — disse a sinhazinha rapidamente. — Nós mesmos nos servimos com o chá.

Fiz uma reverência para ela e saí, deixando a porta aberta um tantinho, e esperei um pouco no corredor para ver se eles retomavam a conversa anterior ou se falavam de mim, mas eles não fizeram nada disso — pelo menos não a princípio. O Velho Babão continuou a falar de seu discurso e a sinhazinha prometeu ajudá-lo a encontrar um bom tema. Ela então fez algumas sugestões, o telégrafo elétrico era uma boa ideia, mas ele disse "Aahhh", ele não era especialista *nesse* tema, então ela propôs que ele falasse a respeito de criados de fazenda, seu progresso religioso e moral ou coisa semelhante, e ele concordou que aquele era um tema interessante, mas talvez um tanto *limitado* para o seu gosto.

Então houve uma pausa e ele disse:

— Você deve estar certa sobre ela, você sabe.

E ela disse:

— Bem, isso precisa ser visto.

Nesse ponto, de uma forma bem abrupta, eles pararam de falar. Fiquei congelada por alguns segundos e prestei bastante atenção, mas o silêncio permanecia, e tive medo de eles terem notado a minha presença atrás da porta. Não esperei para descobrir; em vez disso, me mandei pelo corredor na ponta dos pés, dando graças a Deus de o vestido novo ser de algodão e não fazer barulho. Voltei rapidinho aos afazeres da cozinha, peguei um esfregão e comecei a limpar o chão, embora não houvesse a mínima necessidade. Não havia nenhum indício de alguém ter me ouvido ou me seguido, mas meu coração não parou de pular dentro do peito por alguns minutos.

Então eu *era* o tema da conversa quando cheguei com a bandeja de chá! Claro, era muito provável que os comentários fossem bem inocentes, apenas sobre minha capacidade para o trabalho ou coisa assim. Mas estava claro que a sinhazinha tinha feito alguma conjectura ou alusão à minha pessoa. Ah, eu daria meu fígado e meus olhos para saber o que ela pensava de mim ou o que ela imaginava ser a verdade.

Fiquei sentada na cozinha, brincando com o gato, até a sinhazinha me chamar com a sineta para eu levar embora as coisas do chá e dar ao Velho Babão seu capote fedorento. Mas eu bem que poderia ter dado um tiro no Velho Babão. Mesmo já tendo vestido aquele casaco pestilento, ele continuava ali no corredor com seu chapéu e um sorriso idiota na cara, dizendo "Aahhh" e fazendo perguntas abelhudas. Ele era muito diferente dos tradicionais caçadores de almas, a maioria deles tão miserável quanto o próprio pecado, mas não me enganou nem por um segundo. Eu dei a ele o velho "sim senhor não senhor mas é claro senhor" e, finalmente, depois do que pareceu uma eternidade, consegui colocá-lo para fora e tranquei a porta bem trancada atrás dele.

Foi tão grande meu alívio com sua partida que me peguei fazendo uma dancinha de vitória pelo corredor. Infelizmente, fui interrompida quando dei uma pirueta e vi a sinhazinha parada na soleira da porta da sala de visitas me observando.

— Você parece feliz, Bessy — ela disse de uma forma bem inexpressiva.

— Sim, madame — eu disse, meio engasgada e meio sem fôlego, e, pensando rápido, acrescentei: — Estou apenas muito feliz com este emprego.

Ela me analisou por um momento, e era difícil dizer no que ela estava pensando. Então ela disse:

— Venha. — E girou nos calcanhares.

Lá vamos nós, pensei, me dei mal, fosse por causa das minhas piruetas, fosse porque havia sido grossa com o Velho Babão, ou quem sabe porque ela tivesse adivinhado que eu errei deliberadamente o nome dele quando o anunciei, ou seja, um rol inteiro de crimes, e então eu entrei depois dela com certo temor, arrastando os pés, pois, pelo que eu sabia, ela podia me demitir num piscar de olhos.

Na hora em que entrei na sala de visitas, ela havia se instalado de novo na cadeira ao pé do fogo. Fiz uma profunda reverência para ela e fiquei admirando o tapete turco.

— Madame — eu disse, me borrando de medo.

Houve uma pausa. Então ela disse:

— O que você achou de seu primeiro dia no Castelo Haivers?

Aquela pergunta era, no meu entender, para me encher de vergonha por eu ter caçoado do reverendo. Olhei-a de uma forma apropriadamente humilde.

— Bem, madame — eu disse —, gostei bastante de alguns aspectos.

— Sim? — ela disse.

— Mas em outros eu sei que, para atingir o meu melhor, preciso me esforçar mais.

— É mesmo? — ela disse. Algo em sua voz me fez revirar os olhos, e achei que tinha visto um faiscar em seus olhos, mas então ela piscou e aquilo desapareceu ou talvez tivesse sido apenas minha imaginação.

Ela olhou para mim com gravidade. Lá vem, pensei.

— De um modo geral — disse ela, escolhendo as palavras cuidadosamente —, creio que você realizou muito bem o seu trabalho hoje.

Eu não disse nada a respeito, fiquei apenas esperando pela língua afiada.

— Há apenas algumas coisas dignas de nota — ela disse. — Acho que seria bem melhor, por exemplo, que, ao falar com outra pessoa, especialmente uma dama ou um cavalheiro, você não deixe de olhar a pessoa direto nos olhos.

— Muito bem, madame — eu disse. — Nos olhos.

— E talvez, quando estiverem chamando a sua atenção, também fosse aconselhável que você se mantivesse ereta e não ficasse balançando *muito* as pernas.

— Sim, madame — eu disse. — Ereta.

— Uma outra coisa — ela disse. — Apenas lembre que, quando você falar com uma dama ou um cavalheiro, é melhor não ficar com o dedo na boca.

— Oh! — eu disse, um tanto espantada, pois não sabia que fazia isso. — Muito bem, madame.

— De modo geral, eu diria que esteve tudo bem — ela disse. — Mas agora... você já escreveu alguma coisa no seu livrinho?

— Puxa vida, não, sinhazinha — eu disse, pega de surpresa. — Quero dizer, não, madame.

— Nesse caso — ela disse —, pode ficar no seu quarto por uma hora. Sugiro que você aproveite a oportunidade e empreenda algum esforço no seu diário.

Eu bem que poderia empreender algum esforço em uma boa e longa soneca, mas estava tão grata por ela não ter me chicoteado que praticamente me joguei a seus pés.

— Muito bem, madame — eu disse, e fiz outra pequena reverência. — Vou fazer isso agora, agorinha mesmo.

Ah, como é fácil adquirir o hábito de se curvar e fazer rapapés. Deus sabe que se alguém me visse naquele momento diria que eu era uma empregada completa, da cabeça aos pés.

— Vou dar uma olhada depois para ler o que você andou fazendo esta noite — disse a sinhazinha. — E, quem sabe, mais tarde você não possa cantar para mim aquela sua bela canção... — Eu achei que estivesse dispensada e estava pronta para sair quando ela falou subitamente: — Você sabia, Bessy, que o reverendo Pollock é um dos ministros mais ocupados por aqui?

Como se eu me importasse com aquele *monte de porcaria* que ele era. Mas eu disse:

— Oh? É mesmo?

— Sempre penso que é uma grande pena ele só poder vir me visitar uma vez por mês.

— Oh, puxa — eu disse.

— Às vezes ele só consegue vir a cada dois meses. Não é mesmo uma *grande* pena?

Acho que eu poderia dizer com segurança que aquela era minha primeira experiência de como uma dama como a sinhazinha possuía a habilidade natural de dizer uma coisa quando queria falar justamente o contrário. Ela também não gostava do Velho Babão! Ela estava me olhando bem firme e não havia nem sinal de incerteza em sua voz, mas de alguma forma eu sabia que ela queria que eu entendesse *exatamente* o oposto do que ela estava dizendo. Ele era uma companhia *terrível* e quanto *menos* ele viesse visitá-la, melhor. Eu queria dar uma gargalhada bem alta e abraçá-la, aquilo era como se fosse um feliz segredinho entre nós, uma coisa só nossa.

Mas como não seria certo fazer isso eu apenas disse:

— Sim, madame, é uma pena terrível. — E lhe fiz outra reverência e saí, sorrindo maliciosamente.

Quanto ao livrinho, ele logo varreu o sorriso do meu rosto. Jesus Cristinho, quanto malabarismo eu tive de fazer para começar, nem quero lembrar (apesar de que agora eu olho para ele com um certo carinho aqui ao meu lado sobre a mesa). O problema era que eu sabia como soletrar as palavras, mas juntar tudo para formar frases corretas era outra coisa, principalmente porque eram frases para a sinhazinha ler. Devo ter até mesmo derramado uma lágrima ou duas sobre o livrinho nas primeiras vezes que escrevi nele, pois ainda posso ver a tinta borrada aqui e ali e as páginas cobertas de manchas e pingos, já que eu ficava com a caneta no ar, sobre o papel, torcendo para que as palavras viessem à minha mente. No fim de uma hora, eu tinha escrito apenas uma linha desprezível, apesar de na minha opinião ser bastante coisa, e estava feliz por descer as escadas de novo e me engajar na simples tarefa de fazer o jantar.

Naquela noite a sinhazinha preferiu se sentar na cozinha e ler seu *Bathgate Monthly Visitor*, ela mal olhava para o papel, parecia mais interessada em me observar enquanto fazia minhas tarefas. Eu começava a achar que ela havia se esquecido do livrinho, mas então ela pôs de lado o *Monthly Visitor* e me disse para lhe mostrar o que eu havia escrito. Eu o fiz com o coração pesado e mesmo agora fico com vergonha de reproduzir meus primeiros e desesperados esforços.

quinta-feira

levantei fiz alguns trabalhos simples para sinhazinha nada de estranho ou curioso aconteceu

A sinhazinha leu aquilo e então olhou para mim.

— Por que você parou aqui? — ela perguntou, e eu disse que não sabia ao certo, mas talvez fosse porque minha mão estava cansada. — Com apenas uma linha? — ela disse, e eu falei que isso era porque eu não tinha o hábito de escrever um diário. — Bem, Bessy — ela disse —, um diário tem de ser mais específico. Você deve escrever tudo o que fez e precisa dizer de uma forma que dê um colorido diferente ao que você está contando. Por exemplo, o que aconteceu nesta manhã?

Eu olhei para ela. Nada vinha à minha mente.

— A primeira coisa que aconteceu esta manhã? — ela insistiu.

Dei de ombros.

— Levantei tarde? — eu disse.

— Bem... sim — ela disse. — Não era nisso que eu estava pensando, mas serve. Por que não? Agora, tente outra vez.

E ela me fez sentar à mesa da cozinha e tentar de novo. Que tortura, acho que levei cerca de uma hora para escrever.

> *quinta-feira*
>
> *levantei tarde mingau para café da manhã queimei o céu da boca com ele apanhei ovos fiz limpeza para sinhazinha caldo de ovelha para almoço saí para comprar bolinhos servi chá para sinhazinha e para o reverendo fora isso nada de curioso ou estranho aconteceu*

— Bem — disse a sinhazinha enquanto olhava para o livrinho. — Está melhor. Mas continua precisando de mais elaboração e mais detalhes.

Então eu disse, fazendo graça:

— Oh, posso dar mais detalhes do que fiz no penico, madame? — (E aí eu poderia ter me dado um chute, pelo amor de Deus, esse não é o tipo de brincadeira que se faz com uma *dama*.)

A sinhazinha só me olhou e disse que não, mas que o que eu tinha escrito não lhe *dizia* nada. Eu disse a ela que eu realmente sentia muito mas não sabia o que mais escrever. E aí ela suspirou e me disse que no dia seguinte ficaria muito contente em ler no livrinho não o que eu *fiz*, as tarefas e coisas assim, mas o que eu *senti* ao fazer essas coisas e que tipos de *pensamentos* vieram à minha mente durante o trabalho.

Jesus Cristinho, pensei comigo mesma, que interesse *poderia* haver no que eu sentia, e talvez eu tenha até dito isso mas não exatamente com essas palavras e então a sinhazinha disse se você fizer isso eu lhe dou mais 1 xelim e eu pensei Deus do céu, se isso vai fazê-la feliz...

Mas eu estou exagerando. Para dizer a verdade, não ligava a mínima para 1 xelim extra. Eu só queria agradar à minha sinhazinha.

3

Sexta-feira

acordei na hora fiquei feliz por não estar atrasada o fogo não queria pegar fiquei feliz quando consegui acender mingau de aveia salgado demais fiquei desapontada alimentei as galinhas com a sinhazinha alimentei os porcos sozinha gosto de galinhas não sei se gosto de porcos fiz um buraco no meu avental ao esbarrar na cerca não fiquei nem um pouco feliz com isso varri os quartos e tirei o pó e queimei as batatas do jantar mas eu estava com fome e comi tudo a sinhazinha me ensinou como polir prata e fiquei contente então ela me mostrou a horta eu estava interessada e por onde as ovelhas entraram e comeram no ano passado eu fiquei chocada depois eu carreguei quilos e quilos de esterco pelo quintal fiquei maravilhada quando acabei enquanto trabalhava eu pensava em minha mãe se pelo menos ela estivesse viva e fazendo suas boas ações especialmente com aqueles pobres homens sofridos apenas um sorriso dela e uma palavra gentil ao passar por eles no caminho para a igreja alegrava o dia deles ela era mesmo um anjo enviado dos céus

4

O que eu não escrevi

Foi isso que escrevi no livro. Mas não foi tudo o que aconteceu na sexta-feira, nem de longe. Por exemplo, quando entrei na cozinha naquele dia, a sinhazinha já havia se levantado e parecia que ela estava me esperando, pois assim que entrei ela se pôs de pé em um pulo.

— Ah, aí está você — disse ela, muito animada.

Seu rosto estava pálido e havia olheiras sob seus olhos, ela parecia não ter dormido muito. Dei a ela um bom-dia e fui acender o fogo, mas quando passei pela sinhazinha ela se aproximou e agarrou meu braço.

— O fogo pode esperar — ela disse. — Há algo que quero fazer primeiro.

Ela soltou meu braço e então ficou parada do meu lado e apontou para uma cadeira de espaldar alto que estava no meio da cozinha e que ela devia ter colocado ali antes de eu chegar.

— Sente-se — ela disse.

Quando fiz o que ela determinou, ela começou a andar de um lado para outro na minha frente, com as mãos para trás. Ela estava usando um adorável vestido de seda pintado, com a saia esvoaçando até mim cada vez que ela passava, o corte de sua roupa mostrando seu corpo esbelto. Ela era uma verdadeira Afrodite, só que com braços. Depois de certo tempo, ela parou e me olhou bem nos olhos.

— Agora, Bessy — ela falou muito austera —, me diga: você confia em mim?

— Madame? — eu disse. — Em que sentido?

Ela hesitou e então disse, mais gentilmente:

— Quero dizer... você acha que eu poderia lhe fazer algum mal?

— Não, madame — eu disse, e fiquei surpresa por notar que era sincero.

— Então você confia em mim — ela disse.

— Bem, sim — eu disse.

— Bom — ela disse. — Agora seja uma boa menina e feche os olhos.

— Para... para quê, madame?

— Você confia em mim, Bessy?

— Sim, madame.

— Então feche os olhos.

Eu fechei.

Ela caminhou até mim como se fosse um sussurro e então parou, em algum lugar à minha esquerda. Fiquei aguardando, sem saber ao certo o que esperar. Eu meio que imaginava que alguma coisa poderia acontecer de repente, que ela me tocaria em algum lugar, um tapa no rosto talvez, sua respiração em meu rosto ou seus dedos em meus cabelos, mas ela manteve distância e, após um momento de silêncio, ela anunciou bem alto, com uma voz sem emoção:

— Levante-se!

Fiquei de pé e então esperei para saber aonde ir, mas tudo o que ela disse, naquela voz sem emoção de novo, foi:

— Sente-se! — Então eu me sentei e, achando que a havia desapontado de alguma forma, comecei a abrir os olhos.

— Mantenha os olhos fechados! — ela disse rapidamente. — Levante-se! — disse de novo com voz metálica. E eu me levantei. E aí ela disse outra vez: — Sente-se!

O que ela queria com aquilo eu não fazia ideia. Ela apenas ficava ali, falando naquela voz sem emoção, Levante-se!, Sente-se!, Levante-se!, Sente-se!, e eu ficava lá, para cima e para baixo como um barman de prostíbulo, até que, na quinta vez que ela me mandou fazer aquilo tudo, eu não pude mais aguentar e abri os olhos, falando de forma um tanto ríspida:

— Por favor, sinhazinha, eu não quero mais fazer isso, então não me force, por favor.

Ela estava me observando, um olhar meio perdido, como se procurasse por algo, em uma espécie de transe, mas quando eu falei ela apenas balançou a cabeça e murmurou para si mesma algo que parecia ser: "É claro. É claro que ela pode." Então ela piscou e disse bem alto:

— Muito bem, Bessy. Pode acender o fogo.

E então ela se foi, movendo-se com leveza, e saiu da cozinha sem olhar para trás.

Depois de já ter se passado metade da manhã, chegou uma carta para ela. Fiquei de ouvidos bem abertos para o carteiro, em parte porque era ótimo poder ver outro rosto, mas principalmente porque eu queria saber o que ele estava trazendo, já que a sinhazinha poderia muito bem ter escrito para Crown House a fim de saber do meu caráter, e eu temia que ela estivesse recebendo uma resposta.

Esse carteiro em particular poderia muito bem ser o equivalente humano de um texugo, já que não se conseguia ver nem sombra dele, apenas sentia-se sua presença sobre o piso, e naquele dia não foi diferente. Ele deveria tocar uma trombeta para que todos soubessem que ele estava a caminho mas apesar do fato de eu estar com os olhos e ouvidos bem abertos e poder até jurar que não havia ninguém na estrada — como num passe de mágica! —, lá estava a carta no chão logo depois de eu passar pelo corredor. Meu coração disparou porque achei que era de Glasgow mas ao examinar melhor vi que ela havia sido postada em Londres, então estava tudo bem. Achei que poderia ser do marido da sinhazinha.

Ela estivera trancada no quarto por toda a manhã e eu fiquei feliz por ter uma desculpa para visitá-la, então levei a carta lá para cima imediatamente. Bati na porta e quando entrei ela estava sentada à escrivaninha, com uma caneta na mão, mas, estranhamente, eu não conseguia ver nenhum papel em lugar algum.

— Isso chegou para você, madame — eu disse, e lhe entreguei o envelope.

Ela observou a letra manuscrita na frente do envelope.

— É de Londres — eu disse.

Ela sorriu.

— Sim, eu vi.

Esperei que ela abrisse a carta mas ela apenas a pôs na escrivaninha e se voltou para mim, com ar de expectativa. Até aquele momento eu não me dera conta de que tinha algo a dizer a ela, mas então eu botei tudo para fora:

— Madame, a respeito desta manhã — eu disse —, gostaria de me desculpar.

— Desculpar? Por quê?

— Madame, por não fazer o que a senhora queria que eu fizesse. Isso de levantar e sentar. Não sei por quê. Eu só não queria fazê-lo. E sinto muito por isso.

Ela balançou a cabeça.

— Sem problemas, Bessy — ela disse. — Você foi muito bem.

— Fui, madame? Fui mesmo?

— Sim, você foi.

— Se a senhora quiser tentar de novo, sinhazinha... madame? Quero dizer... eu não me importo, podemos fazer de novo agora, se a senhora quiser. Lá embaixo... ou aqui?

— Talvez não agora, Bessy — ela disse. — Talvez um outro dia.

— Tem certeza, madame?

— Sim, acho que vou ler minha carta agora.

— Oh, com certeza, faça isso.

Esperei que ela a abrisse mas ela apenas se sentou e ficou sorrindo para mim até que eu me desse conta de que, é claro, ela queria que eu fosse embora.

Eu a deixei, fechando a porta lentamente atrás de mim. Não sei o que me fez ficar parada ali. Esperava que ela rasgasse o envelope para abri-lo, mas o que eu ouvi em vez disso foi o barulho de uma chave girando num cofre, uma porta se abrindo e fechando, então houve um "*clinque*" que eu não pude precisar muito bem e finalmente silêncio outra vez, e então eu tive de ir embora bem na ponta dos pés, me esgueirando pela parede.

Uma hora depois, quando a chamei para descer e comer, pude ver muito bem que ela havia chorado. Seu nariz estava vermelho e seus olhos estavam inchados e úmidos. Ela estava se esforçando para suportar aquilo, fosse o que fosse, e eu não quis atrapalhar, então mantive minha boca fechada até depois de termos comido. E então eu disse, bem delicadamente:

— Perdoe-me por perguntar, madame, mas... a senhora recebeu más notícias?

Imediatamente ela começou a chorar copiosamente. Eu temia que minha imaginação voasse muito longe e já estava me inclinando para a pior e mais romântica das conclusões.

— O que houve, madame? — eu disse. — É uma chantagem?

Esse tipo de coisa sempre aparecia no *The Peoples Journal.*

A sinhazinha me olhou desconfiada.

— Não seja tola — ela disse. E então se levantou. — Não é nada. Está tudo bem. Agora é hora de você voltar ao trabalho.

E com essas palavras ela saiu do cômodo. Naquele momento eu achei que havia algo naquela carta que a fizera sentir-se mal, mas agora, ao me lembrar da ocasião, não tenho tanta certeza.

À noite a sinhazinha parecia ter se recuperado. Depois de eu ter limpado a mesa ela me mandou fazer o texto de sexta-feira no meu livro e me pediu para vê-lo imediatamente. Fiquei parada ali muito ansiosa enquanto ela o lia mas ela sorriu quando terminou e disse que eu tinha feito um *grande* progresso. De tudo que eu havia escrito, ela parecia ter gostado mais da parte sobre minha mãe e suas boas ações, o que, por Deus, era justamente a parte que eu tinha inventado, já que não conseguia me lembrar o que eu havia feito antes e então escrevi a primeira coisa que me veio à mente.

— Essa parte sobre sua mãe — disse a sinhazinha. — Escreva mais dessa forma.

— Vou fazer isso, madame — eu disse, e pensei que, bem, se ela não consegue notar a diferença, será mais fácil do que eu imaginava, vou simplesmente inventar coisas o tempo todo.

Então ela saiu e foi buscar um pedaço de papel no qual ela mesma havia escrito alguma coisa. Ela o deixou sobre a mesa ao lado do meu livro aberto e disse:

— Ouça, Bessy, você sabe escrever corretamente, mas vamos dar uma olhada nisso.

Então nós duas ficamos de pé olhando a letra dela e a minha. Eu não sabia direito em que eu devia prestar atenção, mas fiquei olhando assim mesmo. O papel dela era a primeira página de uma carta que ela havia escrito para seu pai na cidade de Wimbledon, Inglaterra. Hurra!, pensei comigo mesma, secretamente deliciada com a chance de ler alguma coisa particular dela, mas o primeiro parágrafo era apenas sobre o tempo e então ela começava a falar sobre algum livro que ela havia lido e, meu Deus do céu, aquela parecia uma carta muito chata mesmo, nada era realmente muito revelador, mas talvez ela tivesse escolhido aquela página exatamente por causa disso.

Depois de um minuto ela se virou para mim e sorriu.

— Está vendo? — ela disse.

Pensei em mentir, mas eu tinha a sensação de que aquilo não me ajudaria muito. Então eu disse não, não estava vendo. A sinhazinha continuou sorrindo.

Ela disse:

— Qual é a diferença entre esta escrita e esta outra?

Eu disse:

— Uma é a carta para seu pai e esta outra é o livro que você me deu.

Uma resposta estúpida, eu sei, mas eu estava nervosa e talvez um tanto atrapalhada, pois odeio ser colocada no fogo e parecer uma tonta.

— Alguma outra diferença? — perguntou a sinhazinha, ainda sorrindo.

Olhei outra vez. Ela se inclinou e disse calmamente:

— Repare nos espaços entre as palavras.

Era uma pista. Então eu dei uma boa olhada em seu "Querido pai". Havia um bom espaço entre as duas palavras. Em seguida dei uma olhada no meu "levantei tarde". Havia espaço ali também. Mas os dois espaços se pareciam muito um com o outro e um espaço somado a um outro dava simplesmente um espaço maior, não importava o tempo que se olhasse para ele.

A sinhazinha suspirou e apontou para seu papel, colocando o dedo em todos os pontos finais. Então ela apontou para o meu. Nem um ponto final à vista. Então ela me mostrou todas as vírgulas em sua carta. E então ela colocou o dedo no meu livro. Nem sinal de vírgula por ali.

— Estou bem contente de você estar escrevendo mais, Bessy — ela disse. — Mas você percebe como o que escreveu é uma mesma frase desde o início até o fim da página? Você escreve como fala, sem pausas para respirar. Nunca ouviu falar em pontuação?

Bem, eu disse a ela que eu sabia tudo a respeito de pontuação, o problema é que eu nunca sabia exatamente onde colocá-la.

Foi quando a sinhazinha decidiu se tornar a responsável pela minha educação. Ela ficou bem empolgada com isso, me fez sentar e me contou que, quando era jovem, ela queria andar pelas ruas de Londres e pegar todas as criancinhas maltrapilhas que não sabiam ler nem escrever e levá-las para sua casa em Wimbledon e ensiná-las o abecedário. Não creio que seu pai teria ficado feliz com isso, mendigos imundos sentados em suas cadeiras, sujando seus tapetes persas, mas pelo menos a mobília estava a salvo.

— No fim, Bessy — ela me contou —, acabei não fazendo isso.

Ela ainda estava sorrindo, mas estava com a testa franzida e não havia dúvida de que a tristeza estava por trás de seus olhos, ela havia caído de novo em um estado de melancolia.

— Por que, madame? — eu disse, com cautela. — O que aconteceu?

Eu estava apenas fazendo uma tentativa, imaginando que ela certamente mudaria de assunto ou se afastaria, como havia feito mais cedo. Então meu queixo foi ao chão quando ela se inclinou para a frente, em minha direção, colocou minha mão entre as dela e me olhou bem dentro dos olhos.

— Quase ninguém sabe disso, Bessy — ela disse, com muita sinceridade. — Posso confiar que você não contará a ninguém?

Puxa, eu poderia ter dado uma cambalhota de alegria. Eu seria sua confidente! Mas, em vez disso, eu mordi os lábios, inclinei a cabeça e assumi um ar que inspirasse bastante confiança. Você não poderia encontrar alguém mais confiável em toda a Scratchland. Eu era a confiabilidade em pessoa.

— Claro que sim, madame — eu disse. — Levarei isso para o meu túmulo seja lá o que for.

Ela assentiu.

— Sim — ela disse. — Acredito em você.

Então ela me contou sua história.

É claro que eu não escrevi sobre isso porque me foi dito em confiança. Além do mais, pelo que eu sabia, ela e eu éramos as únicas pessoas que liam o meu livro, então eu tinha plena consciência do que poderia acontecer caso ele caísse em *mãos erradas*. A sinhazinha não iria querer que seus assuntos particulares fossem conhecidos por gente como Biscuit Meek ou A.P. Henderson, aqueles malandros, nem eu iria querer também, por isso eu sempre fui muito cuidadosa com o que escrevia no livro.

Mas enfim.

Muitos anos já se passaram desde então. Pensei muito a respeito e decidi escrever aqui uma versão resumida do que ela me contou, já que pode ser útil e eu estou bem certa de que este documento é apenas para o USO PARTICULAR de um ou dois cavalheiros.

Foi isso o que a sinhazinha disse. É claro que ela também não sabia nada sobre vacas quando veio para a Scratchland, uma jovem só alguns poucos anos mais velha do que eu era então, e ela veio lá de Londres, recém-casada, e seu marido já era mestre James. Ele havia ido à Grande Cidade Inglesa para passar algumas semanas vendo os leões e indo a algumas festas, promenades, *conversaziones* e coisas do tipo. Lendo nas entrelinhas (não quanto aos leões), ele estava lá para arrumar uma esposa. E foi o que ele encontrou, na deleitável forma da sinhazinha, então com 19 anos. Ele disse a ela que havia se formado em direito mas que não praticava mais e que, em vez disso, dedicava-se aqui e ali a alguns negócios que ele havia herdado. Depois de algumas semanas a cortejando, ele se ajoelhou a seus pés em Wimbledon. "O Castelo Haivers é seu, minha adorada", ele disse, e então foi falar isso para o pai dela também, mas não acho que ele o tenha chamado de adorado, e, logo depois do casamento, lá se foi a nova noiva junto com seu marido abastado, as faces coradas e uma fragrância de rosas no cabelo, pronta para conhecer a criadagem da sua nova e grande casa.

O que mestre James não havia mencionado, é claro, era que "Castelo Haivers" era apenas o nome da propriedade. De fato, ele tinha algumas centenas de acres e alguns trabalhadores fanfarrões na fazenda e não sofria por falta de dinheiro ou interesses comerciais, mas não havia nenhum castelo à vista, apenas uma terra suja e nem um pouco bonita de se ver e uma mansão velha caindo aos pedaços e o Mains, bem no meio da Escócia. A sinhazinha me contou que em sua primeira noite no Castelo Haivers ela chorou até não poder mais.

Nesse ponto nós duas choramos juntas em razão de sua falta de sorte. Então ela secou as lágrimas de seu rosto e do meu. Perguntei por que ela não fugiu e ela disse que Oh, ela fugiu, logo no dia seguinte à sua chegada. Enquanto mestre James estava fora falando com seu capataz, ela arrumou uma pequena bolsa, correu pela estrada, pegou carona numa charrete e então pulou no primeiro trem para Londres e se jogou nos braços consoladores de seus pais, de volta a Wimbledon, o que, pensando agora, foi algo muito corajoso.

— O que aconteceu? — perguntei a ela.

Ela disse que estava tudo bem no primeiro momento, seu pai dizia "Calma, calma" e é claro que ela não tinha de voltar. Então ele perguntou a ela sobre as núpcias.

— O que exatamente, sinhazinha? — eu disse.

— Se o casamento havia se consumado — disse ela, com pesar em seu semblante. Diante disso, eu deduzi que havia se dado a consumação e que ela tinha sido bem burra e contado isso ao pai. Bem, minha sinhazinha voltou para a estrada rumo ao norte no mesmo segundo, com os ouvidos ainda zumbindo e seus pobres peitinhos não pararam de pular até ela estar de volta ao Castelo Haivers, essa última parte não foi a sinhazinha que disse, fui eu.

— E então, como você pode notar, eu nunca tive como ajudar os pequenos maltrapilhos — ela disse.

— Oh — eu disse. — Isso é uma pena terrível.

Eu sentia muito por ela. No fundo eu também pensava que havia crianças mendigando em tudo que é lugar, e não apenas em Londres, que ela poderia ter ajudado as de Glasgow ou mesmo as que passassem por Snatter, mas eu não queria estragar o momento justamente quando estávamos tão próximas uma da outra e ela estava me contando seus segredos e todas essas coisas. Por Cristo, eu poderia ter ficado sentada ali segurando a mão dela por toda a noite. Era tão bom, mais parecíamos mãe e filha ou melhores amigas do que patroa e criada. Um pensamento me ocorreu agora que estávamos tão amigas, sobre aquele livro queimado que eu havia visto na noite em que cheguei.

— Madame — eu disse —, quem é Morag?

Bem, foi como se eu a tivesse esbofeteado. Ela puxou a mão da minha.

— O quê? — ela disse, muito desconfiada. — Com quem você andou conversando?

— Ninguém, madame.

— Mas onde você ouviu esse nome? Nora? Onde você o ouviu?

— Não, madame, era Morag — eu disse. — Morag. Não Nora.

— Ah.

Naquele momento, não dei muita atenção ao seu engano. Só mais tarde eu fui entender seu significado. Ela pareceu ter relaxado um pouco, mas então olhou para mim, estreitando os olhos.

— Nesse caso, onde você ouviu falar neste nome, Morag?

— Não sei — eu disse, profundamente arrependida de o ter mencionado. — Eu... eu acho que o vi escrito por aí.

Ela se aprumou, os punhos cerrados.

— Escrito por aí onde?

— Numa... numa folha de papel.

— Onde? — ela disse, olhando para o teto como se o nome pudesse estar escrito lá. — Onde está esse pedaço de papel?

— Não sei, madame... Eu... estava no meu quarto... Eu... eu o joguei fora.

— O que estava escrito?

— Apenas... apenas o nome, madame. Morag. Apenas isso. Eu... eu juro.

Ela segurou a lamparina bem alto e começou a vagar pelo lugar, com o cenho franzido e fazendo barulhos exasperantes.

— Pensei ter ouvido que você havia limpado esse chão — ela me disse, mas quando me levantei de um salto para limpá-lo, ela falou: — Oh, você pode fazer isso amanhã. Mas, olhe aqui, o fogo está quase apagando.

— Vou cuidar disso, madame — eu disse.

— Mas não demore muito.

Quando eu já havia deixado o fogo bem forte, ela estava de volta à mesa, analisando meu livro. Eu me aproximei e fiquei parada, não muito perto dela, e então lhe fiz uma pequena reverência. Ela assentiu, sem olhar para mim. Não éramos mais melhores amigas, éramos madame e criada de novo.

— Sente-se, Bessy — ela disse. — Temos trabalho a fazer. Acho que deveríamos dedicar parte de todas as noites após a refeição ao aprimoramento de seus esforços.

E então ela pegou uma caneta e mergulhou a pena na tinta. "*Clinque*", fez a caneta contra o vidro de tinta, e eu percebi que era o mesmo barulho que eu havia escutado mais cedo naquele dia, e então a sinhazinha começou a me ensinar pontuação.

Para ser bem honesta, eu não dei muita bola àquela história de pontos finais e coisas assim. Achava que minha página era bem bonita, enquanto a dela, com todos aquele pontinhos e marcas, parecia que estava coberta de cocô de cabrito. Mas, como o meu querido Sr. Levy costumava dizer, escolhas, escolhas, a vida é cheia de escolhas. Pensei comigo mesma: o que era melhor, estar em um quarto gelado sem lareira e com o vento passando pelas frestas da janela ou estar ali, esquentando os peitinhos junto ao carvão e admirando a bela Arabella enquanto ela ensinava tudo sobre vírgulas e letras maiúsculas e talvez, de tempos em tempos, pegando sua mão e lhe fazendo confidências?

Eu estudei pontuação à beça.

5

O retorno do mestre

Quarta-feira

Na noite passada fui dormir com os dedos cravados nas bochechas na tentativa de fazer covinhas como as muito bonitas que a sinhazinha tem mas infelizmente não deu certo e minhas bochechas continuam as mesmas e agora eu tenho um dedo dolorido porque dormi em cima dele. Hoje ficamos sem chá . a sinhazinha adora uma boa xícara de chá então eu saí para comprar mais . começou a chover no caminho para Snatter, eu não fiquei nem um pouco contente. Eu estava espevitada e sorridente para ver se eu encontrava algum morador ali do vilarejo mas não encontrei uma alma viva porque chovia muito forte . Fiquei desapontada . O homem que cuida da venda o nome dele é Henderson, Sr. Henderson para mim, ele tentou vender o chá em quantidade menor mas quando falei isso a ele o preço que estava marcado ele fingiu que havia se enganado e me olhou feio . Eu perguntei a ele se ele gostava de trabalhar numa venda ele me disse que não trabalhava ali mas que era o dono, há uma grande diferença ele disse , então eu disse a ele que tinha trabalhado para o Sr. Levy de Glasgow, um negociante de muito sucesso que possuía diversas vendas e lojas que vendiam peles, muito rico ele ficou com tantas lojas e era um homem muito agradável também o sucesso não o havia estragado mas é claro que ele nunca tinha ficado atrás de um balcão ele tinha empregados para fazer isso por ele . Henderson apenas olhou para mim. Aí ele disse alguma coisa que tinha a ver com brejos e caipiras . Eu só olhei para ele em resposta . Acho que ele não gosta muito de meninas irlandesas. A sinhazinha disse que quase houve uma grande briga alguns anos atrás quando uns irlandeses chegaram da colheita e foram ameaçados por alguns moradores, no fim ninguém ficou ferido mas por aqui eles não gostam muito de irlandeses. No caminho pela estrada a chuva parou . Um camponês grandão com o cabelo cacheado as calças seguras por um pedaço de corda e um cachimbo preto pequeno na boca saiu saltitando de um chalé e começou a andar ao meu lado . ele tinha uma cara grande e suja e não parava de contar coisas nos dedos. Contava de tudo, galinhas, chaminés, cortinas, degraus, poças d'água, patas de cavalos, os raios de rodas de carroças, as estacas de cercas, as listras do meu avental. tudo com muita seriedade, como se aquilo fosse a coisa mais importante do mundo . Eu perguntei algumas coisas como o que você está fazendo? Mas ele simplesmente me ignorou e continuou contando, óbvio que ele é um lunático. Quando cheguei em casa a sinhazinha me disse que provavelmente era Sammy Somas que não bate bem da cabeça desde garoto. ele me assustou no começo mas a sinhazinha disse que não oferece perigo ele e isso aliviou minha mente. chamam ele de Sammy Somas porque ele não para de contar, ele conta tudo . A sinhazinha me disse que a época em que ele fica mais atarefado é no verão quando ele conta os mosquitos, é o trabalho da vida dele . Ela me fez rir . Eu contei à sinhazinha que aceitava afinal sua oferta de um pedacinho do jardim para plantar alguma coisa, só não sabia o quê ainda . Acho que flores poderiam ser uma boa escolha rosas ou flores de ervilha-de-cheiro e então eu poderia dar um buquê para a sinhazinha mas ela disse que seria melhor eu plantar repolho e feijões. Eu estava prontinha para começar a jogar sementes na terra naquele momento mesmo mas ela me disse que o solo tinha de ser preparado primeiro, nada é simples ou fácil no campo. Eu dei a partida mesmo assim na minha hora de descanso e tirei um punhado enorme de pedras da terra e então limpei as botas da sinhazinha e as minhas e fiz outras coisas nada estranho ou diferente . Eu acabei de ler o livro do Dickens e gostei dele então ela me deu outro para ler, é sobre um garoto chamado Pip . À noite eu li em voz alta para ela primeiro a Bíblia depois um velho exemplar da Monthly Visitor *que tinha uma história de dois camponeses franceses chamada "Escuridão e luz" . A sinhazinha estava gentil e simpática durante toda a noite, eu cantei uma canção para ela e ela gostou e ela me disse que eu estava escrevendo muito bem agora no meu livrinho e eu fiquei bem feliz.*

Mas a verdade era que em alguns dias você simplesmente não sabia o que esperar da sinhazinha. Eu me dei conta disso depois de algumas semanas. Num minuto ela estava boa como ouro, você não poderia pedir uma patroa mais agradável, no minuto seguinte ela poderia ficar enlouquecida e sair gritando com você. Então, justamente quando você já estava se acostumando com aquelas atitudes dela, ela mudava outra vez e se tornava distante. Ela falava com você naquela voz sem entonação, insípida, mandando você fazer coisas que não pareciam *nem um pouco* necessárias, como ela também podia ordenar que você tirasse os caroços de uma maçã e deixar que você a comesse, ou fazer você buscar água e depois deixar que você a bebesse. Se você perguntasse a ela o que estava fazendo de errado e por que ela estava furiosa, ela podia muito bem dar um sorriso bem gentil e dizer que não estava furiosa. E todo o tempo ela ficava observando observando observando, e depois de tudo ela subia para o quarto e por um bom tempo você não a ouviria dar um pio. Por volta de uma hora mais tarde ela poderia surgir parecendo totalmente renovada, eu sempre pensei que ela se deitava para tirar uma soneca.

Sempre fiz o que podia para agradá-la. Mais uma vez ou duas nesse primeiro mês ela me fez sentar na cadeira de espaldar alto e mandou que eu fechasse os olhos e aí começava o velho jogo do senta-levanta, senta-levanta, e eu não via nenhum sentido naquilo, não achava nem um pouco divertido, mas eu colaborava da melhor maneira possível. Na segunda vez ela mandou que eu me sentasse e levantasse dez vezes, porém eu não faria mais que isso. Na terceira ocasião fiz aquilo 26 vezes, mas na 27ª alguma coisa em mim se rebelou e, como um cavalo empacado, eu me sentei, mas não me levantei. Ela ficava sempre contente comigo e me dizia palavras de encorajamento, como "Muito bem, Bessy, você é uma boa menina", e então me mandava voltar ao serviço.

Apesar desse temperamento inconstante, eu estava gostando da minha nova vida, já que ela tinha muito mais aventura e exotismo para mim do que se eu tivesse ido morar nas florestas da América do Sul. Nós vivíamos grudadas, eu e a sinhazinha, ficávamos juntas nos nossos afazeres durante o dia e também à noite nas aulas de pontuação e eu gostava de ler os livros que ela me dava. *A casa abandonada*, *Grandes esperanças*, *O peregrino*, *Justified Sinner*, eu lia todos e mais alguns. A sinhazinha ia sempre à igreja aos domingos e às vezes às quartas-feiras, para falar a verdade ela era anglicana, mas a única congregação que havia nas redondezas era dos protestantes, e ela só ia lá para manter as aparências. Não é preciso dizer que eu não era bem-vinda, sendo católica apostólica romana e não uma das ovelhas escolhidas. Se eu ou qualquer outro "papa-hóstia" entrasse durante os cultos da igreja em Snatter SÓ DEUS SABE o que poderia acontecer. Acho que o teto se partiria, o lugar explodiria e a própria Scratchland inteira seria destruída e mostraria a todos suas entranhas e faria com que cheirassem seu rabo. (É muito provável que os habitantes locais pensassem o mesmo que eu.)

Nas raras ocasiões em que eu não tinha outras tarefas domésticas para cumprir, costumava fazer companhia à sinhazinha e caminhar com ela pela estrada até a igreja. Eu a esperava do lado de fora até o culto acabar e então voltava para casa com ela. O que era bem legal e agradável, a não ser quando Biscuit Meek saía no final do culto e me lançava olhares obscenos. Agora eu sei que ele cuidava do arado e dos cavalos do Castelo Haivers e conduzia a charrete e que ele era um homem muito tenaz em sua fé. Pena que o Senhor nunca tenha dado a Biscuit um queixo, mesmo ele sendo um de seus seguidores mais ardorosos. Ele tinha uma boca encravada bem perto do pescoço e estava sempre com os lábios babados e caídos para os cantos como se ele tivesse acabado de dar um grande gole numa xícara de leite morno, mas na verdade toda aquela baba era apenas um sinal de *fervor religioso*.

Afora ele, não havia muitos criados na fazenda. Não demorei muito para ver que mestre James não mantinha gente suficiente para cuidar do lugar. Eles deveriam ter na casa uma cozinheira e provavelmente um mordomo, uma dama de companhia e uma governanta e essas coisas, mas não, havia apenas eu, e eu tinha coisa à beça para fazer, mal via os outros empregados. Soube pela sinhazinha que Alasdair, o capataz, cuidava da propriedade para mestre James. Esse tal de Alasdair era casado com Jennie, a ordenhadora, e eles moravam na estrada dos fundos da fazenda, pertinho da irmã dela, Muriel. Biscuit, Hector e outros trabalhadores temporários que eram contratados ficavam nas cabanas além do bosque. A única pessoa que eu via com uma certa regularidade era Hector, quando ele vinha até a casa para fazer alguma coisa. Uma vez ou outra eu avistava as gêmeas Curdle subindo pelo caminho ou cruzando o quintal. Mas afora isso eu estava sozinha. Ou, com sorte, junto à sinhazinha.

Na maior parte do tempo eu trabalhava como um homem com seis braços. Minha mãe costumava dizer que trabalho duro era para os tolos, mas com a ajuda da sinhazinha eu comecei a ver que esse não era necessariamente o caso. Para mim, havia sempre um propósito para o dia e eu achava que gostava daquilo. Trabalhar bastante me agradava e eu gostava mais ainda quando saía para tomar ar fresco, pois a sinhazinha dizia que isso fazia minhas faces ficarem coradas. Não demorou muito para meus braços começarem a ficar musculosos de tanto levantar peso e carregar coisas, vou te dizer, eu poderia levantar um cavalo debaixo de um temporal. "*Parte pas les mains vides*" era uma das frases favoritas da sinhazinha e ela me ensinou como devia ser dita e soletrou para mim em francês. Quer dizer "Não saia com as mãos vazias" e é um bom mote na vida, uma vez que você sempre tem de carregar alguma coisa de um lado para outro e se você está no campo isso é mais comum ainda. E eu não me importava com aquilo. A sinhazinha admirava meus músculos porque ela dizia que uma criada *deveria* ter braços fortes, que não era algo do que se *envergonhar*, e ela estava sempre medindo a musculatura dos meus braços para ver como estava aumentando.

Eu realmente acredito que havia vezes em que, mesmo em meio à merda (desculpe, mas não tenho outra palavra para usar), eu me sentia em estado de glória, teria sido o próprio Deus que entrara em minha vida ou teria sido a sinhazinha? Ou teria sido apenas pelo fato de eu pegar ar fresco e praticar exercícios, quem poderia saber?

Mais que tudo, eu comecei a pensar que se você podia fazer alguém feliz com um trabalho benfeito, particularmente alguém tão especial quanto a *minha Arabella* (que era como eu já havia começado a pensar nela — só que nunca em voz alta!), não valeria a pena?

Houve uma vez em que encontrei uma castanha-da-índia no quintal que era bem bonita e do tamanho de um punho fechado de um bebê; eu poli o pequeno fruto com manteiga e um pano limpo e o dei para a sinhazinha, que disse que havia gostado muito e que o colocaria como adorno sobre sua penteadeira.

Encorajada e maravilhada com aquela reação, eu gastei as duas noites seguintes entalhando secretamente o nome dela sobre a metade de uma batata crua. Ficou muito bom depois de pronto, exceto pelos últimos "L" e "A", que ficaram espremidos onde eu percebi que era o final da batata. A sinhazinha gostou muito do presente, disse que eu era muito talentosa e que mal dava para notar as letras espremidas. Mas não achava que seria muito higiênico guardar uma batata no quarto, por isso a colocou numa estante na cozinha, onde *nós duas* podíamos admirá-la enquanto fazíamos as refeições.

Uma tarde, a sinhazinha me chamou para ir até o seu quarto. Ela estava sentada perto da janela, admirando o horizonte lá fora enquanto escurecia, talvez um pouco triste. Mas ela se animou quando eu cheguei.

— Olhe! — ela disse, e apontou para a penteadeira. É claro que lá estava a castanha-da-índia que eu havia dado a ela, orgulhosamente à mostra num pedestal. Fiquei muito contente com aquilo.

— Bessy — disse ela —, por que você não abre meu guarda-roupa?

Eu achei que ela quisesse que eu escovasse algumas de suas roupas, então abri sem pensar no que estava fazendo. Eu já havia visto seu guarda-roupa antes, ela tinha cerca de meia dúzia de vestidos nas prateleiras, todos em tons suaves de azul, cinza, lilás e verde.

— Qual você acha o mais bonito? — perguntou a sinhazinha.

— Oh, não sei — eu disse. Eram todas roupas muito bonitas, mas talvez não *exatamente* do meu gosto... naquela época eu era jovem e preferia cores mais vibrantes, acetinadas e mais enfeitadas.

— O que acha do verde-água? — ela disse. — Já ouvi você dizer que gostava dele.

Olhei para o vestido: era o que ela estava usando no dia em que cheguei, e por esta razão eu tinha um carinho especial por ele.

— Creio que este é o meu favorito, madame.

— Experimente-o.

Eu olhei para ela.

— Madame?

Ela sorriu e suas covinhas do rosto apareceram; dava vontade de apertar as bochechas dela (coisa que, é claro, eu jamais faria!).

— Bessy, querida — ela disse —, você tem sido para mim uma boa e verdadeira amiga, e olhe o que você fez por mim, me deu uma linda castanha-da-índia, então eu quero lhe dar algo em troca.

— E tem a batata, também — eu disse.

— Sim, claro, a batata — ela disse. — Mais uma razão. Então, tire sua roupa e coloque o meu vestido.

Bem, o que eu poderia fazer a não ser obedecer? Achei o vestido um pouco apertado, uma vez que ela era mais magra do que eu e não tinha tanto peito, mas não ficou *de todo* mau.

A sinhazinha ficou parada e olhou para mim com a cabeça meio de lado.

— Santo Deus, Bessy, quem a visse poderia até achar que você é a dona da casa!

Ela olhava para mim enquanto eu me aprumava diante do espelho, me admirando. Então ela disse:

— Bessy, há algo que eu venho querendo perguntar a você.

— Sim, madame?

— Você será... discreta, não será, querida?

— Quanto ao quê, madame?

— Quanto a... certas coisas que têm... certas coisas que eu tenho pedido que você faça.

Pensei por um momento.

— A senhora se refere ao meu livrinho, madame?

Ela disse:

— Sim, esta seria uma delas. E também... outras coisas.

— Como me fazer levantar e sentar toda hora? E me deixar vestir sua roupa?

Ela piscou ou talvez tenha estremecido.

— Sim — ela disse. — Acho que seria melhor você não mencionar nada disso a ninguém... ninguém mesmo.

— Ora, certamente serei discreta, madame — eu disse. — Nem precisava ter falado. Eu não iria contar isso a ninguém, de qualquer forma.

Ela deu um profundo suspiro e sorriu. Estava claro que tinha ficado bastante aliviada.

— Boa menina — ela disse.

— Isso não me incomoda em nada, madame. — E então eu danei a falar, não consigo me lembrar das palavras exatas, mas era algo assim: — Eu faria *qualquer coisa* pela senhora, madame, *qualquer coisa* mesmo, é só pedir. A senhora tem sido tremendamente boa para mim e... bem, uma troca justa não é um roubo.

A sinhazinha pareceu surpresa, ou talvez até um tanto alarmada.

— Bem, isto é... isto é... é bom ouvir isto — ela disse, e então deu uma batidinha na prateleira vazia do guarda-roupa e eu entendi aquilo como um sinal de que nossa brincadeira de provar vestido havia acabado.

***

Eu não tinha me dado conta, até aquele dia, de que ela podia estar preocupada com o retorno do marido. De fato, eu tinha quase esquecido que ele existia. Algumas cartas haviam chegado de Londres, onde (aparentemente) ele estava a negócios. Mas a sinhazinha não tinha nenhum retrato dele e raramente o mencionava. Ele não fazia parte de nossa vida. O meu lado imaginativo ficava ocasionalmente divagando se ela não tinha dado um fim nele. Algumas vezes, quando estava deitada na cama, eu tentava adivinhar onde ela havia escondido o corpo. Será que o tinha enterrado na horta, por exemplo? Ou escondido no sótão? E será que o sangue dele tinha pingado do teto e deixado alguma mancha? E quanto tempo iria demorar para ele começa a feder?

Mas, como vim a descobrir, o patrão estava vivo e muito bem de saúde, e não fedia nem um pouco. Logo no dia seguinte, depois de ela deixar eu provar seu vestido, a sinhazinha perdeu o dedal e me mandou à vila para comprar outro. O reverendo Pollock estava saindo da venda quando eu cheguei. Não havia escapatória, já que ele ficou parado em frente à porta, bloqueando minha passagem, que queime nos infernos.

— Ahh — começou ele. Então ele tirou um folheto de dentro de seu bolso e o enfiou na minha mão. — Eu guardei isso para você, mocinha — ele disse.

Dei uma olhada e vi que era um tratado, intitulado *Querido amigo católico romano*. Antes que eu ficasse irritada com aquilo, ele falou outra vez, agitando a mão no ar.

— Leia isso nas suas horas vagas — ele disse. — Ficarei feliz em responder a qualquer dúvida que você possa vir a ter. É claro, você deve estar muito atarefada agora que seu patrão voltou para casa.

— O senhor está enganado — eu disse. — Mestre James não está em casa.

— Oh? — Ele arqueou uma sobrancelha e olhou para mim. — Achei que você saberia sobre todas as chegadas e partidas do Castelo Haivers. Mas talvez sua madame não confie muito em você. Você verá que James voltou hoje.

Ele saiu saracoteando, muito contente consigo mesmo. Eu amassei o tal tratado e poderia tê-lo jogado naquela cabeça petulante, mas me contive até que ele tivesse sumido de vista e o joguei para o outro lado da cerca.

É claro, ainda era possível que ele estivesse errado, mas assim que cheguei de volta à casa avistei uma maleta no corredor. E a sinhazinha estava trancada na sala de visitas, falando com um homem, em voz baixa. Era ele, o patrão. De volta! O Velho Babão estava certo. Devo admitir que eu estava um tanto chateada por minha Arabella não ter sequer *mencionado* para mim que estava aguardando seu marido de volta, já que eu tinha a impressão de que ela me contava tudo. Eu estava um pouco aborrecida. Então me ocorreu que ela havia me mandado à venda para me tirar do caminho e poder dar-lhe boas-vindas. Mas convenci-me de que ela havia apenas esquecido e tentei tirar aquela ideia da cabeça. Além do mais, eu estava mais do que curiosa para dar uma olhadinha em seu marido. Então, após um momento de hesitação, bati na porta da sala de visitas e esperei que ela dissesse "Entre!", como costumava fazer.

Em vez disso, houve uma pausa, então ela abriu um pouquinho a porta e deu uma olhada para fora do cômodo. Eu fiz uma breve e bela reverência. Ela franziu o cenho para mim.

— O que é agora, Bessy?

— Estou com o seu dedal, madame. — Estava difícil olhar atrás dela, já que ela havia aberto a porta só alguns centímetros e estava parada exatamente no vão.

Ela colocou o dedo à frente do meu nariz.

— Bem? — ela disse depois de um momento.

— O quê? — eu perguntei.

— O *dedal*, Bessy, por favor.

Eu o coloquei no seu dedo.

— Obrigada — ela disse, e começou a fechar a porta.

— Precisa de mais alguma coisa, madame?

— Não, obrigada — ela disse com firmeza. — Nós logo tocaremos a sineta e então você poderá nos trazer chá.

Nós.

E então ela bateu a porta na minha cara.

Não precisei esperar mais de meia hora para ouvir soar a sineta. Assim que o chá ficou pronto, coloquei tudo na bandeja e levei. Dessa vez quando bati na porta, a sinhazinha disse "Entre!" e então eu entrei com muito cuidado, para não derrubar a bandeja nem respingar nada em ninguém nem tropeçar. Que bela primeira impressão seria eu escorregando na soleira da porta, as coisas do chá voando pelos ares para tudo que é canto e eu no chão com minha saia levantada até a cintura e o patrão olhando para minhas calçolas! Aquilo jamais poderia acontecer e eu queria que a sinhazinha ficasse orgulhosa de mim. Por isso entrei com todo o cuidado, segurando bem firme a bandeja.

O patrão estava sentado na poltrona de frente para minha Arabella. Ele cravou os olhos em mim quando entrei e então os desviou quase que imediatamente. Santo Deus, que sujeito compridão ele era! Tão alto e curvado que mal conseguia caber na poltrona. Via-se que ele era mais velho do que a sinhazinha mas não tinha mais de 45 anos, era até bem-apessoado com aquela altura toda e não estava ficando exatamente careca, mas podia-se dizer que sua testa era bem *alta*. Seu cabelo era preto e desgrenhado e caía pelos lados de seu rosto. Ele ainda vestia o casaco mas o chapéu estava no chão ao seu lado, e ele agora olhava fixamente para os joelhos enquanto roía ferozmente as unhas. Assim que o vi eu o imaginei como um perdigueiro, havia algo de vigoroso e hipersensível nele, como se ele pudesse dar um salto a qualquer momento para fazer alguma coisa que demandasse muita energia.

— Bessy! — a sinhazinha disse, um tanto seca.

Olhei em volta assustada, eu devia ter me perdido numa espécie de transe.

— Sim, madame? — eu disse.

Ela me lançou um olhar de alerta e aí eu percebi que o estava observando. Fiz uma pequena reverência aos dois, o que não é nada fácil quando você está carregando uma bandeja de chá de meia tonelada.

— Este é o seu mestre, James — disse a sinhazinha.

— Prazer em conhecê-lo, senhor — eu disse, e lhe fiz outra reverência.

Como estava ocupado "tratando as unhas", ele apenas assentiu. Coloquei a bandeja em cima da mesa e comecei a arrumar as xícaras e os pires, e dava para ouvir cada tilintar da porcelana e ocasionalmente o som dos dentes do patrão dando mordidas. Enquanto isso a sinhazinha permanecia sentada em sua poltrona, muito tranquila, as mãos com os dedos entrelaçados. Era difícil julgar a atmosfera ali, podia ser que eles apenas estivessem esperando que eu saísse ou talvez eles tivessem acabado de ter algum tipo de discussão, não dava para saber. O que dava para notar era que, enquanto devorava suas unhas, o patrão lançava olhares de soslaio na minha direção então eu me concentrei em fazer tudo certo. Comecei a pensar que eu sairia daquele lugar sem que uma palavra sequer fosse dita, mas de repente ele se aprumou na poltrona, colocou a mão no bolso e esticou os longos e ossudos dedos da outra mão na frente do colete. Então ele começou a me interrogar.

Tratava-se de uma versão um pouco mais amigável da Inquisição Espanhola, exceto pelo fato de que não importava quanto ele interrogasse severamente você, ele nunca fazia uma única e simples pergunta, o que ele fazia era bombardear você com verdadeiros *pronunciamentos* os quais ele lhe dava a oportunidade de ratificar ou coisa assim. Talvez fosse ele ser formado em direito, mas aquilo criava a impressão de que mestre James pensava que as perguntas estavam abaixo dele, que ele gostava mesmo era de ser uma autêntica *Fonte de Sabedoria* e que para ele cada conversa era uma forma de provar que ele estava sempre — como Salomão — *de posse de todos os fatos*. Ele podia até pensar que estava sendo sociável, mas aquela era uma maneira bem infeliz de lidar com as pessoas. Isso, combinado com seu olhar arregalado e seu jeito entrecortado de falar, fazia qualquer um ficar na defensiva.

Suas primeiras palavras para mim foram:

— Você veio com excelentes referências, creio eu.

Caramba! Nem é preciso dizer que aquilo me colocou em total estado de alarme. Dei uma olhada para a sinhazinha, mas ela estava entretida com o bule de chá, olhando-o fixamente enquanto enchia a xícara, suas faces um tanto ruborizadas. Céus, o que ela havia contado a ele? Eu tinha de pensar rápido.

— Senhor — eu disse, com outra reverência —, eu sempre prestei ótimos serviços no passado. — E não havia um pingo de mentira naquilo, por Deus.

Ele balançou a cabeça prudentemente.

— Você tem experiência neste trabalho.

— Sim, senhor — eu disse (e não acrescentei que foi por apenas algumas semanas).

Ele pareceu satisfeito com aquilo e balançou a cabeça outra vez.

— Disseram-me que você sabe ler.

— Sim, senhor.

— Soube que você também escreve muito bem... apesar de seu pouco conhecimento em pontuação. Mas, sem dúvida, você aprende rápido.

— Espero que sim, senhor.

Era interessante ouvir um relatório tão completo sobre mim, principalmente vindo de alguém que eu nunca tinha visto antes! Fiquei imaginando o que mais eu aprenderia sobre mim mesma da vez seguinte. O patrão se recostou na poltrona e esticou as pernas em direção à lareira.

— Bem — disse ele. — Você não terá muita necessidade aqui.

Santo Deus, eu não *ousava* olhar para a sinhazinha.

— Ou talvez você possa ler o jornal para mim alguma noite. Você irá gostar disso, creio eu.

Assenti, educadamente.

Ele disse:

— Aparentemente, já está suficientemente provado que você é indispensável. Muito trabalhadora e bem-disposta.

— Faço o melhor que posso, senhor.

Nesse ponto, ele se curvou para a frente e me cravou um olhar dos mais perscrutadores.

— Quase no fim da manhã — ele disse —, há uma pilha de cascas de vegetais com você.

Eu apenas olhei para ele, bastante confusa com aquela mudança de assunto.

— Um quilo ou 2 — ele continuou. — Uma mistura de cascas de batatas, nabos e coisas assim.

— Senhor?

— Essas cascas estão um pouco sujas, mas não mofadas. Descreva-me as suas ações subsequentes.

— Como, senhor?

A sinhazinha limpou a garganta.

— O que você faria com essas cascas, Bessy? — ela disse calmamente sem olhar para mim.

— Ah! — eu disse, dando-me conta de que aquilo era uma espécie de teste. Eu não queria decepcioná-la, então botei meu cérebro para trabalhar. — Bem, eu as colocaria... num... num balde para os porcos comerem?

— Ha! — Ele bateu nos joelhos e olhou triunfalmente para a sinhazinha. — Resposta errada.

Ela olhou de volta para ele calmamente.

— O que você acha que ela deveria ter feito, então, James?

— Ora, deveria tê-las lavado e preparado uma sopa com elas! — ele disse.

— Ah, James. Sob minhas instruções, ela as teria dado como lavagem para os porcos.

Ele soltou uma exclamação e se virou para mim me olhando com aqueles olhos muito escuros.

— Espero sinceramente — ele disse — que você não seja uma menina esbanjadora.

— Oh, não, senhor.

— Não há nada pior do que uma criada esbanjadora. Nós tivemos uma porção *delas* no passado.

Ele sorriu para a sinhazinha, mas ela evitou seu olhar e então ele se virou para mim e, sem aviso prévio, embarcou em outra súbita mudança de assunto.

— Fale-me sobre seus pais. Sei que sua mãe... partiu.

— Sim, senhor.

— Creio que seu pai ainda esteja vivo em algum lugar.

Olhei para ele com uma expressão apropriadamente pesarosa e mencionei que ele também já havia "nos deixado".

— Entendo. — Ele mordeu os lábios e franziu a testa, então tamborilou os dedos no peito, as unhas completamente roídas, até o sabugo. — Sinto muito por isso. Imagino que você deseje visitar seus túmulos de tempos em tempos.

— Senhor? Oh, não, senhor...

— Perder os pais é uma coisa terrível. Acho que você não se importaria em nos dizer qual foi a causa de suas mortes.

— Senhor, foi... foi o tifo, senhor.

— Ah. Oh, Deus. — Ele balançou a cabeça pesaroso e então olhou para a sinhazinha. — Nós não faremos qualquer objeção em deixá-la visitar os túmulos em alguma ocasião, Arabella.

— Oh — disse a sinhazinha. — Não mesmo. — Acho que ela estava tão confusa quanto eu com o rumo que a conversa havia tomado subitamente. O patrão virou-se para mim.

— A não ser, é claro, que eles tenham sido enterrados na Irlanda.

— Não, senhor, Glasgow, mas eu...

— Muito bem, então. Você tem nossa permissão.

Então ele me fitou com expectativa. O que ele desejava era gratidão. Eu a dei a ele junto com mais uma reverência, apesar de não haver túmulo algum e, mesmo que houvesse, não sei se eu gostaria de visitá-los.

— Obrigada, senhor. É muita gentileza sua.

Ele franziu o cenho.

— Você deve sentir saudades de seu país — ele disse.

— Não muito — eu disse. — Gosto bem mais daqui. É um belo país. Parece muito bonito... bem, partes dele. E Glasgow é uma grande cidade... partes dela, claro... a ponte suspensa e todas aquelas luzes.

Ele não estava nem prestando atenção. Só ouvia o que queria ouvir.

— É... — ele disse. — É uma coisa terrível ficar longe de casa. Você não me disse há quanto tempo está aqui na Escócia.

Ele estava certo. Não tinha dito mesmo. Por Deus, era notável como ele instigava você a dar informações sem nem parecer que ignorava alguma coisa. Será que ele praticava aquilo?

— Faz dois anos que vivo aqui, senhor.

Na verdade, quatro, então era só meia mentira. Não sei por que escondi a verdade, não havia um propósito real para ter feito aquilo. Talvez porque o homem estava tão ávido para sugar o que julgava ser a minha Essência, que era como se estivesse roubando-a de mim, então dar a ele uma informação errada fez com que eu me sentisse melhor.

— Dois anos, sim — ele disse, balançando a cabeça, como se já soubesse daquilo e estivesse apenas me testando. — Bem, Bessy — ele disse. — Vamos ver quanto tempo você fica aqui. Pode ir agora.

Fiz a ambos uma reverência e estava prestes a sair da sala quando ele me chamou.

— Apenas me refresque a memória. O nome do escritório de registros.

— Escritório de registros, senhor?

— Onde você está registrada para poder trabalhar.

— Ah — eu disse. — Sim, senhor, claro, é... o...

— Lauders — completou a sinhazinha. — Na Hope Street.

— Isso mesmo, senhor, o Lauders, senhor.

— Suponho que deva custar uma fortuna — o patrão disse, mas ele não estava falando comigo e sim com a minha Arabella. Ela inclinou a cabeça e sorriu para ele lindamente.

— Mas nós veremos que valerá a pena, querido — ela disse.

Eles se olharam e era como se algo invisível de um para o outro passasse entre eles, uma vez que, após um instante, o patrão pareceu relaxar e riu carinhosamente.

— Muito bem, minha querida — ele disse. — Se você diz.

De repente eu me senti uma intrusa e me virei para deixar a sala discretamente. Foi nesse momento que observei a cesta de costuras da sinhazinha, e me surpreendi ao ver seu velho dedal ali, no topo de tudo. Ela deve tê-lo encontrado, pensei, talvez enquanto eu estava na venda. Ou será que ela queria mesmo era se livrar de mim? Eu me voltei para falar a respeito mas, antes que eu pudesse dizer uma palavra, ela se dirigiu a mim:

— Ah, antes que eu esqueça, Bessy — ela disse. — Nós fomos convidados para comer fora esta noite, então você não precisa fazer o jantar.

— Comer fora? — eu exclamei.

— Sim — ela disse, e sorriu carinhosamente para o marido. — É algo tão fora do comum?

— Oh... há... não, madame.

Mas eu estava confusa. Havia me acostumado a passar as noites com ela, e de alguma maneira não entrava na minha cabeça a ideia de que a sinhazinha algum dia fosse jantar *fora*.

— Feche a boca, menina — o patrão disse. — Ou você vai engolir uma mosca.

Olhei para ele. Então olhei de volta para a sinhazinha.

— Eu só estava pensando, madame — eu disse. — E a nossa aula de pontuação?

— Esta noite não, Bessy — disse a sinhazinha. — Podemos voltar a ela amanhã.

O patrão deu uma gargalhada.

— Oh, meu Deus! — ele disse. — Ela não gostou disso!

Fiz um esforço para sorrir e, depois, uma reverência para mostrar que ele estava errado. Ele apontou o queixo para mim.

— Uma última pergunta, Bessy — ele disse. — Sobre o seu pai.

Esperei com grande interesse para ver se ele *realmente* iria perguntar algo, mas o que disse foi:

— Gostaria de saber seu ofício.

— Ele era marinheiro, senhor.

E, para todos os efeitos, era a mais absoluta verdade.

Mas eu realmente não queria mais ser inquirida a respeito disso, na forma de perguntas ou de qualquer outra forma, então fiz uma reverência rápida e saí.

Oh, havia algumas coisas que eu poderia ter contado a ele sobre meus pais. E eu teria adorado ver a expressão em seu rosto se eu tivesse feito isso. Pensando bem, talvez eu devesse ter contado a ele. Ele teria me demitido na mesma hora.

E então nada do que se seguiu a isso teria acontecido.

6

Faço uma descoberta

Fico um pouco envergonhada de contar o que aconteceu em seguida. Mas, como o resto da minha história depende disso — na verdade é a própria substância da minha narrativa —, tenho de contar. Com uma compreensão tardia, tenho apenas uma desculpa, que é a natural curiosidade natural da juventude.

A sinhazinha e o patrão ficaram certo tempo cada um em seu quarto até saírem para jantar à noite. Hector foi mandado para pedir a Biscuit que levasse a carruagem às 19 horas e por volta das 18h30 fui ver se a sinhazinha precisava de ajuda para se vestir. Mas ela não precisava de mim, já tinha se arrumado sozinha. Ela parecia muito animada com a ideia de jantar fora porque eles iam visitar um camarada que escrevia músicas e poemas.

— Eu faço músicas — eu disse a ela.

— Eu sei que você faz — ela disse. Mas ela não estava de fato prestando atenção, uma vez que estava mais preocupada em admirar seu reflexo sob a luz de uma vela, no espelho. — Este lenço está muito espalhafatoso?

— Não, madame, está maravilhoso — eu disse. — Queria ter um assim. A senhora gosta de ouvir minhas músicas, madame?

— Claro que sim — ela disse. — Agora, onde estão minhas luvas?

— Aqui estão, madame. Há algo que quer que eu faça enquanto estiver fora?

— Não, realmente.

— Perguntei porque... posso fazer aquilo de sentar e levantar se a senhora quiser.

Ela parou de colocar as luvas e olhou para mim.

— O quê? — ela disse.

— Senta-levanta... posso ficar fazendo isso e lhe contar quantas vezes eu fiz quando a senhora voltar.

Ela franziu o cenho.

— Não, Bessy — ela disse. — Não é *assim* que funciona. E você deve se lembrar de nossa conversinha, não é?

Olhei para ela.

— A respeito de ser discreta — ela disse.

— Ah, com certeza, madame.

— Boa menina — ela disse. E então ela me deu um beijinho.

Acho que eu devo ter ruborizado de prazer e, na minha confusão, dado um passo à frente para retribuir o beijo, mas ela já tinha se afastado e estava calçando as luvas. Onde sua bochecha roçou a minha ficou uma fragrância de rosas, e eu ainda podia senti-la mesmo depois que ela e o patrão haviam subido na carruagem e partido juntos para dentro da noite. Eu queria estar no lugar dele.

Ora... a sinhazinha e eu, duas damas trajando nossos mais elegantes vestidos e saindo para uma noitada de jogos e carteado. Isso sim teria sido algo a ser admirado. Teria sido incrível.

Com o patrão e a sinhazinha fora, a casa de repente se tornou muito grande e vazia. Por um instante eu vaguei pelos quartos do andar de baixo com uma vela, dando-me conta de que eu de fato nunca havia estado sozinha neles antes. Parecia tudo muito frio e só e meus passos ecoavam pelo assoalho. Normalmente, a sinhazinha estava sempre em algum lugar à distância de um grito, não que eu alguma vez tivesse gritado, ela não gostava que gritassem, dizia que era coisa de taverna, gostava que você fosse até ela e falasse baixinho e delicadamente caso quisesse perguntar alguma coisa, e não que ficasse gritando na janela ou do quintal como uma lavadeira. Bom, eu logo fiquei impaciente e decidi subir as escadas e dar uma olhada nos vestidos da sinhazinha enquanto ela estava fora. Acho que, sendo uma menina, talvez fosse minha intenção experimentar um ou dois deles, não sei ao certo. Cheguei a abrir o guarda-roupa mas fiquei apenas olhando os vestidos, não experimentei nenhum, nem cheirei ou coisa assim.

Depois disso pensei que devia dar uma olhada na escrivaninha. Bem, a gaveta estava trancada, como sempre. No entanto, ocorreu-me que agora que ela estava fora, eu teria bastante tempo para tentar encontrar a chave. Demorei bastante e já estava a ponto de desistir de minha busca quando me ocorreu que ela poderia tê-la deixado no vestido que estava usando mais cedo. Com bastante confiança, enfiei a mão dentro do bolso e meus dedos se fecharam em torno de uma pequena chave. Coloquei na fechadura da escrivaninha, a virei, e então a gaveta se abriu.

Havia um bebê morto lá dentro! E um pote de geleia! E uma flauta!

Mentira, não havia nada disso.

Havia apenas uma montanha de cadernos velhos e um grande e velho livro encadernado em couro vermelho. Peguei o livro vermelho e o abri sem muito interesse. Na parte interna da capa havia uma das etiquetas dela, em preto e branco, EX-BIBLIOTECA-CASTELO-HAIVERS. Agora que eu já tinha visto o desenho na etiqueta em todos os livros que ela havia me dado, eu sabia que não eram duas *damas* sentadas sob uma árvore, não mesmo, era uma dama e sua criada, de avental e touca. Essa etiqueta em particular não havia sido muito bem colada. Estava toda estufada como uma bolha e ela havia usado tanta cola que estava cheia de protuberâncias. Olhei na primeira página do livro e fiquei surpresa em ver que estava coberta pela caligrafia da sinhazinha em tinta violeta e vou transcrever parte do que estava escrito lá.

> ***Observações sobre os hábitos e a natureza da classe doméstica na minha época***
> *Se tivéssemos um estudo acerca da natureza, dos hábitos e da instrução da classe doméstica na minha época e detalhes de casos particulares neste sentido, nada poderia ser mais útil, mas percebo que estes assuntos são raramente abordados e que o conhecimento de que dispomos permanece na esfera das experiências pessoais. Seria desejável que algum bom autor fizesse suas observações sobre o assunto a seu tempo para que*

o conhecimento pudesse ser passado adiante, embora apenas um homem com enorme bom senso pudesse almejar realizar essa empreitada com algum sucesso.

Na ausência de um autor, eu humildemente ofereço o discurso teórico que se segue e alguns estudos de caso. Essas criadas, que eu mesma conheci, desejo me lembrar delas e fazer as anotações devidas, tanto para o meu próprio uso como para o esclarecimento de outros. Tenho a consciência de que, tendo apenas 20 e tantos anos, minha experiência ainda não é grande. Contudo, ao longo do tempo, acrescentarei ao estudo elementos particulares de quaisquer criadas que venham a trabalhar aqui.

É preciso notar que terei de me restringir a criadas domésticas, posto que não me é possível observar os criados da fazenda com certa profundidade ou regularidade, uma vez que trabalham longe da casa e, em todo caso, eu suponho que eles vivam geralmente um tanto embriagados e pratiquem jogos e utilizem linguagem chula, recebendo amigos e bebendo juntos em suas choupanas para "fazer uma tremenda noite de festejos". Estaria eu prestes a afirmar que os criados deveriam trabalhar intermitentemente, sem um período sequer de descanso de seus afazeres? Nada pode diferir mais de minhas convicções. O homem não é uma máquina, e, se for tomado como tal, será das mais imperfeitas. No entanto, ouso afirmar que a ausência de alimentação para a mente quando o trabalho é concluído é a penosa causa do fastio doméstico. Devemos ensinar nossos criados a ler e a escrever ou, melhor ainda, nos empenharmos em empregar pessoas que já tenham as habilidades básicas com as quais, sob a luz correta e uma instrução regular, possam progredir. Devemos ter cuidado especial com a leitura, sobretudo para que as moças leiam fluentemente. Uma madame deve fornecer acesso livre aos textos, incluindo, por exemplo, a Bíblia, Walter Scott, Dickens, Richardson e outros.

De qualquer forma, minha intenção não é apenas advogar a educação dos criados mas também examinar de que formas podemos obter o melhor deles. Não posso deixar de reconhecer mais uma vez minha ineficiência em discutir detalhadamente os mais importantes aspectos a respeito da classe doméstica, mas me alegro sobremaneira em saber que ao escrever este livro, torno-me apta a contribuir com minhas informações e se, ao menos, alguma observação ou sugestão minha puder ajudar a dirimir dúvidas ou levar a algum resultado prático, será a recompensa que espero por tudo o que estou fazendo. Com todas as suas imperfeições, e estou consciente de que deve haver várias delas, coloco este livro diante de um público indulgente...

E assim por diante. Então era isso. Essa era a razão pela qual seus dedos de vez em quando apareciam sujos de tinta. A sinhazinha estava escrevendo seu próprio livro! Ela vinha se dedicando a ele havia anos, com certeza desde não muito tempo depois de ter chegado ao Castelo Haivers. As *observações*.

Eu estava de queixo caído.

Avancei pelas páginas seguintes, elas estavam lotadas daquela introdução com as mesmas linhas a respeito de homens geniais e de como a sinhazinha era pouco merecedora de olhar uma caneta quanto menos de pegar em uma, o que para mim era uma pena, pois, na minha opinião, ela escrevia tremendamente bem, com frases incríveis, e sua pontuação era espetacular. Inclusive, havia uma ou duas frases ali que eu achava serem as *mais* elegantes que eu já havia lido em *qualquer* livro.

Na parte seguinte, intitulada "Minha experiência com criadas", a sinhazinha começava por fazer observações sobre uma tal de Freda. Essa Freda parecia ter trabalhado para o pai da sinhazinha em Wimbledon. Era uma menina estrangeira, mas só ganhou duas páginas de observações antes de ser mandada de volta para a Alemanha. Aparentemente ela se comportou de maneira saliente com um cavalheiro que foi visitar a família para tomar chá e que parecia ter ido embora mas foi descoberto mais tarde, à noite, escondendo-se no porão perto do quarto de Freda. O cavalheiro pediu mil desculpas quando confrontado com aquele fato e foi tão sedutor em suas escusas que não demorou muito a ser perdoado. Mas o mesmo não aconteceu com a atrevida Freda, que fez o maior espalhafato, e criou um bate-boca memorável antes de ser posta no olho da rua.

A sinhazinha resumiu isso tudo de forma esmerada.

> *Esse é um exemplo. Não significa, contudo, que criadas estrangeiras não sejam confiáveis. Há muitos casos que provam o contrário. Por exemplo, ouvi falar de um francês que provou ser bem meticuloso em suas tarefas como valete de um homem muito importante, conhecido de meu pai, e é bem sabido na sociedade que a Sra. B. — de M. — não vai a lugar algum sem sua negrinha retinta...*

A seguir, a sinhazinha fazia longas observações a respeito de Nanny P. — um exemplo de mulher que não sei por que não foi canonizada, já que a sinhazinha não parava de enumerar suas virtudes. A morte de Nanny P. foi um golpe terrível para a sinhazinha, e algumas linhas aqui e ali estão borradas como se tivessem caído lágrimas sobre a página...

Depois disso, havia uma barafunda de entradas, nenhuma delas muito longa, e cada uma encabeçada pelo nome de uma menina. Fiquei com a impressão de que se tratavam de meninas que haviam me precedido no Castelo Haivers em um passado distante e vou transcrever algumas frases para dar uma ideia.

> *Margaret... atrevida... se recusa a anotar... impertinente... desembaraçada... Vhari... das Terras Altas apenas cinco dias... no meio da noite... colheres desaparecidas... Shona... outra das Terras Altas... três semanas inteiras... um tanto esbanjadora... James não gostou... discussão difí-*

cil... demitida... Peggy... bastante ousada... enxerida com todos... péssima cozinheira ... despachada de volta para o lugar de onde quer que tenha vindo...

E assim ia, página após página de meninas e péssimas condutas. Então surgiram algumas páginas em branco e, então, outro título.

Algumas notas sobre a aparência e outras questões
Nos últimos anos, comecei a formar em minha mente a crença de que pode haver alguma conexão entre a aparência da criada e sua personalidade. Não escapou de minha atenção que uma moça muito magra e mal-encarada prove, muitas vezes, que é exatamente como sua fisionomia denuncia, enquanto uma moça gorda e amistosa dificilmente o surpreenderá com um comportamento diferente daquele que sua aparência sugere. Por exemplo, por experiência própria, minha Nanny P. não podia ter caráter mais adorável e seu bom humor era bem expressado em suas bochechas rosadas e sua figura extremamente humilde. Devo dizer também, nesse sentido, que tive a minha curiosidade provocada pela ideia de que se há um "tipo" de pessoa que é naturalmente rebelde e malcriada, há também aquelas que nasceram com o desejo de servir — uma obediência nata. Se viermos a descobrir que esses obedientes natos têm atributos físicos semelhantes — o mesmo tipo de rosto, por exemplo, ou orelhas situadas mais abaixo na cabeça —, quão mais fácil será nossa tarefa de contratação, já que poderíamos saber, apenas com uma olhadela, quem é bom para o trabalho e quem não é!

Como medida preliminar, começarei a registrar as descrições dos atributos físicos de cada menina, incluindo a mensuração das proporções. Por meio de observação, também anotarei o temperamento geral da moça e — especificamente — sua inclinação para ser obediente. Essa informação, uma vez coletada, poderá ser usada como base para análise...

Outra área de interesse a ser explorada posteriormente é a noção de que a criada responderá não apenas de acordo com as circunstâncias e seu conhecimento prévio, mas também de acordo com a forma como ele ou ela é tratado(a) pelo patrão ou patroa. Creio que tudo se tornaria mais claro se pudéssemos olhar diretamente dentro da mente do criado. Para saber como e o que eles pensam — certamente, então, poderemos compreender como obter o melhor deles(...)

(...) É claro que os leitores podem levantar uma sobrancelha diante do fato de empregarmos apenas uma criada na casa, além de nossos outros empregados da fazenda. No entanto, meu marido acredita que é melhor ocupar apenas um empregado dando-lhe muito o que fazer a desperdiçar dinheiro mantendo várias pessoas ociosas. Ele também vê grandes proveitos em que eu tome parte ativa dos cuidados da casa e eu concordo plenamente, pois como seria enfadonha a vida de alguém sem nada para fazer!...

Depois disso, os capítulos começavam a ficar mais detalhados, incluindo a idade das meninas e uma breve descrição física delas. Então surgia uma lista com as medidas de seus corpos e rostos, exatamente como a sinhazinha havia feito comigo. E então algumas anotações a respeito de seu desempenho no trabalho, se sabiam ler ou não, que livros ela havia dado a elas caso soubessem ler, se haviam se comportado mal e quando, e assim por diante. Nada disso era particularmente interessante para mim, daí comecei a folhear o livro rapidamente até dar de cara com um capítulo dos mais intrigantes.

Trágica perda de uma criada

Tudo indo bem, um criado deve permanecer com os empregadores até o momento em que mutuamente eles concordem que ele ou ela deve partir. Infelizmente, há momentos em que o Destino se manifesta e retira uma menina do mundo antes que estejamos prontos para deixá-la ir — e como podemos lidar com esta perda? É claro, eu não estou sugerindo de forma alguma que a morte de um criado tenha a mesma magnitude da tragédia de se perder um membro da família ou um amigo ou mesmo um conhecido da mesma classe social. Um criado é um criado e, em muitos casos, poderíamos ter dificuldade até para nos lembrarmos de seu nome alguns dias após a pessoa ter ido embora para trabalhar em outro lugar (a não ser que se façam registros, como eu faço). De qualquer forma, há aqueles que podem — sendo particularmente adeptos do trabalho ou prestimosos ou sendo obediente a nós — encontrar um lugarzinho em nossos corações. Se alguma coisa acontecer a um desses criados, a perda pode ser mais difícil de suportar.

Por exemplo, aconteceu com uma de nossas meninas — Nora, a moça irlandesa que foi mencionada previamente nestas páginas — recentemente desapareceu. A opinião geral, no primeiro dia de sua ausência, era de que ela apenas tinha fugido. É claro, qualquer um que a conhecesse saberia que ela jamais faria algo assim. Ela era totalmente de confiança, leal e amistosa. Eu descobri que meninas irlandesas têm melhor humor do que as das Terras Altas, além disso não há a mesma dificuldade quanto ao idioma. Nora era uma das melhores de sua estirpe, uma menina extremamente prestativa e todas essas características que eram evidentes em sua bela aparência.

Tragicamente, ela foi vítima de um acidente fatal. Aparentemente, um grupo de itinerantes descobriu restos mortais próximos à linha do trem e reportou isso à primeira pessoa que passou por eles, que por acaso era nosso capataz. Ele reconheceu Nora imediatamente (apesar do grande dano que o acidente havia causado, não houve erro em sua identificação). A vila local não tem policiais, mas, com a chegada do oficial de polícia de Smoller, os itinerantes foram presos, por um breve período, mas logo soltos quando nosso Dr. McGregor-Robertson examinou a cena e declarou que a morte de Nora havia sido (é claro!) causada não por algum de nossos concidadãos, mas por um trem em alta velocidade. Essa teoria foi confirmada alguns dias depois, quando o restante de seu corpo foi encontrado, mais à frente na linha do trem, em algum lugar entre aqui e a cidade vizinha de Bathgate.

Nosso médico me informou que não era possível precisar exatamente onde a colisão se deu, já que seu corpo foi arrastado por uma boa distância. Nenhum condutor disse ter visto qualquer pessoa na linha. No entanto, está claro que, em algum ponto, caminhando pela linha, ela não viu o trem se aproximando...

O funeral foi ontem. Eu não compareci, um tanto pesarosa, e meu marido achou que não seria inteligente da minha parte ir. É claro, todos estão chocados, especialmente eu, que tinha uma afeição especial pela menina. Achei que em Nora eu tivesse encontrado (finalmente!) a criada ideal, sempre disposta a cooperar e benquista de todos que a conheceram. Oh, ela ficou comigo por apenas seis meses...

Pobre querida Nora! Temo nunca mais encontrar alguém como ela. Em casos assim, aqueles que não são tão próximos do falecido têm, é claro, suas próprias reações à morte. Por exemplo, meu marido parece preocupado com a possibilidade de um escândalo. Ele está horrorizado com a ideia de uma tragédia dessas ter acontecido em nossa propriedade. Eu mesma tive a pesarosa tarefa de recolher e embalar os pertences de Nora e colocá-los no sótão. Pelo que sabíamos ela não possuía família, mas guardarei suas poucas coisas e seus dois vestidos rotos e mal-ajambrados, no caso de alguém aparecer para buscá-los. Até agora consegui manter minhas emoções sob controle, mas devo confessar que, ao juntar as roupas de Nora, acho que derramei uma lágrima ou duas.

Nesse ponto, fiz uma pausa em minha leitura de *As observações* porque um terrível pensamento estava se formando em minha mente. Olhei para o vestido que eu estava usando. Devo admitir que eu em parte esperava vê-lo despedaçar-se em farrapos e desfazer-se, tornando-se cinzas amareladas a despencar no chão, mas ele era apenas o mesmo de sempre, cinza e um tanto esmaecido e bem apertado nos seios. Será que a sinhazinha tinha me dado roupas que pertenciam a uma morta? Era isso que a "grande tragédia" sugeria. Eu não podia admitir que minha sinhazinha fosse capaz de fazer uma coisa horrível dessas comigo, mas mesmo assim fiquei incomodada.

E então eu me lembrei das palavras e do escabroso riso de A.P. Henderson quando ele me perguntou sobre minha antecessora. "*Ela foi de trem?*"

Essa era sua piadinha — uma piada bem terrível.

Voltei algumas páginas.

Nora
Idade 22 anos
Altura abaixo da média
Busto 81 centímetros
Cintura 71
Quadril 91
Braço 25
Pescoço 30
Crânio 53
Boca 5
Da boca à orelha 12,7
Nariz 2,5
Entre os olhos 5

Por observação: cabelo castanho-escuro, rosto agradável, olhos brilhantes, pele limpa, um dente faltando (incisivo), franzina, vívida — impetuosa — como um pássaro.

Nora está conosco há cinco dias e tem provado ser das mais eficientes e prestimosas em suas tarefas. Ela é irlandesa de origem mas já está neste país há seis anos. Sua mãe trabalhava como ordenhadora, portanto, Nora conhece bem essa função, estando apta a realizá-la — em acréscimo a suas outras tarefas —, ajudando com as vacas na ausência de uma de nossas meninas que teve de ir cuidar da mãe doente. O pai de Nora era lavrador, e, como resultado disso, ela é bastante versada nas coisas do campo. Não se pode pedir pais melhores para uma criada do campo! Ela também é muito bonita, e há definitivamente uma relação direta entre sua bela aparência e seu comportamento, que é sempre amistoso. Na verdade, não sou mais da opinião de que haja sempre uma correspondência direta entre aparência e temperamento. No entanto, a evidência nesse caso é mais do que convincente.

Fico muito feliz por dizer que, em acréscimo a seus outros talentos, Nora é também uma ótima cozinheira. E o melhor de tudo é que ela responde a todas as minhas solicitações com absoluta obediência. Muitas meninas recusam-se a ter suas medidas tomadas ou, em último caso, arrumam confusão se tentamos medir seu rosto, mas Nora não emitiu sequer um murmúrio. Na verdade, por mais que parecesse confusa enquanto eu pressionava a fita métrica sobre o seu nariz, ela não fez pergunta alguma a respeito do que eu estava fazendo! O nariz em questão é bem pequeno e um tanto arrebitado (com, atrevo-me a dizer, charmosas sardas clarinhas!). Eu pensava que um pequeno nariz arrebitado fosse sinal de uma pessoa mentirosa, mas agora me pergunto se essa característica não poderia ser um forte indicador de altos níveis de obediência.

Nesse ponto, comecei a folhear o livro, impaciente para ver se havia alguma menção ao meu próprio nome e (tomara!) elogios similares, quando alguma coisa me chamou a atenção e eu voltei algumas páginas. Aqui está o que eu li.

Morag

Idade por volta dos 15 anos (não sabe a data exata de nascimento). Sem medidas, já que recusou a fita métrica peremptoriamente. Por observação: dentes amarelos e cariados, mas fortes. Cabelo ruivo (indicativo de mau humor?). Pele muito áspera e vermelha (indicativo de bebida?).

A pessoa em questão está conosco há dois dias, tendo sido necessário contratá-la sem recorrer a uma feira de contratação, pois a menina que achávamos que iria substituir Nora nunca chegou. (Acredito na palavra da Sra. Lauder, que afirmou que ela havia fugido de casa com um soldado de infantaria!)

Morag não parece temer o trabalho duro, mas à primeira vista ela parece ser bem teimosa (veja acima a respeito da fita métrica). Ela também tem uma forma assustadora de cair na gargalhada bem na sua frente, o que, eu temo, não demorará a irritar-me...

Quando li isso, ocorreu-me que Morag só podia ser a moça ruiva que tinha dado uma gargalhada na minha cara na estrada enquanto eu fazia meu trajeto até o Castelo Haivers pela primeira vez. A descrição parecia muito com ela. E, com certeza, não seria seu o livro que achei queimado no fogo? Eu me lembrei da noite em que perguntei sobre ela, quando a sinhazinha me entendeu errado e achou que eu quisesse saber sobre a outra menina, Nora.

Continuei a ler com ansiedade para descobrir mais sobre Morag.

Comecei perguntando a essa menina toda a história de sua vida, mas ela é taciturna e foi difícil persuadi-la a me dizer até os detalhes mais simples. Apesar de sua aparente falta de lustro, descobri que ela sabe ler e escrever, tendo recebido alguns anos de educação básica de alguma alma iluminada em sua cidade natal. Sua letra é infantil mas legível, então eu alegremente pude instá-la a manter um diário, na esperança de que ele pudesse revelar alguma coisa dos mais profundos recôndi-

tos de sua mente. Tenho consciência de que talvez ela não vá escrever nada elucidativo e é também possível que ela use o livro como um instrumento de maquinações — mas mesmo isso seria interessante de se observar.

Avancei mais algumas páginas e li vários trechos aleatoriamente.

Morag está conosco há duas semanas. Ela realiza tarefas "normais" bastante bem (apesar de um tanto mal-humorada), mas se recusa a tomar parte de qualquer coisa que ela não pense como parte de seu trabalho — em outras palavras, nenhuma de minhas pesquisas! Eu praticamente desisti da ideia de levar adiante qualquer tipo de experimento com ela, posto que já provou ser não cooperativa ao extremo...

(...) Reclamei do mau humor de Morag em uma carta a meu marido, mas sua resposta foi que, em primeiro lugar, eu tinha sido tola em contratá-la. Segundo sua teoria, o único propósito das feiras de contratação é dar a maus patrões a melhor oportunidade de ter criados e a maus criados a melhor oportunidade de ter patrões. Em minha defesa eu poderia dizer que a única alternativa naquele dia era uma menina esfarrapada e imunda, que cheirava muito mal, e, em comparação a ela, Morag parecia até bem apresentável...

(...) Minha relação com Morag está quase chegando ao ponto de ruptura. Nós mal nos falamos. Ontem ela se dobrou para a frente e regurgitou um monte de salsichas semimastigadas sobre a mesa, alegando que a comida estava rançosa. Decidi agora fazer minhas refeições longe dela, já que aquela horrível visão quase levou à devolução da minha própria comida...

(...) À simples visão de Morag agora meu estômago revira. Tenho certeza de que a pobre menina não pode fazer nada a respeito de sua imensa feiura, mas desejo de todo o

coração que ela desapareça da minha vista e que eu nunca mais tenha de vê-la outra vez. Ela é realmente uma miserável. Ficarei feliz em vê-la pelas costas.

Aqui eu baixei o livro, me levantei e fiquei olhando pela janela. Não havia nada para ser visto lá fora a não ser o céu noturno, algumas nuvens azuladas passando pela face da Lua.

Que coisas terríveis a sinhazinha disse sobre aquela menina. Tive uma premonição. E minha premonição foi esta: que eu não deveria mais ler aquele livro, *As observações*, porque eu poderia encontrar algumas coisas que iriam me deixar mal. Acho que cheguei mesmo a falar alto comigo mesma: "Não leia mais, minha querida, não leia mais." Em um ponto eu cheguei a me voltar e fechar o livro e fiz que ia guardá-lo de novo na gaveta. Mas então pensei: para o inferno com isso, você talvez não tenha outra chance de ver o que ela escreveu a seu respeito.

E mais uma vez eu abri *As observações* e, com os dedos trêmulos, virei as páginas até encontrar este título: *Bessy*.

E então eu vi que era pior ainda do que eu podia imaginar — com uma tinta diferente, havia sido acrescentado mais tarde, as seguintes palavras: *O interessante caso de uma prostituta vulgar*.

Mas devo parar por aqui, pois hoje passei horas escrevendo, minha mão está a ponto de cair e logo eles vão me chamar para que eu vá servir o jantar.

SEGUNDA PARTE

7

Um caso interessante

NOTA INTRODUTÓRIA. Espero que fique entendido que o que eu vou transcrever aqui de *As observações* de Arabella é destinado apenas aos olhos daqueles cavalheiros que me pediram que eu fizesse meu relato e que esses trechos *não* devem ser reproduzidos por *ninguém* de *forma ou meio algum* sem a minha autorização prévia.

Transcreverei apenas aquilo que acredito ser relevante e deixarei de fora partes que têm menos interesse para esta história, como as seções em que são citadas minhas medidas e os muitos detalhes a respeito de seus experimentos, nas quais ela fez anotações de quantas vezes eu fiz o senta-levanta ou como eu respondia à sua mudança de humor e a estranhos pedidos etc. Peço ao leitor apenas isto: que imagine a sensação gélida e angustiante que fez trincar meus ossos enquanto eu estava lá, no quarto da sinhazinha, lendo o que ela escrevera sobre mim.

Extraído de* As observações*, por Arabella R.

Bessy

(O interessante caso de uma prostituta vulgar)

A pessoa que é tema deste capítulo chegou até nós por acaso, depois da súbita partida de sua antecessora. Contratei Bessy ciente de que ela não tinha muita experiência no trabalho doméstico, na intenção de "treiná-la". Mal podia imaginar os obscuros segredos que ela havia deixado atrás de si em Glasgow.

NOTAS INTRODUTÓRIAS

Idade entre 14 e 16 anos (apesar de afirmar ter 18!). Estatura abaixo da média. O cabelo da pessoa em questão é castanho, um tanto desgrenhado e mal penteado. Ela tem um rosto largo, o nariz pequeno, olhos azuis intimidadores e uma expressão que eventualmente ganha um ar astuto. De tempos em tempos, ela fica com o olhar vago, como se estivesse atordoada — no entanto, talvez só esteja devaneando. Seu traço mais agradável é a boca, pode-se até dizer que é bonita, apesar de ela viver fazendo beicinho e chupando os dedos, o que lhe confere uma aparência inapropriadamente tentadora. Ela canta breves canções enquanto caminha pela casa, canções que ela mesma cria, mas eu suspeito que há algo de mal-humorado nela por trás de sua natureza "ensolarada". Qualquer coisa nela — não consigo apontar exatamente o quê — a faz parecer um tanto "endurecida" e desprovida de alguma coisa — talvez emoção?

Ela diz que esteve até recentemente empregada como governanta, mas acho que essa afirmação, dada sua aparência e sua pouca idade, não corresponde à verdade. Inicialmente, achei que ela estivesse vagando sem rumo, vinda de algum tipo de trupe teatral ou circo, porque quando chegou aqui (de passagem para Edimburgo) ela estava usando um vestido brilhante de cetineta, muito colorido e bastante enfeitado com laços e pregas. No entanto, logo vi que ela não era nem uma acrobata nem uma atriz: ela só estava malvestida mesmo. Eu a observei bem durante a última semana e estou agora convencida de que ela é apenas uma simples operária e que toda aquela pomposa vestimenta é o que se poderia chamar de "roupa de domingo".

Duvido que ela já tenha alguma vez trabalhado em serviços domésticos porque parece ter certa dificuldade em realizar as tarefas mais simples. Por exemplo, ontem eu a encontrei limpando o tapete amarelado da sala de visitas com um pedaço de jornal enrolado — definitivamente, usar jornal para limpar tapetes é querer que eles fiquem sujos e cinzentos! Quando pedi que me explicasse suas ações, ela me contou que havia deixado cair alguns flocos de carvão no chão enquanto varria a lareira e que agora estava apenas "ajeitando". Em outras palavras, não só ela estava varrendo com um pedaço de jornal como amassando os flocos de carvão no tapete!!

Eis o tipo pouco promissor e cru que a mim se apresenta: uma menina rude, sem nenhuma experiência doméstica e com muito pouco senso comum. Mesmo Morag, com suas falhas, tinha alguma familiaridade com o trabalho de casa. Certamente (posso até ouvir o leitor exclamando) está além das minhas forças colocar essa nova criatura sob controle? Não seria o caso de, ante tamanho desafio, eu finalmente tomar consciência e admitir a derrota? Estou inclinada a dar ouvidos a esse tipo de objeções e, tendo feito isso, retrucar da forma que se segue: pelo contrário, é minha intenção domesticar a menina, durante um período não muito superior a três meses, dando-lhe condições razoáveis de ser aceita em qualquer casa!

Escrevi uma carta para o endereço de onde ela alegou ter trabalhado, explicando a situação e solicitando àquele que receber a missiva que me dê informações a respeito do caráter da menina e quaisquer outras que se tenha sobre ela. É claro que ela pode ter inventado o endereço, e nesse caso eu não terei nenhuma resposta.

CONFUSÃO INICIAL

Com este objeto de pesquisa, iniciei o processo de experimentação na mesma noite em que ela chegou, vendo como dormia. O ar dentro de seu quarto era inesperadamente cálido e envolvido em um aroma modorrento e vulgar. Eu já havia sentido alguma coisa parecida com isso antes, nos quartos de outras criadas. É o aroma pessoal delas, principalmente quando dormem, e muito diferente daqueles oriundos de pessoas com berço. Notei que o odor desse objeto de pesquisa em particular é também eivado de uma doçura prazerosa, como se de violetas de Parma. (Não estou muito certa do que pode ser deduzido disso, se é que há algo a se deduzir. Será que poderia indicar uma doçura natural? Ou seria essa uma interpretação por demais óbvia?)

À luz da minha vela, pude ver que ela estava dormindo profundamente, respirando de forma pesada, seu cabelo escuro espalhado por sobre o travesseiro. Aproximei-me dela para ver melhor. Parecia tão tranquila que eu quase desisti da ideia de acordá-la. Mas, seguindo minhas convicções, decidi ir adiante com meu experimento como planejado. Queria ver como ela responderia, estando sob a confusão mental de ser acordada, a uma variedade de humores, e preparei para essa ocasião adotar tipos diferentes de personalidade — a "raivosa" (a patroa "severa"); a "distante e imparcial" (a patroa "justa mas distante") e, então, a "indulgente" (a patroa "gentil"). Dessa forma, como creio que irei provar, o objeto de pesquisa estaria aberto a novas influências e instruções.

Meio envergonhada com aquela situação, eu a acordei abruptamente e determinei que me seguisse escada abaixo. A menina estava bastante apologética quando finalmente apareceu na cozinha. Ela olhava ansiosa e repetidamente para o pão que estava sobre a mesa, pelo que deduzi que em sua suposição, eu estaria furiosa com ela por ter pegado mais de uma fatia naquela manhã, algo que eu havia notado mas não tinha comentado. Decidida a continuar com meus testes de humor, eu a tranquilizei rapidamente e dei a ela comandos num tom de voz deliberadamente neutro.

Foi nessa altura que algo notável aconteceu. Desde que chegou, a pessoa objeto da pesquisa não demonstrou qualquer inclinação para exibir a devida deferência que uma criada deve ter com sua madame. De fato, alguma coisa no modo como ela pronuncia a palavra "sinhazinha" (sua forma favorita de se dirigir a mim) faz com que isso quase pareça mais um insulto do que uma cortesia e ela tem de ser gentilmente e constantemente lembrada de empregar o termo "madame". Não houve reverências ou outros sinais de respeito. Talvez seja apenas o que deveria ser esperado. Numa fábrica, duvido que se possa encontrar uma pessoa sequer com educação. No entanto, ela agora estava me fazendo uma reverência! Fiquei tão feliz com essa mudança de comportamento que tive de fazer um esforço bem pequeno para adotar o meu tipo de humor seguinte, aquele de extrema indulgência. Como era de se esperar, a menina é — como muitas de sua laia — alarmada com relação a atitudes assim vindas de alguém em posição superior. Ela deu vários sinais de estar desconfortável com aquilo, e seu alívio — quando eu anunciei minha intenção de me retirar — foi palpável.

Claramente, a desorientação produziu nela algum tipo (ainda que profundamente encoberto) de servilismo — mas eu comecei a pensar se o mero fato de ter sido acordada teria causado isso ou se isso teria sido provocado por um de meus humores apresentados a ela, e, nesse caso, se teria sido minha raiva ou minha indiferença. Eu estava mesmo tentada a acordá-la uma segunda vez e fazer o experimento de novo e foi com grande dificuldade que consegui me conter.

Eu já ouvi falar em pessoas distintas e cavalheiros letrados que passam a noite inteira em seus laboratórios, misturando produtos químicos e tubos de ensaio, anotando minuciosamente os resultados de seus experimentos. É claro, não posso me comparar a um verdadeiro cientista, sendo apenas uma diletante, mas mesmo assim perdi o sono, tão preocupada que eu estava com a minha pequena "cobaia". No entanto, não importava quão grande pudesse ser a urgência em continuar com minhas experiências, eu devo ter o cuidado de não perturbar muito o descanso do meu objeto de pesquisa. Afinal, ela não é um tubo de ensaio com ácido sulfúrico que você agita, mistura e sacode, não importando que horas sejam, do dia ou da noite. Ácido sulfúrico não precisa dormir, mas criadas, sim.

Eu ainda mantenho firmemente a opinião de que, para fazer de seu objeto de pesquisa uma pessoa verdadeiramente obediente, ela deve estar apropriadamente vestida. E nenhum dos vestidos que Bessy trouxe se parece em nada com roupa de criada. Talvez esse tipo de roupa possa fazer algum sucesso entre os trabalhadores de uma fábrica em Glasgow, mas aqui, nas Shires, camponeses comuns se vestem de forma mais simples, e eu suspeito de que (particularmente considerando a atitude escandalizada de nossas ordenhadoras diante dela) sobrancelhas seriam arqueadas à mínima visão do cetim e da seda vermelha.

A pessoa objeto da pesquisa não deve apenas se sentir como uma criada, mas todos que a verem devem estar aptos a identificá-la como tal, para que ajam com ela apropriadamente. Toda confusão possível pode, assim, ser evitada. Já ouvi falar a respeito da criada de uma senhora que, em suas melhores roupas e em seu dia de folga, se encaminhou até a sala de visitas e foi pega em uma conversa bem animada com um cavalheiro, que a tomou como uma das convidadas da casa. A menina era tão inexperiente (ou talvez o mais cínico entre nós pudesse dizer tão astuta) que falava com ele de igual para igual e parecia que um romance furtivo estava brotando ali quando, na hora certa, a dona da casa apareceu. Pode-se imaginar bem a mortificação da dama diante daquela circunstância. Não sei o que aconteceu com a criada em questão, mas não há dúvida de que ela foi severamente castigada. É claro, um empregado não precisa necessariamente usar uniforme — e, de fato, quando os empregados de uma casa estão todos uniformizados eles acabam tendo um ar vulgar e ambicioso. De qualquer forma, para evitar embaraços, uma criada deve sempre estar vestida com simplicidade e sem ornamentos, em roupas apropriadas.

Com esse fim, mandei nossa nova menina sair ontem com uma incumbência enquanto eu procurava no meu próprio armário, entre os meus velhos vestidos do dia a dia, algo para ela usar. Não achei nada apropriado e então me lembrei de que havia guardado no sótão alguns pertences de Nora, a mais devotada e excelente das criadas, cuja morte já foi citada aqui nestas páginas. Ocorreu-me que poderia ser prático utilizar suas coisas. Elas não ajudariam ninguém continuando escondidas dentro de uma caixa, e não me parecia provável que alguém surgisse para reclamá-las àquela altura. De fato, quanto mais eu pensava nisso, mais eu achava que seria um claro ato de extravagância deixar aquelas coisas apodrecendo lá em cima quando havia uma menina sob o meu teto com uma necessidade desesperada de vestimentas decentes!

As roupas precisavam apenas de alguns ajustes, o que eu fiz rapidamente. A menina voltou logo depois (o que me causou um grande alívio — eu tinha começado a me preocupar com a possibilidade de que a estrada aberta, seu natural instinto cigano e o dinheiro em seu bolso pudessem tê-la seduzido a ir embora para Edimburgo). Ansiosa para ver como ela ficava nas roupas — em outras palavras, se elas eram do tamanho certo e se ela pareceria apropriadamente com uma criada —, eu a convenci a prová-las. Estavam um pouco apertadas aqui e ali, mas o tamanho era adequado. Devo dizer que ela havia sofrido uma transformação e tanto. É claro, certamente eu não queria que o objeto de minha pesquisa soubesse a mórbida origem daquelas roupas. Meninas como ela, especialmente as católicas romanas, seguem uma série de superstições complexas, então eu lhe dei uma explicação plausível a respeito do súbito aparecimento das roupas.

A tarde trouxe um cavalheiro como convidado. A pessoa em questão nos serviu chá e apesar de as roupas de Nora e algumas instruções terem dado a ela uma aparência mais próxima à de uma criada, quando se defrontou com um convidado de verdade, alguns aspectos de sua atuação foram desanima-

dores. Parecia que ela não havia gostado do convidado (muito evidente em sua forma de tratá-lo) e, no geral, seu comportamento denunciava uma certa falta de civilidade. Uma criada não deve nunca denunciar seus próprios sentimentos, não importa o quão profundos eles sejam ou o quanto ela absolutamente deteste e despreze uma pessoa em particular. Infelizmente, nem sempre podemos dizer quem deve nos visitar, quem deve ser entretido e bem recebido. Mas temos de ser educados, de qualquer forma.

Após a partida de meu convidado, peguei a menina dançando e saltitando no corredor e de repente tive uma visão dela como uma "pessoa". Por um momento, eu quase a invejei pela liberdade que tem — a falta de responsabilidade e cuidados, somente simples obrigações a cumprir, nenhum contrato social a levar adiante com esta sociedade aborrecida, seu cérebro desobrigado de lidar com os tipos de ansiedade e preocupações que são uma praga para seus superiores e coisas assim. É claro, não dá para imaginar trocar de lugar com uma pessoa dessas — e ninguém desejaria fazê-lo! No entanto, eu subitamente a vi sob uma luz diferente.

Também senti um profundo pesar pela querida Nora. Queria eu que fosse ela a dançar no corredor e não essa nova menina! Eu nunca mencionei isso antes, porque não tem importância, mas há uma ligeira semelhança entre o objeto em questão e Nora. Essa Bessy é um pouco mais carnuda e é mais jovem e, olhando bem, é claro que ela não é a querida Nora (com seu charmoso hábito de me chamar de milady!). Contudo, Bessy é de origem irlandesa, tem altura similar, e o cabelo é do mesmo tom — apesar de o de Nora ter estado sempre arrumado. Mesmo o formato de seu rosto e o tamanho do nariz são similares. É claro, qualquer um notaria a beleza de Nora e esta menina é menos bonita e mais — talvez se possa dizer — voluptuosa, mas agora que ela está vestindo as roupas de Nora, a semelhança é mais pronunciada. Menciono isso apenas de passagem, já que não tem a menor importância. Nem todos os desejos do mundo trarão Nora de volta e não há ninguém que possa substituí-la, posto que ela era, em muitos aspectos, a criada perfeita.

TESTE DE OBEDIÊNCIA E "INTENÇÃO"

Eu já documentei anteriormente o uso do teste do "senta-levanta" para aferir a tendência à obediência de um objeto em questão (uma versão um pouco menos arriscada e mais facilmente controlável do teste do "caminhar"). Sem dúvida, já demonstrei que o teste do senta-levanta é inicialmente uma excelente indicação para se saber se um objeto de pesquisa é naturalmente inclinado a obedecer ou não. Os leitores podem não ter percebido, contudo, que essa prática pode ser usada para mensurar como está sendo o progresso do objeto em questão em sua aptidão para o servilismo. Eu tinha a intenção de ilustrar esse ponto com Morag, a antecessora de Bessy, mas sua recusa em cooperar em qualquer coisa além do que ela chamava de tarefas "regulares" nos deixou muitas vezes em conflito. Ela se recusou a fazer o teste do senta-levanta definitivamente, não importando quantas vezes eu tenha tentado persuadi-la. Admito que fiquei meio perdida, sem saber como proceder. No fim (e com um certo receio), eu a tranquei na despensa certa manhã, tendo me certificado antes que havia lá alguma comida, uma jarra d'água, um urinol, um colchão para ela se sentar e seu material preferido de leitura. Eu disse a ela (através da porta) que só a soltaria quando ela concordasse em se submeter ao meu teste. Morag ficou na despensa por quatro horas e meia (tempo suficiente, creio eu, para ela ler o jornal e tirar uma soneca), depois do que ela pareceu compreender que minha vontade era mais forte do que a dela e então concordou em cooperar se eu a deixasse livre. Ao ser solta, ela se recusou a falar comigo, e me olhou de forma penetrante, mas quando pedi, ela fez o teste do senta-levanta pela primeira vez, realizando seis pobres repetições. Apesar disso, eu a congratulei e lhe dei de presente um xelim e o resto do dia de folga. Parecia, contudo, que ela só havia aceitado cooperar para conseguir sua liberdade de volta, posto que — em uma hora mais ou menos — ela partiu para sempre desta casa. Dispenso-me de relatar exatamente como ocorreu sua partida. Basta dizer que estava claro que ela tinha uma enormidade de coisas contra mim e não tinha a menor intenção de voltar. (Afortunadamente, esse foi o dia em que o novo objeto de pesquisa chegou às nossas terras.)

É claro, Bessy não tem o mesmo tipo de obediência natural que estava presente na querida Nora, mas pelo menos ela é mais colaborativa do que Morag. Contudo, seus resultados iniciais no teste do senta-levanta foram também um tanto desanimadores. É claro, é preciso lembrar que ela não está acostumada ao serviço e que talvez não estivesse acostumada a dar os tipos de respostas que, diariamente e sem pestanejar, uma patroa deve requerer dela. Diferentemente dos que foram mais do que eu possa ser neste mundo, eu não fazia ideia de como trabalhavam os operários de fábricas, mas imaginava que, uma vez que suas pequenas tarefas lhes eram determinadas — puxar uma alavanca aqui, girar uma roda dentada ali —, eles eram deixados sem supervisão, e se esse era (como eu fortemente suspeito) o trabalho habitual da menina, ela não estaria acostumada a obedecer comandos repetitivos.

Quando perguntei a ela mais tarde por que não havia cooperado totalmente com o experimento, Bessy disse que não havia compreendido a "intenção" do que ela havia sido obrigada a fazer. É claro, uma pessoa verdadeiramente obediente nunca questionaria tal intenção e simplesmente cumpriria as instruções como determinado, sem parar para analisar o porquê daquilo ou como deveria realizar tal coisa. Essa e certamente outras das peculiaridades do objeto em questão deram peso às minhas suspeitas de que ela não era uma obediente inata.

Na tentativa de tirar mais evidências do objeto em questão, encontrei uma chance de lhe perguntar sobre aquele que ela chama de seu empregador anterior. A menina claramente inventou esse personagem — "Sr. Levy" — para servir à sua história de que havia trabalhado como governanta. Tendo criado essa invenção, contudo, ela parecia realmente acreditar nela. Ela falava sem parar — e sempre em termos entusiasmados — sobre seu "Sr. Levy". Poderia-se até acreditar que esse homem era um santo. Eu me peguei desgostando profundamente dele — embora acredite cada vez mais que ele era fruto de sua imaginação! (Não é preciso dizer que não houve resposta à carta que eu mandei para o endereço que ela me deu.)

Continuando a brincar com sua fantasia, indaguei isto a ela: se ela sempre soube quais eram as intenções do "Sr. Levy" — (esse grande modelo de perfeição!) — ao lhe determinar que fizesse as coisas. Ela pensou por um instante e então disse que ela entendia as intenções da maioria das coisas que ele pedia que ela fizesse, mesmo deixando-a um tanto confusa. No entanto, como ela parecia incapaz (ou sem vontade) de ser específica sobre isso ou de descrever quais eram essas tarefas particulares, tivemos de mudar de assunto. (Sr. Levy, aparentemente, não se importava que ela usasse jornal para limpar carvão do tapete.)

Que ela queime no fogo do inferno, pensei. Chamar meu Sr. Levy de fruto da minha imaginação! Parece que ela não obteve resposta à carta, o que me deixou um pouco esperançosa. Mas o que ela quis dizer no título com aquele "o interessante caso" continuava a me preocupar e então eu continuei a ler.

FASE DA ADULAÇÃO

Paralelamente ao elemento de desorientação, introduzi, por níveis, o processo de "adulação" ou de "criar vínculo", no qual o objeto em questão é encorajado a estabelecer uma relação próxima e confiável com sua patroa. Como forma de despender mais tempo com o objeto em questão quando o trabalho diário se encerra, propus que tivéssemos lições de pontuação. (Talvez a querida Nora não possuísse o vocabulário dessa menina, mas ela certamente sabia o que fazer com um ponto final!) As aulas noturnas nos deram a chance de sentarmos lado a lado, em uma circunstância tranquila e íntima, e creio que Bessy poderia até achar (secretamente) que éramos mais amigas do que apenas criada e patroa. Ela tem a tendência, salvo instruções ao contrário, de buscar minha companhia a qualquer momento, por exemplo, caminhando comigo até a igreja e de lá para casa. Se me retiro para o meu quarto, é uma questão de tempo até ela chegar e bater na porta, muitas vezes com uma desculpa qualquer. Ela também me leva a falar de mim e de meu marido e muitas vezes faz perguntas que são um tanto "despropositadas". Ao invés de desencorajá-la quanto a isso, eu a tenho (de forma sutil) justamente estimulado, tencionando ganhar sua confiança. De tempos em tempos, falo um pouco de mim para ela, contando-lhe algo da minha história com um ou dois toques de embelezamento. Posso garantir, contudo, que não lhe revelei nada muito pessoal, simplesmente lhe dei razões para acreditar que eu confiava nela. Creio que ela está enredada por mim. (De qualquer forma, ela agora executa quarenta repetições do senta-levanta, sem fazer qualquer pergunta ou reclamar. Contudo, parece que demos uma estacionada — se eu conseguisse que ela fizesse cinquenta, aí, sim, sentiria que fizemos um progresso real!)

Nesse momento meu estômago estava se revirando e eu suava em bicas. Mas não era nada comparado com a forma como eu havia começado a me sentir quando me deparei com o título do novo capítulo, o qual me encheu de medo e horror.

UMA INTRIGANTE CARTA DE UM CAVALEIRO JUDEU

Esta manhã, eu me surpreendi ao receber uma curta missiva de um tal Sr. Samuel Levy, de Candleriggs, Glasgow. Parece que ele é o irmão de "Sr. Benjamin Levy" de Hyndland, o cavalheiro (agora de fato morto) que Bessy alega ter sido seu antigo empregador. Sr. Samuel Levy diz que achou minha carta em Crown House quando ele foi até lá para supervisionar a limpeza da propriedade, que estava fechada havia várias semanas, desde o funeral de seu irmão.

De acordo com Samuel Levy, havia uma menina irlandesa que, de fato, passou vários meses na casa de seu irmão. Contudo, ele diz que o nome da menina não era Bessy Buckley, e me pedia que eu lhe enviasse uma descrição da tal menina que eu havia contratado, para que (antes de qualquer coisa) ele pudesse estabelecer se estávamos ou não falando da mesma pessoa.

Devo admitir que fiquei bem intrigada com aquilo, e respondi logo à sua carta. Eu suspeito seriamente que minha descrição não baterá com a da ex-empregada. Acho que Bessy, num momento de pânico, me deu o endereço de uma de suas conhecidas, talvez uma criada que ela tenha conhecido um dia enquanto caminhava pelo parque. Bessy pode ter eventualmente visitado essa menina em seu local de trabalho e avistado seu patrão (o que, sem dúvida, lhe teria inspirado na criação de seu famoso "Sr. Levy"). A criada também pode ter falado da morte de seu patrão, ajudando a construir a história que Bessy me contou.

Resta ainda decidir se vou confrontá-la com suas mentiras ou não, e que tipo de ação devo tomar. No entanto, enquanto isso, e até receber uma resposta do Sr. Levy (o irmão), minha intenção é continuar com minhas pesquisas.

SURPREENDENTES NOTÍCIAS SOBRE BESSY

Acabei de receber, esta manhã, uma resposta do Sr. Samuel Levy. Para minha grande surpresa, parece que minha descri-

ção de Bessy bate exatamente com a da menina que vivia em Crown House. O Sr. Levy diz que não há dúvida de que é ela, a não ser pela diferença de nomes. Ele afirma que apesar de a menina ter sido efetivamente contratada por seu irmão como governanta, ela estava lá, na verdade, em CIRCUNSTÂNCIAS IMORAIS*, sem especificar exatamente o que isso significava, mas dando a entender, mesmo para alguém como eu, que não conhece muito do mundo.*

O nome da menina, ele escreve, não é Bessy, e sim DAISY *(!). O sobrenome é desconhecido. Os irmãos Levy tinham aparentemente se afastado por muitos anos em razão de problemas familiares, já que antigamente eles eram muito competitivos, quase rivais, e, mesmo com a aposentadoria de Benjamin, a rivalidade permaneceu até sua morte (aos 62 anos). Subsequentemente, Samuel soube o que se passava na casa do irmão e, diante das informações detalhadas da vizinhança, ele fechou a propriedade e mandou que a menina partisse.*

Será possível que ele esteja enganado? Essa menina é tão jovem — é difícil acreditar que ela possa ter se envolvido em qualquer coisa desse tipo. Ele, no entanto, mencionou as roupas brilhantes e coloridas e o hábito de chupar os dedos — e aparentemente suas últimas palavras enquanto ele a punha no olho da rua tinham sido que ela não dava "a mínima" para aquilo tudo uma vez que ela já tinha um emprego acertado no Castelo de Edimburgo (o que soa bem típico de Bessy!).

Apesar disso, eu estava inclinada a acreditar que tudo aquilo que ele havia me contado a respeito da menina não passava de fofoca maliciosa, espalhada por alguma outra criada que devia ter seus próprios motivos para querer emporcalhar o nome de uma rival. Esse tipo de coisa não é nada incomum, creio eu, especialmente na cidade, onde as criadas vivem muito próximas umas das outras e têm o hábito de cultivar ciumeiras e alianças.

Escrevi de volta a Samuel Levy uma carta com uma série de perguntas que eu queria muito que ele respondesse.

Nesse meio-tempo, seria um terrível erro tirar qualquer tipo de conclusão. Devo admitir que, ao ler a carta de Levy, fiquei um tanto tensa com o fato de ter contratado uma degenerada. De repente temi pelo que ela poderia estar fazendo, eu a havia deixado na cozinha, de onde, pela porta fechada, emergia um som alto e repetitivo de alguma coisa sendo raspada, acompanhado de uma respiração pesada. Agora que a dúvida sobre sua história havia sido instalada, eu estava perfeitamente preparada para dar de cara com uma visão das mais ofensivas ou licenciosas, então abri a porta de uma vez só — apenas para descobri-la no ato de limpar a mesa, uma ocupação tanto inócua quanto útil. Talvez eu devesse me assegurar de que não devemos julgar os outros tão rapidamente, mesmo quando lidamos com as mais miseráveis das criaturas.

A CRIADA COM UM PASSADO SOMBRIO

Creio que posso afirmar, sem medo de me contradizer, que sabemos muito pouco acerca de nossas criadas. Tudo que temos sobre elas são informações escritas em uma única folha de papel por um antigo empregador que — por tudo o que sabemos — devia estar feliz em se livrar delas e por causa disso inventa um caráter imaculado para as ex-criadas em vez de nos informar a lamentável verdade. Ocasionalmente, dependendo das circunstâncias, nós não temos sequer um registro escrito a respeito do caráter delas. Por que então deveríamos nos sentir culpados se alguma coisa é revelada sobre o passado das criadas e isso nos surpreende? Claramente, seria um erro nos punirmos, se esse fosse o caso. Mesmo quando criados chegam até nós com excelentes recomendações, nós contratamos a ele ou a ela na base da confiança, da credibilidade. Como poderíamos saber o que se passou na vida deles antes de chegarem até nós? E (alguns poderiam dizer) será que isso é realmente de nosso interesse, desde que eles realizem bem suas tarefas, com pontualidade e apuro?

Minhas próprias experiências dos últimos dias corroboram tal ponto de vista. Recebi outra carta do Sr. Samuel Levy. Em resposta às minhas perguntas, ele me assegura que não há equívocos quanto ao que acontecia na casa de seu irmão. É um certo alívio saber que Crown House não era uma espécie de bordel para uso indiscriminado de todos, mas uma "respeitável" residência, e que Benjamin Levy, aparentemente enlevado pela menina, a manteve lá exclusivamente, como sua única concubina. Trata-se de um pequeno conforto, mas no fim das contas podemos assegurar que a menina não ficava vagando pelas ruas como um animal à espera de fregueses, e sim que ela foi desonrada apenas por um único "sátiro". Samuel Levy declara que ele não pode me dizer de onde a menina veio (porque ele não sabe), mas diz que ela supostamente foi vendida aos cuidados de seu irmão por uma irmã mais velha, que, em contrapartida, recebia um pagamento mensal do procurador de Benjamin Levy (esse pagamento agora já está interrompido, por determinação de Samuel).

Somos forçados a pensar que tipo de pessoa poderia vender sua irmãzinha mais nova para propósitos imorais. Uma pessoa assim não deve ser menos que um monstro. É claro, a família deve ter passado por dificuldades após a morte dos pais, mas certamente há outras maneiras de sobreviver antes de se recorrer a tal depravação.

De qualquer forma, pode-se considerar também que — se ela não gostasse disso — a menina poderia ter conseguido um jeito de escapar desse homem. Claramente ela gostava da situação, já que aparentemente ela ficou com ele por quase um ano. De acordo com Samuel Levy, as criadas dos vizinhos alegam que ela se vestia bem mal, e que gastava a maior parte de seu tempo (quando não estava deitada com o Sr.

Benjamin Levy) reclinada em uma chaise-longue, sobre um tapete de chenile, chupando pirulitos e lendo romances.

É claro, muitas das características que a menina apresenta — características que eu já anotei nestas páginas — condizem com as novas informações sobre ela. Por exemplo, sua aparência provocante e a perturbadora mistura que ela tem de inocência e mundanidade: essas características podem, estou certa disso, ser encontradas em meninas de seu naipe por todo o globo. Agora é fácil compreender sua ligação irresistível com seu "querido" Sr. Levy e por que ela fala dele em termos tão carinhosos: ela era nada menos do que sua amante!

O que deve fazer uma dona de casa ao tomar conhecimento de coisas assim tão perturbadoras? Devo admitir que fiquei um tanto desalentada desde que recebi aquela carta, e tive sérias dúvidas a respeito da possibilidade de domesticar completamente esta menina. Como isso poderia ser possível, dado o que sei agora? Apesar de alguns progressos em outras áreas, nós ainda estávamos empacadas nas quarenta repetições do senta-levanta, e começo a ficar desesperançosa quanto a continuar adulando-a e incentivando-a.

Passei mesmo a achar sua presença um tanto desagradável, apesar de tentar não demonstrar isso. Ontem, enquanto estávamos trabalhando, arrumei um pretexto para ficar parada perto dela e — quase por acidente — a manga do meu vestido tocou o seu. O choque de estar tão perto dela foi irresistível. Era como se uma centelha tivesse atingido meu braço e ido direto até meu coração. Mal saberia dizer como consegui me controlar para não gritar. Eu simplesmente engasguei e apertei meu peito, mas fiz de tal forma que parecesse que esse estado de agitação era devido a um problema digestivo. A menina demonstrou preocupação com o meu bem-estar e pediu que eu descansasse enquanto me preparava algo para beber. Ela ficou ocupada com o bule de chá, aparentemente muito feliz por me ter na cozinha enquanto ela cuidava do que eu precisava. Na verdade, ela parecia quase orgulhosa por estar cuidando de mim. Eu poderia dizer que, apesar de tudo, ela parece ser uma boa alma, mas eu queria muito que ela não ficasse se agitando tanto ao redor das pessoas, com excesso de familiaridade. É enervante tê-la tão ao alcance das mãos, quase se esfregando no nosso cangote e estendendo um tapete sob nossos pés.

É claro, há algumas pessoas — afeitas a escândalos e coisas desse tipo — que veriam com certa emoção e mesmo empolgação o fato de estar perto de alguém da espécie dela, mas necessito categoricamente dizer que eu não sou uma dessas pessoas. É verdade, eu sempre fui interessada naqueles menos afortunados do que eu (como já foi evidenciado pela minha preocupação juvenil com os mais pobres), mas minha curiosidade é sempre científica em sua origem e não abre espaços para determinadas emoções.

UM MOMENTO DE TRIUNFO

É com grande prazer que informo aqui uma inédita série de 55 repetições no teste do senta-levanta, realizadas por Bessy esta manhã. Recentemente, como as páginas anteriores poderão confirmar, eu estava bem desalentada com seu progresso e, de fato, já estava quase decidida a dispensá-la, temendo que ela estivesse além do meus esforços. Com esse sentimento, fiz uma aposta desesperada comigo mesma: se eu conseguisse que ela fizesse mais do que as quarenta repetições rotineiras, eu continuaria com seus serviços; caso contrário, eu a despediria.

Na verdade, eu não esperava que ela conseguisse e, então, foi com grande entusiasmo que eu a vi hesitar por um segundo quando se sentou, em sua 40ª repetição, antes de, subitamente, iniciar sua inédita 41ª! Prendi a respiração e acho que a mantive presa por mais 14 repetições, até que quando ela finalmente desistiu e pediu permissão para voltar a seus afazeres, eu quase caí no chão desfalecida! Quando lhe perguntei o que a havia levado a realizar tal progresso, ela simplesmente deu de ombros e disse que não sabia exatamente a razão, apenas achava que aquilo me deixaria "filiz". Filiz mesmo!

Dado esse considerável avanço, eu decidi mantê-la aqui. A pobre infeliz merecia ter uma segunda chance neste mundo! De outra forma, ela poderia terminar mais uma vez nas mãos de algum explorador ou depravado. O bom senso também me diz que teria sido um desperdício de tempo e de esforços demiti-la agora, justamente quando ela sabia como as coisas deveriam acontecer. Ela é claramente capaz de omitir os detalhes de sua história para qualquer um que ela encontre. Eu andei testando essa sua habilidade (entre outras tantas) fazendo-lhe perguntas supostamente "inocentes" a respeito de suas tarefas na casa do Sr. Levy e ela não se traiu nem com um rubor de face. De fato, ela possui a habilidade de falar a respeito de um assunto dando voltas, fazendo com que o ouvinte esqueça o que de fato perguntou. É claro, trata-se de um pequena inconveniência para minha pesquisa deixá-la agir assim, mas tal problema é de importância secundária. O que realmente importa é dar ao objeto de pesquisa a chance de um novo começo e ajudá-la a tornar sua vida mais decente no serviço. Ela nunca será perfeita como a querida Nora, mas eu a usarei para demonstrar que uma criada decente pode surgir mesmo entre as mais baixas e vulgares prostitutas (e eu alterei o título deste capítulo para deixá-lo mais de acordo). Agora não tenho dúvida quanto a mantê-la aqui e estou muito interessada em ver o que pode ser alcançado.

Essa afirmativa talvez tenha deixado o leitor em um estado de horror e ultraje, posto que ele poderia esperar que eu a demitisse de pronto após saber de seu passado sombrio e estou preparada para, em breve, observar suas atitudes para descobrir se elas são de fato justificáveis. Creio que não haja motivo para mudanças repentinas. É possível para uma dona de casa fazer vista grossa para o passado de uma criada, desde que essa dona de casa fique vigilante e não tire vantagem da situação.

UMA PAUSA TEMPORÁRIA

Na última semana, tenho estado incomodada com a possibilidade de o objeto da pesquisa ter criado uma grande proximidade comigo e sinto dizer que meus temores não são sem fundamento. Isso se tornou irrefreável nos últimos dias. Ontem, enquanto estávamos arrumando meu guarda-roupa na preparação para o retorno de meu marido, a menina disse algo que pareceu ir além dos limites que alguém pode chamar de apropriado, declarando-me seu amor e afirmando que faria qualquer coisa por mim, inclusive renunciar à sua própria vida para garantir minha felicidade. Não é necessário dizer que dei àquela nossa pequena reunião um final abrupto e passei a evitar sua companhia desde então.

Hoje, então, eu tive de mandá-la até a vila. Enquanto eu descrevia o que queria dela, notei que ela se inclinava em minha direção e parecia mesmo estar me cheirando, na área do meu pescoço. Não creio que tenha sido um engano. Fiquei tão nervosa com aquilo que dei um passo para trás e, ansiosa por me ver livre dela, disse qualquer coisa e segui para o quarto. Mais tarde, lembrei que, na minha ânsia para escapar dela, tinha me esquecido de lhe informar sobre a chegada de meu marido. (Era minha intenção falar alguma coisa a respeito disso quando ela estivesse de saída. Nesse caso, eu não teria de explicar muita coisa, ou lidar com algum tipo de sinal de consternação que fatalmente ela exibiria ao perceber que nosso pequeno idílio iria ser interrompido.)

Os leitores devem ser perdoados por pensarem que eu a orientei mal em (talvez) cultivar sua afeição de maneira um tanto exagerada. Contudo, não acredito que seja o caso.

Esse tipo de adulação ou incentivo é uma forma perfeitamente aceitável de conduzir uma jovem. Se uma criada se torna muito próxima, certamente não é um erro da madame. A menina deve saber se controlar.

Cheguei à conclusão de que agora devo me afastar dela. É muito fácil fazê-lo: daqui em diante, eu simplesmente irei evitá-la na medida do possível e, seja lá por quais meios forem, manterei distância dela. Isso deve ser feito com cuidado, posto que ela pode se sentir rejeitada. Imagino que ela seria capaz de me fazer coisas desairosas caso se sentisse magoada.

Era nesse ponto que os capítulos de As *observações* terminavam. Depois disso, não havia nada além de páginas em branco, esperando para serem escritas.

Devo admitir que, apesar de todas as evidências em contrário — e elas existem aos montes —, eu mantive uma ponta de esperança de que Arabella estivesse exagerando em tudo aquilo que havia escrito. Que não houvera uma pessoa como Nora e que a sinhazinha realmente não acreditava naquelas coisas horríveis que escrevera sobre mim. Ou talvez ela não estivesse escrevendo sobre mim, talvez fosse apenas sobre outra menina chamada Bessy.

É claro que, lá no fundo, eu sabia a verdade. É desesperador ver que ela havia descoberto coisas sobre meu passado, das quais eu preferia que ela nunca tivesse conhecimento. Mas o pior é o que ela pensava de mim. Com mil diabos, como explicar quão miseravelmente desesperançada eu fiquei, a não ser dizendo que meu coração estava destroçado? Eu não era mais que uma "coisa" para Arabella, uma coisa com a qual fazer experiências, brincar, e depois ser jogada de lado quando ela já estivesse cansada da brincadeira.

Que o diabo a carregue.

Fechei o livro e coloquei-o de volta na gaveta da escrivaninha, exatamente como o encontrara. Então tranquei a gaveta e devolvi a chave ao bolso do vestido dela. Depois disso subi as escadas para o quarto que ela havia me dado, rolei pelo colchão e cobri a cabeça com o cobertor. Eu queria morrer. Eu me se sentia imunda, da cabeça aos pés. É claro, você aprende a lidar com essas coisas com o tempo, mas o fato é que eu ainda era uma criança, facilmente magoada, e nem a proteção de todas as camas do mundo poderia me livrar de minha vergonha e humilhação.

8

Depressão

Não é assim que acontece, quando você recebe um choque seu corpo se retrai em algum tipo de doença? Pois foi exatamente o que sucedeu comigo no Castelo Haivers. Naquela mesma noite eu caí enferma, mal dos intestinos e com febre, e pelos dias que se seguiram eu fiquei de cama, incapaz até mesmo de levantar minha cabeça a não ser para vomitar numa vasilha. Aquilo foi desesperadoramente inconveniente para a sinhazinha, ah se foi. Não exatamente pelos meus vômitos, mas por eu estar acamada, especialmente agora com o marido dela em casa, mas não havia nada a ser feito quanto a isso, mesmo que eu quisesse trabalhar eu não conseguiria. Juro por Deus, eu suava tanto com a febre que meu cabelo ficou encaracolado! E eu sucumbi, em meu estado febril, a uma série de tenebrosos pesadelos. Em um deles eu era uma bruxa com dedos pequenos e curvos. E quando eu acordava, ainda enredada em meu sonho, atirava longe o lençol, só porque ele era branco e eu estava convencida de que agora eu era uma bruxa e só gostava de coisas pretas. Em outro pesadelo, um enorme furúnculo apareceu na minha coxa e quando eu o espremi, aquela coisa fedorenta escorreu toda para fora e continuou escorrendo de um jeito que parecia que meu corpo inteiro estava cheio daquela coisa imunda. E num terceiro pesadelo eu estava no quarto da sinhazinha e encontrava um livro no qual ela havia escrito claramente que não era minha amiga e que não gostava de mim a não ser como um objeto de suas experiências. Além do mais, ela havia xeretado sobre meu passado e acima de tudo isso eu li que jamais estaria à altura de sua querida e perfeita Nora, nem que pedisse aos céus. Oh, não, devo me desculpar, eu me equivoquei, não se tratava de um sonho, e sim dos *mais verdadeiros fatos*.

A sinhazinha veio até o meu quarto na primeira manhã querendo saber por que eu não havia descido para trabalhar. Eu sabia que ela estava lá, parada no batente da porta, perguntando o que havia de errado, mas eu não conseguia responder nada ou mesmo olhar para ela, eu apenas virei meu rosto para a parede e fiquei ali, tremendo. Mais tarde outras pessoas apareceram em meu quarto, como visões. Uma delas foi Jessie, a ordenhadora, mandada pela sinhazinha (como Jessie deixou claro, ela não teria ido por iniciativa própria). Ela me deu água para beber e colocou uma toalha fria na minha cabeça, mas esses atos de gentileza de alguma forma eram diminuídos pela sua expressão emburrada. Caí no sono de novo até ser acordada por um barulho e então abri os olhos e, por Deus!, havia um homem de nariz adunco vestido de preto andando ao redor da minha cama. Então ele tomou o meu pulso e o segurou, o que foi reconfortante, mas me pareceu que ele estava atrasado para algum compromisso, pois ele não parava de olhar para o relógio, e ficou ali por um minuto sem ir embora, até que finalmente se foi, sem olhar para mim e sem me dirigir uma palavra. Então tentei dormir de novo, torcendo para que ele não fosse nenhum daqueles loucos que ficam vagando pela estrada. (Depois me dei conta de que ele, na verdade, era um médico, Dr. McGregor-Robertson, chamado pela sinhazinha.)

Passados alguns dias, a própria sinhazinha veio até o meu quarto, me trouxe uma sopa, cortou meu cabelo, aplicou toalhas frescas na minha testa, mas eu não conseguia falar com ela, eu só queria manter minha boca bem fechada, como se tivesse engolido uma batata, eu não queria nem olhar para ela. Algumas vezes, eu ouvia a voz dela lá embaixo, no quintal, como se estivesse falando com alguém, Hector ou uma das gêmeas Curdle. E à noite ouvia o ranger das escadas quando ela e o marido subiam, cada um para o seu quarto. Toda vez que eu pensava nas coisas que ela havia escrito naquele maldito livro a dor invadia meu coração e eu o sentia apertar tanto que parecia que eu ia sufocar e desmaiar.

Na tarde do terceiro dia eu me senti um pouco melhor (apesar de hoje eu suspeitar que estivesse apenas delirando). Então me ocorreu que eu deveria deixar o Castelo Haivers, esquecer meu salário e o que eu tinha a fazer e apenas ir embora e deixá-la com todo aquele trabalho sem mim, jogar isso na cara dela. Eu cheguei mesmo a começar a arrumar minhas coisas, mas fui interrompida nessa empreitada pelo som de alguém nas escadas. Pensando que poderia ser ELA, eu escondi minha trouxa no armário e voltei para a cama. Mas era apenas Jessie trazendo-me uma sopa e nem um pouco feliz por ter sido designada para limpar meu urinol. (Ele não continha nada de importante, mas é claro que ela fez sua sagrada ceninha ao pegá-lo e colocá-lo para fora do quarto.) Então ela se virou para mim, com as mãos na cintura.

— A patroa quer saber se você precisa d'arguma coisa.

— Onde está ela? — eu perguntei. — O que ela está fazendo?

Jessie lançou-me um olhar mortificante. Então ela disse, num tom de escárnio-mor:

— Ela tá lá embaixo, co'as saias levantadas, sentada em cima duma gelatina.

Ora, uma série de coisas estranhas aconteceram no Castelo Haivers desde que eu cheguei, mas não pensei por um minuto sequer que aquilo que ela disse sobre a sinhazinha fosse verdade, era apenas a forma de Jessie me fazer saber que ela não nutria uma grande estima nem por mim nem pela sinhazinha e que, portanto, ela não tinha a menor intenção de responder às minhas perguntas imbecis.

Assim que Jessie se mandou do meu quarto, eu notei que não tinha mais forças para continuar arrumando minhas coisas, então recoloquei minha trouxa no armário e, tremendo, me enfiei debaixo das cobertas.

Volta e meia, eu me pegava imaginando a sinhazinha sentada sobre uma gelatina. Só que na minha cabeça aquilo não tinha sido um ato deliberado (como Jessie havia insinuado), mas um acidente no qual o vestido que a sinhazinha estava usando — um branco adorável — ficou todo manchado de gelatina vermelha, tudo presenciado pelos grã-finos locais, para sua profunda mortificação. Sinto muito em dizer que me senti bem confortada com esse devaneio.

Bom, não vou fingir que durante o período em que fiquei de cama eu não parei para pensar no meu passado. Desde que chegara ao Castelo Haivers eu tentava esquecê-lo. Mas, ao ler tudo aquilo que a sinhazinha havia escrito sobre mim em seu livro, minhas lembranças voltaram e tive saudades daqueles velhos tempos passados com o Sr. Levy. Não estou remanchando para falar sobre isso. Mas creio que este seja um bom momento, pois do contrário, parte do que virá posteriormente não fará muito sentido.

Então, aí vai.

Oh, pelo amor de Deus, ande logo com isso.

Meu Sr. Levy era um homem modesto e eu sei que ele não gostaria que eu ficasse dizendo "Sr. Levy isso" e "Sr. Levy aquilo" o tempo todo em um documento que pudesse vir a ser lido por outras pessoas, mas de onde quer que ele esteja, se puder ler o que está escrito nestas páginas, certamente se sentirá secretamente feliz. O que mais posso dizer a respeito dos meses que passei com ele em Crown House, em Hyndland, a não ser que, para mim, foram tempos reconfortantes, e espero que para o pobre Sr. Levy também? Digo pobre Sr. Levy porque (estou certa de que ele não se importará que eu o diga) ele era velho e antes de morrer sofreu terrivelmente de uma constrição intestinal e na maior parte dos dias eu ficava esfregando sua barriga até minha mão quase cair, para ajudá-lo com suas necessidades. Mas aquilo era um trabalhinho de nada, e eu ficava feliz em realizá-lo. Na verdade, eu nunca havia sido mais feliz! Crown House era uma majestosa casa de quatro andares e eu tinha meu próprio quarto com uma lareira de mármore branco e o fogo aceso todos os dias, e eu me lavava sempre com água quente e podia pegar o que quisesse da despensa sem ter de pedir autorização, tortas, frango, vinho, bolo de gengibre, o que você pensar, eu nunca vi uma cristaleira com tanta comida. Sr. Levy me deu um relógio para que eu soubesse as horas. Ele era um homem reservado, cansado da sociedade e não gostava que ficassem sabendo da vida dele. E, apesar de ser rico, ele odiava que o lugar ficasse cheio de criados e ao longo dos anos mandou todos embora a não ser um rapazote chamado Jim que já estava por lá havia alguns meses quando eu cheguei.

Esse Jim tinha mais ou menos a minha idade, cabelos vermelho-escuros e olhos atentos debaixo de sobrancelhas claras, e eu logo vi que ele não me deixaria interferir em muita coisa naquela casa. Para falar a verdade, o Sr. Levy não enxergava muito bem, e, por conta disso, seus cuidados com a manutenção da casa eram um tanto frouxos. Jim sabia reconhecer uma boa oportunidade. Ele tinha uma vida tranquila em Crown House e ficou preocupado de eu poder tomar o seu lugar caso ele fosse demitido. Mas o tempo passou e ficou claro que Jim era necessário e que não seria dispensado, e nós acabamos nos tornando amigos. E como eu afirmei, uma tarde (estávamos jogando pedrinhas contra o muro do quintal, como costumávamos fazer quando o Sr. Levy tirava uma soneca), todo mundo tem um propósito na vida. Eu fazia para o Sr. Levy o que Jim não poderia fazer, Jim buscava qualquer coisa de que precisássemos, e o Sr. Levy pagava por isso. Simples assim.

De certa forma, o meu Sr. Levy era um pouco parecido com a sinhazinha, ele era um educador e queria que eu soubesse direitinho o abecedário. Primeiro ele me ensinou o alfabeto usando as primeiras letras de palavras feias que lembrasse, e algumas delas eu nem conhecia, acabei aprendendo com ele. (Na verdade, acho que ele inventou algumas delas, mas ele sempre alegou que elas eram corretas, em alguma língua.) A seguir, nós púnhamos essas letras juntas e criávamos palavras e depois disso nada mais conseguiu me parar, tanto que o Sr. Levy dizia que eu era esperta como o diabo. Nós logo chegamos a palavras mais difíceis como "duplicidade", "retícula" e "sentenciosa" (agora que estou pensando nisso, na verdade, não faço a menor ideia do que significa essa última palavra, mas acho que sei *escrevê-la* direitinho.)

E uma vez terminada minha aula, íamos juntos até o estúdio do Sr. Levy olhar seus fósseis — ele tinha uma grande e antiga coleção — e à noite nos sentávamos ao pé do fogo e cantávamos canções e algumas vezes em que cantávamos uma música triste uma lágrima brotava nos olhos do Sr. Levy. Acho que ele foi um homem solitário, não sei. Não tinha mulher nem filhos, nunca teve nada disso ou qualquer outra família, pelo que eu soubesse. Eu era o acalento de seu coração.

— Oh, Focinho — ele dizia.

Eu me esqueci de mencionar, esse era o apelido carinhoso pelo qual ele me chamava, e enquanto tinha seu prazer ele gostava que eu lhe desse uma palmada e o chamasse de burro velho e mau. "Burro, você foi mau", eu tinha de dizer. "Mas Focinho ama você mesmo assim." Mas não havia nenhum mal nisso, já que eu nunca bati nele com força.

(Devo me desculpar se coloquei isso de forma muito abrupta. Acho que é melhor começar de novo.)

Onde eu estava mesmo?

— Oh, Focinho — ele dizia. — O que será de nós?

E então ele me fazia prometer que eu nunca deixaria a casa, mesmo que aqueles fofoqueiros, os vizinhos dele, me chateassem. E eu prometia bem contente da vida. Em oito meses, eu saí de casa apenas um punhado de vezes, e sempre discretamente, pela porta dos fundos. E eu também nunca passei perto de Gallowgate, onde eu havia morado, o mais longe que eu ia na cidade era até a loja da Srta. Doigs, na West George Street, Modiste, para experimentar um novo vestido que estava comprando bancada pelo Sr. Levy (o de cetineta com laços azuis e renda). Eu não fazia nenhuma visita e também não recebia nenhuma. Toda vez que eu saía, mantinha os olhos bem atentos, mas nunca encontrei alguém que conhecesse.

Que seja. Todas as coisas boas têm um fim.

Estou tentando achar uma forma educada de dizer isso, mas talvez falar tudo de uma vez seja o melhor a fazer. Meu Sr. Levy morreu sentado no penico. Acho que foi o esforço que o matou, seu coração não resistiu à força que ele teve de fazer. Coitado, tudo o que ele conseguiu evacuar foi uma pelotinha do tamanho de uma noz. Essa foi a primeira coisa que eu vi naquela manhã quando eu o encontrei caído no chão do quarto. E lá estava ela, no fundo do urinol. Eu tinha batido à porta por uma eternidade, mas ele não deu nenhum sinal de vida, então eu entrei. A pobre alma estava deitada sobre o tapete turco, todo retorcido e nu, com os ossos do quadril apontando na minha direção.

— Sr. Levy — eu disse, mas não obtive resposta.

Aproximei-me para vê-lo melhor. Seus olhos estavam abertos e ele tinha uma expressão de surpresa no rosto, como se tivesse se lembrado de alguma coisa. Nada muito importante como "QUE DEUS NOS GUARDE! EU ME ESQUECI DE CASAR E TER FILHOS!", mas uma coisinha à toa como "Ah, foi ali que deixei o meu tabaco!". Quem pode dizer o que realmente lhe ocorreu em seu último momento? Espero que tenha sido um pensamento bom.

Pus minha mão em sua boca só para ver se ele ainda estava respirando, mas ele não estava. Então toquei seu rosto com dois dedos. Ele ainda estava quente. Tentei erguê-lo, pensando que ele poderia voltar à vida, mas não deu certo. Então eu pus meu pé descalço perto do dele, para ver a diferença de tamanho. Então eu levantei seu braço e dei uma olhada em sua axila. Os pelos debaixo de seu braço ainda nem estavam brancos. Se tudo o que você pudesse ver dele fosse sua axila você quase o tomaria por um jovem. Abaixei-me e coloquei minha cara debaixo do braço dele. Cheirava a sopa, com um certo toque de vinagre. Fiquei ali daquele jeito sei lá por quanto tempo. Não chorei, mas devo ter entrado em um transe, posto que tive uma premonição de que meus dias em Crown House, em Hyndland, haviam acabado. E então eu me levantei e o cobri com um lençol, já que eu não queria que ninguém o encontrasse nu.

Uma última coisa que fiz antes de chamar o médico, foi garantir que o último ato do Sr. Levy fosse preservado. Achei uma pequena bolsa de veludo dentro da gaveta e fui até o penico. Peguei sua pequena pelota entre meus dedos indicador e polegar e a joguei dentro da bolsinha. Então a coloquei em meu bolso e devolvi o penico para debaixo da cama.

Não sei por que eu fiz isso a não ser por não querer que ninguém visse aquele seu último ato, porque aquilo era um assunto particular dele e não interessava a ninguém a não ser a ele mesmo.

Então chamei o Jim lá embaixo e mandei-o buscar um médico.

Só uma tola como eu poderia pensar que seria possível continuar vivendo naquela casa, apesar de o Sr. Levy não ter nenhuma família a não ser um irmão que vivia em Candleriggs, aquele que escreveu para a sinhazinha. Esse tal irmão chamado Samuel não precisava de alguém para lhe acalentar coração. Ele já tinha mulher, filhos e criados próprios. Ele e o Sr. Levy não se falaram por anos, mas foi ele quem herdou toda a fortuna na ausência de um testamento. O irmão foi até Crown House no dia seguinte ao funeral, no começo da manhã, e passou a maior parte do tempo conversando com a vizinhança e sua criadagem. Jim havia defendido que eu era governanta, mas uma vez que ficou claro que eu não era governanta coisa nenhuma (o Sr. Levy estava certo — eles eram uns miseráveis futriqueiros), tanto eu quanto Jim fomos colocados no olho da rua, sem recebermos um tostão ou carta de recomendação. O pobre Jim foi obrigado a voltar para a casa da mãe em Govan, e depois que nós nos separamos na Byres Road eu peguei minha trouxa (aquele irmão horrendo nem sequer acreditou que o lindo baú que o Sr. Levy havia comprado para mim era mesmo meu) e caminhei até o parque West End, onde me sentei e fiquei olhando para o nada. Tudo o que eu tinha no mundo eram minhas roupas, meu relógio, 2 xelins que eu havia encontrado em um velho casaco no vão da escada, seis violetas e uma pelota expelida por um ser humano guardada num saco de veludo. Mas eu nunca joguei a culpa por tais circunstâncias sobre os ombros do Sr. Levy, e continuo não fazendo isso. Não foi culpa dele. Ele não tinha como saber que morreria e que me deixaria sem um tostão.

Com o dia terminando, dei-me conta de que eu não tinha nenhum outro lugar para ir a não ser Gallowgate. Deixei o parque e saí caminhando ao longo de toda a Dumbarton Road e a Argyle Street. Nunca tão poucos quilômetros foram percorridos com tamanha relutância. Eu fui me arrastando e era quase meio-dia quando cheguei ao Cruzamento. Era uma quarta-feira, e o lugar estava fervilhando por causa do mercado. Foi exatamente naquele ponto que o Sr. Levy me vira pela primeira vez, muitos meses antes.

Você sabe, ele começou como qualquer outro — ou seja, como um cliente. E, antes de nossa primeira vez, ele me fez sentar e me contou que era um homem judeu e perguntou se eu não me importava com isso. Eu disse que não importava se ele era hindu ou esquimó, contanto que ele me pagasse o que devia. Então eu falei que era irlandesa e perguntei se ele se importava com isso. O que o fez rir. Então duas vezes por semana ele dava uma volta até onde eu ficava e dali íamos juntos para um quarto longe da confusão e fazíamos o que tinha de ser feito. Depois, ele gostava que eu sentasse em seu colo e enrolasse cigarros para ele e algumas vezes ele me dava balas de chocolate e uma vez ele até comprou para mim um abacaxi, que eu nunca havia provado mas que comi com bastante gosto. Oh, ele tinha defeitos, mas que homem não tem? E, afinal de contas, ele era um bom cavalheiro com um coração de ouro.

Uma noite, depois de muitas semanas, o Sr. Levy contou-me que precisava de uma governanta. Porém, mais do que isso, ele disse, o que ele realmente queria era uma "companhia calorosa" para sua decrepitude. E ele havia me escolhido para esse trabalho!

Agora, neste momento, posso admitir que estava verdadeiramente cansada de levar aquela vida, por mais que isso seja uma coisa terrível de se dizer quando se tem uns 13 anos. Ter de me deitar com todo homem que aparecesse, não importando quão doente ou bêbado ele estivesse ou quão louco ele fosse, e ganhar apenas alguns tostões aqui e ali e então ter de me entregar aos leões outra vez. Eu não precisei pensar muito a respeito. Falei para o Sr. Levy imediatamente que ficaria felicíssima em ser sua companhia calorosa.

Mas é claro que aquela decisão não dependia de mim.

— Vou falar com sua irmã — disse o Sr. Levy.

E então ele foi até o antro onde ela ficava, uma pocilga conhecida como "Dobbies".

Bem, quando Bridget chegou em casa, ela estava pronta para ser metida numa camisa de força.

— Mas que ideia... — ela me disse. — O que você espera que eu faça enquanto você banca a madame em alguma mansão dum veio babão? Se você sair, vai ver o que acontece, eu POSSO CRUCIFICAR você!

Fiquei desalentada, para dizer o mínimo. Passei o resto da noite rabugenta. Mas no fim, ela me deixou ir com meu Sr. Levy, posto que ele voltou no dia seguinte e conseguiu persuadi-la. Ele lhe deu uma bolsa cheia de dinheiro e concordou que seu advogado lhe providenciasse uma quantia semanal (não sei quanto, mas deve ter sido um bom acordo, mais do que eu conseguiria normalmente).

Depois que ele saiu, Bridget se sentou à janela e ficou olhando para fora acariciando a bolsa. Ela tinha um enorme sorriso nos lábios e seu olhar estava perdido, acho que ela estava tentando calcular quantas xícaras de gim holandês poderia comprar com aquele dinheiro.

Nada adequado para uma irmã, você pode pensar. E você estaria certo. Mas a história fica ainda pior do que isso. Para seu governo, Bridget não era realmente minha irmã. Não era minha irmã *mesmo*. Na verdade, e é preciso que isso seja dito, *ela era minha mãe*.

Mas talvez agora que eu já estou neste ponto eu possa contar alguma coisa mais a respeito dos meus primeiros anos de juventude, pelo menos o que eu me lembro disso. Até hoje, a identidade de meu pai ainda permanece um tanto misteriosa. De acordo com minha mãe e outros que a conheceram nos idos remotos, ele era um marinheiro vindo do norte que atendia pelo nome de Whacker McPartland, que não era seu nome verdadeiro, é claro, este era Dan, mas aparentemente ele *preferia* ser chamado de Whacker.

De acordo com minha mãe, nunca houve casal mais devotado do que ela e ele, Bridget O'Toole e Whacker, eles eram "um jovem casal vivendo seu sonho de amor". Whacker era tão bonito quanto os raios de sol e era também um dançarino maravilhoso e só tinha olhos para minha mãe e ficava sempre perto dela, de forma bem ciumenta. Na verdade, numa ocasião que minha mãe gostava de relembrar sempre, Whacker bebeu demais durante uma festa e ficou enjoado no meio de uma dança, mas não deixou o salão para ir vomitar porque aquilo poderia significar abandoná-la para ser cercada pelos RIVAIS, então, em vez de fazer o que tinha de ser feito, ele vomitou na manga da própria camisa, ajeitou-a e continuou dançando.

Segundo minha mãe, esse homem que era meu pai só tinha dois desejos na vida. Um era dançar e o outro era prendê-la no muro com seu mastro, já que, pelo que ela fala, o instrumento dele dava para levantar uma sela bem pesada. É estranho dizer, mas assim que o velho Whacker descobriu que "o amor de sua vida" carregava uma criança no ventre, deixou de lado as danças e se mandou da cidade levando seu mastro com ele, e nunca mais se soube ou se ouviu falar dele, ainda que eu não ache que seu mastro fizesse algum barulho. Talvez relinchasse.

Para minha mãe Bridget, afetada por muito gim holandês e inúmeras pancadas na cabeça, as lembranças do passado eram confusas e várias vezes ela me disse que eu nasci numa terça-feira ou quem sabe numa quinta, em abril ou mais provavelmente em maio. Era no meio da noite, ou apenas antes da hora do chá, e o ano era 1847, 1848 ou 1849, e o nascimento se deu tanto em Dundalk quanto em Drogheda, ou possivelmente em algum lugar no meio do caminho entre essas duas cidades. "Como é que eu vou me lembrar de tudo isso?", minha mãe gritava se eu por acaso perguntasse a respeito das circunstâncias de meu nascimento. "Eu estava com DOR! Eu estava DANDO À LUZ!! Sei que começava com 'D'! D alguma coisa. Onde fica Donaghadee?"

Mas não importa onde estivéssemos e quando tudo isso aconteceu, ela estava ABSOLUTAMENTE CERTA quanto a um detalhe e este é que ela se encontrava no meio de uma briga quando eu nasci. Em de sua amargura, quando eu era pequena, ela me fitava fixamente com seus olhos rasos d'água e dizia: "Olhe para você! Você nasceu com a cara na grama",* uma afirmação que me causava uma certa confusão naquela época.

Uma outra coisa que ela lembrava era que enquanto me carregava, ela teve um tremendo desejo de fumar cachimbo. Sempre que eu perguntava a respeito do meu nascimento, ela falava de cachimbos e de como se prometia dar uma última baforada, o que no fim das contas lhe proporcionava um enorme prazer. Jesus Cristinho, quantos quilos de tabaco ela teve de fumar até se decidir a parar. "Foi uma surpresa para mim", ela costumava dizer, "quando me dei conta de que afinal eu estava tendo uma criança e não expelindo rolos de fumaça".

---

* No original, *wigs on the green*, que significa tumulto, briga. (*N. do E.*)

Minha primeira lembrança é de luz, lindos feixes de luz brincando no assoalho empoeirado de uma casa estranha para onde minha mãe me levou, ainda na Irlanda. Um cavalheiro vivia na casa, ele tinha bigodes cor de palha e olhos tão azuis que pareciam pedacinhos do céu. Minha mãe foi com ele para um quarto ao lado e então eles trancaram a porta, me dizendo para ficar ali e me distrair com uns pregadores de roupa de madeira. Eu logo fiquei entediada com aquilo e então bebi o restinho do que havia numa garrafa de vidro estranha (minha mãe não havia deixado quase nada) e fui ouvir atrás da porta. Parecia que minha mãe e ele estavam dançando ali dentro, porque, de alguma forma, eles estavam sem fôlego e eu podia ouvir o ranger do assoalho, que só parou quando o homem emitiu um som terrível como se sua garganta tivesse sido cortada e momentos depois minha mãe saiu correndo de dentro do quarto contando moedas, me puxou para fora da casa e caiu na estrada. Ela o matou e roubou sua bolsa!, foi o que eu pensei, até vermos o mesmo camarada logo no dia seguinte, e não havia nenhuma marca nele! Ele estava na rua, caminhando de braços dados com uma dama muito elegante. Fiquei muito contente em ver que ele estava vivo e que minha mãe não era uma assassina (não que eu achasse que ela não fosse capaz disso, posto que ela vivia ameaçando *me* matar).

Acenei para o camarada e lhe dei boa-tarde, uma vez que ele havia sido gentil, balançado meu queixo e me dado os pregadores de madeira de presente, mas ele só franziu a testa e levou a dama pela praça, e com certeza minha mãe teria arrancado meu braço se ela pudesse, do jeito que ela me arrastou até uma viela. Deus do céu, eu a deixei mesmo aborrecida, dava para ver pelo jeito como seus olhos piscavam e suas narinas estavam dilatadas. Quando você a deixava numa situação dessas, nunca sabia o que ela era capaz de fazer, mas sabia que ela estava a ponto de explodir. Daquela vez ela me disse entre os dentes: "NUNCA-MAIS-FAÇA-ISSO!", cada palavra acompanhada de um tapa na minha cabeça ou nas minhas costas. "Senão eu ESTRANGULO VOCÊ!"

Desse dia em diante, nunca mais cumprimentei nenhum homem que eu conhecesse, a não ser que ele me cumprimentasse primeiro, e eu agia assim mesmo que o homem fosse um visitante frequente de nossa casa e mesmo se na última vez que eu o tivesse visto minha mãe estivesse — vamos usar como exemplo — sentada em seu colo e o deixasse agir como um bebezão, dando uma boa chupada em seu seio — desculpe, mas este é apenas um exemplo de como eu via de forma confusa e perturbadora as cenas que testemunhei quando era criança.

Minha mãe sempre dizia que trabalhava em uma loja que vendia guarda-chuvas, uma coisa que eu nunca questionei até eu ficar um pouco mais velha, quando comecei a não entender por que a loja de guarda-chuvas só ficava aberta à noite em vez de funcionar durante o dia como as outras lojas. Quando eu questionava minha mãe sobre isso, ela me dizia não seja estúpida, ela não vendia guarda-chuvas, não mesmo, o que ela fazia durante toda a noite era fabricar guarda-chuvas para que fossem vendidos na manhã seguinte. Ela os fabricava. Eram essas suas palavras. Demorei muito tempo para me dar conta de que, fosse o que fosse o que ela fabricava, não eram guarda-chuvas.

Quando eu tinha uns 8 ou 9 anos ou 10, ela não sabia minha idade), nos fixamos em Dublin e fomos morar perto de uma loja de torta, num quarto bem no topo de uma escada estreita e bem escura. Muitas vezes eu ainda estava acordando quando minha mãe voltava do "trabalho" e havia algum homem ou outro hóspede deitado na cama ou vez por outra apenas caído no meio do chão como se tivesse despencado do teto no meio da noite. Todos os tipos, tamanhos e espécies de homens eram descobertos pela manhã, às vezes dois ou três deles deitados no chão e roncando como porcos. O cheiro de bebida podia nocautear você, e quando minha mãe acordava, ela os olhava como se os odiasse e parecia bem chocada com aquilo tudo até que eles lhe dessem o dinheiro que deviam pela hospedagem e fossem embora. Aí então ela voltava a dormir.

A não ser, é claro, que fosse algum bonitão e ela estivesse apaixonada por ele, pois nesse caso a história era bem diferente, Jesus Cristinho, ela fazia de tudo para que o tal voltasse para debaixo das cobertas se ele apenas pensasse em olhar para a porta. Sempre havia alguém assim, que fazia ela parecer uma tola, e um deles se chamava

Joe Dimpsey. Dizia-se que Joe Dimpsey tinha vindo originalmente de uma família rica e que mantinha relações muito importantes na Scratchland e que tinha até estudado no Queens College por um tempo antes de ter de vender seus livros de estudo para pagar dívidas. No entanto, as coisas não estavam caminhando muito bem para Joe, e quando minha mãe o conheceu ele estava fazendo uns serviços estranhos na pista de corridas de cavalos, mas logo ele largou essa profissão para ficar conosco, e sua tarefa principal parecia ser exercitar os músculos enquanto lia as páginas das corridas de cavalos até as primeiras horas da manhã, quando minha mãe chegava do que ela chamava loja de guarda-chuvas com mais dinheiro ou outra garrafa de bebida.

Com certeza, Joe Dimpsey era bem bonitão, tinha cabelos negros e um ar insolente e quando achava que ninguém estava ouvindo, ele ficava diante do espelho e dizia para si mesmo: "Puxa vida, você é um cara bem bonito."

Minha mãe não dava crédito a nenhuma palavra contra Joe, posto que, para ela, ele era o arcanjo Gabriel e tinha um grande futuro pela frente como um estudado Homem de Ciência assim que colocasse na cabeça que deveria voltar aos estudos. Depois de alguns meses, quando ele não demonstrava nenhum sinal de que iria colocar alguma coisa na sua cabeça que não fosse álcool (na verdade, parecia que ele bebia gim pelo nariz), minha mãe comprou para ele os livros de estudo necessários, mas ele mal os abriu e preferiu, em vez disso, ficar flanando por aí quando ela não estava em casa, tentando pegar com as mãos os gases que expelia para fazer você cheirá-los. E essa foi a coisa mais próxima de ciência que passou pela nossa casa enquanto Joe Dimpsey esteve por lá.

Uma tarde, Joe voltou da rua parecendo bem deprimido e logo cedo na manhã seguinte saiu de casa levando seus livros debaixo do braço. Voltou uma hora mais tarde, de mãos abanando e com outro humor. Até eu deduzir que ele tinha vendido os livros. Eu o observei de dentro do meu cobertorzinho estendido no chão enquanto ele tentava gentilmente acordar minha mãe, o que nunca era uma tarefa muito fácil, você podia dançar em volta dela que ela não despertava.

Finalmente, ele lhe deu uma sacudidela. Ela abriu um olho e olhou atravessado para ele.

— Estou indo — disse ele, apontando o polegar para a parede atrás da qual não havia nada além do sótão da loja de tortas. Eu não sabia muito da vida dele, mas imaginei que não era para lá que ele estava indo.

— O quê? — exclamou minha mãe, um tanto tonta de sono e provavelmente meio bêbada. Ela ainda estava usando seu vestido, se eu me lembro bem. — Para onde?

Joe olhou por cima do ombro através da pequena janela e, depois de uma pausa, disse:

— Cruzar o mar. Já comprei a passagem. Vou embora hoje.

Minha mãe pulou da cama e agarrou seu braço.

— O quê? — ela berrou. — Você não pode! Você não pode me deixar aqui sozinha! Sozinhaaa!!!

Parecia, e não era a primeira vez, que ela tinha esquecido que tinha uma filha, mesmo eu estando sentada no chão, bem na frente dela, chupando meu café da manhã, um pirulito. Joe se desvencilhou dela.

— Eu tenho de ir — ele disse. — É isso ou ficar e escolher qual braço quero ver quebrado, o direito ou o esquerdo, e eu não posso decidir isso, então vou embora antes que eles venham me pegar.

Minha mãe começou a chorar e a suplicar enquanto revirava os bolsos dele procurando a passagem de navio para destruí-la, mas Joe estava conosco havia tempo suficiente para conhecer suas atitudes e eu posso apostar que a passagem devia estar bem guardada dentro de sua bota ou escondida em algum outro orifício privado, de modo que ela não conseguiu encontrá-la. Ela disse que pagaria as dívidas dele, não importava o quanto fosse, mas ele disse que não adiantava que, por mais que ela implorasse, ele não mudaria de ideia nem revelaria seu destino — o que, segundo ele, era "para a própria segurança dela" caso, perdão, "os filhos da mãe" viessem atrás dela. Diante disso, minha mãe se prostrou na cama, chamando-o de tudo o que é nome, e quando ele tentou acariciar seu ombro, ela gritou para ele:

— Suma daqui, seu FILHO DA PUTA! — E começou a desferir uma série de chutes na virilha dele.

Acho que Joe considerou que aquilo era razão suficiente para partir. Minha mãe se agarrou em suas pernas e gritou para que eu a ajudasse a segurá-lo, mas eu já sabia muito bem que era melhor não me envolver nas discussões de Bridget e seus homens senão eu ia arrumar uma confusão do tamanho do Canadá. Então eu fiquei onde estava e tomei apenas as duas precauções necessárias: tirei meu pirulito da boca (pois naquela época sempre se ouvia falar sobre terríveis acidentes envolvendo pirulitos) e afastei a garrafa de cerveja que eu havia achado e planejava beber mais tarde. Foi bem a tempo, pois Joe agarrou minha mãe pelos cabelos e a jogou bem onde estava a garrafa, então a pegou e a jogou sobre a cama como um saco de carvão. Antes que ela pudesse se levantar ele saiu do quarto, girou a chave e trancou a porta pelo lado de fora.

Levou cerca de uma hora até que alguém atendesse nossos gritos de pedido de ajuda, mas finalmente chamamos a atenção do vendedor que estava de pé nos fundos da loja de tortas dando uma mijada, como era de seu hábito. Ele teve de arrebentar a fechadura, uma vez que Joe tinha levado a chave com ele. Assim que a porta se abriu, minha mãe virou-se para mim e disse:

— Fique aqui ou esfolo você viva. — E com isso ela desceu as escadas e correu para a rua. Eu estava preocupada com minha pele e não tinha a menor intenção de ficar sem ela, por isso não arredei pé de onde estava.

Minha mãe voltou bem mais tarde, cansada e sozinha. Fiquei contente em ver que Joe não estava com ela, mas eu sabia que era melhor não demonstrar isso, então tirei meu sorriso dos lábios e fiquei quieta. Naquela noite, antes de ir trabalhar, ela, parecia muito pensativa, fumando seu cachimbo enquanto observava as cinzas na lareira, e de vez em quando me lançava olhares de reprovação. Eu não sabia o que havia feito de errado. Aquele tipo de situação não era incomum, mas de alguma maneira eu sabia bem o que se passava na cabeça dela. Depois de inúmeros olhares bravos e suspiros e balançadas de cabeça, ela parecia um pouco mais animada com alguma decisão que havia tomado.

— Você vai ficar bem, não vai? — ela disse.

Não gostei do som daquelas palavras, nem um pouquinho, então fui cautelosa com a minha resposta.

— Quando? — eu disse após um momento.

— Quando eu for embora com Joe — ela disse. — Você vai ficar bem aqui sozinha, por alguns anos até crescer, não vai?

Eu pulei de onde estava sentada, em pânico.

— VOCÊ NÃO PODE FAZER ISSO! — eu gritei.

Minha mãe deu um sorriso esquisito, revelando o espaço que havia entre seus dentes da frente, um espaço tão grande que você podia enfiar uma moeda ali. Estava claro que ela tinha ficado contente com o medo que aquela sua sugestão de me abandonar havia evocado, eu morri de raiva de mim mesma. Eu me sentei de novo, rapidinho.

— Você está mentindo — eu disse a ela. — Joe foi embora. Ele nos deixou.

Ela ainda estava sorrindo, com uma sobrancelha erguida. Parecia bem confiante. O que ela sabia que eu não sabia?

— Bem, é engraçado — ela disse. — Muito engraçado mesmo.

Eu não disse nada, nem me importei em olhar para ela, apenas a fitei com o canto dos olhos.

— Oh, sim, é muito divertido — ela disse, mas eu não fui na dela. — Isso me diverte muito — ela disse, e como eu ainda não tivesse dado nenhuma resposta, ela apontou o dedo para mim e continuou: — E vou lhe dizer por quê. Adivinhe quem eu vi nas docas?

Comecei a arfar e me esforcei para encará-la.

— Você não viu ninguém.

— Não vou discutir com você. Eu encontrei Joe e nos acertamos. Ele foi bastante gentil comigo, todo desculposo. Foi muito atencioso.

Meu coração se apertou. Era bem possível que aquilo fosse verdade. Minha mãe e Joe estavam sempre brigando e depois se acertando.

— No fim das contas, é isto — disse minha mãe —: ele quer que eu vá embora com ele.

E, ao demonstrar que eu não estava incluída nos planos, ela aproveitar a oportunidade para me olhar com imensa piedade.

— Para... para onde? — eu disse.

— Do outro lado do mar, para a Scratchland. Mas a passagem custa os olhos da cara, uma fortuna, e Joe disse que nós não temos como levar você. Mas com certeza você vai ficar bem aqui sozinha, não vai?

Eu só olhava para ela.

Ela ficou passando o cachimbo de um lado da boca para o outro enquanto olhava para a lareira.

— Você provavelmente vai ter de implorar por comida — ela disse —, mas se você pedir com jeitinho, é bem capaz que consiga alguns restos da loja de tortas.

Sinto dizer isso, mas nesse ponto eu comecei a chorar.

Minha mãe riu.

— Ora — ela disse —, não seja um bebezão. Você pode cuidar de si mesma, só para variar. E, é claro, caso seja expulsa daqui, vai poder dormir na soleira da porta do McSweens.

Diante disso, eu me joguei a seus pés. Ela me deixou derramar lágrimas quentes e amargas no seu colo enquanto mexia no meu cabelo e fazia:

— Shhh.

— Não... me... abandone... mãe! — eu solucei. — Por... favor... não... vá... embora!

— Bem — ela disse —, vou pensar. — Ela estalava a língua e suspirava e se mexia na cadeira, e quando, momentos depois, eu olhei para seu rosto, ela estava coçando a cabeça e tinha um ar bem pensativo. — Só há um jeito de você poder vir com a gente.

Eu segurei suas mãos entre as minhas.

— Oh, mamãe, por favor, por favor.

— Ora, eu não sei — ela disse. — Você vai ter de fazer tudo o que eu mandar.

— Eu vou fazer, eu vou fazer, eu vou ser boazinha.

Ela apontou o dedo para mim.

— Você só vai ter uma chance — ela disse. — E se você a desperdiçar, acabou. Teremos de deixar você.

— Eu não vou desperdiçá-la, eu prometo, mamãe, por favor.

— Bem, vamos ver o que faremos.

Então ela me sentou perto da luz de um candeeiro e começou a pintar meu rosto. Oh, aquilo foi legal no começo. Eu estava bem animada de ter sua atenção só para variar, eu queria tanto que ela se sentasse sempre comigo, mexesse no meu cabelo e dissesse como eu era uma boa menina e como eu era bonita como uma boneca. Bom; mas por mais que eu achasse legal saber que eu já tinha idade bastante para me maquiar, logo comecei a não gostar da sensação daquilo na minha pele. Mas quando tentei me limpar, minha mãe me deu um tapa na mão.

— Pare com isso! — ela disse.

— Quero me limpar.

Ela bufou.

— Você não vai, não! — ela disse. — Qual a utilidade de uma loja sem propaganda?

Naquela hora, creio não ter compreendido aquele comentário dela. Achei que tinha confundido a loja que ela mencionou com a loja de guarda-chuvas — uma vez que ela sempre se pintava antes de ir trabalhar. E então eu cheguei à conclusão de que — finalmente! — eu ia ver onde ela trabalhava, e quem sabe eu até poderia ajudá-la. Era assim que a gente ia conseguir o dinheiro para a minha passagem, eu ia ser uma fabricante de guarda-chuvas!

É claro que eu não preciso dizer que não era exatamente isso o que minha mãe tinha em mente.

Mas talvez isso seja o suficiente sobre o meu passado, por enquanto. Muito do que se passou naqueles dias é motivo de grande vergonha para mim. É difícil para mim escrever a respeito e com certeza não seria uma leitura prazerosa! Chego a ficar enojada ao me lembrar de algumas das terríveis coisas que se seguiram e tenho horror em escrever sobre elas. Por ora, já disse tudo o que podia, mas voltarei ao assunto mais tarde posto que não quero deixar nada de fora e pretendo fazer isto direito. Os incidentes que vou apresentar aqui não são Criações da Mente, mas a Pura Verdade. Os eventos que devem ser contados da forma como aconteceram. Estou confiante em que minhas palavras permanecerão em mãos seguras e não serão lidas levianamente pois os cavalheiros distintos que me encorajaram nos esforços de escrever um texto autoral são cavalheiros na essência, desde os fios de cabelo até as UNHAS DOS PÉS.

Mas agora vamos voltar ao Castelo Haivers, onde eu permanecia de cama.

Por três dias ao todo eu não pus a cara para fora de meu quartinho. Então, no quarto dia, eu despertei achando que já estava bem o suficiente para voltar ao trabalho. Considerei a possibilidade de continuar de cama, dizendo que ainda estava mal, mas a curiosidade foi mais forte do que eu e então me levantei e vesti um dos vestidos velhos da querida Nora. De fato, eu ainda não tinha eliminado a possibilidade de levar adiante minha decisão anterior, a ideia de ir embora sorrateiramente, morrendo de raiva da sinhazinha, mas um passo em falso poderia pôr tudo a perder, então eu guardei minha trouxa no armário, prontinha para ser usada quando necessário. Mas eu ainda não podia ir embora. Pois eu não podia acreditar, do fundo do meu coração, que ela iria se livrar de mim.

Gastei um bom tempo me certificando de que meu cabelo estava bem arrumado para poder me apresentar lá embaixo. A sinhazinha estava na cozinha, de costas para mim, transferindo os ovos de uma cesta para uma tigela. Ela não me ouviu chegar e eu podia ter chegado atrás dela e feito qualquer coisa, ficado bem pertinho e gritado "Buuu!" ou batido na cabeça dela com um rolo de macarrão ou, quem sabe, tê-la envolvido em meus braços e beijado seu pescoço ou qualquer outra coisa que quisesse. Mas na realidade eu não tinha a menor noção do que queria, então só fiquei parada no batente da porta, observando-a colocar o último ovo na tigela e se virando.

— Oh! — ela gritou, assustada ao me ver. A tigela quase caiu de suas mãos mas ela conseguiu segurá-la; o que foi uma grande pena. — Bessy! — ela continuou. — Você me assustou!

— Caramba! — eu disse. — Achou que eu fosse alguma outra pessoa?

— Humm? — ela disse, e então franziu a testa. — Não, eu só não ouvi você chegar. Você parece bem melhor. Está se sentindo melhor?

— Estou sim.

— Oh, bem, que boas notícias — ela disse, e colocou a tigela de ovos sobre a mesa. — Neste caso, posso deixar você cuidar disso. Quando Hector aparecer, peça para ele avisar a Jessie que não vou precisar dela hoje.

E com essas palavras ela deixou a cozinha. Fiquei ali parada por um instante, piscando os olhos, e então a segui. Ela havia subido as escadas, sem dúvida para escrever alguma coisa naquele seu livro miserável. A barra de sua saia estava limpa, sem sinal de gelatina.

— Quer o café da manhã, sinhazinha? — perguntei a ela lá de baixo. — E o patrão? Será que ele quer alguma coisa?

Ela se voltou, no meio da escada.

— Preste atenção, Bessy querida — ela disse. — A senhora quer tomar o café da manhã...? — E nesse ponto, ela fez uma pausa e olhou para mim com as sobrancelhas arqueadas.

— Vou tomar o café daqui a pouco — eu disse, deliberadamente fingindo não tê-la compreendido.

Ela suspirou.

— Madame — ela disse. — A senhora quer o café da manhã, madame? Diga, você tem certeza de que está bem o suficiente para trabalhar, Bessy? Não quero que você se canse demais.

— Sim, madame — eu disse.

Que falsa! E refiro-me a ela, não a mim.

E ainda assim, quando ela se voltou e retomou seu caminho pela escada, eu fiquei ali olhando, observando o belo balanço de suas costas enquanto ela se retirava.

***

O patrão tinha acordado e já tinha saído para cuidar de suas coisas com o capataz. Ele ficou ausente toda a manhã e a sinhazinha parecia ter saído também, de tão pouco que a vi. Por alguma razão a cozinha parecia um lugar mais escuro do que de costume. Notei sujeira em toda parte, nas frestas da mesa e debaixo das coisas e em todos os cantinhos bem difíceis de alcançar. Será que aquilo ali tinha ficado tão imundo em apenas três dias? Ou será que sempre fora daquele jeito? E se assim era, por que será que ninguém nunca havia notado?

Nada parecia dar certo naquela manhã. Peguei o pires e despejei o leite dos gatos. A vassoura se quebrou em duas assim que eu olhei para ela, então eu tive de trabalhar curvada como se fosse um canivete semiaberto. Mas a sujeira e o pó simplesmente não queriam ser limpos e escapavam das cerdas da minha metade de vassoura. E quando eu finalmente estava pronta para encher a pá de lixo, aquela poeirada toda se espalhava pelo chão outra vez. Fazer sopa não foi melhor. As cenouras estavam estragadas e os nabos pareciam esponjas velhas, fatiá-los pareceu levar uma eternidade. Eu costumava gostar de olhar através da janela enquanto preparava a comida, mas naquele dia a vista não me deu nenhum alívio, tão feio estava o tempo lá fora. Um temporal se armava lá longe e o céu estava escuro e ameaçava as gaivotas que pareciam de um branco brilhante em contraste àquela escuridão, voando pelas nuvens negras como se fossem fantasmas.

Eu estava acordada havia apenas algumas horas e já me sentia bastante esgotada. É claro, o verdadeiro problema era que muito trabalho a ser feito por uma única pessoa. Isso nunca me havia incomodara antes. Mas agora me parecia uma grande injustiça. E agora eu me sentia traída pela sinhazinha, tudo estava claro diante de mim e eu via o lugar como ele realmente era, mais parecido com o que pensei dele pela primeira vez — uma velha ruína bagunçada e mal cuidada perdida numa paisagem sombria e marcada por buracos e covas e fedendo a bosta de vaca sob um céu pesado como chumbo.

Oh, como eu sentia falta de Crown House! Ficar enroscada em um cobertor perto do fogo, comendo biscoitos amanteigados e jogando Cassino com o meu Sr. Levy!

Como a sinhazinha não estava muito favorável a mim, eu me peguei com saudades dela à medida que o dia ia acabando. Mas ela parecia inclinada a me evitar, como já afirmara em seu livro. Eu apenas a vi rapidamente algumas ocasiões, uma vez quando ela passou para falar com Muriel e outra vez quando ela cruzou comigo na escada. Ela me cumprimentou as duas vezes com um sorriso, mas eu pude perceber que ela estava realmente pouco ligando para mim.

Naquela tarde o patrão retornou à casa por volta das 16h30, e meia hora mais tarde me chamou até seu escritório com a sineta. Quando entrei, ele estava parado diante da janela, olhando a chuva bater no vidro.

— Excelente — ele disse quando me viu, apesar de, no estado de humor em que me encontrava, eu não conseguir ver nada de excelente em mim. Fiz uma reverência para ele e ele me indicou uma velha cadeira sobre a qual estava um jornal dobrado.

— Sente-se — ele disse — e por favor leia para mim as notícias na coluna da esquerda da primeira página.

— Apenas as da coluna da esquerda, senhor? — eu disse, e ele respondeu que a coluna da esquerda seria o suficiente naquele momento.

Eu me sentei, abri o jornal e comecei a ler em voz alta. Normalmente, eu teria me incomodado com todo esse procedimento, mas eu estava tão afundada na minha melancolia que nada parecia ter importância. Era um jornal de Glasgow, não me lembro exatamente das palavras, mas o que estava escrito na primeira notícia era algo assim: "*O Cavalheiro que pegou o* CHAPÉU *errado na Igreja, da North Portland Street, no último sábado à tarde, está desde já obrigado a devolvê-lo a seu dono na casa da Sra. Grahams, South Portland Street, número 57.*"

Mestre James parecia estar se divertindo com aquilo.

— Ha ha ha! — ele fez, com imensa alegria. — O camarada perdeu o chapéu! Mas, antes de continuarmos, eu acho que há algo com você, menina. Seu rosto está muito abatido, com olheiras que vão até o queixo. Acho que você ainda não está bem.

— Não, senhor. Eu estou completamente recuperada, obrigada.

— Entendo — ele disse. — Bem... tente soar menos como um orador de funeral. A próxima. Fale alto.

Aquilo foi um grande esforço, mas eu elevei minha voz. "ROUBADO *ou* FURTADO, *na quarta-feira ou na quinta-feira, um* CARNEIRO *inglês pertencente a Robert Kerr, Milngavie. Uma Recompensa Apropriada será dada a qualquer pessoa que fornecer alguma informação que possa levar à sua recuperação.*"

Mestre James deu uma gargalhada.

— Maravilhoso! — ele disse. — Imagine que tipo de gente consegue perder um carneiro. Não há dúvida que o animal é mais ligeiro do que o seu dono. Ele não ligava para Milngavie ou Robert Kerr. Ah, ele deve ter ido para Dumbarton e virado um procurador fiscal. Mas você não parece achar isso divertido, menina.

— Oh, estou achando sim, senhor — eu disse, muito soturna.

— Está bem, então — ele disse. — Continue, por favor, com mais animação.

Tentei ler a notícia seguinte de uma forma mais animada, mas o seu conteúdo era tão triste que eu fiquei imensamente deprimida enquanto lia e ao final eu estava quase caindo no choro. "DEIXOU SUA CASA *no último sábado, e não foi mais vista nem se ouviu falar dela desde então,* SRA. AGNES FAULDS *ou* CRAWFORD. *Ela é magra, tem estatura mediana, pele branca, cabelos castanhos. Estava com um xale cinza, combinação escura. Tem por volta de 27 anos e sofre de certos problemas mentais. Qualquer informação será recebida com gratidão por seu marido, T. Crawford, King Street, número 42, Calton.*"

— Oh, Santo Deus! — disse mestre James, se ajeitando. — Agora finalmente você tem razão para parecer triste. Ora, uma verdadeira tragédia. Mas preste atenção — ele levantou um dedo e o apontou para mim, como se eu fosse membro de um júri —, nenhuma recompensa foi oferecida. Você viu que um homem ofereceu uma recompensa para recuperar seu carneiro, enquanto outro dará simplesmente um obrigado se resgatar sua mulher. É o que eu digo, não precisamos ler os artigos nos jornais, basta dar uma olhada no noticiário cotidiano para vermos para onde vai a humanidade. De verdade. Próxima.

E assim a coisa foi. Eu lia as notícias, ele as comentava. De vez em quando eu tentava ouvir os sons do resto da casa, temendo que a sinhazinha tivesse ido até a cozinha na minha ausência. Quanto mais eu permanecia no estúdio, mas eu sentia falta dela. Então foi com grande alívio, quando virei a página do jornal, que eu ouvi mestre James pigarrear e começar a mexer em seus papéis. Ele havia pegado em sua escrivaninha um catálogo com o desenho de uma estrutura de metal na capa.

— Não, já está bem, Bessy — ele disse. — Pode voltar agora para seu trabalho. Muito bem.

— Obrigada, senhor.

Ele apertou os olhos e me lançou um olhar sagaz.

— Suspeito que deva haver um rapaz por trás de toda essa melancolia estampada em seu rosto — ele disse. — Mas lembre-se, Bessy, essas coisas nunca são tão ruins quanto parecem. Eu lhe garanto que um dia você vai acordar e pensar lá consigo quão tola foi.

— Com certeza, senhor — eu disse. — O senhor parece me conhecer melhor do que eu mesma.

E assim eu deixei o lugar rapidamente, mordendo a língua caso tivesse dito alguma coisa errada.

Eu havia fechado a porta da cozinha quando saí de lá, mas agora ela estava aberta e meu coração parecia que ia explodir, apesar de meus esforços em contrário. Diminuí o passo e entrei na cozinha, olhando de um lado para outro de uma forma relaxada e natural, pronta para demonstrar surpresa ao ver a sinhazinha ali. Talvez eu pudesse persuadi-la a conversar. Ela poderia mesmo se sentar comigo enquanto eu preparava o jantar. Eu poderia escrever alguma coisa bem rápido no meu livrinho para mostrar a ela. Mas a cozinha estava vazia. E, esperando por mim sobre a mesa, havia um bilhete. Apesar de não estar assinado, a letra era inconfundível.

> *Querida Bessy, jantar para dois a ser servido na sala de jantar às 18h, por favor. Sopa, depois carne de carneiro (siga a receita do Actons — NÃO INVENTE). Servir com batatas.*

Sem sobremesa. Por favor, pegue os pratos na cozinha e leve-os para cima. Quando os pratos estiverem sobre a mesa, deixe o cômodo e não volte até chamarmos você. Obrigada. Por favor, desculpe-me pelo bilhete mas estou com dor de cabeça e preciso ficar deitada.

Então foi a isso que acabamos reduzidas, a comunicações por escrito (não acreditei nela quanto à dor de cabeça). Amassei o bilhete e o joguei longe com raiva e devo acrescentar que aquilo não ajudou nada a melhorar o meu mau humor posto que mais tarde eu tive de recuperá-lo, pois tinha esquecido a que horas ela queria que o jantar fosse servido.

Naquela noite, como solicitado, levei a eles a refeição na sala de jantar. Era a primeira vez que eu servia a sinhazinha e seu marido juntos, e aquela era uma ocasião que deveria ter atiçado minha curiosidade. Mas a novidade da situação tinha se perdido para mim e durante o jantar eu fiquei morna e marrom e ruim, assim como a comida (eu *segui* a receita, mas infelizmente o resultado não foi o esperado). Mestre James me cumprimentou com a cabeça quando eu coloquei os pratos sobre a mesa mas a sinhazinha não olhou para mim em nenhum momento, com certeza ela parecia decidida a evitar meu olhar a todo o custo. Por todo o tempo que eu estive na sala, ela preferiu ficar conversando com o marido, lançando perguntas a ele uma atrás da outra como se estivesse tentando manter uma bola erguida no ar e aquilo para mim parecia mostrar claramente que ela tentava se prevenir da possibilidade de eu fazer qualquer tipo de comentário (como se eu fosse fazer isso!).

Ninguém me chamou de novo naquela noite e eu fui para a cama às 22 horas, exausta e deprimida. No dia seguinte eu acordei mais descansada e com uma ponta de esperança em meu peito, mas aquilo logo se esvaneceu quando a sinhazinha me falou que ela e seu marido iam ficar fora o dia inteiro e mais tarde, quando eles voltaram, ela alegou que estava muito cansada para a nossa aula de pontuação. Ela era toda sorrisos e gentileza, me chamando de "querida", mas eu sabia muito bem que ela não se livraria de mim tão fácil.

Por toda aquela semana eu me senti como se estivéssemos praticando algum tipo de dança na qual as regras não estavam muito claras para as duas e nunca as obedecíamos no mesmo lugar e na mesma hora, porque bastava eu deslizar para dentro de um ambiente da casa para a sinhazinha sair dele quase que imediatamente.

A presença do patrão entre nós também deu à vida no Castelo Haivers uma outra característica. Sua rotina não variava muito. Ele ia se encontrar com o capataz pela manhã e podíamos ficar horas sem vê-lo até o fim da tarde. Por volta das 16 horas, ele voltava com algum jornal de Glasgow ou Edimburgo que eu tinha de ler para ele, depois do que ele se dedicava à sua papelada de trabalho.

Mestre James era um homem muito ocupado e possuía muitos interesses comerciais em Glasgow, e parecia que tinha ambições políticas, e essa era uma das razões por que ele havia estado em Londres. o Sr. Weir-Paterson, o membro local do Parlamento, era conhecido não só pela idade avançada mas também pela sua saúde precária e pelo seu particular interesse pela bebida. E apesar de isso nunca ter sido dito em voz alta, era comum se pensar que logo seu lugar ficaria vago. E James Reid estava de olho naquele lugar, seus passos eram rápidos, e ele tinha alguma chance de contar com o apoio do público para seus anseios. Mesmo que Weir-Paterson ainda não tivesse morrido, mestre James já havia começado sua campanha eleitoral, fazendo bons trabalhos e promovendo atividades sociais. Seu bom trabalho era um plano de instalar uma fonte pública em Snatter, alimentada por uma nova mina (apesar de a água que a abasteceria ser de reconhecida má qualidade). Quanto às atividades sociais, ele estava sempre saindo para jantar fora com este ou aquele da vizinhança, apenas com aqueles que pudessem votar nele, é claro. Às vezes a sinhazinha o acompanhava nessas visitas e às vezes ele levava seu amigo McGregor-Robertson. Se o patrão jantava em casa, a sinhazinha comia com ele, mas se ele jantava fora e a deixava para trás, ele evitava que eu entrasse em seu quarto.

Não entendo muito de política. Mas sei uma coisa.

Não, eu não sei. Eu sabia uma coisa um minuto atrás, mas agora esqueci o que era. Vou contar outra coisa no lugar disso. Eu os observava. Quando os dois estavam juntos e era possível observá-los, eu os analisava detalhadamente como um cientista analisa suas cobaias. O jeito de damas e cavalheiros casados se relacionarem não era familiar para mim. Eu os observava e parecia que havia alguma coisa esquisita entre eles, a sinhazinha e seu marido, e não era só pelo fato de eles não compartilharem a mesma cama. Por exemplo, o modo como ele a tratava era estranho. Por mais que ele fosse gentil com ela, sua maneira de tratá-la parecia exagerada e por demais atenciosa (agora encontrei uma palavra para você!), como se estivesse com uma pessoa recém conhecida ou com algum inválido e não com sua jovem esposa. Em outras vezes, contudo, sua paciência parecia acabar repentinamente, sem nenhuma razão aparente. Ele se tornava brusco com ela, interrompendo-a ou ignorando-a, ou contradizendo-a no que ela falava. Já para a sinhazinha, não importava o que ele fizesse, ela era sempre atenciosa e gentil com ele, prestativa e todas essas coisas que uma esposa deve ser. Exceto, é claro, por um mínimo detalhe.

Ela estava mentindo descaradamente todo o tempo.

Eu já tinha adivinhado que seu marido não sabia que ela estava escrevendo um livro. E também não demorei a deduzir que ele tampouco fazia ideia de como ela lidava com os criados. A prova disso era que — a partir do momento que ele chegou à fazenda — todas as suas experiências pararam de uma vez. Não mais humores estranhos, nenhum pedido bizarro, não mais senta, levanta, senta. Era como se nada disso tivesse acontecido. Percebi que quando ela me pediu que fosse discreta, havia uma pessoa em particular com a qual ela desejava que eu fosse ainda mais discreta — e essa pessoa era seu marido. Ora, eu tinha bons motivos para contar a ele tudo o que ela fazia enquanto ele estava fora, ah, isso eu tinha. Eu iria fazê-la desmanchar aquele sorriso em sua boca.

Mas não iria demorar muito até eu descobrir outra forma, mais divertida, de colocar em prática a minha vingança.

9

Um jantar importante

Duas coisas aconteceram nessa época. Mestre James decidiu oferecer um Jantar Importante. E, um pouco mais tarde, eu decidi como voltaria a me aproximar da sinhazinha. Mas vamos ao jantar primeiro. Quando os convites foram enviados, o patrão e a sinhazinha ficaram tão empolgados que, Jesus Cristinho, foi uma pena apenas poucas pessoas terem sido convidadas, porque, com toda aquela agitação nervosa, o casal estava tão energizado que mais parecia um candelabro. Eles poderiam iluminar todo um salão de baile. Em compensação, meu humor em particular estava um farrapo, meu espírito estava deprimido e minha raiva pela sinhazinha estava no ápice. O reverendo Pollock era um dos convidados (nem preciso dizer que eu fiquei feliz ao ponto de querer dançar com *essa* notícia), assim como McGregor-Robertson, o médico. O Sr. Davy Flemyng também havia sido convidado. Ele era apenas um conhecido de mestre James, mas ele se destacava em relação aos demais graças à sua crescente reputação como poeta. (Foi com ele que o casal jantou naquela noite em que o patrão voltou.) Os outros convidados eram estranhos para mim, mas, de acordo com a sinhazinha, eram "pessoas influentes". Havia o Sr. Mungo Rankin, proprietário de uma fazenda próxima à nossa e que agora estava se voltando para o negócio de carvão. Ele viria acompanhado de sua mulher. E o mais importante de todos os convidados era o Sr. Duncan Pollock, *Membro do Parlamento*, nada menos do que isso. Esse camarada era o irmão mais novo do reverendo Pollock e aparentemente "a estrela guia dos liberais".

Era na verdade para ele que o jantar estava sendo oferecido, o resto deles podia se afogar num tonel de sopa barata que mestre James não ligaria a mínima. Era apenas Duncan Pollock, *Membro do Parlamento*, que o patrão queria impressionar, pois o sujeito tinha suficiente influência sobre os membros locais do partido e poderia (se assim desejasse) apoiar mestre James quando chegasse a época das eleições. E não apenas isso; Duncan Pollock volta e meia organizava uma *soirée* em Edimburgo, a uma das quais muitos diziam que o próprio Lord Pummystone supostamente havia estado! Meu pai do céu!

É claro que esses distintos convidados teriam de ser bem atendidos. Minha única experiência anterior em servir com baixelas e talheres de prata não havia sido um grande sucesso, e não vou entrar em muitos detalhes a esse respeito, mas o caso envolveu molho de carne assim como o pescoço do patrão e, apesar de meus melhores e genuínos *esforços*, os dois acabaram acidentalmente unidos de uma forma bem pouco aceitável em uma sociedade bem-educada. Desde então, passei a preparar os pratos na cozinha. Mas agora seria um jantar de verdade, então a sinhazinha me colocou em treinamento com prataria e me adestrou até que eu fosse capaz de servir uma única ervilha ao próprio papa. Parecia que eu não estava sozinha nos meus esforços para a grande noite, posto que Hector e uma das gêmeas Curdle também haviam sido recrutados para atender à mesa e atuar nos bastidores. Na ausência de uma cozinheira, a sinhazinha cuidou do menu e supervisionou os preparativos.

Quando o dia do jantar chegou, a dama da casa ganhou uma luminosidade resplandecente. Se antes ela era um candelabro, agora era um lustre esplendoroso. Do meio-dia em diante, a cozinha era um frenesi de atividades presidida por Sua Majestade e eu, ao lado dela, não passava de uma mera chama fraca e sem luz. Pela primeira vez parecia que nenhuma despesa havia sido poupada. Fizemos sopas e tortas, assamos faisões e um quarto de carneiro, cozinhamos carne e cenouras.

A certa altura, Hector chegou com algumas galinhas mortas que ele tinha de depenar, o que fez bem a tempo, parando apenas para carregar para fora os horríveis pedaços das entranhas das aves. Uma vez que as galinhas já estavam depenadas, achei que ele fosse se mandar, feliz da vida, mas a sinhazinha deu a ele mais trabalho a fazer. Agora ele tinha de polir a prataria e lavar as batatas, e ela dava cada vez mais tarefas para Hector e, no meio de toda aquela confusão, foi um milagre ele não ter lavado a prataria e polido as batatas. Normalmente eu sentia bem pouca simpatia por Hector, mas naquele dia tive certa afeição por ele, pois sempre que a sinhazinha lhe dava mais tarefas a cumprir, ele esperava que ela virasse as costas e então batia no queixo como um homem sábio enquanto dava, bem sério, baforadas num cachimbo imaginário, e aquela sua palhaçada me divertiu muito intimamente.

Muriel, ou a Segunda Criatura Curdle, como eu a chamava, se apresentou no final da tarde, posto que já havia concluído seu trabalho de ordenhar as vacas. Sua tarefa era manter a cozinha limpa e mais tarde me ajudar a servir à mesa. Ela estava toda arrumadinha, tinha tirado a touca e colocado laçarotes vermelhos no cabelo, mas você também pode adornar um celeiro com prímulas. Enquanto a sinhazinha estava à vista, ela se esforçava para dar a impressão de que estava trabalhando duro. Zanzava alvoroçada pela cozinha, fingindo que estava esbaforida e passando pano nas coisas. Mas, assim que a sinhazinha deixava o recinto, não demorava muito para que a Criatura C. cessasse sua algazarra. Ela era tão preguiçosa que eu podia apostar que tinha preguiça até de peidar. Mais de uma vez ela abria aquele bico dela e vinha por trás de mim, chegando com a boca bem perto da minha orelha. Eu achava que ela queria me sussurrar algum segredo, mas tudo o que ela fazia era me dizer: "Minha cintura é metade do tamanho da sua." E então ela saía saltitante, dando risadinhas. Aquilo me irritava infinitamente, acima de tudo, não era nem um pouco verdadeiro.

Acredito que a sinhazinha estivesse sofrendo de um ataque de última hora ou algum tipo de crise nervosa, porque ela decidiu que apenas a sopa condimentada com caril seria servida à mesa. Os outros pratos ficariam na cozinha para evitar acidentes.

Às 19h30 em ponto Hector estava postado diante da mesa da cozinha, comandando as ações. A Criatura C. e eu estávamos usando uniformes novinhos em folha, prontas para fazer nossa primeira entrada na sala de jantar. Não éramos capazes, no entanto, de decidir quem deveria levar a sopa e quem deveria servi-la, nós duas estávamos inclinadas a servi-la, posto que este parecia o melhor trabalho, até porque a sopeira estava quente à beça. Uma espécie de cabo de guerra estava surgindo ali e só a intervenção da sinhazinha impediu que toda a sopa fosse derramada. Ela decidiu em meu favor e então voltou para seus convidados. Um pouco mais tarde, Muriel e eu entramos em cena e nunca uma procissão tão arrastada e mal-humorada entrou em uma sala de jantar.

Pela primeira vez havia velas em todas as arandelas e nos castiçais sobre a mesa e o lugar estava limpo como a Argyle Street. Eu nunca tinha visto a casa com tanta gente assim. Havia muitas conversas políticas ao mesmo tempo, e a sinhazinha ficou numa cabeceira da mesa, próxima a um jovem de cabelos claros e óculos, que eu imaginei ser o Sr. Flemyng. A Sra. Rankin (como era a única dama presente além da sinhazinha, presumi que fosse ela) estava no extremo oposto, à direita do mestre James, e ela tinha de ser servida primeiro, de acordo com as instruções da sinhazinha. Então eu cutuquei a Criatura C. com a concha da sopa virada naquela direção e a usei para guiá-la em volta da mesa. Ela dava apenas um passinho de bebê com medo de respingar a sopa e, como resultado disso, nós avançamos desesperadamente lentas. Não lamentei por isso, no entanto, já que aquilo me deu a oportunidade de escutar a conversa à vontade.

— Certamente isso não interessaria a ninguém — ouvi o Sr. Flemyng murmurar em resposta a alguma coisa que a sinhazinha havia perguntado a ele.

— Pelo contrário — ela disse. — Eu ficaria fascinada em saber.

— Muito bem — disse ele. — Faço isso à noite. Depois que termino meu trabalho diário. E só paro quando minha mão está cansada ou quando a vela se apaga, o que acontecer primeiro.

A sinhazinha parecia estar prestando muita atenção em cada palavra dele mas eu sabia que, certamente, ela estava nos espreitando com o canto do olho e observava nosso progresso (ou a falta deste) com algum alarme. Ela fez um gesto com a mão abaixo do nível da mesa mas não era que tivesse cometido um deslize flatuloso, ela apenas queria que andássemos mais rápido. Cutuquei Muriel mais forte com a concha e a sinhazinha voltou a falar com o Sr. Flemyng.

— E você tem alguma cor favorita de tinta?

— Qualquer uma que esteja à mão. Não sou supersticioso... e tinta custa caro. E quanto a você, Sra. Reid? Andou falando em escrever um poema.

— Oh, céus, não — disse a sinhazinha. — Como eu disse, não escrevo. Mas, por favor — e aqui ela pôs a mão sobre seu punho —, chame-me de Arabella.

Nós nos arrastávamos por trás do reverendo Pollock, que estava preso entre a Sra. Rankin e Flemyng, o que o deixava o mais distante possível tanto da sinhazinha quanto do mestre James (mas isso, é claro, poderia ter sido acidental, e não parte de uma estratégia). A Sra. Rankin era uma mulher magra que tinha uma cabeça de caveira e um semblante de dar medo aos cavalos. Ela estava sorrindo arreganhado para o reverendo com todos aqueles seus dentes proeminentes.

— Permita-me lhe perguntar, Sra. Rankin — disse Pollock —, a senhora conhece o Queens Room? O Queens Room de Glasgow?

— Creio que não, reverendo — disse ela com a voz ofegante e um jeito jovial, que não combinava nem um pouco com sua aparência idosa. — Eles têm alguma coisa que mereça ser vista?

— Aaaaah — disse o Velho Babão. — Santo Deus, não, eles não têm nada que valha uma visita. É apenas porque farei lá uma conferência no ano que vem e não conheço o prédio. Acho que é um lugar importante. Aparentemente, um grande número de oradores prestigiosos já falaram naquele local onde eu irei fazer meu humilde discurso.

Essa notícia deixou a Sra. Rankin boquiaberta. Ela soltou um gritinho agudo e ficou ofegante.

— Oh, valha-me Deus — ela disse. — Que sapiência de sua parte.

Quando finalmente a Criatura C. chegou ao fim da mesa, eu a cutuquei com a concha para fazê-la parar e se ajeitar numa posição adequada, assim ficaríamos juntas, mas ela me deu uma olhada tão furiosa que não faço a menor ideia do tipo de coisa que ela faria ou diria se estivéssemos a sós. Pouco me importei. Ignorando-a, retirei a tampa da sopeira e a coloquei no aparador como instruída pela sinhazinha (e *não* sobre o *tapete*, como fiz tolamente antes de meu treinamento). Então comecei a servir a sopa.

Havia três cavalheiros ocupando o lado oposto da mesa. Supus que o Sr. Duncan Pollock, como convidado de honra, devia ser aquele sujeito gentil com um bigode castanho-tendendo-a-ruivo bem cuidado, sentado à direita da sinhazinha. Ele estava falando com McGregor-Robertson enquanto mestre James conversava com Rankin, que era um camarada imponente e com grossas suíças na cara. Ele usava uma peruca e vestia uma roupa de colarinho alto e parecia ter bem pouco controle sobre seus lábios carnudos que produziam uma espécie de baba enquanto ele falava, distribuindo algo semelhante a um spray de saliva diante dele, por Deus, ele daria um bom engraxate francês.

— Nem por um instante eu me arrependi disso, veja bem — ele falava. — Na verdade, é minha intenção conseguir o resto daquilo que já consegui com esse mesmo propósito.

— Entendo — disse mestre James, suavemente. Ele havia se inclinado bem no encosto de sua cadeira, dando a impressão de que preferia se manter fora dessa discussão, ou talvez estivesse apenas tentando evitar os perdigotos, não dá para saber.

— Ah, com certeza — disse Rankin. — Começaremos um trabalho exploratório na primavera. Também pretendo construir uma fábrica de telhas e tijolos perto de Tuppethill. E há um sujeito quer montar uma fábrica de produtos químicos em Mossburn, caso eu permita. Mas o dinheiro está nas minas. Fazendas são coisas do passado, creia em mim.

Essa última fala foi endereçada aos convivas em geral, posto que — no decorrer do seu discurso — sua voz havia ficado tão alta que encobriu as outras conversas e, uma a uma, todas as cabeças se viraram em sua direção. Mesmo a sinhazinha e Flemyng foram tirados de sua pequena confabulação e se tornaram também espectadores, a sinhazinha com um sorriso beato nos lábios, que ela queime no fogo do inferno.

Confiante de que tinha a atenção de todos os presentes, Rankin voltou sua atenção mais uma vez para mestre James.

— Aqui está uma pergunta para você. Qual mina supõe que me dá maior ganho?

Mestre James expressou (muito secamente) seu arrependimento em nunca ter desejado se tornar um especialista em minas de carvão — ho ho, ele era um grande gaiato. Depois de uma pausa para receber os risos educados que se seguiram a essa frase, ele confirmou que — arrá! — não sabia qual mina dava o maior ganho.

— Bem, deixe eu lhe contar — disse o Sr. Rankin. — O maior ganho vem de uma mina que tenho na fronteira com suas terras. E você sabe o que isso quer dizer.

Mestre James argumentou que, de fato, ele não tinha posse dessa informação. Mas ele estava certo de que o Sr. Rankin seria gentil em lhe contar.

— Isso quer dizer que você deve ser bem sortudo mesmo — disse Rankin. — Então, siga meu conselho e desista dessa história de fazenda e comece a abrir minas, ou então arrende essas terras para alguém que possa fazer isso no seu lugar.

Duncan Pollock, *Membro do Parlamento*, estava segurando seu copo contra a luz, o que lhe dava a aparência de alguém que não estava prestando a menor atenção àquilo. Mas ele tinha o ar de um homem que não perdia uma deixa. Mestre James jogou-lhe um olhar do outro lado da mesa. Então, voltou-se para Rankin e demonstrou certo enfado:

— Entendo seu ponto, Mungo — ele disse. — No entanto, minha ambição é outra.

Rankin escarneceu daquilo.

— Política? Ora, você logo se cansará disso.

Mestre James soltou uma gargalhada.

— Bem, veremos se...

— Psiu, psiu! Quieto, homem, quieto! Se você não começar a lidar com minas, James, deixará passar uma oportunidade de ouro. O que você tem aqui... alguns criados, algumas vacas, um pedaço de terra... um pedaço de nada, que é o que uma fazenda é, e você é um míope em não ver isso.

Mestre James estava claramente irritado, porém parecia incapaz de dar uma resposta. Tomou fôlego mas, antes que pudesse falar, a sinhazinha dirigiu-se a Rankin, aparentemente com profunda afeição.

— Querido Mungo — ela disse. — Presumo que, se todas as fazendas virassem minas, como você deseja, acabaríamos comendo carvão e ferro em vez de pão e carne.

Nesse ponto, Flemyng bufou tão forte que acabou apagando a vela diante dele. Mestre James sentiu que um ponto havia sido marcado (embora por sua mulher). Ele deu uma boa gargalhada e olhou triunfante ao redor da mesa. O reverendo P. confirmou que aquilo havia sido memorável. A Sra. Rankin ria sem parar. Ouviram-se murmúrios gerais de aceitação, sim, sim, ela tem razão, você não está errada, muito bem, coisas desse tipo.

A sinhazinha sorriu graciosamente para Rankin, para lhe mostrar que sua resposta havia sido para caçoar dele. Notei que Duncan Pollock, *MP*, lhe lançou um olhar de admiração; o homem parecia flutuar.

Nesse momento, Muriel e eu havíamos completado o circuito da sopa e todos os convidados já tinham sido servidos. Posto que a Criatura C. não era mais necessária, eu lhe dei uma cotovelada para que deixasse a sala e fechasse a porta. Então peguei a garrafa de vinho tinto sobre o aparador e comecei a circundar a mesa, enchendo as tacinhas. Como instruída, servi primeiro a Sra. Rankin, mas esqueci que a sinhazinha deveria ser a próxima e já estava servindo mestre James antes de me dar conta de meu erro. Como ninguém parecia ter notado aquilo, continuei meu serviço circundando a mesa no sentido horário.

Agora que estava entre os velhos ranhetas, Rankin não iria largar o osso. Ele ponderou em voz alta se seu anfitrião poderia pelo menos imaginar *quanto* dinheiro ele havia feito ao trocar a fazenda pelas minas. Mestre James, muito gentilmente, disse que não fazia a menor ideia. E quando Rankin tentou arrastá-lo para um jogo de adivinhação, mestre

James procurou mudar de assunto. Mas Rankin o interrompeu e lhe ofereceu duas somas — uma enorme e a outra astronômica — e perguntou ao mestre James se ele não se importava de escolher qual das duas estava mais perto de ser o valor que ele havia ganhado com as minas.

Era difícil imaginar que Rankin iria se jactar da soma menor, ainda que esta fosse bastante substancial. Dava para perceber que mestre James estava se sentindo derrotado. Com todos os olhares em cima dele e com grande relutância, ele apontou a soma maior. Rankin soltou uma sonora gargalhada e colocou seus dois punhos gordos sobre a mesa, fazendo os talheres tilintarem.

— Nada mal para um rapazote de Linlithgrow, hein? — falou ele para a plateia, e apontou o dedo para o próprio peito, caso alguém tivesse alguma dúvida sobre a identidade do tal rapazote. — Hein? O que acham disso?

E então todos fizeram o que era esperado — rir e ficar felizes e murmurar congratulações. Exceto por duas pessoas: o Sr. Duncan Pollock, *MP*, que estava quieto observando os acontecimentos lá de seu canto no final da mesa, e mestre James, que parecia desconfortável ao extremo, sentindo que havia sido manipulado como uma marionete. Ele lançou um olhar angustiado para todos os convidados, mas nenhum deles o captou, com exceção da sinhazinha. Sem hesitação, ela começou a conversar com a Sra. Rankin, do outro lado da mesa.

— Você deve estar muito orgulhosa de seu Mungo — disse ela, sem um pingo de malícia na voz. — Ele fez tanto por si mesmo, não fez? — E então, sem fazer uma pausa, ela desviou seu foco de atenção virando-se para Flemyng. — Você devia fazer um poema sobre ele, Davy — disse ela. — Um tributo.

Flemyng olhou por cima de seu prato de sopa, um tanto espantado. Desconfio que escrever tributos ao Sr. Rankin não estivesse entre suas maiores ambições. No entanto, a sinhazinha já tinha desviado sua atenção para fixar seu olhar sobre o Sr. Pollock, *MP*.

— Sabia, senhor, que o nosso Sr. Flemyng aqui está ganhando uma bela reputação nos círculos literários? Seus poemas são realmente maravilhosos. Ele é o nosso Rabbie Burns.

— Oh, céus! Por favor, não, não! — protestou Flemyng. Mas ninguém lhe deu um pingo de atenção, afinal de contas ele era apenas um fazendeiro não proprietário. A sinhazinha ainda estava virada para Duncan Pollock, que parecia incapaz de desgrudar os olhos dela.

— Acredito que seja um amante da poesia. O Senhor é? — ela disse.

— Com certeza, sou — ele disse. — Mas devo admitir que meu amor verdadeiro é a música. Belas palavras caem sempre muito bem, mas eu as prefiro quando vêm acompanhadas de uma melodia para alegrar o coração.

Ali estava um homem que falava naquele tom lento e compassado que algumas pessoas usam quando querem ser ouvidas, e apesar de o que ele dizia não ser nada especialmente profundo, poderia muito bem ser grande filosofia, diante da admiração expressada por todos. Cabeças balançaram em sinal de aceitação, palavras de concordância foram murmuradas, e alguns chegaram a soltar uma risadinha, por mais que o que ele tivesse dito não fosse particularmente engraçado. McGregor-Robertson, o médico, começou a falar.

— Prefere Haydn, senhor? Ou Mozart? Ou Boyce?

Duncan Pollock cofiou suas suíças.

— Na verdade — ele disse —, meu gosto é pela música popular. Canções simples, baladas do folclore comum.

— Aaah! — disse o reverendo, seu irmão, dando uma piscadela para ninguém em particular. — Meu caro Duncan é obcecado pelas melodias tradicionais; quanto mais simples, melhor, aquele tipo de coisa que se ouve nas ruas de Glasgow sendo cantadas por maltrapilhos, e não faço a menor ideia do porquê disso.

Nesse instante, eu estava prestes a servir o vinho tinto à sinhazinha, mas ela segurou meu pulso quando tentei pegar sua taça.

— Neste caso — ela disse a Pollock —, creio que temos alguém aqui que pode lhe interessar.

Minha mão esquerda estava presa pela dela e eu me sentia como se tivesse caído numa armadilha. O pânico invadiu o meu peito, pois tinha a forte sensação de que ela iria contar algo a meu respeito que eu não gostaria que fosse dito.

— Por favor, madame — eu murmurei. Jesus Cristinho, sorte dela eu não acertá-la na cabeça com a garrafa de vinho, mas ela parecia não me ouvir, pois estava falando com Pollock.

— A Bessy aqui compõe músicas em sua cabeça e sai cantando por aí. Não sou uma pessoa ligada a música, mas o senhor, poderia avaliá-las. Ela é uma cantora adorável. — Ela se voltou para mim e me deu um de seus mais irresistíveis sorrisos. — Bessy, querida — ela disse —, você daria ao Sr. Pollock e a todos os outros convidados a imensa honra de ouvir uma de suas maravilhosas canções?

Ela se voltou para o restante da mesa, pedindo cumplicidade com o olhar. Eles estavam olhando para mim agora, seus pratos de sopa vazios e seus rostos brilhando sob a luz dos candeeiros.

— Aaah, sim, com certeza, Bessy! — começou o Velho Babão, com determinação. Como se ele conhecesse e gostasse de todas as minhas músicas... ele nunca havia ouvido nem sequer um pedacinho de uma delas!

Sentindo minha hesitação, a sinhazinha apertou ainda mais meu pulso.

— Por favor, cante, Bessy — disse ela gentilmente. — O Sr. Flemyng é um reconhecido compilador de canções. Quem sabe ele não possa recolher uma das suas? Tenho certeza de que elas seriam perfeitas para ele. Nós *precisamos* ouvir uma. Mesmo que seja apenas um verso e um refrão.

Mestre James falou do outro lado da mesa:

— Vamos lá, Bessy! — disse ele, com o rosto vermelho. — Dê-nos um pouco de música!

Ele começou a bater palmas e encorajou os outros a fazerem o mesmo, até que todos estavam batendo palmas e olhando para mim. E eu não tinha cantado nada ainda! Às vezes, é legal ser convidada a cantar. Contudo, ninguém gosta de ser tratado como um macaquinho de circo. A sinhazinha não se importava a mínima comigo. Ela apenas queria impressionar seus honoráveis convidados. Sorrindo para mim, era assim que ela estava, para me encorajar. Sem dúvida, mais tarde ela iria colocar aquilo em seu maldito livro, sobre como o "objeto de pesquisa" reagiu ao ser instado a fazer uma apresentação. Bem, eu iria lhe dar uma apresentação, pelos diabos, como eu iria.

Pousei a garrafa e me afastei um pouco da mesa. Então encarei minha plateia.

— Esta se chama "O vento que sopra em Barrack Street" — eu disse, e então me preparei para cantar. O título é dos mais românticos. No entanto, é uma das minhas canções mais indecentes, a respeito de um homem que é afligido por uma severa crise de gases intestinais e que tende a peidar nos lugares mais inapropriados. Vou lhes dar uma amostra:

Há um padeiro que vive em Barrack Street
Sua loja é perto do canal
Há um padeiro que vive em Barrack Street
Com um problema intestinal

Ele não pode com feijões nem ameixas
Nem maçãs ou peras ou uísque
Nem repolho nem couve-flor
E mesmo o pão é um risco

Há um vento que sopra em Barrack Street
Um vento que te deixa assustado
A ventania é apimentada em Barrack Street
Se você for lá, é melhor tomar cuidado

No dia de feira, ele faz o pão
A padaria está cheia
Você sente o cheiro que ele solta
Seu intestino incendeia

Quando há um funeral, ele faz os pães
Para os amigos do defunto
Então todos têm de apertar o nariz
No caso de o padeiro soltar um pum

Há um vento que sopra em Barrack Street
Um vento que te deixa assustado
A ventania é apimentada em Barrack Street
Se você for lá, é melhor tomar cuidado

(E por aí vai, mais alguns versos, com o padeiro perturbando casamentos e quase furando as calças com seus gases.)

Após ouvir o título da canção, a sinhazinha pareceu maravilhada, mas seu sorriso se apagou em algum momento entre o final do primeiro verso e enquanto o refrão era entoado. Ambos, ela e o marido, começaram a parecer enjoados. Eles trocaram olhares alarmados na direção de seus distintos convidados. Ninguém fez um som sequer. E então, ao final do primeiro refrão, o Sr. Duncan Pollock, *MP*, começou a rir e sua risada cresceu até ele quase se engasgar de tanto gargalhar. Vendo que ele estava gostando daquilo, a sinhazinha e mestre James começaram a rir também (na verdade, mestre James ficou quase histérico). O resto dos convivas entrou no clima e se juntou a eles nesse contentamento. Exceto pelo reverendo Pollock, que permaneceu sentado com uma expressão intrigante na cara, o que eu traduzi como sendo a de que *presbiterianos não peidam*. Quando eu finalizei, seu irmão Duncan aplaudiu como se suas mãos estivessem pegando fogo. Ele me aplaudiu e então bateu palmas para a sinhazinha, eu não estou bem certa da razão por que ele *a* aplaudiu, talvez por ela ser esperta o suficiente para me ter como criada.

Fiz uma reverência a todos e então olhei para a sinhazinha.

— Gostaria que eu cantasse outra, madame?

Ela riu bem feliz e se enxugou com seu guardanapo, de fato parecia sentir calor.

— Essa foi uma canção muito divertida, Bessy — ela disse. — Mas talvez seja o suficiente para uma noite. Além disso, temos de oferecer mais comida para nossos convidados. — Então ela se virou para Flemyng. — O que acha, Davy? Dado esse exemplo, você estaria interessado em compilar as canções de Bessy?

Flemyng, que estava tomando um gole de vinho tinto, quase engasgou.

— Claro que sim — disse ele, quando finalmente parou de tossir. — Estou sempre interessado em transcrever canções que nunca ouvi antes. Muito gentil de sua parte me sugerir isso.

A sinhazinha concordou.

— Está decidido, então — disse ela. — Vou mandá-la até você e você poderá transcrever aquilo que quiser.

Então ela se voltou, com um ar de finalização, para falar com o Sr. Pollock, MP.

— James e eu acreditamos profundamente na preservação dos contos e canções tradicionais e afins — disse ela. (Mentirosa!) — Devemos caminhar para a frente, é claro, mas não podemos nos esquecer de nosso passado — disse ela, acenando com a cabeça para o Sr. Rankin — na nossa corrida em direção ao futuro.

O Sr. Duncan Pollock sorriu, e do jeito que ele a olhava dava a impressão de que ele queria devorá-la (ou, no mínimo, lhe dar uma mordiscada).

— Eu não poderia estar mais de acordo, Arabella — disse ele, erguendo a taça. — À nossa sagaz e muito honrada anfitriã. E, é claro, a seu marido.

E com vários graus de entusiasmo, todos brindaram à sinhazinha e ao mestre James. Os mais entusiasmados foram McGregor-Robertson e Flemyng, que levantaram suas taças bem alto e ecoaram:

— Aos nossos anfitriões.

O reverendo Pollock sorriu para ela sem beber ao passo que Rankin astuciosamente levou a taça direto até os lábios enquanto todos ainda estavam no meio do brinde e a Sra. Rankin levantou sua taça, com um sorriso pregado no rosto, mas ela também não bebeu nem soltou um pio sequer, pois a sinhazinha claramente a havia eclipsado.

***

Enquanto eles estavam comendo, peguei uma garrafa de vinho e fiquei bebendo na despensa à medida que a noite avançava, de modo que, quando os convidados foram embora e a cozinha ficou vazia, eu me encontrava em um estado de elevação. Eu tinha em mente beber de verdade para poder melhorar meu humor, por isso resolvi fazer uma investigação nos bares locais. Então, quando Hector e a Criatura C. saíram e a sinhazinha e o patrão foram para a cama, eu dei uma escapulida.

O caminho mais curto até Snatter era através dos campos, mas eu não estava convencida de que poderia achá-lo no meio da escuridão, por isso tomei a precaução de ir pelo caminho mais longo, pela estrada, acompanhando a Great Road. Por sorte havia uma meia-lua no céu e poucas nuvens, senão eu seria incapaz de enxergar meus pés. Depois de caminhar cerca de 2 quilômetros pela Great Road, as primeiras casas de Snatter apareceram, escuras e sombrias contra o céu noturno. O lugar estava deserto, sem dúvida pelo adiantado da hora. Entrei direto no The Gushet, que era uma das primeiras casas à esquerda. Mesmo com a porta da frente aparentemente trancada, dava para ouvir o som de risadas lá dentro. Na soleira da porta eu hesitei. Já fazia um bom tempo desde que eu entrara num lugar assim pela última vez e de qualquer modo eu era uma estranha. Além do mais, ocorreu-me que a sinhazinha não aprovaria me ver em um bar, não mesmo.

Mas o que eu queria, afinal? Dane-se o medo de fazer o que ela não desejava! Dei uma sacudidela em mim mesma. Pelo amor de Deus, aprume-se, pensei. Empurrei a porta e entrei, apenas para dar em meio a uma grande varanda, a antessala do que viria a ser o lugar. A porta na parede do fundo estava fechada, mas dava para ouvir bem a barulheira que vinha detrás dela. Dei uma batidinha de leve. Imediatamente, as risadas cessaram. Houve um silêncio breve, seguido de alguns cochichos agitados e ruídos de cadeiras sendo arrastadas pelo chão. Percebi ainda mais cochichos e sussurros não identificados. E então o silêncio. Depois de uma pausa, a portinhola foi aberta e uma mulher de cara enrugada e cabelos negros olhou para fora. Tratava-se de Janet Murray, a proprietária. Eu já tinha ouvido a sinhazinha falar dela.

— Sim? — disse ela. — O que eu posso fazer por você?

À primeira vista ela parecia estar sozinha mas alguns sinais mostravam o contrário. Havia muitas velas queimando nos castiçais no pequeno bar atrás dela e eu pude ver uma mesa ao redor da qual várias banquetas haviam sido colocadas, arrastadas para trás, dando a impressão de que tinham sido desocupadas recentemente. O cheiro de tabaco pairava no ar. A superfície da mesa estava marcada por círculos de líquido, como se tivessem sido feitos por copos muito cheios de bebida, e aqui e ali viam-se cartas de baralhos largadas em pilhas desordenadas. Mas não se via vivalma.

Janet estava olhando para a escuridão atrás de mim. Ela falou numa voz nasalada.

— O que você quer?

— Apenas uma bebida — eu disse. — Sei que está tarde, mas ficarei aqui na varanda. — E coloquei uma moeda na cesta da portinhola.

A mulher pegou a moeda e a examinou. Então ela a colocou em seu bolso e me deu um copo de cerveja. Ela me olhou tomar o primeiro gole, então se inclinou para a frente e disse baixinho:

— Espero que você não se importe com o que vou dizer, mas estou com alguns amigos aqui agora. — Ela apontou com o polegar em direção à cortina no canto da sala. — Nós estamos comemorando uma boa notícia. Tudo por minha conta, é claro! Eles não vão ter de colocar a mão no bolso nem uma vez! Mas acho que você não se importa em deixar que continuemos celebrando, não é?

Ela indicou a mesa vazia atrás dela com um gesto de mão.

— Não — eu disse. — Não mesmo. Continue.

Com essas palavras, Janet se inclinou para trás e deu um assobio baixo, ao que a cortina no canto da sala foi aberta de lado por uma mão invisível e um bando de degenerados entrou na sala, cada um carregando um copo ou uma xícara, e Sammy Somas estava entre eles. Parecia que tinham estado escondidos num lugar bem apertado e estavam contentes em ter saído de lá, posto que se sacudiam e esticavam as pernas e os braços enquanto iam aparecendo. Então eles tomaram seus lugares à mesa um após o outro, lançando-me olhares ou balançando a cabeça enquanto se sentavam. Sammy Somas se ajeitou num canto e começou a contar as bolinhas pretas nos dominós. O último a surgir foi Biscuit Meek. Ele deu um sorriso de escárnio quando me viu e pareceu bem insatisfeito, uma menina num pub, olha só os peitões que ela tem, a desgraçada, coisas assim. Hipócrita! E quando tomou seu lugar à mesa, ele deliberadamente escolheu uma banqueta que lhe possibilitava ficar de costas. Vários cachimbos foram pegos e o jogo de cartas foi retomado.

— Como você vê — disse Janet —, eles não estão *pagando* nem um tostão por suas bebidas, mas posso imaginar o que tudo isso pode parecer para alguém de fora, não é?

Eu sabia exatamente o que ela queria dizer. Já passava da meia-noite, eram as primeiras horas do sabá e ela provavelmente não deveria estar servindo bebida alguma. Mas eu não dava a mínima para o que ela fazia ou deixava de fazer.

— E você, querida? — disse ela. — Aonde você vai esta noite?

— A lugar nenhum — eu disse. — Trabalho aqui perto e só saí para tomar um copo.

— É só isso então? — Ela me olhou de alto a baixo com enorme interesse. — E onde você trabalha? Ainda não tinha visto você.

— No Castelo Haivers — eu disse. — Eu sou a criada-faz-tudo de lá.

Ora. Pelo olhar que ela me lançou era como se eu tivesse dito que trabalhava para o próprio diabo.

— Castelo Haivers — ela disse. — Já entendi. A substituta.

— A o quê?

— Você sabe. Você substituiu a menina que estava lá antes de você.

Eu havia lhe dado meu copo vazio e uma moeda. A cerveja não estava daquele jeito que me deixava nocauteada como normalmente acontecia quando eu bebia em Glasgow, mas não era de todo ruim. Ela colocou mais no meu copo, dessa vez me analisando como se eu fosse um espécime raro. Havia uma placa na parede — "Quartos vagos" — e imediatamente abaixo estava escrito "Não há vagas". Eu não consegui entender aquilo. Os quartos estavam vagos ou não?

Janet disse:

— Morag, a menina que trabalhou lá antes de você, vinha sempre aqui. Praticamente toda noite ela estava aqui. Demos muitas risadas juntas, ah, como demos! — Ela pegou um copo para si e o levantou em minha direção. — Não que eu goste de fofocas — ela disse. — Mas, se você não se importa de eu perguntar, como a Sra. Reid trata você?

— Muito bem — eu disse.

— Ela não tranca você na despensa e deixa você passar fome por vários dias, coisas assim?

— Não.

Janet pareceu desconfiada.

— Você já recebeu algum salário?

De fato, eu ainda não tinha recebido nada do que fora combinado. A sinhazinha de vez em quando me dava uns trocados aqui e ali, mas meu salário integral ainda não tinha aparecido. Contudo, isso não interessava a ninguém mais a não ser eu mesma, por isso eu simplesmente disse:

— Tenho recebido meu salário, sim.

— Bem, você tem sorte — disse Janet —, pois aquele James Reid poderia tocar em um homem morto, enrolado numa mortalha, só para ganhar uma moeda. Apenas uma mocinha fazendo todo o trabalho do lugar... dá para acreditar nisso? A criada-faz-tudo, com certeza! Numa casa grande como aquela? É uma maluquice. Eles deviam ter uma governanta e pelo menos duas criadas, e sua sinhazinha devia ter uma criada só para ela. Mas, oh, não! Não esse sujeito... ele é muito pão-duro. Você entende o que eu estou querendo dizer?

— Não — eu disse. — Não entendo. (Nessa hora eu já a havia reduzido a uma velha fofoqueira.)

Ela colocou o xale em volta do pescoço.

— Bem — ela disse — , o seu patrão James Reid pode não querer contratar uma equipe decente para cuidar da casa, mas ele tem nove potes escondidos debaixo da cama, cada um deles cheio até a boca de... ouro maciço.

Eu olhei para ela. Disse que não havia nada embaixo da cama do patrão além de um único pote, que eu esvaziava todas as manhãs, e que eu podia lhe assegurar que o que havia lá dentro não era ouro.

Janet arregalou os olhos.

— Nove potes — ela continuou. — Cheios até a boca. Como está sua cerveja?

— Não há problema algum com a cerveja — eu disse. — O que me deixa menos feliz é a formiga. — Havia uma espécie de criatura boiando no meu copo, ela mergulhava até o fundo enquanto eu a olhava, mexendo seus pequenos braços e pernas freneticamente. Janet deu uma olhada nela.

— Provavelmente estava só no copo — ela disse. — Não na cerveja.

Bem, aquilo me encheu de alívio. Joguei fora o que restava da cerveja e devolvi o copo a ela.

— Obrigada — eu disse. — Tenho de ir agora.

Ela me olhou subitamente com grande piedade.

— Olhe, você é só uma criança. Eu não gostaria que você voltasse àquele lugar horrível sozinha. Sabe, meninas morreram lá.

Ela podia ter guardado sua fofoca com ela — mas suas últimas palavras me fizeram parar.

— Meninas? — eu disse. — Do que você está falando? Quantas meninas?

— Bem — ela disse, — apenas uma morte *confirmada*. Mas há várias desaparecidas.

Eu olhei para ela.

— Céus — ela disse. — Num minuto elas estão lá e então, na manhã seguinte, qualquer vestígio delas desaparece.

Eu ri.

— Não seria apenas porque as meninas decidiram que não queriam mais dar duro no trabalho e se mandaram durante a noite? Não pode ser?

Janet olhou em direção a Sammy Somas como se estivesse consultando-o sobre o tema, mas ele estava lambendo um dominó e não tinha a aparência de ser uma autoridade em qualquer assunto que fosse. Os outros homens (incluindo Biscuit Meek) estavam muito ocupados bebendo, jogando e fumando seus cachimbos, e não estavam nem um pouco interessados na tagarelice feminina. Janet voltou-se para mim.

— O que a Sra. Reid disse sobre Nora, a garota que morreu?

— Ela nunca falou sobre ela — eu disse, o que era absolutamente verdade (se não levarmos em conta tudo o que a sinhazinha escreveu sobre Nora em *As observações*).

Janet arregalou os olhos para mim e balançou a cabeça muitas vezes, como se eu tivesse provado alguma coisa sem a menor sombra de dúvida.

— O que foi? — eu disse.

— Ela *não quis* falar sobre ela, não foi? — disse Janet. — Nora estava bêbada e caiu diante de um trem, essa é a história oficial. Mas sabe do que mais?

— Não.

— Posso apostar que Nora não simplesmente *caiu* naquela linha férrea.

Olhei para ela de forma inexpressiva.

— Aonde você quer chegar?

Janet cruzou os braços e apertou os lábios.

— Pergunte para a sua Sra. Reid como Nora morreu — ela disse. Veja que tipo de resposta ela vai dar a você.

— Bem, vou mesmo fazer isso — eu disse.

Nessa altura, eu não estava mais dando a menor atenção a ela. Eu estava bêbada e achava que ela era só uma mexeriqueira, com seus nove penicos cheios de ouro e todas essas bobagens sobre Nora e a sinhazinha e me pressionando para dar informações. Então mantive minha matraca fechada. Na verdade, eu estava pronta para ir para a cama, então eu lhe dei boa-noite e parti.

Não demorou muito para eu começar a refletir sobre aquilo que Janet dissera e a pensar melhor na questão. E como eu já disse, não costumava repensar muitas coisas.

10

Eu tenho uma ideia

No dia seguinte ao seu Importante Jantar, mestre James estava em sua melhor forma, cantarolando enquanto comia seu mingau, ora se estava, cantarolando cantarolando cantarolando. O jantar havia sido um grande sucesso porque antes de Duncan Pollock, *Membro do Parlamento*, ir embora, ele convidou os Reid (com ressalvas especiais de que a sinhazinha deveria comparecer) para sua próxima *soirée* em Edimburgo. Você tinha de ver mestre James, grasnando como um corvo. Por Deus! Ele nunca teria nem chegado perto do burburinho daquela recepção se não fosse por sua encantadora esposa.

Choveu a cântaros o dia todo. À tarde, a sinhazinha tocou o sino para me chamar e quando eu apareci na sala ela era toda sorrisos e lisonjas sobre quão maravilhosa havia sido minha cantoria na noite anterior. Maravilhosa, esplendorosa, Bessy, ela dizia. Soberba, maravilhosa, tudo isso. Eu era um prêmio precioso, um verdadeiro achado, uma criatura rara, e assim por diante.

Bem, vou lhe contar uma coisa. Eu era tão rara e preciosa que ela me mandou sair na tempestade! Para me arrastar até a fazenda Thrashburn e cantar para o Sr. Flemyng. Sem dúvida eles queriam se gabar para Duncan Pollock quando o encontrassem, de que estavam "preservando o cancioneiro tradicional" e coisas assim. Ora essa! Ela estava só me usando para impressionar seus malditos amigos. Ela bem merecia que eu saísse andando e continuasse andando e nunca mais voltasse. Eu até teria feito isso, não fosse a chuva.

Thrashburn ficava aproximadamente vinte minutos ao norte do Castelo Haivers, subindo a estrada e atravessando a ponte da linha do trem. A sinhazinha já havia enviado Hector com um bilhete, avisando a Flemyng que me esperasse. Eu andei depressa, mas na hora que cheguei lá estava um caco, a água correndo pelas minhas costas. Isso eu tenho de dizer, Thrashburn era um pardieiro. Uma das colunas do portão estava quase caindo e tudo por ali estava crescido demais e cheio de raízes queimadas e mato. A casa da fazenda era apenas um sobrado com um estábulo pequeno nos fundos. Algumas galinhas de aparência deplorável se espalhavam pelo terraço.

O próprio Flemyng abriu a porta à minha batida e, sem uma palavra, se virou e me mostrou o caminho da sala. Havia fogo na lareira e um lampião aceso na semiescuridão. Olhei em volta e me pareceu que todas as superfícies estavam cobertas de papéis manuscritos, rascunhos amassados e pilhas de livros, que também se espalhavam em montes sobre o chão. Todos os papéis estavam repletos de anotações e na maioria deles havia muitos cálculos. Flemyng estava um pouco diferente e levei um tempo para perceber que ele estava sem os óculos. Ele caminhou por entre as torres de livros, coçando a cabeça, enquanto eu tirava o casaco e o xale. Na hora, achei que ele estivesse procurando alguma coisa, mas, pensando bem, creio que estava evitando meu olhar, por timidez.

A mim, um cavalheiro desconhecido causava pouco medo.

— Nunca conheci um poeta antes — eu disse. — Minto; conheci um caixeiro viajante uma vez, ele tinha marcas horríveis por todo o rosto e me mostrou um poema que havia escrito em um pedaço imundo de papel. É esse tipo de coisa?

Flemyng parou de andar e por apenas um segundo franziu o rosto. Acho que ele não gostou muito da minha conversa sobre caixeiros e papéis imundos.

Ele disse:

— Tornei-me conhecido por *coletar* baladas de caixeiros viajantes, sim. Mas, como tenho certeza que você sabe, minha poesia é algo bem distinto disso. Uma ordem diferente de versos, preocupados com a métrica, o ritmo, a rima, a escansão e... claro... o conteúdo.

— Oh, é claro — eu disse. Eu não tinha a mínima ideia *do que* ele estava falando.

— Não sentimentos baratos e bobos — ele disse. — Não é isso.

Não sei por que, mas me senti levemente insultada... só que de uma forma muito *simpática.*

Ele apontou para uma garrafa na bancada.

— Posso lhe oferecer uma taça? — ele disse.

Sua mão estava tremendo e eu percebi que a garrafa de vinho estava pela metade. Eu me perguntei se ele já não teria virado algumas doses para ficar mais corajoso.

— Não, obrigada, senhor — eu disse, embora na verdade eu fosse bem capaz de matar uma dose. Eu estava com um pouco de ressaca depois de todo o vinho tinto e cerveja da noite anterior.

Flemyng tirou alguns papéis de uma poltrona e os colocou na mesa.

— Por favor, sente-se — ele disse, indicando a cadeira. Uma vez que eu estava sentada, ele se arrastou na minha direção e falou com uma voz forçada, como se estivesse falando com um bebê.

— Vejamos então, Bessy — ele disse. — Essas suas músicas. Devo acreditar que você as criou todas sozinha?

— Sim, senhor.

— Excelente. Isso é maravilhoso. Então elas não são algo que você tenha aprendido, por exemplo, com tipos como esse caixeiro viajante de quem você estava falando?

— Não, senhor. Eu de fato *sei* músicas como essas, que ouvi por aí, "Anything for a Crust", "Jessie O' the Dell", todas elas, é claro que todo mundo sabe. Mas não as confundo com minhas próprias músicas.

— Bem, isso é bom — ele disse. — Estou deveras agradecido à sua querida sinhazinha por tê-la enviado até mim. Que dama maravilhosa ela é! Tremendamente esperta, eu acho, e gentil. E é claro que a beleza dela dispensa comentários.

Sim, sim, seu peidorrento, eu pensei comigo. Estava na ponta da minha língua dizer alguma coisa. Se você soubesse as coisas nojentas que ela escreve no livro dela. Algo assim. Mas fiquei "caladinha", como meu Sr. Levy diria.

Flemyng sorriu para mim, então ficou em pé e jogou mais lenha na lareira, depois do que ele se virou para olhar a sala. Ele tinha as mãos unidas atrás das costas e, com a fuligem das brasas e a fumaça voando atrás dele e a expressão abençoada em seu rosto, era a perfeita imagem de um mártir queimando na cruz. Isso me deu vontade de rir. Para me distrair, fiz uma pergunta.

— O que você vai fazer com as minhas músicas, senhor?

Ele franziu a testa.

— Não tenho muita certeza, Bessy — ele disse. — Se elas tiverem alguma qualidade, então o importante é tê-las anotadas em papel. Assim elas não desaparecerão. Posso mandá-las para o meu editor, ver o que ele faz com elas. Mas enfim! Ele está esperando que eu envie mais de meus próprios poemas e eu devo terminar o que estou escrevendo.

— Sobre o que é, senhor? Se não se incomodar com a minha pergunta.

— Sobre o quê? Oh! Todo tipo de coisa, Bessy. Todo tipo de coisa. Em seu nível mais simples, é sobre os fantasmas que dizem que assombram uma parte de Edimburgo. A história diz que algumas centenas de anos atrás, quando a praga chegou à cidade, os pais emparedaram algumas construções e deixaram os cidadãos e os animais padecerem da doença. Depois, eles juntaram os corpos apodrecidos e os jogaram fora. Desde então, o povo vê e ouve coisas estranhas. Barulhos de coisas se arrastando. Telhados estalando. Membros amputados. Cabeças sem corpos com olhos terríveis. E bestas fantasmas deformadas e horrendas assombrando por aí.

— Oh, céus! — eu disse. Pensei que ele estivesse escrevendo um poema sobre uma florzinha. Ou um dia de verão. Mas lá estava ele fazendo minha pele se arrepiar e começava a escurecer lá fora. — Você... você acredita que existem realmente esses fantasmas, senhor?

— O quê? — ele disse. — Não, não. Isso tudo é apenas superstição. Mas, é claro, estou apenas usando isso como metáfora. — Ele olhou para o relógio. — Em todo caso, *tempus fugit*, precisamos começar.

Ele fez uma pose de ouvinte, a mão no quadril, a cabeça esticada para a frente, olhando para o chão.

— Quando você estiver pronta, por favor, comece. Talvez *não* a música que você cantou na noite passada.

Limpei a garganta, tentando não pensar em fantasmas deformados e feridas abertas.

— Esta é uma música — eu disse — sobre a vez em que estávamos vindo para a Escócia no...

Sem sequer levantar a cabeça, Flemyng ergueu a mão para me interromper.

— Por favor — ele disse. — Sem longas explicações. Uma boa música fala por si própria.

— Oh — eu disse. — O senhor está certo. Bem... quer saber o título?

— Muito bem — ele disse. — Como ela se chama?

— "Ailsa Craig" — eu disse a ele. — Chama-se "Ailsa Craig". — Eu tinha orgulho dessa música, pois continha algo de meu próprio passado, ainda que disfarçado. — Aqui está ela.

Todos vocês que desejam mendigar, e atravessar o mar nublado
Ouçam o que me aconteceu ficando ao meu lado
Oh, Mary Cleary é meu nome, eu tenho 12 anos e sou bela
E nós tivemos de deixar nosso país quando enterramos meu pai na capela
Minha mãe me tomou em seus braços, disse: não chore, minha querida,
Na Escócia tentaremos nossa sorte, pela manhã estaremos de partida

(Refrão)

Ela disse a Escócia é rara e doce
A Escócia é bela
Todas as cidades são verdes e limpas
E Glasgow... nenhuma ganha dela

Nós partimos naquela manhã mesmo, a verdade não estou negando
Mas quando vi a terra mais de perto, pensei: minha mãe está exagerando
Pois a Escócia era só uma pedra, algo saltando do mar

E dentes podres e caras de caveira e pedras a quebrar
Só morros e pássaros, nenhum parque verde ou cidade bonita
O lugar mais solitário do mundo, a visão logo me deixou aflita

(Repete o refrão)

O que a perturba, querida, minha mãe me disse, por que se decepcionou?
Eu disse a ela por que chorei e ela então solucionou
Aquela ilha não é nosso destino, não tema, minha amada
Ali é um marco de nosso país, Ailsa Craig, a Pedra Encantada
Pois aquela velha pedra é o meio do caminho de nação a nação
Logo atracaremos em Broomielaw e aos escoceses daremos a mão

(Repete o refrão)

Agora aqui estamos em Gallowgate, onde as casas têm espaço
Os cômodos em bom estado, os donos não nos dão cansaço
Não há sujeira nas ruas, nenhuma chaminé de fábrica estragada
Que sorte, estamos podres de ricas. Perceba, isso é uma piada
Minha mãe mentiu, pois Glasgow não é para mim
Para quem não pode partir, agora Ailsa Craig não parece tão ruim

(Repete o refrão, final)

Quando cantei a última nota, me curvei e esperei pela resposta dele. Ele mostrou sua apreciação batendo as pontas dos dedos diversas vezes, era meio como aplaudir, mas sem fazer barulho.

— Nada mal — ele disse. — É claro, eu devo mudar um verso ou dois, aqui e ali. Mas, no geral, é um bom exemplo do gênero.

Sem saber se aquilo era um elogio ou não, decidi aceitá-lo como sendo.

— Obrigada, senhor — eu disse. — Você quer anotá-la, então?

— Sim, por que não? — ele disse. — Deixe-me apenas...

Ele se virou para a mesa atrás dele e levantou pilhas de papel até que desenterrou caneta e tinta e, finalmente, seus óculos, que colocou no rosto.

— Agora, então — ele disse —, vá com tudo, Bessy.

No total, eu cantei quatro músicas para ele naquele dia. Ele as anotou e colocou símbolos nas palavras e quando eu perguntei a ele o que significavam ele me explicou que indicavam o tom, ao menos o faziam para aqueles que soubessem ler os símbolos; para mim, eram apenas rabiscos, e eu ainda não sei distinguir uma clave de sol de uma virilha.

Quando chegou a hora de partir, subi a rua correndo, pois estava escuro àquela hora e Flemyng me assustou com toda aquela conversa de fantasmas. Foi um grande alívio voltar à cozinha do Castelo Haivers. E, uma vez segura, comecei a me sentir satisfeita comigo mesma, ao imaginar que um poeta poderia mandar minhas músicas para seu editor. Eu mal podia esperar para ver a cara da sinhazinha, sabendo como ela queria transformar em livro *As observações*. Mas decidi aguardar e ver o que acontecia antes de contar a ela, só para o caso de ele afinal não mandá-las e eu acabar ficando com cara de idiota.

Quanto às baboseiras de Janet na noite anterior, eu sabia muito bem que não havia potes de ouro por ali. Mas comecei a me perguntar o que ela quis insinuar sobre sinhazinha e Nora. Até onde eu sabia, a sinhazinha praticamente idolatrava a menina. Mas eu não tinha ideia do que Nora poderia pensar da sinhazinha. Talvez a odiasse. Então me ocorreu que eu não sabia muito mesmo sobre MINHA RIVAL. E eu me lembrei do que estava escrito em *As observações* sobre a sinhazinha ter guardado as coisas de Nora em seu baú no sótão. O que haveria naquele baú?, eu me perguntei. Certamente, se a sinhazinha me fazia manter um diário, Nora devia ter um também... Não havia vestígio do que ela poderia ter escrito sobre a sinhazinha. Mesmo se ela disfarçasse seus reais sentimentos, seria possível ler nas entrelinhas. Eu estava curiosa para saber mais sobre ela, essa maldita criada perfeita.

Não perdi tempo para descobrir. Naquela mesma noite esperei até que a sinhazinha e mestre James tivessem ido para a cama e então saí de mansinho, na ponta dos pés, do meu quarto. Atrás de uma pequena porta no fim do corredor havia uma sequência de degraus de madeira que levava ao sótão principal. Eu nunca havia subido lá antes, nunca houve uma razão para isso, e além do mais uma vez eu dei uma espiada rápida pela porta entreaberta e, Jesus amado, era de arrepiar o quanto era escuro e gelado.

Então eu abri a portinha e subi a escada. Cinco degraus e depois um corrimão e acima um grande espaço se abrindo como uma caverna. Quando entrei no sótão, o ar gelado golpeou meu rosto, foi um arrepio úmido e fedorento que me bateu nas entranhas. Não posso dizer que não estava ansiosa. Mas ficava dizendo a mim mesma para não dar para trás e ir em frente com aquilo.

A vida no Castelo Haivers não gerava muitas coisas supérfluas e uma rápida iluminação da minha vela mostrou que não havia muito guardado ali. Algumas cadeiras velhas da sala de jantar empilhadas em um canto, algumas malas vazias, uma tela de lareira quebrada, uma caixinha de música com o vidro quebrado, era mais ou menos isso. E então eu vi o que estava procurando. Estava separado do resto das coisas, encostado na parede, perto da escada. Um baú de empregada, coberto por uma lona. Embora nenhuma das malas fosse cara, dava para perceber que essa caixona era barata e ordinária em comparação com o resto.

Levantei a tampa e espiei lá dentro. Era difícil ver com clareza nas sombras, sob a luz da vela. Os primeiros itens que se definiram à minha vista foram um par de botas com cadarço, bem polidas e pouco usadas, sem dúvida o calçado de domingo de Nora. Levantei uma bota e comparei a sola com a minha. Havia pouca diferença ali, embora eu admita que o pé dela era *um pouco* menor. Perto das botas estavam uma Bíblia e uma pilha de panfletos religiosos. Por Deus, você não teria suposto que ela era santa? Ao lado, uma caixa antiquada para trabalhos manuais, na tampa a imagem pintada de uma menina de branco brincando com um aro. Perto dela, uma boneca de pano com capuz e avental. Que bebezona ela deve ter sido, para ter uma boneca! Ao lado havia um grampo de cabelos pintado com três flores, como margaridas azuis, e um vidro de perfume, que, ao ser aberto, mostrou ser de hibiscos. Bisbilhotando um pouco mais, encontrei uma faca dobrável com cabo de marfim, e bem no fundo um pequeno amontoado de roupas de cama, roupas íntimas e meias-calças, usadas e surradas, mas limpas. A faca era boa e poderia ser útil, então a guardei no meu bolso. Debaixo dos tecidos encontrei um pente com alguns cabelos ainda presos aos dentes. Cabelos de uma menina morta. Aquilo fez minha pele se retorcer.

Bem, com todos aqueles panfletos e a bonequinha, eu podia imaginá-la, ora se não podia. Pequena Senhorita Perfeita. Um daqueles tipos que estão felizes como um palhaço o tempo todo, não importa o que aconteça. Se você dissesse a ela "Saia e derrube 1 hectare de árvores e carregue os troncos até Coatbridge nas costas", ela pularia de prazer. Se você dissesse "Nora, parece que você está com tifo", ela simplesmente diria que o desejo do fundo do coração dela era ir para o céu e encontrar o Senhor. Se você dissesse "Nora, precisamos arrancar sua perna e pior é que você tem lepra", sem dúvida ela teria alguma maldita resposta animada lhe dar.

Mas absolutamente nenhum sinal de diário. Então eu não saberia nada sobre o que ela pensava da sinhazinha.

Eu não conseguia dormir naquela noite. Fiquei ruminando as ideias. Fiquei ali planejando como me vingaria da sinhazinha por ter feito mau juízo de mim. Suas botas misteriosamente ganhariam buracos nas solas. A barra de seu vestido poderia inesperadamente se desfazer. Algumas de suas roupas de cama voltariam para o armário sem ser lavadas. O açucareiro seria acidentalmente enchido de sal. Um rato se arrastaria até debaixo de sua cama e morreria. Pequenas coisas pelas quais eu não poderia ser culpada. Mas tudo em que eu pensava parecia muito frívolo ou tolo.

Então, na manhã seguinte, a própria sinhazinha me forneceu os meios de vingança quando veio me encontrar na cozinha. Ela parecia ter dormido mal.

— Bessy, querida — ela disse. — Há teias de aranha no teto da sala. Quero que elas sejam limpas, por favor. Você vai precisar usar a escada.

— Sim, madame — eu disse. — Vou fazer isso imediatamente depois do café da manhã.

Eu esperava que ela saísse naquele momento, mas ela ficou andando pela cozinha com os braços cruzados. Talvez tivesse alguma outra ordem para me dar. Esperei, mas nada acontecia. Ela levantou um pote de noz-moscada, examinou-o e o colocou na mesa de novo. E então ela disse, quase como um pensamento tardio:

— A propósito, na noite passada houve alguns... sons... no sótão. Barulhos. Você esteve... por acaso você subiu lá? Por qualquer razão?

— No sótão? — Balancei cabeça. — Não madame. Por que eu subiria lá?

— Eu não tenho ideia — ela disse. — Mas eu definitivamente ouvi barulhos. — Ela me encarou com um olhar severo. — Tem *certeza* de que não foi você?

— Juro por Deus, madame — eu disse. E se você diz isso, significa que você não pode contar uma mentira ou você vai direto para o inferno em um carrinho de mão a não ser, é claro, se você tiver os dedos de uma das mãos cruzados atrás de suas costas, qualquer tolo conhece esse velho truque.

A sinhazinha franziu a testa.

— Bem — ela disse. — Vou acreditar na sua palavra. Mas você não *ouviu* nada durante a noite?

— Não, madame. Eu devia estar dormindo. O que pensa que foi, madame? Era um som de coisas sendo roídas? — Eu arregalei os olhos. — Podia ser um rato?

Ela deu de ombros.

— Não — ela disse. — Não acho que fosse isso. O teto do meu quarto estava estalando, como se alguém estivesse... passeando, com sapatos pesados. E estou certa de que ouvi uma tosse profunda.

— Deve ter sido um rato — eu disse. (Pelo visto, eu não fui tão silenciosa lá em cima como havia pensado!) — Quer que eu dê uma olhada, madame, para a senhora ficar sossegada?

Andei na direção da porta, mas a mão dela surgiu do nada para me deter.

— Não! — ela disse. — Isso não será necessário. Vou simplesmente pedir a Hector que arme uma ratoeira.

— Como quiser, madame.

Voltei a mexer o mingau, pensando no teto estalando. Algo que Flemyng havia mencionado no dia anterior me veio à mente, sobre o poema que ele estava escrevendo, as crianças fantasmas com chagas e feridas e as bestas fantasmas etc.

— A senhora não acha, madame... não, deixe para lá.

— O quê?

Eu sabia imediatamente pela expressão no rosto dela que o pensamento já havia lhe ocorrido.

— Bem, a senhora não acredita em espíritos malignos, acredita, madame?

— É claro que não! — ela disse, mas imediatamente começou a morder os lábios e a franzir a testa, a perfeita imagem do medo.

Ela tinha medo de fantasmas, eu percebi. E naquele momento a ideia se formou na minha cabeça, um jeito de me vingar. Era só pregar uma peça infantil. Como eu poderia ter previsto as terríveis consequências do que eu estava prestes a fazer?

11

Tão estranho quanto alarmante

Extraído do diário de Bessy

Segunda-feira, 30 de novembro

Parece que nas últimas noites a sinhazinha ouviu barulhos no sótão. Espero que ela não se preocupe muito com isso. Qualquer pessoa sensata lhe dirá que não existem essas coisas de fantasmas embora eu tenha ouvido uma história ou duas que deixaria até os pelos do seu nariz em pé. É claro que alguém poderia dizer que a sinhazinha tem razão de ficar amedrontada afinal de contas há uma certa atmosfera no Castelo Haivers que se poderia chamar de assombrada. Mas isso é facilmente explicável, é apenas porque nós estamos tão afastados aqui e o céu parece baixo e o vento sibila por entre as árvores à noite. Bem nesse caso e os acontecimentos inexplicáveis? Puxa vida do que você está falando? Bem se você me der um minutos eu vou lhe contar, estou falando daquelas vezes em que você arruma alguma coisa e dois segundos depois quando você volta para procurar não é que a coisa se mexeu aparentemente sozinha? Isso acontece O TEMPO TODO *no Castelo Haivers ora se não acontece. Sabem que normalmente existe uma explicação você sempre vai descobrir que alguém mexeu naquilo enquanto você não estava olhando. Ou então vai descobrir que esqueceu onde tinha colocado a coisa. Seria inteiramente errado concluir precipitadamente que há um espírito maligno no lugar que venha nos atormentar. É o que eu acho.*

Terça-feira, 1º de dezembro

Estou começando a pensar se a sinhazinha não poderia estar certa sobre esses barulhos lá no sótão pois na noite passada eu acredito ter também ouvido algo. Bem quando eu estava prestes a cair no sono depois de escrever no meu diário eu acho que ouvi alguns estalidos e alguns passos abafados. Suponho que tenha soado um pouco como alguém andando lá em cima mas é mais provável, como eu disse para a sinhazinha, que haja uma explicação racional. Algumas telhas caíram do teto e o vento entrou. Ou são apenas ratos e baratas. Nada de fantasmas ou criaturas desmembradas. De toda forma, Hector subiu lá esta manhã com armadilhas etc. assim podemos ver o que pegamos. Eu apostaria em um rato ou um pombo. Pode até mesmo ser o gato. Quando Hector voltou eu tive de rir quando ele me disse com toda a seriedade "Eu realmente amo a natureza" e isso com um saco de veneno para rato debaixo do braço e os rabos de três esquilos na aba do chapéu.

Quarta-feira, 2 de dezembro

Nada de estranho ou alarmante.

Quinta-feira, 3 de dezembro

Hector foi ver as armadilhas no sótão esta tarde. Todas ainda estão vazias. Mas pode ser apenas uma questão de tempo. Fora isso nada de estranho ou alarmante. Acho que estamos fazendo muito barulho por nada.

Domingo, 6 de dezembro

Depois de alguns dias calmos na noite passada por volta de meia-noite eu estava deitada na minha cama quando ouvi barulhos vindos do sótão. Certo, disse para mim mesma, de uma vez por todas vou descobrir o que é isso. E então eu me vesti e subi lá com uma vela. Eu não estava feliz por subir lá é claro mas eu também estava determinada a descobrir o que estava aborrecendo a sinhazinha. Dei uma olhada rápida no lugar mas não consegui encontrar nada e estava quase voltando para baixo quando vi alguém vindo na minha direção pela escada! Cosme e Damião isso me assustou até a espinha. Graças a Deus era apenas a própria sinhazinha (ela também tinha ouvido barulhos e dessa vez corajosamente se aventurou a investigar) mas ela me assustou tanto que eu gritei e derrubei minha vela. Eu não sei qual de nós levou o maior susto eu ou a sinhazinha pois a mão dela estava tremendo tanto que a vela na sua mão perigava. Ela me perguntou o que eu estava fazendo e eu contei a ela que eu tinha ouvido barulhos e subido para investigar assim como ela. Eu contei a ela que já tinha dado uma olhada por ali mas não encontrado nada. Apenas para ter certeza nós acendemos minha vela de novo com a dela e demos outra olhada mas não tinha nada fora do normal e então comparamos o que ouvimos. A sinhazinha achou que tinha identificado alguém andando para um lado e para o outro. Eu disse a ela que tive a mesma impressão mas também achei que havia sons de alguém chorando ou choramingando. Ao ouvir isso a sinhazinha me agarrou pelo ombro e coisa e tal. Quem estava chorando? ela perguntou. E quando eu disse que não sabia ela quis saber, Era mulher? Depois de pensar um pouco eu disse a ela que parecia mais uma mulher do que um homem. Então ela quis saber se era uma mulher jovem e eu disse que sim ela parecia mais jovem do que velha. Bem quando ela ouviu isso o rosto dela assumiu uma expressão de tanta angústia eu fiquei bem assustada por ela. Seus olhos praticamente saltaram das órbitas. Então ela me disse num sussurro Era uma menina irlandesa? e eu tive de dizer que eu não sabia uma vez que eu não tinha escutado ela falando mas até onde eu sabia bem poderia ser. Bem a sinhazinha levou as mãos à cabeça e pareceu tão estranha depois disso que eu insisti que descêssemos e eu a coloquei de volta na cama. Eu estava pensando que ela tinha sido muito corajosa de subir até o sótão se eu fosse uma dama como ela eu tenho certeza de que eu não ousaria fazer isso por medo de coisas horrorosas que eu poderia encontrar. É claro que mestre James dormiu esse tempo todo você podia atirar uma bala de canhão por cima dele que ele não acordaria apenas a sinhazinha e eu somos sujeitas a esses terrores noturnos. Eu disse à sinhazinha que se ela ouvisse barulhos de novo ela deveria apenas cobrir a cabeça com as cobertas e tentar dormir e não sair vagando de camisola, ela acabaria assim encontrando apenas a morte.

Terça-feira, 8 de dezembro

Na noite de domingo tanto a sinhazinha quanto eu estávamos alertas em nossas camas para barulhos no sótão mas nenhuma de nós ouviu qualquer coisa. Eu achei que poderia ser o fim dessa história. Porém. Na noite passada aconteceu uma coisa que me deu arrepios de novo eu tenho certeza de que há uma explicação racional eu apenas não consegui ainda pensar nela. O que aconteceu foi isso, eu fui a última a deitar e tinha passado por todos os cômodos para checar se as grades das lareiras estavam no lugar e se as velas e os lampiões estavam todos apagados. Acontece que uma vela ainda estava queimando na mesinha de canto na sala de estar e então eu a assoprei e saí da sala. Um pouco depois eu passei por ali de novo em meu caminho para a cama e vi um brilho de luz sob a porta. Isso é estranho, pensei comigo. E quando eu entrei fiquei muito surpresa e nem um pouco preocupada ao ver a mesma vela na mesinha de canto. Acesa e brilhante como antes!

A única coisa em que consigo pensar é que eu não assoprei com força suficiente na primeira vez e a chama reacendeu sem eu perceber quanto mais penso nisso agora mais me convenço de que foi isso que aconteceu certamente.

Quarta-feira, 9 de dezembro

Agora mais uma coisa estranha aconteceu. Hoje mais cedo quando a sinhazinha voltou da igreja ela me chamou até seu quarto e quando eu entrei ela estava parada ao lado da cama. Eu vi imediatamente que ela estava desesperadamente pálida e com uma aparência preocupada. Você esteve neste quarto enquanto eu estive fora? ela perguntou e eu disse a ela não madame eu fiquei lá embaixo na cozinha desde que ela saiu, lavando as paredes como ela havia ordenado. Então a sinhazinha deu um passo para o lado e me mostrou um par de luvas amarelas em cima da cama. Você colocou essas luvas aí para mim? ela perguntou. Diga a verdade Bessy e eu prometo que não ficarei brava com você, ela disse. Bem eu queria poder ter dito o contrário mas eu tive de dizer a ela que jurava por tudo nesse mundo que eu não havia tocado nas luvas. Nós duas ficamos ali paradas olhando para elas, a sinhazinha lívida e tremendo como se ela fosse sair correndo ou gritando a qualquer momento. Depois de alguns segundos, eu me recompus. Andei muito firme peguei as luvas e as coloquei de volta na gaveta de luvas. Pronto, eu disse. A senhora deve tê-las tirado madame e mudou de ideia no último momento (pois ela tinha colocado as luvas cinza para ir à igreja). E de fato foi isso provavelmente o que aconteceu. Mas a sinhazinha apenas balançou a cabeça para mim e então ela se virou e desceu. Lá embaixo, eu a vi no terraço varrendo (usando seu melhor vestido!) e isso foi uma hora antes de eu conseguir convencê-la a entrar, e ela estava em choque e tremendo e eu tive de aquecê-la na lareira da cozinha. Ela me fez prometer que daquele momento em diante eu contaria a ela qualquer coisa fora do normal não importava quão insignificante ou inconsequente pudesse parecer e eu concordei. Ainda que eu ouse dizer que ela esteja deixando a imaginação ir longe demais como diz mestre James.

Domingo, 13 de dezembro

Bem houve uma coisa bem estranha esta manhã. Não testemunhei pessoalmente então apenas posso passar a informação em segunda mão. Parece que a sinhazinha teve mais uma noite inquieta ela foi perturbada por mais barulhos ou isso ou ela não conseguiu dormir por ficar pensando se ela ia ou não ouvir coisas. Que seja. Aparentemente ela desistiu de tentar dormir depois de algumas horas e desceu para começar o dia por volta das 4h30 da madrugada. Todos incluindo eu ainda estávamos é claro na cama. Imagine a surpresa da sinhazinha ao entrar na sala de estar e ver que a lareira já havia sido limpa, arrumada e não apenas isso mas acesa! Algumas chamas ardiam alegremente. (Quase como se o cômodo houvesse sido arrumado para ela! — foi isso que eu disse depois que a sinhazinha me contou quando acordei algumas horas depois.) No minuto em que apareci no andar de baixo a sinhazinha me puxou para a sala de estar e apontou para a lareira. E qual é a sua explicação racional para isso? ela disse para mim. Devo admitir que eu não tinha nenhuma. Meu único palpite era que talvez mestre James tivesse incitado o fogo e acrescentado mais lenha antes de ir para a cama e que de alguma forma essa lenha tivesse durado a noite toda. Mas quando mestre James acordou ele alegou não ter feito isso. E quando a sinhazinha e eu trocamos um olhar surpreso ele levantou e balançou as mãos e soltou um guincho assustador. Então saiu saltitando rindo consigo mesmo das mulheres. Mestre James não acredita nessa história de fantasmas e está ocupado demais para dar importância a isso ele está até o pescoço com os planos e preparativos para sua fonte em Snatter. Uns dias atrás eu própria teria ficado cética em relação a isso mas mesmo eu estava começando a pensar. A pobrezinha da sinhazinha está fora de si eu acho que o fogo desta manhã deu um susto nela. Ela não vai me agradecer por isso mas apesar de todas as provas em contrário eu ainda espero conseguir encontrar uma explicação racional.

Quinta-feira, 17 de dezembro

As últimas noites têm sido quietas nem a sinhazinha nem eu ouvimos qualquer barulho. Mesmo assim, algumas coisas bem estranhas aconteceram durante o dia. A primeira deve ter sido apenas por causa do meu esquecimento. Juro que quando desci na manhã de terça-feira não me lembrava de ter enchido o bule e tê-lo colocado no fogo, mas quando eu virei no minuto seguinte lá estava ele cheio d'água. Soltando fumaça, para o mundo todo ver, como se alguém conhecesse meu trabalho e o estivesse fazendo para mim! Eu não queria preocupar a sinhazinha contando isso a ela mas depois de pensar um pouco eu decidi que era melhor fazer isso uma vez que ela me pediu que relatasse qualquer coisa fora do comum. Eu ressaltei para a sinhazinha que eu bem podia ter enchido o bule meio sonolenta e tê-lo colocado no fogo sem nem perceber, já que sempre fazemos coisas habituais de forma mecânica. Mas ela não pareceu muito convencida com a minha explicação. É preciso ter uma coisa em mente. Como eu disse à sinhazinha: se é um fantasma que está fazendo essas coisas ele é um fantasma muito ajudante e preocupado, você quase pode dizer que ele é um fantasma potencialmente prático (por enquanto pelo menos). Você poderia até pensar que ele quer prestar serviços.

Mais uma ocorrência estranha. A sinhazinha me chamou no quarto dela esta tarde, ela estava sentada em sua cadeira e quando eu entrei ela apontou para um par de sapatos no chão. A sinhazinha tem diversos pares de sapatos e eu reconheci esse como um dos pares que ela usa em casa. Ela continuou apontando para eles enquanto olhava para mim e não dizia uma palavra. Não parecia haver nada fora do comum com os sapatos e então eu me perguntei por que ela estava chamando minha atenção para eles. Uma hora ela acabou falando. Você os limpou, Bessy, ontem ou anteontem? Pense bem, ela disse. Eu olhei para os sapatos. Eles estavam muito limpos, o brilho neles poderia refletir uma moeda. Por mais que eu quisesse alegar ter tanta experiência em polimento de sapatos, eu não poderia. Não, madame, eu disse. Trate de pensar, disse a sinhazinha. Você pode tê-los limpado e esquecido. Não, madame, eu disse de novo. É claro que eu lembraria de ter feito um polimento como aquele. A sinhazinha pareceu estranhamente satisfeita com aquilo e ainda assim um pouco congelada de pânico. E então ela me disse que eu podia sair. Eu estou um pouco preocupada com ela. Havia um sorriso apagado nos lábios dela quando eu saí do quarto mas seus olhos estavam fervendo como se ela estivesse com febre. Eu espero que ela esteja descansando o suficiente.

Terça-feira, 22 de dezembro

Algumas noites atrás mestre James quase comeu a cabeça da sinhazinha porque ela não parava de falar sobre os sapatos terem sido misteriosamente polidos, como se o fantasma tivesse feito isso. Ele gritou que ela estava sendo tola e que ele não queria ouvir mais uma palavra sobre esse assunto OU OUTRO! *E então ela não falou mais sobre isso na frente dele desde aquele momento.*

Isso posto, esses últimos dias têm sido muito quietos e mais uma vez eu começava a acreditar que estávamos voltando ao normal no Castelo Haivers quando algo aconteceu hoje que me fez pensar o contrário. A manhã começou normal o suficiente para mim, fui fazendo minhas tarefas como de praxe enquanto a sinhazinha escolhia tecidos no andar de cima. Por volta das 10h30 ela desceu até a sala de estar para fazer sua costura e eu levei chá para ela por volta das 11 horas, e foi quando eu estava acomodando a bandeja de chá que eu percebi algo debaixo da escrivaninha. Olhe, madame, eu disse. Alguma coisa caiu ali. Eu me abaixei para alcançar e puxei o objeto que era um grampo de cabelo de metal pintado com flores azuis como margaridas. Como isso veio parar aqui? eu disse e me viro para olhar para a sinhazinha. Puxa eu nunca tinha visto a cor sumir de um rosto tão rapidamente. Qual é o problema, madame?, eu disse. Esse grampo é seu? E eu o ofereci a ela. Ela se encolheu resmungando e cobrindo os olhos. Tire isso daqui tire isso daqui, tire isso da minha vista! ela falou. Mas o que eu vou fazer com isto?, eu gritei. Eu não me importo, gritou esganiçado a sinhazinha. Apenas se livre disso. Então eu corri da sala com o grampo e me certifiquei de colocá-lo em um lugar que a sinhazinha não visse. É um mistério para mim por que um grampo de cabelo causaria tanto aborrecimento em alguém mas isso não é da minha conta. De qualquer modo eu acredito que a sinhazinha tenha bons motivos já que ela não é de se aborrecer à toa. Nós não teríamos nenhuma ave especial no Natal pois mestre James não queria muita bagunça no dia. Mas por sorte uma raposa arrancou a asa de um ganso na fazenda e ele foi morto e vai para a mesa da festa, espero que sobre um pouco para mim.

Sexta-feira, 25 de dezembro

É dia de Natal e foi sossegado uma vez que a sinhazinha não tem se sentido muito bem. Ela mal comeu um pedaço do ganso no jantar. Não é uma carne boa para servir fria por causa da gordura mas vamos ter de nos ver com ela pelos próximos dias ou dá-la ao gato. A sinhazinha estava com um cheiro adorável de perfume de hibiscos, deve ter sido um presente de Natal do mestre. Amanhã é Dia de Santo Estevão, estou esperançosa.

Sábado, 26 de dezembro

A sinhazinha me deu um livro de presente ele é sobre uma empregada que é sequestrada por seu patrão porque ele se apaixonou por ela, eu estou achando que a garota é fraca, ela fica escrevendo cartas para todo mundo sobre seu estado o que é tão útil quanto uma dor de cabeça o que ela deveria fazer é bater nele. Mestre James me disse que eles não acreditavam em dar presentes apenas por dar mas que depois de pensar um pouco ele havia decidido me dar um lenço (liso). Eu não posso expressar quão agradecida estou com a generosidade dele. Um presente tão útil! Pois todo mundo sempre precisa de um lenço liso. De agora em diante toda vez que eu assoar o nariz eu vou pensar nele.

Também fiquei surpresa por ganhar um presente de Hector um saco de balas de anis, ele disse que lembrava que eu estava comendo isso no primeiro dia que ele me viu andando pela avenida principal e então ele sabia que eu gostava delas. Foi um pensamento gentil e eu me senti mal por não ter providenciado nada para ele. Ele vinha se comportando melhor ultimamente, ele é apenas jovem o que se pode esperar.

Mais tarde, a sinhazinha me chamou à sala de estar e perguntou se eu tinha começado a usar perfume. Não, madame, eu disse a ela. Pois é fato que eu não tenho nenhum perfume, apenas meu cheiro natural! A sinhazinha levantou e cheirou meu pescoço e meus pulsos, mas ela não sentiu o cheiro de nada ela pareceu por demais perturbada. Então ela começou a andar pela sala, cheirando o ar. Você não está sentindo esse cheiro? ela perguntou. Não, madame, eu disse. O que é que a senhora está sentindo?

Hibiscos, ela disse. Eu olhei para ela. Madame, eu disse. Mestre James não deu um perfume de hibiscos para a senhora de Natal? Não, ela disse. Ele não me deu nenhum perfume. Bem isso é estranho, eu disse. Pois eu pensei ter sentido cheiro de perfume de hibiscos na senhora ontem e prestei atenção nisso. Porque você normalmente usa perfume de rosas. Sim, ela disse, meu Attar of Roses. Eu não uso perfume de hibiscos. E então ela pareceu muito estranha e disse: Mas eu sei de alguém que usa.

Quem é, madame?, eu perguntei, mas ela apenas balançou a cabeça.

Fale-me se você vier a sentir cheiro de hibiscos por aqui, ela disse. E me chame imediatamente. Então ela saiu da sala cheirando o ar como um cão farejador, eu estou anotando isso aqui para ter certeza de me lembrar de contar a ela se eu sentir cheiro de hibiscos de novo.

Quinta-feira, 31 de dezembro

Depois de mais barulhos inexplicados na noite passada eu me arrisquei a fazer uma sugestão à sinhazinha esta manhã. Minha sugestão foi essa: Que nós devíamos uma hora à luz do dia subir ao sótão e inspecioná-lo de alto a baixo. Para tranquilizarmos nossas mentes de que lá em cima não há nada. À noite você imagina todos os tipos de horrores por causa do escuro. Mas quem sabe à luz do dia nós até encontramos o ninho do bicho qualquer quer que ele seja que esteja causando essas perturbações ou talvez o buraco em que ele esteja se enfiando. Mestre James só zombaria de nós ele diz que não tolerará mais nenhuma bobagem sobre fantasmas e então nós esperamos que ele saísse antes de nos armarmos com dois lampiões para iluminar cantos escuros e subirmos a escada. A sinhazinha começou por um canto do sótão e eu assumi o outro e reviramos o lugar de ponta-cabeça. Nenhuma de nós descobriu qualquer coisa fora do comum. Embora eu tenha encontrado uma lona velha que parecia merecer mais investigação mas quando chamei a atenção da sinhazinha ela me disse que deixasse aquilo para lá. Depois de uns dez minutos nos encontramos no meio do sótão sob a claraboia e confirmamos uma para a outra que não tínhamos achado nada.

Foi então que eu olhei para cima na direção da luz e percebi que alguém havia escrito alguma coisa na poeira da janela. Olhe aqui, eu disse à sinhazinha. Alguém escreveu alguma coisa na janela. Nós duas nos esticamos para cima nas pontas dos pés para ver com mais clareza. O que está escrito? perguntou a sinhazinha. Não consigo ver, ela disse. Eu es-

premi os olhos e li para ela. Diz alguma coisa alguma coisa milady. Espere um momento. Sim, estou vendo agora. Diz Me ajude milady.

E foi então que a sinhazinha caiu no chão em um desmaio ela simplesmente dobrou os joelhos e caiu como uma flor arrancada do caule. Eu tentei reanimá-la e gritei por socorro mas ninguém veio então eu tive de carregá-la sozinha para baixo e colocá-la na cama. Que é onde ela tem estado desde então.

TERCEIRA PARTE

12

Fico chocada mais uma vez

E foi então que a sinhazinha caiu no chão em um desmaio.

Bem, isso foi o que eu escrevi no meu diário. Porque eu pensei que ela provavelmente o leria depois, como sempre fazia, e havia algumas coisas que eu não queria que ela soubesse.

Mas espere até eu contar a você, o que realmente aconteceu naquela manhã foi bem pior, mesmo lembrando-me disso agora, depois de todos esses anos, enquanto minha pele se enruga. Consigo fechar os olhos e em um momento me colocar de volta lá no sótão com ela ao meu lado.

Ali está ela. Exausta por causa do esforço de nossa busca, a cabeça tombada para trás a fim de olhar para cima. Uma mecha de cabeço se soltou, pende ao lado de seu rosto, perto de sua covinha. Meu cabelo também está se soltando — pois não é que eu estava andando e bati a cabeça em uma porcaria de uma teia de aranha? Meu coração quase saiu pela boca e então eu tive de perder dez minutos batendo nos cabelos caso a aranha tivesse ficado presa em mim. Eu ainda estou um pouco sem fôlego por causa disso. Tanto eu quanto a sinhazinha colocamos nossos lampiões no chão. A chuva bate no vidro enquanto nos esticamos nas pontas dos pés para ver a janela mais claramente. A luz não está boa e a sinhazinha se apoia em mim para ver melhor.

— O que diz? — ela começa. — Não consigo ver.

Eu finjo que não consigo entender.

— Diz alguma coisa alguma coisa milady — eu digo a ela. — Espere um momento. Sim, estou vendo agora. Diz "Me ajude milady".

Nesse momento, a sinhazinha engasga, sim, ela engasga e agarra meu braço, bem acima do cotovelo. "Então as ovelhas fazem carinho nas mãos de seus algozes." (Ninguém disse isso, foi mais um pensamento na minha cabeça.) Solte, madame, é o que também estou pensando, pois suponho que ela simplesmente se assustou e me agarrou para se apoiar. Quanto a mim, ainda estou fazendo um esforço de atuação para ver a escrita "fantasmagórica". Então os barulhos começam a borbulhar na garganta dela. O primeiro não é mais do que uma tosse, uma limpada de garganta. Mas então ela começa a engasgar. Como se tivesse engolido uma aranha ou uma mosca e estivesse tentando expeli-la. Eu me viro para olhar para ela e a visão que me recebe espalha arrepios por toda minha espinha. Ela está olhando fixamente para a claraboia, mas sua expressão não mostra a atenção amena que eu esperava, em vez disso era como se alguma coisa tivesse tomado conta dela, como se ela estivesse em algum tipo de transe horroroso.

— Sinhazinha? — pergunto.

Sua boca se abre mas nenhuma palavra sai dela. Então, enquanto eu olho, a cabeça dela pende para o lado. A língua salta para fora e se mexe em espasmos, o som de engasgo em sua garganta agora parece uma ameaça vinda do fundo, Jesus amado, ela está tendo convulsões. Seus dedos agarram meu braço mas ela não parece mais consciente da minha presença. Seus ombros se mexem para a frente e para trás enquanto o som baixo da garganta começa a ficar mais alto e mais agudo e mais alto e mais alto até que ela está gritando, gritando com toda a força, o que provoca um zunido nos meus ouvidos. Sua boca se mexe, seus olhos viram para trás dentro das órbitas e no tom mais alto de seu grito seus olhos se arregalam. Ela me encara diretamente, a boa meio aberta, o olhar selvagem dentro do meu olhar horrorizado. E ainda assim ela grita. O som passa por mim, todo o meu corpo se arrepia, é como se ela estivesse eletrizada. Ainda assim eu não consigo soltar seus dedos do meu braço, estou aprisionada. Se eu conseguisse me livrar de suas garras então ela pararia. Mas como? Eu penso em dar uma cabeçada nela, mas isso não parece suficientemente forte, então, em vez disso (Deus me perdoe), eu dou um soco nela o mais forte que consigo, uma boa e velha paulada bem na mandíbula.

A cabeça dela tomba para trás, os dedos se soltam, ela se afasta de mim. Então ela dobra os joelhos e cai, cai como uma flor arrancada do caule. Ela cai de lado, faz um barulhão quando sua cabeça bate no chão. A poeira sobe, flutuando das ripas, e em volta dela se espalham as camadas de sua saia. Por um minuto eu fico parada ali petrificada, o punho ainda levantado. A sinhazinha caiu de lado, um braço esticado e os dedos curvados. Sai sangue pelos seus lábios. Fora isso o rosto dela está sem cor. Seus olhos estão fechados, sua boca pende, ela está caída como uma morta. Parece completamente sem vida.

Eu penso seriamente que posso estar em apuros.

Mais que isso, posso perder meu emprego. Por socá-la ou se for descoberto que a assombração foi invenção minha.

Na pior das hipóteses, ela está morta e eu sou uma assassina, destinada a ir diretamente para as Chamas Eternas.

Acho que entrei em pânico. Tenho a impressão de que a levantei e a levei para baixo, que a deitei em sua cama e corri para fora para procurar ajuda, que encontrei Hector por ali (ele estava martelando ripas para consertar uma cerca) e que eu o mandei correndo a Snatter para chamar o médico. Tudo isso eu percebi mais tarde mas não na hora. Em meu nervosismo, eu não estava consciente de nada até que voltei para o quarto e a vi deitada ali e a visão do corpo sem sentidos e o rosto apagado cortou meu coração.

Teias de aranha haviam se prendido em sua saia. Comecei a tirá-las e então pensei recomponha-se, pois para quê se preocupar com teias de aranha quando ela pode nem estar viva? Seria eu capaz de acordá-la? E se eu não fosse, que diabos eu falaria para mestre James e, oh, Jesus Cristo, eu iria mesmo para o inferno? E, para ser sincera, havia um outro pensamento bem no fundo da minha cabeça, um que eu empurrei para o canto — o que eu faria sem ela?

Gotas de sangue saíam de sua boca e escorriam pelo seu pescoço na direção da gola, formando uma mancha do tamanho de uma ameixa. E ainda assim ela não havia saído do transe. Esperando sentir o calor de sua respiração em minha face, eu me abaixei até que meu rosto ficasse próximo do dela, mas não senti nada. Eu me inclinei mais perto até que seus lábios estivessem quase tocando os meus. Nada saía deles.

Então era verdade — eu a havia matado!

Na minha imaginação eu já via meu corpo preso em toras, minha mãe na multidão liderando os arruaceiros.

E nesse exato momento, de repente, a sinhazinha abriu os olhos e agarrou meu braço. Eu quase saí do meu corpo e gritei e fiz menção de me soltar, mas ela me segurava firme e próxima a ela.

— É você — ela disse, muito baixo e devagar. — Eu sabia que era você.

Oh, Jesus amado, eu pensei. Ela me descobriu.

— Desde o início — ela disse. — Eu sabia.

Lágrimas começaram a escorrer de seus olhos e a molhar suas faces. Consumida como eu estava pela angústia e pela culpa, supus que eu a havia desapontado, e que ela sentia ter de me demitir, embora eu não pudesse deixar de notar que ela estava me encarando de forma estranha. Era como se ela estivesse esperando que eu dissesse alguma coisa, talvez inventar uma desculpa ou tentar mentir. Mas eu não conseguia. Não conseguia fazer isso.

— Por favor, me perdoe, madame — eu disse.

— Perdoar? — ela piscou, como que perplexa. — O que há para perdoar?

Enxerguei isso como sarcasmo, como se ela estivesse ainda mais furiosa comigo do que eu havia pensado. Mas então ela disse mais alguma coisa.

— Querida, é *você* que deve *me* perdoar.

Eu apenas olhei para ela. Mais lágrimas brotaram em seus olhos.

— Foi *minha* culpa — ela disse.

Por Deus, sobre o que ela estava falando?

— Eu nunca deveria... — Nesse ponto ela soluçou alto e gemeu. — Oh, Nora querida, foi tudo minha culpa. E agora você está morta e se foi. Eu sinto muito, Nora. Eu sinto tanto, querida. — Nesse instante, ela explodiu e começou a chorar em meus braços.

Fiquei parada ali, curvada, abraçando-a. Era uma posição demasiadamente desconfortável, mas eu não ousava, não podia me mexer.

Alisei suas costas e seus ombros. Por debaixo do tafetá, ela estava ardendo em febre.

Por Deus, o que eu havia feito? Ela estava fora de si!

— Shhh — eu disse a ela. — Está tudo bem, Arabella. Vai ficar tudo bem.

Depois de um tempinho ela perdeu os sentidos de novo e quando eu a acomodei ela não ficou deitada corretamente, mas jogada como um peixe na maré. De alguma forma eu a despi e coloquei uma camisola limpa nela e a ajeitei-me na cama. Ela não pesava mais que um travesseiro. (Embora depois de carregá-la do sótão eu estivesse em tamanho pânico que não pude perceber quão magra e frágil ela era.) Eu limpei o sangue e as lágrimas de seu rosto e então me afundei em uma cadeira de vime para tomar conta dela até que o médico chegasse, com as pernas fracas e a cabeça acelerada.

É claro que no começo eu só queria assustá-la um pouco. E por que não, eu pergunto a você? Pois é, por que não?, você responde. Bem, vou lhe dizer por que não. Ela havia me enganado e me traído e tirado vantagem de mim e cutucado meu passado, mais do que isso, ela havia dito algumas coisas podres sobre mim em seu maldito livro, sobre minha aparência e sobre como eu a seguia por todos os lugares como um porco do mato, tudo isso. Pareceu-me que um sustinho ou outro aqui e ali não era pedir demais como recompensa. Era só um susto, só isso. E, rapaz, oh, céus, foi divertido vê-la tão assustada e nervosa! Toda porta que batia fazia ela pular 2 metros do chão. E se acontecesse de eu chegar de repente de algum lugar que ela não estivesse esperando, ela tremia e levava as mãos ao peito.

— Oh, Bessy! — ela dizia. — Que susto você me deu! Veja só.

Então ela pegava minha mão e a colocava no lugar em que eu podia sentir seu coração disparado debaixo dos ossos. Bem, isso aconteceu algumas vezes, e ouso dizer que gostava. Era divertido ver que ela havia cismado com a ideia de que o fantasma era Nora. Eu explorei isso com as luvas e o grampo de cabelos e os hibiscos e o que aparecesse.

Mas eu não estava preparada para a reação dela ao escrito na janela. Eu havia colocado "milady" porque, de acordo com As *observações*, era assim que Nora chamava a sinhazinha. Mas agora... o que aconteceria se minha Arabella continuasse desenganada? E se (Deus me perdoe!) ela morresse?

Por quanto tempo eu fiquei sentada ali cuidando dela e me xingando por ser uma pessoa terrível eu não sei, parecia que minha vontade de viver havia desaparecido. Tentei me reconfortar dizendo a mim mesma que havia sido criada de um jeito errado e que eu não sabia, então não era realmente minha culpa, eu não poderia evitar o que eu havia feito. Mas uma voz dentro de mim continuava levantando objeções. Dizendo coisas como "Você poderia ter ido à missa quando estava na casa do Sr. Levy, pois ele deixaria você ir se você quisesse. Mas, ah, não, o que você fazia em vez disso aos domingos? Ficava mofando na cama e depois ia comer balas no parque." E essa voz dizia: "Você poderia ter perdoado a sinhazinha e sido humilde, ela é uma dama, afinal de contas." E dizia: "Criada de jeito errado ou não, você sabe distinguir o certo do errado."

Para me punir, decidi roer meu dedão até tirá-lo fora. E *comecei* a fazer isso e poderia até ter chegado ao meu objetivo, mas a tarefa se provou dolorosa demais e então, em vez disso, eu mordi meu braço com força, de forma que você ainda podia ver as marcas dos dentes dois dias depois. E embora eu nunca tenha sido muito de rezar, um sinal de quão desesperada eu estava é que me ajoelhei e juntei minhas mãos para rezar pela sinhazinha. Eu implorei e implorei de novo para que ela por favor melhorasse. Depois disso eu rezei para que eu pudesse me tornar uma menina melhor do que eu era e não ser mandada ao inferno. E então acabaram as coisas para dizer sobre isso e eu comecei a rezar para que o médico se apressasse e chegasse logo. Ele demorou uma eternidade... mas enfim eu ouvi um cavalgar na rua.

Corri até a cama e espiei a sinhazinha. Ela estava com o rosto em chamas agora, encharcada de suor, e respirava em solavancos. Mesmo nesse estado ela parecia saber que eu havia feito mal a ela, pois, quando encostei na mão dela, ela grunhiu e a afastou. Com um último olhar ao seu belo rosto, saí do quarto e fui correndo para o sótão.

Ali estava a claraboia suja... e, nela, a mensagem de que antes eu estava tão orgulhosa.

ME AJUDE MILADY

Eu tinha muitas razões para me livrar daquele escrito, sendo a maior delas a minha vergonha. Deus sabe que eu não queria arriscar que a sinhazinha visse aquilo de novo — pois veja o que lhe causara na primeira vez! E ouso dizer que eu não queria que mestre James descobrisse a mensagem. Eu tinha a sensação de que se ele virasse seu olhar de gelo para aquilo não levaria muito tempo até que ele dirigisse o mesmo olhar para *mim*.

Procurei em volta por um trapo para limpar meu crime, mas não encontrei nenhum. Então fiquei na ponta dos pés e esfreguei o vidro imundo com a manga da minha roupa até que qualquer evidência do escrito desaparecesse. Se fosse necessário, eu teria lambido até ficar limpo.

Quando saí do sótão, ouvi o som de passos apressados na sala. E quando cheguei ao andar de baixo, fiquei chocada ao ver mestre James subindo com McGregor-Robertson a todo o vapor. Para isso (o patrão) eu não estava preparada. Fiquei parada com a boca aberta quando a dupla passou por mim voando, dois homens: um borrão escuro de membros ombros cotovelos botas e a mala do médico e abas de casacos.

Mestre James me olhou feio quando eles passaram.

— Quero ter uma palavra com você depois — ele disse. — Agora desça e espere.

— Senhor! — eu disse. — A sinhazinha...

Mas, antes que eu pudesse continuar, eles já haviam desaparecido dentro do quarto dela e batido a porta na minha cara, deixando para trás apenas um rastro de fumaça de charuto.

***

De volta à cozinha, eu simplesmente fiquei sentada ali, me sentindo desolada, olhando para o fogo. Eu não conseguia me pôr a trabalhar de novo. Que importância tinham algumas migalhas e poeira? Nenhuma. Comecei a pensar se deveria fugir. Mas essa era a saída dos covardes. Eu não poderia fazer isso, especialmente porque a sinhazinha poderia pensar mal de mim. Então, depois de um tempo, eu tive uma ideia. Eu *sairia* à francesa, mas não sem me manifestar. O que eu faria seria escrever uma nota particular para a sinhazinha, confissão e pedido de desculpas completos. Dessa forma ela saberia que eu havia errado, mas eu teria assumido e dito que sentia muito. E à medida que o tempo passasse ela poderia encontrar um jeito de me perdoar.

Já me sentindo um pouco melhor, peguei um pedaço de papel e um lápis e escrevi.

> *Querida Madame. Sabe a senhora pensou que houvesse um fantasma na casa bem fui eu o tempo todo que fiz as assombrações, eu coloquei suas luvas na cama e escrevi a mensagem na janela e todas as outras coisas como andar no sótão eu fiz todas elas também. Eu não sei por que fiz isso, exceto que eu pensei que a senhora não gostasse mais de mim. Mas isso não é desculpa e eu espero que possa acreditar em mim quando eu digo que eu* SINTO MUITO DE VERDADE. *Eu tenho certeza de que a senhora entenderá que eu não posso mais ficar no Castelo Haivers. Eu espero que minha partida não seja inconveniente demais. A senhora encontrará alguém e é bom que ela saiba que menina de sorte ela é. Eu espero que a dor que causei se cure e que a senhora esteja se sentindo melhor. Mil desculpas por favor* ME PERDOE *eu não sou realmente* DUAS CARAS.
>
> *Sua muito devotada empregada*
> *Bessy*
>
> *P.S.: Eu também a soquei no rosto quando a senhora teve convulsões no sótão mas isso foi só porque eu queria que a senhora voltasse a si. Eu jamais teria batido na senhora por*

outra razão. Eu só queria que a senhora soubesse disso caso a senhora se lembrasse e fizesse uma ideia errada de mim.

P.P.S.: Eu também mexi nas suas gavetas um tempo atrás e li o que a senhora escreveu sobre mim em seu livro. Foi um choque para mim ver algumas daquelas coisas que a senhora disse e eu me magoei mas agora que estou sentada aqui rabiscando esta carta eu me pego pensando que dama verdadeiramente maravilhosa a senhora deve ser pois soube esse tempo todo o que eu era antes e você nunca mencionou isso nenhuma vez nem me tratou de forma diferente (não por causa disso pelo menos) nem me mandou embora e não há muita gente que teria feito o mesmo. Então sou grata.

P.P.P.S.: Que a próxima seja uma menina melhor do que eu fui, eu espero que seu livro dê certo, ele é muito benfeito.

Minha alma se elevou quando acabei a carta, pelo menos eu tinha feito a coisa certa e confessado. Talvez eu fosse boa, no fim das contas. Na verdade é um mistério como não saí flutuando pela janela, pois eu me sentia uma santa. Fiquei tentada a sair pela porta da cozinha naquele momento, mas quando eu estava prestes a fazer isso ouvi passos correndo para baixo e o patrão chamando.

— Bessy! Bessy!

Nisso meu coração saiu pela boca e bateu as asas entre meus ouvidos. Na minha cabeça eu via a sinhazinha deitada vestida de branco, cercada por anjos de ouro. Então eu tive uma visão dela com os cabelos todos selvagens e emaranhados, acorrentada em um hospício, gritando "Nora! Nora!". Em seguida ela aparecia bem-vestida, mas parecendo severa ali parada à porta da casa, me apontando (com expressão de pesar) a direção da Great Road. Então uma visão final, dessa vez um retorno à época dos enforcamentos e surgia minha mãe, jogando a cabeça para trás e gargalhando enquanto meu corpo balançava para a frente e para trás.

Todas essas visões não duraram mais do que alguns segundos. Eu olhei na direção da porta da cozinha — eu poderia ter saído e desaparecido no meio das árvores antes que alguém notasse. Em vez disso, o que fiz foi me apoiar na mesa por um segundo para recuperar o equilíbrio. Então eu coloquei a carta no bolso do meu avental e cruzei a passagem para a sala para enfrentar o patrão. Tudo muito nobre, sim, sim. Mas eu estava praticamente me arrastando, se vocês querem saber a verdade, ou talvez vocês não queiram.

Os dois cavalheiros estavam fora do escritório conversando baixinho. Quando me aproximei, mestre James gesticulou que era para eu esperar onde estava, a uma pequena distância deles. Ele e o médico trocaram mais algumas palavras apressadas e então cumprimentaram-se em despedida. O patrão entrou em seu escritório e, sem me olhar novamente, fechou a porta. O que deduzir disso eu não sabia, mas não parecia coisa boa.

No mesmo instante, o médico se virou na minha direção. Era impossível dizer qualquer coisa sobre sua expressão; ele não era um homem animado nem mesmo em seus melhores momentos — eu já tinha visto mais expressão em um pernil. Hoje não foi exceção. O que tornava a coisa ainda pior é que ele nunca te olhava nos olhos. Estava sempre olhando para os lados, e se ele alguma vez encarasse você, era uma dessas figuras condescendentes que falam com você de olhos fechados, como se não achassem que valia a pena incluir você no campo de visão.

— Senhor, posso fazer alguma coisa? Ela está bem, senhor? Devo subir e vê-la?

Sem responder, McGregor-Robertson pousou sua maleta no chão da sala. Então tirou as luvas do bolso e começou a colocá-las, dedo a dedo. Fiquei parada em silêncio, aguardando meu destino. Deveria eu chamar o médico legista? Ou teria a sinhazinha ficado louca?

Uma vez com as luvas colocadas de acordo com sua vontade, o médico se dirigiu ao corrimão com severidade.

— Bem, sua senhora sofreu um pequeno colapso. Você sabe como isso aconteceu?

Minha confissão era para a sinhazinha, não para ele, então eu senti só uma lasquinha de culpa ao responder:

— Não sei, senhor. Mas ela vai ficar bem?

— Isso depende — ele disse. — Temo que os sintomas dela sejam muito mais complicados do que um simples desmaio. Seu estado é grave. Ela pode ficar bem mal.

As palavras dele me atingiram como um raio. Bem mal. Mais complicados. Grave. Isso depende. Oh, se eu ao menos pudesse trocar de lugar com ela! Eu teria feito isso em um segundo, teria, sim. Eu teria arrancado a pele do meu próprio rosto com uma faca cega, se isso a ajudasse. Mas o médico ainda estava falando.

— Bem, por enquanto — ele disse — ela não se encontra em estado lúcido. Ela falou apenas algumas palavras.

— O que ela falou?

Ele balançou a cabeça.

— Não vale a pena repetir, pois nada faz o menor sentido.

— E... e o sangue na boca, senhor? Ela está ferida?

— Na boca? Oh, bem... ela deve ter batido o lábio quando caiu. Não, é um corte mínimo, nada com que se preocupar. O que me preocupa é a febre e o estado de nervos em que ela está. Esses próximos dias são cruciais. Ela precisará de cuidados, alguém que a observe durante a noite, alguém que mantenha a temperatura dela baixa e me chame se o estado dela piorar. Você é capaz disso, menina? Ou quer que eu mande vir uma mulher da vila ou da fazenda?

Ele falou isso dirigindo-se ao salão. Durante toda a conversa ele não olhou para mim nenhuma vez. Se por timidez ou condescendência, era difícil dizer, mas dava a impressão de que ele não me tinha em alto conceito.

— Eu faço o que for preciso, senhor — eu disse. — Não há necessidade de mandar ninguém, sou totalmente capaz de cuidar de minha sinhazinha.

Ele olhou para mim pela primeira vez.

— Você está chorando, menina?

— Não, senhor — eu disse. — De forma alguma. Agora pode por favor me dizer o que eu tenho de fazer para a sinhazinha melhorar?

***

Durante todo esse tempo, não ouvi nem um pio do mestre James. A porta do escritório continuava definitivamente fechada. Depois que acompanhei o médico até a saída, fui até a cozinha e comecei a juntar as coisas de que precisaria. Encontrei Hector no quintal e deleguei a ele a função de alimentar os animais e algumas outras tarefas e então fui para o andar de cima. Por enquanto, tirei da cabeça os pensamentos de ir embora — isso poderia esperar até a sinhazinha melhorar. Resolvi ajudá-la a melhorar e então fugir logo em seguida, largando para trás meu bilhete como explicação. Tudo o que eu poderia esperar era que ela se recuperasse. Eu explodiria meu rabo para fazer isso acontecer.

Eu a encontrei adormecida, mas inquieta. Jesus amado, ela estava mais quente do que torta de maçã, e então eu coloquei alguns panos frios na sua testa e na sua garganta como o médico havia me instruído e então acendi o fogo. Quando ele começou a queimar eu arrastei a cadeira de vime para o lado da cama e iniciei um rodízio com os panos, tirando-os e botando-os na água fria e sobre a pele da sinhazinha.

Mais ou menos uma hora se passou desse modo. Já tinha escurecido desde a primeira vez em que me sentara e eu ainda não tinha acendido uma vela; a única luz vinha da lareira. De quando em quando a sinhazinha grunhia e suas pálpebras agitavam-se. Eu devia estar bem compenetrada na minha tarefa porque eu me assustei quando a porta do quarto se abriu e ao me virar vi um vulto parado dentro do quarto. Mestre James. Ele fechou a porta mas não se aproximou da cama.

— Diga-me como a paciente está — ele falou. Seus olhos estavam faiscantes à luz do fogo; o resto de seu rosto estava na sombra.

Eu me ocupei torcendo os panos, feliz por ter alguma coisa para fazer.

— Ela está na mesma, senhor. Ainda tem febre.

Eu estava tentando fazer minha voz soar normal, mas ela tremeu; graças a Deus o quarto estava escuro e meu rosto ficou meio escondido.

— O médico me disse que esse colapso foi por causa de nervoso ou algo assim.

— Sim, senhor.

Mestre James foi até o pé da cama. Olhou a pessoa prostrada sob as cobertas e então olhou para mim. O que ele via parecia não agradá-lo.

— Sua trança está solta — ele disse.

Ele estava certo, estava sim. Eu não havia pensado nisso desde que batera meus cabelos no sótão. Comecei a arrumar algumas mechas soltas.

— Isso não tem importância agora — ele disse. — Agora, eu estou mais interessado em saber de você, com suas próprias palavras, o que aconteceu hoje.

Ele colocou uma mão para o lado e, com a outra mão no bolso, esperou que eu falasse.

— Bem, senhor — disse eu, com cuidado. — Não há muito a dizer. Ela teve um colapso, mas eu tenho certeza de que ela logo estará de volta a si. O médico me disse como cuidar dela e eu vou fazer isso, senhor, tudinho, o senhor não vai precisar levantar um dedo. Vou fazê-la melhorar, espere só para ver. E vou preparar o jantar para você em um minuto também. Quer filé de carneiro, senhor, ou sardinhas? Uma peixeira passou por aqui de manhã.

Os cantos de seus lábios viraram para cima, mas era um sorriso sem prazer, não um sorriso de felicidade; a qualquer momento ele poderia atacar.

— Seja uma boa menina e me conte — ele disse. — O que causou o colapso?

— Eu não sou médica, senhor.

— Ora vamos, Bessy — ele disse. — Você deve ter alguma ideia sobre o assunto. Eu acho que você tem.

— Eu, senhor? Nenhuma ideia mesmo, senhor, não há um pensamento sequer na minha cabeça. Juro por Deus, senhor. — (Nesse preciso momento minhas mãos estavam submersas em uma tigela de água fria.)

Mestre James inclinou-se para mexer na lenha. Então ele colocou o espeto de volta no gancho e ficou olhando ele balançar para um lado e para o outro por um momento.

— É claro — ele disse, muito casualmente. — Creio que nada disso tenha qualquer coisa a ver com *fantasmas*.

Aí estava o ataque, se é que eu já tinha ouvido um. Fiz minha cara mais inocente.

— Fantasmas, senhor?

— Seria inconcebível — ele disse (gesticulando com as mãos como se estivesse fazendo um discurso) — que fantasmas ou vultos ou espíritos ou como quer que você queira chamá-los estejam envolvidos nesse colapso. Sou capaz de brigar com qualquer um que sugerisse isso.

Aqui ele parou e eu percebi que ele estava esperando algum tipo de resposta. Mas nesse momento a sinhazinha resmungou e se virou, fazendo os panos de sua cabeça caírem. Eu os descartei e peguei outros frescos da tigela e então gastei algum tempo arrumando-os na testa dela. Quando olhei de novo para mestre James, ele estava me encarando com ansiedade.

— Qual era a pergunta, senhor?

Ele suspirou e me olhou com um ar cansado.

— Nas últimas semanas minha esposa tem ficado agitada. Ela parece acreditar que a casa esteja assombrada. Aí hoje nós a vemos ter um colapso e um ataque de nervos. E você está me dizendo que na sua opinião esse colapso e toda essa bobagem na cabeça dela sobre fantasmas não estão relacionados.

— Acho que é isso, senhor.

— Você não tem ideia do que tenha feito minha esposa ter um colapso.

— Não, senhor.

— Nesse caso, eu concluo que você não estava com ela na hora.

— Eu não estava, senhor.

— Diga a verdade, Bessy, por pior que seja.

Que verdade o quê, o que havia de pior ali era eu! Encurralada como eu estava a ponto de falar uma série de mentiras, bem quando eu estava prestes a virar a página! Para meu próprio bem, eu tinha superado a preocupação, tinha minha confissão escrita para a sinhazinha. Mas eu não queria causar problemas para ela com o marido e sabia que ele ficaria furioso se eu lhe contasse que estávamos caçando um fantasma no sótão.

— Senhor — eu disse. — Eu não sei o que mais o senhor quer que eu diga.

Por um momento seus olhos brilharam com as chamas da lareira enquanto ele continuava a me estudar. Então ele pareceu deixar o assunto de lado. Fungou e cutucou a ponta do nariz, esfregando com força, então pegou o lenço e o assoou várias vezes.

— Muito bem — disse ele, quando já tinha cutucado o nariz. — De qualquer forma, é de meu interesse saber se aconteceram coisas similares recentemente. Quaisquer outras tonturas, por exemplo.

— Não, senhor. Nadinha.

— Suponho que você acredite que sua senhora esteja em boa forma.

— Eu acredito, senhor. Bem, eu acreditava, até hoje.

— Muito bem — ele disse. — Porco.

— Perdão?

— Você perguntou o que eu gostaria de comer. Eu estava informando a minha preferência.

— Ah, *porco* — eu disse. — Por um minuto, achei que o senhor estivesse me xingando.

Não creio que ele tenha me ouvido; estava encarando sua esposa com uma expressão desanimada. Ele parecia tanto de luto quanto um pouco irritado. Depois de um momento, ele se virou e saiu do quarto, sem mais nenhuma palavra.

A sinhazinha lutou contra a febre durante toda a noite e a madrugada. Primeiro seu estado piorou e eu quase mandei chamar o médico, mas parece que a aplicação dos panos frios baixou sua temperatura e a deixou menos inquieta. Mestre James meteu o nariz na porta mais uma vez antes de ir para a cama, mas quando viu que sua esposa ainda estava inconsciente ele saiu de fininho. A meia-noite veio e passou. O Ano-Novo! Mas não havia celebração para nós. Por volta de 1 hora da manhã, um vendaval rondou a casa, fez bater as janelas e entrou pela chaminé, espalhando fuligem por todo o quarto. Nuvens de fuligem caíram sobre mim e a sinhazinha. Tive de limpá-las do belo rosto dela. Tão bonita ela era! Mas nada parecia acordá-la, ela dormiu durante isso tudo como um bebê.

Eu disse a mim mesma que faria mingau para ela na manhã seguinte se ela estivesse bem o suficiente para tomá-lo. Sorte da sinhazinha não ser minha mãe quem cuidava dela. Bridget nunca pensaria em fazer mingau, ela não cozinhava se pudesse evitar. E Joe Dimpsey não era melhor, ele sempre dava o mesmo conselho para alguém doente: "Uma dose de uísque e uma boa trepada, e você estará novo em folha", ele costumava dizer.

Não acho que eu recomendaria *essa* cura em particular para a sinhazinha.

A certa altura, eu deitei ao lado dela e a aconcheguei em meus braços. Eu não tinha nenhuma intenção de desrespeito com isso, só queria confortá-la. Ao menos havia alguém para cuidar dela. Mesmo que fosse eu — uma menina má que estava tentando virar a página. Eu ficava inventando desculpas para justificar minha crueldade. Normalmente eu não sou de analisar as coisas, mas mais uma vez eu não conseguia evitar longas teorias furadas sobre o jeito como fui criada. "Se ao menos" isso e "se ao menos" aquilo. Se ao menos minha mãe não tivesse sido o que foi etc. Enquanto estava ali deitada com a sinhazinha, eu me lembrei dos velhos tempos em que Bridget e eu sempre costumávamos nos aninhar na mesma cama em Dublin. Isto é, antes de Joe chegar. Depois disso eu passei a ficar sobre um colchão fino no chão. O mesmo colchão fino em que eu estava sentada quando minha mãe pintou meu rosto, pela primeira vez. E eu lembrei que assim que ela acabou meu rosto ela pintou o dela, então me acompanhou para fora do quarto e para o andar de baixo. Na rua, ela parou para examinar seu reflexo no vidro de uma janela e então sorriu para mim.

— Quem sou eu? — ela disse.

Não, ela não havia perdido a consciência. Isso era algo que ela sempre me perguntava e eu era bem treinada para dar a resposta esperada:

— Você é minha irmã mais velha — eu disse.

— Absolutamente certo — disse Bridget.

Isso era uma pequena vaidade dela. Bridget não gostava que as pessoas achassem que ela tinha uma filha, então eu sempre dizia que éramos irmãs e era assim que éramos conhecidas aonde quer que fôssemos.

Ela me levou a uma rua larga e movimentada e me colocou sob um poste de luz ao lado de uma fila de taxistas, muitos dos quais estavam dormindo sentados nos degraus de seus carros.

— Sorria, querida — minha mãe disse. — E continue sorrindo.

Duas de suas colegas estavam ali com toda a sua finesse, Kate e Eliza Rosa, elas estavam sob outros postes de luz esperando alguém (ou foi isso que pensei). Minha mãe foi falar com elas e todas as três viraram e olharam para mim. Eliza Rosa parecia atormentada ao me ver, por alguma razão, mas Kate falou, toda animada:

— Se alguma coisa começar a cair, querida, me procure e eu te empresto um pouco de goma para tecido!

Não entendi esse comentário ou por que ele a fez rir tão estridentemente, mas concluí que isso provavelmente tinha a ver com negócios de guarda-chuvas. Nem Eliza Rosa nem minha mãe pareceram concordar com o conselho de Kate, pois Eliza deu um empurrão nela e minha mãe fez cara feia e voltou para ficar comigo.

Quando um cavalheiro em roupas finas se aproximou de nós, eu presumi que ele fosse o dono da loja de guarda-chuvas. Ele parecia ser o tipo feliz que tocaria um negócio desse tipo. Suas bochechas eram rosadas, as pontas de seu bigode engomadas. Ele usava uma rosa na lapela e um cachecol bastante colorido. Minha mãe caminhou com ele, subindo um pouco a rua. Eu não conseguia ouvir o que eles estavam falando, mas não havia dúvida de que eu era o assunto em discussão, pois ambos lançavam olhares na minha direção e uma ou duas vezes, quando o cavalheiro não estava olhando, minha mãe me encarou e arregalou os olhos e arreganhou os dentes como um cavalo selvagem, o que primeiro eu achei estranho, até que percebi que era um lembrete para eu sorrir.

O homem deu alguma coisa a ela e então ela veio até mim e ajoelhou para me olhar no rosto.

— Me ouça aqui — ela disse. — Eu quero que você vá com esse cavalheiro e faça o que tiver de fazer e seja educada e correta. E se você fizer isso direito e for boazinha, então eu e o Joe deixaremos você vir conosco. Está me ouvindo?

Como eu não ouviria? Ela estava a meio palmo de distância de mim.

Eu fui com o homem, como ela me mandou. Nós nos afastamos das ruas movimentadas. Todas as vezes que ele olhava na minha direção, eu tratava de sorrir. Em um determinado momento (eu sempre me lembrarei isso), ele limpou a garganta e disse, de um modo bastante acusatório:

— Se você fosse uma habitante do continente africano, você muito provavelmente estaria casada a esta altura com um nativo bem escuro com um osso no nariz.

Não tendo estado muito em sociedade e não sabendo bem como responder a essa observação com educação, eu decidi não dizer nada. Um minuto inteiro de contemplação se passou. Finalmente o cavalheiro disse:

— Vejo que você gostaria disso.

— O quê, senhor? Perdão?

— Você *gostaria* de ser casada com um nativo com um osso no nariz.

Eu balancei a cabeça.

— Oh, não, senhor, eu... eu não acho que gostaria disso, de jeito nenhum.

— Então por que você está sorrindo tanto?

— Eu não sei, senhor.

Isso o divertiu bastante, pois ele caiu na gargalhada, mas então de repente ficou em silêncio e franziu a testa para mim.

— Talvez você seja uma simplória — ele disse brevemente. Ele começou a me examinar mais de perto enquanto andávamos, analisando meu rosto à procura de sinais de idiotice.

— Pare com isso! — eu gritei, então lembrei que eu deveria ser educada. — Senhor, perdoe-me, eu não sou simplória. Eu sou rápida para entender as coisas. E farei exatamente o que me mandar.

— Fico feliz por ouvir isso — ele disse. — Pelo menos você parou de rir como uma lunática.

De fato eu parei, pois de repente comecei a sentir vontade de chorar. Toda essa conversa estranha de homens escuros e de lunáticos. Eu queria que minha mãe viesse e me buscasse e nós fôssemos para casa. Mas então eu lembrei que ela e o Joe estavam indo para a Escócia e eu tinha de ir com esse homem e fazer o que fosse pedido, ou então eu seria deixada para trás, comendo sobras e dormindo nos degraus do verdureiro.

Depois de algum tempo de caminhada, o homem me guiou até um beco na lateral de um teatro. Eu nunca havia ido ao teatro antes. Uma vez ou outra, eu tinha ouvido algumas das histórias de minha mãe sobre uma ocasião em que eles se esgueiraram por uma porta dos fundos e conseguiram ver o palco, no qual o inimitável John Drew em pessoa se apresentava. Acho que talvez eu tenha imaginado que esse cavalheiro também soubesse algum caminho secreto para entrar e estivesse me levando para ver o fim da peça antes que fôssemos ao trabalho. E então eu fui com ele bastante animada.

Mais ou menos na metade do beco, ele me levou a um canto escuro. Havia de fato uma entrada ali, mas a porta estava fechada e trancada com uma corrente pesada. Ao descobrir isso, eu senti por um momento a decepção de que não iríamos ver apresentação nenhuma, mas isso foi rapidamente substituído pelo pânico quando o cavalheiro se abaixou e enfiou a língua na minha orelha, me segurando. Eu lutei para escapar mas não havia como sair dali enquanto ele me encurralava em uma quina. Eu estava levemente consciente de certas coisas acontecendo, o chapéu dele caindo no chão e rolando longe, algumas tentativas de abertura desesperadas na região da braguilha dele, uma sensação de ser levantada enquanto ele me espremia contra a parede. Eu não sabia muito naqueles dias, mas já tinha visto o suficiente para perceber o que estava prestes a ocorrer, e eu não estava certa se gostava disso ou não. Com certeza, eu pensei, não era isso o que minha mãe tinha em mente.

— Perdão, senhor — eu disse. — Mas e quanto aos guarda-chuvas?

O canto era escuro e eu não podia ver o rosto dele, mas ele hesitou.

— Guarda-chuvas? — ele disse, e não foi de forma grosseira. — O que você quer dizer?

— Senhor, é isso o que eu *devo* fazer?

Ele alisou minha cabeça e suspirou.

— Sim, querida. E você está indo muito bem. Apenas fique parada e... me deixe... — Ele fez alguns pequenos ajustes nas minhas roupas íntimas. — Assim está melhor. Você está bem?

Eu fiz que sim com a cabeça, torcendo para que ele não pudesse ver que meus olhos estavam cheios de lágrimas. Estava bastante claro para mim o que iria acontecer.

— Agora, então — ele disse —, que está tudo bem, como você deve saber, isso deve lhe causar um pouquinho de desconforto.

Quando chegou às vias de fato, eu não podia suportar o pensamento do pinto grande e imundo dele em qualquer lugar perto de mim e então eu imaginei que no lugar dele havia nada mais sinistro do que um guarda-chuva (de fato, poderia ter sido um guarda-chuva mesmo, pela dor que causou em mim), um guarda-chuva de homem, acetinado e aberto, exatamente como o que eu teria feito na loja, se tivéssemos alguma vez ido lá e a loja houvesse existido, o que — finalmente estava ficando claro para mim — nunca foi o caso.

Eu fui virgem em mais cinco ocasiões naquela semana, cada vez com um homem diferente, e no sábado nós tínhamos o suficiente para pagar nossas passagens para a Scratchland. No começo minha mãe dizia que o Joe viajaria conosco no mesmo barco. E então, à medida que a data de nossa partida se aproximava, ela começou a dizer que ele tinha ido na frente e nós o encontraríamos em Glasgow. Quando pressionada para ser mais específica em relação a quando e onde, o melhor que minha mãe conseguiu dizer foi "Não se preocupe".

Acho que foi por volta desse momento que comecei a suspeitar que sua história sobre a reconciliação emocionante no porto poderia não ser verdade. Mas fiquei com a matraca fechada e tentei não pensar nisso, eu nunca teria conseguido colocar em palavras naquela época, mas eu acho que as consequências eram muito dolorosas para serem sequer consideradas.

Depois de Dublin, Glasgow me pareceu enorme, barulhenta e cheia de gente louca. No primeiro minuto após o desembarque, eu vi uma mulher adulta de quatro latindo como um cachorro, um homem que tocava um violino feito do crânio de um cavalo acrescido de cordas e um menino girando um peixe em volta da cabeça até que as tripas nojentas voaram para fora como serpentinas. Sobre todos nós, enquanto andávamos pelo porto, havia um terrível céu aceso com fogo e fumaça preta que pareciam saídos das mandíbulas do inferno, mas na verdade vinham das fábricas de ferro Dixon do outro lado do rio. E o valente Joe Dimpsey, o homem amoroso, nos esperando na saída, todo cheio de sorrisos e boas-vindas calorosas? Que nada.

Minha mãe conseguiu um quarto na Stockwell Street perto das docas e passou os primeiros dias procurando por Joe. Ela foi a todas as pistas de corrida, a todos os bares, a todos os abrigos e salões de dança, e quando nada disso a fez encontrá-lo ela colocou um anúncio no *Herald* oferecendo uma recompensa por informações sobre seu paradeiro. Mas não recebemos nada.

Depois de aproximadamente uma semana, quando o dinheiro acabou, ela me colocou para trabalhar. Ela estava semiaposentada, dizia. Tinha se gastado por anos para colocar comida na mesa para mim e roupas no meu corpo. Agora que eu já estava arrombada, era minha vez de fazer a grana pingar diariamente, e ela iria comigo apenas quando tivesse vontade.

Daquele dia em diante, foi como se todos os meus pensamentos e sentimentos estivessem presos no meu peito, espremidos juntos, ocupando todo o espaço e tornando a respiração difícil. Mas eu não conhecia outro jeito de viver e então empurrei quaisquer dúvidas para o fundo da minha cabeça e fiz o que me fora mandado. Além disso, eu tinha muito medo da minha mãe.

À medida que o tempo passou, ela me ensinou algumas das mais sofisticadas artes do negócio (que certamente vocês me perdoarão por eu não descrevê-las aqui) e pouco tempo depois ela havia conseguido nos colocar em um catálogo de circulação privada chamado "Damas

Esportivas de Glasgow", em que eu era apresentada como "Botão de rosa, uma mocinha perfeita e cerosa" (suspeito que ela quisesse dizer "cheirosa") "que, apesar de sua pouca idade, gosta de tocar flauta e o faz muito bem". Minha mãe havia se descrito como "Desabrochada bela Helena de Troia, cujos extraordinários pontos positivos não têm rival neste mundo ou em outro".

Em pouco tempo estávamos tão na ativa quanto as meninas locais, sendo que a maioria delas acabava se revelando ser originária do outro lado da água, e então havia algo em comum ali. O sábado e a segunda-feira eram noites boas, porque o domingo era "seco" e todo mundo bebia mais para compensar. Mas todas nós, meninas, estávamos competindo umas com as outras por trabalho e, a não ser que você tivesse uma beleza devastadora ou oferecesse um "serviço" especial ou outro, era difícil sobreviver. Especialmente do jeito que minha mãe bebia. Logo fomos expulsas da Stockwell Street por não pagarmos o aluguel e acabamos em um quarto de porão na Gallowgate — não compartilhado, graças a Deus, mas o ar era gelado, tanto no inverno quanto no verão, e as roupas ficavam úmidas se você as tirasse por um segundo que fosse. O único jeito de ficar aquecida, minha mãe dizia, era tomar mais um copo.

Depois da mudança para a Gallowgate, ela parecia ter esquecido totalmente Joe Dimpsey. Encontrou novas companhias e inevitavelmente estava sempre com diversos homens. A questão era que a minha mãe nunca estava feliz a não ser que houvesse alguns homens em uma fila esperando por ela. E ela não podia simplesmente atender a qualquer velho, eles tinham de ter algum talento que os destacassem do comum. Vejam meu dito pai Whacker McPartland. Era de seu pinto gigante e de seu talento para dançar que ela gostava de se gabar. E Joe Dimpsey era notavelmente bonito, mas o que ela gostava mesmo que todos soubessem era que ele tinha gênio forte e a possibilidade, ainda que pequena, de um dia ir para a universidade. Ela estava sempre sonhando alto demais.

O primeiro homem que ela atendeu em Glasgow foi um porteiro noturno do hotel Tontine. Não havia nada de muito especial que você pudesse dizer sobre ele mas esse sujeito era um italiano de nome Marco que ela encontrou no teatro Parry. Marco, o porteiro, tinha um rosto de camelo doente. Ele era conhecido por lá como Macaroni porque as pessoas eram burras e essa era a única palavra em italiano que elas conheciam. Marco era mentiroso como o diabo, as histórias dele sempre mudavam. Ora ele era de Roma, ora de Verona. Algumas vezes ele alegava estar exilado. Exilado uma ova. Se o expulsaram do país dele, só pode ter sido porque estavam de saco cheio dele até o último fio de cabelo, aquele ladrãozinho mentiroso. Outras vezes, quando ele já tinha bebido um pouco além da conta, ele dizia que era de origem nobre, o que, por causa de seu sotaque, sempre gerava situações hilárias, especialmente quando ele tentava ser específico sobre seu título. "Eu sou um babão", ele dizia, e não havia quem duvidasse disso. Graças a Deus, minha mãe logo se cansou dele. No fim, ela o enxotou por ele ter acabado com uma garrafa dela enquanto ela dormia. Ela ainda o manteve na fila reserva como um de seus acompanhantes, mas quando ele não estava por perto, ela passava horas falando sobre os defeitos de Marco e dizendo como sentia pena dele, que ele só merecia pena — que era um modo de ela se colocar acima das pessoas.

Depois disso, ela passou por alguns outros tipos, cada qual pior que o anterior. Minhas lembranças daquele tempo são vagas, pois eu logo, assim como minha mãe, comecei a recorrer à bebida para manter o ânimo. Naqueles dias, se eu saísse sem beber, era melhor nem ter saído, eu não faturava nem meio centavo, pois não conseguia sequer falar com algum homem. É claro que eu fui ficando menos tímida com o passar dos meses e no fim eu parecia tão "galante" quanto qualquer menina, mas àquela altura eu já estava muito afundada no vício para dispensar meus goles matinais e todos os outros que viessem depois.

E então dois ou três anos se passaram desse jeito. Não sei dizer se eu era alegre ou triste. Eu não sentia muito de nada. Acredito que em algum lugar lá no fundo eu sabia que o que eu fazia era errado. Um cavalheiro que encontrei me deu 2 xelins para apenas conversar com ele sobre minha vida. Era um inglês, membro de algum tipo de sociedade, e ansiava por me apontar o que havia de errado na vida que eu escolhera. Eu não tinha respostas para ele. Estava apenas fascinada porque ele me tratava de "ti" e "tu", o que eu achava muito requintado, nunca tinha ouvido algo assim. Por um xelim a mais ele pediu para ver onde eu dormia e eu pensei comigo mesma, agora sim, ele vai estar se esfregando em mim antes de passarmos pela porta. Mas depois de dar uma olhada no quarto ele foi embora e a única coisa que ele esfregou em mim foi um panfleto que ele me deu na saída. Eu não tinha ideia do que estava escrito ali porque naquele tempo eu não sabia ler, além disso minha mãe usou aquele papel para acender o fogo quando chegou em casa. Para dizer a verdade, ela sabia ler e escrever um pouco, tendo frequentado a escola por alguns anos quando era menina, mas ela não havia me passado nada do que tinha aprendido. Tudo o que ela havia me ensinado era como dar prazer a um homem.

Foi nessa época que eu comecei a ter pesadelos. Em vez de dois ou três drinques, eu estava tomando vários. Não sei quantos exatamente. Só para esquecer o que eu tinha feito. As coisas terríveis que eu tinha feito, que minha mãe me obrigava a fazer, para "manter os cavalheiros interessados".

Graças a Deus por meu Sr. Levy, pois ele me salvou. Pobre Sr. Levy! Já se foi para o Reino dos Céus, ou para onde quer que os judeus se vão. Fiquei de coração partido quando ele morreu. E eu temia voltar para minha mãe. Eu me lembrava daquela manhã, depois de eu ter sido expulsa da Crown House e ter me arrastado de volta à Gallowgate, passando pelas ruas de ponto procurando por ela e espiando nosso quarto, mas no fim a encontrei no Dobbies, já bêbada de gim. Marco, o porteiro, estava sentado ao lado dela, tombado sobre a mesa.

— Jesus todo-poderoso! — minha mãe gritou quando me viu em meio a toda aquela gente, andando na direção dela. — Que diabos deram para você comer? Sua cara está terrível de gorda!

Então ela riu jogando a cabeça para trás. Ali estava eu, de volta para casa havia menos de um minuto e já tinha tanta coisa me irritando que era difícil saber por onde começar. Marco me espiou com os olhos turvos.

— Eu sou é um exilado, se você quer saber! — ele disse. — Você não é digna de lamber meus sapatos. — Então ele caiu na mesa de novo.

Enquanto isso, minha mãe estava acenando para alguém atrás de mim, no bar.

— Iurru! — ela grunhiu. — Venha ver quem está aqui!

Eu virei e quase desmaiei. Ali, postado contra a parede em uma profunda discussão com outro homem (e, para dizer a verdade, ignorando minha mãe), estava ninguém menos do que o valente Joe Dimpsey em pessoa. Com o rosto mais fino e um novo bigode, mas não havia nenhuma dúvida de que era ele.

— Por Deus, JOE!! — minha mãe berrou. Dessa vez ele olhou em volta, acenando de leve. Minha mãe apontou para mim. Joe sorriu e tirou o chapéu (também novo) para mim e então virou para continuar a conversa.

— É o Joe — minha mãe disse, maravilhada.

— Sim, eu vi — eu disse.

— Ele vai começar a faculdade logo, vai ser doutor. Ele pode fazer isso aqui também. Acharam ele brilhante. Fizeram um montão de perguntas a ele. Disseram que nunca viram um cérebro como esse. Ele vai começar logo, na semana que vem, assim que ele comprar os livros. Nada pode detê-lo. Ele é como um tigre.

Naquele momento o Joe estava balançando de um lado para o outro, quase desmaiando; um tigre não seria a primeira imagem a vir à mente. Eu virei de novo para minha mãe.

— Então a que devemos o prazer dessa visita? — ela disse. E aí seu olhar caiu pela primeira vez sobre a minha mala. — O que você tem aí?

— Nada — eu disse. — Só roupas.

Eu me sentei, alisando meu casaco. Minha mente estava pulando de um pensamento para outro. Eu podia ver que tudo estava igual aqui, e estaria para sempre. O que eu estava pensando? Eu nunca deveria ter voltado para qualquer lugar perto dela.

— São para você — eu disse. — O Sr. Levy as comprou para mim, mas...

— Como está o velho desgraçado?

— Ele está muito bem — eu disse. — De vento em popa..

— Ele é um homem de palavra — disse minha mãe, levantando o copo. — Isso eu lhe digo.

Eu concordei.

— Como eu estava dizendo, esses vestidos não servem em mim agora, então eu pensei em trazê-los para você.

— É mesmo? — disse minha mãe. — Que gentil da sua parte.

A expressão dela não mudou nada, mas eu podia ver que ela estava desconfiada dessa generosidade inesperada, pois no passado eu havia aprendido a esconder dela minhas poucas posses.

Eu ri.

— Ainda acredita em papai Noel... — eu disse. — Como se eu fosse dá-los a você. Não, eu vou vendê-los. Posso apenas deixá-los no quarto agora enquanto eu bebo?

Minha mãe fez cara feia.

— Se quiser... — ela abanou a mão. — ... você pode simplesmente colocá-los aqui debaixo da mesa.

Eu olhei para Marco.

— E voltar com eles cheios de vômito? — Balancei a cabeça. — Eu os esqueceria, também. Não me importo de contar a você, tirei o dia de folga e estou aqui para ser normal.

— Bom para você! — minha mãe disse. — Fico feliz por ver você em boa forma para variar.

— Vou tomar um porre — eu disse.

— Hurrah! — disse minha mãe.

— Broaca! Caindo pelas tabelas!

— Iupi!

— A rodada é por minha conta! — eu disse.

— Então vou me juntar a você — disse minha mãe.

— Espere um pouco que eu só vou enfiar essas roupas no quarto — eu disse. — Estarei de volta em um minuto. Peça uma garrafa para mim, para começar.

Bridget me deu uma piscadela lenta. Ela estava mais bêbada do que eu imaginava.

Coloquei a mala no ombro e caminhei lentamente entre a multidão. À porta eu parei para acenar para minha mãe, mas ela estava muito ocupada olhando para Joe no salão, como uma vaca apaixonada. Saí da pousada e no minuto em que meu pé pisou no chão eu comecei a correr. Tarde demais eu percebi que havia esquecido meu casaco. Bem, eu não ia voltar. Não parei de correr até passar por Janefield e estar a meio caminho até Edimburgo e um jovem príncipe. Ou, como acabou acontecendo, até o Castelo Haivers e a sinhazinha.

Não era apenas a ideia de voltar às ruas que me metia medo. Havia uma outra coisa, algo um pouco pior, algo que eu sabia que minha mãe acabaria me levando a fazer. O serviço "especial" com que ela havia sonhado, que ela havia me obrigado a fazer antes de eu ir morar com o Sr. Levy.

Jesus amado, eu não queria nem pensar nisso.

Pulei da cama para me dar um chacoalhão. O movimento deve ter perturbado a sinhazinha, pois de repente ela abriu os olhos e me olhou, um pouco atordoada. Então ela me lançou um sorriso fraco.

— Bessy — ela disse. — Eu estive dormindo?

— Não, madame. A senhora não está bem. Deve ficar na cama e descansar.

— Não estou bem? Oh, sim. Eu me lembro. — A voz dela estava abafada, quase um sussurro.

Eu me sentei na cama e com mãos trêmulas peguei os panos da testa e da garganta dela. O vento havia diminuído e a luz da manhã entrava pela janela. O rosto da sinhazinha estava pálido como a fronha. Era como se a luz lavasse sua pele. Quando me inclinei em sua direção, ela olhou para mim, um pouco surpresa.

— Mas... você está abatida! — ela disse. — Qual é o problema?

— Nada, madame. Estou apenas feliz, pois a senhora parece um pouco melhor. Pode dizer meu nome de novo, madame?

Ela pareceu confusa.

— Você quer dizer... Bessy?

— Sim, é isso — eu disse. — Isso mesmo. Estou feliz agora.

Embora ela estivesse pálida e fraca, parecia que o pior de sua doença, qualquer que fosse, havia passado. Pelo menos, ela me reconhecia.

— Diga, madame, de que a senhora se lembra? — eu disse. — Nós estávamos no sótão.

A sinhazinha franziu a testa.

— Deixe-me ver — ela disse. — Nós vimos o escrito na janela. Três palavras. — Ela pareceu sentir dor, antes de continuar: — Um pedido de socorro.

— E então o quê?

Ela pensou por um momento.

— Eu devo ter desmaiado — ela disse. — Isso é tudo de que me recordo.

— Não se lembra de ter caído? Nem do que aconteceu pouco antes de sua queda?

— Não, eu posso ver as palavras na janela e eu ouço a sua voz as dizendo, mas então tudo fica escuro, como se um lampião tivesse sido apagado. — Ela apertou minha mão. — Por quê? — ela disse. — Aconteceu alguma coisa? Você viu alguém? Ou alguma coisa? O que era?

— Não, madame — eu disse. — Nada desse tipo. Madame, a senhora acordou e falou comigo. Lembra?

— Não — ela soluçou. — O que foi que eu falei?

Eu pensei em contar a verdade para ela, então refleti melhor.

— Nada. Você só falou meu nome e então você... caiu no sono de novo.

— Tudo que me lembro é daquela mensagem. — Ela olhou para mim esperançosa. — Você sabe que eu vinha esperando algo assim. Eu disse a você, não disse?

Ela queria algum sinal de encorajamento, mas eu não lhe dei nenhum.

— Madame — eu disse. — Nós precisamos decidir o que dizer ao mestre James. A senhora quer que ele saiba que estávamos em uma caça por fantasmas no sótão?

Os olhos dela se arregalaram de susto.

— Não! — ela disse. — O que você contou a ele?

— Nada — eu disse. — Creio que ele tenha suspeitado de algo sobre fantasmas ou qualquer coisa assim, mas acho que tirei essa ideia da cabeça dele. Nós vamos ficar bem se contarmos a mesma história e nos agarrarmos a ela. Agora, eu pensei no que nós podemos dizer. Nós vamos fingir que a senhora estava escrevendo uma carta no seu quarto e a senhora se levantou muito depressa, e que esta é a última coisa de que a senhora se lembra.

Ela fechou os olhos. Ficou desse jeito por tanto tempo que eu me perguntei se ela havia caído no sono de novo.

Então, de repente, seus olhos se abriram. Ela olhou para mim vivamente.

— Eu pude sentir uma presença lá em cima — ela disse. — Estava tão frio. Você não podia sentir isso?

— Sótãos são sempre frios — eu disse a ela. — Exceto no verão.

— Não, havia algo lá. Eu tenho certeza disso. Pode ser apenas uma questão de tempo até que alguma coisa aconteça... alguma coisa mais extrema. Uma aparição, talvez. Alguém está tentando nos alcançar, Bessy. Alguém precisa da nossa ajuda.

Seus olhos estavam bem arregalados e ela parecia tão sincera e amedrontada que teria sido engraçado, se não me fizesse sentir culpada e triste. Balancei a cabeça vagarosamente, e fingi pensar na declaração dela.

— A senhora pode estar certa quanto a isso. Mas eu não ficaria nada surpresa se o que aconteceu ontem fosse o fim disso tudo. Eu suspeito que tenhamos visto o último sinal desse fantasma.

Mesmo fraca como estava, ela me deu um sorriso esperto.

— O que é isso... sua explicação racional de novo?

— Não, madame — eu disse. — Apenas uma sensação muito forte.

Eu simplesmente tinha de tirá-la dessa linha de raciocínio. Muito casualmente, eu disse:

— A senhora já tinha subido no sótão, madame? Antes de começar a ouvir esses barulhos e tudo o mais?

— Na verdade, não — ela disse, finalmente. — Só consigo pensar em... uma ocasião.

Devia ter sido quando ela colocou a caixa de Nora lá em cima, eu sabia disso por *As observações*. Mas a caixa não era o que me preocupava. Eu comecei a andar em volta da cama, desnecessariamente arrumando as cobertas.

— A senhora chegou a olhar para a claraboia, madame, quando você subiu lá?

— Acho que não — ela disse. (Como essa era a melhor resposta possível que ela poderia ter me dado, eu senti um arrepio de excitação.) — Por que você pergunta?

Dei um longo suspiro. Aqui vai.

— Nunca houve alguém nesta casa, madame, que a chamasse de "milady"?

Ela engasgou um pouco e seus olhos se arregalaram. Parecia que eu tinha batido no estômago dela. Ela me encarou por um momento, a respiração rápida e curta.

Então ela disse:

— Havia uma menina, sim. Poucos meses antes de você chegar.

Meu coração parecia as trombetas do céu. Mas eu sabia que tinha de continuar.

— E... madame... essa menina não poderia querer sua ajuda em algum momento? — eu disse. — Ela não poderia ter estado no sótão um dia, por alguma razão, talvez ela estivesse um pouco triste, não sei, e ela não poderia... ela não poderia ter escrito essas palavras na claraboia, assim por nada?

A sinhazinha estava olhando fixo para a frente. Nenhuma palavra saía de seus lábios, mas seus olhos eram como janelas, eu podia ver dezenas de pensamentos atravessando os cômodos de sua mente.

— Não é possível? — eu disse — ... que essa criada tenha escrito essas palavras *meses* atrás, mas que nós só as tenhamos percebido no outro dia, e as tenhamos *confundido* com as palavras de um fantasma?

Não era uma certeza, talvez fosse um chute certeiro — mas era bem possível.

— Mas veja — disse a sinhazinha. — Você não entende. Essa menina... na verdade... está morta.

— Oh, céus! — disse eu. (Que atuação! Eu estava atuando até o rabo.) — Sinto muito ouvir isso, madame. Qual era o nome dela?

A sinhazinha umedeceu os lábios.

— Nora — ela disse, debilmente. — Nora Hughes.

— Bem, me perdoe, madame, essa Nora Hughes pode estar morta *agora*, mas ela presumivelmente estava viva quando trabalhava para a senhora. — Mostrei as evidências a ela, mas ela não respondeu. — Não vê? Ela estava aqui alguns meses atrás. Ela pode facilmente ter subido ao sótão sem a senhora saber e ter escrito aquela mensagem tola no vidro.

Por um minuto ou dois, a sinhazinha continuou encarando o infinito. Então ela deu um suspiro profundo.

— Sim — ela disse. — Eu não tinha pensado nisso dessa forma. Mas talvez você esteja certa. Isso pode ter sido escrito... antes.

Eu ri.

— Aí está, madame, viu? Nós temos a explicação. A mensagem não foi deixada por ninguém morto. Ela foi feita meses atrás, por uma criada real e viva. — Aqui eu fiz uma pausa para dar a ela tempo de absorver totalmente minha sugestão. Então eu disse, suavemente: — Parece tão óbvio, madame, que quase me pergunto por que não pensamos nisso logo.

Como eu esperava que ela reagisse? Acho que eu havia imaginado que ela se sentiria aliviada, até satisfeita ao saber que havia uma explicação racional para tudo. Mesmo assim, na hora, o rosto dela não mostrou nem alívio nem satisfação. Na verdade ela parecia desapontada, posso até dizer que ela dava sinais de estar com o coração partido.

— Qual é o problema, madame?

Ela chegou a começar, como se tivesse esquecido que eu estava ali. E então ela me encarou com um olhar estranho que eu não podia classificar: parcialmente distante, como se sentisse que tinha sido mais esperta que eu de alguma forma e ao mesmo tempo descrente, como se suspeitasse que eu tentaria ser mais esperta que ela no futuro. Essa era minha impressão pois isso só durou um ou dois segundos e eu poderia estar enganada. Então ela sorriu e deu de ombros.

— Nada! — ela disse com uma risadinha. — Você não é esperta, Bessy, por decifrar isso tudo? Acredito que você tenha desvendado nosso pequeno mistério. Não é maravilhoso?

Eu teria ficado muito feliz conversando ali com ela por anos e anos, mas ela deixou claro que eu deveria sair ao me dizer que queria dormir, virando-se de lado, e então só me restou sair de fininho do quarto e fechar a porta silenciosamente.

De volta à cozinha, coloquei a mão no bolso e meus dedos se fecharam em volta da minha carta para a sinhazinha. Eu a peguei e olhei. Apenas algumas horas haviam se passado desde que eu escrevi a carta, mas pareciam dias. Graças a Deus nenhuma das piores coisas que eu temia havia acontecido. A sinhazinha não estava nem morta nem louca. Ela não se lembrava de que eu havia lhe dado um soco. E se nós duas mantivéssemos a mesma história sobre o que aconteceu, então mestre James não iria implicar mais.

Que tola fui eu de ter me preocupado tanto. Na verdade (eu disse a mim mesma), revelar a verdade agora faria mais mal do que bem. A sinhazinha encontrava-se em um estado delicado. Ela precisava de calma e silêncio. Saber que eu a havia feito de tola apenas a chatearia e possivelmente a deixaria doente de novo. Exatamente quando ela estava se recuperando. Na realidade, pensando nisso, não havia nenhuma razão para fugir ou confessar qualquer coisa.

Além do mais, por Deus, para onde eu iria?

Que alívio eu não ter dado a carta a ela de imediato.

E só para ter certeza de que ela nunca saberia o que eu tinha feito, eu a destruí. Não havia fogueira acesa ainda na cozinha, portanto isso exigiu diversos fósforos e muito assoprão, acho que o papel estava um pouco úmido. Mas eu insisti, acendendo um fósforo atrás de outro até que finalmente minha confissão não fosse mais do que um punhado de cinzas na lareira.

13

Uma viagem, um chá da tarde e um objeto misterioso

Era aquela época lúgubre do ano, portanto cada dia parecia curto demais, como se o sol tivesse rastejado pelo batente do mundo antes de ter de se encolher mais uma vez nas sombras. Eu acendi velas extras perto da cama para animar a sinhazinha e procurei coisas para deixar o quarto mais brilhante e distraí-la de pensamentos de fantasmas. Não havia flores para serem colhidas do lado de fora, mas em momentos de folga eu procurei as cercas vivas e colhi raminhos de dente-de-leão e de rosa silvestre e folhas de sempre-viva, as quais eu torci em pequenos arranjos para o buraco da chaminé. A cada noite eu inventava alguns enigmas, escrevia-os em papel e os dava a ela com o café da manhã para que ela tivesse algo que a ocupasse enquanto eu fazia meu serviço. Eu tinha o cuidado de escrever no meu diário e mostrá-lo a ela no final de cada dia para ela poder checar exatamente quais tarefas eu havia feito e o que tinha passado pela minha cabeça enquanto eu trabalhava. (Acredito que ela estivesse muito fraca para escrever *As observações* dela porque nenhuma vez vi tinta em seus dedos nesse período.) Para passar o tempo à noite, nós jogávamos cartas. Era mais comum ela escolher o *Embuste* que eu havia ensinado a ela, embora eu tenha dito que se chamava *Duplas* uma vez que esse parecia um nome mais fácil de se aceitar. Às vezes eu lia para ela. Apenas as partes das histórias que pensava que ela fosse achar marcantes ou divertidas. E em vez de dormir no meu próprio quarto, eu decidi cochilar na cadeira ao lado da cama dela, para o caso de ela querer alguma coisa ou passar mal à noite e estar fraca demais para tocar a sineta para mim. Resumindo, eu fiz tudo o que pude para tornar a vida mais fácil e mais prazerosa para ela.

Uma manhã, ela quis que eu lesse para ela a Bíblia, eu a abri aleatoriamente, Isaías 24. Era sobre o Senhor fazer a terra se desgastar e virá-la de ponta-cabeça, pragas, desolação, traição e todo mundo sendo jogado em um fosso. Sim, ouvir isso faria bem a ela. Pensando bem, não! Em vez disso, eu decidi contar a ela o milagre da multiplicação dos pães, porque todo mundo gosta de um bom milagre, eu estava apenas tentando encontrar a página quando olhei por cima da Bíblia e a vi deitada ali com uma expressão de medo em seu rosto. Pulei de uma vez só e me ajoelhei ao lado dela.

— Qual é o problema, madame?

Ela pegou minha mão e a apertou.

— Oh, Bessy — ela disse. — É que eu preciso ficar melhor. Você tem de me ajudar. Você vai fazer isso, Bessy? Vai me ajudar a ficar bem?

Mais do que qualquer coisa eu queria tomá-la em meus braços e abraçá-la, ainda que eu não tenha feito isso. Eu queria dizer: "Eu faria qualquer coisa pela senhora, madame, qualquer coisa." Mas mantive minha boca fechadinha. Veja bem, eu já tinha aprendido agora que não devia assustá-la com afeto excessivo, que ela não gostava desse tipo de comportamento, como descobri para minha própria vergonha ao ler *As observações*. Talvez eu tenha deixado meus sentimentos serem mais fortes que eu. E sendo uma pessoa gentil, a sinhazinha me tolerou por um tempo, mas ela não teria aceitado isso, uma empregadinha se agarrando à barra de sua saia como um peido malcheiroso. No fim das contas, ela não tinha *toda razão para me colocar de lado*?

Depois que você a conhecia (como eu conheci), você via que ela era delicada como uma borboleta, e como uma borboleta, ela fugiria se fosse perseguida. A única forma de segurá-la era ficar sentada e imóvel para que ela se aproximasse. E depois de um tempo (se você tivesse sorte) ela poderia até pousar, tremendo, em seu dedão. Sem dúvida, eu tinha de me manter alerta e ter cuidado para não afugentá-la. Não sou boba! Dessa vez eu seria mais prudente.

Então eu não a abracei nem nada desse tipo. Só o que eu disse foi:

— É claro que eu vou ajudá-la a melhorar, madame.

E mais nada.

***

Para mestre James nós mantínhamos a versão de que a sinhazinha havia se levantado rápido demais depois de escrever uma carta. O homem não era nenhum tonto, mas pareceu ter engolido nossa história. Desnecessário dizer que não houve mais barulhos vindos do sótão nem qualquer acontecimento estranho pela casa, nem um pouquinho. A sinhazinha ganhava força a cada dia que passava até que em uma manhã ela parecia tão melhor que permiti que ela se levantasse. Ela ficou sentada em sua cadeira por uma hora olhando para fora pela janela e mais tarde (uma vez que ela não parecia ter piorado com a experiência) nós saímos para uma curta caminhada, de braços dados, em volta da horta.

O dia estava claro e frio, mas me certifiquei de que ela estivesse bem embrulhada em seu agasalho e suas luvas. A horta estava uma desgraça, ora se estava. A não ser pelos repolhos e pelas cebolas, os vegetais de outono estavam abandonados e ressecados ou escurecidos pela geada. As ervilhas e as vagens haviam estourado e o chão estava coberto de finas folhas marrons que haviam caído das árvores. As poucas couves-flores remanescentes haviam apodrecido onde cresceram. "Sopa de couve-flor", eu disse para a sinhazinha num tom levemente de piada embora isso a tenha feito rir. Eu podia sentir o calor de sua mão através da luva. Seu nariz e suas bochechas estavam cor-de-rosa por causa do frio e a respiração saía dela em rajadas, como vapor. Tudo ao redor era morte e devastação embora ela parecesse viva e pela primeira vez eu comecei a acreditar que ela ficaria bem. Esse alívio lavou minha alma como um porre de Godfreys.

Mais tarde tomei um tempinho da preparação do jantar e fui atrás do mestre James no escritório para contar a ele que — finalmente — parecia que sua esposa estava melhorando. Encontrei-o sentado atrás de sua mesa quando entrei, folheando um pequeno livro, e então ele me olhou por cima de suas páginas.

— Essas são boas notícias — ele disse. — Se for esse mesmo o caso.

— Oh, é sim, senhor. Acho que ela vai estar tão firme quanto a chuva em mais ou menos uma semana.

O livro em sua mão foi rapidamente fechado, e ele o colocou bruscamente na mesa entre nós, como um desafio.

— Nesse caso — ele disse —, ela vai... na sua opinião... estar totalmente recuperada no prazo de dez dias. Na próxima quinta-feira.

— Bem, eu não poderia ser tão precisa a ponto de dizer *exatamente*...

— Temo necessitar que você seja precisa, Bessy. — Ele falou com firmeza mas então parou e alisou os bigodes e pareceu amansar um pouco. — Talvez eu deva explicar. Fomos convidados para uma noite de gala na próxima quinta-feira em Edimburgo. É um evento bastante importante, cujo anfitrião é o irmão de nosso reverendo, o Sr. Pollock. A fonte que estou adquirindo para Snatter provavelmente virá da fundação dele em Glasgow e eu tenho alguns planos que preciso discutir com ele. Essa seria a oportunidade ideal. E ele deseja muito que minha esposa me acompanhe. Eu tinha em mente tirá-la daqui por alguns dias, de toda forma, para uma mudança de ambiente. Não é bom para ela ficar trancada longe do mundo. Suspeito que seu isolamento tenha contribuído para esse... esse colapso, ou o que quer que seja. Então pretendo levá-la à cidade. E, enquanto estivermos lá, seria... conveniente para nós dois que comparecêssemos a essa recepção na quinta-feira. Agora, se não estou enganado, você está sugerindo que ela estará de fato totalmente recuperada até lá.

— Bem, senhor, eu *acho* que ela estará, mas eu não...

— *Achar* não é bom o suficiente, Bessy. Preciso que você me *assegure* de que ela estará bem.

A forma como ele encarava fazia você querer olhar para o outro lado, mas me mantive firme.

— Senhor, se a sinhazinha não estiver recuperada na próxima quinta-feira então devo sugerir que ela fique em casa e que o senhor vá ao jantar importante sozinho.

Ele sorriu suavemente.

— Temo que não seja simples assim, Bessy. Quanto à minha esposa, ela está convidada e é aguardada. Agora, ficarei muito ocupado pelos próximos dias e quero que você a observe bem de perto e garanta que ela esteja bem o suficiente para me acompanhar. Espero que você entenda o que quero dizer.

Eu não tinha certeza se entendia e disse isso a ele.

— Eu quero dizer... deixe-me colocar de forma simples para você. — Ele apoiou os punhos na mesa e se inclinou na minha direção. — Ela deve ser mantida calma e quieta e deve ser desencorajada a pensar em qualquer coisa referente a esta casa ser assombrada. Isso a aborreceu. Você não deve deixar que ela fale sobre isso nem deve se envolver nessas... ideias malucas e... e... nessas loucuras desvairadas dela. Isso só a fará piorar.

Estava na ponta da minha língua protestar que era *exatamente* isso o que eu estava tentando fazer mas, em vez disso, comecei a falar em defesa da sinhazinha.

— Ela *escutou* barulhos, senhor. E coisas estranhas *aconteceram* que não podem ser explicadas. Se eu fosse ela, estaria pensando a mesma coisa, senhor.

Ele ergueu uma sobrancelha.

— Então você *a tem* encorajado a acreditar nessa bobagem.

— Pelo contrário, senhor, eu tenho feito tudo ao meu alcance para convencê-la do oposto.

— Muito bem, então. — Ele fungou. — É de ar fresco que ela precisa. Leve-a para sair amanhã.

— Mas...

Ele descartou qualquer objeção.

— Acabei de falar com ela sobre isso e ela concordou que seria uma boa ideia — ele disse. — Vão à igreja, ou a Bathgate. Olhem vitrines. Divirtam-se. Vão até a estação de trem e acertem seus relógios.

— Mas senhor...

— Isso é tudo, Bessy.

Ele pegou seu livro e, abrindo as páginas, começou a ler.

Vão à igreja, olhem vitrines, acertem seus relógios... agora sim! Isso, sim, é diversão para dar e vender!

Na manhã seguinte, Biscuit Meek trouxe a carruagem. Era um negócio espanado e mal construído que havia sido lançado com a

Arca de Noé. Talvez tivesse sido grandioso um dia, mas agora tinha pedaços se soltando aqui e ali e todo o tecido do interior estava puído. As janelas estavam quebradas e o enchimento saía dos assentos. Tinha até um buraco no piso em que uma perna poderia passar e se você olhasse para baixo de repente ficava até meio tonto de ver a estrada correndo debaixo de seus pés.

A sinhazinha não parecia reparar em nenhum desses detalhes ou achá-los estranhos, ela simplesmente pulou o buraco do piso e ficou sentada bastante quieta no canto durante o trajeto até a cidade, cutucando sua bolsa e olhando pela janela. Sentei-me à frente dela, para segurá-la caso os cavalos parassem de repente (embora a probabilidade de eles fazerem *qualquer coisa* de repente fosse remota, eles eram muito idosos). Primeiro, tentei puxar conversa com ela sobre o que poderíamos fazer em Bathgate (ela havia falado em procurar tecido para fazer um vestido), mas como ela não respondia com nada diferente de distraídos "Sim" e "Não", eu logo desisti e comecei a olhar pela janela também. Não havia porcaria nenhuma para ver a não ser vacas e ovelhas e fossos estranhos com lenha. Esse era o primeiro passeio desse tipo que a sinhazinha e eu fazíamos juntas, de fato eu não tinha ido além de Snatter desde que chegara ao Castelo Haivers. Em outras circunstâncias eu teria aproveitado a viagem, indo de carruagem com ela e tudo o mais. Mas meu ânimo como um todo era de ansiedade. Eu só podia esperar que ela estivesse bem o suficiente para estar fora de casa e que o dia não fosse estressar os nervos dela.

Parecia que Bathgate ainda estava em construção, para todos os lados que você olhasse havia obras pela metade e homens cavando fundações e carrinhos com pedras e cimento. Biscuit Meek nos deixou do lado de fora de um hotel em uma das ruas principais. Para nossa alegria o lugar parecia uma feira. Mal descemos da carruagem e a sinhazinha já comprou um arranjo de hibiscos amarelos em uma barraca de flores e então saiu andando a passos largos. Já que eu não tinha a mínima ideia de onde estávamos, tive de segui-la. Comparada a grandes cidades, Bathgate é o fim do mundo, mas fazia tanto tempo que eu tinha estado em uma cidade de qualquer tamanho e levávamos uma vida tão sossegada no Castelo Haivers que tudo parecia excitante para mim. E pensar que eu costumava passear em Glasgow, onde as ruas eram duas vezes mais largas e cinquenta vezes mais agitadas sem nem ligar! E agora meu coração estava disparado por causa desse modesto amontoado de pessoas, carruagens, carrinhos de mão, animais de estimação e cavalos. Os transeuntes pareciam se jogar no meu caminho deliberadamente. Para aumentar minha confusão, começou a nevar, uma neve grossa que caía em flocos de gelo, o suficiente para cegar uma pessoa.

Podia-se dizer que a sinhazinha simplesmente tinha colocado rodinhas nos pés porque ela se movia com tamanha rapidez, era uma recuperação impressionante. Antes que passasse muito tempo havíamos deixado as ruas principais e entrado nas vielas estreitas e tortas da velha cidade, onde era muito mais lúgubre. Depois de um momento, ela dobrou uma esquina e se enfiou em uma loja antiquada de roupas. Fui pisando firme atrás dela toda feliz porque meu traseiro estava congelando.

A atmosfera da loja era de proximidade e aconchego; havia várias pessoas esperando para serem atendidas. Quatro ou cinco moças conversavam em pé no meio da loja e outras duas estavam sentadas em cadeiras ao lado do balcão. Eu fui para perto da lareira nos fundos. Pelo canto do olho, eu fiquei observando a sinhazinha. Com o arranjo de hibiscos na mão, ela andava ao longo das prateleiras, olhando os tecidos. O calor da lenha e o zum-zum-zum das damas conversando me levaram a sonhar acordada um pouco. Vi um homem colocar uma peça de estambre cinza no balcão. Emoldurado pela enorme janela, ele começou a cortar o tecido; no fundo, flocos de neve despencavam do céu aos montes, como se os anjos estivessem esvaziando sacos. Atrás de mim, o sino tocou e a porta da loja abriu e fechou com a entrada de algum cliente. Uma das damas no balcão estava demorando uma eternidade para fazer seu pedido. Toda vez que você achava que ela havia terminado, começava tudo de novo. Olhei em volta para ver se a sinhazinha não estava ficando impaciente. Ela não estava mais perto das prateleiras onde eu a havia visto pela última vez, então olhei para o balcão — mas ela também não estava lá. Lembrando-me do som do sino, olhei em volta para ver quem havia entrado, mas não havia ninguém novo. Com um ligeiro aperto nas entranhas, percebi que, quando a porta se abrira e fechara, era a sinhazinha que havia saído.

Corri para a porta e saí. No primeiro momento só vi estranhos mas então reconheci a sinhazinha. Ela havia colocado o capuz de seu agasalho e estava subindo a rua. Eu chamei algumas vezes mas ela não olhou. Então ela dobrou uma esquina e sumiu de vista.

Uma vez que eu não tinha ideia de onde estávamos, não tinha alternativa a não ser ir atrás dela, meus pés escorregando no chão sujo. Quando dobrei a esquina, eu a vi a distância e a chamei de novo, mas ela não deu sinal de que havia me ouvido. Em vez disso, cruzou um pequeno obstáculo e começou a andar ainda mais rápido em uma rua larga. Corri atrás dela. Minha impressão era que estávamos andando de volta na direção da cidade nova. A neve continuava caindo do céu em flocos que poderiam cegar. Parei por um instante para limpar alguns flocos que estavam nos meus cílios e quando olhei de novo a sinhazinha havia desaparecido. Em pânico, corri pela calçada, olhando dentro de casas e lojas. Do outro lado da rua, situada atrás de um canteiro de obra, havia uma velha igreja de um branco sujo. Um movimento ali chamou minha atenção. Olhando por cima da parede do terreno da igreja eu a vi, uma forma em cinza-escuro usando agasalho e andando entre as lápides. O que, em nome de Deus, ela queria?

Encontrei o portão e entrei. O terreno da igreja tinha plantas muito crescidas, caminhos estreitos se abriam entre fileiras lotadas de lápides que tombavam para todo lado como dentes mal alinhados. Agora que eu estava lá dentro, era difícil me localizar. Comecei a andar na direção em que eu *achava* que tinha visto a sinhazinha pela última vez, mas a trilha me levou a um ponto que eu não esperava e então voltei e escolhi outra rota. A neve havia diminuído, até que, de repente, parou de cair. À medida que eu avançava, olhava aqui e ali em torno das lápides cobertas de erva daninha, mas não via nenhum sinal da sinhazinha ou de qualquer outra vivalma. Eu tinha começado a perder as esperanças nessa outra rota quando bati os olhos além no caminho adjacente e vi o arranjo de hibiscos no chão ao lado de um dos túmulos. O que estava acontecendo ali? Me espremi entre duas lápides e fui parar desajeitadamente no outro lado. No entanto, não havia sinal da sinhazinha.

Essa parte do terreno da igreja parecia mais nova que o resto. Percebi que o arranjo de hibiscos havia sido colocado ao lado do túmulo, e não jogado às pressas como eu pensei inicialmente. A lápide ao lado dele era de mármore branco e as letras da inscrição eram delicadas e curvas. Meu olhar foi levado ao topo da lápide, talvez porque o nome escrito ali tivesse tomado conta de meus pensamentos nos últimos tempos.

Nora Hughes.

Meu Deus! Foi como se eu tivesse lido o nome e pensado nele no mesmo momento. Eu estava chocada e ainda assim nem um pouco surpresa. De certa forma, percebi que estava pensando tanto em Nora que foi quase como tropeçar em meu *próprio* nome escrito em letras grandes em uma lápide. Tão logo pensei *naquilo*, alguém encostou em meu ombro. Pulei uns 2 metros no ar. Apenas para ver a sinhazinha perto de mim, com uma colher na mão, que ela usou para apontar para a lápide.

— Viu? — ela disse. — É aqui que ela está.

Com isso, ela ajoelhou e começou a limpar a neve de um pequeno pedaço de terra ao pé do túmulo.

— Este pedaço é reservado para os católicos romanos — disse ela. — Foi sorte termos colocado ela aqui, senão não sei onde teria sido posta. O espaço é pequeno neste cemitério, mas James deu um jeito de conseguir.

Ela apunhalou a terra congelada com a colher. Fui forçada a imaginar de onde aquele instrumento tinha vindo. Teria ela o trazido, escondido consigo? Na manga de seu agasalho, talvez, ou em algum outro lugar mais íntimo? Teria ela planejado essa visita ao cemitério por toda a viagem?

A terra estava dura como pedra e a colher tinha pouco efeito sobre ele. A sinhazinha ergueu o olhar para mim.

— Você acha que está muito frio para plantá-las?

— Não sei, madame — eu disse. — Onde a senhora conseguiu essa colher?

Ela olhou para o objeto.

— Com o coroinha. Ele me deu mas resmungando muito. Ele acha que está frio demais para plantar qualquer coisa.

— Talvez ele esteja certo, madame. Por que a senhora fugiu da loja?

Ela estalou a língua de impaciência.

— Ah, demoraria horas — ela disse. — Com aquela mulher horrorosa. Cansei de esperar.

— Mas a senhora saiu sem dizer nada, madame.

Ela ergueu uma sobrancelha.

— Bem, eu sabia que você deveria estar logo atrás de mim!

Ela bateu com a colher impacientemente no chão.

— Maldito tempo!

Ela pareceu tão frustrada e digna de piedade que a perdoei por ter fugido.

— Você poderia deixar a flor no arranjo por enquanto — eu disse. — E então nós podemos voltar quando o tempo estiver mais quente, e plantar mudas.

— Suponho que sim — ela disse. Com um suspiro relutante, ela olhou para o túmulo. — Eu queria tanto colocar alguma coisa no chão hoje. — Ela olhou para mim de novo, um pouco ansiosa. — Você acha que a Nora vai saber que eu vim? Se eu não plantar os hibiscos, quero dizer. Se nós apenas os deixarmos aqui, perto da lápide, ela vai saber?

Não era comum ela me levar em consideração para qualquer assunto que fosse, mas supus que isso poderia ter algo a ver com o fato de eu e Nora sermos irlandesas e então eu confirmei com a cabeça.

— Ah, sim — eu falei. — Tenho certeza de que ela saberá. Quero dizer... a Nora saberá lá em cima no céu. Não é o *fantasma* dela que saberá, porque não existe fantasma, certo? Será seu anjo. Por que outra razão as pessoas deixariam flores nos túmulos? E elas fazem isso o tempo todo.

Aquilo pareceu aliviá-la. Ela ainda levou um momento para posicionar o arranjo ao pé do túmulo. Então ela começou a limpar a neve da lápide. Eu a observei em silêncio.

Depois de um momento, arrisquei uma pergunta:

— A senhora compareceu ao enterro, madame?

— Não — disse ela, arrependida. — James achou melhor eu não ir.

Ela tirou seu lenço e o desdobrou. Preparando-se para chorar, eu pensei, mas então ela o usou para limpar o resto de neve da lápide.

— Você está pensando em alguma coisa, Bessy? — perguntou ela, sem olhar para cima e sem interromper seu trabalho. — O que é?

— Nada, madame — disse eu, mas então a curiosidade tomou conta de mim. — Bem... só, talvez, no que aconteceu com Nora. Ouvi dizer que ela foi morta por um trem na estação.

Por um momento a sinhazinha ficou balançando a cabeça, como se educadamente estivesse repensando isso. E então ela começou a falar.

— Ninguém sabe muito bem... como isso aconteceu — disse ela. — Havia... uma celebração... algum tipo de festa em uma das cabines. Era verão. Sempre precisamos de mais ajuda na primavera e no verão para dar conta do trabalho extra. As cabines estavam cheias, acredito, e era feriado, o dia do desfile dos Jardineiros Livres da Maçonaria. Eu não sei muito bem o que Nora estava fazendo na cabine. Ela normalmente não se misturava com os empregados da fazenda. Como você própria sabe, não há muito tempo ou oportunidade para fazer isso. Mas de todo modo, naquela noite, me disseram, Nora foi à festa depois de terminar seu trabalho. Em algum ponto, tarde da noite, ela saiu da cabine. Ninguém a viu sair, ela deve ter saído de fininho, sem avisar. Os empregados da fazenda haviam consumido bastante bebida alcoólica, então todas as histórias são vagas e de pouca serventia. Eu não imagino que Nora estivesse bêbada. Ela não era esse tipo de pessoa. De qualquer forma, fiquei surpresa na manhã seguinte quando ela não apareceu para trabalhar. E então, quando fui ao quarto dela para procurá-la, vi que sua cama não havia sido usada à noite.

— Oh, céus! — disse eu.

— Sim — disse a sinhazinha. — Também reagi assim. Eu esperei, talvez, que ela voltasse durante o dia, mas quando não houve sinal dela ao cair da noite, nós começamos as buscas. Houve uma busca na área mais próxima, mas não encontraram nada nos primeiros dias. E então um grupo de viajantes encontrou... parte do corpo dela... ao lado dos trilhos do trem. O resto dela foi encontrado mais tarde, ao longo dos trilhos.

Ela abanou o lenço algumas vezes para tirar a neve dele e então o colocou de volta no bolso. Ambas ficamos ali por um tempo, olhando para o chão à nossa frente. Pensei em Nora enterrada lá embaixo na terra, toda em pedaços dentro de uma caixa.

— Mas por que ela estava nos trilhos, madame? Ela se perdeu no caminho de volta ou o quê?

A sinhazinha balançou a cabeça.

— É isso o que a maioria supõe, sim, que ela tenha se perdido na escuridão. Disseram-me que há vários casos muito similares, por todo o país. Todo ano acontece. As pessoas simplesmente passeiam pelos trilhos por engano e são mortas por trens. É algo que simplesmente acontece em nossos tempos modernos. Foi um acidente. Um choque terrível para todos nós.

Ela estava tentando se fazer de valente, eu podia perceber. Mas eu sentia que no fundo ela de alguma forma se culpava por tudo o que acontecera. Pensei no dia em que ela teve o colapso, as palavras que ela disse. "É tudo minha culpa." Ela devia estar se sentindo culpada — talvez por não ter tomado conta tão bem de Nora. Eu queria tanto que ela não se culpasse!

Pensei que a sinhazinha fosse falar mais, mas em vez disso ela se abaixou de repente e pegou a colher.

— Devemos devolvê-la — ela disse, e, com uma última olhada para o túmulo de Nora, saiu pelo caminho na direção da igreja.

Em nossa volta ao Castelo Haivers eu pude informar ao mestre James que tudo se passara perfeitamente bem. É claro que não contei que a sinhazinha havia fugido da loja de tecidos ou que havia visitado o túmulo de sua criada morta, preferi contar apenas os pontos mais positivos de nosso dia fora. Como, por exemplo, que a sinhazinha havia visto alguns bolerinhos mas decidido não comprá-los e no lugar deles comprado algumas linhas com as quais faria um casaco. Mestre James estava ansioso para saber quanto custaram as linhas — eu disse que a conta havia ficado em alguns centavos. Ele pareceu um pouco mais aliviado mas ainda tenso. Então mencionei que vimos um urso dançante do lado de fora da rua enquanto estávamos no café. "Café!", ele exclamou. "Meu Deus!!" E então ele quis saber quanto havia custado o café e se os ciganos haviam passado um chapéu pelo show do urso — eu disse a ele que não sabia, uma vez que nós só vimos um pouco e então subimos para a estação de trem para acertar nossos relógios.

— Ah! — disse mestre James com um prazer evidente, como se a ideia de acertar relógios fosse tão gratificante quanto a de um banquete. — Muito bom, Bessy — ele disse. — Você fez bem.

— Obrigada, senhor.

— Agora — disse ele —, apenas para assegurar que sua senhora será capaz de viajar para Edimburgo e enfrentar tudo o que a viagem exigirá, ofereceremos um chá da tarde amanhã, às 15 horas. Já mandei Hector sair para distribuir os convites. Você pode esperar pelo reverendo Pollock e pelo Sr. Flemyng, por mim, é claro, e por sua senhora. Ela fez um passeio à cidade sem problemas... mas vamos ver como ela se comporta ao nos fazer companhia.

A sinhazinha nunca se importaria com a presença de Flemyng, é claro. Mas depois a ouvi sem querer conversando com o marido e notei que ela estava bem menos empolgada com a inclusão da outra pessoa entre os convidados para o chá. De acordo com o que ouvi, ela enumerou diversas objeções. Não fora dada antecedência suficiente, ela disse, e o reverendo não poderia vir. Pelo contrário, disse mestre James, o homem já respondeu confirmando sua presença. Nesse caso era egoísta, diz a sinhazinha, afastar o pastor de seus assuntos mais importantes na paróquia, ele não iria querer desperdiçar seu tempo em chás da tarde. Isso não tem sentido, disse mestre James, ele estava muito feliz por vir, nada conseguiria impedi-lo. Depois de uma pausa, a sinhazinha disse que tinha dúvidas se o jogo de chá já não havia tido dias melhores. Não seria muito melhor, ela propôs, adiar até ter um jogo de chá mais bonito? Bobagem, disse mestre James, não havia absolutamente nada de errado com a porcelana.

Em um certo ponto, depois de uma pausa muito mais longa, a sinhazinha suspirou e admitiu que... talvez... ela ainda não estivesse se sentindo suficientemente bem para bancar a anfitriã e seria *inconcebível* que ela ficasse em seu quarto enquanto mestre James oferecesse o chá da tarde em sua ausência.

— Bah! — exclamou mestre James.

Depois disso, as circunstâncias me impediram de ouvir o resto de sua resposta mas seu insucesso na tentativa de evitar o chá da tarde ficou clara no fato de que na tarde seguinte, às 14h55, a sinhazinha estava em seu lugar no salão, pronta e esperando. Tinha o rosto pálido e uma expressão dura como pedra, ficando perfeitamente claro para mim que ela não esperava ansiosamente por eventos da tarde, nem um pouquinho. Eu desejei que mestre James a tivesse ouvido porque temia que ela tivesse uma recaída. Mas a sinhazinha parecia resignada a interpretar seu papel pelas horas seguintes.

O Sr. Flemyng foi o primeiro a chegar; veio andando de Thrashburn. Abri a porta para ele. Ele disse que não havia tido notícias de seu editor mas que, como presente para mim, havia escrito uma cópia perfeita de uma de minhas músicas completada pelas notas musicais. De qualquer forma, ele havia esquecido de trazê-la. Ele estava se desculpando bastante, se chamando de todos os sinônimos de tolo e insistindo que deveria voltar para casa e buscar. Isso, é claro, eu não poderia permitir, pois o atrasaria para o chá da tarde e depois isso poderia ser considerado minha culpa. Então exigi que ele não o fizesse. Flemyng continuava dizendo que ia embora e eu tive de ficar insistindo com ele e o puxando pela manga para impedi-lo de sair. Enquanto fazíamos isso, o reverendo Pollock apareceu.

— Aaah! — fez ele. — Aqui estamos! Aaah!

Eu não o havia ouvido se aproximar e pensei como isso seria possível a não ser que ele houvesse levitado pelo caminho de pedras. De todo modo, pela expressão feliz em seu rosto, ele parecia ter a impressão de ter interrompido algum tipo de aproximação ilícita.

— Reverendo Pollock, boa tarde — disse Flemyng com um aceno de cabeça. Então ele se voltou para mim e suspirou com pesar. — Parece, Bessy, que os outros convidados estão chegando — ele disse. — Talvez não haja, no fim das contas, tempo para que eu volte a Thrashburn.

— Acho que não, senhor — eu disse. — Não se preocupe, eu posso ver isso a qualquer hora.

— É claro — disse Flemyng. — Eu fui um tolo em esquecer.

O reverendo Pollock estava ouvindo esse diálogo com bastante interesse. Sorrindo e balançando a cabeça, o velho babão intrometido. Decidi que o melhor era levar os dois ao salão sem mais delongas. Isso, porém, não foi possível, uma vez que o reverendo estava sem pressa nenhuma. Ele e Flemyng trocaram algumas palavras agradáveis no degrau de entrada até que insisti que eles entrassem e saíssem do frio, então o reverendo virou-se de costas para a sala diante da porta aberta e ficou ali por um bom tempo olhando com grande admiração a rua e as plantas como se eles estivessem entre as Sete Maravilhas do Mundo. Precisei de bastante jeitinho para me colocar entre ele e a porta e fechá-la. Uma vez dentro de casa, deu-se a batalha normal para tirá-lo de seu casaco e de seu chapéu. De algum outro bolso ele tirou um de seus sermões e conseguiu enfiá-lo em minhas mãos. Eu fiz objeção e o empurrei de volta para ele. Depois de algum esforço meu, o casaco cheirando a parafina saiu. Então o chapéu. E finalmente, com grande alívio, guiei os dois homens ao salão.

A sinhazinha estava sozinha uma vez que mestre James ainda não havia se dignado a sair de seu escritório. Ela se levantou um instante de sua cadeira para cumprimentar os convidados. Parecia frágil e um pouco nervosa. Eu teria ficado para ter certeza de que ela estava bem, mas ela me lançou alguns olhares de advertência e finalmente disse:

— Isso é tudo, Bessy. — Então não tive alternativa a não ser sair e fechar a porta.

Em meu caminho para a cozinha avistei o sermão do reverendo no console do hall, ele deve tê-lo colocado ali discretamente enquanto eu pendurava seu casaco. Dessa vez não era *Querido amigo católico romano*, mas *Os efeitos malignos da dança moderna*. Eu dei uma boa risada com isso na cozinha. Aparentemente dançar prejudicava a saúde de todos que participassem desse ato. A valsa era um deturpador especial uma vez que ela invariavelmente resultava na violação do sétimo mandamento; falando de maneira geral, não havia nenhuma desculpa válida para justificar a dança uma vez que "mesmo um africano burro ou um macaco podem ser ensinados a se aperfeiçoar na arte".

Ora, pois eu fui dançando até a lareira e joguei o sermão nas chamas flamejantes.

Quando voltei para o salão com a bandeja de chá, mestre James havia acabado de se juntar aos convidados, que discutiam o progresso de seus planos de instalar uma fonte na vila. Eu particularmente não acho que mestre James desse a mínima para o fato de os habitantes da vila terem facilidade para obter água potável, era apenas um outro jeito de chamar atenção. Especialmente a do Membro do Parlamento Duncan Pollock uma vez que ele era dono da fábrica que fazia as fontes. Mestre James havia recebido dele um catálogo de produtos, ele o trouxera para mostrar aos convidados, orgulhoso como se tivesse um cão falante. Enquanto eu começava a arrumar a mesa de chá, ele abriu o catálogo na página que interessava e o passou ao reverendo.

— Aqui está — ele disse. — Esta aqui. Talvez o senhor a conheça, senhor. Número 33. Ela tem quatro colunas, como pode ver, e um toldo.

O reverendo Pollock se acomodou em sua cadeira e começou, devagar e cuidadosamente, a ler em voz alta o que estava impresso na página, de um modo que obrigava todos a prestarem atenção nele.

— *Fonte de água potável em forma de pagode, 3 metros de altura. Em dois dos lados há espaço para o recebimento de inscrições*. Ahh! *Enquanto nos outros dois lados está o aviso útil* "Mantenha a calçada seca". Ahh! Muito bom, James, muito bom. Mas o que a sua outra inscrição dirá, eu pergunto? Algo pertinente, sem dúvida. Já sei, exatamente. — Ele adotou um tom que não era apenas alto mas ameaçador e aflitivo; presumi que fosse sua voz de missa. — "Qualquer que beber desta água tornará a ter sede!"

Mestre James tomou fôlego e se inclinou para a frente como que para falar, mas o reverendo colocou o dedo em riste exigindo silêncio, pois ele ainda não havia acabado.

— "Mas aquele que beber da água que Eu lhe der nunca terá sede; porque a água que Eu lhe der se fará nele uma fonte de água que salte para a vida eterna!" — Ele se virou, sorrindo, para a sinhazinha e, com um pequeno cumprimento de cabeça concluiu: — João, capítulo 4, versículo 14. Ahh! Novo Testamento, talvez, mas pertinente mesmo assim.

Mestre James apertou os olhos como se considerando a sugestão do reverendo, embora, se você me perguntasse, eu diria que parecia mais que ele estava com dores.

— Temo — ele disse — que seja adequado e admirável, contudo se provará complexo demais.

— Oh — disse o reverendo. — Complexo?

— Não caberia na placa de inscrição — disse mestre James rapidamente.

— Ahh! — fez o Velho Babão. — Algo sucinto se faz necessário, então. Nesse caso, vamos ao salmo 42. — Novamente a voz de missa. — "Assim como o cervo brama pelas correntes das águas, assim suspira a minha alma por ti, ó Deus!"

— Sim — disse mestre James. — Isso é mais conciso. De qualquer forma, infelizmente, eu já defini qual será a inscrição.

— Entendo — disse o reverendo. — Oro para que me diga, o que você escolheu?

— Sim, querido — disse a sinhazinha. — O que diz sua inscrição?

Até esse momento ela esteve quieta e com uma aparência ansiosa e eu começava a me preocupar com ela, mas agora eu podia ver um brilho em seus olhos enquanto ela admirava o marido.

Mestre James limpou a garganta.

— Diz simplesmente: "Doada por James Reid."

O reverendo levantou uma sobrancelha em desaprovação.

— Sucinto, de fato — ele disse, e voltou a ler o catálogo, dessa vez resmungando as palavras para si.

Por um momento ninguém mais falou. Mas mestre James parecia sentir a necessidade de se explicar; ele se voltou para Flemyng.

— Veja, cada letra é cobrada a mais. Sinto que, depois de gastar uma quantia tão substancial na própria fonte, seria mais racional restringir a inscrição ao mínimo necessário.

— É claro — disse Flemyng. — Tem razão, senhor, tem razão. Posso ser ousado a ponto de perguntar quanto tão esplêndida instalação custará?

Mestre James soprou o ar entre os lábios e balançou a cabeça.

— Pode custar 50 ou 100 libras, dependendo do...

— Creio que esse modelo custe 18 libras — o reverendo interveio, com um sorriso ardiloso. — Conheço da fábrica. É um dos modelos mais básicos. O preço exato deve estar anotado aqui, deixe-me ver... — Ele começou a folhear as páginas do catálogo.

Mestre James retorceu o rosto para ele e se voltou para Flemyng,

— Algumas delas são ornamentadas demais, na minha opinião. Todos esses ornamentos mouros chiques e *griffons* e bestas estranhas. Muito melhor ter simplicidade de linhas, menos curvas.

Ele falou com aparente autoridade, que, no entanto, foi derrubada pelo fato de que assim que parou de falar, ele começou a roer as unhas.

— De fato — disse Flemyng. — Eu concordo. E onde você colocará a fonte, senhor?

Mestre James pareceu não ouvir essa pergunta; do jeito que ele estava retorcendo o rosto na direção do reverendo Pollock, quase dava para pensar que ele gostaria de estar roendo o clérigo cavalheiro em vez das unhas.

A sinhazinha se esticou e gentilmente tirou a mão do marido da boca.

— James querido — ela disse —, Davy quer saber onde a fonte será colocada.

Mas exatamente nesse momento o reverendo soltou um grito.

— Aqui está! — ele disse. — A lista de preços! — Ele começou a correr o dedo pela página.

A sinhazinha se inclinou para a frente e falou com ele:

— Estava pensando, reverendo, se o senhor não se incomodaria de me mostrar a foto da fonte. Eu ainda não a vi.

Esse era um truque para distraí-lo da lista de preços; mestre James lançou um olhar agradecido a ela, mas o Velho Babão não se deixaria enganar.

— Sim, Arabella, só um momento — ele disse sem tirar os olhos da página. Um franzido breve passou pelo rosto dela e apenas por um segundo deu para ver o quanto ela não gostava dele.

— Agora onde eu estava? — ele continuou. — Número 33... sim... ela custaria, como eu pensei, precisamente 18 libras e 10 xelins. — Ele se recostou novamente e olhou em volta para as outras pessoas.

— Bem — disse Flemyng. — Que pechincha incrível. Tenho certeza de que o povo de Snatter será tremendamente grato, James, tanto agora quanto pela eternidade. É mais do que generoso. Tiro meu chapéu para o senhor. É um exemplo para nós. E se você alguma vez soltar um peido, eu teria o maior prazer e me sentiria honrado em presenciá-lo.

Na verdade, ele não falou essa última frase, fui eu.

— Muito generoso de sua parte, Davy — disse a sinhazinha. — Estou orgulhosa de você, James, por oferecer essa tão atenciosa e útil comodidade. Poderíamos fazer uma pequena cerimônia de inauguração, o que você acha?

O Velho Babão estava a ponto de cair em silêncio, uma vez que sua revelação sobre o preço não causara o efeito desconfortável que ele desejava. Ao perceber isso, a sinhazinha voltou-se para ele.

— Estou aqui pensando, reverendo — ela disse —, se poderíamos contar com sua generosidade de dizer algumas palavras em homenagem à ocasião. Sei que o reverendo é ocupado, mas não acho que uma cerimônia seria completa sem um discurso inaugural de sua boa pessoa.

De cara lavada, como se ela realmente sentisse isso! Que mulher digna de admiração, ela era maravilhosa!

Desnecessário dizer que o Velho Babão não ficou imune a tanta honra.

— É claro — ele disse. — Devo conseguir fazer alguma coisinha.

— Eu espero que sim — disse a sinhazinha. — É claro que já li seus panfletos sobre William de Orange muitas vezes, mas nunca os ouvi recitados. Talvez, na cerimônia da fonte, o reverendo possa nos honrar com sua leitura.

— É uma opção — disse mestre James apressadamente. — Ou talvez o reverendo possa ser convencido a escrever algo mais apropriado para a ocasião.

Nesse exato momento, a sinhazinha olhou para cima e me pegou os olhando, acho que fiquei parada lá por um tempo observando-os mesmo já tendo acabado de arrumar as coisas do chá.

— O chá está servido, Bessy? — perguntou ela e quando fiz que sim ela disse alegremente: — Muito bem, então. Obrigada.

Fiz uma reverência e saí do salão, parando no caminho para espantar o gato que havia entrado pela porta aberta. Quando saí, eles estavam todos em pé em um movimento geral em direção à mesa de chá. A sinhazinha tinha dado o braço para o reverendo e estava ouvindo educadamente enquanto ele deliberava sobre a forma que seu discurso deveria ter. Enquanto isso mestre James, com a segurança recuperada, havia assumido uma pose magistral (um pé sobre a cadeira e as mãos na cintura) e estava explicando que mais de 60 metros de encanamento seriam instalados para alimentar a fonte, informação que foi saudada por Flemyng com tanto atordoamento e admiração que, por Jeová, você pensaria que era algo sem precedentes na engenharia.

Por volta das 17 horas os convidados foram embora, aparentemente satisfeitos com o chá. De modo geral a sinhazinha havia se comportado bem, pode-se até dizer que melhor que o marido. Eu pessoalmente estava muito aliviada. Apesar de um início vacilante ela esteve graciosa e charmosa, quase em sua antiga boa forma. Não apenas havia sido naturalmente diplomática com o Velho Babão como mais ou menos salvara seu marido da vergonha. Se ela conseguia fazer tudo isso, então com certeza deveria estar bem.

Ainda assim, antes de a semana acabar, aconteceu algo que me fez duvidar dessa conclusão. Foi algumas noites antes de eles partirem para Edimburgo. Eu havia ido para a cama no horário de sempre e passava o tempo escrevendo meus afazeres no livrinho para mostrar à sinhazinha na manhã seguinte. Mas quando apaguei a vela percebi que não conseguia dormir; talvez o pensamento de ficar separada dela por alguns dias estivesse me perturbando. Enquanto eu estava deitada ali inquieta como um cão com pulgas fui ficando cada vez mais alerta quanto ao silêncio da casa. Eu não estava com medo porque sabia que a sinhazinha e mestre James estavam em seus quartos no andar de baixo. Mas isso me fez pensar nos dias em que eles estariam em Edimburgo e eu ficaria completamente sozinha. Quão quieta a casa ficaria então?

Foi enquanto eu me perguntava isso e talvez me sentindo um tanto ansiosa por antecipação que percebi um barulho no térreo. Um som de uma batida forte, seguido por um fraco trincar no piso, depois do qual houve um período de silêncio e então o som voltou — e sumiu. Para os meus ouvidos, era como se alguém estivesse andando furtivamente pelo terreno. No primeiro momento pensei em invasores. Embora não houvesse muito o que roubar no Castelo Haivers, a sinhazinha tinha algumas joias que haviam sido de sua mãe, pequenos tesouros que ela guardava em uma caixa em seu quarto. Imaginei um invasor olhando para a sinhazinha enquanto ela dormia e foi esse pensamento que me fez levantar da cama. Na pressa, não peguei nenhuma vela e tive de tatear o caminho escada abaixo o mais rápido que pude.

Ao chegar ao andar de baixo, percebi que a porta do quarto da sinhazinha estava aberta e que a luz estava acesa lá dentro. Fui entrando na ponta dos pés, sem respirar, mas para meu alívio vi que o quarto estava vazio. As cobertas estavam desarrumadas como se a sinhazinha tivesse deitado por um tempo e então levantado. Concluí que ela deveria ter descido para a cozinha talvez para comer alguma coisa, e já estava para voltar para o meu quarto quando um barulho fraco e mais distante chamou minha atenção. Era o som de madeira trincando.

Olhei pelo corredor na direção da escada principal e assim que virei a sinhazinha surgiu, descendo as escadas no meio de uma luz. No primeiro momento a única coisa que eu consegui ver foram seus chinelos de veludo e as penas de sua camisola. Ela estava pisando com cuidado e de leve. A parte de cima da parede da escada bloqueava sua visão do andar, portanto ela não havia me visto ainda, então eu me escondi atrás da cortina, acho que não queria que ela pensasse que eu a estava vigiando, o que seria esquisito. Em uma das mãos, ela carregava um lampião. E havia algo enfiado debaixo de seu braço. Um objeto meio quadrado pequeno, escuro, que não consegui identificar.

Isso tudo eu percebi pouco antes de ela pisar no andar. Fui na direção das sombras e prendi a respiração, grata por ela estar tão decidida a chegar ao seu quarto silenciosamente que só olhava para a frente e não me viu. Ela mantinha o objeto bem junto do corpo e só consegui ver algo pendente antes que ela desaparecesse em seu quarto e fechasse a porta. O que quer que fosse, havia sido preso com uma fita vermelha.

O que seria esse objeto misterioso? Algo que ela queria levar para Edimburgo, talvez? Ou algo que ela havia tirado da caixa de Nora no sótão? E por que ela esperou cair a noite para ir até lá?

14

Páginas desaparecidas

É claro, eu disse a mim mesma que deveria haver uma explicação perfeitamente normal para a sinhazinha sair às escondidas no escuro. Mas minha preocupação era que, de alguma forma, isso tudo estivesse conectado ao seu recente colapso. E justo quando ela parecia estar indo tão bem!

Na manhã seguinte, quando fui ao seu quarto, olhei em volta mas não havia sinal do objeto misterioso. Não. O único lugar razoável para esconder algo naquele quarto era a mesa em que ela mantinha o *As observações*, e me ocorreu que ela deveria ter enfiado ali o que quer que fosse aquele objeto. A chave estava na fechadura e me senti tentada a dar uma olhadinha rápida na gaveta. Mas embora eu enxergasse razões mais do que concretas para entrar no quarto naquela manhã, a sinhazinha estava sempre presente então isso jogou um balde de água fria nos meus planos. Uma hora subi com mais lenha porque ela estava costurando perto da lareira e quando entrei ela me olhou de lado, achei que ela fosse dizer. Pelo amor de Deus, que diabos você quer agora?, porque eu entrei e saí de lá, desde o comecinho da manhã, nem sei quantas vezes, acho que umas 146.

Mas não era nada disso. Eu logo descobri.

— Eu percebi — disse ela —, enquanto estava no sótão esta manhã, que alguém apagou aquela mensagem da janela.

— Oh — disse eu. — O que a senhora estava fazendo no sótão, madame? — Tudo isso do modo mais casual que eu conseguia forjar; por alguma razão ela estava mentindo sobre *quando* ela havia estado lá.

Ela apontou para alguma coisa ao pé da cama. Uma mala que até aquele momento eu não havia percebido. É claro que ela precisaria de uma mala para levar para Edimburgo e certamente aquela mala estava no sótão. Então talvez ela tivesse realmente ido lá mais cedo naquela manhã. Mas esse objeto certamente *não* era o que ela estava carregando na noite anterior, não mesmo.

— Eu fui buscar isto — ela disse. — E vi que a janela havia sido limpa.

— Sim, madame — eu admiti. — Fui eu, no dia de seu colapso.

Ela estalou a língua.

— Oh, isso *é* uma pena — ela disse. — Eu queria examinar o traço.

— O traço, madame?

— A letra. Eu teria reconhecido o estilo, entende?

Por Jeová, eu estava mais feliz ainda por ter limpado a claraboia. É claro que eu havia disfarçado minha caligrafia usando letras de forma, eu não era completamente burra. Mas, para ser honesta, na hora que escrevi a mensagem na janela nem sequer considerei a letra de Nora, porque eu não tinha ideia de como seria, e além disso quem pode dizer como é o estilo de fantasmas e se eles escreveriam da mesma forma que faziam quando estavam vivos?

A sinhazinha estava olhando para mim, esperando algo.

— Sinto muitíssimo, madame — menti. — Apenas pensei que deveria me livrar daquilo. A senhora quer mais alguma coisa agora?

— Não, obrigada, Bessy. De toda forma, se você vir mais letras como aquela ou quaisquer mensagens, por favor certifique-se de *não* limpá-las e venha me chamar imediatamente.

Apenas olhei para ela, em um misto de surpresa e choque. Estávamos andando em círculos.

— Mas... madame... não havíamos concordado que não haveria mais escritos, porque não existe fantasma? Que a mensagem muito provavelmente havia sido deixada pela menina Nora *antes* de ela morrer?

A sinhazinha piscou muitas vezes como que tentando se lembrar de alguma coisa.

— Oh, sim — ela disse. — É claro. Eu só quis dizer que talvez a menina tivesse escrito *outras* mensagens em outros lugares. É claro que estava me referindo a quando ela era viva.

Claro é o traseiro da minha tia gorda!

Ela sorriu e levantou outra meia para examinar, mas seus olhos estavam vidrados.

— Acho que esta aqui não vale a pena salvar, você não acha? — ela disse. — Está tão cheia de furos... Ah, bem, é necessário. — E com um gesto de desdém ela continuou a costurar.

Esse pequeno episódio me fez crer que sem dúvida a sinhazinha estava agindo de forma um pouco aérea. Eu não desejava que ela caísse doente de novo. Tanto assim que decidi investigar sua gaveta tão logo eles partissem para Edimburgo.

Eles partiram no dia seguinte, como fora planejado. Mestre James ainda não havia viajado na direção leste pela linha de trem, mas ele queria viver essa experiência e então eles deveriam tomar o trem de Westerfaulds para Bathgate e de lá para Edimburgo. A carruagem foi pedida para as 11 horas, mas Biscuit Meek chegou dez minutos atrasado. Hector, maldito seja, não estava em lugar nenhum então eu mesma peguei as malas e as levei para fora. Mestre James (que estava saltitante pela sala como uma galinha em uma chapa quente) saiu às pressas atrás de mim e pulou na carruagem com tanto vigor que fiquei surpresa por ela não desmontar em torno dele. Biscuit acomodou as malas do lado de dentro sem proferir uma palavra e então voltou a subir em seu assento, embora "subir" não seja bem o termo. Se de fato for possível subir e rastejar ao mesmo tempo, então foi isso que ele fez.

Esperei nos degraus até a sinhazinha aparecer. A chuva havia finalmente parado e o sol tinha saído, mas tudo ao redor estava ensopado. Os degraus, o caminho de pedras, as grandes árvores desfolhadas, o lodo, as ervas daninhas cheias de orvalho, tudo aos meus olhos parecia escorregadio e oleoso. O som de Biscuit resmungando como uma velha chaleira atingiu meus ouvidos e pareceu-me que seus cavalos estavam igualmente raivosos uma vez que eles pisavam forte e faziam sons secos como o diabo, ou pelo menos mais do que o necessário. Para dizer a verdade eu não estava em minha melhor forma. Não sei exatamente por quê. Talvez eu estivesse preocupada com a sinhazinha. E também, para ser honesta, não estava ansiosa por passar dois dias sem ela.

Mestre James estava claramente se coçando para ir embora porque ele ficava olhando para a porta, fazendo sons desesperados e, depois de um tempo em que ainda não havia sinal da sinhazinha, ele voltou para dentro de casa. Veio o som de ele subindo com algo pelas escadas, um momento se passou e então a sinhazinha finalmente apareceu usando um vestido branco-acinzentado sob um casaquinho preto. Pude perceber imediatamente que ela estava estressada, pela forma como mordia o lábio. Ela veio até mim e apertou minhas mãos. Senti o couro fino quente e seco de suas luvas em meus dedos.

— Bessy — ela disse. — Você viu a chave que abre a gaveta de minha mesa?

— Não, madame.

Olhei para ela diretamente nos olhos quando disse isso. Ela franziu a testa e seu olhar se perdeu.

— Mas eu não a encontro em lugar nenhum — ela disse, como se estivesse falando sozinha. — Devo tê-la perdido.

Mestre James veio falando de forma rude atrás de nós.

— Circulando! Circulando! — ele disse, fazendo como se estivesse varrendo nós duas para longe dos degraus, e eu fui forçada a me desviar do caminho dele. Ele tomou a sinhazinha pelo braço e a conduziu para dentro da carruagem.

— Adeus — eu disse. — Aproveite a viagem, madame.

Mestre James a acomodou lá dentro, então sentou ao lado dela e fechou a porta. Biscuit estalou seu chicote e balançou as rédeas. Os cavalos galoparam pelo caminho. Acenei para a sinhazinha, mas acho que ela não conseguiria me ver uma vez que seu marido estava bloqueando sua visão.

Assim que a carruagem ganhou velocidade na rua, corri minha mão para o bolso do avental e fechei os dedos em volta do metal frio da chave, que consegui pegar enquanto ela estava fora.

***

Fiquei olhando até a carruagem estar fora do campo de visão e então entrei e fechei as portas. A sensação na casa era muito diferente sem ninguém lá dentro, isso era. Muito grande, muito fria, muito escura e, a não ser pelo tique-taque do relógio carrilhão, era silenciosa como um túmulo. O próprio ar parecia parado como se estivesse esperando. Meus passos ecoavam pelo salão e vários móveis para os quais eu sempre olhava — o relógio, a mesa de centro, a escrivaninha — repentinamente deixaram de ser familiares. Percebi que tudo isso poderia ser devido à minha imaginação uma vez que eu não estava acostumada a ser deixada sozinha por mais do que algumas horas. Ainda assim eu corri para a cozinha, que pelo menos tinha a vantagem da grande familiaridade.

Apenas para o caso de eles voltarem para pegar algo que tivessem esquecido, eu pretendia esperar mais uma hora até me embrenhar em alguma atividade ilícita. Mais cedo naquele dia eu havia juntado todas as panelas de ferro, que agora eu limpava por dentro e por fora. Trabalho pesado, embora tenha tomado apenas meia hora, mas eu estava tão preta no final da tarefa que me levei mais vinte minutos para me lavar e encontrar um avental limpo. Depois disso corri para o piso de cima.

Arabella estava longe de seu quarto, mas diversos rastros dela permaneceram. Um pano e duas meias jogadas no tapete turco. O aroma de rosas no ar em volta de sua cama. Alguns fios de seus cabelos na fronha. E na bancada do banheiro, algumas gotas de água de quando ela havia se lavado naquela manhã.

Meus pés não fizeram nenhum barulho quando fui até sua mesa. A chave girou com facilidade e a gaveta rangeu quando a puxei.

Para minha surpresa, diante de mim estava o livro *As observações* — totalmente aberto em uma página cujo cabeçalho era "Nora continua a se superar". Aquela chata daquela Nora de novo. Maldita seja ela! A sinhazinha devia ter passado um tempo lendo sobre ela. Minha primeira ideia foi arremessar o livro pela janela. Mas eu não faria isso, você sabe, e, como uma língua que volta para sentir um dente podre, fui levada a descobrir mais sobre minha rival e então passei os olhos na página.

Extraído de As observações

(Veja as restrições previamente citadas)

O trabalho na área de testar a obediência continua caminhando a passos largos. De fato, parece que criei, sem querer, um trocadilho com esse "a passos largos" uma vez que recentemente me concentro em desenvolver o experimento "Ande" com Nora. Os leitores devem lembrar que, nos primeiros dias de seu trabalho, ela andava para a frente quando ordenada até encontrar um obstáculo, e nesse ponto ela se virava e continuaria andando. Ela fazia isso sem que ninguém pedisse. Particularmente, eu esperava que ela parasse completamente ao encontrar um obstáculo e era uma surpresa deliciosa vê-la parar e então rodar em outra direção, meio como um brinquedo de corda. De toda forma, essa mudança de rota quando diante de um obstáculo significava que seus movimentos eram sempre restritos a uma área pequena — quando ela andava pelo cômodo em que por acaso estávamos, ou no quintal, se as circunstâncias permitissem que trabalhássemos do lado de fora. Para aumentar a abrangência do experimento, sugeri que dali por diante ela não mudasse de direção quando se visse diante de um obstáculo. Em vez disso, ela deveria superá-lo. Em outras palavras, ela deveria dar a volta, ou passar por cima, ou pelo meio, ou (se necessário) por debaixo de quaisquer obstruções que viesse a encontrar.

O efeito disso foi extremamente interessante. No primeiro dia eu a posicionei em frente à casa e disse a ela "Ande", ao que ela saiu pelo caminho de pedras, desviou de uma árvore, passou pelo meio das ervas daninhas e teria escalado a parede e continuado pela rua se eu não a tivesse chamado e dito a ela que desistisse — ao que ela pulou para o chão e desajeitadamente voltou para o meu lado. Recompensei seu bom trabalho com muitos elogios e, no dia seguinte, eu a levei a um campo nos fundos da casa onde mais uma vez ordenei que ela andasse. Dessa vez eu a havia mandado ir na direção leste. Lá foi ela pelo campo e, quando deu de cara com uma cerca bem adiante, passou direto e continuou seu caminho até que eu a chamasse de volta. Esse experimento foi repetido por um determinado número de dias, sempre com resultados satisfatórios, e cada vez eu permitia que ela arriscasse ir mais longe. Em vez de ter de correr ao lado dela, adquiri um apito e a treinei para que ela refizesse seus passos quando me ouvisse apitar três vezes. Ela diz gostar desse experimento mais do que qualquer outro que fizemos até agora, especialmente (segundo ela) porque ela pode perceber que ele me deixa muito contente. E ela tem razão, ele me deixa contente, talvez porque, essencialmente, seja uma tarefa completamente sem sentido — e ainda assim ela o faz por mim sem questionar ou reclamar.

Nunca a sinhazinha havia demonstrado qualquer interesse em *me* fazer andar para ela, nem dentro de casa nem fora. Eu estava fula da vida. Rapaz, vou lhe dizer, eu estava uma fera! Peguei o livro *As observações* e o joguei no chão. E ali — embaixo dele na gaveta, sobre todas as publicações femininas — vi um outro livro, envolto por uma fita vermelha.

Enfiei a mão e o puxei; não era nada mais que um livro de listagens barato exatamente como o que a sinhazinha havia me dado. A fita ao redor dele se soltou com apenas um puxão. Virei a capa para abri-lo. Dentro, alguém havia escrito em letras estilizadas o nome "Nora Hughes". As páginas estavam cheias de textos datados escritos com a mesma letra. Era o diário de Nora. Então aqui estava ele, o misterioso objeto. As palavras da santa abençoada.

De repente percebi o que a sinhazinha havia ido fazer no sótão. Ela mantinha todos os diários de suas criadas ali na gaveta, provavelmente incluindo este de Nora, que ela devia ter levado para cima a fim de comparar a letra com a da janela — para acabar descobrindo que a mensagem do vidro havia sumido.

Virei as páginas e li alguns textos só para ver como Nora escrevia. Sua ortografia era perfeita, e, por Deus, ela sabia onde colocar a pontuação (algo a que eu aspiro mas embora eu tenha melhorado desde quando cheguei ainda não tenho certeza de onde esses pinguinhos devem entrar). Suas letras eram perfeitas como as patas de uma abelha e ainda assim apesar desses méritos evidentes não consegui enxergar como o que Nora escreveu poderia ser melhor do que os meus esforços. Não havia brilho no conteúdo ou nada que interessasse. Desnecessário dizer que a maior parte do que ela escrevia eram apenas anotações do que ela havia feito no lugar. Às vezes ela escrevia sobre os experimentos, o que ela tinha de fazer, quantas repetições etc. E às vezes (sem dúvida por instrução da sinhazinha) ela dizia algo sobre seus pensamentos e o que passava por sua cabeça. Cada texto praticamente igual ao anterior. Aproximadamente um quarto do livro estava preenchido. Li mais ou menos uma dúzia de páginas e então pulei para o final para ver o que o último texto dizia. Não lembro as palavras exatas mas vou escrever aqui algo próximo.

Andei sem parar a pedido de milady pelo campo hoje, depois de acabar o serviço. Não encontrei obstáculos a não ser algumas cercas, que foram saltadas. A direção leste foi mantida, de acordo com as instruções de milady. Estava um dia bonito e a caminhada me deu oportunidade para pensar. Acho que estou bastante reflexiva agora, e estava perdida sonhando acordada até que uma terrível visão surgiu não longe do meu caminho — um pega (pássaro preto e branco) destroçando um animal pequeno ou um pássaro que ainda estava vivo. Os terríveis e ensurdecedores grunhidos e gritos dessa criatura morrendo eram muito atormentadores. Queria impedir o assassinato brutal mas não ousei — e, é claro, tinha de continuar andando sem parar se quisesse seguir as instruções de milady. Ponderei que — mesmo que o pega fosse caçado — o pequeno animal morreria de seus ferimentos fatais. Também sabia que a coragem de matar não está em mim. Como resultado, nunca descobri exatamente que tipo de criatura era — talvez um rato ou uma lebre recém-nascida ou um pássaro de algum tipo. Meus olhos estavam embotados e as lágrimas escorreram até eu ouvir o apito de milady, então sequei meus olhos e voltei para o Castelo Haivers — fiz uma rota um pouco mais longa, de modo que o trágico cenário da morte pudesse ser evitado.

Milady diz que em um dia ou dois, com a graça de Deus e a permissão do tempo, será feita outra caminhada, só que da próxima vez deverei andar na direção norte em nosso campo, uma direção nunca tomada até agora. Milady deu a dica de que dessa vez ela não deverá apitar para que eu volte e que eu andarei até minha consciência me mandar parar. Ela não explicou mas acredito que ela queira saber quão longe eu irei por ela. Ela deveria saber a esta altura que é claro que não há nada que eu não faria por ela e que não há distância que eu não viajaria, mesmo que minhas botas saíssem dos meus pés.

Talvez eu esteja muito sensível recentemente, mas decidi que odeio os pegas. Eles são os pássaros mais terríveis, piores ainda do que os corvos.

Aqui acabava o último texto, um monte de ladainha sobre pássaros e pequenas bestas. Mas eu estava intrigada e irritada com as referências às caminhadas. "*Andaria sem parar por milady*" e "*Outra caminhada será feita, mas desta vez deverei ir na direção norte*" etc.

Essa bobagem de caminhada. Dava até para pensar que era algo especial para o qual apenas algumas pessoas eram boas o suficiente. Meu coração disparou, era um rompante de ciúme. Que a sinhazinha era independente de mim, que eu não tinha controle sobre seus pensamentos e sentimentos, que ela poderia de fato *gostar* de outra menina além de mim, achá-la uma criada melhor ou confiar a ela experimentos especiais tudo isso era fonte de muita frustração. O pior de tudo era que eu não podia fazer nada a respeito disso, Cristo, eu odiei essa Nora naquela noite. E eu nem a conheci! Eu estava doente de raiva de seus caminhos de desvios perfeitos. O que ela tinha que eu não tinha para fazer a sinhazinha gostar tanto dela? Afinal de contas, ela não era nada mais do que um monte de ossos apodrecendo.

Eu estava prestes a fechar o livro e enfiá-lo de volta na gaveta quando percebi alguns pedacinhos finos de papel presos na costura e — ao examinar a lombada mais de perto — percebi que várias páginas haviam sido removidas. Não arrancadas, o que deixaria cantos desiguais e esses eu teria percebido imediatamente, mas cortadas bem rentes à lombada, quase deliberadamente e com algo muito afiado.

Considerando as datas e o que estava descrito no restante do livro parecia bastante óbvio que o que estava narrado nas páginas que faltavam eram os últimos dias de Nora no Castelo Haivers, talvez incluindo essa caminhada para o norte que ela havia mencionado no último texto. Mas por que ela teria escrito e depois removido as páginas? Teria ela decidido esconder suas atividades da sinhazinha? Talvez quando foi para a caminhada ela tenha se envolvido em uma briga. Ou ela estaria se encontrando com algum amante secreto? Vou lhe dizer, eu estava muito extasiada por encontrar algo que poderia manchar o caráter de Nora de uma vez. Aquela doente, aquela rata. Bem, se ela podia fazer uma caminhada pela sinhazinha, então eu também poderia, certamente. Não que eu fosse ser capaz de *falar* com Arabella sobre isso porque isso significaria eu ter de revelar que estive xeretando no quarto dela, em suas gavetas e tudo o mais. Mas eu estava muito curiosa para seguir os passos de MINHA RIVAL!

Acelerei para completar minhas tarefas e às 15h30 eu estava me dirigindo ao topo do campo com um casaco nas costas e um chapéu na cabeça. O casaco era um que a sinhazinha havia me dado, um velho dela feito de lã fina e cinza. Com o chapéu eu não estava muito feliz, eu o havia encontrado no quarto, era um chapeuzinho coco redondo que uma avó usaria, ele me mantinha aquecida — embora alguns meses antes eu não o teria colocado em minha cabeça nem se você me pagasse *100* libras.

No ponto mais alto do campo havia uma parede com uma escada de pedras que eu subi e então fiquei parada por um momento no degrau mais alto. Atras de mim estavam a floresta e o Castelo

Haivers. Eu estava prestes a ir adiante quando fui surpreendida pelo fraco mas identificável bater de uma porta. O chapéu de vovó limitava minha visão e então eu tive de virar o corpo inteiro na direção do barulho, que havia vindo de algum lugar à esquerda da floresta onde ficam as cabines da estação de trem. Fiquei surpresa ao ver quão perto passei delas porque eu podia olhar para baixo e vê-las como um conjunto de casas de boneca. Um fiapo de fumaça saiu de uma das pequenas chaminés. Então um movimento atraiu meu olhar e eu vi um Hector em miniatura sair de fininho das construções atrás das árvores, talvez ele estivesse se dirigindo para a casa, bem, era tarde demais para ele andar de fininho, não havia ninguém em casa, ele deveria ter estado lá pela manhã para ajudar com o carregamento das malas, isso sim. Pensei em assobiar e acenar para ele mas então me lembrei do meu chapéu esquisito e mudei de ideia, ele passaria o resto da vida me zombando.

À minha frente estava um outro campo coberto de grama, descendo o morro. Além dele, a terra se nivelava embora o horizonte distante estivesse invisível por causa da neblina. Pulei para baixo e continuei andando. Atrás de mim, o Castelo Haivers desapareceu, encoberto pelo morro. Fui adiante, seguindo a trilha das árvores até que cheguei a uma suja estradinha estreita onde a vegetação parecia acabar. Logo em frente ficava uma área de mata fechada, desfigurada aqui e ali por grandes pedaços de lenha. A trilha que eu vinha seguindo continuava depois desse terreno e então eu apertei o passo, porque eu sabia que se continuasse andando reto contra a direção da Great Road eu estaria mais ou menos na direção norte.

Agora eu estava atravessando um cenário deprimente e estragado. Contra o céu de inverno algumas árvores desfolhadas apareciam negras e mirradas, curvadas por causa do vento forte. Na minha cabeça elas pareciam gigantes levantando seus braços e reagindo em choque a algum grande terror. Nenhum pássaro cantava neste lugar e nada belo crescia, tudo eram arbustos carcomidos, lodo e folhas. O ar ficava cada vez mais frio à medida que a luz começava a sumir. A neblina corria no chão como fumaça e um cheiro de queimado impregnava o ar. Desisti de tentar manter minha saia limpa porque em alguns pontos o caminho era só sujeira e detritos. Minha face estava insensível por causa do frio e meus olhos lacrimejavam.

Mas pelo amor de Deus. Era só uma caminhada! *Qualquer um* podia andar. E eu tinha plena certeza de que estava fazendo isso tão bem quanto a Senhorita Perfeita. E sob piores circunstâncias, além de tudo! Porque eu queria ver ela fazendo isso não no verão mas agora que estava frio o suficiente para congelar o seu cu. Peguei-me imaginando se ela de fato havia trilhado esse mesmo caminho ou cruzado esse terreno ou olhado aquelas chaminés altas de fábricas visíveis ao nordeste, a fumaça preta subindo delas para se misturar com a neblina e as nuvens. O que se passava pela cabeça dela enquanto caminhava com o nariz empinado no ar? Duvido que ela tivesse gostado de sujar as saias. Provavelmente ela estaria fazendo um roteiro de como se embrenhar mais ainda no coraçãozinho de Arabella, a vaca. E ela era tão santa que eu não ficaria surpresa se ela fizesse as caminhadas dela rezando. E como devia ter acontecido algo na caminhada que ela quis manter em segredo, eu estava intrigada com isso, porque não havia nada ali do que falar. Nenhum lugar para ficar bêbada ou entrar em uma briga. E certamente esta não era uma trilha de amantes, de jeito nenhum o tipo de lugar a que você iria para juntar suas partes íntimas com as de outra pessoa.

Eu estava tão perdida em meus pensamentos sobre Nora que deixei de notar que o terreno bem à minha frente descia numa funda inclinação de repente. Pisei no ar e perdi o passo e então tombei e caí. Só consegui parar de rolar ao agarrar com força a grama.

Fiquei boquiaberta e deitada ali imóvel por um momento para recuperar a respiração. Meu tornozelo inchou, mas não machucou muito. No processo de me salvar, me contorci para ficar de frente para o lado de onde eu vim. Meu primeiro pensamento foi que eu havia caído em algum tipo de buraco no chão porque, no momento em que tropecei, vi um monte de grama no lado oposto e eu já havia ouvido falar dessas armadilhas e de pessoas que haviam caído nelas por acidente para a grande diversão de seus colegas. Mas então virei minha cabeça e vi que estava errada. Porque na base do buraco ou depressão formada pelos dois montes (e se alongando para os dois lados até finalmente desaparecer na neblina) havia descansos de madeira e trilhos de metal novinhos.

Estava a ponto de levantar quando notei um sussurro bem próximo. O ar parecia brilhar à medida que o sussurro aumentava até virar um rugido e então de uma vez só houve um grito quando um enorme trem preto irrompeu na neblina e passou diante de mim em um pandemônio de fogo e vapor e fumaça, com um grito desesperado e o tilintar de um sino e as muitas janelas acesas piscando tão perto que, Jesus Cristo, você poderia alcançá-las e tocá-las.

Tive de correr na maior parte do caminho de volta para vencer a escuridão. Por todo o percurso pensei em Nora e na linha do trem. É claro que eu não podia evitar pensar em Janet Murray e em todas as pistas que ela deu na noite em que estive no The Gushet, sobre a sinhazinha estar envolvida com a morte de Nora. Mas eu estava tentando não tirar conclusões precipitadas. Certamente não era *impossível* que Nora tivesse sido atingida por um trem enquanto estava fora caminhando para a sinhazinha. Mas com certeza isso era pouco provável. *As observações* discorria sobre quão leal e obediente era Nora, tudo isso. Mas eu duvidava que sua obediência incluísse cruzar o caminho de um trem em movimento simplesmente porque a sinhazinha havia dito a ela que andasse sem parar, isso não era mais cumprir tarefas, era ser completamente burra. É claro que deve ter sido um acidente, afinal de contas não havia eu mesma quase caído na linha? Mas ela teria de ter caído no exato momento em que um trem estivesse passando. Ou isso ou ter batido a cabeça e desmaiado de frio. Senão, ela poderia simplesmente ter levantado e continuado seu caminho.

Ou será que Janet estava insinuando algo pior? A coisa mais aterrorizante em que consegui pensar foi que a sinhazinha teria seguido Nora até esse local desolado e então a empurrado para debaixo de um trem. Mas isso era simplesmente ridículo. A sinhazinha tinha muita estima por Nora. (Por que, não sei. Mas tinha.) Simplesmente não era possível que ela tivesse feito isso.

Além do mais... Recomponha-se! Eu nem sabia se aquela era a linha certa. É claro que não havia trilhos de trem por toda parte em que Nora poderia ter tropeçado por acidente, sozinha. Na verdade mestre James tinha um mapa na parede do escritório no qual, se bem me lembro, a posição de todas as linhas de trem era indicada.

Não me leve a mal. Eu não estava achando que a sinhazinha tinha culpa, nem um pouco. Mas apenas pensei que deveria dar uma olhada no mapa, no mínimo para provar que Janet estava errada.

Quando voltei para casa, encontrei-a fria como um túmulo. Fui direto para o escritório onde acendi muitas velas e a luz das chamas me animou um pouco. Então, com o lampião na mão, olhei os mapas na parede. A maioria era do Império, mas logo encontrei o que retratava a área local. Ele era menor que o resto e estava emoldurado em madeira escura envernizada. Tirei-o do gancho e o coloquei na mesa entre as velas. Então debrucei-me sobre ele para dar uma olhada.

Ali estava Snatter no cruzamento, um amontoado de construções disputando espaço ao longo de cada lado da Great Road. Encontrei o Castelo Haivers próximo demarcado por um grupo de pequenos cedros. Na beira da moldura, as cabines eram mostradas como quatro quadrados pequenos. A oeste, a farmácia de Flemyng. O próprio Thrash Burn e seus afluentes se espalhavam pelo mapa como veias. E é claro que ali havia uma linha de trem, uma linha preto e branca que se curvava pelo local na direção de Bathgate. Mas um pouco adiante, a leste, uma outra linha semelhante surgia e entrava na mesma cidade. E a sul e a oeste havia ainda mais linhas, mais finas que essas duas, só que com trilhos marcados através delas; deduzi que elas deveriam ser linhas auxiliares que serviam carvão ou algum tipo de trabalho.

Pronto. Linhas de trem por todos os lados e Nora podia ter encontrado seu destino em qualquer uma delas. Devo admitir que fiquei um pouco aliviada. Estava prestes a levantar o mapa e colocá-lo de volta à parede quando algo me fez olhar para cima. Talvez eu tenha sentido ou ouvido movimentos do lado de fora, não sei. Mas ali na janela do escritório, embora horrivelmente distorcido pela condensação e pela escuridão, havia o perfeito contorno de um rosto, perto do vidro, me encarando diretamente.

Tudo isso aconteceu em segundos. Acredito que gritei e pulei, nesse processo derrubando uma vela, que instantaneamente se apagou. Meu primeiro impulso foi me esconder. Como me virei com o formato da mesa eu não lembro. Posso até ter pulado a mesa uma vez que eu simplesmente caí fora do escritório. Quando eu já estava no salão me senti um pouco mais segura porque lá as únicas janelas de vidro eram foscas e era impossível ver qualquer coisa através delas. Na escuridão, fui desajeitadamente até a porta da frente. Os dois ferrolhos ainda estavam trancados e eu sabia que a porta da cozinha também estava segura porque eu tinha trancado o ferrolho quando entrei. Dei alguns passos para trás e fiquei ali, tremendo e soluçando, cada fibra do meu ser em estado de alerta.

Primeiro eu não conseguia ouvir nada. O lampião no escritório emitia um brilho fraco para o salão e, enquanto meus olhos se acostumavam com a penumbra, eu olhava em volta procurando uma potencial arma mas tudo o que consegui distinguir foi um cabo velho no porta-guarda-chuvas. Então eu me lembrei da faca de Nora em meu bolso. Eu vinha carregando isso comigo para cima e para baixo desde que a encontrei na caixa dela.

Eu a tirei do bolso, desdobrei a lâmina e a estiquei na minha frente, meus ouvidos, olhos e mente como que contorcidos de aflição. Depois de um momento, detectei o som de um estalar de madeira, alguém estava se aproximando pela lateral da casa. Chegou à entrada e subiu os degraus. Caiu o silêncio. Esperei que algo acontecesse, que a maçaneta virasse ou que batessem à porta. Em vez disso, um par de olhos espremidos apareceu na entrada para cartas. Alguém estava olhando diretamente para mim! Me encolhi nas sombras. E então o invasor falou meu nome.

— Bessy? Donde tá ocê? Bessy! É eu!

Jesus Cristo, Hector! Eu poderia tê-lo expulsado aos gritos. Dado meu estado de nervos, você vai me perdoar por eu ter ignorado as boas maneiras e ter jogado na direção da entrada para cartas uma explosão de palavrões como um tiro de canhão. Vou pular as partes piores e ir direto ao desfecho.

— Seu porcaria, que droga é essa de você ficar me encarando pelas janelas fechadas?

— Espera aí! — disse Hector do outro lado da porta; ele parecia muito ofendido. — Eu não tava encarando ocê, nem um pouquinho, nem um pouquinho.

Eu disse a ele que duvidava e mencionei um ato rude em que ele estaria concentrado enquanto olhava pela janela. Hector protestou contra isso mais acaloradamente ainda. Algo sobre o cuidado com que ele pronunciou as palavras me fez perceber que ele estava realmente fora de si. Eu o convidei a ir embora sem demora.

— Escute aqui — ele disse. — Eu vi a luz acesa dentro do escritório e olhei para dentro... olhei... mas eu juro que tava pra bater no vidro quando ocê me viu e pulou e começou a gritar que nem louca. Eu só vim ver se ocê queria ir dançar comigo. Estamos dando uma festinha.

Embora eu estivesse balançada a ir, eu não tinha muita vontade de ir às festas com Hector porque eu não poderia suportar a ideia de Muriel e as outras pensarem que ele e eu estávamos saindo ou fazendo alguma coisa e eu suspeitava que Hector faria de tudo para criar essa impressão, por mais falsa que ela fosse.

— Eu sou um dançarino muito bom — disse ele, e, para me provocar um pouco mais, afastou o rosto da porta e arrotou.

— É muito gentil de sua parte me convidar — eu disse. — Mas não, obrigada.

— Ah, vamos lá! Não se preocupe. Nenhum de nós vai passar a mão nocê nem nada.

Eu disse a ele que ele era bom de lábia e que ele sabia como provocar uma garota, mas que eu estava muito cansada para dançar. Então me abaixei ao lado da entrada para cartas.

— Escute, você se lembra de uma menina que trabalhava aqui, chamada Nora?

O rosto dele apareceu na entrada, a bebida o havia enchido tanto a ponto de sair pelos seus olhos, que estavam estáticos como mercúrio. O bafo dele poderia fazer alguém desmaiar.

Ele disse numa voz bem baixa:

— Ocê vai querer que eu entre pra te fazer companhia?

— Não! — disse eu.

Aquilo o desarmou. Sem responder, ele ficou de pé abruptamente e saiu tropeçando pelos degraus. Eu o acompanhei com os olhos.

— Espere! — eu gritei, e ele se virou, balançando. — Em que linha Nora morreu?

Ele apontou vagamente por sobre o teto da casa.

— Naquela ali.

— Atrás do morro?

— Nessa mesmo — ele disse.

— Oh — eu disse, pensativa. — Bem, ela era surda ou cega ou algo assim?

— Quê? — disse ele. — Não! Não havia nada errado com ela.

— Então o que aconteceu com ela?

Hector fez cara feia.

— Ela costumava fazer o seu trabalho. Então um dia ela andou na frente de um trem. — Ele fez uma pausa. — Bruuuuuuuum! — ele fez, esmagando algo imaginário entre as mãos e as esfregando uma na outra até que Nora fosse apenas destroços nas pontas dos dedos que ele mexia. — Agora, se ocê me dá licença, eu perdi um bom tempo em que eu poderia estar bebendo. — Ele fez uma reverência baixa. — Adeus, coelhinha assustada — ele diz.

Então ele saiu cambaleando pelo jardim e se foi.

Fiquei de pé e vaguei pelo salão juntando os fatos. Bem, então era certo que ela *morrera* naquela linha. Mas aquilo não significava que havia sido culpa da sinhazinha por tê-la mandado fazer uma caminhada. A menina burra poderia ter passado na frente de um trem a qualquer momento. Na verdade, Hector não havia dito que aconteceu "uma noite"? E agora que pensei nisso, de acordo com a sinhazinha, não teria acontecido depois de uma festa? Se era esse o caso (e com certeza era, uma vez que a sinhazinha não era mentirosa), então o que certamente aconteceu foi que Nora não estava fazendo nenhum experimento na hora em que morreu e que a sinhazinha não tinha nada a ver com isso.

Outra coisa. De repente me ocorreu (é claro!) que Nora devia ter voltado da caminhada do experimento viva — de outra forma, como ela poderia ter escrito em seu diário e então depois ter arrancado as páginas? Passou pela minha cabeça que talvez não tivesse sido a própria Nora que tenha feito isso mas abandonei essa ideia quase no mesmo momento em que pensei nela porque até onde eu conseguia entender não havia nenhuma razão no mundo para que alguma outra pessoa desfigurasse seu diário.

Mas o que Nora tinha escrito que ela queria esconder? Eu adoraria descobrir, como adoraria, especialmente se isso a deixasse com uma imagem ruim.

Vaguei mais um pouco de quarto em quarto e então subi, esperando que as sombras feitas pelo meu lampião não brincassem de formar imagens assustadoras. Parecia uma fábrica de gelo o quarto da sinhazinha porque, depois de arejar o aposento, eu me esquecera de fechar a janela. Puxei-a para fechá-la e então percebi que *As observações* ainda estava no chão onde eu o havia jogado.

Um pensamento me ocorreu. E o pensamento era este: que eu não havia checado o que a sinhazinha havia escrito sobre *mim* depois. Abri o livro só para dar uma espiadinha e fiquei amargamente decepcionada ao ver que ela não havia adicionado uma palavra sobre mim desde a volta de seu marido. Os textos terminavam com seus comentários sobre reprimir os sentimentos, que já haviam me irritado antes. Isso é, até a última página, onde as seguintes frases apareceram em grandes e bem marcadas letras:

É ELA
EU SEI QUE É ELA
ELA VOLTOU
QUE DEUS ME PERDOE PELO QUE EU FIZ

Na primeira olhada eu quase morri, parecia que as palavras haviam sido escritas com sangue. Mas ao analisar mais de perto concluí que a sinhazinha havia usado uma tinta marrom em vez da sua azul de sempre (ao menos eu esperava que fosse esse o caso). Ainda assim, os cabelos da minha nuca estavam arrepiados. Jesus amado! Parecia certo que a sinhazinha havia escrito isso sobre Nora em algum momento (embora fosse impossível dizer quando exatamente).

Lá estava ela de novo, implorando por perdão. Quanto mais eu pensava sobre isso mais parecia que ela estava sob a mesma falsa impressão que havia (brevemente) me incomodado, em outras palavras ela achava que Nora havia morrido ao obedecer suas instruções. Isso não explicava por que ela se responsabilizava e se sentia tão culpada? E por que no túmulo ela soava como se estivesse tentando se convencer (e a mim também) de que a morte de Nora havia sido um acidente?

Se eu pudesse convencê-la do contrário! Pobre sinhazinha! Ela era um anjo.

Enfiei o livro de volta na gaveta da mesa exatamente do jeito que o havia encontrado, aberto na página sobre Nora. De repente percebi que eu estava um trapo. Não machucaria ninguém, pensei, deitar só um pouquinho na cama. Tirei o casaco e o chapéu e os coloquei em uma cadeira. Então tirei minhas botas e entrei no meio dos lençóis. Não fiz isso por desrespeito, só queria me aquecer um pouco e descansar. O lampião estava brilhando nos meus olhos e então apaguei a chama.

Eu só pretendia deitar ali por um minuto antes de ir para meu próprio quarto, mas devo ter caído no sono porque no instante seguinte de que me lembro, era um pouco mais tarde e eu estava me levantando (ou pelo menos eu *pensava* que estava levantando), convencida de que havia alguém parado em cima de mim. Minha cabeça estava cheia de uma estranha sensação de zumbido e parecia que meus dentes estavam balançando no meu crânio. Eu ainda não tinha aberto os olhos, nem mesmo sabia se havia alguém ali, parado bem ao lado da cama. E mesmo sem olhar eu sabia que a pessoa era minha mãe. Eu podia vê-la, ela estava parada ali com um lampião na mão, olhando para mim com uma grande maldade no rosto e eu sabia que ela tinha vindo para me pegar e me matar.

E então de uma vez só percebi: claro, era só um sonho! Que alívio! Para minha mãe ir embora, tudo o que eu precisava fazer era acordar e olhar diretamente para ela e então ela desapareceria.

E então foi isso que eu fiz (pelo menos foi o que eu *pensei* que fiz). Eu me convenci de que acordei e virei para encará-la. Mas quando abri meus olhos, parada sobre mim estava não minha mãe, mas uma menina, uma menina que eu nunca havia visto antes, e ainda assim eu soube instantaneamente que era Nora. Ela estava vestida com roupas de dormir, os cabelos soltos sobre os ombros. Era *ela* quem segurava o lampião, e *ela* olhava com maldade para mim. Fiquei com tanto medo que me admirei de meu coração não saltar para fora do meu peito. O mais marcante nela eram os olhos, seus olhos selvagens que encaravam. Ela era insana, dava para saber só de olhar para ela. E embora eu acreditasse estar acordada, *eu não conseguia fazê-la desaparecer*. Eu a encarei e continuei encarando mas ela só retribuía o olhar com sua expressão aterrorizante. Eu estava convencida de que ela queria me matar e que se o que ela tinha nas mãos fosse uma faca em vez de um lampião ela teria me apunhalado direto no coração.

O medo tomou conta de mim. Não sei por quanto tempo fiquei ali suando frio. Talvez minutos, talvez apenas segundos. O que sei é que, em algum momento, após o que pareceram eras, consegui mexer minha mão e arrastar as cobertas para cima da cabeça. Nora pareceu não perceber; ela simplesmente continuava me encarando como antes. Consegui puxar as cobertas além da cabeça sem chamar a atenção dela. É estranho dizer, mas senti como se isso fosse me proteger do espectro ao lado da cama. Porque eu bem acreditava que ela fosse um espectro. Ela estava e não estava ali. Ela e eu estávamos no mesmo lugar e ainda assim eu tinha a sensação de que de alguma forma estávamos separadas pelo tempo. Eu estava lá agora, mas ela estava lá no passado.

E se esse era o caso, quem ela pensava que estava deitada abaixo dela na cama? Era a mim que ela procurava com aquela expressão assassina no rosto? Ou era a sinhazinha?

QUARTA PARTE

15

Uma aparição

Em algum momento parece que eu caí em um estupor e acordei algum tempo depois e percebi que era de manhã. Tremendo muito, tirei minha cabeça de sob as cobertas. O quarto estava vazio. Escorreguei para fora da cama e me ajoelhei para examinar o lugar onde Nora havia estado. Nenhuma marca, nenhum rastro, apenas as fibras do tapete fofas e intactas quase como se nunca ninguém houvesse pisado nelas. Nada que sugerisse que alguém havia estado ali, embora até onde eu soubesse os fantasmas não deixassem rastros. Mas foi um fantasma ou um sonho? Eu não tinha ideia.

À medida que o dia passava e eu fazia meu trabalho, tentei esquecer o que tinha acontecido mas a casa passava uma sensação desesperadoramente assombrosa para mim e então à tarde saí para limpar a horta. Enquanto eu trabalhava, puxando os caules e podando as folhas, continuei imaginando Nora flutuando sobre a cama da sinhazinha. Para matá-la? Mas por que ela quereria se vingar da sinhazinha? O que a sinhazinha havia feito a ela? Mais uma vez a linha do trem veio à minha mente. Imaginei a sinhazinha indo de mansinho atrás de Nora, com as mãos esticadas, pronta para empurrar — mas não. Isso era bobagem. Eu não acreditava, não podia acreditar que a sinhazinha machucaria a Nora. Por volta das 15 horas decidi entrar para tomar uma xícara de chá a fim de me aquecer. Por causa do sono atrasado eu estava um pouco tonta, isso eu estava, mal conseguindo colocar um pé à frente do outro. Poderia ter atravessado a porta dos fundos, tamanha foi a atenção que dei a ela quando levantei o trinco e entrei. Apenas quando entrei na cozinha é que fui trazida de volta aos meus sentidos por uma inesperada visão de um vulto na cozinha.

Uma mulher usando um casaco escuro correndo na minha direção. Jesus amado, meu coração, a bem dizer, parou. Mas era apenas a sinhazinha. Sinhazinha! De volta um dia antes. Ela apertou minha mão, aparentemente animada demais para perceber meu choque por vê-la. Seus olhos estavam brilhando.

— Venha ver! — ela disse, e começou a me arrastar na direção da mesa.

Tentei lembrar se eu tinha trancado a gaveta da mesa e colocado tudo de volta no lugar. A cama dela estava arrumada? E o que eu havia feito com a maldita chave? E por que eles voltaram antes? Enquanto isso a sinhazinha abriu uma caixa que estava sobre a mesa e tirou dela vários cartões com sombras em preto e cinza.

— Veja, Bessy, veja! — ela disse. — O que você acha?

Ela mostrou vários retratos dela e do mestre James. Uma foto os mostrava parados em frente a um rústico canteiro de árvores com um arranjo de folhas diante de seus pés, o que dava a impressão de que eles haviam feito uma pausa em um viveiro de plantas. Mestre James estava com o cotovelo sobre uma cerca e olhava para o horizonte enquanto a sinhazinha, em uma pose estranha e pouco natural, havia colocado as duas mãos em seu ombro como se ela precisasse se inclinar sobre ele para obter apoio. Havia um cachorrinho no cenário apoiado nas patas traseiras todo serelepe como se estivesse pulando. Mas se você examinasse mais de perto poderia ver que o pobre cão era empalhado e estava preso a um pedaço de pau. Em outro cartão mestre James aparecia sentado em uma cadeira com seu chapéu, uma grande bota de amarrar e um longo chicote pendendo entre suas pernas. Então havia uma foto da sinhazinha sozinha em uma mesa, com alguns vasos de flores. Ela tinha um hibisco de caule longo na mão e ele era tão perfeito que você poderia jurar que era verão e que ela havia acabado de colhê-lo no jardim.

Nos retratos restantes o casal havia sido vestido com fantasias extravagantes. Em um estava mestre James, por exemplo, de calças de pirata com um chapéu na cabeça e uma espada na mão. Noutro estava a sinhazinha quase irreconhecível como uma princesa de pele escura do Oriente, enrolada em um roupão com uma tira e um cantil na cintura. E no retrato final o casal aparecia junto. Mestre James parecia da realeza, parado atrás de um púlpito, usando roupas com acabamento de pele e um monte de correntes de ouro. E a sinhazinha estava agachada aos seus pés vestida como uma empregada antiga com avental e chapéu, suas mangas dobradas, fazendo uma reverência com a cabeça como se oferecesse uma taça de vinho para o patrão.

Acredito que essa última foto tenha sido a que mais chamou minha atenção, talvez porque fosse estranho ver a sinhazinha toda em roupas de criadagem, agindo como uma servente.

— Nós fomos ao Henderson, na Princes Street — a sinhazinha foi dizendo. — Ele fez um bom trabalho, não fez? Você já foi fotografada alguma vez, Bessy?

— Não, madame — disse eu. (Não era exatamente verdade, eu havia sido fotografada uma ou duas vezes no que se poderia chamar de poses "clássicas", ao menos foi isso que o homem disse que elas eram.)

— Da próxima vez que eu for a Edimburgo — disse a sinhazinha —, você deve ir comigo e nós iremos a essa loja. Eu gostaria que ele fotografasse você com suas roupas de trabalho. Vai ficar um retrato lindo.

Ela continuou a arrumar as fotos na mesa, mostrando detalhes aqui e ali para despertar meu interesse por elas. Aparentemente ela teve de passar uma pasta amarela no rosto para parecer escura para as fotos orientais. O hibisco não era real e sim de papelão pintado. E embora as roupas com acabamento de pele parecessem imponentes, estavam mergulhadas em cânfora.

Enquanto ela se empolgava, eu me perdi em meus próprios pensamentos. Eu tinha quase certeza de que havia colocado *As observações* e o diário de Nora na mesa dela, mas se a chave estava no buraco, não, eu não conseguia. Eu não queria fingir que havia encontrado a chave durante sua ausência porque ela poderia se preocupar que eu houvesse olhado dentro da gaveta e, por Deus, eu não queria isso.

— Se a senhora me dá licença, madame — eu disse, ansiosa para subir para o quarto antes dela —, vou levar suas malas para cima.

Corri até o hall esperando encontrar duas malas, no entanto só havia uma, a que a sinhazinha tinha levado. Olhei dentro do escritório mas ele estava vazio. O resto da casa estava tão quieto que dava para ouvir uma aranha peidar. Voltei à cozinha. A sinhazinha ainda estava na mesa, admirando os retratos. Olhei para ela por um momento. Então eu disse:

— Mestre James levou a mala dele para cima, madame?

— Hum? — ela disse. — Oh, não, eu voltei sozinha.

Ela estava inclinada sobre as fotos. Eu não conseguia ver o rosto dela.

— Por que, madame? O que aconteceu?

— Nada *aconteceu* — ela disse. — Por que precisaria ter acontecido alguma coisa? Eu só voltei antes. — Ela olhou para cima e quando me viu, ela riu. — Oh, Bessy — ela disse. — Fiquei cansada da cidade, basta, assim que aquele jantar terrível acabou. E James não precisava mais de mim.

Ela me encarou sem alterar o olhar. Eu não tinha certeza se acreditava nela ou não. Mas antes que eu tivesse a oportunidade de dizer qualquer coisa ela disse:

— Diga-me, Bessy, o que foi feito aqui na minha ausência?

Primeiro Nora e depois minha mão apareceram na minha imaginação. Eu as espantei com uma piscadela. Depois pensei no tropeção que levei na descida do morro, o trem a toda velocidade passando a centímetros do meu rosto.

Eu disse:

— Foi tudo muito calmo, madame.

— Entendo — disse a sinhazinha. Talvez fosse o tom da voz dela ou o jeito como ela olhou para mim, eu não sei, mas eu estava convencida de que ela sabia que eu não estava dizendo a verdade. Ela disse: — E você não teve medo de ficar aqui à noite, totalmente sozinha?

— Não, madame.

— Você *viu* alguém?

— Não, madame — eu disse. — E por favor, por favor, *por favor*, não se preocupe. Como dissemos antes, não há fantasma aqui e nunca jamais houve um!

A sinhazinha me encarou de um jeito estranho e então deu uma pequena risada.

— Eu só quis dizer se você viu o Hector ou algum dos outros empregados da fazenda.

— Oh — eu disse. — Mil perdões, madame. Não, eu... eu não vi. Bem, vi Hector por um minuto, mas isso foi tudo.

E então fui levar a mala dela para cima.

A chavezinha maldita estava na mesa e a gaveta estava trancada. Peguei a chave e a joguei debaixo da cama, na hora exata, porque naquele mesmo momento a sinhazinha entrou com tudo e começou a desfazer a mala. Fiquei parada ao lado dela por um momento, olhando com cara feia para o chão aqui e ali e resmungando um pouco.

— Não está medonhamente empoeirado aqui, madame? — eu disse.

Então corri para o andar de baixo e voltei com uma vassoura. Comecei a varrer. Momentos depois... quase que por sorte!... descobri a chave da mesa debaixo da cama.

— Olhe isso, madame! — eu disse, segurando a chave, estupefata. — Aqui está aquela chave que a senhora havia perdido! A senhora deve tê-la chutado para debaixo da cama sem querer.

Fiquei feliz por vê-la agarrar a chave e jogá-la dentro de seu bolso. Ela parecia tão feliz quando se virou! Agora ela podia abrir sua gaveta e escrever seus lembretes ou o *As observações* se assim desejasse. Desejei que ela *fizesse* isso porque eu sabia que isso a deixava feliz.

Naquela noite comemos juntas na cozinha, como nos velhos tempos. Enquanto comíamos ela me contou mais sobre a viagem a Edimburgo, o hotel com fedor de gás no quarto, uma visita para conhecer uma Fonte dos Desejos movida a eletricidade e o enfadonho jantar ao qual ela teve de sobreviver vendo seu marido puxando o saco de Duncan Pollock, o Membro do Parlamento (com a diferença de que ela contou isso de forma educada).

Em um determinado ponto, ela pegou minha mão e a apertou.

— Querida Bessy — ela disse. — Eu sei que não tive muito tempo para você recentemente, mas tudo isso vai mudar. James deve ir a

Glasgow quando a fonte estiver instalada, talvez por uma quinzena. Por esta época no ano passado, ele ficou afastado um mês inteiro! Então logo nós teremos bastante tempo juntas.

— Sim madame.

— E eu quero ser mais honesta com você daqui por diante — ela disse. — Veja só, há algo que eu não contei a você. É um segredo, Bessy. Ninguém sabe disso. Mas é errado eu não contar a você.

É engraçado o que passa pela nossa cabeça em momentos como esse. A minha ficou em branco. Eu estava olhando para a pele dela e reparando em como não tinha falhas. E que seus cabelos cresciam a partir de sua fronte no que parecia ser um caminho perfeito. Como poderia uma pessoa tão bela fazer algo errado?

A sinhazinha ficou em pé e deu alguns passos pela cozinha. Depois de um momento de hesitação ela falou:

— Estou escrevendo um livro. Um livro sobre criados. Não um romance, mas um livro teórico sobre lealdade e obediência e assim por diante. Tenho certeza de que você deve ter imaginando algo neste sentido, por causa de determinadas coisas que eu posso ter pedido que você fizesse no passado.

Aqui ela parou como se esperasse que eu fizesse algum comentário. Mas eu não conseguia pensar no que falar, então só balancei a cabeça. Ela continuou.

— Mas esse livro é um segredo. Nem mesmo meu marido sabe sobre ele. Se ele souber que eu estou escrevendo este livro... qualquer livro, na verdade... ele pode me perturbar e então isso estragaria tudo. Não posso explicar melhor do que isso. Portanto ele não sabe sobre o livro. E estou correndo um grande risco por contar a você porque agora você sabe de uma coisa que pode usar contra mim, se você decidir fazer isso.

Aqui ela fez mais uma pausa e me deu uma olhada investigativa. Eu disse:

— Isso é tudo, madame?

— O que você quer dizer?

— Esse é o único segredo? Que você está escrevendo um livro?

Ela deu uma pequena risada.

— Ora essa... sim. Não é o suficiente?

— Não, madame. Quero dizer, sim, madame. Só achei que a senhora iria me contar sobre algum outro segredo, só isso.

Na verdade, eu não sabia realmente o que eu queria dizer. Eu estava apenas falando como uma matraca.

A sinhazinha veio e se sentou ao meu lado de novo.

— Não é ótimo, Bessy? — ela disse. — Nós duas juntas de novo, com a perspectiva de mais tempo sozinhas. Nem sei lhe dizer o quanto esperei por isso.

As palavras dela pareciam felizes. Mas havia uma grande tristeza no fundo de seus olhos. Oh, como eu gostaria de falar tudo o que eu sabia. Dizer a ela que eu havia lido *As observações* dela. E que eu havia feito exatamente a mesma caminhada à qual ela havia mandado Nora. E que ela estava redondamente errada por se culpar pela morte da menina burra. Mas, é claro, eu não podia dizer nada daquilo a ela porque eu tinha medo de ela ficar sabendo que eu havia xeretado suas coisas. Agora eu já havia feito isso duas vezes, menina malvada que eu era. Isso tinha de parar. Fiz uma promessa a mim mesma. Nada mais de xeretar. E resolvi escrever um texto especialmente longo em meu livrinho (a maior parte inventada, é claro) na esperança de que isso desse prazer a ela.

Aquela noite, como o dia que a precedeu, foi fria e limpa. Meu cérebro estava zunindo de tantos pensamentos, mas devo ter capotado em algum momento porque em outro momento eu acordei e vi do lado de fora de minha janela um contorno brilhante de lua suspenso ao lado de uma estrela de diamante, ambas acesas de dentro para fora, presas ao céu, como brincos em um veludo escuro. A luz combinada delas era tão brilhante que primeiro achei que aquilo havia me acordado — mas então o silêncio foi quebrado por um grito fino e gutural, um grito de terror estranho e sem palavras que balançou a casa.

Sentei ereta. O grito parecia ter vindo da direção do quarto da sinhazinha. Ele silenciou, mas acredito que houve um outro grito antes, porque o som era familiar, como um eco de algo. Tão preocupante quanto ele foi a calmaria que o seguiu. Fiquei sentada paralisada por um momento, meu coração martelando seco em meu peito. Então pulei para ficar em pé e, sem parar para me vestir ou colocar qualquer coisa nos meus pés, corri para baixo para ver se a sinhazinha estava bem.

Havia acabado de chegar ao piso quando a porta de seu quarto se abriu e ela veio cambaleando na minha direção em sua camisola. Seu cabelo estava solto e desalinhado, parecia envolver todo o seu rosto, que estava branco e estático. Ela caiu na minha frente e apontou na direção de seu quarto, seus olhos arregalados de medo. Ela tremia tanto que não conseguia falar.

— O que foi? — eu sussurrei. — Qual é o problema?

— É... é... é... — fez a sinhazinha.

Primeiro pensei que ela estivesse tentando me pedir algo, mas então quando ela continuou percebi que ela estava apenas tentando dizer:

— É... ela!! Ela! Ela está lá! Ela está lá!

Senti meus pelos se arrepiarem e me lembrei do vulto aquela noite, parado na cama com aquela expressão aterrorizante no rosto. Será que a sinhazinha teve o mesmo sonho que eu? Ou era de fato uma aparição? Dessa vez eu não tinha dúvida de que estava bem acordada. Dessa vez eu seria capaz de saber com certeza o que aquilo realmente era.

A sinhazinha se agarrou à minha camisola mas, apesar de suas tentativas de me impedir, me livrei dela e corri para dentro de seu quarto.

Eu esperava encontrar tudo às escuras, mas para minha surpresa vi uma vela acesa ao lado da cama e as cortinas abertas para deixar a luz da Lua entrar. Olhei de uma vez para o lugar onde Nora havia "aparecido" para mim, mas não vi nada. E uma olhada em volta do resto do quarto se provou infrutífera. Não havia ninguém lá.

A sinhazinha havia se escondido atrás de mim e ficou parada perto da porta, ainda tremendo, enquanto eu peguei a vela e procurei atrás das cortinas e então debaixo da cama. Nada, nada, ninguém. Fiquei de pé.

— Não tem ninguém aqui, madame — eu disse. — Nada com que se preocupar.

Seus olhos estavam arregalados e estáticos.

— Tem certeza, Bessy?

— A senhora estava apenas sonhando, madame.

Ela deu um profundo suspiro e então soltou o ar.

— Oh, mas veja você — ela disse. — Eu não estava dormindo.

Eu tinha acabado de desviar o olhar para acomodar a vela, mas ao ouvir *aquilo* eu me virei de volta para olhá-la. Ela deu alguns passos e se sentou na cama. Havia um livro sobre a coberta. Ela o pegou e o mostrou para mim.

— Eu estava lendo — ela disse. — A Lua estava tão brilhante, mesmo estando no quarto minguante... você percebeu?... e eu havia aberto as cortinas para ter mais luz. Não conseguia dormir, entende? Devo ter lido por uma hora ou um pouco mais. E então, de repente, quando virei uma página, me convenci de que alguém estava olhando para mim. Tive essa sensação atordoante de estar sendo observada. Não era uma sensação prazerosa. Era bastante opressora, na verdade. Olhei para cima...

Nesse ponto ela olhou na direção do canto do quarto, para um local próximo do armário. Segui seu olhar. Não havia nada ali, como antes. Ainda assim, tremi.

— Olhei para cima... e lá estava ela!

A sinhazinha congelou seu gesto de olhar em volta pelo quarto, como se ela ainda visse o que havia estado ali antes. À luz da Lua, seu rosto parecia feito de nada mais que sombras e buracos. Olhos arregalados, boca aberta, os buracos escuros de suas narinas, suas bochechas sugadas.

— Quem, madame? — eu disse. — Quem era?

Ela se virou na minha direção.

— Agora não seja cética, Bessy — ela disse —, mas eu a vi tão nitidamente quanto você parada aí. Era Nora Hughes. Exatamente como ela era em vida.

O quarto parecia ter entrado em estado de choque. Havia um velho puxador de cortina ao meu lado e eu me abaixei apoiada nele. A sinhazinha começou a alisar os cabelos para baixo, o tempo todo olhando para mim. Depois de um momento fui capaz de falar. Tentei fazer uma voz suave e tranquila.

— Bem, tenho certeza de que foi apenas um sonho, madame — eu disse. — Mas o que... o que ela fez?

— Nada, no primeiro momento... — diz a sinhazinha. — Ela apenas ficou parada ali, olhando para mim.

— Ela estava zangada?

— Não... não zangada. Ela parecia mais triste do que zangada. Terrivelmente triste.

— O lampião dela. Ela estava com o lampião erguido? — E levantei meu braço na mesma atitude amedrontadora que Nora havia adotado na noite anterior.

A sinhazinha franziu a testa.

— Lampião? — ela disse. — Ela não tinha nenhum lampião.

Isso me confundiu já que eu esperava que o sonho dela fosse igual em todos os detalhes ao meu.

— Tem certeza?

— Absoluta certeza — ela disse. — Porque ela fez isso. — A sinhazinha parou de alisar os cabelos e veio na minha direção com um gesto de quem pede perdão. Ela manteve a pose por alguns segundos, então soltou os braços. — E suas mãos estavam vazias, percebe? Eu me lembro disso com muita clareza.

Cada detalhe ia contra o que eu esperava.

— Bem... ela estava usando roupa de dormir? — eu disse, finalmente.

— Não. Ela estava vestindo um vestido xadrez. Acredito que fosse o que ela devia estar usando... quando morreu.

A vela pingou. A sinhazinha se virou e olhou para a chama.

— Ela se aproximou da cama em algum momento? — eu disse.

A sinhazinha balançou a cabeça.

— Não, ela simplesmente fez aquele gesto. E então... eu acho que devo ter coberto meu rosto com as mãos porque quando olhei de novo, ela tinha sumido.

— Foi aí que a senhora gritou?

— Eu gritei? — A sinhazinha levou a mão à garganta. Seus dedos estavam tremendo. — Sei que estava amedrontada, mas achei que estivesse emudecida de medo. Eu tinha essa sensação sufocante, sabe? Eu não conseguia respirar. Você me viu, lá embaixo. Eu não conseguia falar.

— Mas eu ouvi um grito. Ele quase arrancou o teto. Por que a senhora acha que eu vim correndo?

— Não sei — disse a sinhazinha. — Talvez tenha sido *Nora* que tenha gritado, o que você acha? Talvez *ela* quisesse que você viesse. — Ela sorriu para mim. Seus olhos brilhavam. Era uma expressão que eu conhecia, um traço da antiga perturbação febril.

— Eu acho que foi *a senhora* que gritou, madame, mas a senhora não sabia que estava fazendo isso, porque a senhora estava em sono profundo. A senhora gritou enquanto sonhava.

A sinhazinha parou abruptamente e me encarou.

— Mas eu acabei de lhe dizer que estava acordada!

— Madame — eu disse, ficando em pé. — Olhe ao seu redor. Não há ninguém aqui. Não *havia* ninguém aqui. A senhora *deve* ter sonhado. Todos nós temos sonhos como esse, de vez em quando. Eu mesma tive um assim outra noite.

A sinhazinha havia começado a caminhar, muito agitada, mas então parou e deu a volta para me encarar.

— Você sonhou? O que aconteceu?

— Nada, madame. Eu sonhei, só isso. Assim como a senhora. A senhora deve ter caído no sono enquanto lia.

— Não — ela insistiu. — Eu estava bem acordada.

Não havia escapatória, não havia como argumentar com ela. Senti a energia se esvair de mim.

— Ouça aqui o que vou dizer — eu disse. — Nossas cabeças estão cheias dessa bobagem sobre um fantasma. E isso é tudo, madame. Bobagem. Estamos sempre imaginando coisas porque... — Eu mordi meu lábio e prendi a respiração, mas descobri que nada poderia impedir que as próximas palavras saíssem. Elas escapavam de mim, uma depois da outra, como diversos botões caindo de um pote virado de cabeça para baixo. — Era *eu*, madame, o tempo todo. Não era um fantasma. Era eu fazendo barulho no sótão e fui eu que coloquei as luvas na sua cama e fui *eu* que engraxei seus sapatos e todas as outras coisas que aconteceram. Até o que foi escrito no vidro. *Eu* fiz aquilo. Fui *eu*. Fui na ponta dos pés até lá para escrever aquilo. Está me ouvindo? Nunca houve um fantasma. E então você não viu um hoje.

Depois que comecei a falar, foi fácil. E à medida que as palavras saíam o alívio entrava para tomar o lugar delas. A sinhazinha parecia paralisada; parou no lugar em que Nora estaria me encarando com a boca semiaberta, os braços soltos. Apenas seus dedos se mexiam, suavemente se abrindo e fechando como uma criatura marinha que uma vez eu vi em uma pedra.

— Você precisa acreditar em mim — eu disse. — Não sei por que fiz isso, madame. É que pensei que você não gostava mais de mim e eu... eu queria sua atenção. E veja você, devo ter feito isso muito bem porque até eu me assustei. Mas não há fantasma, madame. Eu sou o fantasma. E você pode me demitir agora, se desejar. Apenas não pense mal de mim. Eu não machucaria você por nada deste mundo e nunca vou me perdoar pelo que fiz. Mas isso tem de acabar aqui.

Muito vagarosamente, a sinhazinha segurou seu próprio nariz como se estivesse prestes a desabar em lágrimas. Ela permaneceu daquele jeito por um momento. Pensando, franzindo a testa, seus olhos parados me olhando sombriamente, me julgando. Difícil dizer o que se passava pela cabeça dela. E então de repente ela soltou o nariz e riu alto.

— Eu entendo o que você está fazendo — ela disse. — Eu *quase* acreditei em você, por um momento apenas. Você é uma menina muito doce e esperta, mas temo que seu pequeno subterfúgio... embora criativo... não funcione.

— Madame, eu...

Ela levantou a mão para que eu fizesse silêncio.

— Bessy, eu sei o que vi. Ela estava ali! Parada ali, tão nítida quanto vejo você agora. Eu *não estava* dormindo. Você diz que fez todas essas coisas, o escrito na janela e as luvas e tudo mais. Mas você vai me dizer que você desenterrou Nora e se vestiu com as roupas dela e veio aqui e apareceu para mim?

— Não, madame, é claro que eu...

— É claro que não. Porque você *não fez isso*. Não era você. Era a própria Nora. E *sempre foi* Nora.

Ela estava olhando para mim com um dócil olhar indulgente, e eu tinha ímpetos de escalpelá-la.

— É claro — ela disse. — Eu aprecio que você não queira que eu fique alarmada, Bessy. Mas você não precisa inventar histórias. Não estou mais alarmada.

— Você... você não está?

— Não — ela disse. — Eu estive pensando. Não há por que me preocupar. Foi aquela expressão no rosto dela, entende? Eu percebi agora o que eu deveria ter visto o tempo todo. Ela não nos quer mal. É claro que não... é a Nora. Ela não machucaria uma mosca. Venha aqui, Bessy, olhe...

Ela me virou de forma que nós duas ficamos refletidas no espelho. Eu vi a sinhazinha, seus cabelos macios, as curvas sólidas e suaves de suas bochechas e seu maxilar; ela parecia centrada e completamente à vontade. E então eu observei meu próprio contorno semelhante, a cor lívida, os lábios retraídos os olhos arregalados e alertas, os cabelos desgrenhados.

— Você vê? — a sinhazinha disse. — *Você* é quem está perturbada, Bessy.

De fato, ela não estava enganada. Eu parecia absolutamente aterrorizada.

E então eu engasguei — pois no espelho eu avistei uma figura escura e de casaco surgindo na porta. A sinhazinha soltou minha mão e se virou.

— O que está fazendo? — ela disse. — Rastejando por aí como um ladrão? Você nos deu um susto.

Mestre James (porque era ele) tirou o cachecol que cobria a parte de baixo de seu rosto. Olhou feio para nós e então olhou em volta no quarto, como se esperasse ver mais alguém escondido ali. Ao descobrir que éramos as únicas ocupantes, ele pareceu relaxar um pouco. Quando ele falou, em nenhum momento desviou o olhar da sinhazinha, mesmo quando se dirigia a mim.

— Não havia nenhum táxi e fui obrigado a andar da estação até aqui — ele disse. — Eu me aproximei da casa a pé e subi o mais silenciosamente que pude para não perturbar você. Vejo agora que minhas preocupações foram desnecessárias. Você já estava acordada. Mas me pergunto o que vocês duas possam estar fazendo, queimando velas a esta hora da noite. Bessy, você não está no seu quarto. Não tenho dúvida de que você tem uma explicação para isso.

— Sim, senhor — eu disse, desesperada para encontrar uma que pudesse resguardar a sinhazinha, mas tudo em que pude pensar foi "Tive um pesadelo, senhor". E assim que as palavras saíram de minha boca eu soube que foram um erro.

— Entendo. Um pesadelo. E esse sonho fez você sair da cama e descer as escadas dormindo e acordar sua senhora. Um tipo estranho de sonho, devo dizer.

— Não, senhor — eu disse. — O que aconteceu foi que eu estava assustada e desci para checar se estava tudo bem com a sinhazinha. Isso é tudo.

— Uma história interessante — ele disse. — Não tenho dúvida de que você a confirma, Arabella.

Todo esse tempo ele não havia desviado os olhos dos dela e ela devolvia o olhar imóvel. Então, ela sorriu.

— Temo que não — ela disse. — Veja você, Bessy está muito docilmente tentando nos impedir de nos preocuparmos. De todo modo a verdade, James, é que alguém esteve no meu quarto esta noite.

Mestre James suspirou secamente.

— Alguém — ele disse. Seu olhar percorreu o quarto. Então ele se voltou para a sinhazinha. — Tenha a bondade de me contar o que você quer dizer, minha querida.

A sinhazinha esticou as mãos.

— Não sou especialista — ela disse. — Tudo o que posso dizer é que Nora esteve aqui hoje à noite.

— Nora — repetiu mestre James, lentamente. Talvez ele não conseguisse lembrar quem era. Deve ter sido assim que a sinhazinha interpretou sua resposta, pois ela o olhou feio.

— A criada — ela disse a ele.

— Sei perfeitamente bem. Tenho plena consciência de quem você *está falando* — disse mestre James. — Estou simplesmente digerindo a informação.

— Era definitivamente ela — a sinhazinha continuou. — Olhei por cima de meu livro e ali estava ela, bem ali. — Ela apontou para o lugar. — Eu a olhei por um momento. Ela fez um gesto de pedir perdão, assim, e então desapareceu. Acho que ela voltou, James. Ela não descansa em paz e voltou. — Ela cruzou as mãos e calmamente esperou pela resposta dele.

Mestre James balançou a cabeça.

— Incrível — ele disse. — Verdadeiramente impressionante. E eu desejo ouvir mais sobre isso. Mas talvez isso possa esperar até de manhã. Está tarde e estou com dor nos pés e exausto. Arabella, minha querida, você precisa descansar um pouco. — Ele olhou rapidamente na minha direção. — Bessy, você pode ir.

Você pode ir. Por Deus, se eu ganhasse uma libra cada vez que alguém me dissesse isso, eu poderia ter mandado minha mãe de navio para a Austrália.

Mas eu tinha de fazer o que me mandavam. Embora relutante, eu tinha de deixar a sinhazinha, ela estava docilmente se colocando embaixo das cobertas e assoprando sua vela para apagá-la e então eu não tive escolha a não ser sair do quarto. Esperava que ela ficasse bem. Pobre amada! Eu detestava pensar nela deitada ali a noite toda sozinha, caso ela levasse um susto de novo. Eu teria andado sobre pedras quentes apenas para poder cuidar dela.

16

Eu levo um susto

Mestre James deve ter acordado assim que o dia nasceu, aposto. Quando levei a água matinal para a sinhazinha ele já estava no quarto dela, ambos conversando em voz baixa. Bati na porta e a chamei, como de praxe.

— Bom dia, madame!

Mas quando tentei avançar ele me interceptou pulando para o batente da porta, homem maldito. Eu temia esse momento pois sabia que ele certamente estava furioso com toda aquela história de fantasma.

— Bom dia, Bessy — ele disse, tão frio que parecia capaz de congelar minha alma.

Ele tomou a jarra de água de meus dedos e a colocou no chão, então tirou uma carta do bolso de seu sobretudo e a pressionou em minha mão.

— Você deve ir correndo até Snatter — ele disse. — E entregar isto.

Meu sangue gelou quando vi que o destinatário era McGregor-Robertson. Tentei olhar além dele no quarto.

— O médico, senhor? A sinhazinha está bem?

— Ah, sim — ele disse. — Eu apenas acho que ele deve dar uma olhada rápida nela. Cuidado nunca é demais. Nossa viagem a Edimburgo pode ter sido excessiva.

— É mesmo, senhor? — eu disse. — Qual é o problema com ela? O que aconteceu essa noite?

— Nada *aconteceu*, Bessy — ele disse. — Simplesmente preciso que você traga o médico.

E então a voz da sinhazinha veio de trás da porta.

— Eu estou muito bem, Bessy — ela disse. — Não precisa se preocupar. Apenas faça o que seu mestre manda. E então espero que possamos passar o dia normalmente. — Ela soava cansada e irritada, mas nada pior que isso.

— Muito bem então, madame — eu respondi.

Mestre James deu um sorriso tenso para mim. Então fechou a porta e eu corri para baixo e para fora da casa e para Snatter.

Acontece que o médico não estava, então deixei a carta com a menina com cara de toucinho que atendeu à porta; ela estava com as luzes apagadas, mas acho que a pressionei no sentido de que ela deveria entregar a carta assim que ele voltasse. Então corri de volta para a estrada a caminho do Castelo Haivers.

Eu estava atravessando o salão para subir quando olhei para o escritório e vi mestre James em sua mesa escrevendo alguma coisa. Quando passei, notei que ele cobriu a página com as mãos, como se não quisesse que eu visse o que ele estava fazendo (embora você precisasse de olhos de lince para ler dali do batente o que ele havia escrito).

Hesitei à porta.

— Mais alguma coisa agora, senhor?

— Não. Isso é tudo.

— Levarei o café da manhã para a sinhazinha, então — eu disse.

— Isso não será necessário — ele disse. — Ela está dormindo e não deve ser incomodada.

— Mas, senhor, ela não deveria tomar uma xícara de chá e comer algo?

— Deveria — disse mestre James. — E é por isso que, enquanto você esteve fora, eu levei algo para ela. Você pode ficar surpresa ao saber, Bessy, que em meus tempos de estudante não era nenhum mistério fazer uma xícara de chá sem me machucar. Embora o procedimento possa ser complicado e desafiador, acho que ele voltou transbordando à minha memória.

E quando voltei para a cozinha um pouco depois, pude notar, de fato, grandes provas de que lá havia sido feito chá e que havia acontecido um transbordamento.

O médico chegou em menos de uma hora e os dois homens conversaram no escritório por algum tempo antes de ir ver a sinhazinha. Fui de fininho atrás deles e fiquei escutando atrás da porta mas não conseguia ouvir nada a não ser as vozes murmurando entre períodos de silêncio. Eu estava voltando para a cozinha quando percebi que mestre James havia deixado a porta do escritório aberta. Ali sobre sua mesa vi o pedaço de papel no qual ele havia escrito. Normalmente eu não dava a mínima para o que ele poderia escrever. Minha curiosidade só estava despertada por causa do jeito como ele tentou esconder a página. Talvez ele tivesse escrito sobre a sinhazinha, ou sobre o que acontecera em Edimburgo que a fizera voltar para casa antes. E então entrei no cômodo na ponta dos pés.

Descobri que mestre James estava escrevendo uma carta para Duncan Pollock, *Membro do Parlamento*. Não tinha nada de importante, mas eu li só por via das dúvidas. Ele começava agradecendo ao honorável membro e dizendo que ele e a sinhazinha se divertiram muito nos Salões da Assembleia. Então ele tagarelava sobre sua maldita fonte por meio quilômetro de papel, e convidava Pollock para a cerimônia de inauguração. Ele pedia desculpas por não ter acompanhado o Membro do Parlamento e sua esposa em alguma caminhada que havia sido planejada explicando que a sinhazinha se sentiu mal com dor de garganta. Ele agora tinha plena convicção em sua consciência (ele dizia) de que deveria se oferecer para os eleitores. Para finalizar ele expressava sua esperança de que os custos de campanha não fossem proibitivos e perguntava o quanto Pollock havia gasto na época de sua eleição.

Tudo perfeitamente inocente. Perguntei-me por que ele havia tentado esconder a página. Talvez ele não estivesse inteiramente orgulhoso do tom enfadonho que adotou.

Eu estava para colocar a carta de volta à mesa quando ouvi passos na escada. Parecia que mestre James e o médico desciam com alguma pressa. De fato, ele estavam quase no salão. De repente entrei em pânico e voei para trás de uma das velhas cortinas de veludo na janela, esperando que mestre James fosse acompanhar o médico direto até a saída e então voltasse para cima para ver sua mulher. Em vez disso, para meu desespero, ouvi os dois entrarem no escritório e fecharem a porta com firmeza atrás deles.

Ouvi a voz do mestre James, abafada e baixa.

— Por favor — disse ele.

Houve o estalar de uma cadeira quando alguém se acomodou nela e então vários sons de estalar, bater e esfregar que não consegui identificar a princípio mas que logo com o barulho de um fósforo sendo aceso se revelaram sons relacionados a cachimbos. Algumas tragadas confirmaram isso. Uma outra cadeira estalou e então, depois de uma pausa, mestre James falou, de forma mais clara desta vez:

— Bem, então, senhor — ele disse. — O que acha?

Suas palavras me impressionaram muito, porque constituíam a primeira pergunta *verdadeira* que eu o ouvia fazendo. Talvez ele não se importasse de parecer inseguro na companhia privada de um outro homem, que era (afinal) seu amigo e além de tudo médico.

Descobri que se eu pressionasse minha cabeça contra uma folga da construção eu poderia espiar por um pequeno vão entre a cortina e a parede. Os dois homens estavam sentados um de frente para o outro ao lado da lareira, eu conseguia ver os rostos dos dois, embora mestre James estivesse mais de perfil. O médico estava recostado, olhando para o teto enquanto fumava, pensando em sua resposta para a pergunta do mestre James.

— Esse episódio em Edimburgo — ele disse finalmente. — Aconteceu, você disse, ontem?

— Isso — disse mestre James. — Nós havíamos planejado ficar mais tempo na cidade, mas... enquanto eu estava conversando com o companheiro Knox, ela simplesmente desapareceu do hotel e eu a encontrei quando voltei para casa. Dado o que aconteceu na agência, eu provavelmente teria insistido em nossa volta para cá de qualquer forma.

— Então foi ontem que ela se comportou de modo tão estranho — disse McGregor-Robertson. — E ainda assim ela agora se recusa a falar nisso ou admiti-lo de qualquer jeito.

Mestre James concordou com a cabeça. Os dois homens fizeram uma pausa, tragando em seus cachimbos; desnecessário dizer que isso foi só para enrolar.

Finalmente, mestre James disse:

— Você percebeu, Douglas, que enquanto eu falava sobre o que aconteceu ela fingiu não me ouvir?

— Sim... ou balançou a cabeça e riu como se *você* estivesse delirando! Mas talvez ela *não tenha* lembrança disso, James. Talvez isso seja parte do problema.

— Não tenho tanta certeza. Acho que ela se lembra bem. Está apenas fingindo que nada aconteceu por vergonha ou desconforto. Sem dúvida ela não gosta de pensar nela própria como alguém fora de controle ou se comportando de forma anormal.

— Essas perguntas que ela fazia às meninas... você chegou a saber do que se tratava?

Mestre James balançou a cabeça.

— Não — ele disse. — Não tenho certeza de que mesmo Knox saiba. E se ele sabe não comentou. Tudo que sabemos é que elas eram de natureza íntima.

— Então — disse o médico —, por um lado, não temos uma sequência de acontecimentos em Edimburgo, testemunhados por você e outras pessoas de confiança e respeito, como esse sujeito Knox, em que Arabella se comportou de modo indiscutivelmente bizarro, inexplicável e perturbador ao extremo para os que estavam ao redor dela.

— De fato.

— Acontecimentos que hoje ela ou não lembra ou prefere não admitir. E por outro lado temos a aparição desse suposto *espectro* no quarto dela, algo que ela não só lembra e admite como, acima de tudo, insiste que aconteceu mesmo em face da ausência de explicações racionais.

— O espectro na forma de Nora Hughes.

— Sim — disse o médico. Houve uma pausa e ele então disse: — Maldita garota... eu juraria que não ouviríamos mais falar *nela*.

Essa foi uma observação tão estranha e inesperada que por um momento fiquei surpresa. De que diabos eles estavam falando? Eu esperava que um deles dissesse mais. Mas, para minha frustração, mestre James ficou fazendo caras feias e esfregando o queixo enquanto o médico afundou um fósforo no cachimbo e passou o momento seguinte soltando uma nuvem de fumaça. Finalmente, ele falou.

— Para mim, existem três possibilidades a considerar. A número 1, a menos provável, é de que esse espectro seja real.

Mestre James se exaltou.

— Bobagem! — ele disse. — Na minha opinião, senhor, isso não é sequer uma possibilidade.

O médico levantou o braço em protesto.

— Eu concordo com você, James. De qualquer forma, devemos considerar todas as eventualidades para dispensar as que não se apliquem a este caso. Nós dois duvidamos então... nós firmemente duvidamos... da existência de um fantasma.

— Correto.

— A possibilidade número 2 é de que Arabella está sonhando.

— Sim — disse mestre James.

Os dois mergulharam em pensamentos e fumo.

Depois de um momento, o médico falou de novo:

— Ela pareceu bastante convicta de que estava acordada o tempo todo. Quando tentei sugerir o contrário ela se exaltou, você concorda?

Mestre James concordou com a cabeça.

— Sim — ele disse. — Ela estava bem convencida.

— Você acredita nela?

— Acho que acredito — disse mestre James. Ele balançou a cabeça de novo (bastante triste, me pareceu).

— Estamos preparados para admitir, então — disse o médico —, que Arabella estava acordada quando viu essa visita noturna. Isso nos deixa, então, com a terceira e última possibilidade, que é... — Ele levantou uma sobrancelha.

Mestre James olhou para ele, petrificado, e então disse:

— Arabella perdeu a sanidade.

O médico piscou com surpresa.

— Você está se precipitando, James. Eu apenas quis dizer que, como terceira e última possibilidade, Arabella criou essa visão espectral em sua imaginação e o fez com tanto sucesso que se convenceu de sua realidade.

— Sim — disse mestre James. Então ele acrescentou, um pouco covardemente: — Isso não significa que ela perdeu a sanidade?

— Oh, sem dúvida! — gritou o médico (com o que me pareceu um ânimo inapropriado, mas ele se deixou levar por sua esperteza). — A pergunta é: quão profundo é o distúrbio? É simplesmente um lapso temporário? Ou é um caso lunático permanente? Tenho livros e artigos sobre isso. Algo move o cérebro, há um jorro de sangue, talvez, e uma pessoa é transformada, profundamente. Eles olham a própria mão na frente do rosto e não sabem que nome dar àquilo. Ficam desbocados e violentos, enquanto antes eram tímidos. Ou criam visões que ninguém mais pode ver a não ser eles mesmos. Lagartos, rãs ou os chamados espíritos desencarnados. Às vezes o episódio dura apenas alguns dias. Outras vezes pode durar a vida toda.

Mestre James ficou sentado ali, duro, o rosto da cor das cinzas. Todo o seu corpo estava rígido. Pensei que em algum momento seus dedos poderiam quebrar o cachimbo.

— Posso acreditar nisso — ele perguntou, no final. — Mas por que isso aconteceu agora?

O médico fez bico com o lábio inferior.

— Toda aquela maldita história da Nora foi no verão passado, não? Pode ser alguma reação tardia. Embora eu não saiba dizer como o que aconteceu com as meninas na agência se encaixa aqui. Talvez seja tudo mera coincidência. — Ele parou para tragar do cachimbo.

Mais uma vez, eu estava morrendo de curiosidade. Que agência? Que meninas? E o que ele queria dizer com "toda aquela maldita história da Nora"? Por que perturbaria o médico o fato de a empregada do amigo ter sido atropelada por um trem?

McGregor-Robinson esticou as pernas e suspirou.

— Quanto a ser temporário ou algo mais prolongado, teremos simplesmente de esperar para saber.

Mestre James o observava, ansiosamente. Depois de um momento ele disse:

— Você não está sugerindo, então, que demos um passo na direção de... de um hospício? (Ele parecia quase incapaz de pronunciar a palavra.)

O médico balançou a cabeça.

— Não, no primeiro momento, não. Isso seria um pouco precipitado. Pelo que sabemos, Arabella pode acordar amanhã de manhã, com a memória intacta, suas alucinações desaparecidas.

— Existe essa possibilidade — disse mestre James. — Você tem razão, é claro.

Ele vinha se mantendo ereto, mas então se afundou em sua cadeira com alívio. E não sem motivo! Em minha própria ansiedade com o possibilidade de a sinhazinha ir para um hospício, eu havia agarrado um pedaço do veludo verde gasto e o esmagado entre os dedos.

— Além disso — disse o médico —, os princípios usados nesses lugares são suficientemente diretos. Confinamento, silêncio, ausência de estímulo. Podemos aplicar o que sabemos deles nos próximos dias ou semanas, e então veremos o que acontece. Há também diversos medicamentos que podemos experimentar.

Ele ficou em pé, olhando seu relógio de bolso.

— Tenho de ir e dar uma olhada no velho Sammy Somas em Smoller — ele disse. — Aparentemente há algo crescendo em sua cabeça. Se é um par de chifres ou uma bolha, ainda precisamos diagnosticar. Quando eu terminar com ele, devo pegar aqueles livros de que estava falando e trazê-los aqui. Podemos dar uma olhada neles juntos, hein? Podem nos dar uma luz sobre como devemos proceder.

— Excelente! — disse mestre James, que também havia levantado depressa. Para minha grande tristeza, ele puxou a corda da sineta. Um tilintar fraco podia ser ouvido vindo da distante cozinha. Era um som bem vazio, seguido de um silêncio imenso. Encolhi-me de volta nas sombras e perdi minha visão dos homens pelo buraco na cortina.

Mestre James baixou o tom da voz.

— Devo dizer, Douglas, que ficaria muito agradecido se você não mencionasse nada disso ao nosso amigo na paróquia. Estou esperando pelo apoio do irmão dele quando eu me candidatar. Temo que não faria nenhum bem à minha causa se esta história chegasse a ele. O velho bode sempre está colocando o nariz onde não é chamado e quanto menos se falar sobre você-sabe-quem, melhor. Não queremos levantar essa poeira.

— Não se preocupe — disse o médico. — Eu já havia pensado nisso.

Foi um jeito estranho de se referir à própria esposa, pensei. "Você-sabe-quem". Ou ele se referia a Nora? Mas não tive muito tempo para divagar sobre isso pois para meu horror o sino tocou mais uma vez. De novo o tilintar fraco podia ser ouvido à distância.

— Tsc! Aquela garota imprestável — disse mestre James. — Onde ela está?

Imaginei-me saindo de trás da cortina... tchã-rã!... e anunciando minha presença. Essa imagem foi tão nítida na minha cabeça que quase acreditei que eu havia feito isso. Por sorte, mestre James estava impaciente. Ouvi ele mesmo abrindo a porta do escritório, talvez para olhar lá fora e ver se eu estava vindo.

— Sabe Deus onde ela está — ele disse, depois de um momento. — Vou acompanhá-lo eu mesmo, se não se importa, Douglas.

— De forma alguma — disse McGregor-Robertson. — A propósito, o que você fez com o Observatório Shorts?

— Não muito — disse mestre James. — Creio que seus méritos sejam superestimados.

Eu os ouvi atravessando o salão e trocando suas últimas palavras. Então o médico foi embora, prometendo retornar mais tarde. Prendi a respiração e esperei para ver para aonde mestre James iria. A princípio, só houve silêncio e eu supus que ele deveria estar parado do lado de dentro da porta, organizando seus pensamentos. E então, para meu alívio, ouvi seus passos cruzando o salão e subindo as escadas. Já era tempo de eu poder sair do meu esconderijo e voltar à cozinha, agradecida demais por não ter sido descoberta pois se tivesse isso certamente significaria o fim de meu estada no Castelo Haivers com a sinhazinha.

E eu tinha a sensação de que ela precisaria de mim agora mais do que nunca.

***

A sinhazinha havia se comportado de forma estranha em Edimburgo, isso estava claro, algo a ver com meninas e uma agência. Mas o que exatamente ela havia feito? E teria isso alguma relação com *As observações*? Eu estava extremamente curiosa. E quanto ao que os homens haviam falado de Nora: haveria de fato uma conexão entre sua morte e a forma como a sinhazinha estava se comportando? Eu certamente achava que sim, por causa da caminhada. Mas não conseguia ver como mestre James e o médico saberiam disso, uma vez que a sinhazinha mantinha seu experimento em segredo. Eu esperava ouvir algo aproveitável. Mas no fim das contas o que os dois cavalheiros disseram me deixou ainda mais confusa.

Minhas instruções eram para não perturbar a sinhazinha e o resultado foi que eu não a vi durante a manhã toda. O médico voltou às 11 horas trazendo com ele uma mala de couro cheia de livros. Mestre James disse que eu fizesse café e então os dois homens começaram a ler e a fumar no escritório. Eu esperava conseguir alguns minutos a sós com a sinhazinha quando eu levasse algo para ela comer ao meio-dia mas isso não aconteceu. Subi quieta como um gato, mas mal eu havia batido na porta McGregor-Robertson apareceu no batente e tirou a bandeja de minhas mãos. Então ele me agradeceu e fechou a porta com o pé. Nem consegui ver a sinhazinha.

Os cavalheiros comeram uma refeição fria no escritório. Depois que eles terminaram, mestre James saiu para ter uma palavra com os empregados da fazenda e voltou um pouco mais tarde. Fui solicitada às 12h45, pela sineta. Quando cheguei ao salão mestre James saiu do escritório para me encontrar.

— Bessy — ele disse. — Preciso que você vá a Bathgate.

— Senhor?

Se eu soei surpresa foi porque esse foi de fato um pedido pouco comum, uma vez que nunca haviam me pedido que fosse sozinha mais longe do que a Snatter. Mas mestre James podia não saber disso, pois o pedido foi feito de forma bem casual.

— Sim, preciso de algumas coisas da farmácia — ele disse. — Biscuit Meek vai lhe dar uma carona. Ele tem de ir à cidade e vai trazê-la de volta quando você terminar. Aqui está uma lista do que preciso. — Ele segurava um pedaço de papel dobrado mas não o colocou na minha mão de imediato. — Agora, Bessy — ele disse —, o mais importante: eu lhe proíbo de falar sobre o que aconteceu com a sua senhora recentemente. Se qualquer pessoa perguntar, você deve dizer que ela está bem de saúde mas sofreu recentemente de dores de cabeça e foi aconselhada a descansar.

— Sim, senhor.

— Não fale com ninguém sobre isso, nem com Biscuit Meek nem com qualquer outra pessoa. Acredito que você já tenha ido à farmácia antes.

— Não, senhor.

— Você nunca foi à farmácia antes — ele disse. — Você me surpreende. Muito bem, então. Nesse caso, presumo que os funcionários não saibam quem você seja.

— Não, senhor, duvido muito. Só fui a Bathgate uma vez.

— Melhor ainda. Pelo que sei, temos uma conta na farmácia, mas por favor não ponha a despesa na conta do Castelo Haivers nem revele quem somos.

Ele bateu em seus bolsos, franzindo a testa. Então voltou ao escritório e eu o ouvi perguntando ao médico se trazia algum dinheiro com ele. Depois de um momento ele reapareceu com um punhado de moedas, que me deu com a lista.

— Certifique-se de que Biscuit Meek *não* acompanhe você à farmácia — ele disse. — Faça ele deixá-la no hotel e então ande até a loja... é logo depois da esquina. Se ele expressar qualquer curiosidade a respeito de aonde você está indo ou o que você vai comprar, o que duvido muito, diga a ele que a senhora precisa urgentemente de algum... algum...

Ele balançou a mão no ar, incapaz de pensar no tipo de coisa de que a sinhazinha poderia precisar com urgência de Bathgate.

— Alguns retalhos e fios de seda? — eu sugeri.

— Retalhos e fios de seda — ele disse. — Excelente sugestão. E quando você voltar com seus pacotes, certifique-se de que tudo esteja embrulhado e fora das vistas alheias.

— Farei isso, senhor.

— Creio que você não tem nenhuma pergunta a me fazer.

— Não, senhor.

— Então vá. Biscuit está esperando pacientemente por você do lado de fora do estábulo.

Biscuit realmente estava do lado de fora do estábulo, mas não parecia estar esperando por mim, pacientemente ou não; ele não era o tipo de homem que expressasse simpatia por mim, oh não! Ele me viu quando dei a volta na casa mas não me observou de forma alguma, pelo contrário, ele terminou de apertar a sela do cavalo e então sem uma palavra subiu no banco. A partir daí ele ficou sentado olhando para as orelhas do cavalo. Quando lhe dei boa-tarde, ele virou os olhos para mim sem interesse — como se eu fosse uma lenha velha que ele houvesse brevemente considerado levar para casa para pôr na fogueira antes de pensar melhor no caso — e então se virou e continuou a contemplar o cavalo.

Acredite em mim, eu preferia sentar no assento rasgado a dividir um banco estreito com Biscuit Meek, mas eu não tinha nenhuma outra alternativa real se quisesse obedecer ao mestre James então me sentei ao lado dele. Durante o curso da viagem a Bathgate, fiz uma ou duas tentativas de iniciar conversa mas a única coisa que saiu da boca de Biscuit foi cuspido em forma líquida em intervalos regulares e descansa silenciosamente na estrada atrás de nós. Depois de um tempo eu desisti de tentar me enturmar com ele e comecei a examinar a lista que mestre James havia me dado. Cânfora, vinagre, folhas de sene e purgante eram bastante comuns, isso eram, mas alguns itens da lista eram novos para mim, como goma de amoníaco, pó de vermífugo, expectorante, halite, farinha de sulfur, eu não gostava muito de como eles soavam. Presumivelmente seriam para a sinhazinha. Tudo o que eu podia dizer era que esperava que não fizessem mal a ela.

Isso me intrigou por todo o caminho a Bathgate, até o saguão atrás do hotel. Ali, Biscuit parou a carruagem e escorregou para o chão. Apontou com firmeza para o solo e falou duas palavras, sendo uma "às" e a outra "quatro". Isso indicava o horário em que ele esperaria pelo meu retorno no exato local onde ele havia parado. Desci sozinha do banco e caminhei por tempo suficiente para vê-lo desaparecer dentro de uma taverna do outro lado da rua. Se ele foi lá a trabalho para mestre James, não tenho ideia, mas não me importava nem um pouquinho com os negócios de Biscuit Meek.

O boticário em pessoa era o único na loja. Lembrando o que mestre James havia dito e suas súplicas por discrição, mantive a conversa ao mínimo, simplesmente entregando a ele a lista. Ainda bem que o homem não demonstrou nenhum interesse por mim e foi pegando os itens sem falar uma palavra ou olhar na minha direção. Um punhado disso, uns gramas daquilo, ele pesou os pós e despejou os líquidos de grandes garrafas em frascos pequenos. Então, atendendo ao meu pedido, ele embrulhou cada item separadamente e finalmente os uniu em um grande pacote. No fim das contas levou apenas uns dez minutos para completar o pedido.

Ao sair da loja voltei ao hotel mas não havia sinal de Biscuit e faltava quase uma hora para as 16 horas. Havia alguns caras por ali, jogando pedrinhas e lançando olhares para mim. Não havia dúvida de que se eu esperasse na carruagem eu não seria deixada em paz por muito tempo e então decidi sair para uma caminhada. Saí do saguão e comecei a fazer meu caminho na direção da rua principal de comércio para onde a sinhazinha havia me levado na semana anterior.

Minha intenção era olhar vitrines mas então avistei o sino da torre da igreja sobre as chaminés e aquilo me levou a pensar no cemitério. Nunca fui de andar por terrenos de lápides por prazer. Ainda assim quanto mais considerava isso, mais pensava que valeria a pena visitar o túmulo de Nora para ter uma palavrinha com ela. Pode chamar isso de superstição. Mas tanto eu quanto a sinhazinha havíamos visto algo no Castelo Haivers e se era mesmo um fantasma (e não um sonho ou criação de nossas imaginações), então valeria a pena falar com a Senhorita Perfeição. Eu iria deixar uma reclamação, se você preferir assim, direto na fonte. Eu levantaria objeções.

Tendo decidido isso, foi apenas uma questão de fazer meu caminho até a igreja. O sino da torre estava visível agora e então entre os telhados eu encontrei a rua correta ao ir na direção dele. Algumas barracas de venda haviam sido colocadas do lado de fora da igreja e o lugar estava agitado com transeuntes e carrinhos e apresentações. Entrei pelo portão da igreja e subi os degraus. Na última vez que estivera lá, nevava e eu tinha o objetivo de seguir a sinhazinha então não havia prestado muita atenção nos arredores. Agora, a neve já tinha ido embora havia tempo e eu estava completamente sozinha. Sem sua cobertura gelada, o cemitério ganhou um aspecto muito diferente. Vi que era um lugar ressecado, os caminhos tortos e ensaboados, as pedras das lápides sujas, muitas delas quebradas e tudo cercado de erva-daninha.

Escolhi um caminho e comecei a andar no meio das lápides na direção do canto mais distante onde eles colocam os católicos romanos. Longe da rua, o lugar ficava mais silencioso. Não havia visitantes naquele dia além de mim. Nenhum ser vivo nem o pio de um pássaro e as únicas criaturas que você podia imaginar que estivessem por lá eram os ratos.

Antes que se passasse muito tempo eu vi a lápide de Nora, o mármore branco fazendo com que ela se destacasse em meio às outras. À medida que me aproximei fiquei alarmada e não pouco perturbada ao ver que os hibiscos que a sinhazinha havia deixado no pé da lápide haviam sido revirados raivosa e violentamente. O arranjo estava arruinado e a terra (que era, eu notei, da cor de sangue seco), espalhada. O bulbo e as pétalas haviam sido esmagados na terra. Não havia como dizer quem ou o que era responsável. Garotos malvados podiam ter feito aquilo por nenhuma razão, como é de se esperar deles. Ou poderia ter sido uma raposa, eu havia visto estragos semelhantes feitos por raposas em hortas. Poderia — apenas possivelmente — ter sido o vento, ou um acidente. Mas a visão dessa destruição naqueles arredores fez minha pele se arrepiar. Olhei em volta nervosamente, mas apenas as lápides olhavam de volta para mim.

Os hibiscos não tinham mais salvação então eu apenas arrumei um pouco, pegando pedaços do arranjo e colocando-os no lugar e então cobrindo-o com a terra vermelho-escura para fazê-lo se misturar com o chão. Era difícil imaginar o que repousava ali debaixo. O caixão estava lá havia meses e considerei que ele poderia possivelmente estar quase intacto, mas eu não gostava de cogitar em que condições o corpo de Nora poderia estar. Tentei imaginá-la inteira e fresca, toda vestida de branco, com os olhos fechados e as mãos unidas.

— Por favor, deixe a sinhazinha em paz — implorei a ela. — Você não pertence a este mundo. Sinto muito se perturbei ou desrespeitei você, mas agora você precisa ir e deixar a sinhazinha. Não é culpa dela você estar morta.

Essas e outras frases eu mandei para a sepultura, repetindo e repetindo. Tentei imaginar minhas palavras entrando através da terra e inundando as orelhas de Nora como o mar dentro de uma concha. Minha superstição infantil pode parecer bobagem ou mesmo meio idiota, mas eu estava desesperada. Teria arrancado minhas amígdalas se isso ajudasse a sinhazinha. E se havia um fantasma então eu queria que ele descansasse em paz. Fiquei ali por um tempo que pareceu anos de cachorro até que a noite começou a cair e meus pés congelaram. Então peguei meu pacote e corri de volta para o portão.

Horror dos horrores, quem estava parado bem na entrada, distribuindo seus malditos panfletos, era o Velho Babão. As barracas haviam atraído uma multidão e ele tirou vantagem disso. Seu método era abordar as pessoas como se fosse cumprimentá-las, mas no último minuto, em vez de dar a mão, ele entregava um panfleto. Com a maioria parecia funcionar. Alguns agradeciam e colocavam o papel no bolso, enquanto outros apenas ficavam olhando, espantados, antes de ir embora.

Eu não tinha nenhum desejo de ser vista ou abordada por ele e então busquei à minha volta uma rota de escape, mas as cercas eram muito altas para escalar e o portão da frente parecia ser a única saída. Ou eu voltava ao cemitério e esperava, na expectativa de que ele fosse embora, ou deveria tentar passar de fininho pelo velho mulambo sem ser notada. Uma vez que a noite estava caindo e eu não tinha nenhuma vontade de prolongar minha permanência entre as lápides, dei um longo suspiro, agarrei meu pacote contra o peito e fui em direção aos degraus da frente, mantendo um olho em Pollock o tempo todo. Nesse momento ele estava se dirigindo a dois pedreiros em macacões empoeirados que conversavam em frente a uma das barracas. Eles olharam para o reverendo quando ele se aproximou e quando ele tentou entregar um panfleto, um deles xingou bem alto e saiu andando.

As pessoas se viraram para olhar. O segundo homem gritou:

— Oh buu! Buu! Sumam com seus malditos tratados! Nós não os queremos! Eles não vão nos dizer nada do que queremos ouvir!

O homem fez um estardalhaço exagerado, então saiu atrás do amigo para se juntar a ele.

Pollock tentou manter sua dignidade apesar do fato de todos estarem olhando para ele nesse momento de rejeição. Ele se virou, com um sorriso falso fixo em seu rosto, e a primeira coisa que seus olhos viram foi a mim enquanto eu fazia minha saída discreta pelo portão da igreja. Como um homem se afogando faria ao ver uma boia, ele se jogou na minha direção, levantando a mão e atravessando a rua com tudo. Não havia escapatória. Ele veio marchando de alguns metros de distância, parou e me olhou com aquele sorriso de satisfação.

— Ahh! — ele começou. — Biddy, não é isso?

— Bessy, senhor — eu disse por entre os dentes.

— Aaah! — Seus olhos passaram por mim em direção aos fundos da igreja e então ele me lançou um de seus olhares espertos. — O que podemos fazer por você aqui em Bathgate? — ele disse. — E na igreja também. Acredito que você não tenha vindo roubar cadáveres. Ahh!

— Não, senhor — eu disse. — Eu estava cumprindo uma tarefa para a sinhazinha e... bem... eu pensei em pegar um atalho mas... veja você... não existe saída do outro lado e então eu... sim... eu tive de voltar.

Esse pequeno discurso esquisito me irritou, pois me odiei por me explicar para ele. Mas mestre James havia me feito jurar segredo e não só isso, eu tinha ouvido ele pedindo expressamente ao médico que *não* mencionasse nada sobre a sinhazinha ao reverendo.

Enquanto eu estava falando o bode velho estava dando uma longa e intrometida olhada no pacote em minhas mãos, claramente tentando adivinhar o que havia nele.

— Ahh! — ele disse. — E como está sua querida senhora?

— Muito bem, senhor, muito bem mesmo.

— Fico feliz por ouvir isso. Ahh! Achei-a um pouco pálida na última vez que a vi. Não há nenhum problema com ela, espero?

— Não, senhor, ela está muito bem.

— E seu patrão? Ele está comprando uma fonte pública de meu irmão, não está? Você por acaso sabe como o pequeno projeto está progredindo??

— Temo não saber nada sobre isso, senhor.

— Oh? Talvez eles não discutam essas coisas com você. Bem, James é um sujeito capaz, tenho certeza de que o projeto dele será imaculado. Seu patrão se deu muito bem na vida, Bessy, sem a ajuda de absolutamente ninguém... a não ser, pelo que eu saiba, de um legado substancial e várias propriedades deixadas para ele por um tio muitos anos atrás. Ahh! Mas você sabe tudo sobre isso, suponho.

Ele me estudou com seus pequenos olhos frios. Eu não disse nada, e então ele continuou.

— E, é claro, as boas notícias mais recentes, James foi convidado a se candidatar, creio eu? A membro do parlamento? O que você pensa sobre isso, Bessy? Você acha que seu patrão daria um bom parlamentar, hmm? — De novo ele me lançou um olhar perscrutador.

— Não sei nada de política, senhor. E se o senhor me der licença, tenho de ir embora agora. Serei levada de volta às 16 horas.

— Ah, sim — ele disse, bisbilhotando mais uma vez meu pacote com a sua cabeça entortada para o lado. Parecia uma galinha prestes a bicar. — Você tem várias compras aí. Ahh! Espero que seu pacote não esteja muito pesado.

— Não, senhor.

— Ele é muito grande.

Claramente, ele esperava que esses comentários me fizessem revelar o conteúdo.

— Posso dar conta, senhor.

Ele franziu a testa de forma curiosa e apontou o dedo para mim.

— Bem, espero que você não tenha gasto todo o seu salário em bugigangas — ele disse. — Presilhas e fitas para chapéu e coisas assim. Ou você comprou algo para sua senhora, talvez?

Visivelmente, ele não estava disposto a desistir e eu sabia que minha história sobre retalhos e fios de seda não o enganaria, sendo o pacote muito grande.

— Não é nada, senhor — eu disse. — Apenas tecidos e botões.

— Tecidos e botões, eh? — Ele balançou a cabeça e suspirou pelo nariz. — Sedas e cetins, sem dúvida. Bem, vejamos... — Ele puxou seus panfletos e escolheu um. — Aqui está — ele disse, entregando-o a mim. A coisa era intitulada A dor no olho, e era um ataque a qualquer pessoa que gastasse muito tempo se contemplando no espelho. — Você é propensa à vaidade, Bessy, suspeito que seja. Bem, talvez você ache isso uma leitura iluminadora.

Tentei devolver mas se ele o pegasse de volta, entraria em colapso.

— Não, não — ele disse. — Guarde. O que achou da última publicação que lhe dei?

— Oh — eu disse. — Não tive tempo de ler ainda.

(Mentira. Ou eu havia jogado fora na hora ou eu havia escrito palavrões nas margens e *então* jogado fora.)

Ele me analisou bem de perto.

— Você é de fato *capaz* de ler? — ele disse, quase falando para dentro. —— Estou começando a suspeitar de que talvez não seja.

— Sei ler muito bem, senhor — eu disse, com o rosto quente. — Agora, se não se importa...

Mas ele me deteve de novo, dessa vez colocando a mão em meu braço.

— Espere um momento — ele disse. — Isso talvez a surpreenda, Bessy, mas eu vejo potencial em você. Ahh! Você é bem diferente das outras meninas de sua idade e de sua crença. Vou lhe dizer. Se você quiser, posso interpretar esses textos para você e então poderá me perguntar o que quiser. Também quero saber mais sobre sua vida antes do Castelo Haivers. Sei que você era uma empregada doméstica.

Abri minha boca para protestar, mas ele interrompeu.

— Não, não! — ele disse, jogando as mãos para cima. — Não me diga nada ainda.

Como se eu estivesse prestes a fazer isso!

— Isso deve ficar para quando você vier à paróquia — ele disse. — Que dia é bom para você?

— Não acho que eu possa atendê-lo, senhor.

— Você conseguiu tirar um tempo para visitar o Sr. Flemyng, creio eu, e ir até Thrashburn. Não foi?

— Sim, senhor — eu disse, me sentindo inenarravelmente envergonhada.

— Bem, então — ele disse. — Se você pode atender ao Flemyng, então com certeza você pode me visitar, especialmente quando é para elucidar as palavras dos textos.

— Eu teria de pedir uma folga — eu disse. — E não sei quando vou conseguir uma. Estamos muito ocupados no momento.

— Vou lhe dizer — ele falou. — Estou sempre em casa nas tardes de quinta-feira para receber visitas. Vamos ficar assim. Você pode pedir uma folga numa tarde de quinta-feira. Nem precisa dizer que vai me ver. Pense nisso, não vamos contar a ninguém. Apenas para o caso de você mudar de ideia.

— Mudar de ideia sobre o quê?

Ele pareceu surpreso.

— Ora... sobre renegar suas crenças — ele disse. — Ahh!

Ele me encarou. Eu simplesmente fiquei parada ali, sem fala, por um momento, e então disse:

— Até logo, senhor, preciso ir agora.

Fiz um esboço de reverência e então saí andando. Quando olhei para trás, ele havia voltado a distribuir seus panfletos. Assim que dobrei a esquina, peguei *A dor no olho* e coloquei embaixo da porta de alguém.

De volta a casa, mestre James e McGregor-Robertson estavam enfiados no escritório em uma nuvem de fumaça de cachimbo. Mestre James pegou o pacote de medicamentos da minha mão e anunciou que o médico ficaria para o jantar mas que eu não deveria servir nada até as 19h30, uma vez que eles queriam terminar sua leitura e então sair para uma caminhada.

— Precisamos esticar as pernas — ele disse. — Estamos enfurnados aqui o dia todo.

— Muito bem, senhor — eu disse. — E quanto à sinhazinha?

— Ela deve ficar dentro de casa — ele disse.

— Não, senhor, quero dizer, e quanto à comida dela? Ela vai comer com vocês aqui embaixo?

Ele e McGregor-Robertson trocaram um olhar significativo. Percebi, pela primeira vez, que o olho do médico estava marejado e que a pele ao redor dele parecia descolorida.

— Ah, não — disse mestre James, então ele limpou a garganta: — Bessy, é muito importante que minha esposa descanse por um tempo. Ele apontou para os diversos livros espalhados pelo cômodo. — Toda a nossa leitura sobre o assunto confirma isso. Infelizmente, sua senhora não gosta da ideia. Veja você, esta tarde, enquanto você esteve fora, ela tentou diversas vezes vir aqui para baixo. Ela ficou bastante irritada determinado momento.

Ele olhou para o médico esperando confirmação, mas McGregor-Robertson mais uma vez estava absorto em seu livro, com um olhar fixo e plácido no rosto.

Mestre James olhou de novo para mim.

— No fim — ele disse —, para o próprio bem dela, fomos forçados a trancar a porta do quarto para ter certeza de que ela não escaparia de novo.

Devo ter parecido espantada porque ele colocou a mão no meu ombro.

— Mas não se preocupe — ele disse. — É por pouco tempo. Ela precisa descansar.

— Mas, senhor, ela não vai gostar de ficar toda enclausurada, isso só vai fazê-la piorar.

— Não, Bessy — ele disse, balançando a cabeça. — Acredite em mim, isso vai fazê-la melhorar. Na verdade, ela está muito mais quieta desde que trancamos a porta. Agora quero que você prometa que não vai deixá-la sair. Ela pode tentar persuadi-la, mas você deve ser firme.

Eu não estava *nem um pouco* feliz, mas tive de prometer mesmo assim, uma vez que deveria parecer que eu concordava em fazer o que ele pedia. Ou então ele poderia ter a ideia de mandar que eu arrumasse minhas coisas. E, além disso, talvez eles estivessem certos. Talvez ela *precisasse* descansar. Pois parecia que ela tinha dado um soco no olho do médico.

Muito justo, eu teria feito o mesmo, se ele tentasse *me* trancar em um quarto.

Os preparativos do jantar me mantiveram na cozinha pela hora seguinte ou um pouco mais, mas eu fiquei com os ouvidos atentos para escutar quando eles saíssem para a caminhada. Em um dado momento, fui recompensada com o som da porta da frente sendo fechada. Estava escuro lá fora e eu sabia que eles não passeariam muito longe da casa. Sem demora, corri para o andar de cima e encostei a orelha na porta da sinhazinha. Tudo o que eu conseguia ouvir eram as batidas do meu coração. Havia um lampião aceso dentro do quarto, pois quando me abaixei pude ver um brilho de luz através do buraco da fechadura. Falei pelo meio do buraco entre a porta e o batente.

— Madame? A senhora está aí? Madame?

Por um momento, só houve silêncio. Então ouvi o estalar do estrado da cama e passos suaves enquanto alguém se aproximava pelo lado de dentro. Uma sombra passou pelo buraco da fechadura e um vento frio feito pelo movimento da saia dela bateu em meu rosto.

— Sou eu, madame — eu disse baixinho. — Você está bem?

Houve uma pausa em que pensei tê-la ouvido murmurando algo para ela mesma. Então dei um pulo quando ela começou a falar de repente, perto da porta.

— Está trancada, Bessy — ela disse. — A não ser que você tenha a chave, não poderá entrar.

— Eu sei, madame. Mas é só por um tempinho, acredito, para que a senhora possa descansar apropriadamente. Está descansando? Precisa de alguma coisa?

Embora eu quisesse demais dar alguma coisa a ela, não tinha nenhuma chance de conseguir fazê-lo. Acho que estava só tentando reconfortá-la.

— Oh, não sei — ela disse, despretensiosamente. Houve um breve silêncio. Olhei pelo buraco da fechadura mas não consegui ver nada a não ser sombras e então deduzi que ela estava parada bem atrás da porta. Depois de um momento ela disse, muito desolada: — Eu não mereço nada. Sou uma pessoa má.

— Bobagem, madame — eu disse. — Não fique assim.

— Uma pessoa má, Bessy, e uma pessoa culpada.

— Oh, não, madame, de jeito nenhum.

Não houve resposta, exceto uma risada vazia de dentro do quarto.

— A senhora vai ficar bem, madame — eu disse a ela e então, muito alegremente, acrescentei: — Sabia que fui dar uma caminhada hoje?

— O quê? — ela disse, distraída.

— Uma caminhada, madame. Caminhei pelo campo, para o norte. Estava simplesmente andando, sabe, pensando nas minhas coisas, e então, antes que eu percebesse, rolei por um morro abaixo. Fui pega de surpresa, ora se fui.

A sinhazinha suspirou.

— Do que você está falando, Bessy?

— Essa caminhada que fiz, madame. Estou só contando à senhora que caminhei para o norte pelo campo e então rolei morro abaixo. E a senhora nunca vai adivinhar onde quase caí, madame.

Não houve resposta, apenas um som rápido atrás da porta.

— Madame?

— Desculpe... o que você disse?

— Eu disse que a senhora nunca vai adivinhar onde quase caí.

— Dificilmente vou conseguir imaginar — disse a sinhazinha, muito aborrecida.

— Acredita que foi na linha do trem?

Esperei por alguma reação dela, mas apenas ouvi o silêncio.

— A linha do trem, madame. A norte daqui. Eu quase caí bem em cima dela, por acidente. Estou lhe dizendo, é fácil acontecer. Tive sorte de não ter passado nenhum trem. Porque, se você cai e um trem vem vindo, bem, eu não sei o que pode acontecer. Não seria culpa de ninguém, de qualquer forma. Culpa de ninguém, a não ser da própria pessoa. Apenas um acidente.

Aqui eu parei de falar — não porque não houve resposta da sinhazinha, mas porque ela havia começado a murmurar. Inclinei-me contra a porta para ouvir melhor.

— O que foi, madame?

Imediatamente, o murmurar parou. Ela falou:

— Continue! Você estava falando sobre a linha do trem.

— Bem, madame, como eu disse, não seria culpa de ninguém se você tropeçasse no morro e caísse debaixo de um trem. Teria de haver uma cerca erguida ali, a culpa é do pessoal do trem...

Mas não fui além disso porque, mais uma vez (dessa vez em sussurros), a sinhazinha havia voltado a falar sozinha. Seu murmurar era claro, embora fosse difícil identificar as palavras isoladamente. Em certo ponto achei ter ouvido meu próprio nome ser pronunciado, antes que os sussurros continuassem. Ela sussurrava, parava, sussurrava, então parava de novo. Era como ouvir um lado de uma conversa, como se ela estivesse falando com outra pessoa no quarto, uma pessoa cujas palavras e respostas podiam ser ouvidas apenas por ela.

Ao pensar nisso, uma sensação assustadora me atravessou de ombro a ombro. O corredor estava congelado, mas meus tremores eram por causa de mais do que o frio. Com uma grande tremedeira, de medo do que eu poderia ver, me ajoelhei silenciosamente e pus meu olho no buraco da fechadura. Mais uma vez eu vi o brilho do lampião e o contorno de alguns móveis, o que significava que a sinhazinha havia saído de perto da porta. Olhei para lá e para cá mas não consegui descobrir onde ela estava no quarto. Ainda assim seus sussurros intermitentes continuavam, aparentemente bem próximos.

— Quem está aí, madame? — eu gritei. — Quem está aí com a senhora?

No primeiro momento, os sussurros pararam. Então houve um som rápido e uma sombra passou de novo pelo buraco da fechadura. Outro ventinho frio espirrou um pouco de poeira diretamente no meu olho, que começou a lacrimejar. Abaixei-me e me afastei para limpá-lo.

— O que você disse, Bessy?

— Por que a senhora está falando, madame? Quem está aí com a senhora?

Ouvi uma risada.

— É só você que está falando, Bessy — ela disse. — Diga-me, você se machucou quando caiu?

— Eh... não, madame, na verdade não.

— Bem, isso é um alívio — ela disse. — Eu não gostaria que você se machucasse. Mas não entendo por que você está fazendo tanto estardalhaço com isso. Você tropeçou e caiu e viu a linha do trem. Não vale todo esse barulho. Estou surpresa com você. Normalmente suas histórias são muito mais divertidas, Bessy, ou têm mais sentido.

Essa não era a resposta que eu esperava. Parecia que ela ainda não havia feito a ligação entre a caminhada que eu descrevi e aquela a que ela mandou Nora. Tentei de novo.

— Madame? — eu disse. — A senhora sabe de que caminho estou falando, pelo campo para o norte?

Nesse ponto, pensei tê-la ouvido se afastando da porta e então um estalar fraco, que deduzi ser o colchão se acomodando. Na minha cabeça, ela havia sentado na cama. Olhei pelo buraco da fechadura. Primeiro vi apenas as sombras da mobília como antes, iluminadas pela luz do lampião. Então, de repente, como que vindo do nada, um olho apareceu, me encarando de volta — um olho selvagem e cruel que parecia olhar dentro da minha alma.

Dei um grito e um pulo para trás, para longe da porta, caí de bunda e fui parar do outro lado do corredor, batendo a cabeça na parede. No mesmo momento ouvi a porta da frente abrindo. Um bafo gelado subiu pela escadaria e apagou a vela, me fazendo tremer de novo. Houve um rugido no salão e passos vieram correndo para cima.

As sombras dançavam para trás e para a frente no teto e então mestre James e o médico apareceram no topo dos degraus, segurando lampiões. Eles hesitaram quando me viram caída no corredor.

— Em nome de Deus, o que está acontecendo? — gritou mestre James.

Como resposta, apontei para a porta do quarto. Mesmo em meu estado de choque, achei interessante notar duas coisas: que mestre James mais uma vez gritou na forma interrogativa, e que minha mão tremia terrivelmente como a de uma velha.

— Senhor! — eu gritei. — Acho que há alguém no quarto com a sinhazinha!

— O quê? — ele disse. — Quem? Como pode ser?

Tantas perguntas... Mas eu não tinha respostas para ele, uma vez que estava amedrontada demais para dizer o que eu pensava; eu só balançava a cabeça e tremia. Com um ronco de exasperação, ele correu para a porta e tirou a chave do bolso. O médico parou para me ajudar a levantar e então o seguiu. Segundos depois mestre James escancarou a porta e os dois homens voaram para dentro do quarto. Arrastei-me atrás deles com medo de colocar um pé na frente do outro.

Dentro, o quarto parecia tranquilo o bastante, exceto pelo mestre James e o médico, que estavam parados no meio do quarto, olhando para todos os lados de cara feia. A sinhazinha estava sentada na cama, com um xale em volta dos ombros e uma costura no colo. Ela interrompera o trabalho e olhava para os dois homens semiestupefata. A não ser por ela e por nós, o quarto estava vazio.

— Cavalheiros — ela disse. — Qual é o problema?

17

Notícias nefastas

Mestre James e o médico vasculharam o quarto como se procurassem uma agulha num palheiro mas não encontraram ninguém. Enquanto isso, a sinhazinha ficou sentada em sua cama se divertindo para todos os efeitos com essa febril invasão masculina. Enquanto eles desmontavam o lugar, eu tentava fazê-la me encarar, mas ela teimosamente se recusou a sustentar meu olhar até que mestre James mandou que eu descesse para preparar o jantar. Então, sem que os homens percebessem (já que eles estavam de costas para ela), a sinhazinha piscou para mim e colocou o dedo nos lábios pedindo segredo, um gesto contraditório que me deixou bastante confusa.

Pouco antes de eu servir o jantar, os dois cavalheiros foram me visitar na cozinha. Eles fecharam a porta e começaram a me bombardear com perguntas. Quem ganhou o Derby em 1846? Qual é a capital da Espanha? Se seis homens levam três horas para cavar um buraco... não, na verdade, não. Eles queriam saber por que eu achava que havia alguém com a sinhazinha no quarto. O que me fez tremer e cair? E o que eu estava fazendo do lado de fora da porta dela, para começar? Eu disse que havia subido para ver se ela estava bem. E então eu contei a eles sobre os sussurros que eu tinha ouvido. E sobre o olho que tinha aparecido. Mas eu poderia estar falando qualquer outra coisa. Eles não estavam captando nada daquilo. Os sussurros eram apenas a sinhazinha falando sozinha, eles disseram. E era o olho *dela* que havia aparecido no buraco da fechadura. Ou então eu havia imaginado um olho por causa das sombras.

Eu protestei.

— Mas eu ouvi quando ela saiu de perto da porta e sentou na cama.

— Ela voltou — o doutor disse. — Sem que você notasse. Ou talvez ela não tenha se afastado. Ela deve simplesmente ter se abaixado para espiar você.

Os dois me encararam sombriamente. Eu sabia o que tinha visto. Mas não queria dar mais corda àquilo tudo uma vez que era claro que eles me culpavam pela perturbação da sinhazinha.

— Sinto muito, senhor — eu disse. — Devo ter cometido um engano.

Engano é a minha tia gorda!

Mestre James balançou a cabeça.

— Muito bem, Bessy — ele disse. — Mas você deve ser cuidadosa daqui por diante. Esse é exatamente o tipo de coisa que tende a aborrecer sua senhora. Pensar que você pode ver essa aparição só dá mais credibilidade às alucinações dela. Seria melhor se o seu contato com ela fosse severamente limitado por enquanto. Quando você tiver arrumado a bandeja dela, leve-a para o escritório. Um de nós a levará para ela.

Achei que fosse morrer. Eu estava muito chateada por ser afastada da sinhazinha. Mas eu não tinha escolha. Arrumei a bandeja mas foi o marido que a levou até o quarto dela. Os dois homens engoliram um pouco de comida e então se recolheram ao escritório mas não ficaram ali quase nada, pois enquanto eu limpava a sala de jantar os vi subindo, carregando os diversos pacotes que eu havia trazido da farmácia. Eles foram aplicar uma dose na sinhazinha. A visão dela trancada e drogada como um chinês era como uma faca sendo revirada em meu fígado, eu estava tão ocupada olhando em agonia para os dois homens que derrubei metade das sobras na toalha de mesa em vez de pô-las no prato.

Eu ainda estava tentando tirar a maldita mancha quando eles voltaram para o andar de baixo. Ficaram falando por um momento no salão e então o médico foi embora, dizendo que voltaria pela manhã. Ouvi a porta da frente ser fechada e mestre James virar a tranca. Agora era a hora, se eu tivesse coragem para tanto. Joguei meu pano de lado e corri ao salão exatamente quando ele estava prestes a entrar no escritório.

— Senhor! — comecei.

Ele se virou para me olhar, uma sobrancelha levantada. Jesus amado, meu coração estava saltando sobre os pulmões. Mas me forcei a continuar.

— Senhor, estou preocupada com a sinhazinha. Isso de trancá-la e fazê-la tomar remédios. Não acho que vá ajudá-la. Isso parece um tanto... extremo.

Ele olhou para mim.

— Um tanto extremo — ele disse. — Você acha que isso é um tanto extremo.

— Bem... sim, senhor, eu acho.

Havia um reflexo em seu olho enquanto ele me analisava. De repente ele foi tomado de uma fúria gelada.

— Fico muito contente por você ter me chamado a atenção quanto a isso, Bessy — ele disse, mas estava apenas sendo sarcástico. — Você acha extremo. Bem, menina, vou lhe contar algo *extremo*.

Oh, céus. Ele me chamando de "menina". Mau sinal.

— Você vai gostar de ouvir, sem dúvida — ele disse, me encarando.

Eu não tinha certeza se ia gostar, mas concordei balançando a cabeça de qualquer forma.

— Como pensei. Deixe-me lhe contar, Bessy, uma historinha de nossa viagem a Edimburgo.

Apesar de meus temores, eu estava contente por ouvi-lo falar aquilo, uma vez que isso significava que eu ia saber que história toda era aquela da agência.

— A tarde de ontem passou sem nada de muito significativo — ele disse. — Visitamos alguns pontos turísticos, os jardins, os monumentos e assim por diante, embora não tenhamos ido ao cume porque o valor da entrada era extorsivo. Sua senhora parecia estar bem, apenas um pouco distraída, e nós nos perdemos por um instante na multidão da Princes Street. Em um minuto ela estava ao meu lado e no seguinte ela havia sumido. Quando a encontrei novamente ela estava parada do lado de fora de uma agência de criados, parecia a ponto de entrar no prédio. Perguntei-lhe o que ela estava fazendo, e ela me disse que sua intenção era entrar e pedir informações sobre como voltar para o nosso hotel, onde ela pretendia esperar pela minha volta. Pareceu-me uma explicação justa e não pensei mais nisso. A função nos Salões da

Assembleia foi muito bem. Então, na manhã de ontem, quando acordei, Arabella não estava em lugar nenhum de nosso hotel. Esperei por duas horas. Por volta das 11 fui chamado ao saguão. Lá, fui agraciado pela visão de sua senhora parecendo muito envergonhada sob a custódia de um policial e de outro cavalheiro, um tal de Sr. Knox. Enquanto o policial acompanhava minha esposa até o quarto dela, esse Sr. Knox e eu fomos à sala de estar e ele começou a me contar o que minha esposa havia feito.

Até esse ponto a história dele não parecia tão marcante. Mas então gente, ai meu Deus, eu comecei a pensar. Por que a polícia?

— Parece que por volta das 9 horas sua senhora se apresentou na agência de criados da Princes Street, o mesmo em que eu a havia encontrado no dia anterior. O Sr. Knox me contou que ele é o dono. Na mesa da recepção, minha esposa aparentemente se apresentou ao assistente dele usando um nome falso. Ela se apresentou como Sra. Black de Corstorphine e disse que estava lá para dar uma olhada em algumas moças para escolher uma criada.

Devo ter parecido alarmada, pois mestre James disse:

— Não se preocupe, Bessy. Sua senhora não deseja substituir você, esse não parece ter sido o propósito, como ficará claro. Então, aparentemente, o assistente do Sr. Knox percebeu que ela trazia uma caixa mas não pensou em nada na hora, imaginando que se tratava de compras. Ela preencheu um formulário e então foi levada a uma sala onde diversas meninas esperavam para serem analisadas pelas damas. Lá ela escolheu duas ou três meninas e então foi a uma sala de entrevistas para onde as candidatas foram mandadas uma a uma. Essas primeiras meninas não eram de seu agrado. O assistente recomendou algumas outras e essas também foram mandadas para entrevista. Mais uma vez, nenhuma se mostrou apropriada. No fim ela havia visto a maioria das meninas, uma após a outra. — Ele suspirou. — Talvez, se todas elas fossem tímidas ou quietas, nada tivesse vindo à tona. De qualquer forma, aconteceu que uma das meninas era mais desbocada que as outras. Quando essa menina saiu da entrevista, ela foi direto à recepção para fazer uma reclamação.

Ela alegou que sua senhora havia feito a ela perguntas... perguntas que não eram toleráveis para os seus parâmetros ou mesmo para uma entrevista de emprego. Arabella também havia aparentemente pedido à menina...

Aqui ele mordeu o lábio e olhou para o chão, antes de continuar.

— Ela pediu que ela... aparentemente, dentro da caixa que ela carregava, havia um penico de vidro e então ela pediu... ela queria que a menina... que a menina defecasse ali.

Eu só olhei para ele. Achei que ele estivesse ficando corado. Ele continuou:

— A reclamação da menina primeiro não foi levada a sério e ela foi convidada a se retirar mas, quando ela insistiu, uma outra menina se levantou dizendo que ela também havia sido interrogada de forma inapropriada. E então, uma por uma, as meninas entrevistadas por sua senhora confessaram situações semelhantes. Todas disseram que ela havia feito perguntas impróprias e que havia pedido que uma ou outra utilizasse o penico, o que, desnecessário dizer, elas se recusaram a fazer. Foi nesse ponto que o Sr. Knox foi chamado em sua sala. Depois de uma breve investigação, ele pediu que minha esposa fosse embora. Ela se recusou. O assistente foi chamado. Começou uma balbúrdia. O penico de vidro se quebrou. Uma ou outra das meninas o haviam usado. Virou uma bagunça geral e então alguém correu para o lado de fora e chamou um policial que estava passando.

Aqui ele deu uma risada curta e amarga. Então passou a mão pelo rosto e continuou:

— Nenhuma acusação formal foi feita. De qualquer forma, o policial me aconselhou a tomar mais cuidado com minha esposa no futuro.

O reflexo estava de volta em seu olho, ele o dirigiu a mim.

— Agora *isso*, Bessy, é extremo. Comportamento extremo. Precisando de medidas extremas. Creio que você concordará.

É claro que ele não sabia sobre o *As observações*. Eu apostaria uma quantia alta em que a sinhazinha só estava fazendo algum experimento para seu livro. Era meio esquisito, para sermos justos, pedir que empregadas fizessem cocô, em penicos de vidro. Mas com certeza ela teria alguma boa razão para isso. Eu daria meu dente da frente para dizer a ele o que estava pensando, mas a sinhazinha havia pedido segredo sobre seu livro e então eu fechei minha matraca.

— Acredite em mim — ele disse. — Esse tratamento extremo, como você o chama, é merecido.

E ele me deu o benefício de um rosto sóbrio por um momento antes de continuar.

— Quando desejei bom-dia ao Sr. Knox — ele disse —, fui ao quarto da minha esposa apenas para descobrir que ela havia arrumado sua mala e fugido do hotel. Não havia nenhuma dúvida em minha cabeça de que ela teria voltado para casa, envergonhada demais para me encarar. Eu tinha um ou dois compromissos que me seguravam na cidade e então tomei o último trem. Ao chegar aqui, o que eu encontro senão *mais uma* cena de loucura.

— Senhor, veja, o que aconteceu foi...

— Calada, Bessy! — ele disse. — Chega! Então, a sua senhora... o que quero dizer é... de acordo com o Sr. Knox, ela alegou que queria analisar o caráter das meninas examinando suas fezes. Agora me diga a verdade, Bessy... ela fez esse negócio extraordinário quando contratou você?

Fiquei feliz por poder responder sem mentir.

— Não, senhor. De forma nenhuma. Ela não fez naquela ocasião nem nunca.

Mestre James pareceu aliviado, apenas por um momento. Então ficou cabisbaixo.

— Eu ainda não posso imaginar o que ela achava que estava fazendo — ele disse. — Pense apenas... se isso tivesse acontecido enquanto eu estava com Duncan Pollock! Ou se isso viesse a conhecimento público! — Ele parecia tão sofrido que eu não conseguia evitar de sentir pena dele.

— Não há nada que eu possa fazer, senhor?

Ele balançou a cabeça vagarosamente. Então virou-se na direção do escritório, deu alguns passos e de repente se virou de volta.

— Na verdade — ele disse —, eu gostaria de um pouco de distração. Faz algum tempo desde que você leu as notícias para mim. Peguei um jornal no hotel.

— Oh, sim, senhor. É claro. Deixe apenas que eu termine de limpar a mesa.

Quando voltei alguns minutos depois, encontrei-o sentado em sua mesa no escritório, escrevendo outra carta. Ele não fez nenhuma tentativa de esconder esta, apenas assentiu para mim e indicou que eu me pusesse à vontade. O jornal já estava na pequena cadeira em que eu costumava sentar, perto da lâmpada em sua mesa. Ocupei meu lugar, me perguntando se a sinhazinha já estaria dormindo no andar de cima, e que terrível poção era aquela que o médico tinha dado a ela. De qualquer modo, todos os pensamentos sobre a sinhazinha desapareceram assim que eu desdobrei o jornal e vi a primeira página. Minha atenção foi dirigida imediatamente ao primeiro anúncio na coluna da esquerda não só porque essa é a posição de destaque mas também porque ele era maior do que o resto. O que chamou a minha atenção foi a primeira frase. DESAPARECIDA *de sua casa desde quarta-feira, dia 2 de setembro último*, DAISY O'TOOLE, *também conhecida como* BOTÃO DE ROSA *ou* CASQUINHA.

Como era estranho se ver publicada em um jornal. DAISY, BOTÃO DE ROSA OU CASQUINHA. Ao ver esses nomes familiares eu quase gritei, tamanho era meu choque. Olhei para cima, nervosa com a possibilidade de mestre James ter percebido. Para minha sorte ele estava absorto, com a cabeça debruçada sobre sua correspondência. Tendo determinado que ele não havia percebido nada, comecei a ler o anúncio de novo mas, antes que eu tivesse tempo para passar os olhos em mais do que algumas palavras, ele assinou sua carta e a colocou de lado. Então ele se recostou na cadeira e me fez um aceno de cabeça.

— Boa menina, Bessy — ele disse. — Pode começar.

E então, com um grande esforço para me acalmar, pus-me a ler em voz alta. Não comecei pelo primeiro anúncio da página mas pela notícia que estava ao lado, creio que fosse sobre alguns espetáculos já encerrados. Em um dia diferente, mestre James teria achado esta ou outras notícias divertidas, mas ele ouvia sem um vestígio de sorriso e em dez minutos ele já estava esgotado e me mandou sair. Perguntei se podia pegar o jornal emprestado pela noite toda e o levei para cima comigo. Lá, com o coração na mão, coloquei o jornal sobre a cama e pela primeira vez li o anúncio inteiro. Nos dias seguintes eu o reli o suficiente para ser capaz de reproduzi-lo palavra por palavra.

> DESAPARECIDA *de sua casa desde quarta-feira, dia 2 de setembro último,* DAISY O'TOOLE, *também conhecida como* BOTÃO DE ROSA *ou* CASQUINHA. *Ela é irlandesa, tem entre 14 e 16 anos, cabelos castanhos, pele clara, rosto redondo. Seus olhos são azuis ou verdes ou cinza e embora ela possa parecer não muito certa das ideias esse é só o seu jeito. Ela é teimosa e não merece confiança. Usava um vestido amarelo de cetim quando foi vista pela última vez, pequeno demais para ela, fitas azuis, sem casaco. Qualquer pessoa que nos dê informações sobre o paradeiro dela, que acredita-se que esteja na região de* SNATTER, *queira por gentileza responder à devotada irmã* SENHORITA BRIDGET O'TOOLE, *contatando-a na Saraen Street nº 3, Glasgow, o mais rápido possível.*

Que esse anúncio havia sido escrito por minha mãe, disso eu não tinha dúvida. Mesmo não tendo colocado o próprio nome ali eu teria adivinhado pela descrição vaga de minha idade e aparência e por algumas das expressões. Se esse era o primeiro anúncio desse tipo que ela colocava ou se era apenas o mais recente de uma série eu não tinha ideia, mas ver aquilo instalou o terror dentro de mim. Como diabos ela havia me farejado em Snatter?

Meu primeiro impulso foi sair à francesa. Ir o mais longe que conseguisse, apenas para o caso de ela acabar me encontrando no Castelo Haivers. Mecanicamente, comecei a juntar minhas poucas coisas em um monte para me preparar para pegar a estrada. Aconteceu que um dos vestidos que a sinhazinha me dera estava pendurado na parede e quando eu tentei pegá-lo descobri que parte do tecido estava enroscada no prendedor da parede. Quanto mais eu tentava soltá-lo, mais enroscado ele ficava. Eu puxava o vestido para este lado e para aquele, quase chorando de frustração. E então fazendo isso comecei a pensar na sinhazinha trancada em seu quarto no andar de baixo dopada até o último fio de cabelo e sem ninguém para cuidar dela além de mim. E da mesma forma que o gancho prendera meu vestido e não o largaria, meu coração estava preso ao da sinhazinha. Naquele momento eu percebi que simplesmente não seria capaz de abandoná-la.

Pode parecer que essa minha reação à possibilidade de ser encontrada pela minha mãe tenha sido desnecessária. Mas eu não subestimava a maldade dela.

Neste ponto — embora eu não tenha grande vontade de fazer isso — sou forçada a confessar o que eu vinha evitando. Mas talvez, para contar sobre esses acontecimentos, eu tenha de retroceder um pouco mais no tempo. Tudo isso não é algo com que eu queira lidar. De qualquer forma, devo desabafar isso agora, não faz bem ficar aqui sentada roendo as unhas, que é o que eu tenho feito nas últimas horas enquanto agonizo sobre o que estou prestes a escrever agora.

Era uma vez uma mulher que ganhava dinheiro como muitas mulheres antes dela fizeram, dando aos homens o que eles queriam. Essa mulher — vamos chamá-la de Bridget — não via nada de errado no que fazia. Ela gostava que a vida fosse relativamente fácil. Sejamos honestos, ela era uma mulher preguiçosa e ria dos que ganhavam a vida nas fábricas ou no comércio. A maior parte de seu serviço era feita deitada e se fosse feita em pé terminava mais rápido ainda, e então (como ela dizia) ela não perdia nunca. O que ela mais gostava era de se divertir, o tipo de diversão que só se consegue ao beber. Então geralmente ela não era uma mulher sóbria e também não era uma mulher gentil. Ou melhor, digamos que sua gentileza era seletiva. Não era raro ela se debulhar em lágrimas diante de algo terno, como um cesto de gatinhos ou uma ovelha saltitando em um campo. E ela sempre alegava que seu coração havia sido quebrado por vários homens. Assim conclui-se que ela não poderia ser completamente sem coração. Mas havia um quê de frio em sua natureza. Ela não tinha compaixão. E, dependendo de seu humor e de quanto tinha bebido, ela podia ser até cruel.

Essa, então, era Bridget.

Não está registrado em nenhum lugar como ela se sentiu quando deu à luz uma criança, mas pode-se suspeitar que ela viu esse bebê — uma menina — como um pouco menos do que uma inconveniência. A neném — vamos chamá-la de Daisy — virou uma garotinha e à medida que ficava mais velha ficou melhor para Bridget que se pensasse que ela era sua irmã, e não sua filha, pois isso dava a impressão de uma grande juventude, algo em que Bridget queria se apoiar. E uma vez que elas se mudavam muito de uma cidade para outra, uma mentira dessas era fácil de ser mantida.

Após alguns anos, elas se estabeleceram em Dublin. Bridget estava naquele momento apaixonada por um homem. Vamos chamá-lo de Joe, e nunca houve canalha maior que ele. Quando Joe foi embora do país, Bridget quis segui-lo mas não tinha dinheiro suficiente para comprar passagens para ela e para a pequena Daisy. E então ela fez o que muitos poderiam achar inconcebível. Ela vendeu a inocência de sua garotinha. Havia muitos homens com uma queda por meninas jovens e muito rapidamente Bridget conseguiu juntar dinheiro suficiente vindo de Daisy para seguir Joe até o outro lado do mar.

Infelizmente, quando elas chegaram à cidade de Glasgow, não havia sinal de Joe. Bridget começou a procurar por ele e enquanto isso ela e Daisy ganhavam dinheiro como antes, com Bridget fazendo o mínimo possível e Daisy fazendo como ela mandava. Quanto a Daisy, ela não sabia de nada. Era apenas uma criança. Ela não conhecia nenhuma outra forma de vida e achava que todas as famílias fossem iguais. E, por mais estranho que isso possa parecer, ela amava essa mulher, sua mãe, e não queria nada mais do que o amor recíproco de Bridget. (Pobre tola, ela ainda não conseguia ver que isso nunca aconteceria.)

Uma noite, quando Daisy tinha cerca de 12 anos, Bridget trouxe um homem à casa delas. Ela o sentou perto da lareira, deu bebida a ele e fez festinha com ele por um tempo. E então ela levou Daisy ao outro quarto para ter uma palavrinha. Bridget se apressou, borrifando perfume de gardênias em sua garganta. Esse cavalheiro, ela disse, não queria o que era normalmente pedido. Em vez disso, ele queria algo diferente e estava disposto a pagar mais do que o dobro por isso. Na verdade, se ela e Daisy fizessem o que ele pedisse, elas não teriam de trabalhar pelo resto da semana.

Daisy estava intrigada. O que era essa coisa diferente? Bridget olhou firme para ela — um olhar lento e exagerado, pois ela estava pisando em ovos. "Ele não sabe que somos irmãs", ela disse, rodeando. (A mentira de serem irmãs era tão presente que às vezes parecia que a própria Bridget acreditava nisso.) Daisy ainda não tinha entendido. Então Bridget deu uma piscadela e disse:

— Ele pensa que somos *amigas*.

Mas ainda assim Daisy não conseguia acompanhar seu raciocínio. Afobada, Bridget puxou uma cadeira.

— Ele vai sentar aqui e assistir — ela diz.

— Mas assistir ao quê? — disse Daisy.

Bridget perdeu a paciência.

— Apenas se deite na cama — ela disse. — E faça o que eu faço e dê a impressão de estar gostando.

E quando Daisy começou a protestar — pois ela havia repentinamente entendido o que sua mãe queria dizer —, Bridget ameaçou cortá-la ao meio.

Jogo um pano sobre o resto da noite.

Tendo acabado de ler as últimas páginas, percebo que descrevi o que aconteceu como um conto de fadas, um que aconteceu com outra pessoa.

De qualquer forma, não acabei. Basta dizer que as histórias correm rápido. Muitos distintos cavalheiros de Glasgow estavam prontos para pagar extremamente bem por tal espetáculo. O pequeno ato em dupla que Daisy e Bridget fizeram naquela noite foi repetido à exaustão ao longo das semanas seguintes. O mínimo de culpa que Bridget havia sentido (ao acordar de manhã depois daquela primeira vez) desapareceu tão logo ela tomou sua primeira dose. E, depois de algumas semanas, ela estava até pensando em colocar um anúncio do novo serviço no jornal. Quando estava prestes a fazê-lo, uma oferta ainda melhor apareceu na forma de um cavalheiro judeu, Sr. Levy, que ofereceu um pagamento semanal para que Daisy morasse com ele.

Perdoe-me por eu contar tudo isso se parecer que não se encaixa com a minha narrativa. Isso tem um sentido, e eu espero que ele se torne claro.

Até hoje o cheiro de gardênias me dá enjoo.

Mas chega. Não gostava de pensar nisso naquele tempo e quase não pensei nisso desde então. Isto é, não até eu começar a escrever aqui.

Onde eu estava? No meu quarto no Castelo Haivers, tentando desprender o vestido. Bem, no fim eu o deixei ali onde ele estava e afastei os outros itens que havia juntado. Então eu li o anúncio de novo, desesperada para ter certeza. Decidi que algumas coisas estavam a meu favor. Para começar, todos nos arredores me conheciam como "Bessy" e não como Daisy, Botão de Rosa ou Casquinha. O vestido amarelo mencionado eu nunca mais usara desde que havia chegado. Também devia haver centenas de meninas irlandesas como eu na "região" de Snatter com cabelos castanhos, pele clara e olhos azuis ou verdes ou cinza, todas nós trabalhando em casas ou em campos ou cruzando o país à procura de emprego. A descrição de minha mãe era vaga o suficiente para que ninguém fizesse a ligação. A memória fraca dela e a falta de interesse em qualquer coisa que não ela mesma poderia agir a meu favor ao menos uma vez.

O jornal já tinha alguns dias. Até agora, eu não havia sido encontrada. Era bem possível (eu disse a mim mesma) que o apelo de Bridget tivesse passado totalmente despercebido. E então dessa forma me convenci. Tendo feito isso, enfiei o jornal debaixo da minha cama e voltei à cozinha para lavar os pratos. Se minha mãe resolvesse ir atrás de mim, então havia pouco que eu pudesse fazer para impedi-la. Por enquanto lidei com o problema da única forma que eu podia, tirando-o de minha cabeça.

Nos dias que se seguiriam eu teria bastante com que lidar, para ficar me preocupando com a minha mãe.

18

Uma revelação surpreendente

Por Jeová, McGregor-Robertson devia estar morrendo de tédio com a vida no campo, tamanho era seu empenho no caso da sinhazinha. Ele estava tão fanático em relação à saúde dela que parecia que quase todos os dias ele inventava um novo medicamento. Era na dieta dela que estava a culpa, ele dizia. A carne deve ser eliminada. Então eram os grãos o problema. Então batatas. Então o chá! No fim, depois de uma semana de experimentos, ele se decidiu por um regime de nozes, sementes e leite e não queria *ouvir falar* de ela receber qualquer outra coisa. Pelos mantimentos acho que a sinhazinha não dava a mínima. Mas sem xícaras de chá! Você devia ter visto a cara dela, caída no chão.

O interesse do médico no que ela comia era superado apenas por sua fascinação pelo que saía do outro lado. Desde que a sinhazinha ficou confinada em seu quarto ela não saiu mais para "soltar suas rosas". Então sua comadre se tornou uma espécie de bola de cristal para McGregor-Robertson; eu sempre o encontrava olhando dentro do recipiente como um profeta e então anotando suas conclusões em um caderno.

Os livros do médico decretavam que o confinamento, o silêncio e o descanso eram o melhor tratamento possível para uma paciente como a sinhazinha. Ela era obrigada a se deitar por duas horas após cada refeição. Ele aumentou a dose dos calmantes dela. E finalmente qualquer coisa que pudesse prender sua atenção foi banido do quarto. Primeiro seu material de costura foi levado, então, depois de alguns dias, sua caneta e tinta e finalmente seus romances e outros livros (embora não, é claro, *As observações*, que estava escondido em sua mesa como de praxe).

O grande choque foi que, apesar da remoção dessas distrações, seu estado continuou a piorar! Ela ficou muito contrariada quando não conseguiu encontrar sua caneta e a tinta (que haviam sido tiradas enquanto ela dormia) e chorou como se seu coração tivesse sido partido quando alguns dias depois eles levaram seus romances.

Ela e eu não tínhamos permissão para ficarmos sozinhas juntas e eu também era proibida de circular do lado de fora da porta dela para evitar que tivéssemos uma infeliz repetição do que aconteceu na última vez. Eu podia entrar no quarto apenas para executar tarefas domésticas necessárias ou para atender o médico ou mestre James. Sempre que eu entrava, um ou o outro ou os dois estavam presentes. Tentei enviar sorrisos e olhares animadores para a sinhazinha pelas costas deles, mas não tenho certeza se eles causaram qualquer impacto nela. Uma ou duas vezes quando entrei no quarto ela olhou para cima com uma expressão de expectativa no rosto. Acredito que fosse Nora que ela estivesse procurando; e talvez apenas por um momento, porque eu estava vestindo as velhas roupas da garota, foi Nora que ela viu. Mas assim que ela percebeu que era apenas eu seu rosto voltou ao normal.

Na terceira semana a sinhazinha havia ficado desatenta e pálida. Nesse ponto, McGregor-Robertson — o hematoma em seu olho já havia sumido — decidiu que supositórios eram necessários. Por dias ele me fez misturar várias combinações de leite, farinha, nata, laxante, chá verde e linhaça, que ele introduzia no corpo dela com uma seringa. E tudo para nenhum efeito. Se aconteceu alguma coisa foi ela piorar. Mas o médico não podia ser desafiado. Era óbvio que ele planejava escrever um artigo sobre suas descobertas (acho que ele estava ansioso por provar algo ao primo, que era superintendente de um hospício). Ele continuava a causar diarreias na sinhazinha, dizendo ao mestre James que estava cada vez mais perto da cura. Ela estava sofrendo de um tipo de depressão, ele disse ao mestre James. Ou era uma obsessão — ele não tinha muita certeza.

Não era de se estranhar que ela estivesse deprimida, Jesus amado, trancada em seu quarto sem nada para fazer e sem visitas e tendo como o único evento do dia um jorro de líquido frio pelo seu rabo. Eu me preocupava que se ela fosse forçada a viver nas profundezas de seus pensamentos ela poderia acabar remoendo *mais* a culpa que sentia por Nora e eu suspeitava que isso piorasse seu estado. Em todo caso, se essa dieta continuasse por muito tempo eu temia que seria seu fim. Eu estava desesperada para falar com ela a sós, para ter certeza de que ela estava bem. Se eu apenas tivesse a coragem de contar a ela que eu havia lido o diário de Nora e *As observações*, poderia de alguma forma persuadi-la a ver que ela não era responsável pela morte da menina.

Conseguir entrar no quarto seria tão fácil quanto arrumar a cama, pois uma chave era normalmente deixada no batente sobre a porta. Só me faltava uma oportunidade. Nesses tempos, mestre James entrava e saía de casa como de costume, ele tinha a propriedade para administrar e além disso eles estavam instalando os encanamentos em Snatter para preparar a chegada da fonte e ele gostava de ficar de olho nas coisas. Normalmente eu seria capaz de entrar para ver a sinhazinha enquanto ele estivesse ausente. Mas McGregor-Robertson havia praticamente tomado conta da casa e embora ele dormisse em sua própria residência ficava sempre rondando o local quando mestre James não estava. Cheguei a pensar em ir de fininho à noite para ver a sinhazinha, mas o quarto de seu marido era do outro lado do corredor e no fim eu decidi que não valia a pena correr o risco. Se ele acordasse e me ouvisse, eu estaria na rua. A única solução era dar tempo ao tempo e esperar que os dois cavalheiros estivessem ausentes.

Por sorte uma oportunidade chegou mais cedo do que eu imaginava. Uma tarde eu estava pegando água quando percebi Hector correndo pelo portão. Mestre James e seu capataz Alasdair estavam no estábulo. Hector foi até eles e falou alguma coisa... Não consegui ouvir o que ele falou, mas o que quer que tenha sido fez mestre James vibrar de entusiasmo. Ele falou com seus homens por um momento e então veio saltitando pelo quintal.

— Chegou, Bessy! — ele começou. — Minha fonte!

Ele desapareceu dentro de casa e um momento depois ressurgiu. McGregor-Robertson veio tropeçando atrás dele, vestindo seu casaco. O médico caminhou pelo quintal na direção do estábulo enquanto mestre James parou para falar comigo na passagem.

— Estamos de saída para inspecionar a fonte. Presumo que você possa tomar conta das coisas aqui.

— Sim, senhor — eu disse.

Ele me olhou pelo canto do olho.

— Tenha o cuidado de não perturbar ou incomodar sua senhora.

— Não farei isso, senhor.

— E *não* se aproxime do quarto dela.

Eu não respondi, apenas abaixei a cabeça; então não era realmente uma mentira. Mas mestre James não pareceu ter percebido, ele já estava de partida ao chamado de McGregor-Robertson.

Joguei meus baldes na cozinha e assim que ouvi os cavalos galopando eu corri para cima e coloquei meu ouvido na porta do quarto da sinhazinha. Do lado de dentro, tudo estava silencioso. Talvez ela estivesse tirando um cochilo. Ela andava dormindo demais nos últimos tempos, pois as drágeas que o médico lhe dava a deixavam com muito sono.

Peguei a chave no batente, destranquei a porta e entrei.

A sinhazinha estava sentada numa cadeira de balanço à janela. Ao ouvir o som da porta abrindo, ela se virou na minha direção. Você tinha de vê-la! Sua pele estava opaca e seus olhos tinham um brilho amarelado como ovo, ela estava esgotada, a pobrezinha. Ainda assim seu temperamento estava calmo e ela não pareceu surpresa por me ver.

— Imaginei que devia ser você — ela disse. — Ouvi cavalos. Para onde eles foram?

— Snatter, madame. A fonte chegou. Eles foram vê-la.

Ela deu um minúsculo sorriso.

— Querido James — ela disse. — Ele pensa que isso vai render votos para ele. Bem... talvez renda.

Percebi que seus lábios estavam ressecados. De repente eu desejei que tivesse trazido uma xícara de chá para ela. Mas não havia tempo. Eu não tinha certeza de quanto tempo eu teria até os cavalheiros retornarem. Poderiam ser séculos. Ou eles poderiam só dar uma olhadinha na fonte e voltar logo.

A sinhazinha gesticulou para que eu sentasse na cadeira em frente à dela e eu fiz como ela mandou.

— Madame — eu disse. — Preciso falar com a senhora. É sobre a Nora.

Ela pareceu arrasada.

— Eu sei — ela disse. — Mas não temos muito tempo. Acho melhor você deixar que eu fale antes. Há muitas coisas que preciso lhe contar.

Essa resposta me deixou tão atordoada, eu apenas sentei ali como um pedaço de pão. A sinhazinha começou a falar, olhando para o céu enquanto fazia isso como se os acontecimentos que ela descrevia estivessem se desenrolando nas nuvens.

— Você já sabe que Nora trabalhou aqui por muitos meses, e que eu estava muito satisfeita com o serviço dela. Bem, quando ela a princípio desapareceu, algumas pessoas disseram que ela havia fugido. Eu não podia acreditar nisso, Bessy, eu sabia que ela nunca faria tal coisa. Ela era uma menina boa e leal, como você. Então eles encontraram o corpo nos trilhos do trem e uma nova história começou a se espalhar. Eles disseram que ela havia bebido demais em uma festa em uma das cabines e então, no escuro, errou o caminho e cruzou a linha na frente de um trem. De fato ela foi vista saindo das cabines por muitas pessoas na noite em que desapareceu, e aparentemente aquela foi a última noite em que a viram. Isso é o que todo mundo *diz*.

Nesse momento, não consegui evitar interromper.

— Mas deve ter sido isso o que aconteceu! — eu disse. — Ela estava bêbada e estava escuro! Foi culpa dela própria. Veja só... *sua* caminhada não teve nada a ver com isso. Era isso que eu estava tentando lhe dizer no outro dia.

Ela olhou para mim e franziu a testa.

— De *que* você está falando?

— A caminhada, madame! Aquela que você mandou Nora fazer! Veja bem, eu tenho de lhe contar algo. Eu li *As observações*. Eu sei que não deveria e sinto muito por tê-lo feito. Mas isso não importa agora porque não foi culpa sua! Foi como todo mundo diz, ela estava bêbada e era noite. Então você não deve se sentir nem um pouco mal por causa da estúpida caminhada.

A sinhazinha esfregou os olhos e a testa.

— Bessy — ela disse. — Eu não sei do que você está falando. Você leu meu o quê? E que caminhada estúpida?

Abri minha boca para falar, mas ela levantou a mão e me interrompeu.

— Espere — ela disse. — Não acabei. Veja só, todas essas teorias sobre Nora estão erradas de qualquer forma por causa do que eu estava para lhe dizer... — Aqui ela olhou para a porta, então virou e me encarou de forma muito prática. — Nora simplesmente não está morta.

— O quê?

Ela havia baixado o tom da voz, mas eu a ouvi bem. Eu só não podia acreditar no que tinha ouvido.

— Nora está viva — ela disse.

Eu olhei para ela. Ela ainda estava olhando para mim calmamente, mas havia um toque de prazer no fundo de seus olhos na revelação de seu segredo.

— Sei que é difícil de acreditar — ela disse. — Mas é verdade. Veja, como acabou se revelando, ela estava viva esse tempo todo. Mas ela está em apuros terríveis, terríveis. E nós temos de ajudá-la, Bessy. Eu espero que possamos contar com você. Você vai me ajudar a ajudar Nora?

Eu estava tão atordoada com o que ela havia dito que ainda não havia passado da primeira revelação inicial.

— Você quer dizer que Nora não está morta?

— Não! — disse a sinhazinha, com os olhos brilhando. — Ela está tão viva quando você e eu!

— Mas... — Olhei para ela, estupefata. — Se ela não está morta, então quem está enterrada no túmulo em Bathgate?

A sinhazinha fez um bico para baixo.

— Quem vai saber? — ela disse. — Alguma outra menina. Mas certamente não é Nora.

— A senhora visitou o túmulo — eu disse. — A senhora levou flores lá, hibiscos. A senhora agiu como se ela estivesse morta.

Uma ruga apareceu em sua sobrancelha, então ela balançou a cabeça.

— Deve ter sido um subterfúgio — ela disse.

Eu a encarei, sem entender. Ela balançou uma mão no ar.

— Um estratagema. Veja, ninguém precisa saber que ela está viva. Ela está escondida. Bessy, existem algumas pessoas que estão atrás dela, pessoas muito perigosas. E elas não vão desistir de pegá-la. Elas estão observando a casa. Você e eu não estamos seguras.

Eu tremi e olhei na direção da porta. Ela estava me apavorando até a espinha. Está certo que era dia, mas eu repentinamente fiquei muito alerta ao fato de que não estávamos totalmente sozinhas na casa. O silêncio quando nenhuma de nós estava falando era arrepiante. Dava para ouvir uma mosca voando.

— Mas quem são essas pessoas? — eu disse. — O que elas querem com Nora?

A sinhazinha suspirou.

— É terrível, Bessy — ela disse. — Eu não sei se devo lhe contar.

— Oh, por favor, madame! — eu disse. — A senhora tem de me contar, se eu for ajudar.

Ela me olhou com cara de sono por um momento.

— Muito bem — ela disse. — Mas você tem de entender que tudo que eu disser deve permanecer em segredo. Você não deve sussurrar uma palavra disso para ninguém. E você não deve nunca, *jamais*, deixar ninguém saber que Nora está viva. Isso é vital. Você estaria assinando o atestado de óbito dela.

Balancei a cabeça e cruzei as mãos sobre o peito.

— Juro por Deus, madame, nenhuma palavra.

A sinhazinha sorriu.

— Boa menina. Nora me disse que podíamos confiar em você.

Eu a encarei maravilhada.

— A senhora *falou* com ela?

— Oh, sim. — A sinhazinha me lançou um olhar apertado. — Mas você deve saber que eu a vi, Bessy? Você me ouviu falando com ela, não ouviu?

Minha mente estava um turbilhão.

— Não sei, madame — eu disse. — Quando foi isso?

— Ora, outro dia mesmo. Lembra? Quando você estava com o ouvido colado na porta. Você me ouviu falando com alguém. Era Nora — a sinhazinha disse, triunfante. — Eu achei que você teria deduzido isso, mas obviamente você não deduziu. Ela estava aqui, percebe?

Pensei na repentina aparição daquele olho no buraco da fechadura, e olhei em volta no quarto procurando por algum sinal de uma porta ou passagem secreta — mas não consegui ver nenhuma.

— Eu não entendo — eu disse. — Quando mestre James entrou, não havia ninguém aqui.

A sinhazinha riu.

— Nora me visitou diversas vezes nos últimos dias e fez isso sem chamar atenção. Ela vem e vai. Mas não posso revelar mais do que isso. Ela é muito inteligente, Bessy. Ela tem de ser, se quiser evitar essas pessoas. Veja. — Ela baixou o tom da voz de novo. — Eu lhe disse que empregada maravilhosa ela é, não disse? Que pessoa de natureza dócil e humilde ela é?

Eu parecia ter perdido o poder da fala e então só balancei a cabeça.

— Bem, essas pessoas... essas pessoas terríveis... são um homem e uma mulher, a propósito. Ela é quem está à frente de tudo, a mulher. Ele é simplesmente o feitor... mas não se deixe enganar, ele é tão mau quanto sua senhora e, além de tudo, um mestre do disfarce. Veja você, eles administram uma agência de empregadas e têm grande interesse em descobrir o que torna uma empregada leal e obediente. Bem, de alguma forma eles descobriram Nora e como ela é maravilhosa. E sabe o que eles querem que eu faça com ela?

— Não — eu disse, cansada.

— É um plano muito sinistro, Bessy. Eles querem dissecá-la! Eles querem abri-la e usar pedaços do cérebro e do intestino dela em um experimento para descobrir o que constitui a empregada perfeita! Não é horrível? — Ela me encarou, com os olhos arregalados.

Eu não sabia dizer em que ponto exatamente comecei a ficar cética em relação ao que ela estava falando. Certamente, uma semente de dúvida havia sido plantada com a declaração de que a Nora a havia visitado, porque eu sabia que nada havia sido encontrado quando o quarto foi revistado (e eu havia recentemente começado a me perguntar se o olho no buraco da fechadura não poderia de fato pertencer à própria sinhazinha). Quanto à menção de um "mestre do disfarce", isso também acionou alguns sinais de alerta porque soou vagamente como algo tirado de um livro de histórias. Mas na hora em que ela chegou ao plano sinistro e pedaços de cérebro e intestino e Nora sendo aberta para um experimento feito por pessoas que administravam uma agência, eu comecei a ficar com muito medo de verdade. Veja, eu *queria* acreditar no que a sinhazinha dizia. Desesperadamente. Mas uma parte crescente de mim sabia que ela estava falando bobagem. Meu Deus, era pura abobrinha! Só assim para definir aquilo.

Fiquei congelada por quão patético isso era. Fiquei ali sentada assombrada e desgostosa com minha mão presa à boca. Pobre sinhazinha! Minha pobre sinhazinha querida! Ela tinha ficado lunática. Ela realmente tinha ficado maluca! E eu não havia feito nada para impedir aquilo. Na verdade, eu provavelmente havia causado aquilo! Eu tinha uma sensação de pânico crescente e desespero aterrador. Pensei que eu fosse desmaiar. Mas a sinhazinha não parecia perceber que havia algo errado.

— Nora me procurou para pedir ajuda, entende? — ela estava dizendo. — De qualquer forma, eu não sabia que era ela a princípio. Os sinais que ela havia deixado não eram específicos o suficiente. Mas então, você lembra, Bessy, da mensagem na janela do sótão?

Se eu lembrava. Se eu pelo menos nunca tivesse *pensado* naquela coisa idiota. Aquilo causou mais problemas! Arabella estava olhando para mim esperando uma resposta, eu achei melhor balançar minha cabeça para cima e para baixo em uma espécie de aceno.

— Naquela hora — ela disse — devo admitir, eu fiquei um pouco confusa. Eu pensei que o *fantasma* dela, sabe, havia voltado para nos assombrar. No começo ela só aparecia para mim e fazia aquele gesto de implorar. Duas ou três vezes ela veio até mim desse jeito, embora depois da primeira vez eu não tenha contado a você. Eu conseguia ver que ela estava tentando dizer alguma coisa. Seus lábios se mexiam mas nenhum som saía. E então um dia ela conseguiu falar.

— O que ela falou?

— Naquela primeira vez? — A sinhazinha refletiu por um momento. — Foi "Me ajude, milady".

— Entendo — eu disse, e a palavra deixou um gosto amargo de cinzas na minha boca.

— Na nossa primeira conversa — ela continuou — eu perguntei a ela sobre a razão de ela ter vindo. Ela me disse que não era nenhum fantasma, que ainda estava viva. Ela era Nora, exatamente como sempre foi. E desde então ela me contou tudo sobre os apuros em que ela está com essas pessoas. E eu ofereci a ela minha proteção até onde eu for capaz.

— Então — eu disse, tentando soar natural —, onde ela está agora, madame? — Olhei em volta do quarto. — Ela está aqui?

— Não seja tola, Bessy — disse a sinhazinha. — Ela esteve aqui ontem à noite. Foi quando ela me disse que deveríamos incluir você em nosso segredo, porque você pode nos ajudar. Como você sabe, eu estou presa neste quarto por tempo indeterminado, e então não posso ficar por aí, de olho nas coisas. Nós precisamos de alguém livre no mundo, porque se essas pessoas medonhas baterem à nossa porta então elas precisam ser desencorajadas e expulsas. Você deve estar alerta a eles, Bessy. Você já viu alguém rondando por aqui?

Balancei a cabeça com tristeza. Ela pareceu surpresa.

— Mesmo? — ela disse. — Eu vi a mulher diversas vezes, parada ali perto da horta, olhando para a casa. Procure por ela. Eles usam nomes falsos. Atualmente ela é conhecida como Sra. Gilfillan e seu feitor é o McDonald.

Eu não sabia muito sobre loucura naquela época, mas para meu cérebro sem educação formal parecia que a mentira devia ser bem abrangente se as pessoas da fantasia tivessem nomes, adotados especialmente para aquilo. Eu disse:

— Você contou algo a respeito disso ao mestre James?

Ela zombou da mera ideia.

— Meu Deus, não! — Ela se inclinou na minha direção de forma que seu rosto ficasse a centímetros do meu. — Não temos certeza absoluta ainda — ela disse baixinho. — Mas achamos que é possível que James esteja do lado deles. O McGregor-Robertson também. Mas temos de esperar e ver. Estou de olho no James e no médico e naquela mulher no jardim. Não se preocupe. Estou de olho em todos.

Ela olhou de forma selvagem para um lado e para o outro como que interpretando — e pela primeira vez percebi como parecia que ela havia perdido a sanidade. Vê-la de tão perto me deu uma luz de que não havia dúvida. Tinha sido o olho *dela*, uma pupila esbugalhada, que havia aparecido no buraco da fechadura. Exatamente nesse momento ela agarrou meu pulso, e eu quase tive um ataque do coração.

— Eles pensam que estão *me* observando — ela disse. — Mas não sabem que são eles que estão sob análise.

Um pensamento me ocorreu.

— Isso teve alguma coisa a ver com a razão pela qual a senhora foi à agência em Edimburgo, madame? Estava procurando essa tal de Gilfillan?

A sinhazinha olhou para o infinito por um momento, fazendo caretas.

— Agência em Edimburgo? — ela disse. Então ela balançou a cabeça. — Não me lembro disso.

— A senhora entrevistou meninas, madame. A senhora estava perguntando a elas... certas coisas.

Ela pareceu pensativa.

— Eu imagino que se estive em uma agência deve ter sido por causa de minha pesquisa. Estou escrevendo um livro, sabe, um livro sobre criadas e como obter o melhor delas.

— Sim, madame — eu disse. — A senhora já me contou isso.

— Contei? — Ela parecia intrigada. — Ando esquecendo as coisas nos últimos dias.

— *As observações*, madame. Como eu disse, eu li o livro. Partes dele, pelo menos.

— Lá vem você de novo com essas *Obrigações*. O que você quer dizer?

— Seu livro, madame. Ele se chama *As observações*, não é? Bem, eu fucei sua gaveta e li um pouco dele.

Ela olhou para mim, a expressão vazia.

— *As observações*? Foi assim que o chamei? Devo dizer, comecei há tanto tempo, mal consigo me lembrar do título. Não era algo como *Notas sobre a classe doméstica*? *Observações*, você diz? O que importa é que Gilfillan pensa que pode colocar as mãos em minha pesquisa, mas ela está enganada. Não posso escrever nada no momento, uma vez que o James e o médico levaram minha caneta e minha tinta, supostamente para me proporcionar mais descanso. De qualquer forma, a Nora suspeita... e eu estou propensa a acreditar nela... que eles não querem que eu mande recados para ela. Mal sabem eles que ela pode vir e ir o quanto ela quiser.

E então nós estávamos de volta a Nora. Como eu temia confessar que havia lido *As observações* e construí a história na minha cabeça até que ela estivesse do tamanho da China! E aqui ela tinha passado quase despercebida!

— Você está... você está esperando a Nora hoje, madame? Eu gostaria de encontrá-la.

— Sim — ela disse. — Você deve encontrá-la logo. Ela *deve* vir hoje. Não tenho muita certeza. Ela tem de ser cuidadosa, entende, para evitar a Gilfillan e o McDonald. Se eles estiverem rondando a vizinhança, ela terá de ficar fora do alcance da vista.

— É claro — eu disse. — Como é a aparência deles, madame?

— Bem... eu não vi McDonald, mas de qualquer jeito ele muda sua aparência o quanto quiser. Ele é conhecido por já ter se disfarçado como um capitão de navio, um limpador de chaminé e um bispo. Quanto à Gilfillan, ela tem uma aparência pouco marcante, cabelos castanhos, meia-idade. Eu a vi há menos de uma hora, ela estava ali embaixo, bisbilhotando, sem chapéu, atrás das árvores, usando um vestido marrom e um casaco combinando... sem dúvida tentando se misturar à paisagem.

Ela se encostou na cadeira e alisou a saia. Não acho que eu já tenha sentido tanta tristeza por outra pessoa em toda a minha vida. Pobrezinha! Ali estava ela, eu podia alcançá-la e tocá-la. E ainda assim ela parecia ter escorregado do meu alcance, como se habitasse um mundo diferente daquele que era o meu.

— A senhora tem certeza absoluta, madame, de que tudo isso é verdade? Não pode ser que a senhora esteja... bem... enganada sobre a Sra. Gilfillan?

— Oh, não — ela disse. — Temo ser tudo verdadeiro demais, Bessy. Você pode não gostar de acreditar que pessoas tão más existam no mundo, mas existem. — Ela deve ter visto minha expressão mudar, pois continuou: — Mas não se preocupe, querida. Você estará bem segura. Nora e eu estamos bolando um plano para nos livrar de McDonald e da Sra. Gilfillan para sempre.

— Como vocês vão fazer isso, madame?

Ela me lançou um sorriso de conspiração.

— Você terá de esperar para ver — ela disse. — Mas tenho bastante confiança de que vamos conseguir um resultado positivo.

Eu desejava poder ser tão confiante. Para meu desespero, percebi que estava à beira das lágrimas. Mas eu não podia deixá-la me ver chorar! Ela poderia se perguntar qual era o problema. Pulei do meu assento.

— Cavalos, madame! — eu disse. — Devem ser mestre James e o médico, de volta de Snatter. — Mantendo meu rosto erguido, corri para a porta. Pelo canto do olho pude vê-la olhando pela janela, impressionada. Aproveitei a chance para secar o rosto com o avental.

— Cavalos? — disse ela. — Eu não ouvi nada. Você acha que eles forraram as ferraduras para tentar nos surpreender?

— Não, madame! — eu disse desesperada, pois parecia que tudo que eu fazia ou dizia a empurrava para o extremo da loucura! — Foram ferraduras normais que eu ouvi. Agora preciso ir. Mas não se preocupe, madame. Vou cuidar de tudo.

— Eu sei que vai, Bessy — ela disse. — Agora, se você vir estranhos ou se alguém vier até a porta, apenas me informe disso.

Em algum lugar no fundo dos seus olhos, eu acho que vi confusão e uma vaga faísca da antiga sinhazinha. Era como se um vestígio dela permanecesse, presente ainda que sem força, olhando pelo fundo do rosto dela.

Então ela se virou de volta para a janela e olhou para fora, procurando por sabe Deus o quê, estranhos se esgueirando pelas moitas ou provas da volta de seu marido em ferraduras forradas. Ela estava com aparência tão frágil que o encosto da cadeira parecia quase engoli-la. Escapei do quarto olhando para trás tão ansiosa e pesarosa como se fosse a última vez que eu fosse vê-la, mantendo meus olhos fixos nela até o último momento possível quando a porta se fechou entre nós.

Minha sinhazinha. Minha pobre, querida sinhazinha!

Meia hora depois, mestre James e o médico voltaram. Eu havia passado a meia hora anterior em meu quarto, encolhida na cama, em uma agonia de tristeza, ansiedade, culpa e raiva. Tristeza porque parecia que eu havia perdido a sinhazinha para sempre e o pensamento era duro demais de aguentar. Ansiedade porque eu não sabia o que seria melhor fazer. E culpa e raiva, porque eu me acusava. Afinal de contas, foi por vingança pelo que ela havia escrito em seu livro que eu havia começado a assombração. E parecia que meu falso fantasma a havia colocado no caminho da loucura. Além disso, eu havia falhado ao não perceber o quanto ela havia se deteriorado, desde que a suposta aparição surgira no quarto dela. Muito bem, eu mal a havia visto nessas últimas semanas em que o médico se envolveu. Mas na minha cabeça, isso não era desculpa.

É claro, eu sabia agora que não havia aparição. Estava tudo na cabeça dela. E que a Nora que eu vi mais ou menos na mesma época era só um sonho, causado pelos meus pensamentos assombrados. Eu também estava completamente errada sobre a caminhada. Longe de me sentir culpada por isso, a sinhazinha não fez a conexão entre a saída de Nora e aquele experimento em particular. Mas então, é claro, a sinhazinha não acreditava mais que a Nora estivesse morta.

Eu havia processado tudo aquilo direitinho. Do fundo do meu coração, eu queria poder voltar ao início e começar tudo de novo no Castelo Haivers. Quem me dera se pudesse ser assim. Desde o início eu teria me comportado de forma diferente. Para começar, eu não teria cavado pelos cantos do terreno para ver o livro queimado, que no fim das contas revelou-se que havia pertencido a Morag mas que havia me feito começar uma inspeção desconfiada pela casa. Eu nunca iria à mesa da sinhazinha para ler *As observações*. E eu certamente não teria embarcado em meu caminho idiota de vingança com os assombramentos.

Tantas coisas que eu não teria feito. Mas era tarde demais. A sinhazinha tinha embarcado havia muito tempo em sua loucura, estava além de minha capacidade ajudá-la. E, além disso, eu temia piorar as coisas. Alguma outra pessoa precisava assumir a responsabilidade. Alguém mais bem-educado e dotado de um cérebro mais inteligente e mais bom senso.

E então foi por isso que, ao verificar que mestre James e o médico estavam de volta, eu fui ao escritório e contei tudo a eles, desde o começo e sem deixar nada de fora.

Não preciso contar tim-tim por tim-tim o que aconteceu no escritório. É suficiente dizer que relatei tudo o que a sinhazinha havia me dito e dei a eles minha opinião: que ela tinha ficado louca e que a culpa era inteiramente minha. Confessei o assombramento que eu havia introduzido nela e contei a eles que eu havia feito aquilo por causa do que eu lera no livro dela. Disse a eles exatamente o que eu pensava. Que por causa do pesar dela pela Nora, aliado à minha interferência e travessura, a mente dela havia se tornado confusa e ela havia confundido seus próprios experimentos com uma mentira sobre essa figura imaginária da Sra. Gilfillan. E quando eles quiseram saber o que era *As observações*, eu expliquei a eles.

Falei tudo isso aos dois cavalheiros, que me ouviram sem interromper meu depoimento (porque era isso que parecia que eu estava dando). Não houve exclamações ou dispensas instantâneas, nenhum comportamento ultrajado, nenhum estouro ou gestual exagerado. Mestre James roeu bastante as unhas enquanto eu falava e pareceu bastante surpreso com algumas das coisas que eu revelei, mas o médico, é forçoso contar, se manteve o menos expressivo dos homens, você poderia atear fogo em seus bigodes e ele não mexeria um cílio. Quando terminei, eles se viraram um para o outro e trocaram um olhar. Os olhos do médico se voltaram para o corpo de seu cachimbo. Mestre James se levantou, andou até a lareira então se virou e me encarou.

— É uma história e tanto, Bessy — ele disse. — Não tenho certeza de em quanto dela devo acreditar, por agora, até que tenhamos chance de investigar mais. Você de fato parece ter sido honesta, especialmente uma vez que parte do que você disse, se for verdade, pode resultar na sua demissão imediata desta casa. Mais especificamente, eu não consigo imaginar por que diabos admitiria fingir ser um fantasma, a não ser que realmente tenha feito isso. — Ele olhou perplexo para o médico, como se esperando por uma intervenção, mas McGregor-Robertson apenas continuou a fumar placidamente com os olhos baixos e então mestre James se dirigiu mais uma vez a mim. — Quanto ao resto, quanto a essa história de enredos sinistros e de uma proprietária má e de experimentos secretos e livros sendo escritos por minha esposa quando não estou em casa... sob o risco de empregar um eufemismo, devo dizer que tudo isso soa *um pouquinho exagerado.*

— Acredite em mim, senhor — eu disse. — É tudo verdade. Eu queria que não fosse, mas é.

Ele balançou a cabeça.

— Talvez você deva nos deixar por um momento, Bessy. Eu gostaria de falar com o doutor sozinho. Não vá para muito longe, podemos precisar de você em pouco tempo.

Fiz uma reverência para eles e saí. Assim que a porta se fechou, eles começaram a falar baixo mas eu não bisbilhotei como teria feito no passado. Em vez disso, fiquei vagando pelo saguão, tocando na mobília — o chapeleiro, a mesa de escrever, o corrimão, aquelas coisas de que eu já tinha tirado o pó tantas vezes —, passando a mão na superfície dos móveis como se eu estivesse me despedindo deles todos. Por vários minutos as vozes no escritório se elevaram e baixaram. Então, de repente, a porta se abriu e os dois cavalheiros irromperam.

Mestre James se aproximou de mim e, com uma olhada para cima, falou calmamente.

— Esse livro que você mencionou. Suponho que você vá me dizer onde ele fica guardado.

Eu hesitei, pensando na sinhazinha. Por tanto tempo guardei o segredo dela! Mas então pensei no brilho louco em seus olhos e em todas as maluquices que ela havia inventado.

— Está na mesa dela, senhor — eu disse. — Mas madame mantém a gaveta trancada e a chave normalmente fica escondida no bolso dela.

Ele já tinha virado sobre os calcanhares e rumava para a escadaria com o médico atrás dele. Esperei um momento e então — uma vez que eles não disseram que não era para fazer isso — eu os segui. Enquanto eu corria para cima, ouvi os dois entrando no quarto da sinhazinha. Houve uma troca abafada de palavras que não consegui decifrar e então um barulho metálico como se os espetos da lareira houvessem caído. Assim que cheguei ao topo da escada, ouvi a sinhazinha engasgar e protestar.

— Não!

Houve um grito, seguido por sons de briga e de alguém caindo, então repetidas batidas de metal na madeira. Alguém gritou de novo, mais alto dessa vez. Quando corri até o quarto, vi mestre James curvado sobre a mesa, forçando a tranca com uma alavanca, e o médico segurando a sinhazinha contra o chão. Ela chutava e se contorcia enquanto ele a empurrava para baixo. Quando ela me avistou, um olhar de súplica selvagem e temerosa saltou de dentro dela. Parecia um animal indefeso, derrubado pelo predador.

— Detenha-o, Bessy! Detenha-o! Eles estão com Gilfillan!! Eles vão pegar meus resultados!!

— Está tudo bem, madame — eu disse a ela. — Eles estão aqui para ajudá-la. Não se preocupe.

Mas ela gritou e chutou com mais força.

Nesse mesmo instante veio da mesa um som gemido, arrastado, e então um grande "crac!" da madeira quebrando. Mestre James rastejou para trás. Uma parte quebrada da gaveta fora arremessada para o chão.

Ele vasculhou e começou a puxar o que havia ali. Em primeiro lugar, ele pegou As *observações* e então, um depois do outro, vieram os cadernos das empregadas. Devia haver dezenas deles, pois ficaram entalados na gaveta. Camada a camada, os diários de muitas empregadas.

A sinhazinha amoleceu e começou a chorar baixinho. Ao perceber que ela havia parado de lutar, o médico ficou em pé e se juntou a mestre James na mesa. Enquanto a sinhazinha continuava chorando no chão, McGregor-Robertson pegou *As observações* e começou a ler em voz alta a primeira página.

"Tivéssemos nós uma prestação de contas da natureza, hábitos e treinamento da classe doméstica no meu tempo e detalhes de casos específicos daí, nenhuma história poderia ser mais útil."

Ele olhou para a sinhazinha, e então continuou a ler, dessa vez silenciosamente.

Agachei-me ao lado dela e tentei afagar sua cabeça, mas ela se encolheu e olhou para mim desconfiada.

— Não finja ser minha amiga — ela disse, com lágrimas nos olhos.

— Mas eu *sou* sua amiga, madame — eu disse. — Sua melhor amiga.

Ela me encarou por um momento e então pareceu que decidiu confiar em mim, pois nossos olhos se encontraram e ela baixou o tom da voz para um quase sussurro.

— E Nora? — ela perguntou. — Ela está segura?

Abri a boca para falar, embora eu não tivesse certeza do que ia dizer, mas mestre James me salvou desse esforço. Ele virou o corpo e se dirigiu à mulher rispidamente.

— Arabella! Como você bem sabe, essa menina Nora está *morta*!

Ao ouvir essas palavras, a sinhazinha congelou. Seus olhos cresceram de pânico e sua mão voou para a garganta.

— Morta? — ela diz. — Realmente morta? Realmente, verdadeiramente morta?

— Sim — ele disse. — Pelo amor de Deus, você tem de lembrar. Foi na linha do trem.

Ela tombou a cabeça para o lado.

— Na linha do trem? Sim, sim, eu lembro agora. — Ela se virou para mim. — Mas e a pequena? — ela disse. — E a pequena?

Eu apenas olhei para ela.

— O quê? — eu disse, e estava prestes a complementar "Que pequena?" quando os dois cavalheiros vieram na nossa direção e as palavras sumiram em minha garganta, enquanto mestre James me colocava em pé e o médico se ajoelhava em frente à sinhazinha, formando uma barreira que me impedia de vê-la. Mestre James me arrastou na direção da porta.

— Agora, Bessy — ele disse. — Estamos todos um pouco acalorados e a sua senhora não é ela mesma, como você bem sabe. Ela não está dizendo coisa com coisa. Acho que seria uma boa ideia você nos deixar a sós. Precisamos falar com ela para descobrir se o que você diz é verdade. De qualquer forma, quero que você vá a Snatter e me traga um pouco de... um pouco de...

— Cerveja — disse McGregor-Robertson, olhando calmamente de onde estava no chão. — Pelo amor de Deus, que seja cerveja, pois eu certamente gostaria de beber alguma coisa esta noite depois de tudo o que aconteceu.

Mestre James pareceu aliviado.

— Sim, cerveja! — ele disse. — Eu também quero um pouco. — Ele começou a bater em seus bolsos. — Ahn... Douglas, você tem algumas moedas com você? — O médico procurou no bolso e tirou algum dinheiro, que mestre James colocou na minha mão enquanto me acompanhava até o térreo. Quando chegamos lá, ele olhou para mim severamente.
— Agora, nenhuma palavra sobre isso com ninguém — ele disse.

— Não, senhor.

— Não quero vê-la bêbada, mas da mesma forma não quero vê-la de volta na próxima hora ou um pouco mais. Compre uma bebida para você e faça-a durar. O médico e eu vamos ver se conseguimos levar sua senhora a ser razoável. Quanto a você... — ele olhou para mim severamente. — Ainda não decidi o que fazer. Devo pensar nisso à noite. Até que eu tome uma decisão, Bessy, você pode continuar como minha empregada... mas sob uma rígida vigilância.

Ele voltou para dentro do quarto e fechou a porta com uma batida e então eu ouvi a chave virar na fechadura.

19

Perco as esperanças

No Janets, a varanda estava vazia, mas a porta estava aberta. Havia um cheiro de gordura queimada no ar. Enfiei-me no bar e vi com desânimo Hector sentado ali com os pés em cima da mesa. Janet estava parada diante do fogão, provavelmente cozinhando para algum freguês que devia estar acomodado no andar de cima. Nenhum deles notou minha presença, o que veio bem a calhar, pois de repente percebi que eu não poderia encarar ninguém. Andei para trás da porta e me espremi em um canto escuro que cheirava a poeira e cerveja derramada, madeira velha e cuspe e terra. Eu continuava enxergando a mesa quebrada, *As observações* exposto e a sinhazinha deitada no chão de seu quarto, olhando para mim totalmente indefesa, com aquele olhar confiante em seus olhos. Confiando em mim ainda, quando eu havia feito aquela sujeira com ela, e mais de uma vez!

Eu me espremi mais ainda no canto, as ripas de madeira da parede eram desniveladas e rachadas, e eu empurrei minhas costas contra elas. A ponta afiada de um prego me espetou e eu fiz força com o ombro na direção dele de propósito, ele rasgou meu vestido e entrou na minha pele. Nesse exato momento, dois homens entraram; pareciam mineiros da vila. Eu congelei, pronta para inventar alguma desculpa para o fato de eu estar escondida atrás da porta, mas eles passaram direto e pararam de costas para mim. Janet encheu seus copos e então voltou para o fogão, os olhos dela não passaram na minha direção nem uma vez e os dois homens foram embora sem me ver. Talvez fosse meu destino, pensei. Ficar parada para sempre em um canto vazio e nojento, invisível para quem entrasse e saísse, agarrando garrafas vazias no meu peito e cortando minhas costas com um prego velho. Pelo amor de Deus, isso era *mais* do que o que eu merecia.

Nesse momento, Janet virou e colocou um prato de jantar com bistecas e batatas ao lado de Hector.

— Suba as escadas com isso, pode ser? — ela perguntou.

Hector, que estava limpando as unhas com uma faca, ficou todo ofendido com o pedido. Ele olhou o prato com algum desdém então *vagarosamente* se pôs de pé. Ele se espreguiçou e bocejou, ele coçou a cabeça, notou um furo na parte da frente de seu casaco, ele examinou o furo, coçou o furo, colocou o dedo no furo. Finalmente, como se fosse um pensamento tardio, ele levantou o prato e o levou para cima, assobiando "Anything for a Crust".

Uma vez que eu não estava com disposição para o Hector, essa era a melhor chance de ser atendida. Subi para a porta pensando que Janet me notaria, mas ela se virou; parecia que eu era realmente invisível. Tive de tossir para anunciar minha presença, e só então ela me olhou.

— Oxe, que susto! — ela disse. — Eu num ouvi você entrando.

Ela não sabia que eu já estava ali havia quase vinte minutos! Engoli a caneca que Janet me serviu enquanto ela enchia as garrafas. Então pedi outra.

— Num vejo ocê há um tempinho — ela disse. — Tão te mantendo ocupada?

— Acho que sim.

Ela me lançou um olhar.

— O que tá errado, querida? Sua cara tá dando a dica. Eles num tão te tratando direito? Eles num te pagaram ainda?

— Eu estou bem — eu disse, curta e grossa, e paguei a ela. Janet voltou para o fogão e começou a limpá-lo. Pensei em ir embora, mas então algo me ocorreu.

— Lembra a última vez que eu estive aqui? — eu disse. — Você estava falando daquela menina Nora.

— Ah, sim — disse Janet, parecendo interessada.

Nesse momento Hector desceu as escadas com o prato ainda com as bistecas e as batatas na mão. Meu coração quase saiu pela boca quando ele me viu e soltou um gritinho. Ele devolveu o prato para Janet.

— Aparentemente tá tudo muito bom — ele disse. — Mas e o molho?

Janet estalou a língua.

— Molho? — ela disse. — PelamordosantoDeus!

Ela começou a bater os potes na prateleira, colocando uma gota d'água nas misturas da frigideira. Hector colocou a mão no bolso e veio caminhando com um jeito malandro na minha direção. Quando ele se inclinou na porta, dando uma piscadela para mim, eu pensei em como seria fácil arrancar a cabeça dele dos ombros. Ele era apenas jovem e uma peste, mas por alguma razão naquele momento eu o odiei mais do que qualquer coisa no mundo.

— Então me conte, Bessy — ele disse. — Por que ocê tá me seguindo?

— Não estou — eu disse, e espere só para ver o que eu falei depois, eu fingi estar assustada: — Mas tem algo atrás de mim! — eu continuei, supostamente em pânico. — É branco e... e me segue por todos os lugares!

Hector pareceu ansioso e espiou na escuridão atrás de mim.

— O que é? — ele perguntou.

— Minha bunda — eu respondi.

Era uma velha brincadeira que costumávamos fazer em Gallowgate. Naquela noite eu não achei nenhuma graça, apenas tive a satisfação amarga de ver a cara de Hector quando ele percebeu que era uma troça.

Nesse momento, Janet apareceu atrás dele com o prato.

— Molho — ela disse.

Hector me disse que eu era muito engraçada e então desapareceu no andar de cima com a comida. Ainda estava muito cedo para voltar ao Castelo Haivers, então eu pedi mais cerveja para Janet. Ela encheu minha caneca.

— Então por que ocê quer saber da Nora? — ela perguntou.

Boa pergunta. Pensei por um momento. Então eu disse:

— Você a viu alguma vez com uma criança?

— Uma *criança*? — Janet balançou a cabeça. — Ela vinha aqui de quando em quando. E eu a via batendo perna na vila. Mas nunca vi Nora com um pirralho.

Hector desceu de novo, carregando uma garrafa.

Janet se virou para ele:

— Cê viu alguma vez aquela Nora Hughes com um pirralho? — ela perguntou.

Ele balançou a cabeça e jogou a garrafa para ela, que por sorte conseguiu pegá-la.

— Mais cerveja — ele disse.

Janet revirou os olhos.

— Nunca vou ter uns minutos de paz?

Enquanto Janet foi encher a garrafa, Hector ficou no lugar dela na porta. Ele cruzou os braços de um jeito sério e me mediu de alto a baixo, balançando a cabeça.

— Branco e te segue por todos os lugares. Muito bom. — E então ele me encarou. — Ocê tá bem, Bessy?

Eu estava prestes a dar na cabeça dele quando Janet reapareceu e entregou a garrafa a ele.

— Leve lá pra cima pra mim, tá bem? — ela disse. — Tô atolada de trabalho. O sino num parô de tocá o dia todo.

Hector se virou e correu para o andar de cima, me dizendo:

— Não vá embora agora!

Eu olhei para Janet.

— Quando ele começou a trabalhar aqui?

— Ele num trabalha — ela disse. — Ele só fica por aqui. Mas que história é essa de Nora?

— Bem, eu não sei — eu disse. — Você estava aqui quando ela morreu? Você disse alguma coisa sobre isso antes, que eu deveria perguntar para minha sinhazinha o que tinha acontecido.

— Eu disse isso? — Ela riu e balançou a cabeça. — Eu devia tá bêbada.

Fiz uma careta.

— Bem... ela diz que foi um acidente.

— Ah, isso é o que eles dizem. Era dia do desfile dos Jardineiros Livres da Maçonaria. Tinha uma multidão indo e voltando das cabines, todos os empregados da fazenda tavam lá e os empregados temporários também. Supostamente Nora bebeu demais, foi passear no escuro e caiu na frente de um trem. Isso é o que eles dizem.

— Mas o que *você* acha?

Ela pensou por um momento, então balançou a cabeça.

— Afe, eu num sei, doçura. Só acho que é uma mulher estranha, sua sinhazinha Reid. Trancando meninas em armários e sabe Deus o quê, fazendo elas trabalharem como escravas. Eu num me assustaria se ela num tivesse *levado* a menina até lá.

— Você quer dizer... para se matar?

Janet arregalou os olhos e torceu a boca para baixo.

— Pode sê — ela disse.

Macacos me mordam!

— Não a sinhazinha — eu disse. — Ela não machucaria uma mosca.

Hector desceu cheio de coisas, dessa vez ele estava segurando talheres sujos e o prato, agora limpo e sem bistecas ou molho. Com um barulhão, ele jogou tudo na mesa.

— Seu cliente quer saber, ocê tem algum queijo?

Janet ficou de queixo caído. Olhou para mim, estupefata.

— Queijo!? — ela disse. — Queijo agora!?

Ela se arrastou até um armário e tirou de lá um prato de alguma coisa verde e mofada, e foi isso o que ela deu a Hector.

— Taí o queijo — ela disse.

Ele subiu com aquilo. Janet voltou à porta.

Eu disse:

— Na época em que Nora morreu, você percebeu alguma coisa?

— Como assim?

— Apenas... ela parecia diferente? Ela estava... mais gorda?

Janet franziu a testa.

— Mais gorda? Não, ela num tava mais gorda — ela disse. — Se é que tinha mudado, tava era um pouco mais magra.

— E você tem certeza de que nunca a viu com uma criança?

— Nunca — disse Janet.

Ao ouvir o som de Hector correndo para baixo mais uma vez, Janet se virou e o encarou, como que o desafiando a fazer mais algum pedido em nome do freguês exigente. Ele veio cambaleante até o último degrau e depois passeou até a mesa. Depois se sentou, pegou sua faca e continuou a limpar as unhas. Passou um momento. Ele olhou para cima e percebeu que Janet estava olhando fixamente para ele.

— Quê? — ele disse.

E então o sino do andar de cima começou a tocar.

Janet virou os pulsos no ar.

— Deixa comigo! — ela disse. — Eu vou ver o que é desta vez! — E foi pisando forte pelo salão e pela escada, com a cara bem amarrada.

Fez-se silêncio assim que ela se afastou. Hector olhou para mim por cima da mesa e mexeu as sobrancelhas para cima e para baixo.

— Só ocê e eu então, Bessy — ele disse.

O que ele pensava que era, um maldito príncipe? Eu o encarei, odiando-o. Mas me odiando mais. Algo subiu por mim, como uma raiva cega.

— Pode vir, então — eu disse.

Ele piscou forte para mim, espantando.

— O quê?

— Venha — eu disse. — Enquanto ela está lá em cima. Vamos para os fundos. — E sem mais uma palavra peguei minhas garrafas e saí.

O ar do lado de fora estava úmido mas ameno. Meu rosto estava dormente, mas eu me sentia segura assim. Aqui e ali, eu podia ver luzes queimando nas janelas, algumas casas a um tirinho de distância além de um muro de plantas. Lares de pessoas. Elas não significavam nada para mim. Um povo que eu nunca havia conhecido e com quem não me preocupava. Pensando bem, eu não me preocupava com aquela gente nem comigo nem com nada.

O lugar mais escuro era atrás da varanda então eu fui até lá. Havia muito vidro quebrado no chão, eu me encostei na parede e coloquei minhas garrafas no chão. Uma porta estalou em algum lugar nos fundos da casa e então Hector dobrou a esquina. Ele foi sentindo o caminho pela parede, sua respiração acelerada de excitação. Suponho que ele mal podia acreditar em sua própria sorte.

— Bessy? — ele disse.

Eu agarrei o braço dele e o puxei para as sombras.

E aqui, não vou dizer mais nada. Não apenas pela decência mas porque estou envergonhada demais de tudo o que fiz com a minha vida.

Pobre de mim, é estranho como depois desses anos todos recontar tal acontecimento tem o poder de chatear uma pessoa. Mas aí está, não invento nenhuma desculpa para o que fiz a não ser dizer que acredito que eu havia perdido todo o respeito por mim mesma. De qualquer maneira, não tem sentido ficar mal por causa disso agora! Devo me manter fiel à minha prestação de contas. Os cavalheiros que me pediram isso não devem esperar todas essas divagações, quando na verdade é a sinhazinha que mais interessa.

Deixe-me pular para algum tempo depois, quando estava de volta ao Castelo Haivers. Mestre James havia mandado que eu não voltasse tão cedo mas eu não tinha mais nenhum lugar aonde ir então entrei de fininho e fui para o meu quarto, pretendendo me esconder ali até que eu pudesse aparecer sem aborrecê-lo. Enquanto eu esperava, aproveitei para me limpar e à medida que me lavava e me punha em ordem ouvi um certo acúmulo de atividade vindo dos andares de baixo, portas abrindo e fechando, passos nos degraus, tudo isso. Presumivelmente (eu pensei), mestre James e o médico ainda estavam atendendo à sinhazinha.

Eu estava desesperada para vê-la portanto tão logo passou *aproximadamente* o tempo suficiente, fui para baixo e me apresentei no quarto dela para saber o que mestre James poderia querer de mim. Bati à porta — e fiquei perplexa quando a porta foi destrancada e aberta por ninguém menos que a Criatura Curdle. Ali estava ela, parada como uma carcereira no portão, pronta para atacar, o semblante tenso e as mãos na cintura.

— O que está acontecendo aqui!? — eu disse.

— Cê não pode — ela disse. — Mestre James não autorizou. Ele me disse que mantivesse você *fora*. — E ela me deu um sorrisinho nojento.

Por Deus! Eu tinha vontade era de autorizar a cara dela com meu punho. Permitir acesso a essa imbecil em vez de a mim. Se isso significava que eu estava demitida ou não, eu não tinha certeza.

Tentei ver atrás dela, dentro do quarto.

— A sinhazinha está bem?

Muriel fez cara feia.

— Ela está dormindo profundamente.

— E onde está o patrão?

— Como é que eu vou saber? — ela disse, sem pensar duas vezes.

Para me impedir de socá-la, virei as costas e me dirigi ao andar de baixo. Havia vozes vindo do escritório e então eu fui à cozinha e coloquei a cerveja do Janets em uma bandeja com dois copos. Eu desejava muito que nunca tivesse posto os olhos naquelas garrafas porque a visão delas quase revirava meu estômago com a lembrança do que eu havia deixado acontecer com Hector. Mas afastei isso da minha mente e voltei ao salão. A porta do escritório estava semiaberta, eu conseguia ver mestre James afundado em uma cadeira com a cabeça na mão, enquanto o médico estava parado diante da lareira, rabiscando em seu caderno. *As observações* e todos os diários de empregadas haviam sido empilhados na mesa atrás deles. Eu mal havia cruzado a porta quando o médico voou até a bandeja e começou a servir a cerveja. Ele levou um copo ao mestre James, que o pegou mecanicamente, sem nem sequer levantar os olhos.

Fiz uma reverência.

— Senhor — eu disse. — Com licença, a sinhazinha vai ficar boa agora?

Mas mestre James não olhou para mim. Em vez disso, o médico tragou do cachimbo. Ele virou o rosto para mim e fechou os olhos, então seus cílios tremeram.

— Ela se acalmou por enquanto, Bessy — ele disse. — Dei algo para ajudá-la a dormir. Antes disso, nós a interrogamos e confirmamos que ela está de fato, como você disse, sofrendo de várias alucinações. É muito intrigante, eu nunca cruzei com nada assim. — Ele abriu os olhos e folheou o caderno. — Ela acredita que haja uma mulher a espionando e que seu patrão e eu estejamos de alguma forma envolvidos e que essa menina Nora...

De repente, mestre James limpou a garganta bem alto. McGregor-Robertson calou-se.

— Ela pensava que Nora estivesse viva — eu disse rapidamente. — Antes. Mas então, quando vocês disseram a ela que Nora estava morta, ela começou a falar de um bebê. Ela nunca havia mencionado isso antes. Ela nunca havia falado de um bebê. Mas eu acho que tem alguma coisa errada, senhor. Ela está fora de si, senhor, mas eu acho que o que ela disse lá em cima era real. Alguma coisa *aconteceu* àquela menina Nora.

Mestre James virou-se na cadeira. Seu olhar escorregou de mim para o fogo.

O médico fechou seu caderno rapidamente, fazendo barulho.

— Ora, por favor! — ele disse. — Eu não daria ouvidos a nada que sua senhora dissesse no momento. Ela pode muito bem falar de bebês. Existem diversas alucinações infectando o cérebro dela.

— Bessy — disse mestre James, soando severo mas exausto. Eu me virei para ele, que me lançou um olhar de advertência. — Tenha em mente que sua posição aqui é extremamente delicada. Eu ainda não decidi o que fazer com você... mas acredite em mim quando digo que você está a um passo de perder seu lugar aqui. — Ele suspirou. — Na verdade, se não fosse pela dificuldade de substituir você, eu provavelmente já teria lhe mostrado a porta da rua.

Fiz uma reverência, bem baixinho.

— Sim senhor, estou ciente disso, senhor. Mas eu faria qualquer coisa, senhor, para poder ficar e ajudar a sinhazinha a melhorar. Qualquer coisa que seja necessária, senhor. Porque eu sinto que é minha culpa, senhor, e eu quero...

— Shhh, shhh! — disse mestre James, abanando a mão no ar. — Você já disse tudo isso. Além disso, embora não haja dúvida de que você errou, eu não a culparia tanto quanto você mesma o faz. Essa pequena assombração que você simulou foi uma travessura, quanto a isso não há dúvida. Mas devo dizer algo a você... é muito provável que sua senhora caísse doente de qualquer maneira. Suas pequenas peças não são... dizendo francamente... assim *tão* importantes no caso. Nós estamos quase certos de que ela teria sido tomada pelas alucinações de qualquer jeito, tivesse você agido assim ou não. Não é, doutor?

— De fato — disse McGregor-Robertson. — Você não deveria se sentir tão responsável. — Seus olhos se fecharam, seus lábios se esticaram. Eu percebi que ele estava tentando esboçar um sorriso. Era como ver bacon se contorcer na gordura quente.

Eu não concordava com o que eles estavam dizendo, mas não desejava contradizê-los, dado que eu não estava em vantagem. Então eu guardei minha língua e olhei para o chão enquanto mestre James continuava:

— Veja você, em seu atual estado, Arabella está propensa a interpretar mal o que todos nós dissermos e fizermos, para fazer com que tudo se encaixe nas alucinações dela. — Ele fez uma pausa. — Olhe para mim, Bessy.

Levantei a cabeça e encontrei seu olhar. Havia sombras como hematomas sob seus olhos, eu nunca as havia percebido antes.

— Por enquanto — ele disse —, coloquei Muriel para cuidar de sua senhora. Muriel tem uma personalidade menos... sugestionável... e não está tão envolvida com a minha esposa quanto você. O médico acha que isso será melhor para a saúde dela. Se ela for exposta a muita *emoção*, pode ser pior. Por enquanto você pode continuar com suas tarefas, mas elas *param* na porta do quarto de sua senhora. Muriel irá ajudá-la em suas necessidades mais íntimas, com a supervisão do médico. Em troca, você pode ter de assumir algumas das obrigações de Muriel. Fale com Jessie sobre isso, ela pode precisar de você, ou não. Mas quanto a você... estou colocando você à prova, Bessy. Você estará sob escrutínio e se falhar em atender às minhas exigências ou se vier a se comportar mal apenas uma vez, estará instantaneamente demitida. Não se engane quanto a isso.

Eu não podia suportar mais os olhos dele em cima de mim. Meu olhar baixou para o tapete. Havia um nó na minha garganta, como um objeto sólido subindo. Eu o engoli.

— O senhor me demite — eu disse.

Ele fungou.

— Ainda posso fazer isso — ele disse, e gesticulou na direção da porta.

Era minha deixa para sair, e eu fiz isso como uma serviçal nata, andando de costas em passos curtos e arrastados. É uma arte e tanto sair de um cômodo assim, mas eu teria feito isso com os ossos da minha espinha se precisasse, tão arrependida e agradecida que eu estava.

Nos dias que se seguiram, meu coração saltava toda vez que o sino tocava ou mesmo se mestre James aparecia no meu campo de visão. Eu me sentia à beira de um desastre, como um ovo equilibrado na beira de uma mesa, pronto para se esborrachar a qualquer momento. Eu realmente esperava ser demitida e de fato achava que isso era mais do que merecido. Eu evitava Hector a todo custo pois a visão dele era uma lembrança da pessoa totalmente podre que eu era. Ele veio à janela da cozinha uma vez e me olhou com um olhar pidão sem dúvida esperando um outro passeio pela Rua do Pinto, mas eu joguei água nele e na outra vez que ele mostrou a cara eu joguei uma bandeja na cabeça dele e fechei a porta em seus dedos, ele teve sorte de não serem as bolas do saco dele. Depois disso, ele me deixou em paz.

A pobrezinha da sinhazinha continuava estável, de acordo com o médico. Graças a Deus, havíamos parado com o leite e as sementes e as drágeas, ele havia desistido disso tudo. Em vez disso, ela estava comendo comida normal. Seus livros haviam sido levados de volta para o quarto dela, assim como a caneta, a tinta e os papéis para escrever, e, num procedimento totalmente contraditório, McGregor-Robertson agora decretou que o cérebro dela deveria ser mantido ativo — uma vez que isso deixaria menos espaço para pensamentos ruins e alucinações que se acumulariam e se propagariam.

Diversas vezes quando levava a bandeja para alguém no escritório eu o encontrava ali, fazendo anotações. Ele estava intrigado demais com o caso dela e havia começado a escrever outro artigo médico. Mas não estava obtendo progressos, ele confessou. O problema era que desde que a sinhazinha suspeitara que ele era parte da conspiração, ela se recusara a responder a qualquer pergunta.

— Ela falou mais alguma coisa sobre o bebê? — eu perguntei a ele uma vez.

— Certamente que não! — ele disse. — Escreva o que estou dizendo... quando ela falou nisso, estava delirando.

Eu não conseguia deixar de imaginar o que ele e mestre James estariam tentando esconder. Meus primeiros pensamentos, de que Nora havia tido ou de que estava esperando um filho, aparentemente foram desmentidos pelo que Janet havia me dito, mas eu não poderia ter certeza. Porque nem todas as mulheres engordam nos primeiros meses; minha mãe é um exemplo. Eu fui a única criança que ela teve de fato, mas aconteceram outros enganos sem sorte, que nunca duraram mais do que alguns meses, e quando eles eram perdidos, não eram exatamente restos de serragem, como ela costumava brincar, mas também não eram muito mais do que isso. De qualquer forma, todas as vezes, sem exceção, Bridget não ficou gorda, e sim magra, por causa dos enjoos. Então Nora poderia estar grávida e mais magra, se ela estivesse só de alguns meses.

A sinhazinha seria capaz de me dizer o que estava por trás disso tudo, se ao menos eu pudesse ficar um minuto a sós com ela. Da maneira que fosse. Eu suspeitava que a Criatura Curdle não era uma grande enfermeira, mas, por Jeová, ela poderia ter sido uma boa Beefeater,* porque não havia como passar por ela. Na esperança de conseguir avistar a sinhazinha ou de mandar a ela uma palavra de incentivo, eu sempre encontrava uma desculpa para bater à porta do quarto, mas caramba! Muriel sempre surgia para bloquear a porta. Você nunca podia ter certeza de que ela passaria um recado e ela tinha os quadris tão largos e intransponíveis quanto os das amadas vacas dela. Ela dormia no quarto e só saía de lá para visitar o pasto, e, ainda assim, trancava a porta e levava a chave. Uma vez ou outra, enquanto ela estava do lado de fora ocupando o trono, eu pensava em ir correndo lá para cima para falar com a sinhazinha através do buraco da fechadura. Mas eu não tinha certeza de quanta sensatez eu conseguiria arrancar dela com uma porta entre nós. E se eu fosse pega, isso poderia significar o caminho da rua. Decidi não correr riscos e esperar até que o momento certo aparecesse.

Afinal, eu não precisei ajudar a tirar leite das vacas. Jessie alegou que ela não precisava de ajuda. Sua tia — uma leiteira aposentada — veio visitá-la e aparentemente estava feliz por assumir as tarefas de Muriel,

* Guarda da Torre de Londres. (*N. do T.*)

sem pagamento. Jessie claramente preferia trabalhar com alguém que soubesse o que estava fazendo. E quem poderia culpá-la? Contei ao mestre James o que havia acontecido, para o caso de ele pensar que eu estava ociosa, mas percebi que ele não estava preocupado com quem fazia o serviço desde que ele não tivesse de gastar mais dinheiro.

Dia após dia, os livros que eles haviam encontrado na mesa da sinhazinha ficaram na mesa do escritório, o diário de Nora no meio deles e tudo ao alcance das mãos do mestre James e do médico. Jesus amado, se um deles abrisse *As observações* e visse o que ela havia escrito sobre o meu passado, o Sr. Levy, tudo isso, esqueça o período de teste, meus pés não tocariam mais o chão. Mas por enquanto, exceto no primeiro dia, quando eles passaram os olhos por alguns dos livros, os cavalheiros haviam mostrado pouco ou nenhum interesse no que a sinhazinha havia escrito. Mestre James parecia achar que *As observações* era parcialmente culpado por ela ter entrado naquele estado de nervos. Rabiscos, era o que ele dizia que eram, e eu o ouvi comentar com o médico que seria melhor para a sinhazinha que ela nunca escrevesse no livro dela novamente.

Então aconteceu que uma manhã, enquanto eu estava enchendo os baldes de ferro, encontrei o escritório vazio e percebi que *As observações* e os diários haviam sumido da mesa e não estavam em nenhum lugar visível. E quando eu voltei para a cozinha, olhei pela janela e vi fumaça subindo na direção da horta.

As observações e os diários tinham sumido. Uma fogueira na horta. Não pude evitar de pensar que esses dois fatos poderiam estar relacionados. Então eu larguei o que estava fazendo e corri para fora. De fato, lá na casa de vidro quebrado, encontrei uma fogueira queimando alegremente. Alguém havia usado galhos secos de uma macieira derrubada para formar a base, e os diários e *As observações* estavam empilhados no topo. Alguns dos livros não eram mais do que cinzas, mas por algum milagre parecia que *As observações* havia sido jogado por último. Apenas algumas chamas o estavam alcançando. Peguei um galho e o tirei do fogo. A capa e a contracapa estavam chamuscadas, mas a maioria das páginas internas estava intacta.

Cutuquei com meu galho entre os papéis, esperando encontrar o diário de Nora, mas parecia que ele já havia sido queimado. Isso era uma decepção, pois eu gostaria de ter lido os últimos textos dela mais uma vez. Agora que eu havia ouvido a sinhazinha falar de um bebê seria difícil não ver o que Nora havia escrito sob um outro ângulo. Se eu me lembrava bem, ela estava excessivamente preocupada com animais recém-nascidos. E também me pareceu lembrar que ela havia mencionado estar "pensativa" ultimamente. Nos velhos tempos, eu conheci algumas meninas que haviam "torcido o tornozelo" (que era como nós costumávamos dizer quando uma menina estava no caminho de formar uma família) e algumas delas se mostraram muito pensativas. Era assim que algumas pessoas ficam, minha mãe costumava dizer.

Agora que o diário de Nora havia ido embora, eu me perguntava de novo sobre aquelas páginas desaparecidas. Elas podiam ter sido destruídas — queimadas ou cortadas em pedacinhos — e eu poderia nunca vir a saber o que estava escrito nelas. E ainda assim algo me dizia que elas ainda estavam inteiras em algum lugar. Se a própria Nora havia arrancado as páginas, eu tinha de imaginar onde ela poderia tê-las escondido. Afinal, seu domínio devia ter sido o mesmo que o meu: a cozinha, a despensa, a lavanderia, o quartinho no sótão.

Enfiei *As observações* no meu avental e voltei para dentro de casa. Por sorte, não encontrei uma alma. Subi e escondi o livro debaixo do meu colchão. E mais tarde naquela manhã eu fucei em todos os lugares em que pude pensar para aquelas páginas desaparecidas, mas não encontrei nada além de três botões, uma moeda de 50 centavos e um rato morto.

Então eu me lembrei da caixa de Nora. Muito bem, eu havia xeretado ali antes, mas me ocorreu que eu poderia facilmente ter passado direto por velhos pedaços de papel.

Subir ao sótão sem que percebessem não era mais problemático do que levar uma picada de um inseto. Embora mestre James tivesse *dito* que ficaria de olho em mim, na verdade ele estava ocupado demais com a instalação de sua fonte para me observar a cada minuto, e McGregor-Robertson não ficava mais tanto tempo pela casa agora que não havia drágeas a administrar. Nesse dia específico, o médico não era esperado até o final da tarde e mestre James havia ido à vila após o café da manhã.

Eis o que fiz. Ao meio-dia eu deixei uma bandeja no quarto da sinhazinha e esperei um pouco até certificar-me de que Muriel estava dentro do quarto. Então eu peguei um lampião e fui de fininho até o sótão, silenciosa como uma enguia em um barril de tripas, pois (Deus me livre!) não queria que a sinhazinha me ouvisse e tivesse a impressão errada, de novo não!

A última vez que eu subi havia sido para limpar a mensagem da claraboia. Agora eu evitava até olhar para cima, pois a visão daquela pequena janela me dava vontade de dar cabo de minha própria vida. Fiquei com a cabeça baixa e a mente no baú. Para começar, eu o esvaziei e espiei em todos os cantos, mas até onde eu podia ver não havia fundo falso e nada escondido debaixo do forro de papel. Então examinei cada um dos pertences de Nora. Folheei as páginas finas de sua Bíblia e esvaziei sua caixa de trabalhos. Tirei o chapéu de sua boneca e cutuquei sob a saia. Agora que pensei nisso, será que a boneca era de Nora? Ou talvez tenha sido comprada para um bebê? Qualquer que fosse o caso, ela não tinha nenhum pedaço visível de papel. E então comecei a olhar os papéis de missa, uma dúzia deles no total, alguns deles com rabiscos nas margens, não palavrões como você poderia esperar, mas pequenos comentários e perguntas sobre o que estava impresso ali. Por Jeová, essa Nora era uma Virgem Maria, com certeza! Eu chacoalhei cada um daqueles malditos panfletos no ar para ver se algum pedaço de papel cairia de dentro deles, mas daria na mesma se eu tivesse tentado tirar leite de um pombo. A última coisa que fiz foi (sempre muito delicadamente) levantar o baú e olhar embaixo dele, mas não encontrei nada. Ou aquelas páginas estava muito bem escondidas ou alguém as havia feito desaparecer para sempre.

A essa altura, já era começo de março. Naquela semana, eu lembro, metade dos empregados da fazenda estava com gripe. O tempo ficara insuportável de novo, nós estávamos presos às profundezas do inverno. Chuva e garoa caíram por dois dias, o tipo de tempo no qual ninguém sai a não ser que precise. Então, na tarde do segundo dia, a chuva parou e fez um frio de rachar. Apesar disso, mestre James colocou o casaco e as botas e foi a Snatter. A cerimônia da fonte aconteceria no dia seguinte e ele estava ansioso para saber em quanto tempo o clima havia atrasado as últimas etapas do trabalho. Era sua intenção, ele me informou, jantar na casa do médico, portanto ele só voltaria mais tarde.

A sinhazinha estava bastante calma nos últimos dias, mas uma hora ou pouco mais depois que a chuva parou ela ficou agitada e Muriel me contou que teve de lhe dar uns medicamentos para acalmá-la. Na hora em que levei a janta delas — uma refeição leve de ovos e torrada —, Arabella estava dormindo profundamente. Não havia jantar de cavalheiro para preparar, mas eu estava triturada e então, depois de recolher a bandeja de Muriel, levei minha bunda para descansar na cozinha e sentei ali para atualizar meu livro, caso eu algum dia tivesse a oportunidade de mostrá-lo à sinhazinha.

Eu estava ali havia mais ou menos cinco minutos quando ouvi batidas na janela. Chuva, pensei, e nem olhei para cima. Houve silêncio por um tempo e então houve mais batida, dessa vez mais alto, como de uma gota mais pesada de chuva. Mais uma vez não levantei meus olhos da página. Um minuto depois, porém, fui assustada por um chocalhar alto no vidro que me fez olhar para cima, acreditando que a chuva havia se transformado em tempestade. E então, quando olhei, um punhado de estrume e areia se esparramou no batente da janela, fazendo o mesmo som.

Era Hector pregando alguma peça em mim. Foi isso que eu pensei, mas por apenas um segundo. Coloquei meu diário de lado e corri para a janela. Mas então eu lembrei que Hector estava gripado e tinha sido obrigado a ficar de cama depois de desmaiar como uma menininha no estábulo. Talvez tenha sido a segunda impressão, mas de repente eu imaginei que havia algo sacana na forma como a sujeira e as pedrinhas haviam grudado no vidro. Meu coração começou a bater forte — pois por força da superstição ou da imaginação, a imagem seguinte em que minha mente se fixou foi a de Nora.

O lampião e a luz do fogo refletiam na janela, o que tornava difícil ver do lado de fora, então eu abri a porta dos fundos e fui para o quintal. O gato correu atrás de mim e desapareceu nas sombras com um miado. Através da janela eu podia ver a cadeira de onde eu acabara de levantar, e percebi que qualquer um poderia ter ficado do lado de fora me observando. O mero pensamento fez minha pele se arrepiar. Eu me virei e espiei na noite. No primeiro momento, só pude distinguir o poço e além dele os contornos escuros das árvores esticando seus galhos aqui e ali no vento. Então eu a vi. Um vulto emergindo da escuridão, suas mãos em luvas claras levantadas na minha direção, vindo até mim rapidamente, como algo saído de um pesadelo. Eu sabia quem ela era de primeira e ainda assim desejava não tê-la reconhecido. Eu a havia visto e desejava nunca tê-la visto. À medida que ela se aproximava, o vento agarrou o véu de seu chapéu de modo que ele se levantou e ficou parecendo uma bandeira longa e fina.

Levando um dedo aos lábios, ela pisou em um feixe de luz que vinha de uma janela e sussurrou.

— Sou eu, querida, sua mãe. Não precisa ficar assustada.

Eu devo ter me arrastado para trás alguns passos, pois meu tornozelo bateu em alguma coisa e eu tropecei e caí sentada no degrau frio.

Bridget (pois era ela!) riu baixinho.

— Opa! — ela sussurrou. — Cuidado com onde você coloca o pé, amor.

Parecia que todo o ar havia sido tirado de mim, eu não conseguia mexer um músculo, enquanto ela dava mais um passo ou dois. Ela vestia roupas escuras, um casaco sobre o vestido, o chapéu com véu. Ela se abaixou. Suas mãos agarraram meus braços. Senti seu cheiro, o mesmo velho perfume de gardênias. Ela me ajudou a levantar, mas assim que me pus de pé eu me afastei dela, de volta aos degraus.

— O que você quer? — eu perguntei a ela.

— O que quero? — ela repetiu num sussurro, e então sorriu. — Eu não quero nada, querida. Eu só queria ver você, saber que está bem. Você me deu um baita susto, desaparecendo daquele jeito.

Ela estava nervosa, eu sabia pelo jeito como ela esfregava os dedos nos polegares. Ela olhou atrás de mim para a cozinha então voltou a cabeça e olhou para a casa.

— Você não acha que devemos entrar, querida? — ela disse, numa voz doce e suave. — Alguém pode nos escutar se ficarmos papeando na escada.

"Papear" era a última coisa no mundo que eu queria fazer, e não gostei da audácia dela. Acho que ela notou minha má vontade, pois deu uma risadinha.

— Eu não sou exatamente um mensageiro, sou?

Não respondi. Mas parte de mim tinha de admitir que ela estava certa. Qualquer barulho no quintal podia ser ouvido nos quartos de cima daquele lado da casa. Deus me livre de Muriel descer e enfiar o nariz onde não era chamada. E se minha sinhazinha acordasse, eu não queria que ela ouvisse uma voz estranha, o que poderia deixá-la aérea. Pelo menos se eu levasse Bridget para a cozinha, ninguém nos ouviria. Então, com alguma relutância eu a encaminhei para dentro.

Sob a luz do lampião, consegui vê-la com mais clareza. A barra do seu vestido estava molhada e cheia de lama. Ela parecia esgotada. Perguntei-me quanto ela haveria andado naquela noite, por quanto tempo ela teria ficado do lado de fora, esperando. Ela não estava usando armação na saia, o que deve ter sido uma das concessões dela para os modos do campo. Os dedos de suas luvas estavam sujas, provavelmente do punhado de estrume que ela havia jogado na janela. Ela estava prendendo o véu ao chapéu, com um sorriso amarelo enfiado no rosto. Eu tinha a sensação de que ela queria zombar do lugar, mas estava segurando a língua.

— Esta é a cozinha, é, querida? — ela disse. — Onde você trabalha?

— O que você quer?

Ela me lançou um olhar magoado.

— Ora, vamos — ela disse. — Não precisa falar assim. Deu tanto trabalho encontrar você! Minha própria filha! A minha própria filha!

Que estranho era ouvi-la me reivindicar como sua rebenta quando ela negara isso com tanta frequência no passado. Eu quase ri na cara dela. Então, oh, céus, o que ela fez senão empurrar minha cadeira para mais perto do fogo e sentar nela, desabotoando o casaco e abrindo a saia para fazê-la secar! Eu poderia socá-la e derrubá-la no chão.

— *Como* você me encontrou?

— Bem! — ela disse. — Vou lhe dizer, não foi fácil. Se eu tivesse colocado só um anúncio nos jornais, talvez não tivesse conseguido, mas devo ter colocado uma dúzia. Você não viu nenhum deles? Andei para cima e para baixo nas redações desses jornais por *semanas*. — Ela olhou em volta, como se para ver se não havia nenhum jornal por ali.

Eu não disse uma palavra, não queria dar a ela nenhuma pista do que se passava em minha cabeça.

— O que *aconteceu* com você, querida? — ela ia dizendo. — Em um minuto você estava ali, no outro você simplesmente saiu andando. Eu achei que você fosse voltar. Foi isso que você disse, pelo menos. Eu disse ao Joe: ela vai voltar em um minuto, espere até você vê-la. Três horas depois, nem sinal. E então dias se passaram e nem uma palavra... Fiquei doente de preocupação.

Ela me olhou de um jeito dolorido como se para provar isso, depois continuou a olhar com muito interesse para todas as coisas na cozinha. Eu a encarei em estado de choque velado, o sangue latejando nas minhas veias.

— Foi uma enorme pena quanto ao velho Levy — ela disse, depois de um minuto. Então estalou a língua. — E ele não deixou nem um centavo para você? Velho miserável.

Não dei nenhuma resposta a isso. Ela estava me olhando com cautela. Sem dúvida, devia ter xeretado todos os detalhes do testamento dele assim que soube que ele morrera. Ela provavelmente sabia que eu não levaria nada, mas quis ter certeza. Eu decidi mudar de assunto.

— Então quem foi que viu seu anúncio no jornal?

Ela deu um riso estridente.

— Bem, você nunca adivinharia — ela disse. — Foi um velho escocês. Imagine só! Ele me escreveu uma carta! Prezada Srta. O'Toole, essas coisas. Eu fiquei muito interessado ao ler seu anúncio!

Quase fiz xixi nas calças quando vi o nome dele no final. Atenciosamente, reverendo Sr. Archibald Não-Sei-de-Quê.

— Pollock — eu disse, e foi como cuspir.

— Esse mesmo! Você o conhece?

Balancei a cabeça.

— Bem, isso é curioso. Ele parece conhecer você muito bem. *Muito* bem. Escreveu tudo sobre você para mim, escreveu, sim, como você havia se estabelecido em seu trabalho, tudo isso, como você estava gostando daqui, como a Sra. Reid estava satisfeita com você.

— Ele é um futriqueiro — eu disse a ela. — Um bode velho e futriqueiro.

Veja se pode uma coisa dessas: ela começou a beliscar o pão na mesa, pegando pedaços e colocando na boca enquanto falava.

— Então ele me escreveu dizendo que não queria a recompensa, seria suficiente para ele saber que havia ajudado outro ser humano.

— Humpf — eu disse. — O que mais?

— Bem, ele falou que havia uma pessoa que correspondia à descrição e que ela trabalhava em uma casa chamada Castelo Haivers, perto de onde ele mora, mas que ele não tinha certeza se era a mesma menina porque *essa* menina atendia por um nome *diferente* dos que eu havia mencionado no jornal. Bem, imediatamente eu pensei comigo mesma: essa deve ser minha menina, que adotou um novo nome. Minha garotinha. — Ela sorriu para mim toda sentimental.

Pensei em empurrá-la para o fogo. E bem poderia ter feito isso. Não sei por que não fiz.

— Então ele fazia um monte de perguntas enxeridas — ela disse. — Sobre quem você era e o que seu pai fazia, essas coisas.

Eu olhei para ela, alarmada.

— Você respondeu a ele?

— É claro que não! — ela disse, e colocou mais um pedaço de pão na boca. — O que você pensa que eu sou? De qualquer maneira, essa foi a única resposta que recebi. Então eu vim até aqui para ver com meus próprios olhos se era você. E aqui está você, muito bem! Por que você não se senta, amor? Está preocupada de o Sr. Reid voltar?

Não escapou da minha atenção que ela sabia que mestre James não estava em casa. O que implicitamente queria dizer que ela devia ter ficado do lado de fora por um tempo, desde antes de anoitecer.

— Seria mais fácil você falar — eu disse — se acabasse de engolir o que está dentro da sua boca antes de dizer alguma coisa.

Ela me olhava, mastigando com a boca aberta o tempo todo.

—Hum? — ela disse. — Do que você está falando?

A sinhazinha pode ter me ensinado boas maneiras à mesa, mas não deveria ter sido uma surpresa para mim que minha mãe provavelmente não estivesse interessada em aprendê-las. Além disso, essa era a menor de minhas preocupações.

— De qualquer forma — eu disse —, o que você quer?

— Você fica *perguntando* isso! — ela disse, sua voz pela primeira vez alcançando as notas altas de indignação de que eu me lembrava tão bem. — Eu já disse que não quero nada! — Ela fez uma pausa por um momento, então deu um sorrisinho. — Embora haja *uma* coisa, querida.

— Ah, mas é claro — disse eu.

— Você pode me olhar desse jeito — ela disse. — Mas é algo que eu tenho de contar, e você vai me agradecer quando ouvir. — Ela parou e se olhou, estalando os lábios. — Você tem alguma coisa para beber aqui, amor, tem? — ela disse. — Estou com uma sede imensa.

Eu apontei para a jarra.

— Tem leite.

Ela levantou as mãos horrorizada. Era como se eu tivesse sugerido que ela bebesse catarro.

— Leite! — ela disse. — É isso que *você* bebe?

Eu fiz cara feia, impaciente.

— Olha, se você tem algo a me contar, ande logo.

— Que nojento! — ela disse, referindo-se à jarra de leite. Então pareceu satisfeita e bateu no enchimento de sua bunda. — Bem, eu tenho algo aqui — ela disse, triunfante. — Algo que poderia interessar a você.

Eu só olhei para ela. Ela arregalou os olhos para mim. Então ela procurou na frente de seu vestido e depois de fuçar e arrumar um pouco tirou um pedaço dobrado de alguma coisa tão amassado e preso e sujo que estava fofo e brilhante e parecia mais com tecido do que com papel, mas era papel. Ela abriu aquilo no colo para alisar as dobras piores e depois esticou aquilo para mim. Eu não peguei, mas pude ver com a ajuda da luz do fogo que era uma partitura. No topo estava o título da canção "Ailsa Craig" e, ao lado, as palavras "Por David Flemyng."

Arranquei a página da mão dela e olhei ela inteira. Mas meu nome não aparecia em nenhum lugar. Bridget estava me olhando de perto.

— Você vê? — ela disse. — Eles estão cantando isso em toda esquina de Gallowgate até a Byres Road. Agora nem tanto, mas algumas semanas atrás estava por todos os lugares. — Ela colocou o dedo com força no nome de Flemyng. — *Este* homem, quem quer que ele seja, roubou sua canção! A música da minha garotinha! Eu não podia acreditar na primeira vez que ouvi. É claro, eu a reconheci imediatamente quando ouvi na rua, porque você me deixava louca cantando isso o tempo todo. Eu disse ao Joe... nós estávamos em Glasgow, em Trongate estávamos, sim... eu disse a ele: essa é a música de nossa Daisy, que ela inventou! E eu fui até o miserável que estava cantando e tomei o papel dele para procurar seu nome. — Bridget deu um tapa na própria perna e fez uma cara de espanto, para me mostrar o quão chocada havia ficado. — Puxa! Nenhum maldito nome aqui exceto o *desse* bastardo. Então eu perguntei ao sujeito: onde ela está? Eu disse a ele: onde está Daisy? O que você fez com ela? No fim, ele não sabia nada disso. Ele apenas vendia a música. Você tem de ir até o editor se quiser saber alguma coisa. O Sr. Lochhead é o editor, o sujeito disse. Então foi isso que eu fiz, fui até o escritório na Jamaica Street. Mas daí aquele velho maldito do Lochhead também não me disse nada! Ele só disse que não sabia quem era você, e ele jurou por Deus que você não poderia ter escrito isso! Para minha sorte ele acabou mencionando que esse homem morava perto de Snatter. E foi assim que eu soube que você deveria estar por aqui em algum lugar, por ele ter ouvido sua música e tudo. Eu até coloquei o nome dele em alguns dos anúncios, mas ele nunca escreveu para mim, e eu não fico surpresa, pois acho que ele não quer ser pego. Não tenho dúvida de que ele deitou com você e depois roubou a música. Provavelmente ganhou uma bela fortuna à sua custa.

Um pouco sem fôlego depois desse discurso, ela se encostou na cadeira e olhou para mim, obviamente muito satisfeita consigo mesma. Eu sabia o que ela queria agora. Foi direta o suficiente: uma questão de lucros. Mas eu tinha coisas muito mais importantes na minha cabeça do que alguns trocados e meu nome em uma música. Nem me preocupei em negar o resto do que ela havia sugerido.

— Ele pode ficar com o dinheiro se quiser — eu disse. — Não me importo nem um pouco.

— Oh! — disse minha mãe. — Bem, eu apenas achei que você poderia se interessar.

Ela fez uma cara feia e ofendida e colocou a partitura na mesa. Então se olhou de novo e esticou o pescoço. Fiquei surpresa ao ver quão facilmente ela havia deixado aquele assunto para lá. Ela se virou para mim animada.

— Onde você dorme? — ela perguntou. — Você tem um quartinho no andar de cima?

Imediatamente minha surpresa virou medo.

— Você não pode ficar aqui! Não permitiriam! Alguém descobriria!

Ela zombou.

— Eu não tenho a menor *intenção* de ficar aqui — ela disse. — Tenho meu próprio quarto, muito obrigada.

Isso também me surpreendeu. Não havia nem passado pela minha cabeça que ela poderia ter chegado antes e se acomodado com algum tipo de pertence.

— Onde? — eu perguntei, cautelosamente.

Ela balançou a cabeça.

— Jesus amado! — ela disse. — Aquela mulher *nunca* deveria ter entrado no mercado das tavernas.

— Que mulher?

— Nunca encontrei *ninguém* menos adequado para servir o público. E a pensão dela é um buraco.

— Que pensão? Como se chama?

— The Gushet — disse Bridget. — Mas, por Deus, você não pode nem pedir um pouco de molho ou queijo ou pudim sem que ela te morda.

The Gushet! O estabelecimento de Janet. O mero pensamento de Janet e minha mãe se conhecerem já era ruim o suficiente. Mas algo mais estava me incomodando. Eu não conseguia descobrir o que era. Então eu lembrei.

Molho. Queijo. Hector subindo e descendo as escadas. Eu olhei para Bridget, congelada de terror.

— Há quanto tempo você está aqui?

Ela olhou para o teto.

— Não muito — ela disse vagamente. — Uma semana ou duas.

— Uma *semana*?

— Eu estou de férias! — ela disse, irritada. De repente, ela se esticou e agarrou minhas saias, cheia de desculpas. — Veja, querida. Coração. Desculpe. Eu estava pronta para vir e falar com você uns dias atrás. Mas então o tempo ficou ruim e eu mal ousaria colocar o pé para fora até esta tarde. Então eu vim e o seu senhor saiu e ali estava você na cozinha. Parecia uma chance boa demais para perder. Eu só queria ver se você estava bem, querida. Mas ouça, não sei por que você está fazendo isso.

— Fazendo o quê?

— Isso! Alimentando galinhas e correndo como uma escrava subindo e descendo as escadas e indo ao quarto da sua patroa e... limpando o chiqueiro, pelo amor de Deus!

Virei e olhei pela janela. Além do vidro, eu só conseguia ver a escuridão. Havia uns 15 dias que eu tinha limpado o chiqueiro. Algo estava começando a ficar claro para mim.

— Você esteve aqui — eu disse. — Você estava me espionando.

— Não *espionando* exatamente — ela disse. — Apenas *olhando*. Eu queria ver você. E eu tinha de esperar a hora certa, querida, encontrar uma forma de falar com você quando não tivesse ninguém por aqui. Eu não sei o que você falou para eles, entenda. Mas o que você está fazendo, amor? Se esfolando que nem uma lacaia enquanto aquela cara de cavalo com a bunda grande fica sentada sem fazer nada. Ela é paga para isso? E a sua senhora com os olhos grandes, a Sra. Reid, se é esse o nome dela, qual é o problema *dela*? Tudo o que ela faz é olhar pela janela e ler livros.

— Você ficou entre as árvores e os arbustos lá fora?

— Posso ter ficado — ela disse, ingenuamente. — Não só entre as plantas. Há alguns lugares de onde você consegue ver bem a casa. Você me conhece. — Ela piscou. — Entrando e saindo das sombras.

A verdade da situação me atingiu, como um punho me socando por dentro. Mal havia fôlego no meu corpo.

— Deus todo-poderoso — eu disse. — Você é a Gilfillan!

Minha mãe fez bico.

— Eu sou o quê?

Eu não podia responder, uma vez que estava lutando para respirar e rir ao mesmo tempo. Então a sinhazinha *tinha* visto alguém rondando a casa. Não era uma alucinação afinal de contas. *Era a minha mãe!*

Ela estava me olhando intrigada agora, esperando a piada.

— O quê? — ela disse. — O que foi?

— Nada — eu disse, e a risada morreu na minha garganta. Apenas por um momento eu pensei que a sinhazinha poderia não estar demente, no fim das contas. Mas a verdade era que, mesmo que a visão da Sra. Gilfillan pudesse ser explicada pela presença de Bridget, havia muito mais no comportamento dela que era maluco, a bobagem que ela falou sobre Nora aparecer no quarto dela, os cérebros cortados, o feitor etc. Embora, quanto a ele, um pensamento me ocorreu.

— Onde está Joe? — eu disse.

O sorriso se congelou no rosto da minha mãe.

— Joe, querida? Joe Dimpsey?

— Ele não veio com você?

— Arre, ele não poderia vir — ela disse. — Estava muito ocupado. Sim, estava. Muito ocupado.

Havia algo estranho naquela resposta, mas antes que eu pudesse dizer algo mais ela bateu as mãos e ficou em pé.

— Aqui estou eu morrendo de sede — ela continuou. — O que me diz de descermos a rua e bebermos alguma coisa, nós duas, para comemorar? Eu conto toda a história a você.

Eu não tinha nenhuma intenção de ir beber. Mas um pensamento havia acabado de me ocorrer.

— Você não disse a Janet Murray ou a qualquer pessoa que você... quero dizer... você não disse a eles quem você é?

Bridget levantou uma sobrancelha e me lançou um olhar que poderia ter escaldado um gato.

— Que eu sou sua *mãe*? — ela disse. — Não, querida.

— Ou minha... minha irmã?

Ela fez uma careta.

— Eu não disse nada a ninguém — ela disse. — Você acha que eu sou burra?

— Sim.

Ela não era burra. Era só meio tonta. Mas eu queria irritá-la.

— Para seu governo — ela disse, fazendo a voz que usava quando queria soar mais sofisticada —, eu sou uma viúva. Sra. Kirk. A Sra. Kirk nunca ouviu falar de você. Ela veio para o campo para tomar ar fresco por algumas semanas. Ela está se cuidando. Ela pode acabar ficando aqui. Ou não.

— Mas não mesmo — eu disse, pois suas palavras me deixaram gelada de medo.

Bridget sorriu lentamente.

— A Sra. Kirk ainda não sabe — ela disse com uma voz cantada. — Ela não se decidiu ainda.

Ela se virou e deu uma voltinha pela cozinha, olhando item por item — o relógio, as balanças, o caldeirão — como que avaliando cada um deles. Havia uma faca de pão sobre a mesa. O impulso de pegá-la e enfiá-la nas costas dela, bem entre os ombros, era forte demais. Meus dedos a alcançaram e se fecharam em volta do cabo. Eu peguei a faca, então abri uma gaveta e a joguei lá dentro. Depois disso, empurrei a gaveta para fechá-la.

Bridget foi até a porta que levava ao resto da casa. Olhou para a construção por um momento, então olhou para mim um pouco sentimental de novo.

— O que disse a eles a seu respeito, querida? — ela disse, gentilmente. — Você não precisou de referências para conseguir seu emprego?

Balancei a cabeça.

— Eles pensam que eu era empregada antes. Não precisei de referências. — Fiz uma pausa, então eu disse, numa voz fraca: — Eu gostei daqui, sabe?

Minha mãe piscou e pareceu doída.

— Estou vendo — ela disse.

Ela deu outra volta pela cozinha. Eu tinha a sensação de que ela estava armando alguma coisa. Então ela se aproximou de mim com algo como preocupação no rosto.

— Posso olhar para as suas mãos? — ela perguntou.

Ela pegou meus dedos e os esfregou. Eu a deixei fazer isso, não me afastei.

— Você vai terminar como uma lavadeira — ela disse. — Veja, eu tenho dinheiro guardado do que o Levy estava dando para mim. Não vou ficar aqui, não seja tola. Ora, por que eu ficaria aqui? Tenho um lugar novo e legal todo arrumado em Glasgow, na King Street. Lembra da King Street? Peguei dois quartos adoráveis, totalmente mobiliados, sim.

— Bom para você — eu disse.

Ela colocou a mão na cintura e me analisou, um pouco melancólica.

— Minha garotinha, toda crescida. — Então seus olhos brilharam. — Jesus, você fica menstruada agora e tudo o mais, meu Deus!

Fiquei vermelha e fervendo, me perguntando como ela poderia saber disso só de olhar para mim (pois era verdade). Mas então ela disse:

— Oh, não me diga... você lava e pendura os panos para ela no andar de cima?

Balancei a cabeça envergonhada. Para esconder meu rosto, virei e comecei a cutucar o fogo. Minha mãe suspirou. Pelo canto do olho, eu a vi olhar para o relógio de novo.

— Dois quartos enormes na King Street — ela disse. — Você ia gostar deles, ia sim.

Temendo onde essa conversa poderia parar, comecei a enfiar lenha na fogueira, que era melhor.

— Joe gosta deles? — eu disse.

Ela não falou por um minuto, por causa do barulho da lenha. Então, quando eu baixei a portinha da lareira, ela disse:

— Era sobre isso que eu ia falar com você.

Eu me virei para olhar para ela.

Ela sorriu para mim, um pouco envergonhada.

— O que eu disse antes, querida. Não era totalmente verdade. Bem, você vê, a verdade é que Joe foi embora. Ele foi embora para a América. Para Nova York. Há algumas semanas.

— América?!

— Eu sei! — ela disse, confundindo minha surpresa com preocupação. — Não é terrível? Com aquela guerra terrível que está acontecendo lá e tudo. Ele pode se machucar.

Eu estava razoavelmente certa de que a guerra não estava acontecendo exatamente em Nova York e falei isso.

Minha mãe pareceu confusa.

— É mesmo? — ela disse. — Eu achava que Nova York fosse na América.

— É.

— Bem, então! — ela disse.

Eu a teria achado divertida se eu não fosse parente dela e por algumas outras razões. Como quer que fosse, ela sempre dava um jeito de me incomodar.

— O que ele está fazendo em Nova York, afinal? — eu disse.

— Ah, agora, veja você, ele teve de ir às pressas. É que a polícia estava atrás dele. Tudo um engano, claro. Ele não fez nada. Enfim, sorte ele ter sido avisado e eles terem chegado tarde demais. Ele vai voltar quando a poeira baixar. Mas até lá, então... eu estou...

De repente, e bem inesperadamente, seu lábio tremeu e ela começou a chorar. Senti um impulso de dar um passo para trás, mas isso significaria pisar no fogo, então dei um passo para o lado. Ela puxou um lenço da manga e o levou até os olhos. Dei um tapinha no ombro dela, isso era o máximo que eu conseguiria fazer. Ela continuou chorando por alguns minutos. Finalmente, fungou algumas vezes e secou as bochechas.

— Ouça, querida — ela disse. — Você pelo menos pensaria em voltar para casa comigo? Nós duas juntas. Como nos velhos e bons tempos.

De que velhos e bons tempos ela estava falando, eu não tenho a mínima ideia. Mas, finalmente, eis o que ela queria. Não era dinheiro que ela queria. Era eu. Ela *me* queria de volta. Sem Joe, sem alguém, ela não era nada. Ela queria companhia. Oh, ela bem poderia ter algum dinheiro, mas quando ele acabasse, ela me colocaria de volta às ruas mais rápido do que se solta um peido. Eu começaria a beber uma dose antes de sair, só para conseguir encarar a noite. E isso seria um passo para voltar a outras coisas, coisas terríveis que eu nem queria lembrar.

Devo ter feito a expressão mais terrível do mundo, pois de repente ela fez cara feia e começou a falar sobre a sugestão dela.

— Foi só uma ideia — ela disse, soltando o véu. — Para quando você se cansar daqui. Ou se você for mandada embora.

O tom dela foi leve — mas será que ela quis insinuar alguma coisa com aquele último comentário? Eu estava bem consciente de que meu destino agora estava nas mãos dela. Bastariam apenas algumas palavras no ouvido e eu estaria exposta ao mestre James como uma fraude e então me seria mostrado o caminho da rua.

Ela estava sorrindo para mim, segurando o véu.

— Você vem beber, afinal? — ela disse.

Balancei a cabeça.

— Fique à vontade — ela disse. Ela deixou o véu cair. Houve um momento em que pensei que ela poderia tentar me abraçar. Mas então ela só esticou a mão e apertou meu braço. — Bem, a oferta está feita — ela disse.

Sem nem saber como fiz isso, consegui tirá-la da casa. Fiquei vendo enquanto ela percorria o caminho pelo terreno, e mesmo quando ela foi engolida pela noite eu ainda esperava que ela viesse correndo da escuridão na minha direção. Então eu rapidamente fechei e tranquei a porta. E voltei para sentar no chão perto da fogueira com o lampião apagado dessa vez para que ninguém pudesse me ver pelo lado de fora. Ali estava eu, tão tola e derretida e burra quanto um resto de vela, quase amedrontada demais para pensar.

Por todo aquele tempo eu tinha me imaginado a salvo. Mesmo quando eu li o anúncio no jornal, pensei que ela não ia conseguir me encontrar. Mas agora eu percebia que não importava para onde eu fosse, ela sempre me encontraria. Joe não ia voltar e eu acho que ela sabia disso. Ela nunca me deixaria em paz. Era só uma questão de tempo até ela fazer com que eu fosse despedida. E então para onde eu iria, sem referências e sem dinheiro? Ela viria atrás de mim de novo, e, mesmo que eu encontrasse um outro emprego, ela o estragaria ao dizer às pessoas quem eu era.

É claro, minha sinhazinha não se preocupava com aquilo tudo. Querida e amada sinhazinha! Ela não ligava para o que eu havia sido. Pobre sinhazinha, que havia me acolhido, mesmo tendo descoberto tudo sobre mim! Mas mestre James era diferente. Ele não iria querer línguas maldosas, estragando sua intenção de ser eleito. O fato era que a palavra de sua esposa não valia nada. Mesmo se ela não estivesse meio louca, não importaria se ela me quisesse ou não.

Ela me defenderia, porém, eu sei que ela faria isso. Isto é, se ela estivesse bem das ideias. Mas é claro, ela não estava bem das ideias. E havia uma forte chance de ela nunca, jamais se recuperar.

E de quem era a culpa?

Enquanto eu olhava as chamas fracas do fogo, ficava tendo uma visão, como uma imagem do futuro. Ali estava eu, em Gallowgate, deitada bêbada na sarjeta imunda e algum brutamontes com roupas sujas e grandes botas me fodendo. E quando ele me chuta para eu ficar de costas, meu rosto visível apenas por trás dos meus cabelos, você pode ver que eu estou sorrindo. Sorrindo. Porque eu sei que esse tratamento não é nada além do que eu mereço.

QUINTA PARTE

20

Eu sou mantida refém

Não fui para a cama naquela noite, apenas fiquei sentada ao lado da lareira da cozinha até que a manhã nasceu, gelada e cinza e com uma névoa densa. Àquela altura, eu tinha decidido o que faria. Primeiro peguei papel e caneta e escrevi um bilhete para a minha mãe no Gushet. Eu dizia que havia pensado melhor na proposta dela e que a aceitava. Eu voltaria com ela para Glasgow e retomaria nossa antiga vida lá. Disse que, antes de partir, eu tinha algumas coisas a fazer, mas pedi que ela me encontrasse às 15 horas na taverna da estação de trem, onde nós poderíamos facilmente comprar as passagens e embarcar no fim da tarde.

Depois disso, escrevi para mestre James. Essa carta foi um pouco mais difícil. Por toda as horas escuras da noite eu sofri pensando se deveria cumprir aviso prévio de um mês, pois eu sabia que era o que se fazia e eu não queria decepcioná-lo ou a sinhazinha. Mas agora que eu estava decidida a ir, queria ir o mais rápido possível. Indo ao encontro do meu destino, era como eu me sentia, e quanto mais imundo e esquálido ele fosse e quanto mais rápido eu me jogasse nele de cabeça, melhor. Além do mais, minha mãe tinha a paciência de uma mosca. Se eu esperasse um mês, eu não saberia mais seu paradeiro. Melhor ir agora do que me arriscar a deixá-la sair matraqueando por toda parte. Eu me sentia péssima por deixar mestre James na mão, mas sabia que isso seria o melhor. Ele logo encontraria uma menina para me substituir. E quanto à coitada, quem quer que fosse, ela não se sairia pior do que eu.

A carta para mestre James terminava muito ríspida e formal.

Caro senhor Reid,

Perdoe-me, mas circunstâncias surgiram e eu tenho de

deixar o Castelo Haivers de uma vez, há algo do meu passado que me alcançou e é melhor que eu vá agora antes que algum estrago seja feito em seu nome ou no da sinhazinha. Peço perdão pela inconveniência causada, mas não tenho escolha. Mal posso dizer como gostei de trabalhar para a sinhazinha, foi uma honra e um prazer servi-la.

Desejo de todo o meu coração que ela se recupere do que quer que seja que a tenha afligido.

Atenciosamente,

Bessy Buckley

P.S.: Por favor, cuide bem dela e certifique-se de que ela tenha tudo de que precisa e esteja confortável e o senhor sabe que ar fresco não faz mal a ninguém.

É claro que não cabia a mim dizer essas coisas, mas que importa. Eu não estava mais arriscando meu emprego. E quando ele lesse aquilo, eu já teria partido há muito tempo.

A inauguração da fonte aconteceria naquela tarde, no Cruzamento. A maioria dos empregados da fazenda estaria lá, além do médico, o reverendo e provavelmente metade da maldita vila. Eu sabia, por ter ouvido conversas, que a cerimônia estava prevista para começar às 13 horas. Depois dos discursos e essas coisas todas, os convidados iriam ao salão de festas no Swan Inn, que mestre James havia alugado para a ocasião. Ele havia dito que eu poderia ir à inauguração se eu quisesse, mas recusei. Eu sabia que não haveria ninguém por perto da casa a tarde toda e não teria outra oportunidade como essa para dizer adeus à sinhazinha. Claro, a Criatura Curdle ficaria lá e eu precisaria de uma chance para passar por ela, mas não estava muito preocupada com isso. Se todo o resto falhasse, eu diria a ela a verdade. É claro que nem mesmo *ela* poderia me recusar alguns minutos a sós com minha sinhazinha para um último adeus.

Normalmente eu teria mandado Hector à vila com o bilhete para a minha mãe, mas eu o estava evitando, então fiquei esperando no portão até que o carteiro passasse e pedi que ele o entregasse. A carta para mestre James eu escondi no bolso do meu avental, com a intenção de deixá-la no escritório para que ele a encontrasse ao voltar para casa aquela noite. Além das tarefas normais, a manhã foi tomada por pequenas providências para o patrão: costurar um botão em seu casaco, encontrar uma abotoadura perdida, passar mais uma vez uma camisa que de algum modo havia tomado a forma do cabide, tirar uma mancha de ovo de seu sobretudo. Ele próprio estava em pânico porque a temperatura havia caído à noite e a água que alimentava a fonte estava congelada. Gastou metade da manhã no Cruzamento, tentando fazer os homens desentupirem os canos. Então teve de voltar correndo e trocar de roupa antes que seus convidados chegassem para encontrá-lo no Swan. Ele andava por todo o lugar, subia e descia as escadas, do escritório para a sala e de volta ao escritório. A casa estava um verdadeiro caos. E então, subitamente, no final da manhã ele se foi de novo, deixando para trás um silêncio e uma paz que teriam sido bem-vindos, caso ele não tivesse me deixado sozinha com meus pensamentos.

Limpei a cozinha até deixar cada superfície brilhando. Então subi e coloquei todas as minhas coisas em uma mala. Exceto os vestidos de Nora, que eu pendurei na parede para deixá-los, pois não me pertenciam e eu não queria ser acusada de roubo. Para partir (que estranho colocar isso assim, como se pudesse haver um final feliz com um casamento, quando na verdade nada poderia ser mais distante da realidade!), deixe-me dizer então para *ir embora*, coloquei o vestido que usava quando cheguei, o de cetineta amarela com rendas e laços. Esse já havia sido meu favorito, mas agora ele parecia exagerado e absurdamente desconfortável. Joguei meus trapos velhos na mala; eu não os vestia havia décadas, pelo menos desde que cheguei. Talvez eu me acostumasse com eles de novo quando estivesse de volta a Glasgow, mas por enquanto eu precisava respirar.

Restava *As observações*. Eu não queria deixá-lo para trás para que mestre James o destruísse. Talvez no futuro a sinhazinha ficasse boa e eu pudesse mandá-lo para ela. Mas por enquanto embrulhei o livro em jornal velho e o coloquei na minha mala com as minhas roupas. Então limpei meu quarto de alto a baixo. Ao menos quando eu fosse embora eles não poderiam dizer que eu era uma desleixada.

Por fim desci e coloquei minha carta para mestre James em sua mesa e às 12h30 exatamente eu bati à porta do quarto da sinhazinha. Apenas quatro batidas de minhas juntas na madeira, isso era tudo, e ainda assim, como elas pareciam significativas, pois eu sabia que não bateria àquela porta de novo, nunca mais. A chave virou na fechadura. Então a porta se abriu. Ali estava a Criatura C., mastigando de boca aberta, uma das mãos no bolso da saia e a outra segurando uma maçã. Como de costume ela manteve o pé parado atrás da porta, como se eu fosse empurrá-la para entrar no quarto. Ela não disse nada a princípio. Havia um tipo de olhar que ela vinha usando para mim ultimamente, desde que fora colocada para zelar pela sinhazinha. Ele era calculado para expressar na mesma medida alegria e pena. Ela o estava usando agora, a rampeira, enquanto analisava o que eu estava vestindo. Deve tê-lo praticado no espelho, era de fato muito irritante.

Eu havia planejado ir direto ao ponto, dizer a ela que estava de partida e perguntar se poderia ficar alguns minutos a sós com a sinhazinha. Mas quando eu estava prestes a falar, a própria sinhazinha apareceu atrás de Muriel. Mesmo agora eu lembro que ela parecia em pleno controle de suas faculdades mentais. Seu cabelo estava arrumado como se tivesse sido feito no salão e ela usava um vestido azul-escuro. Ela deu uma olhada para ver quem era à porta então sumiu de vista de novo, sem fazer nenhum som e não parecendo ter me reconhecido.

De repente eu não podia suportar a ideia de contar à Muriel que eu estava partindo como justificativa para entrar no quarto. Sem dúvida, a sinhazinha ouviria e parecia errado dar essa informação à Criatura C. primeiro. Embora a sinhazinha parecesse ter perdido a razão de alguma forma, ela ainda merecia ser tratada com respeito. Eu decidi que *ela* deveria ser a primeira a ouvir meus planos.

Como vocês podem ver, o que descrevi acima — Muriel à porta, a sinhazinha aparecendo e sumindo de vista, eu mudando de ideia — requer um tempinho para ser posto no papel, embora na realidade tudo tenha acontecido em uma questão de segundos. E o que aconteceu a seguir também foi rápido. Tão rápido que acabou praticamente antes de eu saber que havia começado.

— Sim? — disse Muriel, seus lábios melados com o suco da maçã. — O que você quer agora?

— Vocês precisam de lenha? — eu disse, e isso era eu ganhando tempo (tendo abandonado minha primeira estratégia, tinha de inventar uma outra).

Na ocasião, não precisei pensar em mais nenhuma porque — totalmente sem aviso — a sinhazinha saiu correndo do quarto, de modo que perdi o equilíbrio. Derrubei Muriel como a um graveto e caí em cima dela, minha testa batendo no seu queixo. Ela deu um grito, enquanto um sopro de vento (causado pela batida da porta atrás de nós) levantou minha saia. A maçã saiu rolando pelo chão. Houve o inconfundível som de uma chave sendo virada na fechadura e então passos correndo escada abaixo.

Um segundo se passou, em que Muriel e eu olhamos, confusas e assustadas — e quase com intimidade —, dentro dos olhos uma da outra. Então eu rolei por cima dela, nós nos arrastamos e tentamos abrir a porta. Mas era tarde demais. Estávamos trancadas dentro do quarto. E lá ficaríamos pelo resto da tarde — enquanto em Snatter, sem que soubéssemos, a desordem se instalava.

Os acontecimentos na vila, vou voltar a eles depois. Por enquanto, éramos apenas eu e a Criatura C. trancadas no quarto. Muriel chutou a porta algumas vezes e então me olhou de um jeito que eu temi que ela fosse fazer o mesmo com a minha pessoa.

— Isso é tudo por sua causa — ela disse. — É melhor que eu não leve a culpa.

Fosse esse um tipo de história diferente, ficar trancadas juntas poderia se provar uma experiência transformadora, ao final da qual nós esqueceríamos nossas diferenças e sairíamos do quarto de braços dados, dando risadinhas do tempo em que tínhamos problemas uma com a outra, quando sempre estivemos destinadas a ser melhores amigas. Mas isto não é uma história da *Gazeta Mensal de Bathgate*, embora talvez isso fosse só porque nem Muriel nem eu éramos esse tipo de pessoa. De qualquer forma, depois de ter feito cara feia para mim, ela foi até a janela, levantou a veneziana e gritou com toda a força:

— Socorro! Socorro!

Tudo estava turvo por causa da neblina. Os gritos dela ecoavam no quarto como se ela estivesse gritando diante de uma parede de tijolos em vez de para o campo aberto.

— Socorro! Aqui! Socooorrooooo!

A névoa fria começou a entrar pela janela aberta. A neblina era tão espessa que você não conseguia ver nem o outro lado do quintal. Depois de mais alguns gritos, Muriel ficou em silêncio e nós ouvimos uma resposta. Mas não era nada, só um cão estúpido latindo ao longe. Muriel voltou a gritar e foi reavivar o fogo, o que me deu um momento para refletir.

Teria a sinhazinha planejado essa fuga por algum tempo ou teria ela apenas enxergado uma oportunidade e aproveitado? Ela deve ter esperado até que a Criatura C. viesse falar comigo e então foi de mansinho atrás da porta e pegou a chave da fechadura. Foi arriscado, pois Muriel poderia tê-la ouvido, ou qualquer uma de nós poderia tê-la agarrado quando ela passou. Mas ela tinha duas coisas a seu favor: uma era o elemento surpresa e a outra era seu profundo desespero. Aquele empurrão que ela me deu me fez voar, ela estava forte como seis homens, isso ela estava. O que era notável, dada sua aparência frágil.

Eu me senti um tanto rebaixada por ela considerar necessário *me* fazer prisioneira, pois isso me nivelava a Muriel, esse saco de estrume, de uma forma que eu não gostava. A sinhazinha deveria saber a essa altura que eu estava do lado *dela*. Apenas por um momento, eu me senti eufórica ao pensar nela livre, leve e solta; três vivas para a sinhazinha! Ela havia se libertado!

Mas em pouco tempo comecei a me preocupar. Aonde ela iria com aquele tempo? E no estado mental em que estava? Como ela poderia esperar viver, sem dinheiro e sem marido? Ela pereceria no frio, ou se machucaria. Alguém poderia encontrá-la vagando por aí e tirar vantagem dela. Só de pensar nisso eu ficava aflita. Foi então que percebi que ela era mais inteligente do que eu pensava porque — por mais que eu estivesse do lado dela — eu nunca deixaria que ela fugisse, pela própria segurança dela. Então ela havia sido esperta por me tornar prisioneira, no fim das contas.

A Criatura C. havia voltado da janela e estava me encarando.

— É bom que você se preocupe — ela disse. — Ninguém pode *me* culpar por ela ter saído.

O fogo estava queimando com brilho agora, então eu fiquei em pé e fui me sentar na poltrona. Muriel voltou para a janela e gritou mais algumas vezes mas claramente não havia ninguém ao alcance da voz dela. Ela sossegou o facho e veio aquecer as mãos na grade da lareira.

— Espero que a sinhazinha fique bem — eu disse.

Muriel não parecia muito preocupada com a sinhazinha ou com o bem-estar dela.

— Ninguém pode me culpar — ela disse de novo. — Não foi minha culpa.

— Você acha que ela vai tentar voltar a Wimbledon?

— Aonde?

— Wimbledon. De onde ela veio. É uma vila, lá na Inglaterra.

— Oh, é mesmo? — disse Muriel, revirando os olhos para mostrar o quanto ela se preocupava com Wimbledon, a Inglaterra e tudo *aquilo*. — Ela pode ir até Clyde saltitando, se quiser.

À menção do rio, eu repentinamente pensei na minha mãe. Parecia improvável agora que eu chegasse à taverna da estação de trem às 15 horas. Se eu não aparecesse, Bridget poderia ir até o Castelo Haivers para ver o que tinha acontecido comigo. Mas não. Era mais provável que ela apenas ficasse sentada lá a noite toda, bêbada. Ela se esqueceria totalmente de mim, até que acordasse em algum lugar com dor de cabeça pela manhã. Talvez só então ela viesse me procurar. Mas àquela altura, eu pensei, mestre James teria voltado e nós seríamos libertadas. E então eu me lembrei da carta sobre a mesa. Eu havia planejado ir embora sem confusão, sem ter de encará-lo. Mas aquilo também estava começando a parecer extremamente improvável.

— Bela encrenca, hein? — disse Muriel. — Estou lhe dizendo, é melhor eu não ter problemas com o Sr. Reid.

Eu estava de saco cheio de ela ficar batendo nessa mesma tecla.

— O que você tem? — eu disse. — Medo dele?

Ela pareceu desdenhar.

— Tenho medo dele não — ela disse. — Eu posso dizer o que penso daquele homem em uma palavra.

— Diga lá, então — eu disse.

— É um sovina.

Eram três palavras. Eu poderia ter falado isso, mas não falei. Em vez disso eu disse:

— O que você pensa da sinhazinha, então?

Muriel deu de ombros.

— Em uma palavra? É uma maluca.

Deus me perdoe, fiz um esforço para não pular nela e dar-lhe uma bela surra. Mas não ajudaria em nada começar uma briga, ainda mais com a porta trancada e só Deus sabia quanto tempo precisaríamos esperar até sair. Em vez disso, decidi continuar esse joguinho para passar o tempo. E também me ocorreu que esse poderia ser um jeito de descobrir mais sobre Nora. Pelo que eu sabia, a Criatura C. poderia ter estado lá na noite em que ela morreu. Ainda assim, eu não queria que ela soubesse que eu estava curiosa sobre Nora em especial, então eu perguntei sobre algumas outras pessoas antes.

— E quanto a mim? — eu disse. — Me descreva em uma palavra.

Muriel olhou para o infinito.

— Irlandesa — ela disse.

Ela poderia ter falado "maluca", era insulto do mesmo jeito vindo da boca dela. Mas eu não ligava nem um pouco para o que ela pensava de mim.

— E Hector? — eu disse.

— M.B.A. — disse Muriel, e quando viu que eu não entendi, ela elaborou: — Mão Boba Ambulante.

Ela me lançou um olhar profundo e meu rosto ficou quente. Por um momento terrível, eu achei que ela sabia sobre a outra noite e estava me provocando, talvez ele tivesse espalhado por todos os cantos na fazenda. E então eu percebi que, é claro, ela estava falando sobre sua própria experiência com Hector. Ele provavelmente havia tentado a sorte com todo mundo, mesmo com uma velha decrépita como ela. Ainda assim, eu preferia não ter perguntado sobre ele. Passei adiante rápido.

— E Janet, do Gushet?

Muriel pensou por um segundo. Então disse:

— Bisbilhoteira. Sempre quer saber se uma pessoa recebeu o salário ou uma folga, quando não é da conta dela.

Só mais alguns e eu poderia perguntar sobre Nora.

— McGregor-Robertson?

— Esnobe — disparou Muriel, sem hesitar.

— Reverendo Pollock?

Ela revirou os olhos de novo.

— M.B.A.

Interessante, porque eu teria dito "enxerido", mas não queria perder o fio da meada.

— Nora Hughes?

Muriel fez careta e pareceu deprimida.

— Irlandesa — ela disse.

Eu balancei a cabeça.

— Você disse isso de mim. Diga outra coisa.

Houve uma pausa e então ela disse:

— No Reino de Deus. — Eu ia perguntar mais, mas de repente ela ficou de pé e cruzou o quarto. — O que você não daria por uma cama assim — ela disse, e sem maiores hesitações ela se enfiou entre as cobertas e as puxou para cima da cabeça.

— Muriel — eu disse —, onde você estava na noite em que Nora morreu?

Mas não houve resposta. Ela apenas grunhiu e num instante estava ressonando, me deixando sentada perto do fogo, sozinha com meus pensamentos.

Bem, aquilo havia sido uma grande perda de tempo. Ela havia me dito pouco mais que nada. E havia algo no que ela falou que estava me perturbando, mas eu não conseguia identificar o quê. Talvez eu perguntasse mais quando ela acordasse. Quando quer que fosse. Por quanto tempo ficaríamos presas naquele quarto? E aonde tinha ido a sinhazinha?

Querida Arabella. Por alguma razão, eu a imaginava sentada em um trem, murmurando alguma canção, indo a algum lugar diferente e melhor. Na minha visão, ela estava sozinha no vagão e olhava pela janela para a paisagem de campos verdes e árvores que passava. E então, para minha grande surpresa, eu me encontrava abrindo a porta e sentando em frente a ela. Pelo amor de Deus, eu estava apenas sonhando! A sinhazinha sorria para mim e pegava minha mão. Nós duas olhávamos pela janela e eu via que esse deveria ser um trem especial, pois ele havia deixado os campos e estava agora passando pelo mar! A luz do sol penetrava nas ondas verdes. Ailsa Craig flutuava como um dente podre.

— Nós estamos voltando para casa — eu dizia à sinhazinha. — Vamos voltar pela água.

Ela franzia a testa enquanto espiava pela janela.

— Não para a minha casa, Bessy — ela dizia, alisando os cabelos. Um punhado deles saía quando ela fazia isso e eu via que não era exatamente cabelo, mas algas em laços verdes. Ela puxava outra mecha e outra, deixando placas de sangue no couro cabeludo, a pele aberta; ela estava ficando careca e eu não conseguia impedi-la, que Deus me ajude...

De repente acordei assustada, suando, e me olhei. Muriel ainda cochilava na cama e a casa estava silenciosa. Fui experimentar a porta, mas ainda estava trancada. Não havia nada a fazer exceto esperar. Voltei à minha poltrona. Ali eu encostei a cabeça e fechei os olhos e dessa vez eu dormi sem sonhar.

Um pouco depois, acordei com o som de passos na escada. Olhei para o meu relógio e fiquei aflita ao ver que quase duas horas haviam se passado. Muriel ainda estava dormindo profundamente. Eu corri e dei um chacoalhão nela.

— Alguém vem vindo.

Ela grunhiu e olhou para mim meio sem consciência. Os passos vieram fortes até o batente do lado de fora do quarto e a porta fez um barulho quando alguém tentou abri-la. Muriel se espreguiçou e bocejou.

— Ande logo! — eu disse, e fui para perto do fogo. Eu sabia que não poderia ser a sinhazinha voltando só. Os passos eram muito pesados. E as vozes que eu conseguia ouvir tagarelando do lado de fora do quarto eram masculinas. Talvez eles a houvessem encontrado e a estivessem trazendo de volta. Houve um grito, como se alguém houvesse feito uma descoberta, e então um momento depois uma chave entrou na fechadura.

Isso foi o suficiente para Muriel; ela tropeçou para fora da cama como um bicho com sarna. E na hora exata. A porta foi escancarada e mestre James entrou parecendo bravo e contrariado. Seu rosto estava lívido e ele respirava pesado, como se tivesse corrido. Atrás dele, no andar de baixo, pude ver Hector espiando, todo eriçado.

Muriel e eu mantivemos nossas matracas fechadas; apenas abaixamos a cabeça e esperamos. A visão de nós paradas ali, envergonhadas, parecia encher mestre James de mais angústia.

Ele gesticulou abruptamente para que Hector recuasse:

— Espere ali! — ele ordenou. — No topo da escada. Não deixe ninguém passar!

Enquanto Hector sumia de vista, mestre James começou a percorrer o quarto, de olho em mim e em Muriel o tempo todo. Ele puxou as cortinas e olhou atrás delas, como se esperasse que alguém estivesse escondido ali. Então se ajoelhou e olhou embaixo da cama. Finalmente ele ficou em pé e se dirigiu a nós friamente:

— Onde está minha esposa?

Muriel fez uma reverência. Ela não tinha como saber, mas o travesseiro havia deixado marcas nas bochechas dela.

— Senhor — ela disse. — Sinto muitíssimo, senhor. Mas ela passou por nós correndo, senhor. Não havia o que a impedisse. E ela nos trancou aqui. Não havia nada que pudéssemos fazer, senhor. Ela empurrou Bessy para dentro e trancou a porta, senhor!

A notícia pareceu estressar ainda mais mestre James. Seus olhos se perderam como se ele estivesse encarando a eternidade, e lá não era um lugar bom.

— Quando foi isso? — ele perguntou.

Muriel olhou para mim em pânico, acho que ela estava confusa por causa do sono e não tinha notado o tempo passar. Dei um passo à frente.

— Por volta de 12h30, senhor — eu disse. — Cerca de duas horas atrás.

Ele deixou os ombros caírem e se sentou ali, desolado. Nesse momento, seu olhar caiu sobre a cama. Muriel havia deixado as cobertas desarrumadas. Mestre James franziu a testa e tocou as cobertas, colocando os dedos entre os lençóis. Seu rosto se iluminou quando ele levantou a cabeça para olhar para nós.

— Ainda quentes — ele disse. — Então ela não pode ter fugido há tanto tempo.

Ele olhou em volta, repentinamente esperançoso, como se nós a estivéssemos escondendo em algum lugar. Muriel olhava para o chão mordendo o lábio, seu rosto fervendo em um vermelho-escuro.

— Senhor — eu disse. — Não era a sinhazinha que estava na cama, senhor.

A cabeça dele virou com tudo.

— O que diabos você quer dizer?

Muriel estava me olhando ameaçadoramente agora, os olhos cheios de mágoa. Pensei na carta no andar de baixo no escritório e em ir embora dali. Não importava o que eu dissesse a ele.

— Enquanto estávamos esperando — eu disse —, eu deitei na cama, senhor, e dormi.

Ele puxou o braço, soltando as cobertas, e me encarou. Eu não olhei para Muriel, mas podia sentir os olhos dela sobre mim.

— Sinto muito, senhor — eu disse.

Ele soltou um enorme suspiro, balançando a cabeça desesperadamente. Esperei que ele me dispensasse imediatamente. Mas então ele começou a divagar. Pareceu esquecer completamente de mim e estava tomado por outros pensamentos mais graves. Seu rosto ficou selvagem. Ele colocou as mãos na cabeça e puxou os cabelos. Soltou um grito de dor.

— Senhor, se não se incomoda de eu perguntar — eu disse —, o que aconteceu? O senhor encontrou a sinhazinha? Ela foi à vila? Alguém a viu?

Ele olhou para mim com um ar ausente, como se nunca tivesse me visto antes. E então, em vez de responder, ele bateu os calcanhares e saiu do quarto. Eu o ouvi cruzando o salão e entrando no escritório. A porta foi fechada e então veio o silêncio.

Muriel e eu nos olhamos.

— Por que você disse tudo isso? — ela disse. — Você já era, agora.

— Não importa. Eu ia embora de qualquer maneira.

— É mesmo?

Nesse momento, uma das madeiras do chão estalou e Hector enfiou o nariz pela porta. Ele não olhou para Muriel, apenas para mim.

— Você nem imagina o que aconteceu! — ele disse.

21

Pandemônio

Bem, eu não estava presente na maioria dos eventos que vou descrever, mas as línguas estavam soltas e a história foi repetida demais ao longo dos anos. Dois jornais publicaram matérias e desde então eu falei com várias pessoas que estiveram envolvidas ou que viram o que aconteceu. Com isso e um pouco de imaginação, juntei as peças do quebra-cabeça.

Vou começar, então, do comecinho. Parece que ao trancar Muriel e eu em seu próprio quarto, a sinhazinha colocou a chave no baú de roupas de cama, onde foi descoberta mais tarde pelo mestre James e por Hector. A sinhazinha poderia facilmente tê-la guardado no próprio bolso ou tê-la jogado fora, mas eu gosto de pensar que ela não queria que ficássemos presas por muito tempo então deixou os meios para nossa soltura à vista.

Depois ela correu para o andar de baixo (como ouvido por mim e Muriel) e foi à cozinha, onde deve ter encontrado o velho casaco que havia me dado e o antigo chapéu que eu às vezes usava quando estava frio. Nos anos que se seguiram, quando as pessoas falavam sobre tê-la visto naquele dia, elas descrevem o velho casaco e o chapéu de vovó. Por que ela escolheu essas vestimentas, em vez de qualquer uma dela? Bem, eu vou lhes contar. Acho que ela queria se disfarçar. Com um casaco humilde e um chapéu velho, ninguém a reconheceria, e isso se encaixava nos propósitos dela.

Vestida com essas peças, ela saiu da casa e caminhou pela neblina até a vila. A maioria das pessoas àquela hora estava reunida no Cruzamento, para a cerimônia da fonte. De qualquer forma, a primeira vez que viram a sinhazinha foi em algum lugar na estrada por volta das 13 horas, bem do lado de fora do Swan, que era o maior hotel e, como tal, aquele que hospedava a maioria dos passantes.

Havia um taxista sentado no estribo de seu veículo; ele percebeu uma mulher usando um chapéu fora de moda na porta do bar. Ela parecia relutante em entrar. Ele a viu recuar, olhar para cima e para baixo na rua e então espreitar um garotinho que estava andando apressado na direção dela. Ela falou com esse menino, aparentemente perguntando algo a ele. Mas ele balançou a cabeça e continuou andando em frente. A mulher então se aproximou do taxista. Pelo que ele conta, ela virava a cabeça para um lado e outro, usando as laterais do chapéu para evitar que ele a visse. Ela parecia nervosa e pediu que ele entrasse no Swan, mas antes que ele pudesse descobrir por que, um cavalheiro subiu no táxi com pressa e o motorista teve de aceitar a corrida. Ele pediu desculpas à mulher de chapéu e disse-lhe que ela teria de encontrar outra pessoa para ajudá-la. A última visão que ele teve dela era ela parada na rua, do lado de fora da taverna, parecendo um pouco perdida.

Algum tempo depois, presumivelmente tendo fracassado em encontrar outra pessoa para ir em seu lugar, a sinhazinha entrou no bar ela própria e se aproximou do proprietário, que era ninguém menos que A.P. Henderson, o maldito vendeiro, que, mal havia expandido seus negócios, tomou o Swan. Se você acreditar em uma palavra do que ele diz, a sinhazinha parecia pouco à vontade por estar em um bar público. Ela não permaneceu muito tempo ali e manteve o rosto sempre na sombra. Ela perguntou a ele se havia uma Sra. Gilfillan no local. Quando ele respondeu que não, a sinhazinha descreveu a mulher que ela tinha na cabeça, mas ninguém com aquela descrição estava hospedado lá e ele disse isso a ela. Ao ouvir isso, a sinhazinha agradeceu e saiu. Henderson não pensou mais no acontecido até muito tempo depois, posto que ele estava particularmente ocupado com os preparativos para o jantar que seria dado naquela noite para celebrar a inauguração da fonte.

Alguns minutos então se passaram antes de a sinhazinha ser vista de novo, dessa vez do outro lado da vila. Aqui, no Gushet, Janet Murray estava arrumando o lugar na esperança de que os que não estivessem entre a dúzia de pessoas seletas convidadas para o jantar resolvessem celebrar em seu estabelecimento. Aparentemente, ela olhou para cima pelo vidro e viu uma mulher à porta. De início, Janet não a reconheceu por causa do que ela vestia. Mas ela conhecia a sinhazinha bem o suficiente, sempre a vira pela cidade ao longo dos anos, portanto ela logo percebeu quem estava ali sob o batente. Não sendo uma grande entusiasta dela, Janet não a encorajou a entrar. Além disso, a sinhazinha parecia agitada. Ela não fez muitos preâmbulos; apenas perguntou se havia uma Sra. Gilfillan na pensão.

Quando Janet não reconheceu aquele nome, a sinhazinha deu uma descrição que soou para Janet o reflexo e a imagem de sua única hóspede, a exigente Sra. Kirk, uma viúva irlandesa (ha ha!) que estava hospedada em The Gushet nas últimas semanas. A Sra. Kirk sairia de Snatter naquela tarde mesmo, Janet contou para a sinhazinha. Mas, no momento, ela não estava nos aposentos. Até onde Janet sabia, ela saíra para ir ao Cruzamento com todo mundo a fim de ver a fonte. Janet expressou surpresa pelo fato de a sinhazinha Reid não estar lá ela própria, visto que era o marido dela que estava por trás disso tudo. Mas a sinhazinha aparentemente ignorou aquele comentário e perguntou se a Sra. Kirk estava acompanhada de um homem que talvez atendesse pelo nome de McDonald. Janet não sabia nada de tal pessoa e disse isso. Nisso, a sinhazinha bateu os calcanhares e foi embora, mal parando para agradecer a Janet, que diria depois que era assim com essa gente, que nunca tinha paciência com você nem palavras de gratidão.

Enquanto isso a cerimônia da fonte estava bem avançada. Apesar da neblina e do frio, um número bem grande de pessoas se reuniu no Cruzamento, em sua maioria moradores de Snatter e Smoller, mas uma vez que ali era caminho para Edimburgo, diversos estranhos e passantes também pararam para ver o que estava acontecendo. A fonte estava coberta por lona verde. Ao lado dela, uma pequena plataforma havia sido erguida, em cima da qual estavam vários ilustres, mestre James, o reverendo Sr. Pollock e seu irmão Sr. Duncan Pollock (*Membro do Parlamento!*), a Sra. Duncan Pollock, o Sr. Calvert, o engenheiro da fundição e outros convidados de honra. Dadas as dimensões pequenas da plataforma, eles estavam bem espremidos juntos no fundo, "mais próximos do que o rabo de uma camisa e uma bunda suja", como uma testemunha ressaltou.

Mestre James havia começado os procedimentos rigorosamente ao soar um pequeno sino para pedir atenção. Depois ele pegou um grande pedaço de papel no qual ele disse (com bastante timidez) que havia escrito seu discurso. Isso foi recebido como uma grande piada e muitas gargalhadas até que a multidão percebeu seu engano — as folhas de papel continham de fato um longo discurso. Talvez mestre James estivesse disposto a exercitar seus músculos parlamentares. De qualquer modo, seu discurso se prolongou e se prolongou. Muita gente foi embora e muitos mais teriam ido junto se alguns presentes com relógios não tivessem tomado a iniciativa de cronometrar mestre James e criar uma aposta, o que reavivou os procedimentos e garantiu que todos os presentes prestassem atenção a cada palavra, tanto os que haviam feito palpites quanto aqueles que estavam curiosos para ver quem ganharia.

Como a inexplicável inquietude entre a multidão se transformou no que parecia atenção conquistada, mestre James ganhou confiança. Ele fez pouco dos velhos poços da vila, dizendo que a água saída de lá tinha duas vantagens: economizava chá (uma vez que sua cor era marrom-claro) e, porque era repleta de micróbios, podia-se dizer que era tanto comida quanto bebida. Eram piadas conhecidas, mas educadamente recebidas assim mesmo. Muito encorajado, ele continuou. Tinha grandes planos para Snatter, ele disse. A fonte era apenas o começo. Seria gás encanado depois, ele disse, para iluminar a rua e talvez mesmo postes de luz a gás diante de cada casa. Novamente houve gargalhadas da multidão e algum arruaceiro gritou: "Ah, e geladeiras", o que causou muita zombaria. Mestre James manteve-se firme. Ele agradeceu a seus honoráveis convidados longamente, em especial o Sr. Duncan Pollock (*Membro*). E então a coisa continuou. E continuou e continuou.

Quando a marca de trinta minutos foi alcançada, a maioria dos palpites da duração do discurso foi ultrapassada e muitos apostadores tiveram de desistir. Apenas dois homens continuaram na disputa, Biscuit Meek e Willie Aitken, o velho Tollman. Willie havia apostado em 35 minutos e Biscuit chutou 46. Talvez fosse esperado que

Biscuit conhecesse seu mestre melhor, mas acabou que o discurso durou apenas 37 minutos, o que fez do palpite de Willie o mais próximo e dele, o vitorioso. Uma vez que Willie era um homem benquisto e Biscuit não, o anúncio do vencedor da aposta causou grande comoção na multidão. Enquanto mestre James fazia suas observações finais e se recolhia para o fundo da plataforma, chapéus foram atirados ao ar e houve aclamação e "urras" por toda parte. Mestre James, confundindo esse clamor alegre com a receptividade ao seu discurso, pareceu bastante gratificado.

Depois disso, e com apenas alguns pequenos atrasos técnicos, a lona foi removida de cima da fonte, o que gerou muitos assobios e gritos de "Oooh!" e "Aaahh!", nem todos irônicos. Mestre James convidou os honoráveis presentes a provar a água, que foi declarada gelada mas deliciosa e enquanto os influentes cavalheiros estavam ocupados com suas torneiras e seus copos, muitos do público em geral aproveitavam a pausa para acertar as dívidas. Algumas brigas irromperam e os garotos pequenos corriam para lá e para cá com dinheiro e as garrafas foram enchidas no Swan. Nesse momento, o pequeno sino foi tocado para chamar todo mundo de volta pois agora era a vez de o reverendo Sr. Archibald Pollock se dirigir ao povo.

O reverendo falou sem anotações e manteve as duas mãos erguidas para provar isso, antes de colocar dois dedos dentro do bolso de seu sobretudo, para melhor dar passos longos pelo palco. Ele começou parabenizando mestre James pelo excelente discurso, dizendo que por comparação o seu seria um mero pigmeu. Com um sorriso da maior modéstia, o reverendo Pollock confessou que não era nenhum Sr. Dickens. Ele não oraria demoradamente, ele disse, nem pararia para dobrar as mangas da camisa, nem para secar as sobrancelhas fervendo com um lenço, nem mesmo sairia se arrastando, esgotado, do palco. Durante essas observações ele mirava a multidão com olhos cansados, sem olhar nem para a direita nem para a esquerda e certamente nem para trás, para seu antecessor de discurso, mas havia uma sensação geral de que de alguma forma seus comentários eram dirigidos ao mestre James.

O reverendo então virou-se para contemplar a fonte, com um ar de bondade estampado em seu rosto redondo. Ele se lembrava, ele disse, de William de Orange.

Mestre James, que até esse ponto estava olhando para a plataforma, olhou para cima, aparentemente surpreso. Ah, disse o reverendo, William III, que — era pouco sabido — havia sido não apenas um grande soldado e político mas um jardineiro realizado também, com uma grande admiração por peças aquáticas extravagantes e, sim, fontes não diferentes daquela. O reverendo Pollock confessou que ele não havia tido a sorte de ver os famosos jardins do grande rei em Het Loo, mas que ele havia em duas ocasiões visitado Hampton Court e, lá, visto diversas fontes maravilhosas, a maioria delas talvez um pouco mais extravagante que aquela — se bem que (ele disse) o Sr. Reid era bem conhecido localmente por sua extrema habilidade fiscal.

Aqui, o reverendo fez uma pausa para sorrir para a multidão. Atrás dele, mestre James estava fazendo caretas e olhando para lá e para cá, como se sentisse um cheiro ruim. O reverendo se aproximou da frente da plataforma e em um sussurro de cena de teatro confidenciou que, embora pudesse não ser do conhecimento geral, o Sr. Reid gostaria de seguir os passos de seu próprio bom irmão, o Sr. Duncan Pollock, ao entrar na carreira política. Algumas pessoas, ele disse, podiam ser da opinião de que atos benevolentes, como fornecer fontes públicas, eram meios de comprar o apoio popular. O reverendo balançou a cabeça e o dedo. Ele não era uma dessas pessoas. E para provar isso ele fez uma grande reverência ao mestre James e desejou a ele toda sorte. Para concluir, ele mostrou seu fervoroso desejo de que — um dia — o Sr. Reid se tornasse tão bem-sucedido e tão popular quanto seu mentor, o Sr. Duncan Pollock. O pastor então voltou para o fundo da plataforma, de onde ele graciosamente agradeceu os aplausos com um aceno.

Mestre James fez uma pequena e rígida reverência e agradeceu ao reverendo por suas observações gentis. Então ele convidou o bom povo de Snatter a se aproximar da fonte de maneira ordenada para provar a água. Um quase tumulto se formou enquanto o povo se empurrava para chegar à frente da fila. Mestre James encarregou seu capataz, Alasdair, de controlar a multidão enquanto ele ciceroneou Duncan Pollock e sua esposa, levando-os para longe da balbúrdia generalizada, até o outro lado do Cruzamento.

Foi por volta desse momento que a sinhazinha foi vista conversando com o reverendo Pollock. Antes, durante o discurso dele, um ou dois populares alegam ter visto uma mulher parada na beira da multidão, encarando o reverendo com certa intensidade fria por detrás das abas de seu chapéu. Dizem que ela estava resmungando sozinha e um homem a viu praguejando e socando o ar na direção da plataforma, mas esse comportamento não parecia *muito* incomum pois os ânimos estavam exaltados. Em todo caso, seu grito passou despercebido por causa do barulho geral.

Parece que ela foi bastante cuidadosa para evitar ser notada por aqueles que a conheciam, pois ninguém de seu círculo de conhecidos se lembra de tê-la visto na cerimônia. Isto é, exceto o reverendo Pollock. Ele estava agora parado sozinho perto da plataforma, sorrindo para o povo enquanto eles todos bebiam da fonte com um satisfeito sorriso indulgente no rosto, quase como se (como uma pessoa comentou) houvesse criado a água ele mesmo.

De acordo com seu próprio relato, o reverendo não reconheceu a Sra. Reid de início, ela havia ficado ainda mais magra desde a última visita dele e vestia roupas humildes que ele não associaria a ela. Além do mais, ele não esperava vê-la naquele dia, pois havia sido dito a ele (e a todo mundo) que ela estava com uma terrível dor de cabeça e não compareceria ao evento. A aparição dela, portanto, o pegou de surpresa. O Sr. Pollock alega que ela falou com ele "tão baixo quanto um rato que pega o queijo", de modo que ele teve de se inclinar em sua direção para ouvir o que ela dizia. Ele compreendeu, depois de um momento, que ela queria mostrar alguma coisa a ele e pediu que ele a seguisse. De certa forma intrigado mas sem desconfiar de nada, o reverendo concordou, pensando que talvez ela quisesse que ele olhasse algum presente secreto que ela tivesse comprado para o marido como uma forma de marcar esse importante dia.

Para surpresa dele, a sinhazinha o levou até o beco ao lado da loja de A.P. Henderson. Lá eles foram vistos por uma tal de Sra. Annie Bell, esposa de um mineiro, que estava em sua janela no primeiro andar. Essa janela dava vista não só para o beco mas também para o Cruzamento e era de lá que a Sra. Bell, que recentemente se mudara de Leadhills para a região, havia escolhido assistir à inauguração da fonte, porque estava frio e ela estava um pouco "entupida". Ela disse que a mulher de chapéu levou o pastor até o quintal da venda exatamente abaixo de sua janela e ali eles pararam, aparentemente para conversar. O quintal estava mais desarrumado do que o normal, tendo sido usado como um local de depósito temporário pelos operários envolvidos na instalação da fonte, e estava cheio de pedaços de cano, pilhas de pedras, ferramentas e outros materiais assim.

Até aqui, de acordo com o reverendo, a sinhazinha havia sido encantadora, quase solícita. Porém, uma vez no quintal, longe da vista do público, ela ficou irada e começou a interrogá-lo sobre uma mulher da qual ele nunca tinha ouvido falar. Quando perguntado posteriormente, ele não conseguiu lembrar o nome da mulher, mas achava que era algo como Whelan, Finnegan ou Gilligan. A sinhazinha começou a chamá-lo de mentiroso e charlatão, e até o acusou de se *fantasiar* de um homem de batina! Rapidamente ficou claro para o reverendo que as ideias dela estavam fora de ordem. Ele decidiu se afastar dela e alertar o pobre marido sobre o problema. Ao informá-la de que a presença dele era requisitada na fonte, ele se virou para ir embora, com a intenção de voltar correndo para o Cruzamento.

Nesse ponto, a Sra. Bell perdeu o interesse. Ela havia ficado olhando a cena ali embaixo com alguma curiosidade uma vez que ali havia evidentemente algum tipo de discussão acontecendo, mas agora parecia que os dois estavam prestes a sair do quintal. De qualquer modo, quando ela se virou de costas para a janela, ela ouviu o som alto de uma batida. Ao olhar para fora, ela viu que o reverendo estava ajoelhado no chão com sangue saindo de sua cabeça. A mulher estava parada sobre ele com uma pá nas mãos, que ela devia ter pego dentre as ferramentas que haviam sido deixadas apoiadas na parede. A Sra.

Bell lembrava que o sangue era de um tom vermelho brilhante que contrasta com a pele do pastor.

Ela ficou tão chocada que congelou por um momento. Então ela testemunhou o que aconteceu nos segundos seguintes. A mulher levantou a pá e continuou dando pancadas na cabeça e nos ombros do reverendo. Ele caiu de bruços sobre as mãos e os joelhos e tentou engatinhar, pedindo socorro, mas com uma voz baixinha que não se propagava. A mulher o seguiu, batendo nele com a pá, gritando coisas e o chamando de nomes terríveis (sobre os quais a Sra. Bell não quis ser específica exceto para dizer que começavam com a letra "P").

O reverendo Sr. Pollock, de sua parte, não se lembra de muita coisa depois de ter sido acertado na cabeça. Ele tem uma vaga lembrança de levar mais pancadas enquanto engatinhava pelo terreno, mas não consegue se lembrar de nada que lhe foi contado.

Por sorte, em instantes, Annie Bell voltou a si e conseguiu gritar por socorro. Quando seus gritos se propagaram, a mulher de chapéu se virou abruptamente com a pá na mão e olhou para cima, para a janela. Pela primeira vez suas feições foram reveladas. A Sra. Bell, nova na região, não a reconheceu. Mas ela nunca esqueceria o olhar que a mulher lançou para ela. Foi, ela disse, "um olhar de morte fria". Temendo por si, ela gritou de novo. A mulher parecia analisá-la, como que para decifrar quem ela era. Então, aparentemente, ela perdeu o interesse. Jogou a pá no chão e atravessou o quintal, afastando-se do beco.

A essa altura, os gritos da Sra. Bell haviam chamado a atenção de muitas pessoas que correram da aglomeração na fonte. Ao ouvir o som dos passos delas no caminho para o beco, a mulher levantou a saia e correu. Quando chegou ajuda no quintal, a Sra. Bell apontou para a direção para a qual ela havia ido e diversos homens e meninos saíram em perseguição. Mas eles voltaram não muito tempo depois. Parecia que a mulher que atacara o reverendo havia desaparecido na neblina — ou pelo menos na floresta que começava atrás do jardim dos maçons.

O pastor foi carregado até a fonte, onde sua cabeça foi lavada e o médico examinou as feridas e fez curativos. Nesse estágio, o reverendo

Pollock não era capaz de falar. Ele estava profundamente abalado e só conseguia abrir e fechar a boca como um peixe, fazendo um som engasgado no fundo da garganta. Por causa disso, ele foi incapaz de identificar seu agressor e, embora ficasse apontando para mestre James, ninguém era capaz de entender o que ele queria dizer, uma vez que mestre James estivera bastante visível para todos a tarde toda e não poderia de forma alguma ter sido culpa dele.

A mulher do mineiro, Sra. Bell, foi levada até o Cruzamento. Ela relatou o que havia visto de sua janela mas àquela altura ninguém dava muita credibilidade à figura dela. Era uma recém-chegada, afinal de contas. E era difícil acreditar que tamanha violência tivesse sido causada por uma mulher. Certamente, ninguém ligou a figura de uma mulher vestida de forma humilde e com um chapéu à Sra. Arabella Reid (nem mesmo mestre James, que naquele momento estava bastante certo de que sua esposa estava trancada em segurança no quarto dela, no Castelo Haivers).

O falatório se alastrava entre a multidão: quem poderia ter feito aquilo, e por quê? Em público todo mundo expressou o choque de que um ataque assim pudesse ter acontecido. Porém, o reverendo (*aparentemente* sendo um sujeito genioso) havia de fato conseguido criar muitas inimizades ao longo dos anos e havia mais de uma pessoa que gostaria de ter dado uns belos chutes nele. No íntimo, havia aqueles que estavam surpresos não tanto pelo fato de que alguém o tivesse *atacado* — mas que ninguém tivesse feito isso anos antes nem muitas vezes depois.

Enquanto isso, onde estava Bridget (ou a Sra. Kirk, como Janet Murray achava que ela se chamava)? Janet havia dito a Arabella que a Sra. Kirk tinha ido com todo mundo para dar uma olhada na inauguração da fonte. E, de fato, ela havia estado presente no começo das formalidades, mas foi uma das pessoas para quem o discurso de abertura fora excessivo. Enquanto mestre James enrolava e a aposta começava, algumas pessoas ao redor de Bridget combinaram rapidamente entre elas e decidiram sair mais cedo para o bar do Swan. As cadeiras precisavam ser aquecidas, eles disseram. A cerveja precisava ser provada! Bridget se convidou para ir junto e foi ali, com seus novos amigos (quase vira-latas), que ela passou o resto da tarde. Ela já havia acertado a conta com Janet Murray e espertamente evitou mais uma viagem pelo frio ao pagar para um garoto pegar sua mala no Gushet.

A.P. Henderson entrava e saía do bar a tarde toda, mas sua atenção estava focada nos preparativos na cozinha e no salão de jantar no andar de cima. Ele percebeu o grupo de pessoas sentado na esquina e a irlandesa que estava com eles, mas não a ligou à mulher sobre quem lhe fora perguntado mais cedo naquele dia.

Por volta das 14 horas, o grupo no bar ficou estupefato quando um homem com cara de furão surgiu do nada, pedindo um copo de conhaque para fins medicinais e dizendo que uma gangue tinha aberto a cabeça do reverendo Pollock. (Essa era a melhor versão que corria, uma vez que ninguém queria acreditar na Sra. Bell e um acusado ainda precisava ser pego.)

Os donos do Swan correram para o lado de fora. Algumas pessoas — possivelmente católicas — desapareceram na neblina, temendo uma retaliação. Outros acompanharam a massa, para ver o que era aquela confusão. Bridget (sem dúvida mantendo a matraca fechada sobre sua própria falta de fé) foi com eles. A multidão no Cruzamento havia se dispersado, uma vez que o falatório era geral e um ataque violento é infinitamente mais interessante do que alguns esnobes fazendo discurso. As pessoas no fundo tiveram de se enfiar por entre os outros para ver o que estava acontecendo, e Bridget logo estava perdida na multidão.

No centro disso tudo, um grupo de cavalheiros (incluindo Duncan Pollock, McGregor-Robertson, Sr. Flemyng e mestre James) ficou em volta do pastor, mantendo a massa afastada. O reverendo havia sido encostado na base da fonte. Ele parecia frágil e indefeso. Sua cabeça estava enrolada em um curativo temporário. Alguém o havia protegido com um cobertor. O conhaque foi passado ao médico, que se agachou e levou o copo até os lábios do pastor.

Depois de alguns goles, o reverendo Pollock engasgou e tossiu.

— Whuf! Shish! — ele disse, os primeiros sons quase coerentes que ele fez.

McGregor-Robertson se inclinou para mais perto dele.

— Quem fez isso, Archie? Quem foi?

O reverendo levantou os olhos vagarosamente. Ele olhou atrás além do médico e pareceu maravilhado ao avistar a multidão e os outros cavalheiros. Assim que bateu os olhos no mestre James, ele fez menção de começar e então soltou um suspiro profundo e pesaroso. Alguns disseram que ele parecia confuso e amedrontado. Outros, que parecia atordoado. Outros, ainda, achavam que, apesar dos ferimentos, ele parecia estar se deliciando com isso, e tendo algum prazer em ser o centro do drama que se desdobrava.

— Pobre de mim — ele disse. — Eu... eu... não sei... oh!

O reverendo ficou encarando mestre James o tempo todo. Então ele fechou os olhos e soltou outro suspiro profundo e pesaroso, como se aquilo fosse demais para ele tolerar.

— Aaah! — ele fez. — Oh ho!

O médico colocou mão no ombro dele para lhe dar segurança.

— Você vai ficar bem, Archie — ele disse. — Está ferido, mas vai sarar. Agora nos diga, quem fez isso com você? Como eles eram?

Os olhos do pastor ficaram bem abertos e mais uma vez seu olhar se fixou no mestre James, que começava a parecer um pouco desconfortável. O reverendo Pollock engasgou e engoliu. Sua boca começou a se mexer. Então ele lambeu os lábios e sussurrou.

— Foi... foi...

A multidão se aproximou para ouvir. Ele levantou o braço e apontou para o grupo de cavalheiros. Seu dedo balançava dramaticamente para um lado e para o outro antes que ficasse claro que ele estava apontando para mestre James. E então ele falou num tom preciso e alto. Na verdade, se ele estivesse em um teatro, sua voz teria alcançado as últimas cadeiras.

— Eu fui atacado... por Arabella Reid!

22

Uma perda inesperada

Como eu digo, a maior parte disso eu ouvi por aí ou juntei os fatos muito depois. Naquele dia, no térreo, tudo o que ouvimos de Hector foi o mínimo possível de informação, algumas palavras sobre o assunto amontoadas em uma frase com alguma coisa a mais que estava na cabeça dele.

— A sinhazinha Reid bateu na cabeça do reverendo Pollock com uma pá e fugiu, ocê quer sair pruma caminhada comigo, Bessy, no seu dia de folga?

— Ahm? — disse Muriel. — Uma pá?

Mas antes que eu tivesse tempo de assimilar a primeira parte do que Hector havia dito, mestre James ressurgiu de seu quarto e correu até nós, as pontas de seu casaco todas desajeitadas.

— Venha comigo, Hector — ele disse. Pareceu que um momento sozinho era tudo de que ele precisava para se recuperar. Hector o seguiu. Eu fiquei ali parada estupefata por um segundo e então corri atrás deles.

— Senhor, senhor! O senhor vai procurar a sinhazinha?

— É claro! — ele disse rudemente, sem olhar para trás.

Respirei fundo.

— Posso ir com vocês, senhor? Eu poderia ajudar?

Ele parou no topo dos degraus, uma das mãos no corrimão, e olhou para mim. Eu percebi que ele havia esgarçado seu colarinho engomado e havia trocado os sapatos brilhantes por botas velhas. Ele me dirigiu um sorriso de desdém.

— Uma oferta muito graciosa — ele disse. — Mas eu estava achando que você fosse voltar para a cama e continuar sua soneca.

— Não, senhor — eu disse. — Eu quero ajudar.

Ele coçou o queixo.

— Alguém precisa ficar aqui — ele disse severamente. — Caso ela volte. E eu quero falar com você mais tarde.

Uma voz veio de trás de mim.

— Eu vou ficar aqui, senhor.

Olhei em volta e vi que Muriel havia dado um passo à frente. Por Deus! Ela não conseguia ver meus olhos, mas continuou:

— Eu não me importo de esperar, senhor, se a Bessy quiser ir.

Mestre James suspirou.

— Muito bem — ele disse, e continuou descendo a escada. Ele tinha coisas mais importantes na cabeça do que os afazeres das empregadas, isso ele tinha.

Eu me voltei para agradecer a Muriel, mas ela não queria nada disso; ela passou rápido por mim dizendo:

— Nem pense nisso!

Era muito provável que ela nunca me agradecesse por ter lhe evitado problemas, mas ela havia retribuído meu favor prontamente e isso significava, na sua opinião, fim de conversa.

Mestre James e Hector já estavam saindo. Eu corri para o andar de baixo, passando por Muriel, e fui até a cozinha, para a porta dos fundos. Foi aí que descobri que meu casaco havia sumido. Devo ter gritado de frustração, pois Muriel veio e me perguntou o que estava acontecendo. Quando eu contei a ela, ela não disse uma palavra, apenas pegou o próprio casaco do gancho e o jogou nos meus braços. Então (suponho que surpresa com a própria generosidade) ela seguiu na direção do porão, com uma cara de "tanto faz", a boca retorcida em um canto, como se alguém tivesse enfiado um galho na sua bochecha.

Hector e mestre James haviam ido na direção do estábulo, então eu desci a rua sozinha. Se eu reunisse toda a minha força, poderia até chegar a Snatter antes deles. O chão estava frisado e congelado, então eu não conseguia correr muito rápido por medo de cair de bunda. Mas segui em frente o mais rápido que pude, com a respiração explodindo em fumaça na frente do meu rosto e então se dissipando para se misturar com a neblina quando eu passava.

Por mais que eu tentasse, não conseguia compreender o que havia acontecido. Eu sabia que a sinhazinha não gostava do reverendo mas era inacreditável que ela tivesse batido nele com uma pá, mesmo no estado mental em que ela se encontrava. Meu único pensamento era que talvez ele tivesse tentado impedi-la de fugir e ela o atacara como meio de escapar.

Assim que eu cheguei à entrada da vila, um cavalo irrompeu na neblina atrás de mim e me ultrapassou em uma galopada. Era mestre James, com Hector montado atrás dele. Enquanto eles aceleravam na direção do Cruzamento, Hector virou e me mandou um beijo. Fiz que o ignorei e me apressei, chegando à fonte um momento depois. O lugar estava lotado, com pessoas paradas por ali em vários grupos. Mestre James havia acabado de descer do cavalo. Hector ficou para trás prendendo o animal enquanto o patrão foi falar com Alasdair, que estava parado na plataforma, organizando o povo em equipes de busca. Levaria ainda algumas horas para escurecer, mas vários moradores da vila corriam para lá e para cá, trazendo lampiões de suas casas. Alguém estava distribuindo pão e A.P. Henderson, aquele velho asqueroso, não poderia perder a oportunidade: instalou um barril em uma mesa e estava vendendo cerveja para quem quisesse se refrescar. Não havia sinal do Velho Babão. Presumivelmente ele havia sido levado para casa para descansar. Eu percebi que mestre James e o médico agora estavam falando com uma mulher que eu não reconhecia, uma mulherzinha atarracada com um xale azul.

Flemyng estava andando para todas as direções no fundo. Meus olhos encontraram os dele e só de maldade eu dei uma piscada lasciva e um tchauzinho. Uma expressão de preocupação lhe passou pelo rosto e ele se inclinou na direção do mestre James e do médico, fingindo estar interessado na conversa deles. Coitado.

Eu tinha esperança de mandar uma mensagem para minha mãe de algum jeito mas parecia que os grupos de busca estavam prontos para partir a qualquer momento. Havia um garotinho de uns 7 anos bem na minha frente. Ele tinha um lápis na mão e estava correndo sem nenhum motivo, como os garotinhos costumam fazer, algumas vezes apontando o lápis para as pessoas como se fosse um arqueiro e outras vezes discutindo com ele mesmo, fazendo vozes malvadas como se ele fosse um batalhão inteiro de soldados.

Eu o chamei e lhe mostrei uma moeda que tirei do bolso.

— Sabe onde fica a taverna da estação de trem? — perguntei a ele.

Ele fez que sim com a cabeça, sem tirar os olhos da moeda que estava na minha mão. Eu disse a ele que ele ganharia a moeda — e mais uma igual àquela — se fosse até a taverna da estação de trem e entregasse uma mensagem a uma mulher chamada Sra. Kirk. Então eu tomei o lápis dele e o usei para escrever uma mensagem no lenço que mestre James havia me dado de Natal. Estava difícil escrever no pano e minha mãe não era grandes coisas para ler, então eu fiz um bilhete curto.

Atrasada. Perdão. Podemos ir amanhã. Beijos, Daisy.

Como era estranho escrever meu próprio nome, a primeira vez em meses que eu o usava, mas considerei que deveria me acostumar com ele de novo. Enfiei o pano amassado no bolso do menino e dei a ele o lápis e a moeda, dizendo que ele ganharia a outra depois de entregar a mensagem e me encontrar de novo. Ele saiu correndo a toda a velocidade e assim que me certifiquei de que ele estava indo na direção da estação de trem, comecei a seguir rumo à fonte para me dizerem o que fazer.

Eu não havia dado nem dois passos quando fui abordada por ninguém menos que Hector. Ele pulou no meu caminho e começou a dançar para mim, trotando para um lado e para o outro como um pônei com a cabeça erguida. Por sobre seu ombro vi mestre James na plataforma, ainda conversando com a mulherzinha do xale azul.

— Ora veja — disse Hector —, se não é a senhorita Hoity-Toity.

— Suma daqui — eu disse, tentando dar uma cotovelada para passar por ele. — Ou acabo com você.

Hector agarrou meu ombro e me segurou a um braço de distância. Parecia ofendido.

— Qual é o seu problema? — ele disse. — Vamos lá! Eu já estive aí dentro. Uma hora ocê tá com o corpo latejando de vontade, na outra ocê quer ficar sozinha.

(E pode ter certeza de que ele disse coisa pior do que "com o corpo latejando".)

Ele segurou minha cintura e tentou passar os braços em volta de mim. Mas eu me esquivei e me virei para olhar para ele.

— Tudo bem, seu zé-ruela — eu disse, como se não me importasse. — Mas você vai ter de pagar.

— Hein? — disse Hector.

— Custa 5 xelins.

Ao ouvir isso, parecia até que o chapéu ia cair de sua cabeça, tamanho seu espanto.

— *Cinco xelins!*

— Isso mesmo — eu disse. E enquanto ele ainda estava digerindo a informação, apontei meu dedão para a plataforma. — Quem é aquela mulherzinha conversando com o patrão?

— Ahm? — Ele olhou para lá, com a boca aberta. — Arre, aquela é a sinhazinha Bell — ele disse. — Ela é que viu a sinhazinha Reid bater no pastor. Cinco xelins? Ocê tá brincando comigo?

— É esse o preço — eu disse. — De agora em diante. Então pense nisso. É melhor começar a poupar. Ou isso ou some daqui.

Eu o deixei coçando a cabeça e olhando para mim, atordoado.

Eu fiquei em um dos últimos grupos de busca formados então graças a Deus Hector foi colocado em outro. Éramos umas vinte pessoas no nosso grupo e nossa missão era andar em fila perto das árvores, começando na Loja Maçônica e então indo para o leste e então para o sul e daí por diante, no sentido horário, pelos campos e em volta dos troncos até que voltássemos à vila. Achavam que a sinhazinha devia estar escondida em algum lugar entre as árvores, mas que o barulho dos grupos de busca entrando na mata poderia tê-la assustado como a um pássaro. Pegamos alguns lampiões e tochas para combater a neblina. Alasdair nos disse que nos mantivéssemos a uma distância uniforme de cada um, cerca de dois braços entre cada par. O grupo era composto em sua maioria por costureiras e algumas donas de casa e dois enxeridos como eu. Os únicos que reconheci foram os dois mineiros que eu havia visto no Gushet, mas uma vez que eles não me notaram escondida atrás da porta, eu fiquei de boca fechada.

As mulheres do meu lado moravam bem na frente do Cruzamento e, por Jeová, elas conseguiam falar até derrubar uma pessoa, como conseguiam. Ficaram para lá de felizes de me contar o que eu havia perdido durante o dia. Eu estava muito curiosa a respeito do que a Sra. Bell havia visto da janela. Aparentemente ela ouvira a sinhazinha discutir com o reverendo. Essa era a parte em que eu estava interessada. Discutir com ele sobre o quê?, eu quis saber, mas embora elas tivessem as línguas maiores que as bocas, nenhuma das duas sabia me dizer. Elas ficaram muito impressionadas ao ouvir que eu trabalhava no Castelo Haivers mas eu não queria que elas ficassem me perguntando muito, então eu disse a elas que era empregada da fazenda e que nunca tinha visto a sinhazinha de perto. Se elas soubessem!

Depois de um tempo a conversa morreu e nós caminhamos nos campos em um silêncio atento. Às vezes, quando a neblina ficava mais fina, a luz oscilante se tornava visível, aparecendo rapidamente entre a névoa e as árvores, nos lugares em que outros grupos procuravam. De vez em quando nós ouvíamos uma voz chamar, ou um rompante repentino de gargalhadas. E uma vez meu coração quase saiu pela boca quando uma sombra cruzou nosso caminho, mas era apenas um veado, saltitando com o rabo branco balançando até ser engolido pela neblina. Eu me perguntei o que teria acontecido se fosse a sinhazinha. Alguém a perseguiria e a traria arrastando-a pelo chão? Eu não gostava de pensar nela sendo caçada como um animal. Mas também não queria que ela morresse congelada debaixo de um arbusto. Eu a imaginava agachada em algum lugar, ou talvez voando acima de seus caçadores, pulando com olhos selvagens de árvore em árvore. A imagem dela em apuros me deu vontade de gritar.

Levou mais ou menos uma hora e meia para completarmos o circuito das árvores. Quando voltamos ao Cruzamento, estava quase anoitecendo. Uma grande fogueira tinha sido acesa ao lado da rua e alguém havia pendurado lampiões na fonte. Alguns dos grupos de busca já haviam voltado e estavam fazendo uma pausa antes de serem mandados novamente em outra direção. Algumas pessoas se dispersavam em direção a suas casas. Eu não tinha certeza se elas voltariam. Estava um dia frio, afinal de contas, para explorar o campo. Aqueles que sobraram se juntaram em volta do fogo.

Um grupo de mulheres idosas estava pegando chá de um grande bule que haviam trazido de uma das casas. Eu não estava com sede, mas peguei uma caneca para aquecer as mãos. Então fui até a fogueira. Alasdair estava parado um pouco adiante, perto da fonte, conversando com Hector e Biscuit Meek. Não havia sinal do mestre James a princípio, mas, espiando aqui e ali, vi seu cavalo emergir da direção das árvores. Ele se dirigiu aos seus homens e pulou do cavalo para conversar com eles. Provavelmente ele estava cavalgando entre os grupos de busca para ver se qualquer coisa havia sido encontrada.

Nesse momento, quase caí dura quando uma lenha aterrissou e se acomodou nas chamas ao meu lado. Eu olhei em volta e vi que tinha sido jogada pela mulherzinha do xale azul que eu havia visto mais cedo falando com mestre James. Minha nossa, ela era tão pequena que se você colocasse um pombo no ombro dela era capaz de ele bicá-la na bunda.

— Sra. Bell? — eu disse.

Ela sorriu para mim. Seu rosto era redondo como o de uma cantora de orquestra, com olhos escuros e pequenos como sementes. Eu disse:

— Foi a minha sinhazinha que a senhora viu mais cedo, com o pastor.

— Oh, querida — ela disse, e me olhou como se sentisse pena de mim. Isso me fez querer defender a sinhazinha.

— Normalmente ela não machucaria uma mosca — eu expliquei. — Não quando as coisas estão normais. É só que ela não tem estado bem dos nervos ultimamente.

A Sra. Bell balançou a cabeça e deu tapinhas no meu braço. Continuei, encorajada:

— Alguém disse que ela estava gritando com o pastor. A senhora ouviu o que ela dizia?

A Sra. Bell franziu a testa.

— Bem — ela disse —, antes de acertá-lo, ela queria saber onde alguém estava. Uma mulher. *Onde ela está?*, ela ficava repetindo. *Onde ela está?*

Será que a sinhazinha se referia a Nora?, me perguntei. Ou à imaginária Sra. Gilfillan? E isso significava que ela havia confundido o reverendo Pollock com o feitor McDonald ou qualquer que fosse o nome dele, o suposto mestre do disfarce?

A Sra. Bell continuou:

— E então ela começou a avisá-lo para que desistisse de alguém. *Você não pode tê-la*. Ela estava louca, pobrezinha.

— O que mais ela disse?

— A maior parte do tempo ela falou palavrões. Ela é estouradinha, a sua sinhazinha?

— Na verdade, não.

— Ela ficava repetindo que alguma coisa era culpa dele. Ele nunca poderia ter feito isso, ela dizia. Ela não estava lúcida, querida. Estava ficando tudo meio confuso àquela altura. E todos os papeizinhos haviam caído do bolso dele, pobre homem, e estavam espalhados por todos os lados. Parecia que ele estava tentando recolhê-los.

Ele e seus malditos panfletos. Apenas um tolo cairia naquela bobagem toda. Pensei em Nora, sua caixa e os muitos panfletos ali. Eu conseguia vê-la toda aplicada, sentada em seu quarto, lendo-os à luz de velas. E então, em um flash, eu me lembrei do dia em que trombei com o Velho Babão em Bathgate e do convite que ele me fez para visitá-lo. Para... como ele tinha chamado aquilo... esclarecimentos sobre os textos? Aquele velho espertalhão, ele não me enganava por um segundo. Mas ele podia ter enganado Nora. Todas aquelas anotações nas margens dos panfletos dela — o que era aquilo senão esclarecimentos?

De repente eu estava convencida de que ela devia ter recebido os panfletos de Pollock e o havia visitado — mais de uma vez, dada a quantidade de panfletos na caixa dela. E então eu me lembrei do que Muriel havia falado sobre o reverendo, "Mão Boba Ambulante". Ele era tão horrendo que o mero pensamento daquilo embrulhou meu estômago. Mas sejamos justos, era um homem bonito para a idade dele. E aqueles discursos podem ser persuasivos. Se ele ficou sozinho com Nora em um quarto, no decorrer de algumas semanas, quem pode dizer o que terá acontecido? A pobre menina. Ela devia até ter sido burra o suficiente para se apaixonar por ele.

Na mesma hora eu pensei que sabia o segredo por trás da morte de Nora. Tudo fazia sentido agora, por que a sinhazinha havia atacado o reverendo Pollock e até mesmo por que ela havia enlouquecido com o luto.

Olhei em volta para ver se mestre James ainda estava ali. Eu queria dizer a ele o que eu pensava imediatamente, pois se a verdade viesse à tona isso poderia ajudar a sinhazinha a melhorar. Para meu alívio, vi que ele ainda estava com Alasdair ao lado da fonte.

Eu estava prestes a me encaminhar até ele e falar quando um homem veio correndo da Great Road, da direção de Glasgow. Era um homem jovem, vestido com roupas de trabalho, de jaqueta mas sem sobretudo. Ele segurava o chapéu na mão, talvez porque tivesse caído de sua cabeça enquanto ele corria. Algumas pessoas olharam para ele quando ele passou, mas ninguém deu muita atenção a princípio porque esperava-se que quaisquer novidades sobre a sinhazinha viessem das florestas.

Quando ele viu mestre James, começou a gritar:

— Sr. Reid! Sr. Reid! Eles a encontraram!

E então todo mundo se virou para olhá-lo enquanto ele corria até o grupo de homens na fonte e despejava mais algumas palavras, apontando para os telhados na vila, não de onde ele havia vindo exatamente, porém mais além, na direção noroeste.

A Sra. Bell tocou meu braço.

— O que ele está dizendo? — ela perguntou.

— Shh! — eu fiz para ela. — Não consigo ouvir.

Mas havia alguma coisa errada. Mestre James estava paralisado, seu rosto ficando pálido e duro enquanto ele ouvia o homem. Vi Alasdair colocar a mão no ombro dele, como se para dar-lhe coragem. Então de repente alguns dos homens do grupo começaram a rumar à Great Road. Outros pularam em uma carruagem e seguraram as rédeas. O médico subiu de um salto em sua charrete. O pânico havia se espalhado. As pessoas começaram a correr, a maioria na direção da Great Road. Outras se dirigiram à estação. Mestre James ficou parado no meio disso tudo, como uma estátua. Só quando McGregor-Robertson se inclinou e falou com ele é que o patrão pareceu se forçar a ter alguma ação. Ele se mexeu ao lado do médico e então a charrete acelerou na direção da rua da estação.

Eu gritei para um dos homens quando ele passou correndo por nós:

— O que aconteceu? Onde ela está?

O homem parou de correr e voltou.

— Eles encontraram o corpo dela na linha do trem! Ela foi atingida por um trem!

Então, Deus que me livre, eu acredito que tenha rido alto. Mas foi uma risada curta, que veio do choque. Agora sei disso, depois de ter visto a mesma coisa acontecer algumas vezes. A risada morreu em meus lábios, e eu ainda não conseguia compreender as palavras dele. Elas ecoavam na minha cabeça mas não faziam sentido. Trem. Linha do trem. Corpo. Essa última, em particular, me confundia. O Sr. Levy, contorcido no tapete persa, frio e duro. *Aquilo* era um corpo. Ou Nora, descansando em sua caixa para a eternidade. Corpo.

Não era uma palavra que eu conseguisse associar à sinhazinha.

Minha Nossa Senhora Virgem Maria, me salve.

O homem estava olhando para mim perturbado; ele havia confundido minha risada com um coração de pedra.

— Não é engraçado — ele disse, se virando. — A mulher está morta.

E então ele começou a correr e se afastou rapidamente de nós, até que a neblina e a escuridão se fecharam em volta dele.

Enquanto estou aqui escrevendo esta história, fico tentando lembrar o que eu pensei nos segundos e minutos seguintes. Mas não havia pensamento. Apenas a ausência de pensamento e uma loucura de atividades ao meu redor. Todo mundo estava indo a algum lugar com rapidez. Os que tinham cavalos montavam neles e galopavam na direção da linha do trem, pegando ou a rua da estação ou a Great Road. Aqueles que não tinham saíam correndo em uma das duas direções. Algumas pessoas tinham tomado quaisquer veículos disponíveis e em todos os lugares para onde se olhasse havia carruagens e charretes superlotadas de passageiros.

As pessoas e os cavalos se mexendo tornaram-se um borrão. Eu achei que ia desmaiar e então percebi que a Sra. Bell estava me segurando. Foi minha sorte tê-la ao meu lado. Ela não havia se ofendido com meu ataque de riso, pois tinha visto que era oriundo do choque. Agora ela estava me apoiando. Tentei me concentrar no apoio dela, enfiei na cabeça que poderia parar de girar se eu fixasse meu pensamento em algum sentimento físico. Eu me concentrei tanto que o resto de mim pareceu desaparecer. Tudo o que restou foi o pedaço de carne no meio do meu braço segurado pelos dedos da Sra. Bell. O resto de meu corpo havia ido embora. Tomei consciência de que ela estava segurando esse pedaço de carne na rua em direção ao Swan. Uma charrete surgiu do quintal, guiada pelo próprio velho A.P. Bastardo. A Sra. Bell conversou com ele e então ela pegou o pedaço de carne e o levou até o banco, depois subiu na charrete.

Assim que a charrete começou a se mover, fui levada de volta ao meu corpo, pois o chacoalhar do veículo passou pelos ossos da minha bunda e subiu pela minha espinha até meu crânio, onde fez meus dentes rangerem. A sensação era de que os eixos da charrete haviam levado um tiro, embora eu não acredite que tenha acontecido isso, eu apenas, na ausência de pensamentos, parecia estar experimentando todas as sensações com mais intensidade. Quando viramos na rua da estação e ganhamos velocidade, as vibrações ficaram piores, eu era jogada para os lados como uma bola de futebol em um jogo até que todas as partes do meu corpo tremessem e balançassem. Eu podia praticamente sentir meus ossos se separando da minha carne. A carne caindo, como fitas de seda geladas. Eu estava sendo despedaçada, eu estava sendo dissolvida, eu estava derretendo de verdade, minha boca cheia de saliva. Eu estava virando vapor, meu fôlego saindo em soluços de vapor como se eu estivesse correndo. E ainda assim eu permanecia sentada, ou pelo menos tão sentada quanto os saltos e chacoalhões das rodas sobre a lama congelada permitiam. O ar cheirava a fumaça e carvão queimado. Cortinas frias e densas de neblina nos chicoteavam enquanto Henderson guiava os cavalos com mais força, estalando o chicote, e os apressando com gritos, e à medida que nos aproximávamos da ponte da estrada parecia-me que estávamos nos arrastando até os portões do inferno.

Na ponte, Henderson desacelerou os cavalos pois havia uma fila de veículos esperando para virar. A estrada continuava para o norte. À direita ficava a estação. À esquerda havia um caminho mal-acabado que ia mais ou menos na mesma direção que a rua da estação por aproximadamente 3 quilômetros antes de dar em outra ponte — dali, se você virasse para o sul e continuasse pelo campo, acabaria chegando ao Castelo Haivers. Todos os veículos estavam tomando essa rua e nós seguimos. Tão logo os cavalos acabaram a curva, eles ganharam velocidade e lá fomos nós, passando por várias pessoas que estavam correndo a pé. De um lado víamos a linha do trem, às vezes brilhante, tão perto que dava para tocá-la. Em alguns pontos o chão nos socava bruscamente onde a linha tinha um corte.

Um pouco adiante, algumas carruagens e charretes haviam sido estacionadas na grama, antes da rua. Havia cavalos amarrados às árvores e um grupo de pessoas estava parado na beira de uma barranco íngreme, enquanto outras deixavam seus veículos e corriam para se juntar a elas. Um momento depois, chegamos ao mesmo lugar. Henderson fez os cavalos pararem. Ajudei a Sra. Bell a descer e então corri na direção do local onde a multidão estava aglomerada.

Da beira do barranco dava para ver lá embaixo a linha do trem. Um grupo de quatro homens com roupas de operários estava parado ao lado dos trilhos. Eles não pareciam muito felizes. No chão ao lado deles havia uma forma que havia sido coberta com sacos de batata vazios. Uma outra forma semelhante, também coberta por sacos, estava a alguns metros de distância, um pouco além nos trilhos. Sammy Somas estava parado a alguma distância, contando as formas cobertas por sacos, apontando para uma e então para a outra. Uma, duas, ele dizia. Uma, duas. Uma, duas.

Mestre James e o médico se lançaram morro abaixo e quando chegaram ao final foram até os homens. Algumas palavras foram trocadas. A Sra. Bell apareceu ao meu lado e pegou meu braço, mas antes que eu me desse conta, eu já estava livre dela e descendo o morro também.

Assim que cheguei ao terreno plano, um dos trabalhadores desdobrou e levantou um canto do saco. mestre James, com o rosto trêmulo, abaixou para ver o que havia debaixo dele. Um momento depois, a trepidação mudou para contentamento. Depois disso eu o ouvi dizendo:

— Esta não é ela. Esta não é minha esposa.

O alívio tomou conta de mim, era como um gole de gim no meu estômago vazio. Caminhei para mais perto, para ver com meus próprios olhos, só para ter certeza, e vi que Mestre James estava coberto de razão. Pois a pessoa que estava morta nos trilhos não era a sinhazinha. Era Bridget. Era minha mãe.

Ela estava deitada de costas, com os olhos fechados. Parecia pequena como uma criança. Parecia não haver nenhuma marca nela. Seus cabelos, seu rosto, o pouco que eu conseguia ver de suas roupas — tudo estava perfeito. Era como se ela fosse abrir os olhos a qualquer momento e esticar os braços e começar a falar. Apenas havia qualquer coisa que não estava certa. A princípio, eu não conseguia identificar o que era. O médico estava agachado para analisá-la mais de perto. Mestre James havia se virado. Adiante estavam os outros sacos. Eles definitivamente haviam sido usados para cobrir alguma coisa. Dois cadáveres! Poderia esse outro ser a sinhazinha? Sammy Somas ainda estava contando. Uma, duas. Uma, duas. Por um momento, eu não conseguia entender o que eu estava vendo. Por que eles não mostravam para mestre James o *outro* cadáver? E então, com um choque de dar enjoo, eu percebi meu engano e por que minha mãe parecia tão pequena. Não era um segundo corpo que estava debaixo dos outros sacos. Não era um segundo corpo mesmo.

Eu me dobrei em duas e perdi o foco e continuei perdendo o foco até que meu único foco era o ar. E enquanto eu estava ajoelhada ali, pesada no meio da sujeira e das pedras ao lado dos trilhos, as vozes dos homens chegavam a mim como se viessem de uma enorme distância.

— Nós estávamos indo para casa por este caminho — disse um dos operários. — E nós a vimos deitada ali. E então... nós encontramos o resto dela, ali.

Levantei minha cabeça e o vi apontando para os outros sacos.

— Cortada em duas — disse o médico. — Deus amado.

— Sim, ela provavelmente estava andando ao lado da linha, como nós. Mas ela não pôde ver o trem por causa da neblina. E estava bêbada. Dá para sentir o cheiro de álcool nela.

— Ela deve ter caído daquela ponte ali atrás — disse o médico. — Ou ter sido arrastada pelo trem que a atingiu. Isso não é incomum.

Mais palavras foram ditas mas eu não me lembro de nada, só sei que mestre James havia me visto e estava andando na minha direção.

— Bessy, Bessy — ele estava dizendo, não indelicadamente. — O que diabos você está fazendo aqui embaixo?

Eu olhei para ele e então, atrás dele, para a coisa que estava embaixo dos sacos e então para cima, para as pessoas aglomeradas no topo do morro cheio de grama, espiando para baixo. Minha cabeça parecia que ia explodir. Mestre James estava esperando que eu dissesse alguma coisa, mas eu não conseguia falar por medo de estourar. O suor escorria pelo meu corpo. Eu queria pular nele e socá-lo até arrancar as gorduras da sua carne com meus punhos. Aquela era a solução, por Jeová! Ter uma briga de galo, segurem suas perucas! Era aquilo que eu tinha de fazer. Por que não pensei nisso antes? Eu quase fiz isso, já estava com os punhos cerrados, mas bem no último momento eu mudei de ideia. *Movimento* era do que eu precisava. Eu repentinamente percebi. Movimento e distância. E sem pensar mais do que isso eu me levantei e comecei a correr, o mais rápido que minhas pernas permitiram, pelos trilhos, com alguém me chamando, o nome "Bessy" ecoando em meus ouvidos.

Não havia plano para o meu voo. Para ser curta e grossa, eu não sabia para onde diabos eu estava indo. Eu simplesmente me mantive correndo pelos trilhos. Apesar da barulheira no meu cérebro, era bom correr, eu desenvolvi um bom ritmo. Eu era a menina corredora, era sim. Depois de algum tempo, poucos ou muitos minutos, cheguei a uma estação. Devia haver um trem para chegar porque as pessoas estavam paradas na plataforma olhando eu correr nos trilhos. Ali estavam eles, esperando por um trem e em vez dele o que vem soltando fumaça é uma menina. Eu achei aquilo absurdamente engraçado por alguma razão. Todas essas pessoas me encarando, algumas com ENORME desaprovação, dava para ver isso nas carrancas delas. Veja aquela menina ali, correndo! Invadindo a propriedade da estrada de ferro, é isso que ela está fazendo, causando incômodo, agindo de modo nunca visto! Eu era culpada por isso tudo, mas não estava nem aí. Eu só pulei para cima de uma das plataformas e olhei de volta para eles todos até que eles desviassem o olhar. E então eu fiquei parada ali como uma grande tonta sem saber que droga fazer. Se um trem tivesse chegado eu provavelmente teria subido nele, mas nada veio imediatamente e eu não tive nenhuma paciência, eu ainda precisava de movimento. Então depois de uns cinco minutos eu comecei a correr de novo.

Saí da estação e subi a rua principal. Havia um homem vindo na direção da bilheteria. Ele abriu a boca como se estivesse prestes a gritar comigo, mas em vez disso ele só bocejou e então continuou bocejando enquanto andava, foi o maior bocejo que eu já vi. Ele ainda estava bocejando quando passou por mim. Que estranho era ser capaz de bocejar com tanto contentamento! Eu pensei que nunca mais veria isso novamente.

Já no alto da rua, olhei ao redor mas não tinha ideia de onde eu estava. À direita, vi uma fila de grandes casas com portões de madeira e arcos de trepadeira nos jardins e além deles casas de vidro em um campo e então eu corri até lá e me enfiei através de uma fenda na cerca e depois disso eu continuei correndo pelo campo. Era um terreno aberto de cavalgada ali, sem árvores, e ao longe apenas chaminés altas e morros cobertos de lodo. Em um determinado ponto, eu enfiei os pés em um córrego preto nojento que sugou os sapatos dos meus pés e me encharcou até o último fio de cabelo. Foi uma agonia correr descalça, mas continuei indo. Depois de um tempo, o chão começou a virar uma subida e no caminho o lodo se transformou em mato, com terra preta e capim na altura dos joelhos; atravessá-lo era como dar braçadas contra as ondas e minhas pernas ficaram pesadas. Determinei como objetivo uma fileira de árvores que eu havia visto a distância, mas quando cheguei lá descobri que não era o começo de uma floresta, apenas uma sequencia isolada de árvores. Do outro lado havia uma estradinha estreita e não pavimentada e então eu virei e comecei a seguir esse caminho. Fui adiante, algumas vezes cruzando pequenas pontes atravessadas por galhos de árvores, algumas vezes passando pelas ruínas de obras antigas, com montes de tijolos aparentes, e vigas expostas ao céu como uma gaiola. A luz começou a desaparecer assim que eu cheguei à entrada de uma vila. A última coisa que eu queria era encontrar outro ser humano, então eu voltei à estrada atravessando mais campos até que cheguei a um lugar que estava todo cercado. Espiei através de uma falha na cerca e vi alguns barracões inacabados e uma cabine de pedra. Ao lado deles havia uma espécie de tanque e a entrada para um túnel, mas nenhuma vivalma por perto. Era uma mina de carvão, toda fechada por estar de noite, embora eu não tenha percebido isso na hora.

Agora a luz do dia estava praticamente acabada. Encontrei uma fenda na cerca e passei por ela, com a intenção de descansar em um dos barracões. Descobri que a cabine não estava trancada. Entrei e vi que havia apenas um cômodo; deve ter sido o escritório, embora não houvesse nada dentro exceto uma velha mesa e uma cadeira e uma lareira pretejada. Nenhuma cortina ou pedaço de tecido ou coberta, mas ao menos ali era um pouco mais quente do que lá fora e estava seco. Eu me embrulhei no meu xale e no casaco de Muriel e me encolhi no canto com as costas encostadas na parede, abraçando meus joelhos e tremendo porque o suor havia esfriado em mim agora que eu não estava mais em movimento. Até então eu não tinha parado para pensar. Havia apenas corrido e andado, apressadamente para a frente, cheia de tristeza e medo. Ao refletir, percebi que eu me sentia terrivelmente estranha. Eu estava tremendo inteira e minha cabeça doía demais. Nenhuma comida havia passado pelos meus lábios desde o dia anterior. Acredito que perdi os sentidos. Em um determinado ponto, eu delirei que tinha limpado a cabine e colocado cortinas e uma mesa e cadeira e uma manta; eu poderia morar ali em vez de voltar para Glasgow. Foi uma ideia idiota, eu sei, mas fiquei pensando nisso de qualquer forma. A única maneira de isso funcionar, eu decidi, era se ninguém soubesse que eu estava ali. Eu teria de procurar comida à noite. Então eu comecei a pensar que se eu pudesse me obrigar a chorar poderia me ajudar a me livrar da terrível angústia que eu estava sentindo. Mas nenhuma lágrima saía. Eu disse alto as palavras "Minha mãezinha" para ver o que aconteceria, mas nada aconteceu. Então eu disse de novo "Minha mãezinha". Mas ainda assim eu não chorei. Então eu comecei a falar isso repetidamente. "Minha mãezinha, minha mamãezinha, minha mãezinha, minha mãezinha." E então virou apenas "Mãezinha, mãezinha, mãezinha."

E então as lágrimas vieram. Como uma rolha teimosa, elas haviam entalado na minha garganta. Mas quando elas se libertaram, inexplicavelmente e com muita força, elas me surpreenderam. Chorei como se eu estivesse delirante e então caí no sono como uma pessoa morta.

23

Desolação

Deixe-me continuar. Quando eu voltei a ficar consciente do que estava ao meu redor, a cabine estava tomada de uma luz prateada. Não devia ser muito depois do amanhecer. Quanto tempo havia se passado ou o que eu estava fazendo naquele barraco no meio do nada, eu não tinha ideia, mas quando eu abri os olhos havia uma mão bruta e imunda no meu ombro. Eu olhei para cima e vi à minha frente um homem com roupas de operário, olhando para mim. O rosto dele era suado e cortado por rugas longas e ele tinha uma barba selvagem por fazer e bigodes que davam a ele o ar de uma coruja arisca. Atrás dele havia diversos outros homens, mais jovens que ele, porém vestidos com as mesmas calças largas e jaquetas folgadas. Alguns usavam bonés. Eles estavam amontoados na entrada da cabine, todos me encarando, praticamente escalando uns aos outros para conseguir uma visão melhor. Em meu estado delirante, pensei que eles me fariam mal. Eu gritei e tentei ficar de pé, mas meu corpo estava muito pesado, era como se eu tivesse virado parte do chão. Então deslizei de volta. O do bigode disse alguma coisa que não consegui entender. E então um círculo de escuridão se fechou e me dominou mais uma vez.

No intervalo seguinte eu estava minimamente consciente de algumas sensações. Mãos me levantaram, me puxando pelas roupas. Eu grunhi e me debati mas não estava sendo molestada, eram apenas eles tentando me colocar de pé. Então o mundo se afastou dos meus pés e voltou de repente quando me desceram.

— Você fica aqui! — um homem gritou, e, pensando que ele tinha falado comigo, eu tentei me levantar e mover minhas pernas mas descobri que as mãos apenas me agarravam com mais força.

— Pegue-a, Charlie — a voz disse. — Cuidado com o braço, assim! Cuidado agora! — Meus tornozelos estavam presos, minha coluna estava esticada, minha cabeça estava acomodada em uma almofada de veludo que cheirava a tabaco e sabão (eu percebi depois que era provavelmente o peito de um dos homens, coberto por uma jaqueta). Eu ouvi grunhidos e pigarros.

— Bem, aqui vamos nós! — disse o homem.

E então tudo entrou em movimento. Eu virei minha cabeça e vi o chão passar por baixo de mim como um rio, chão de lama dando lugar a solo firme e então, depois de algum tempo, uma pista batida. Era como se eu estivesse aprisionada em uma máquina em movimento que me agarrava e corria comigo. Eu não sabia seu propósito mas tinha a impressão de que era uma máquina velha pois quanto mais andávamos mais ela começava a chiar e ranger como uma égua pronta para virar carcaça, e algumas vezes ela batia na grama e uma hora ou outra ela falava sozinha e uma vez, para minha surpresa, parte dela riu de alguma coisa que a outra parte havia falado.

Com o tempo, o balanço tomou conta de mim e eu caí mais uma vez na inconsciência. A sensação seguinte foi a de ser acomodada de supetão. Eu estava em uma cama e ao alcance da mão havia uma movimentação frenética, sussurros e vozes baixas e muitos pares de botas passando; poderia ser o fim da missa. Uma porta se fechou. Caiu o silêncio. As mãos de uma mulher colocaram um cobertor sobre mim e me deram leite para eu beber. Então ela fechou as cortinas para bloquear a luz. Meus olhos se fecharam e eu me senti tão isolada do mundo como se eu tivesse sido fechada para sempre em uma tumba.

Pois acreditem que eu fiquei naquele coma por cerca de quatro dias e noites. Jesus amado, não havia um tiquinho de força em meus membros, eu tinha tanto controle sobre eles quanto eu teria sobre grafite derretido. Eu caía no sono e acordava e algumas vezes ficava consciente do movimento e das vozes baixinhas no cômodo atrás da cortina. Havia horas em que eu ouvia uma criança chorando. Em outras, cheiro de comida sendo preparada entrava em meu pequeno caixão. A mulher que havia me dado leite me trazia comida de tempos em tempos, quase sempre mingaus e caldos, e ela me alimentava com as poucas colheradas que eu aguentava engolir. Eu logo entendi que ela era esposa de um operário e que o marido dela era o homem com cara de coruja, o primeiro que eu havia visto na cabine. Ele me olhava todos os dias quando voltava para casa, os bigodes ainda úmidos do banho. O nome dele era Chick e sua esposa era a Helen, isso eu sabia de ouvi-los chamando um ao outro no quarto ao lado. (O que não me agradava no começo era que esse era apenas um sobrado de dois quartos e que a cama em que eu estava deitada era a deles, da qual eles abriram mão para mim, enquanto dormiam sobre uma coberta no quarto ao lado.

Helen e Chick não eram as pessoas mais falantes do mundo, mas às vezes, no que eu acreditava ser a noite, eu os ouvia sussurrando sobre mim. Uma vez eu o ouvi dizendo a ela:

— Ela já disse alguma coisa?

Helen não respondeu, mas deve ter mexido a cabeça, pois eu não havia dado um pio desde que chegara. Uma outra vez ela perguntou a ele:

— Você acha que ela é louca?

E ele respondeu:

— Talvez.

O que havia de errado comigo para que as pessoas sempre me tomassem por uma simplória?

Na maior parte do tempo as cortinas impediam a luz de entrar então eu mal sabia que horas eram. Mas um dia eu acordei e vi as cortinas abertas e no vão apareceu uma cabeça loura despenteada e então uma outra. Duas menininhas estavam me espiando, uma com uns 3 anos e a outra talvez 6. Essas, concluí, deviam ser as filhas de Helen e Chick. Elas me encaravam em silêncio com expressões tristes e olhos redondos como moedas até que a mãe as viu e as espantou dali.

No quarto dia, quando Helen me trouxe um pouco de mingau, eu consegui energia suficiente para sussurrar meus agradecimentos e ela quase derrubou a tigela de susto.

— Caramba! — ela falou — Menina! Você não diz uma palavra há dias. Pensamos que você fosse retardada!

Ao ouvir o som da voz da mãe, as duas crianças vieram de mansinho até o quarto. Elas correram para debaixo da saia de Helen e me espiaram desconfiadas, as sobrancelhas curvadas para baixo.

Helen pegou minha mão.

— Tadinha — ela disse. — Você só estava faminta e exausta. Mas está com a aparência melhor agora. Quer mandar uma mensagem para alguém?

Por um segundo eu quis contar tudo a ela, mas percebi logo que não tinha forças. Então eu só balancei a cabeça.

Ela apertou minha mão.

— Muito bem — ela disse. — Então só coma esse mingau e tire outra soneca.

Ela deixou a tigela para mim e levou as crianças para fora do quarto.

Na manhã seguinte eu estava bem o suficiente para sentar. E na outra manhã eu saí da cama, embora minhas pernas tremessem como se alguém tivesse batido na minha cabeça.

Era o primeiro dia realmente bom no ano e Helen colocou uma cadeira para mim à porta da casa, onde eu fiquei sentada enrolada em uma coberta, a luz do sol aquecendo meu rosto. Ela havia remendado minhas meias o melhor que pôde e lavado minhas roupas e o casaco de Muriel. Ela havia até me dado seu outro par de sapatos. Eram os melhores sapatos dela, feitos de couro polido e quase não usados. Eu sabia agora que a fila de casas onde eu me encontrava era parte de Stoneydyke, uma vilazinha a uns 15 quilômetros a nordeste de Snatter. Nem Helen nem Chick havia me pressionado por informações a meu respeito. Eu adiava contar para ele como eu havia ido parar lá, dizendo para mim mesma: "Vou contar a eles esta tarde. Hoje à noite. Amanhã. Quando eu estiver mais forte." Mas no fim eu acabava não conseguindo falar sobre o que tinha acontecido e então eu contei a eles apenas que eu tinha me perdido no caminho para Edimburgo e que procurara abrigo na cabine. Eles pareceram satisfeitos o suficiente com essa explicação. Eu gostaria, porém, que eles não fossem tão taciturnos, uma vez que eu não tinha notícias de Snatter desde que chegara.

Às 11 horas daquele dia, Helen se juntou a mim do lado de fora e eu a ajudei a descascar batatas para o jantar. Essa parecia a melhor chance de descobrir o que ela sabia. Comecei com cautela.

— Houve um lugar aonde fui no outro dia — eu disse. — Havia uma multidão lá, todos aglomerados em volta de uma fonte, e um homem estava fazendo um discurso.

— Ah, sim — disse Helen, sem interromper seu trabalho.

Eu tentei de novo:

— Qual era o nome daquele lugar mesmo? Era na avenida principal. Havia uma pousada, The Swan, acho que era esse o nome. E The Gushet.

— Snatter — disse Helen.

— Isso mesmo — eu disse. — Havia um homem fazendo um discurso quando passei, um pastor.

A boca de Helen se curvou para baixo nos cantos.

— Ele que foi atacado — ela perguntei.

Eu fiz cara de surpresa.

— Atacado?

Ela fez que sim com a cabeça, mas continuou a descascar as batatas sem trégua.

— Bem... o que aconteceu? — eu perguntei.

Ela franziu a testa.

— Uma mulher o atacou. E depois saiu correndo. Uma mulher inglesa, eu acho. Completamente louca. Bateu nele com uma pá.

— Oh... oh céus! — eu disse. — Eles... eles a pegaram?

— Não sei bem — ela disse. — Eu acho que não. Mas eles encontraram alguém. No mesmo dia, uma pobre alma caiu de uma ponte e foi morta por um trem. Uma mulher irlandesa. Trágico. Eles querem aumentar os muros de proteção da ponte. — De repente ela olhou para mim, preocupada. — Você está bem, querida? Você ficou pálida de novo. Quer se deitar?

— Eu estou bem, obrigada. — Depois de um tempo, eu disse: — Então foi... definitivamente um acidente, a mulher na linha do trem? Foi?

— Oh, sim — disse Helen. — Pelo que se conta, ela tinha passado o dia no Swan e na taverna da estação de trem. Então saiu; deve ter sido um chamado da natureza, sabe. E estava nublado. Provavelmente tropeçou. — Ela fez uma pausa e disse: — Para você acabou?

Por um momento, eu pensei que ela estivesse falando da minha vida em geral. Como ela sabia que as coisas estavam tão ruins? Mas quando olhei para cima percebi que ela estava falando apenas da minha pilha de batatas. Ela fez menção de tirá-las das minhas mãos.

— Não — eu disse. — Deixe-me terminá-las. A senhora fez tanto por mim. E, bem... eu tenho de ir, hoje à tarde.

Ela olhou para mim intrigada.

— Você tem certeza de que essa é uma decisão sábia?

— Eu devo. A senhora precisa da sua cama de volta. E eu estou me sentindo bem melhor.

Para ser honesta, eu não tinha mais força do que uma vespa molhada. Mas mesmo uma vespa molhada se arrasta na direção da geleia... e era assim comigo, eu tinha de voltar para o Castelo Haivers e para a sinhazinha.

Passarei rapidamente pela minha partida de Stoneydyke. Basta dizer que, além dos agradecimentos a Helen e a promessa de devolver os sapatos dela assim que eu tivesse minhas próprias botas, eu silenciosamente prometi pagá-los pela gentileza que eles me fizeram. De qualquer forma, os malditos sapatos eram tão duros que pareciam feitos de metal. Depois de ter andado o primeiro quilômetro, meus pés estavam acabados. Eu também estava esgotada. Duvido que tivesse conseguido chegar perto do Castelo Haivers sozinha, mas graças a Deus um homem esfarrapado e magrelo me deu carona e eu consegui descansar um pouco em sua carroça. Ele me deixou em Smoller, de onde eu continuei pelos últimos quilômetros pegando a rota de Cowburnhill, uma vez que eu não queria mostrar minha cara em Snatter. Eu poderia trombar sabe Deus com quem, até mesmo o Velho Babão, se a cabeça dele já estivesse remendada. E eu não sei o que eu faria se o visse.

O sol estava se pondo quando eu me aproximei do portão lateral da casa. Foi estranho voltar desse jeito, como se eu simplesmente estivesse chegando das compras ou sei lá o quê. O lugar parecia deserto. Nenhuma fumaça saía de nenhuma das chaminés. Nada era jogado na horta. A fogueira de onde eu resgatei *As observações* era agora só uma pilha de cinzas frias e restos encharcados. Enquanto eu me aproximava do terraço, senti um cheiro forte e podre que empesteava o ar, como se algo tivesse contraído uma diarreia e morrido. Temendo pelos animais, eu corri para seus abrigos. Mas para minha surpresa, vi que tanto o chiqueiro quanto o galinheiro estavam vazios. Nenhum porco, nenhuma galinha. E nem sinal do gato.

Olhei para a casa. Os últimos raios de sol iluminavam as janelas. Elas estavam douradas e brilhantes, embora não parecessem bonitas, mas de alguma forma vazias e sombrias. Nesse exato momento alguma coisa bicou minha canela; eu pulei a uns 10 metros do chão, mas era apenas uma galinha vira-lata sozinha, com uma aparência bem estragada. Eu a espantei e me aproximei da casa. Primeiro eu pensei em dar a volta por fora e espiar para dentro, quarto por quarto, para ver quem estava lá, mas então mudei de ideia, dizendo a mim mesma que ninguém devia se assustar comigo espiando em janelas. Mas na verdade era porque *eu* estava com medo do que eu poderia ver.

O melhor a fazer, decidi, era entrar e descobrir o que estava acontecendo. A porta dos fundos estava aberta. Enfiei minha cabeça, olhei em volta e vi que a cozinha estava vazia, então entrei e fechei a porta atrás de mim, pois fazia frio agora que o sol estava se pondo. A primeira coisa que fiz foi tirar os sapatos de Helen. Depois olhei em volta, tentando perceber se algo havia mudado desde a última vez em que eu havia estado lá. A lareira estava apagada e fria. Um resto de leite deixado em uma jarra havia azedado. O pão já havia embolorado antes mesmo de eu partir e agora ele estava envolto por uma pelugem verde. Um cheiro forte saía do balde de lixo. Fiquei parada tentando ouvir algum ruído, mas a casa estava em silêncio. A passagem para o salão estava vazia e quieta, partículas de poeira mostravam-se quase imóveis nos últimos raios de sol. Passei por ali silenciosamente, fazendo a poeira se mover e dançar. Depois da pedra fria da cozinha, os tacos do piso estavam quentes para os meus pés descalços. Embaixo da entrada de correspondência havia uma pilha de cartas. Isso queria dizer que não havia ninguém ali? Então me ocorreu que mestre James podia ter ido procurar a sinhazinha em algum lugar. E aí eu vi meu velho casaco e o chapéu de vovó jogados na base do corrimão. Exatamente o que a sinhazinha estava usando quando ela sumiu. Ela havia voltado para casa, então.

Com o coração na boca, andei até a sala de estar e espiei. Ali estava a cadeira onde ela sempre costumava sentar. Eu a imaginei sentada ali agora, levantando o olhar da costura e sorrindo para mim quando eu entrasse na sala. "Bessy!", ela diria. "Por onde você esteve?" Ou: "Bessy! Em que você está pensando?"

Mas ela não estava ali. E a coberta que normalmente ficava na cadeira estava no chão do outro lado da sala, como se tivesse sido jogada ali em um ataque de nervos. Perto dela, havia um candelabro de ponta-cabeça. E também vidro quebrado na lareira. Ocorreu-me que se o lugar estava deserto por alguns dias então talvez algum invasor — ou invasores — podia ter entrado pela porta dos fundos. Talvez eles ainda estivessem ali agora.

Tão logo esse pensamento passou pela minha cabeça, eu ouvi algo. Soava muito como o estalar de uma cadeira e vinha do escritório. Meu fôlego ficou preso na garganta. Eu me virei e caminhei pelo salão, minhas pernas nuas tremendo. Tentei ser silenciosa, mas os tacos do chão estavam grudentos e a cada passo a pele das solas dos meus pés fazia um chiado que qualquer um poderia ter ouvido. A porta do escritório estava entreaberta. Coloquei a mão na madeira e empurrei. Ela abriu devagar e sem som. Na parede estava o mapa local que eu havia consultado para ver por onde corriam os trilhos do trem. Na mesa, minha carta para mestre James — aberta, ao lado de uma garrafa vazia de uísque. E ali, jogado no sofá de costas, com um braço passando por cima do rosto, o homem em pessoa. Ele não estava calçado. As meias dele pareciam imundas, e o resto de suas roupas encontrava-se em desordem. Havia uma garrafa de uísque no chão perto dele e uma outra garrafa, essa quase cheia. O lugar estava uma bagunça, com pratos e copos sujos espalhados pelo chão e roupas jogadas aqui e ali.

Enquanto eu o olhava, ele suspirou e tirou o braço do rosto, mas seus olhos continuaram fechados por um momento, ele mantinha-se voltado para os próprios pensamentos. Não deviam ser pensamentos agradáveis, pois a expressão dele era de dor. Sua mão tateou o nada atrás da garrafa de uísque mas ele não a encontrou. Então ele abriu os olhos. Na posição em que eu estava, ele olhou direto para mim.

— Oh, Bessy, entre — ele disse, e isso tocou meu coração pois ele estava obviamente nas profundezas da miséria humana mas tentou soar receptivo. Ele deu um leve sorriso quando avancei alguns passos.

— Senhor — eu disse. — Tudo bem? Onde está a sinhazinha?

Ele tomou um grande fôlego como que para responder, mas isso fez alguma coisa arranhar sua garganta e ele desembestou a tossir. Jesus amado, que tosse era aquela. Ele se sentou e tomou alguns goles de uísque, o que pareceu ajudar. Enquanto isso, apontou para uma cadeira ao lado da lareira. Eu sentei e esperei. Em algum momento, a tosse cessou. Ele afastou os dedos trêmulos da boca e apoiou o cotovelo no joelho.

— Como você pode ver — ele disse —, eu já estive em melhor forma. Quanto à sua senhora... — Ele fez um bico. — Não é culpa de ninguém... exceto, talvez, minha. — Ele colocou a cabeça entre as mãos e tossiu de novo.

Suas palavras não serviram para nada a não ser para me assustar.

— O que foi, senhor? O que aconteceu? O senhor a encontrou?

— Sim — ele disse. — Nós a encontramos. Na verdade, ela estava aqui. Ela deve ter voltado para casa depois...

Um semblante dolorido tomou o rosto dele de novo. Ele olhou para mim.

— Ela atacou o reverendo Pollock, como você sabe.

— Sim, senhor, eu estava aqui quando o senhor voltou com Hector. E então eu ajudei a procurá-la na floresta.

— Ah, sim, é verdade — ele disse. — Você fez isso sim. Bem, ela deve ter voltado para cá depois do que... aconteceu... com o reverendo. Enquanto isso, eles pensaram ter achado o corpo dela na linha do trem mas não era ela, era apenas alguma mulher, uma estranha. — Ele olhou para mim, seu rosto ficou mais lúcido. — Ah... você estava lá também, lembrei agora.

— Sim, senhor.

— Bom, Arabella voltou para cá em algum momento. Eu não sei por quanto tempo ela esteve aqui, mas ela voltou para o quarto. Ninguém a viu voltar. Mas Muriel a encontrou no andar de cima quando ela subiu mais tarde, por volta das 18 horas Ela estava na cama.

Ele parou de falar e pareceu se distrair por um segundo. Eu tinha um terror medonho na boca do meu estômago.

— Morta, senhor? — eu sussurrei.

Ele se virou para olhar para mim surpreso.

— Não, morta não. Estava bem tranquila, folheando um livro. Ela está bem, Bessy. Quero dizer, pelo menos ela está viva. Mas nós tivemos de... — Ele fez uma pausa e levou a mão à cabeça. — Ela foi internada em um hospício.

Aquelas palavras me atravessaram como uma faca. Fiquei encarando ele. Eu não conseguia afastar o olhar. Não conseguia piscar. Não conseguia me mover ou falar.

Ele disse:

— Parece que o reverendo Pollock contatou um procurador e... bem, em resumo, o primo de McGregor-Robertson gentilmente providenciou acomodação para ela no seu estabelecimento. Eu acho, francamente, que deveria ter feito algo antes. Mas eu ficava esperando que nós fôssemos capazes de deixá-la melhor aqui. Eu estava errado quanto a isso.

Minha sinhazinha! Minha pobre sinhazinha... num hospício!

— Eu estava errado quanto a isso, assim como eu estive errado a respeito de tantas coisas. — Ele olhou nos meus olhos. — Eu negligenciei sua senhora, Bessy. Quando eu deveria ter estado aqui com ela, eu estava fora... sabe Deus onde... — Ele deu uma risada vazia, que quase imediatamente virou outro ataque de tosse.

Minha sinhazinha num hospício... com lunáticos!

A tosse dele parou.

— Arabella é que deveria ter entrado para a política — ele disse. — Ela é muito melhor com as pessoas do que eu. Sempre foi dela que eles gostaram, a quem se afeiçoaram. Meu interesse nas pessoas sempre foi... um esforço. Falso. — Ele olhou com tristeza para o chão. — Nós deveríamos ter ido morar em Glasgow — ele disse. — Ela teria ficado muito melhor lá. Mas eu estava de olho nesse cargo, veja você, e eu achei melhor ficar aqui, no centro.

Ele olhou para cima e encontrou meu olhar. Seus olhos estavam cheios d'água, com uma expressão de raiva e amargor. Mas ele estava com raiva de si próprio, não de mim.

Ele disse:

— Eu nem preciso lhe dizer, é bastante certo que qualquer chance que eu pudesse ter de ser convidado para concorrer à eleição agora desapareceu. O reverendo Pollock vai dar um jeito para que assim seja. — Seus lábios se curvaram. — Nunca um homem com ferimentos tão graves na cabeça ficou tão satisfeito. — Aqui ele parou, parecendo lembrar que eu estava ali e que eu era apenas uma empregada. — Não sei se você está interessada nisso, Bessy. Perdoe-me.

— Continue, senhor.

Ele parou por um momento.

— As pessoas gostam se ser associadas ao sucesso. Mas assim que a miséria bate à porta, a sociedade voa pela janela. Não ouvi uma palavra de Duncan Pollock, *Membro do Parlamento* (essa foi a primeira vez que o ouvi falar isso em um tom tão irônico). Nem uma palavrinha. Não tem como ele não saber da minha situação. Ele voltou correndo para Edimburgo tão logo pôde se ausentar com decência da casa do irmão, provavelmente agradecendo ao Senhor por não ter se envolvido conosco mais do que já havia feito. Acredito que ele tenha desenvolvido uma admiração por Arabella... para depois descobrir que ela não domina as próprias ideias. Ele deve ter se sentido enganado. Assim como todo mundo...

Ele fez um gesto vago, pelo qual eu entendi que as pessoas não estavam exatamente fazendo fila para oferecer apoio ou condolências.

— O senhor está sem empregados?

Essa não era uma pergunta difícil, mas ele me lançou um olhar vazio, movendo a mão para trás e para a frente sobre a mandíbula.

— Para cuidar do senhor, eu quero dizer. O que aconteceu com os empregados da fazenda?

— Oh. Eles estão aqui. Muriel e Hector vêm aqui algumas vezes durante o dia para me trazer comida, se eu quiser. Não tenho tido muito apetite. — Ele olhou para alguns pratos sujos no chão e então para a garrafa de uísque. — Jessie, a irmã de Muriel, está ameaçando abandonar a propriedade e levar Alasdair com ela. Não gosta de escândalo. Não quer ser associada a pessoas como os Reid. — Ele deu uma risada curta, sardônica, e eu percebi pela primeira vez que ele estava bastante bêbado. — Eu achei que você tivesse ido embora, Bessy — ele disse. — Li sua carta. — E então, como se tivesse acabado de lhe ocorrer: — Você ainda não me contou onde esteve.

— Eu... eu fiquei doente, senhor, e fui acolhida por algumas pessoas por alguns dias. Mas eu queria voltar e ver a sinhazinha bem. Sabia que os animais sumiram, senhor?

— Animais? Ah, sim! Aquele porco e as outras coisas.

— As galinhas. E o gato.

— Sim, eles os levaram de volta para a fazenda. Eu não consegui entender ainda por que eles estavam aqui, aliás. Não se mantém um porco tão perto da casa. Eu disse isso a Arabella, não sei quantas vezes.

— Eu acho que a sinhazinha gostava de tê-los aqui, senhor, assim ela podia observar suas meninas os alimentando e os limpando. Não era um experimento exatamente, mas ela gostava de nos ver trabalhando lá fora. Era tudo parte de *As observações*.

— Sim — ele disse, sombriamente. — *As observações*. — Ele repuxou o lábio, olhando para mim. — Suspeito que você seja muito apegada à sua senhora, Bessy.

— Isso eu sou, senhor.

Ele se recostou e então se distraiu de novo, encarando em luto seus pensamentos como se fossem um barco boiando no mar. Então algo dentro dele pareceu se despedaçar. Depois de um momento, com a voz rouca e entrecortada, ele disse:

— Eu devia ter feito o que ela queria.

Eu esperei por um momento, mas ele não elaborou o pensamento.

— O que era, senhor?

Ele suspirou.

— Arabella era muito apegada a você — ele disse, em uma aparente mudança de assunto. — Você deve saber disso, Bessy. Entenda isso. Mas eu temo que ela nunca vá superar aquela outra menina. —

Ele olhava diretamente para mim agora; a raiva e o amargor voltaram aos seus olhos. — Isso foi o que realmente a deixou louca. A morte de Nora. — Ele cerrou os dentes. — E aquilo foi por minha culpa.

Eu olhei para ele.

— *Sua* culpa, senhor?

Mas de novo ele caiu em silêncio. Eu esperei. E então disse:

— Sei que Nora se colocou em complicação, senhor.

Ele franziu a testa para mim, os olhos semicerrados. Ele estava confuso? Ou alerta?

— Senhor, acho que ela estava esperando um bebê quando morreu.

Ele jogou a cabeça para trás, sem mudar a expressão.

— Presumo que você não se incomodaria de me dizer onde ouviu tal coisa.

— Oh, eu não ouvi, senhor. Eu deduzi. De coisas que a sinhazinha disse e por suas reações, senhor, suas e do médico. E pelo que Nora escreveu no diário dela.

Mestre James ficou olhando para mim enquanto eu falava. Então ele soltou uma enorme e tremida bufada que era metade suspiro e metade bocejo. Ele não estava aborrecido, apenas exausto. Eu me perguntei quando tinha sido a última vez que ele tinha dormido. As sombras sob seus olhos eram cinza-escuro. O casaco e o colarinho estavam levantados sobre o pescoço dele. Isso o fazia parecer corcunda e indefeso. Quando ele falou, foi quase um sussurro:

— Nora a procurou em busca de ajuda, veja você. A menina não sabia o que fazer. Ela não poderia obter auxílio... do pai. Isso estava fora de questão. Então ela apelou para a minha esposa. — Ele fez uma pausa. — Eu acredito que Arabella tenha ficado bem chocada a princípio. Ela pensava que a menina fosse perfeita, sem máculas. Incorruptível. Mas, como acabou se descobrindo, havia alguma coação envolvida. Eu deduzi que Nora não teve uma participação totalmente voluntária no que aconteceu.

— Eu não esperaria isso, senhor — eu disse. Mas ele não pareceu ter me ouvido.

Ele continuou, quase mecanicamente:

— E então Arabella veio até mim com a notícia. Ela tinha tudo planejado. Queria que eu concordasse em adotar a criança de modo que ela e Nora pudessem criá-la aqui. Ela estava... empolgada com isso. É claro — ele riu amargamente —, eu disse a ela que isso estava fora de questão. E... não poderia consentir com qualquer ameaça de escândalo. O que Arabella estava sugerindo... era... uma ideia lunática. E então eu disse que ela simplesmente teria de dispensar a menina. — Ele olhou para o infinito. Houve uma longa pausa. Então ele disse: — Acredito que isso tenha partido os corações das duas.

— O reverendo Pollock... ele se recusou a ajudá-la, senhor?

Mestre James se agitou e piscou forte para mim, impressionado.

— Como diabos você sabe que foi ele?

— Apenas um chute, senhor. Nora tinha todos esses panfletos, sabe. E eu ouvi dizer que ele tende a avançar nas meninas. Eu sei que a sinhazinha estava delirante, senhor. Mas eu acho que parte dela sabia o que estava fazendo. Ela o culpava pelo que aconteceu com Nora.

Ele ainda estava olhando para mim, surpreso. Eu suspeitava de todas essas coisas havia algum tempo, mas agora tudo se confirmava. De repente senti que minha cabeça poderia pegar fogo, eu estava com muita raiva.

— Então ele virou as costas para ela, foi isso? — eu disse. — A pobre menina. Abandonada friamente!

Mestre James olhou para o teto, mordendo o lábio inferior, apertando as bochechas com os dedos, como se ele quisesse se machucar.

— Não — ele disse depois de um tempo. — Isso seria conveniente, não seria? Então ele poderia ser o real vilão da peça.

— Não entendo, senhor.

— Ele não sabe.

— O quê?

— O reverendo Pollock não sabe de nada. Ninguém contou a ele.

— Ele não sabe...?

— Que a menina estava esperando um bebê quando morreu. Nora nunca contou a ele sobre a condição dela, não queria chegar perto dele depois que isso aconteceu. Eu acredito que ela estivesse com um pouco de medo dele. Quanto a ele, pensa que se livrou disso. Aproveitou-se dela e então, oh, céus! Alguns meses depois, ela cai embaixo de um trem. Buá. — Ele tossiu, e parecia que teria outro ataque, mas então parou e pôde continuar: — E você veja, ninguém mais contou a ele. McGregor-Robertson sabe de tudo porque ele examinou o corpo da menina depois que ela foi encontrada e viu que ela estava esperando uma criança. Mas ele concordou comigo que não haveria propósito nenhum em contar a Pollock.

— E quanto à sinhazinha?

— Não. Eu a proibi de falar com Pollock sobre isso. Não queria aborrecê-lo. Não queria que ele tivesse qualquer associação rancorosa em relação a esta casa. Eu queria o apoio dele, não queria fazer acusações. Além disso, o que ela poderia ter dito a ele? Como ela poderia sequer levantar esse assunto? — Ele parou e suspirou. Então continuou: — Arabella me odiou por eu ter acobertado isso. Ela achava que ele deveria ser forçado a encarar o que havia feito, para carregar um pouco da culpa. Ela o odiava de toda forma e odiava ser forçada a continuar aceitando as visitas dele em nossa casa. Mas é claro que Pollock não sabia de nada. Ele achava que Nora simplesmente havia morrido em um acidente.

— Mas ela ter sido atingida por um trem... isso não foi acidente, senhor. Foi?

Ele não disse nada por um tempo; apenas olhou para a lareira vazia como se fosse um abismo. Depois de uma tempo, ele disse:

— Ela deixou um bilhete. Para a minha esposa. Dizendo adeus e dizendo a Arabella que não se culpasse. — Ele virou a cabeça e olhou para mim, quase indignamente. — Veja você, até o final, aquela menina pensava nos outros. — Mestre James tomou um longo gole da garrafa.

— Seria possível ver esse bilhete, senhor?

Ele balançou a cabeça.

— Eu insisti que Arabella o destruísse — ele disse. — A opinião geral e o veredicto foram que Nora havia caído na linha por acidente. E foi assim que ficou. As únicas pessoas que sabem a verdade sobre o que aconteceu são eu, McGregor-Robertson, Arabella... e agora você. Se você tivesse me perguntado sobre tudo isso alguns dias atrás eu teria negado palavra por palavra, e provavelmente a teria demitido. Eu ficaria com medo de que você fofocasse e que o pastor acabasse ouvindo sobre isso. Mas agora... — Ele gesticulou ao redor para a bagunça, a garrafa de uísque. — Acabou. E eu não dou a mínima para o reverendo Pollock. Na verdade, eu ficaria muito feliz de bater nele com uma pá.

Ficamos sentados ali por um momento em silêncio, mestre James olhando para o espaço, roendo as unhas, embora não houvesse mais nada para morder e as pontas de seus dedos estivessem em carne viva e sangrando.

De repente ele congelou e tirou a mão da boca.

— Que dia é hoje, Bessy?

— Eu não sei, senhor. Seria terça-feira? Ou quarta-feira?

— Ah, bom — ele disse. — Não é sábado, então. Preciso visitar Arabella no sábado. Eles disseram que eu não devo ir vê-la com muita frequência por enquanto, não mais do que uma vez por semana. Eles temem que a minha presença possa aborrecê-la. — Ele disse isso como se o fato o divertisse... embora estivesse perfeitamente claro que ele se encontrava fora de si. Então ele olhou para mim, esperançoso. — Você a visitaria, Bessy? Eu lhe dou o dinheiro para uma carruagem. Tenho muito dinheiro... aqui, veja.

Ele enfiou as mãos nos bolsos e começou a puxar punhados de moedas. Elas jorravam no colo dele e caíam no sofá. Ele começou a juntá-las, segurando-as na minha direção. As moedas caíam por entre os dedos dele. Me inclinando para a frente, comecei a juntá-las para ele. Mestre James começou a chorar e, quando eu olhei para cima, vi que ele havia se jogado de cara no sofá.

— Oh, Arabella! O que foi que eu fiz? — ele gritou.

E então começou a soluçar. Seus ombros caíram. Eu deixei as moedas onde elas estavam e me ajoelhei, tentando confortá-lo colocando a mão no braço dele. Pela força do choro dele, eu achei que duraria algum tempo.

❧ SEXTA PARTE

24

Uma nova preocupação

Naquela noite, fiquei no meu velho quarto no Castelo Haivers. Mestre James estava no escritório quando eu o deixei, e ele ainda estava lá quando levantei pela manhã. Ele talvez tenha conseguido dormir um pouco no pequeno e duro sofá. Bom, se é que dormiu. Só sei que eu não consegui descansar muito. Antes de tudo, levei-lhe um mingau para o café da manhã, que ele engoliu com uísque. Parecia um pouco mais animado do que na noite anterior. Estava pensando em vender a propriedade, ele disse. O Sr. Rankin, o vizinho que viera para o jantar, já havia demonstrado interesse em comprar a maior parte das terras, com o propósito de cavar poços. Mestre James não tinha decidido ainda se manteria a casa e as terras. Poderia vender tudo e se mudar para a cidade, ele disse. Ele estava até considerando voltar a exercer o direito.

— Mas você será bem-vinda se quiser ficar aqui, Bessy — ele disse. — Enquanto eu ainda dispuser da terra. Essas coisas podem demorar meses até serem finalizadas.

— Obrigada, senhor. Isso é muito gentil da sua parte. Mas eu devo voltar para Glasgow, tentar minha sorte lá.

Ou ir a algum outro lugar.

Para dizer a verdade, eu não sabia que diabos eu faria. Mas de uma coisa eu sabia com certeza, e era que eu não queria ficar no Castelo Haivers sem a sinhazinha. Antes de fazer qualquer coisa, porém, eu planejava ir vê-la. Havia algumas coisas que eu queria perguntar... isto é, se eu conseguisse arrancar algo lúcido dela. Aparentemente, ela não ficou muito feliz, em um primeiro momento, ao se ver em um hospício. Mestre James e McGregor-Robertson a haviam levado até lá em uma carruagem. De acordo com o marido, ela ficou bem contente na viagem, até um pouco animada, mas apenas porque o médico tinha mentido e dito a ela que iam visitar Nora. De todo modo, assim que eles chegaram ao hospício ela começou a perceber que havia sido enganada. Ele e o médico tiveram de ir embora às pressas.

Aquilo foi triste, mestre James disse. Tinha quebrado o coração dele ter de deixá-la.

Desde então, de acordo com o primo de McGregor-Robertson, o superintendente, ela vinha sofrendo de terríveis alterações de humor. Inicialmente, ela estava perturbada e com raiva e tinha até tentado escapar pulando o muro. Mas nos últimos dias ela havia se acalmado e parecia quase à vontade em seu novo ambiente.

Aparentemente o hospício ficava a 30 quilômetros de distância. Era uma instituição privada, situada na direção de Glasgow, mas bem no rumo sul da avenida principal, na entrada de uma vila que chamarei de Foulburn, muitos quilômetros a sudeste da cidade. Não havia estação de trem próxima, então mestre James me ofereceu a carruagem, e quando eu recusei (uma vez que eu não tinha vontade de ser guiada por Biscuit Meek), ele repetiu sua oferta de pagar pelo aluguel de uma carruagem que saísse do Swan. Isso eu aceitei, apenas porque eu ainda estava fraca e com o pé muito cortado para poder fazer uma longa caminhada. Além disso, ele me prometeu uma boa carta de recomendação caso eu precisasse de uma. Eu só precisaria escrever-lhe, ele disse, e ele a mandaria de volta pelo correio. E ele me deu os pagamentos devidos com a adição de metade do valor, dizendo que eu merecia o extra por causa da minha coragem e lealdade. Mestre James disse que isso também contribuiria para a minha acomodação em Foulburn, uma vez que eu lhe faria esse favor de ver sua esposa em um momento em que ele não tinha permissão para vê-la.

Ele me acompanhou quando saí. Acredito que tenha sido apenas a segunda ocasião em que eu saía pela porta da frente. Era ainda bem cedo. O orvalho corria nas pedras e o céu estava cor-de-rosa. Mestre James ficou no salão apenas de meias, fugindo da luz do dia, enquanto se abraçava, as abotoaduras abertas e soltas, os botões do casaco nas casas erradas, o cabelo desgrenhado; se alguém parecia que deveria estar num hospício, era ele.

Ele me entregou uma carta.

— Tenha a bondade de entregar isso a Arabella. Diga a ela que vou vê-la no sábado. Diga que ela não deve se preocupar.

Eu enfiei a carta na minha mala, que estava esse tempo todo no meu quarto, já pronta.

— Farei isso, senhor.

— Adeus, Bessy — ele disse. — Espero que você não fique com uma má impressão de nós.

— Não, senhor, não ficarei.

Ele parou de se abraçar por um momento, apenas o tempo suficiente para esticar o braço e pegar minha mão. Foi a primeira vez que dei a mão a um cavalheiro e por alguma razão isso me fez corar até os dedos dos pés. O que parece engraçado, quando você pensa em todo o resto que eu já havia feito em minha curta vida.

— Adeus, senhor — eu disse. E então eu me virei e comecei meu caminho até Snatter, sem olhar para trás nem uma vez.

À tarde, o sol havia afastado as nuvens cor-de-rosa, deixando o céu limpo e azul. Apenas uma semana antes estávamos nas profundezas do inverno; agora estava tão quente quanto um dia de verão, quente demais até para vestir meu casaco, que eu tinha pegado no corrimão. A carruagem alugada percorreu as vilas e, para onde quer que eu olhasse, as pessoas estavam aproveitando o sol. Todo mundo parecia em excelente forma. Em vez de se enfiarem em seus casacos e se apressarem, as pessoas paravam para conversar. Todos os homens estavam apenas de camisa, sem jaqueta nem nada. Vi um homem vendendo balas de goma em um carrinho de mão. Vi um menino sem blusa entrando em uma loja rolando um aro no chão, e a mulher no balcão não gritou com ele, ela apenas sorriu.

Na avenida principal, o caminho estava muito bom e a carruagem andou bem, mas assim que viramos na travessa nosso progresso ficou mais lento e no final levamos quase duas horas para chegar a Foulburn. O hospício ficava fora da vila, afastado da avenida principal, em uma rua que subia e era ladeada por árvores altas. Depois de alguns minutos, a carruagem entrou por um portão de ferro entre postes de pedra. Eu baixei a janela e espiei do lado de fora. Além do portão, eu pude ver arbustos e coníferas, uma área de grama, um caminho curto e então a casa principal. Tive uma espécie de choque quando a vi, pois eu estava esperando algo enorme, escuro e amaldiçoado como Glasgow. O hospício que era visível do andar de cima da casa do Sr. Levy era um lugar de aparência sombria, lá isso era. Mas esse tinha a aparência de uma mansão particular, mais como o Castelo Haivers, embora muito maior.

Um homem velho abriu o portão e acenou para entrarmos. Ele estava sem casaco e usava um chapéu velho de pano e me parecia mais um jardineiro do que um porteiro. Ouvi os portões se fecharem atrás de nós, com um barulho de corrente, como se eles tivessem sido trancados. A carruagem parou na frente da escada. Peguei a carta do mestre James da minha mala e a coloquei no bolso. Deixando a mala no banco, desci e disse ao motorista que esperasse, e enquanto ele manobrava a carruagem eu olhei para a casa.

Era de pedras avermelhadas, de dois andares, com uma varanda e colunas brancas de cada lado. Largos degraus baixos levavam à entrada da frente. O lugar tinha um aspecto agradável o suficiente e eu fiquei impressionada ao ver que o terreno se estendia para os lados e para os fundos da casa muito além do que aparentava no primeiro momento. Eu esperava ver grades nas janelas, mas não havia nenhuma. As janelas eram altas e amplas, do tipo que deixa entrar bastante luz. Esperava ver loucos se arrastando pelos cantos como fantasmas e homens fora de si murmurando obscenidades. Mas não havia ninguém assim, apenas meia dúzia de homens jogando críquete na grama, e mais ou menos a mesma quantidade de mulheres bem-vestidas assistindo. Achei que eles deveriam ser empregados de folga.

Enquanto eu estava ali assimilando tudo isso, uma mulher robusta apareceu na porta da frente e desceu os degraus para ir ao meu encontro. Usava um vestido escuro e um avental. Achei que ela deveria ser algum tipo de empregada. Nós trocamos bom-dia e eu falei que estava lá para ver a Sra. Arabella Reid, e ela disse na mesma hora:

— É claro. — (Embora por que isso deveria ser tão evidente, eu não sei.) — Eu sou a Sra. Robertson. Venha comigo.

Girando sobre os calcanhares, ela me guiou para dentro da casa.

Por Deus, eu nunca havia visto um lugar tão grande. O salão era quase tão amplo quanto um salão de dança, com um chão polido e uma escadaria central. Havia diversas portas largas de cada lado e uma menor ao fundo, depois da escada, que dava para a cozinha. Para minha surpresa, a mulher robusta me levou até uma sala de pintura à direita, onde uma empregada estava arrumando um pote de narcisos em uma mesa bem no fundo. Eu esperava ser levada a algum tipo de quarto de hospital e percebi que havia esquecido de me identificar. Aqui estava eu em meu vestido de cetineta e me ocorreu que pelo fato de eu haver chegado em uma carruagem essa Sra. Robertson estava me confundindo com uma dama. Hesitei no batente, me perguntando o que fazer. Seria tarde demais para falar alguma coisa? Mas talvez a governanta apenas tivesse entrado para falar com a empregada, pois se aproximou dela e disse algumas palavras em seu ouvido. A empregada se virou.

E quando ela fez isso meu coração quase saiu pela boca e atravessou o quarto, pois eu finalmente vi que não era uma empregada mas a sinhazinha! Ela estava sorrindo, andando na minha direção. Jesus amado! Eu nem a havia reconhecido. Ela usava um vestido azul-marinho curto que deixava seus tornozelos de fora, um avental bege, meias grossas e sapatos rústicos. Seus cabelos estavam arrumados de um jeito diferente e ela tinha um chapeuzinho pregado na parte de trás da cabeça.

— Bessy! — Ela abriu os braços e eu corri sem falar uma palavra e me aninhei em seus braços. — Olhe para você! — disse a sinhazinha, passando a mão nos meus cabelos. — Você esteve na guerra?

— Não, madame. — Eu tinha vontade de chorar, mas não queria aborrecê-la. Quase desejei poder dançar. Para dizer alguma coisa, qualquer coisa, eu perguntei a ela: — Eles transformaram a senhora em empregada ou o quê?

Ela deu um passo para trás e rodopiou, como se para deixar que eu a visse.

— Você gosta? — ela disse, e riu. — Eu estou bem na moda, não estou? Tenho um outro igual, cor-de-rosa.

Eu devo ter parecido chocada, pois ela riu de novo e pegou minha mão.

— Não, não, Bessy — ela disse. — É parte da filosofia daqui que cada um participe da administração do lugar. Esta manhã eu estou no andar de baixo tirando o pó e arrumando e fazendo arranjos de flores. Ontem eu arrumei as camas. — Ela se virou e chamou a mulher robusta que estava arrumando o puxador da cortina. — Sra. Robertson, seria aceitável que eu levasse Bessy para um passeio nos jardins?

A mulher a olhou.

— Pode ir, Sra. Reid — ela disse. — Já está quase terminando aqui, em todo caso. Sua convidada gostaria de ficar para o almoço?

A sinhazinha olhou para mim, questionando. Hesitei, ainda pensando que eu havia sido confundida com uma dama. Tudo era um choque. A sinhazinha em suas novas roupas. Passeios nos jardins. Almoço, oh céus!

— Oh, você deve ficar! — disse a sinhazinha. E então, num tom de voz mais baixo: — A comida é insossa mas não intragável. — Ela se voltou para a mulher robusta e gritou: — Sra. Robertson, esta é Bessy, a querida e fiel criada sobre a qual lhe contei.

A mulher sorriu e olhou para mim.

— Então você vai querer ficar para o almoço, senhorita? — ela disse. Ela me chamou de senhorita. Mesmo sabendo que eu era uma empregada!

A sinhazinha apertou minha mão e disse meu nome. Eu percebi que eu estava parada ali como um poste, com a boca aberta.

— Oh, sim. Obrigada — eu disse.

— Muito bom, vou avisá-los na cozinha — disse a mulher, e voltou a arrumar as cortinas, enquanto a sinhazinha me levou pela mão através do salão e até os degraus da frente. Ali ela parou e me olhou com muita afeição.

— Eu sabia que você viria me ver — ela disse. — Eu estava esperando por você, Bessy.

Seus olhos estavam brilhando, mais luminosos do que eu lembrava, o verde deles tão puro na luz do sol que quase ofuscava. Puxa, ela era um colírio para os olhos.

E então eu me lembrei da carta. Tirei-a do bolso e entreguei para ela.

— Do mestre James.

Sem sequer olhar para ela, a sinhazinha a colocou no avental.

— Pobre James — ela disse, e com um suspiro virou-se para olhar para o grupo na grama, jogando críquete. Seus olhos se apertaram. Depois de um momento, ela disse: — Sabia, Bessy, que este é o lugar mais fascinante em que eu já estive em toda a minha vida?

Eu segui o olhar dela, me perguntando o que era tão fascinante. Tudo o que eu podia ver eram os homens com o bastão e a bola e o grupinho de mulheres sentadas na grama, olhando para eles e de vez em quando aplaudindo uma boa jogada.

— Eles são os empregados, madame? — eu perguntei.

Ela se virou para me olhar.

— Empregados? — ela disse. — Por favor, não! Pelo menos não os chamamos assim. Nós dizemos "atendentes". A Sra. Robertson, a dama que você acabou de encontrar, é uma atendente. Bem, ela é a atendente-chefe, a matrona. Aquelas damas e cavalheiros que você vê ali — ela se virou de volta para a partida de críquete — são pacientes.

E então eu percebi que as mulheres estavam todas trajando o mesmo tipo de vestido que a sinhazinha usava, de cores diferentes. Então aqueles eram os pacientes! Alguns deles pareciam pessoas bem comuns. Tudo bem, um ou dois estavam magros demais e outros um pouco pálidos. Mas a maioria parecia comigo e com você.

A sinhazinha estava sorrindo.

— Vamos dar uma caminhada, Bessy — ela disse.

Descemos os degraus e fomos passeando na direção do grupo na grama. Eu estava com medo de ir até eles, e Deus me livre ter de conversar, mas a sinhazinha passou direto, nos mantendo a uma pequena distância. Algumas das damas sorriram e a cumprimentaram, e ela retribuiu o aceno. Um ou dois dos homens tiraram seus chapéus. Saímos para um jardim de rosas que havia ao lado da casa. A sinhazinha me acompanhou pelo caminho estreito entre as roseiras, que estavam em botões e prontas para desabrochar na primavera. A partida de críquete ainda era visível, mas não dava mais para ouvir os participantes.

Agora que estávamos a sós, eu senti que podíamos falar com mais liberdade.

— Como a senhora está, madame? — eu disse. — Está sendo bem tratada?

— Oh, sim — ela disse. — Tenho de lhe dizer, Bessy, que este lugar não é nada como eu imaginava que seria no primeiro momento. Devo admitir que fiquei bem aborrecida quando percebi que James tinha me trazido para cá. Eu deveria saber que algo estava errado assim que McGregor-Robertson me disse que ele estava me levando para ver Nora. É claro que eu sabia que era um truque para me colocar na carruagem. Mas eu estava curiosa para saber o que eles estavam tramando. Então eu fui com eles. E quando chegamos aqui eu não estava assim tão desconfiada. Então eu estava conversando com alguém, um cavalheiro muito gentil que agora sei que é o primo de McGregor-Robertson, o Dr. Lawrence... ele administra o lugar, você sabe. Eu estava falando com ele e, quando me virei, notei que James e McGregor-Robertson tinham ido embora. E então fui levada ao meu quarto e de repente percebi o que estava acontecendo. Porém, desde então, eu vi que estar aqui por um tempo pode não ser uma coisa tão ruim.

Nós havíamos chegado ao centro do jardim de rosas, onde o caminho se abria; havia um banco na frente de um relógio de sol. A sinhazinha sentou e eu fiz o mesmo. Bem adiante do caminho à nossa frente estavam o campo e a partida de críquete. Esse era um abrigo. Era quase meio-dia. Um cheiro de comida vinha de algum lugar e parecia que a temperatura tinha subido ainda mais. Eu nunca tinha visto um dia tão de verão em março.

A sinhazinha jogou a cabeça para trás e fechou os olhos, deixando o sol aquecer seu rosto.

— Está vendo aquele homem com o bastão de críquete? — ela disse, confidencialmente, sem abrir os olhos.

Eu olhei na direção da partida e vi um cavalheiro baixinho e atarracado, bem barbeado, com lábios finos e cabelos lisos escuros. Ele estava com os joelhos juntos e girava o bastão com habilidade para a frente e para trás em movimentos de guerra, enquanto um homem alto se afastava dele.

— Sim — eu disse.

— Ele pensa que é Napoleão Bonaparte — disse a sinhazinha, baixinho. Ela abriu os olhos e procurou alguém no grupo que estava no campo. — Está vendo o homem se afastando dele?

— Sim — eu disse.

— Ele pensa que é o Senhor — disse a sinhazinha. Ela olhou para mim com os olhos arregalados. — Não um senhor, vale ressaltar. O que eu quero dizer é que ele pensa que é Jesus Cristo, nosso Senhor e Salvador. Não é impressionante?

Eu olhei para o homem alto de novo. Parecia um sujeito bastante comum para mim, talvez um pouco magro. Tive pouco tempo para pensar nisso pois a sinhazinha se dirigiu a mim de novo, falando pelo canto da boca:

— Aquela dama ali. Não quero apontar, mas ela está com um vestido cinza, sentada em um grupo de quatro damas, sob a árvore.

— Oh, sim — eu disse.

— Ela acredita que há pessoinhas vivendo em seus ombros. Ontem à tarde, alguém trombou com ela por acidente. Você tinha de ver a confusão. Todas as pessoinhas caíram no chão, você não imagina. Tivemos de ajudá-la a recolhê-las! É claro que não havia nada ali. Mas nós animamos a pobrezinha. Nós as colocamos de volta nos ombros dela. Ela estava aos prantos. Esses são os pacientes mais interessantes, Bessy, aqueles que acreditam em coisas de fora deste mundo. A maioria deles, abençoados sejam, é apenas um pouco melancólica ou tem medos estranhos de coisas que não são tão assustadoras, como cantos, por exemplo. Há um homem que tem medo de cantos.

Eu olhei para a sinhazinha. Ela parecia animada, bastante até. Tendo o cuidado de manter minha voz num tom de conversa, eu disse:

— E a senhora viu Nora desde que chegou aqui?

— Oh, não — ela disse. — Nora se foi.

Ela olhou ao redor para ter certeza de que não havia ninguém próximo. O homem velho que havia aberto o portão estava podando um galho no final do jardim de rosas, mas ele estava longe demais para nos ouvir.

— Era sobre isso que eu queria conversar com você — disse a sinhazinha. Ela apertou minhas mãos. — Eu estou tão feliz por você ter vindo, Bessy! Veja você, Nora e eu... bem, você sabe que nós planejamos nos livrar da Sra. Gilfillan e de seu feitor, para que Nora pudesse ficar livre, não sabe?

Sem saber o que fazer, eu assenti. A sinhazinha balançou a cabeça e revirou os olhos.

— Há algumas coisas estranhas que eu tenho de contar a você, Bessy — ela disse. — Antes de mais nada, você precisa saber que eu me encontrei com a mulher. Acredite ou não, eu encontrei a Gilfillan! Eu a reconheci imediatamente, assim que a vi. Foi um golpe de sorte. Eu estava procurando por ela em todos os lugares... embora fosse difícil fazê-lo uma vez que eu mesma tinha certas razões para ficar fora de vista. Sem querer eu encontrei o caminho para a estrada da estação e estava em um jardim ali, espiando por detrás de uma cerca para ver se o caminho estava livre, quando de repente ali estava ela, na estrada, saindo da taverna da estação de trem! Exatamente a mesma pessoa que eu havia visto espionando o Castelo Haivers, aquela que tinha nos observado por todo aquele tempo. Era ela, por Deus!

Eu fiquei doente de medo, meio desesperada para saber o que a sinhazinha diria a seguir e meio horrorizada com o que ela poderia revelar.

— O que aconteceu?

— Bem — disse a sinhazinha. — Eu não poderia deixar passar essa oportunidade. Então eu saí de trás da cerca e corri atrás dela. Ela havia desaparecido na lateral da taverna e eu a alcancei assim que ela saiu de trás de uma pilha de barris. Eu prontamente me apresentei e engatei uma conversa leve, sobre o tempo horrível. Ela pareceu suspeitar de mim a princípio, mas depois de falarmos por algum tempo ela pareceu baixar a guarda um pouco. Eu pedi que ela me acompanhasse, dizendo que eu tinha algo que lhe interessava para mostrar. E enquanto andávamos, tivemos uma conversa muito interessante. Não fomos muito longe, só até a ponte, onde eu chamei a atenção dela para o muro baixo ali. Não quero falar muito sobre isso. Mas digamos que, fazendo um pouco de pressão, eu a persuadi a reconsiderar sua posição.

Ela me deu um sorriso misterioso. Eu pensei no corpo machucado da minha mãe, ao lado dos trilhos do trem, nem 1 quilômetro distante da ponte. Era verdade, então. O que eu suspeitava era verdade!

A sinhazinha apertou minhas mãos.

— Mas Bessy, você precisa saber, a coisa mais inacreditável a respeito disso, eu ainda tenho de lhe contar. Você não vai acreditar.

— O quê? — eu disse numa voz fraca.

— Veja você, não era *Nora* que a mulher queria no fim das contas.

— Não?

A sinhazinha balançou a cabeça.

— Não, querida — ela disse. — Era você! Ela ia levar *você* para Glasgow. Porque... ela fingiu não ter ouvido falar de Nora! Mas quando eu mencionei seu nome, e disse que empregada maravilhosa você havia provado ser, ela ficou muito animada. E então nós nos desentendemos. Que mulher horrível! Ela realmente era um monstro! E então... bem, eu já disse o bastante. Eu a persuadi a deixar você em paz. Pode descansar em paz, querida, ela não vai perturbar você. Você está bem segura agora. No que está pensando?

Eu balancei a cabeça, piscando para afastar as lágrimas.

— Nada, madame — eu disse. — Nada.

Ela sorriu.

— Sabe, querida, eu cheguei a uma conclusão sobre você. E Nora concorda comigo. Eu a consultei e ela me disse que eu estava bem certa.

— Que... que conclusão é essa, madame?

— Que você realmente é a mais leal, corajosa e verdadeira amiga que uma pessoa poderia desejar. Eu sou abençoada por ter encontrado você.

E com isso, ela voltou-se para a partida de críquete. Houve uma pausa no jogo. Napoleão estava repreendendo um outro membro de seu time. Enquanto isso, Jesus fez uma rebatida dando um giro de 90 graus e foi aplaudido pelas damas. Eles todos estavam embaçados para mim.

Depois de um tempo, a sinhazinha falou de novo:

— Este lugar é bem intrigante, você não acha? — ela disse. — Eu falei com o Dr. Lawrence sobre isso e ele concorda comigo. Eu não sei por quanto tempo ficarei aqui, Bessy, mas enquanto estiver, quero usar bem o tempo. Todo aquele trabalho que desenvolvi sobre criadas e obediência! Agora que estou solta no mundo, vejo que existem assuntos muito mais interessantes. Os loucos! O que poderia ser mais pertinente que isso para os nossos tempos? É minha nova preocupação. Eles me deram caneta e papel. Ainda não anunciei publicamente isso. Mas, cá entre nós, eu comecei a escrever outro livro.

Ela se virou para mim.

— Você pode ter de me ajudar a pensar em um título — ela disse. — Como é que você chamava o meu outro livro?

— As *observações*, madame.

Ela se encostou com um sorriso.

— Isso mesmo — ela disse. — As *observações*. Bem, se você não se incomoda de eu dizer isso, Bessy, não é um título muito bom, é? Não, nós temos de pensar em algo melhor desta vez.

Eu ia começar um novo capítulo, contando tudo o que aconteceu desde então. Mas não gosto de despedidas e, daqui por diante, é só adeus que vou dizer. Então eu vou contar isso de forma curta e doce.

Era minha intenção ficar em Foulburn por um tempo, para que eu pudesse visitar a sinhazinha mais do que uma vez. Naquele dia, eu me hospedei na pousada da vila e mais tarde voltei ao hospício para o chá. Era um pouco estranho ver como tudo corria apropriadamente, com todos os pacientes acomodados à mesa e as mulheres distribuindo biscoitos e fatias de pão e manteiga. Eu até encontrei Jesus e Napoleão. Jesus estava bem, mas Napoleão estava com a cara amarrada. E o homem que tinha medo de cantos ficava se encolhendo a cada pequeno triângulo de pão que via.

À noite, voltei à minha hospedagem e foi quando comecei a desfazer minha mala que encontrei As *observações*, embrulhado nas minhas roupas. Eu havia esquecido completamente que o tinha posto ali, parecia que tinha sido anos antes. Eu me perguntei se o Dr. Lawrence faria alguma objeção a que eu devolvesse o livro à sinhazinha. Ele não estava com a aparência nem um cheiro muito bons, já que havia sido chamuscado. Eu o abri e vi que as chamas tinham chegado até a parte de dentro. O canto da etiqueta preto e branca EX-BIBLIOTECA-CASTELO-HAIVERS havia se queimado e a dama e sua empregada haviam perdido os pés.

E então eu percebi que alguma coisa estava aparecendo por detrás da etiqueta. Um outro pedaço de papel. Eu puxei e vi que não era um pedaço, e sim algumas páginas dobradas juntas. Um bilhete. Eu o abri e reconheci de primeira a letra cursiva de Nora. Um canto de todas as páginas estava desnivelado, como se elas tivessem sido cortadas ali. Finalmente, ali estavam as páginas que faltavam.

Na verdade, essa era a carta que Nora havia escrito para a sinhazinha, a que mestre James havia mandado a sinhazinha destruir. Nora deve ter arrancado ela própria as páginas de seu diário, na falta de outro papel. E a sinhazinha havia desobedecido a seu marido e as escondera sob a etiqueta de seu livro.

Era uma carta particular, portanto não vou copiá-la aqui por inteiro. Basta dizer que seu propósito principal era eximir a sinhazinha de toda a culpa. No último parágrafo, Nora escreveu:

> *Querida milady, sei o quão difícil foi para a senhora me dispensar mas eu também sei que não foi sua ideia na verdade. Por favor não se desespere! Nós tivemos os melhores momentos juntas, não tivemos? Minha vida de agora em diante não vale a pena ser vivida, dado o que aconteceu. Apenas a tristeza me espera se eu continuar. Eu sinto muito por fazer a senhora passar por isso, mas não fique triste. Reze por mim,*

então, pois quem mais faria isso senão sua doce pessoa? Fique feliz por mim. Eu estou partindo para uma grande e nova aventura. Não tema, a senhora e eu vamos nos encontrar de novo um dia.

Rezo a Deus para que leve minha alma. Amém.

Essa Nora era um pouco santa, isso tem de ser dito.

Mas, no fim, acho que eu teria gostado dela. Era mais parecida comigo do que eu jamais admitiria. E a querida sinhazinha! Eu odiava pensar no luto e no terror que deviam tê-la tomado quando ela encontrou esse bilhete. Então, Deus me ajude, ela pode não ter estado sempre em pleno poder de suas faculdades mentais, mas uma coisa era certa: ela se preocupava conosco. Todas nós, meninas jogadas como galhos em um córrego. Nós nos acomodamos aqui, nós nos acomodamos ali. Estamos de passagem. E quando desistimos deste mundo para sempre, deixamos pouco ou nenhum rastro, nada que diga por onde passamos. Mas a sinhazinha se prendeu àquele último bilhete de Nora e se certificou de que ela tivesse uma lápide. Acima de tudo, ela nos mantinha em seu coração.

Dobrei as páginas e as coloquei de volta debaixo da etiqueta. Aquela nota era uma provocação, assim como aquele livro. Tive medo de que ele fosse perturbador demais para a sinhazinha. Eu não sabia se seria melhor dá-lo a ela ou não. Então eu decidi que antes que eu saísse de Foulburn eu entregaria *As observações* ao Dr. Lawrence, para que ele decidisse o que deveria ser feito com ele.

Na manhã seguinte, eu estava no meu caminho para visitar a sinhazinha quando passei pelo mercado de Foulburn. Era um desses lugares onde eles colocavam anúncios na janela e eu vi um que tinha como cabeçalho "URGENTE, Precisa-se de Assistente de Cozinha". É claro, ele chamou minha atenção uma vez que àquela altura eu já pensava que precisava dar um jeito de encontrar trabalho mais cedo ou mais tarde. Quando olhei mais perto, porém, eu fiquei ainda mais intrigada ao ver que a vaga seria ocupada em nenhum outro lugar senão o hospício! Aqui estava uma bela reviravolta! Nos dias seguintes, pensei bastante sobre o assunto e então eu o discuti com a sinhazinha. Como ela se sentiria se eu assumisse tal posição? Bem, ela não poderia pensar em uma ideia melhor! Pois assim nós nos veríamos todos os dias enquanto ela permanecesse lá. Eu estava preocupada que ser conhecida por um dos pacientes pudesse me prejudicar, mas depois vi que isso não importava nem um pouco. A Sra. Robertson era a pessoa a quem eu deveria me apresentar e ela praticamente ficou de joelhos e implorou para que eu aceitasse o emprego. Eu logo percebi que — por mais agradáveis que fossem as condições no hospício — era difícil encontrar mão de obra para trabalhar em lugares assim. Ninguém gosta nem de pensar em loucos. Mas, para ser honesta, eu tinha achado o local bem confortável e satisfatório, e dava boas risadas também.

Comecei naquela semana mesmo a trabalhar na cozinha e em alguns meses fui promovida a atendente, posição que ocupo agora há três anos. Foi o próprio Dr. Lawrence que pediu que eu escrevesse a história da sinhazinha e como nos conhecemos e tudo isso, pois ele achou que poderia ser um documento interessante e útil para ele e seus colegas de profissão lerem uma vez que eles ainda estavam intrigados com o caso dela. Eu comecei a escrever o primeiro capítulo não muito depois de chegar aqui, mas minhas horas de lazer são escassas e levei todos esses anos para chegar ao fim. Acredito que meu estilo possa ter melhorado à medida que os meses passaram mas sei que ainda há alguns erros, pois, para manter minha sanidade, eu tendo a escrever como eu falo.

A sinhazinha está aqui esse tempo todo, e a cada dia que passa, fica mais fascinada com seus colegas pacientes. Ela está sempre observando, observando, observando e fazendo perguntas sobre eles, exatamente como ela fazia sobre mim quando eu era empregada dela e ela estava escrevendo *As observações*. Agora, seu maior trabalho é escrever sobre a insanidade. Eu perguntei a ela na semana passada quando terminaria. Ela apenas olhou para mim e disse:

— Bessy, ele mal começou.

Quanto ao *As observações*, bem, devo dizer que o manuscrito está em minha posse e é uma leitura muito boa. Tenho tentado há algum tempo encontrar um editor adequado. Não tive sucesso até agora, mas pode ser apenas uma questão de tempo uma vez que ao longo dos anos houve bastante interesse. Na verdade, com exceção de algumas recusas iniciais, *As observações* encontrou uma boa aprovação nos lugares para onde foi mandado.

Por exemplo, ao receber minha carta de apresentação, o Sr. R. — da eminente editora William R. e Filhos — pediu para ver o livro *imediatamente* e já na semana seguinte — embora ele tenha alegado que o conteúdo "não era bem" de seu agrado — ele não hesitou em sugerir que eu o mandasse para algum outro lugar, e essa resposta imediata e animadora não prova com certeza que o trabalho tem mérito? Sem sombra de dúvida, prova.

Muito encorajada, eu o mandei para o Sr. W. — da Harold W. e Cia. Daí já veio uma resposta diferente. Esse Sr. W. ficou com o manuscrito por tanto tempo que eu cheguei a me convencer de que ele pretendia roubá-lo e o lançar com um outro título sem me contar. Mas no fim, depois de muitos meses e diversas cartas pedindo uma resposta, ele mandou o trabalho de volta dizendo que embora ele fosse "muito benfeito", sua empresa não publicaria nenhum livro naquele ano, o que pareceu para mim um jeito estranho de administrar um negócio, e eu escrevi isso a ele. Uma vez que sua falta de entusiasmo se devia apenas às peculiaridades de sua empresa (e no fim, eles devem ter aceitado meu conselho porque chegou ao meu conhecimento que eles acabaram lançando vários livros naquele ano!), eu não me dei por derrotada e mandei o manuscrito para o Sr. G da G..., B... e T....

Depois de um curto intervalo, ele respondeu, *absolutamente maravilhado*, dizendo que nunca havia cruzado com algo como aquilo. Isso foi uma surpresa para mim uma vez que eu já havia mandado o manuscrito para ele no ano anterior com o título original de "Observações dos hábitos e natureza da classe doméstica em meu tempo" por "Uma Dama", mas naquela ocasião ele havia mandado o livro de volta, sem ler, com um bilhete curto de uma palavra que dizia simplesmente "Jamais".

De qualquer forma, ele deve ter gostado do novo título porque dessa vez ele mandou uma carta bem à vontade e amistosa em que ele parabenizava o estilo "satírico" e implorou para saber a real identidade da "misteriosa Arabella R.". Aparentemente é raro encontrar um livro original e novo no mercado que seja cheio de, como ele colocou, "nada além de garotos de rua e tubarões". Como, por exemplo, o Sr. G. reclamou longamente do homem com quem ele tinha acabado de almoçar, um outro editor que, aparentemente, era um sujeito terrível que tinha, no passado, roubado um dos livros do Sr. G. O Sr. G. tinha muito rancor disso e foi bem severo em alguns pontos ao repreender esse homem. Porém, no final da carta, lá pela nona página, ele parece ter voltado ao seu bom humor inicial. Ele pediu perdão pela mancha (onde algum tolo de seu escritório havia derramado uma taça de vinho) e me convidou para almoçar com ele, dizendo que estava curioso para conhecer a história completa por trás desse "altamente divertido" manuscrito e me chamando de um "sujeito bacana". Para ser bem honesta, alguns pontos da resposta dele me deram a impressão de que ele talvez não tivesse lido o manuscrito inteiro. Em primeiro lugar, eu acho que ele me confundiu com a Arabella e não entendeu o livro como um todo, isso já são duas coisas. Não apenas isso (aqui está uma terceira coisa), ele pareceu pensar que nós fôssemos um homem *fingindo* ser uma mulher!

Eu respondi imediatamente, assegurando a ele que *As observações* era um importante trabalho de pesquisa escrito com toda a seriedade, *e* por uma dama, e que seria um prazer encontrá-lo e discutir sua publicação. Porém, ele parece ter se ofendido com alguma coisa que eu disse porque nunca mais ouvi falar dele desde então. Talvez ele não esteja mais trabalhando para a G..., B... e T... (Ele tinha mencionado algo sobre inveja entre os colegas, o que lhe dava vontade de entregar uma carta de demissão.)

Esses, então, são apenas alguns exemplos de quão bem recebido foi *As observações*, e, se a resposta até agora é algo que se leve em consideração, então metade do país quer ver esse manuscrito e publicá-lo! Mas esteja avisado mais uma vez de que o pedido principal tem de ser feito a mim e eu verei o que posso fazer.

Outras novidades? Mestre James visitou a sinhazinha bastante nos meses iniciais, mas, à medida que o tempo passava, ele aparecia menos e menos e no ano passado ele simplesmente não veio. Até onde eu sei, ele agora vive em Manchester e é um figurão na corte de lá.

Eu ainda tenho o último ato do Sr. Levy comigo. Infelizmente ele secou ao longo do tempo e no ano passado ele sofreu um pequeno acidente e agora é só um pouco de poeira em um saco de veludo. Mas eu estou guardando mesmo assim, para me lembrar daquele homem querido.

Por falar em constipação, parece que Davy Flemyng está "bloqueado", pelo menos não há sinal ainda de sua obra-prima e eu acredito que ele tenha se mudado para Corstophine em busca de sua musa.

E o que mais? Bem, agora talvez interesse a vocês saber que o reverendo Pollock era um passageiro no mal-afortunado *SS London* a caminho da Austrália quando aquele navio afundou na baía de Biscaia no ano de 1866. Ele era uma daquelas muitas almas que pereceram, uma morte horrível em todos os sentidos, sugadas pelas ondas, enquanto cantavam "Rock of Ages". A baía de Biscaia fica no norte da Espanha. O que me lembra que eu sempre imaginei que a Espanha fosse um país maravilhoso, embora eu nunca tenha ido lá é claro.

Três vivas para a Espanha!

E três vivas para a sinhazinha!

Ela é muito popular aqui e ainda é linda como uma rosa. Temos muitos bailes no hospício e ela nunca fica sem par. Dançar e se exercitar e sociabilizar são grandes curas para todos os males, isso é o que o Dr. Lawrence diz e eu tenho de concordar com ele pois acredito que a sinhazinha esteja mais feliz aqui do que ela jamais foi no Castelo Haivers.

Cavalheiros, por favor, perdoem-me os muitos atalhos deste documento. Principalmente, eu quero dizer, nas partes em que eu descrevo muito da minha própria participação nas coisas. Também, por favor, me desculpem pelas injúrias e suas aproximações, e pelos relatos de assuntos sujos ou desagradáveis. É só porque me foi pedido que eu descrevesse os detalhes da história. Garantiram-me que, quaisquer que fossem os assuntos que eu revelasse aqui, nenhuma ação seria tomada contra ninguém como retaliação e eu confio que o Dr. Lawrence vá cumprir sua promessa. Ele me mostrou o armário trancado onde o manuscrito será guardado. Ele é um homem bom e honesto e só quer examinar o caso da sinhazinha, na esperança de poder ajudá-la melhor.

Mas aqui vamos nós agora. Já é hora de eu finalizar isso. Não sei bem o que se vai aprender com estas páginas, exceto talvez que a felicidade pode ser encontrada nos mais estranhos lugares, mesmo entre essas pobres almas cujas mentes tenham se tornado, por quaisquer razões, confusas. Agora que eu terminei, o Dr. Lawrence quer saber o que eu acho do que escrevi. Tudo o que posso dizer é que será estranho não fazer mais isso. Eu posso vir a pensar em uma outra história para escrever afim de preencher aquelas poucas horas entre acabar o trabalho e colocar a cabeça no travesseiro. Mas, da próxima vez, em vez de apenas recontar o que aconteceu, terá de ser uma história que eu invente da minha própria cabeça, porque mais ou menos tudo que eu já soube ou fiz ou vi ou ouvi ou senti na minha vida foi incluído neste relato. E não há nada mais para ser contado.

Então aqui está. Adeus. *Au revoir*. Ou, como dizem na minha terra, vá com Deus.

Agradecimentos

Obrigada a Noellen Collins, Sheila Dundee, Kate e George Mulvagh, Lucy Mulvagh, e Tom Shankland. Obrigada a Anna Andresen e Ali Reid. Obrigada a Vivien Green, Stephen Mulrine e Rose Tremain.

Também estou em dívida com Hannah Griffiths e com todos na Faber & Faber, Emma Parry, Jon Riley, Molly Stern, Alessandra Lusardi, Euan Thorneycroft, Jonny Geller, e todos da Curtis Brown.

Dos materiais de pesquisa, as seguintes publicações indispensáveis merecem ser mencionadas: *The Diaries of Hannah Cullwick, Victorian Maid-servant*, por Liz Stanley, 1984. *Farm Servants and Labour in Lowland Scotland 1770-1914*, por T.M. Devine, John Donald Publishers Ltd, 1984. *Shadow's Midnight Scenes and Social Photographs, Glasgow 1858*, relançado pela UGP, 1976. *Some Observations of the Change of Manners in My Own Time, 1700-1790*, por Elizabeth Mure, publicado em *Scottish Diaries and Memoirs*, ed. J.G. Fyfe, Stirling, 1942. *Armadale Past and Present*, por R. Hyde-Brown, F. Johnstone and Co., 1906. *Slanguage*, por Bernard Share, Gill and Macmillan Ltd., 2003.

Este livro foi composto na tipologia Goudy Old Style,
em corpo 11,5/16, e impresso em papel off-white 80g/m^2
pelo Sistema Cameron da Distribuidora Record
de Serviços de Imprensa S.A.